# 한국고전문학사 강의

**한국고전문학사 강의 3**

박희병 지음

2023년 10월 16일 초판 1쇄 발행
2023년 11월 13일 초판 2쇄 발행

펴낸이 한철희, 펴낸곳 돌베개, 등록 1979년 8월 25일 제406-2003-000018호, 주소 10881
경기도 파주시 회동길 77-20 (문발동), 전화 031-955-5020, 팩스 031-955-5050, 홈페이지
www.dolbegae.co.kr, 전자우편 book@dolbegae.co.kr, 블로그 blog.naver.com/imdol79, 인스
타그램 @Dolbegae79, 페이스북 /dolbegae
편집 이경아, 표지디자인 김민해, 본문디자인 이은정·이연경, 마케 심찬식·고운성·김영수·한광
재, 제작·관리 윤국중·이수민·한누리, 인쇄·제본 영신사

ISBN  979-11-92836-33-1 (04810), 979-11-92836-30-0 세트
책값은 뒤표지에 있습니다.

# 한국고전문학사 강의

**3**

박희병

돌베
개

차 례

제31강

## 여성 주체의 새로운 모습들

416

## 일러두기

- 이 책의 월月, 일日은 음력 표기이다.
- 인물의 나이는 한국식 나이로 표기했다.
- 국문시가를 인용할 때 이해하기 쉽게 하기 위해 꼭 원전 그대로 인용하지는 않았으며, 가급적 현재의 표기법에 가깝게 했다. 단 자수율이나 어감 등을 고려해 원표기대로 하는 것이 좋다고 판단되는 경우 원표기를 따랐다.
- 국문시가 인용시 어려운 말의 뜻풀이를 아래첨자 형태로 해 주었으며, 산문의 경우에는 해당 단어 옆에 괄호를 해서 뜻풀이를 해 주었다.
- 한시를 인용할 때는 번역문을 먼저 제시하고 원문을 병기했으나, 한문 산문의 경우 대체로 번역문만 제시했다.
- 인용된 한시문의 번역은 대부분 필자가 한 것이다. 특정한 사람의 번역을 인용한 경우 번역자 이름을 밝혔으며, 필자가 번역을 조금 고치기도 했다.
- 책이나 신문은 『 』, 작품은 「 」, 그림이나 영화 제목은 〈 〉로 표시했다.

# 탈중화주의와 새로운 세계관의 정초
## —『의산문답』

### 중화주의와 화이론

'중화주의'는 중국 춘추전국 시대에 형성되기 시작해 한대漢代에 확고히 자리를 잡았습니다. 이는 한족漢族이 다스리는 중국이 천하의 중심이며 중국 문물이 세계에서 가장 우수하다는 일종의 '자민족 중심주의'에 기반한 세계관입니다. 중화주의는 중국 바깥의 종족 혹은 민족들을 천시하여 이적夷狄으로 간주했습니다. 그래서 중화주의는 중화와 이적을 엄별해 중화를 높이고 이적을 배척하고 멸시하는 '화이론'華夷論으로 귀결됩니다. 화이론에서 '화'는 중심이고 우등하며, '이'는 주변이며 열등합니다. 중화주의나 화이론에는 이적의 독자적인 문화에 대한 존중이 존재하지 않습니다. 심할 경우 이적은 사람과 짐승의 중간 정도의 존재로 간주되었으며, 이적에게는 인륜이나 예의가 존재하지 않는다고 봤습니다. 그래서 이적은 중국에 복속되어야 하며, 중국 문물을 배움으로써만 야만 혹은 미개 상태를 벗어날 수 있다고 보았습니다. 지독한 선민의식選民意識이고 지독한 편견이 아닐 수 없습니다.

이른바 유교의 경전들에는 바로 이 중화주의와 화이론이 스며들어 있습니다. 가령 춘추시대 공자의 언행을 기록한 『논어』에는 공자의 중화주의 사상과 화이론적 관점이 표명되어 있죠. 그러니 우리나라의 식자識者들은 유교의 경전을 공부하면서 부지불식간에 중화주의와 화이론을 내면화하기 십상이었습니다. 이는 자국 문화를 무시하고, 중국 문화를 높이고 추수追隨하는 풍조를 낳았습니다. 저는 이전 강의(제6강)에서 이를 '화풍'과 '토풍'이라는 시좌로 논한 바 있습니다.

중화주의는 통일신라 말경 현저해지기 시작해 고려 시대에 들어와 비록 시대에 따른 부침은 있어도 전반적으로 강화되어 간 경향을 보입니다. 조선 시대에는 후대로 갈수록 그 양상이 심화됐는데, 17세기 이후에는 그 어느 때보다 막강해져서 교조적인 이념처럼 되기까지 했습니다. 물론 이는 모두 지배층을 가리켜 한 말입니다. 17세기 이후 중화주의 내지 화이론이 신념화·교조화한 것은 명청 교체와 관련이 있습니다. 조선의 지배층, 특히 서인 노론 세력은 중원에 오랑캐가 세운 청나라가 들어서자 주자학을 절대화하면서 중화주의와 화이론을 통치 이데올로기로 삼았거든요. 한족의 나라인 명에 대한 존숭과 이적의 나라인 청에 대한 멸시를 표방한 거죠. 조선의 지배층은 이를 통해 통치의 명분을 확보하고자 한 것입니다.

신라 말 이후 조선 후기까지 중화주의는 지속적으로 위세를 떨쳤습니다. 대부분의 문인과 지식인은 우리나라가 중국 문화를 잘 배워 '소중화'小中華, 즉 '작은 중화'에 해당한다는 인식과 자부심을 갖고 있었습니다. 간혹 중화주의에 이의를 제기하며 자국 문화에 대한 존중을 표명한 문인이나 지식인이 없었던 것은 아니지만 그럼에도 중화주의나 화이론이 잘못된 세계관이며 자기중심적인 편견에 불과하다는 것을 이론적으로 논파한 사람은 아무도 없었습니다.

　이런 상황에서 중화와 이적은 평등하다, 중심과 주변은 따로 존재하지 않는다는 주장을 펼치며 중화주의와 화이론의 문제를 전면적, 근본적으로 재검토하는 작업이 18세기 후반에 이루어져 주목을 요합니다. 홍대용洪大容의 『의산문답』毉山問答이 그것입니다. 흥미로운 점은 이 작품이 사상사적 문제를 다루고 있음에도 불구하고 문학 텍스트의 자태를 취하고 있다는 사실입니다. 이 점에서 『의산문답』은 동아시아 문학의 전통에서 본다면 '철리산문'哲理散文으로 간주될 수 있습니다.

## 홍대용의 생애

『의산문답』은 홍대용 최만년最晩年의 저작입니다. 홍대용은 애초에는 중화주의적 세계관과 보수적인 대청對淸 인식을 갖고 있었습니다. 하지만 사상을 거듭 갱신해 생애의 마지막에 중화주의와 화이론을 깨부수기 위해 『의산문답』을 저술했습니다. 그래서 『의산문답』을 살펴보기 전에 먼저 홍대용이 어떤 삶을 살았으며 이 과정에서 그의 사상이 어떻게 바뀌어 갔는지를 좀 알 필요가 있습니다.

### ── 수학기

홍대용은 영조 7년(1731)에 태어났고 정조 7년(1783) 53세를 일기로 세상을 하직했습니다. 대사간을 지낸 홍용조洪龍祚의 손자이고 목사牧使를 지낸 홍력洪櫟의 아들입니다. 지난 강의(제22강)에서 공부했듯 홍력은 단호그룹의 이인상李麟祥과 아주 절친했던 홍자洪梓의 사촌 동생이며, 이인상과도 교분이 있었습니다.

홍대용은 열두 살 때 석실서원石室書院에 가서 수학受學합니다. 석실서원은 지금의 남양주 미금 부근 남한강변에 있던 서원인데, 18세기에 여기서 많은 학자가 배출되었죠. 당시 석실서원의 원장은 미호渼湖 김원행金元行(1702~1772)이었습니다. 김원행은 이인상과도 친분이 있던 큰 학자로 홍대용의 종고모부이면서 스승이었습니다. 홍대용은 석실서원에서 10년 이상 주자성리학을 공부했습니다. 이 기간 동안 성리학 서적들은 물론이고 제자백가서諸子百家書를 두루 섭렵한 것으로 보입니다.

영조 35년(1759) 29세 때 부친이 금성錦城(지금의 나주) 현감으로 부임하자 홍대용은 그곳에 가 지냈습니다. 이때 나주에서 조금 떨어진 동복同福의 물염정勿染亭에 가서 과학기술자인 석당石塘 나경적羅景績(1690~1762)을 만나 혼천의渾天儀 제작에 대해 의논합니다. 혼천의는 요즘의 지구본 비슷하게 생긴, 천문학 연구에 필요한 기기器機입니다. 3년 후인 32세 때 혼천의가 완성되어 같이 제작된 자명종과 함께 고향인 충청도 청원군 수신면의 농수각籠水閣에 비치했습니다. 이 건물은 이들 기기를 두기 위해 특별히 지은 것이었습니다. 이를 통해 이 무렵 홍대용이 천문학 연구에 몰두했음을 알 수 있죠. 하지만 연행燕行 전 홍대용은 대명의리론對明義理論과 화이 사상을 철저히 견지했으며 학문적으로는 주자학을 고수했습니다.

—— 연행

홍대용은 35세 때인 1765년 11월 부연사赴燕使(연경에 가는 사신)의 서장관書狀官인 계부季父 홍억洪檍의 자제군관子弟軍官으로 청나라 연

16

경燕京에 갑니다. '연경'은 북경을 말합니다. 부연사는 자신의 자식이나 가까운 친척 한 사람을 데려갈 수 있었는데, 이를 '자제군관'이라고 합니다. 공식적인 직함은 아니고 사적인 수행원에 해당하죠. 훗날 박지원朴趾源도 삼종형 박명원朴明源의 자제군관으로 중국에 갔습니다.

홍대용은 이듬해인 1766년 북경의 유리창琉璃廠에서 항주杭州의 선비 엄성嚴誠, 반정균潘庭筠, 육비陸飛와 만나 필담을 나누며 친구가 됩니다. 유리창은 서화와 골동품을 파는 곳으로 지금도 북경에 있지만 당시는 지금보다 규모가 컸습니다. 연경에 간 조선인들은 반드시 이곳에 들러 필요한 서적이나 문방사우 따위를 구입해 왔습니다. 엄성 등은 과거 시험을 보러 북경에 올라와서 유리창에 기식寄食하고 있던 중 우연히 홍대용을 만난 것입니다. 홍대용은 북경에 머무는 몇 달 동안 이들과 여러 번 만나 필담을 주고받았으며, 만나지 못할 때에는 인편으로 많은 편지를 주고받았습니다.

—— 박지원과의 만남

1766년 5월 홍대용은 충청도 고향 집으로 돌아옵니다. 이 고향 집은 당시에는 청원군에 속했지만 지금의 행정 구역으로는 천안에 해당합니다. 돌아와 한 달쯤 뒤인 6월 15일에 중국에서 항주 사람들과 주고받은 필담과 편지를 정리해 『간정동회우록』乾淨衕會友錄이라는 책을 엮습니다. '간정동'은 북경의 유리창에서 항주의 선비들이 묵던 동네 이름이고, '회우록'은 '친구와 만난 기록'이라는 뜻입니다. 박지원은 이 책에 서문을 써 줍니다. 1766년이거나 1767년의 일로 여겨집니다. 홍대용과 박지원의 친교는 이 무렵 시작된 것으로 여겨집니다. 홍대용은 박지원보다 여섯 살 위였습니다. 박지원은 홍대용과의 만남을 계기로 대청 인식이 바뀌고 비로소 실학實學에 관심을 갖게 됩니다. 홍대용과의 만남이 박지원의 일생에서 중대한 전환점이 된 거죠.

—— 엄성에게 보낸 편지

홍대용은 귀국 후 중국인 친구들과 편지를 주고받았습니다. 그중 특히 주목되는 것은 1766년 9월 9일 중양절에 엄성에게 보낸 편지입니다. 이 편지에는 학문 및 사상과 관련한 홍대용의 질문이 첨부되어 있습니다. 즉 '발난 2조'發難二條가 그것이죠. '발난'發難은 '의문을 발發한다'는 뜻이고, '2조'는 '두 가지 조목'이라는 뜻입니다. 몇 장이나 되는 아주 긴 질문입니다.

　의문점 중 하나는 유교에서는 삼교三敎, 즉 유·불·도 가운데 불·도 이교二敎를 배척하지만 이교에 유교와 비슷한 점들이 있는데 이를 어떻게 봐야 할 것인가라는 거였습니다. 그러니까 삼교에 회통會通되는 점이 있다는 데 대해 의문을 제기한 것입니다. 만일 교조적으로 유교를 신봉한다면 이런 의문을 제기할 리가 없는데, 중국에 다녀온 뒤 홍대용의 사상에 변화가 생기고 있음을 감지할 수 있습니다. 또 하나의 의문점은 양명학에 관한 것입니다. 즉, 중국의 사상가 중에는 주자학자인데도 불구하고 양명학을 배척하지 않는 이가 있는데, 이를 어떻게 봐야 할 것인가라는 겁니다. 그러니까 주자학을 절대화하는 태도에 대해 의문을 제기하고 있는 거죠.

　'발난'은 '의난'疑難이라고도 하는데, 학문적 의심을 말합니다. 홍대용의 학문법에서는 의난이 아주 중요합니다. 스스로 계속 의난을 제기하면서 그 의난을 풀어 나가는 과정이 홍대용의 공부 과정이고, 사상 모색의 과정이고, 학문 행위의 도정이었습니다.

홍대용은 중국에 다녀온 뒤 이처럼 중국인 벗에게 의난을 제기했습니다. 이것이 '주체'로부터 비롯되었다는 것을 우선 주목할 필요가 있습니다. 즉 주체가 아닌 타자로부터 제기된 물음이 아니라, 주체 내부에서 만들어진 물음이라는 점을 주목하지 않으면 안 됩니다.

## —— 엄성의 답장

항주의 세 선비 가운데 홍대용은 엄성과 제일 가까웠습니다. 엄성은 홍대용보다 한 살 아래였는데, 음전하면서도 지키는 것이 있는 사람이었습니다. 홍대용은 그래서 자신과 기질적으로 맞는다고 생각했던지, 중국에서 엄성에게 제일 끌리고 엄성과 제일 죽이 맞았습니다. 엄성도 홍대용을 좋아했고요.

엄성이 홍대용의 편지를 받은 것은 1767년 가을이었습니다. 1년 뒤에 편지가 도착한 거죠. 엄성은 곧 답장을 써서 홍대용에게 보냈습니다. 홍대용은 이 답장을 엄성이 병(말라리아)으로 죽은 뒤인 1768년 부친상 중에 받아 봅니다.

엄성의 답장 역시 아주 깁니다. 두 사람은 정말 편지로 기탄없이 대화했다고 할 만합니다. 홍대용은 엄성에게 '내가 지금 학문적으로 이런 고민을 갖고 있는데 당신은 이에 대해 어떻게 생각하나, 솔직한 생각을 내게 들려 달라'고 한 셈인데, 엄성은 이러한 기대에 부응해, 좋은 게 좋다는 식으로 답하거나 적당하게 의례적으로 답하거나 하지 않고 자신의 진심을 토로한 것입니다. 한·중 지식인의 국경을 뛰어넘은 진실한 지적 대화라 이를 만하죠.

엄성의 이 편지는 홍대용의 사상적 모색에 많은 도움이 되지 않았을까 합니다. 그런데 문제는 홍대용이 엄성이 보낸 이 편지의 영향으로 인해 이전과는 다른 사상을 전개하게 되었다는 시각이 학계에 존재한다는 사실입니다. 이런 시각은 일종의 외인설外因說에 해당합니다. '외인설'이란 특정한 인물의 사상이 외부적 요인으로 인해 결정된다는 주장이죠. 사상의 형성 과정에 물론 외부 요인이 일정하게 작용할 수도 있지만 외인설은 사상 주체의 내적 요구와 궁리, 그리고 그에 따른 결단이라는 측면을 무시하거나 배제한다는 점에서 일방적이거나 피상적이기 쉽습니다. 타자와 주체의 관계에서 타자의 영향만을 일방적으로 강조하고 주체는 괄호 속에 넣어 버리기 때문이죠.

홍대용의 후기 사상이 외부 요인에 의해 틀 지워진다는 이런 시각은 일본 학자가 처음 제기했으며, 국내 학자 중에도 이런 시각에 동조하는 이가 없지는 않은 듯합니다. 그래서 이에 대한 나의 생각을 오늘 강의에서 조금 말할까 합니다.

우선 이 편지에서 엄성은 홍대용에게 '당신은 너무 성인聖人의 도道에 구애된 것이 병폐다. 그래서 구애된 생각을 조금 깨뜨리는 게 좋다고 생각한다'라고 말합니다. 엄성이 말한 '성인의 도'라는 것은 좁게 보면 주자학을, 넓게 보면 유교를 가리킨다고 할 수 있습니다. 엄성은 구체적으로 홍대용에게 '당신은 사장詞章이라든지 훈고訓詁라든지 기송記誦이라든지 이런 것은 모두 도에 해롭다고 여긴다'고 말합니다. '사장'은 시문을 짓는 일을 말하고, '훈고'는 한대漢代 학자들의 훈고학訓詁學처럼 경전에 주석을 붙이는 데 힘을 쏟는 일을 말하며, '기송'은 경전의 자구字句를 외는 일을 말합니다.

당시 홍대용은 편지에서 사장과 훈고와 기송의 학문은 모두 도에 해롭다고 말했습니다. 의리義理의 학문을 강조한 거죠. 홍대용은 꾸미고 아로새기는 글을 짓는 행위나 경전에 주석이나 붙이는 행위나 경전을 달달 외기만 하는 행위는 학문의 본령에서 멀며, 경전의 대의大義, 즉 경전의 정신을 제대로 파악하는 행위가 학문의 본령이라고 생각한 것입니다. 옛날 말로 하면 이른바 '의리지학'義理之學입니다. 유학의 유파 중에서도 주자학이 특히 의리지학을 강조합니다. 그래서 의리지학이라고 하면 주자학을 뜻하기도 합니다. 주자학에서는 단지 경전의 특정 구절의 올바른 의미만을 '의리'라고 하지 않고 정학正學(올바른 학문)과 이단을 엄격하게 구별하는 태도 역시 '의리'라고 합니다. 정학은 주자학을 가리키며 이단은 주자학 이외의 학문을 가리킵니다. 이처럼 주자학에서 말하는 '의리'는 편벽되고 배타적인 면이 있습니다. 하지만 홍대용이 사장, 훈고, 기송이 아니라 의리야말로 학문의 본령임을 강조한 것은 비단 주자학적 맥락만이 아니라 주자학을 벗어난 맥락에서도 유효할 수 있다는 점에 주목할 필요가 있습니다. 특히 '의리'를 정학과 이단의 엄격한 구별이 아니라 가치와 의미를 추구하는 정신의 태도로 이해할 경우 그렇습니다. 가령 홍대용이 만년에 쓴 『의산문답』의 기저에는 주자학을 벗어난 맥락에서의 의리가 자리하고 있다고 볼 수 있죠. 홍대용은 이 저술에서 사장이나 훈고나 기송에 힘쓴 것이 아니라 인간과 사물과 세계의 의미를 창조적 사유 행위로 새롭게 해석해 나가고 있으니까요. 그러므로 『의산문답』은 주자학적 맥락의 의리는 아니지만 또 다른 맥락의 의리를 중시하는 학문관의 소산이라 할 만합니다.

　다시 엄성의 편지로 돌아갑시다. 엄성은, 학문은 '의리'를 추구해야 한다는 홍대용의 생각에 반박하며, '사장·훈고·기송이 꼭 도에 해롭다고만 할 수 있겠나'라면서 훈고를 적극적으로 옹호합니다. 엄성의 이 말은 한학漢學에 대한 옹호라고 할 수 있습니다. '한

학'은 고증학과 통합니다. 그래서 청나라 학술계에서 한학에 대한 옹호는 곧 청조 고증학에 대한 옹호를 의미합니다. 당시 청나라 학술은 고증학이 지배적이었습니다. 주자학을 하는 사람은 드물었고 고증학이 지배적인 추세였습니다. 엄성은 항주 선비인데, 항주는 양명학의 자장이 강한 곳입니다. 엄성은 양명학도이면서 한편으로 고증학에 침윤되어 있었습니다. 당시 중국의 사상 풍토가 그랬으니까요. 엄성이 훈고를 옹호한 데에는 이런 배경이 있습니다.

지난 강의(제22강)에서 이야기한 바 있지만 고증학은 박학博學을 중시합니다. 주자학 역시 지식을 중시하지만 그렇다고 박학을 꼭 중시하지는 않습니다. 엄성은 도학道學, 즉 주자학의 이런저런 문제점에 대한 비판을 편지에 담아 놓고 있습니다.

홍대용이 지나치게 성인의 도에 구애된다고 한 엄성의 말은 노장老莊, 불교 등의 이단에 너무 교조적 입장을 취하지 말고 열린 생각으로 보라는 말입니다. 이 말이 양명학에도 적용됨은 물론이죠. 엄성은 특히 주자학을 존숭해서 양명학을 배척하는 홍대용의 생각에 동의하기 어려웠습니다.

엄성만이 아니라 당시 중국의 학자들은 불교, 노장, 양명학 같은 여러 사상을 회통하는 경향이 있었습니다. 엄성은 그래서 '우리처럼 당신도 너무 하나의 학문을 절대 진리라고 고집하지 말고 열린 관점에서 학문을 바라보는 게 좋겠다'고 충고한 거죠.

엄성이 이런 말을 한 것은 홍대용이 학문에 대한 의구심을 품고 엄성에게 물었기 때문입니다. 만일 홍대용이 '발난'을 제기하지 않았다면 엄성의 말도 없었을 것입니다. 즉 홍대용의 내적 요구가 없었다면 엄성의 충고라는 외적 계기도 나타나지 않았을 것이고 또한 설사 나타났다 할지라도 홍대용에게 그다지 의미 있는 작용을 하기는 어려웠으리라 여겨집니다. 우리는 이 점에 유의해야 합니다.

홍대용은 엄성의 편지를 받고 내적 계기와 외적 계기를 결합시켰다고 여겨집니다. 이 편지를 받았을 때 엄성은 이미 고인이었습니다. 홍대용은 깊은 슬픔에 잠겼습니다. 그래서 벗의 이 정성스러운 편지 내용 중 경청할 만한 것은 경청하려고 노력했으리라 봅니다. 그게 진정이 담긴 말을 해 준 벗에 대한 도리니까요.

이 편지를 받은 이후 홍대용의 생각이 변합니다. 다만 홍대용이 '공관병수'公觀倂受라는 자신의 학문 방법론을 정립한 것은 1770년대 초에 와서입니다. '공관병수'는 '공정하게 여러 사상을 살펴 그 장점을 두루 받아들인다'라는 뜻입니다. 그러니까 홍대용이 엄성의 편지를 받고 바로 공관병수라는 아이디어를 끌어낸 것은 아니라는 말입니다. 이 편지를 받은 후 홍대용은 자기대로 끙끙대면서 사상적 모색을 해 나갔다고 보입니다. 엄성의 편지가 그런 모색의 계기가 된 것은 분명합니다. 조금 뒤에 말하겠지만 또 하나의 계기가 된 것은 김종후와의 논쟁입니다. 홍대용은 1760년대 말 두 개의 중요한 계기와 맞닥뜨리게 된 것입니다. 이 과정에서 자기대로의 새로운 사유를 모색해 나가게 되죠.

그러므로 홍대용이 엄성의 편지에 영향을 받아 지금 우리가 아는 것과 같은 홍대용 만년의 사유가 나오게 된다고 보는 것은 좀 단순한 사고라고 하겠습니다. 사상에 그런 게 어디 있답니까? 사상이라는 것은 주체의 내적 요구가 중요한데, 엄성이 그리 말했다 할지라도 홍대용에게 그것을 받아들일 내적 요구나 고뇌가 없었다면 아무런 문제도 되지 않는 거죠. 홍대용에게 어떤 내적 절실함과 계기가 있으니까 외적 계기가 일정하게 내적 계기와 결합될 수 있었던 거라고 봐야 옳을 것입니다.

그렇다면 홍대용이 사상 주체의 입장에서 엄성의 견해 중 무엇을 받아들이고 무엇을 받아들이지 않았는지를 좀 따져 볼 필요가 있을 듯합니다. 우선 홍대용은 죽을 때까지 '훈고', 즉 고증학은 받아들이지 않았습니다. 『의산문답』에 고증학은 하나도 없습니다. 그러니까 훈고 위주의 한학은 수용하지 않은 겁니다. 엄성은 한학, 즉 고증학이 중요하다는 것을 아주 힘주어 말했는데 홍대용은 이런 건 하나도 경청하지 않은 거죠. 한편, 엄성의 편지에는 중화주의나 화이론에 대한 문제의식은 하나도 보이지 않습니다. 홍대용이 그런 건 묻지 않았으니까요. 그런데 홍대용 만년 사상의 정화精華를 보여 준다고 할 『의산문답』에는 '인물균'人物均이라는 홍대용 특유의 세계관이 구축되어 있으며, 화이론에 대한 문제의식이 담겨 있습니다. 이런 건 홍대용 스스로의 주체적 사고에 따른 전개라고 봐야겠죠.

또한 엄성은 '공관병수'와 같은 개념은 말한 바 없습니다. 이는 홍대용이 몇 년간 자기대로 고뇌해 스스로 만들어 낸 사유의 결과물입니다. 물론 엄성이 이단에 대해 유연한 태도를 가질 것을 촉구한 것은 홍대용이 새로운 사유를 모색해 나가는 데 분명 자극과 격려가 되었으리라 여겨집니다. 하지만 이 자극에 지나친 의미를 부여해서는 안 될 것입니다. 왜냐하면 홍대용의 사유는 엄성보다 더 멀리 나아가고 있기 때문입니다. 다시 말해 엄성이 사유하지 못한 것을 홍대용은 사유하고 있거든요. 가령 엄성은 묵자墨子나 서학西學이나 양주楊朱는 말하지 않았습니다. 유학자들은 보통 이단 가운데 가장 고약한 것으로 양주와 묵적墨翟(묵자)을 꼽습니다. 양주는 '위아설'爲我說, 즉, '나'를 위주로 한 사상을 펼쳤습니다. 묵적은 '겸애설'兼愛說, 즉 '내 가족만 사랑할 게 아니라 이 세상의 모든 타자들을 똑같이 사랑해야 한다'는 사상을 펼쳤습니다. 그래서 맹자孟子는 "양씨는 '나'를 위하니 임금이 없고, 묵씨는 '겸애'를 하니 아비가 없다. 아비가 없고 임금이 없다면 이는 금수禽獸다"라며, 양주와 묵적을 싸잡아 혹독하게 비난했습니다. 엄성은 묵자나 양주나 서학에 대한 언급은 한마디도 하지 않았습니다. 하지만 홍대용은 공관병수에 의거해 양주와 묵자, 서학까지 자기 사유 속에 포섭했습니다. 묵자가 사유 속에 들어온 것은 대단히 주목해야 할 일입니다. 홍대용의 주체적 사유를 보여 주기 때문이죠.

홍대용은 스스로 정통과 이단을 재단裁斷하는 데 대한 의구심이 없지 않았는데, 엄성과의 지적 교류로 정통과 이단에 대한 엄격한 구분을 해체하는 쪽으로 나아가게 된 것입니다. 엄성의 충고가 이단에 대한 관점을 수정하는 데 도움이 된 거죠. 그러나 엄성의 편지가 홍대용의 사상 형성 과정에 하나의 의미 있는 외적 계기가 된 것은 분명하지만, 그렇다고 일설一說처럼 마치 엄성의 영향으로 홍대용의 후기 사상이 결정되었다고 보는 것은 좀 지나친 주장이 아닌가 합니다.

—— 김종후와의 논쟁

홍대용은 37세 때인 1767년 11월에 부친상을 당해 서울에서 고향으로 내려와 3년상을 지내면서 부친의 묘막墓幕(산소 옆에 지어 놓는 오두막)을 지킵니다. 이해 부친상을 당하기 전에 김종후金鍾厚(1721~1780)와 논쟁이 벌어지는데요, 김종후는 정조 때 영의정을 지낸 김종수金鍾秀의 형입니다. 민우수閔遇洙의 제자로 예학禮學을 전공했으며 춘추 의리를 굳게 지킨 고루한 학자인데, 홍대용에게 편지를 보내 그를 공격했습니다. 이 편지에서 김종후는 '당신이 중국에 가서 오랑캐 선비들과 희희낙락하면서 온갖 이야기를 나누었다는데, 조선 선비가 그래도 되는가. 더러운 오랑캐하고 사귀고, 그걸 또 자랑이라고 부끄러운 줄도 모르고 그 사람들과 주고받은 말을 책으로 엮어 그게 지금 유포되어 읽히고 있다는데, 이게 도대체 말이 되는가' 하면서 홍대용을 비난했습니다. 홍대용은 반박했지만 김종후는 다시 장문의 비난 편지를 보내옵니다. 홍대용은 참을 수 없어 김종후의 편지를 축자적으로 조목조목 인용해 재반박하는 아주 긴 편지를 씁니다. 이 편지는 지금 『담헌서』湛軒書에 실려 있기는 하나 보내려고 썼다가 실제로는 보내지 않은 것입니다. 홍대용은 시간이 지나 마음이 좀 진정되자 이 편지를 부치지 않고 그 대신 간단히 쓴 편지를 보냈습니다. 김종후가 홍대용을 사문난적斯文亂賊(유교의 적)으로 몰아가려는 태도를 보였으므로, 홍대용은 잘못하면 아주 곤란한 입장이 될 수도 있음을 우려해 미봉하는 태도를 취한 것입니다. 홍대용은 김종후에게 실제로 보낸 짧은 편지에서 '원래는 당신에 대해 원망하는 긴 편지를 썼는데 생각해 보니 안 좋은 것 같아서 다시 마음을 가라앉혀서 썼다'는 말을 첨부합니다. 논쟁 과정 중 홍대용의 본의와 실제 감정을 알려면 부치지 않은 이 편지를 참조할 필요가 있습니다. 이 편지를 통해 홍대용의 진심과 생각을 정확하게 알 수 있기 때문이죠.

김종후와의 편지 왕래는 2년 후인 1769년까지 이어집니다. 하지만 이때의 편지는 꼭 논쟁은 아니고 논쟁의 연장선상에서 서로의 생각을 주고받은 것으로 여겨집니다. 이를테면 1769년에 홍대용이 김종후에게 보낸 편지에는 '당신은 예학禮學에 골몰하는데, 그런 것은 학문의 본령이라고 보기 어렵다. 왜 그런 걸 하는가? 당신이 학문의 말단이라고 생각하는 실학, 이를테면 식량이라든지 화폐라든지 군사 문제라든지 재정 문제라든지, 이런 것에 대해 연구하는 실학이야말로 힘써야 할 학문인데 왜 그러지 아니하고 별로 시급하지도 않은 예학을 학문의 본령으로 삼는가?'라는 말이 보입니다. 이 편지에서 홍대용과 김종후의 생각 차이, 두 사람의 학문적 차이가 잘 드러납니다. 이 무렵 홍대용이 실학으로 깊이 들어와 있었던 것을 이 편지를 통해 알 수 있습니다.

　　홍대용은 김종후와의 논쟁기인 1760년대 말에 주자학에 대한 깊은 회의와 함께 이단 사상들에 대한 반성적 성찰을 보여 줍니다. 그리고 청나라에 대한 무조건적인 반감을 탈피해 청나라를 있는 그대로 보려는 관점을 보여 줍니다. 그렇기는 하나 이 시기 홍대용은 아직 중화주의와 화이론에 대해서는 뚜렷한 자신의 입장을 정립하지 못한 채 대체로 기존의 패러다임 안에 있었던 것으로 보입니다.

## —— 금강산 여행, 이송과의 만남

40세 때인 1770년, 홍대용은 다시 서울로 올라오며 이해 가을 금강산을 여행하는데, 여행 중에 서림西林 이송李淞(1725~1788)과 알게 됩니다. 이송은 당색이 소론이지만 둘은 서로 아주 친해졌습니다. 이송은 홍대용이 죽은 뒤 그 묘표墓表를 썼는데 그중에 홍대용 학문의 요체가 '공관병수'임을 밝힌 말이 나옵니다. 홍대용 사상의 근본 원리를 꿰뚫어 본 거죠. 아마 이송은 홍대용과 깊은 생각을 주고받았던 게 아닌가 합니다. 홍대용의 묘지명은 박지원이 썼는데, 홍대용이 중국 항주의 선비들에게 얼마나 인정을 받았는지가 대서특필되고 있을 뿐 '공관병수' 같은 홍대용 사상의 기본 원리에 대해서는 일언반구도 없습니다. 다시 말해 중국인 벗들과의 교유에 대해서만 잔뜩 써 놓았을 뿐 사상가로서 홍대용의 고투와 성취, 그리고 그가 최종적으로 도달한 세계관에 대해서는 일절 언급이 없습니다. 박지원은 홍대용과 아주 친했습니다만 홍대용의 만년 사상은 잘 몰랐던 게 아닌가, 오히려 홍대용 만년의 사상적 성취를 정확하게 간파하고 있었던 사람은 당색이 다른 선비인 이송이 아닌가 합니다.

—— 벼슬살이, 저술

홍대용은 44세 때인 1774년 12월 익위사 시직翊衛司侍直이라는 벼슬에 제수되어 처음 벼슬에 나갑니다. 세손世孫인 정조正祖를 가르치는 직책이죠. 홍대용은 이때부터 17개월간 세손을 가르쳤는데 이 일을 기록한 것이 『계방일기』桂坊日記입니다. '계방'桂坊은 익위사의 별칭입니다.

3년 후 정조 원년(1777)에 태인 현감泰仁縣監으로 나갑니다. 이듬해인 1778년 이덕무李德懋, 박제가朴齊家가 중국에 갈 때 이들을 소개하는 편지를 중국 삼하三河의 손유의孫有義(호 용주蓉洲)에게 보냅니다.

2년 후 50세 때인 정조 4년(1780) 1월에 경상도 영천 군수永川郡守에 제수됩니다. 그리고 이해 봄에 자제군관으로 중국에 가는 박지원을 소개하는 편지를 손유의에게 보냅니다. 이처럼 홍대용은 이덕무·박제가·박지원이 중국에 갈 때 도움을 줬습니다.

정조 7년(1783) 영천 군수를 사직하고 고향으로 돌아옵니다. 홍대용은 경관京官으로 3년, 지방관으로 6년, 총 9년간 벼슬을 했습니다. 고향으로 돌아온 해 10월에 갑자기 중풍이 와서 53세를 일기로 세상을 하직합니다.

저서로는『주해수용』籌解需用이라는 수학 책과『연기』燕記라는 연행록燕行錄이 있습니다.『주해수용』은 연행 후에 저술된 책이며, 『연기』도 1770년대 후반 무렵에 작성된 것으로 추정됩니다. 홍대용은 한문으로 된『연기』를 국문으로 번역하기도 했습니다. 번역된 책의 이름은『을병연행록』乙丙燕行錄입니다.

『의산문답』은 정확히 언제 저술됐는지 알 수 없지만 대체로 1770년대 말에서 1780년대 초 사이에 집필됐을 것으로 봅니다.

## 『의산문답』의 구성과 특징

『의산문답』은 그 장르를 소설로 보는 견해도 있습니다. '프랑스 계몽주의자 볼테르Voltaire의『캉디드』Candide와 비슷하다,『캉디드』에 비견할 만한 계몽적 소설이다'라는 견해죠.『의산문답』에는 약간의 허구적 요소가 있습니다만 그렇다고 소설이라고 보기는 어렵지 않은가 합니다. 그보다는 문대問對에 해당하는 작품으로 보아야 할 듯합니다. '문대'는 동아시아 문학사에서 오랜 전통이 있는 글쓰기입니다. '문대'는 '묻고 대답한다'는 뜻입니다. 문대에는 철리산문(철학적 이치를 담은 산문)이 많습니다.『의산문답』은 바로 이 철리산문의 전통을 잇는 작품이라고 할 수 있습니다. 철리산문에는 약간의 허구가 설정되기도 합니다. 홍대용은 자신이 말하려는 혁신적인 생각을 효과적으로 전달하기 위해 문대라는 문학 형식을 택한 듯합니다.

17세기 후반에 박두세朴斗世(1650~1733)라는 문인이「요로원야화기」要路院夜話記라는 소설을 창작했는데, 이 작품 역시 두 인물이 문답을 주고받는 형식으로 되어 있죠. 두 작품은 이 점에서 비슷하다 할 것입니다. 그렇지만『의산문답』과 달리「요로원야화기」는 문대 장르가 아니고 실험적 성격을 띠는 소설로 보아야 옳을 것입니다. 또한『의산문답』은 사상을 개진하기 위한 작품인데,「요로원야화기」는 꼭 사상을 개진하기 위한 작품은 아니며, 서울 양반에 대한 기롱과 시사時事 비판을 담고 있습니다. 그런 점에서 두 작품은 비록 대화로 시종일관된다는 점은 같지만 성격이 다른 텍스트라고 해야겠죠.

『의산문답』을 우화寓話로 보는 견해도 있습니다. '이 작품은 우화이기 때문에 그 디테일 하나하나에 홍대용의 사상이 표현되어 있는 것으로 받아들이거나 해석하면 안 된다, 그러니까『의산문답』은『장자』莊子와 같은 우화다', 이런 견해죠. 대체로 과학사 하는 분들이 그렇게 보는데요, 우화에는 인격화된 동식물이 주인공으로 등장합니다. 하지만『의산문답』에 등장하는 '실옹'實翁과 '허자'虛子는 동식물이 아닙니다. 우화라는 장르는 인격화된 동식물을 주인공으로 등장시켜서 그들의 행동에 풍자와 교훈의 뜻을 담는 이야기입니다. 그리스 시대 이솝의 우화를 보면 잘 알 수 있죠. 그러니『의산문답』은 우화라고 할 수 없습니다.『장자』역시 우언寓言이라고 할지언정 우화는 아닙니다. 우언과 우화는 그 성격이 전연 다릅니다.

그렇다면『의산문답』을 '우언'이라고 규정하면 어떨까요? 과학사 하는 분들은『의산문답』을 '우화'라고 하지 '우언'이라고는 하지 않습니다만 우리도 홍대용처럼 여기서 한번 의난을 제기해 보자는 거죠.『의산문답』을 우언이라고 하는 것도 적실하지 않은 듯합니다.『장자』에는 우언적 요소가 많습니다.『장자』의 이야기 하나하나에는 특정 사물이나 인물이 등장하죠. 이 사물이나 인물에는 비유라든가 은유라든가 알레고리 같은 게 포함되어 있습니다. 하지만 이들 사물이나 인물이 작자의 분신은 아닙니다.『장자』는 이런 '말하기 방식'으로 작가의 사상을 전달하고 있습니다. 이게 바로 우언입니다.『의산문답』은『장자』와 통하는 점이 전연 없는 것은 아니지만『장자』와는 본질상 다릅니다. 우선『의산문답』의 실옹은 기본적으로 작자의 분신이고, 허자는 조선 시대 주자학자 일반을 표상할 뿐만 아니라 부분적으로는 젊은 시절 홍대용의 어떤 면모가 약간 투사되어 있습니다. 하지만 그렇다고 해서 허자를 젊은 시절 홍대용의 분신이라고 말할 수는 없습니다. 기본적으로는 당대 조선의 허학虛學을 일삼는 주자학도들을 표상하고 있다고 봐야겠죠.『의산문답』의 말하기 방식은『장자』처럼 메타포와 알레고리를 동원해서 둘러말하는 것이 아니라 작자의 분신과 도학자를 표상하는 인물을 통해 작자의 사상을 직설적으로 말하는 데 가깝습니다. 그러니까『의산문답』의 인물들은 다소간 허구적으로 설정된 것이라고 할 수 있지만 그들이 주고받는 말들은 사실 사상의 '직설적 진술'이라고 볼 수 있죠. 우언적 말하기는 직설적 진술과는 거리가 멉니다. 만일 우언에 직설적 진술이 나타난다면 그건 우언으로서는 실패한 거라고 할 수 있습니다.

『의산문답』의 이런 말하기 방식은『성리대전』性理大全에 실려 있는 북송北宋의 철학자 소옹邵雍의『어초문대』漁樵問對와 유사합니다.『성리대전』은 조선 학자들이 많이 본 책입니다.『어초문대』에서는 낚시하는 이와 나무꾼이 우연히 만나 밤새 이야기를 주고받습니다. 이 둘은 허구적으로 설정된 인물입니다만 그들이 주고받는 말은 우언이 아니라『의산문답』과 마찬가지로 사상의 직설적 개진입니다.『의산문답』은 이런 동아시아적 글쓰기의 전통 속에 있는 작품이라 할 것입니다.

『의산문답』이 한국문학사에 처음 출현한 문답식 철리산문은 아닙니다. 문답식 철리산문은 한국문학사에서 이른 시기에 출현해 발전해 왔습니다. 가령 이규보李奎報의 「슬견설」蝨犬說·「문조물」問造物이라든가 김시습金時習의 「청한잡저」淸寒雜著라든가 장유張維의 「맹자와 장자의 논변」(設孟莊論辨)이라든가 신경준申景濬이 1739년 전후에 쓴 「소사문답」素沙問答을 예로 들 수 있습니다. 『의산문답』은 한국문학사에서 연면히 창작되어 온 이런 문답식 철리산문의 전통을 계승하고 있다고 할 만합니다.

실옹과 허자라는 두 인물의 문답으로 되어 있는 『의산문답』의 형식은 기존의 관점과 대립되는 새로운 관점을 개진하는 데 퍽 적절하지 않나 합니다. 뿐만 아니라 이 형식은 새로운 사상을 계몽적 차원에서 알리거나 논쟁적으로 제시하는 데에도 유용한 것으로 보입니다.


### 『의산실언』

앞서 말했듯 『의산문답』이 언제 저술되었는지는 확실히 알 수 없습니다. 홍대용은 1783년에 세상을 떴습니다. 아마 죽기 얼마 전 사상의 최종적 도달 국면에서 이 작품을 쓴 것으로 여겨집니다. 홍대용 생전에 『의산문답』이 세상에 유포된 것 같지는 않습니다. 앞에서 박지원이 쓴 홍대용의 묘지명에 대해 언급했습니다만, 이 글을 보면 박지원은 『의산문답』을 보지 못한 게 아닌가 생각됩니다. 홍대용 사후에도 『의산문답』은 세상에 유포되지 못했습니다. 그 불온성 때문으로 여겨집니다. 『의산문답』에는 당시의 관점에서 보면 위험한 말이 비일비재하거든요. 그렇긴 하지만 홍대용 주변의 인물 가운데 이 책을 읽은 사람이 전연 없었던 것은 아닌 듯합니다. 이덕무와 성대중成大中이 만년에 쓴 글 중에는 중화를 상대화하면서 화華와 이夷, 주체와 타자의 평등성을 주장한 것들이 있는데, 이는『의산문답』의 영향으로 여겨집니다. 이덕무는 홍대용의 애고愛顧를 입었고, 성대중은 이덕무와 아주 가까웠습니다.

하지만『의산문답』이 문헌에서 확인되는 건 19세기에 와서 박지원의 손자 박규수朴珪壽(1807~1877)가 언급한 것이 처음입니다. 이외에는『의산문답』에 대해 언급한 문헌이 19세기에 더 발견되지 않습니다.『의산문답』이 세상에 알려진 것은 일제강점기인 1939년 홍대용의 문집『담헌서』가 간행되면서입니다.

박규수는 홍대용의 손자 홍양후洪良厚(1800~1879)와 아주 친했으므로 홍양후를 통해『의산문답』을 빌려 본 후 한 부 베껴 놓았던 게 아닐까 합니다. 그런데 박규수는『의산문답』이라 하지 않고 '의산실언'毉山實言이라고 했습니다.『의산문답』은 '의산실언'으로도 불린 모양입니다. 실옹과 허자의 대화에서 실옹의 말에 특히 강조점을 두어 '실언'이라는 말을 책 이름에 넣은 게 아닐까 합니다. 지금 전남대 도서관에 '의산실언'이라는 이름의 책이 소장되어 있어『의산실언』이『의산문답』과 같은 책이라는 사실이 확인됩니다.


## 『의산문답』의 세계

『의산문답』종결부에는 화이지분華夷之分(중화와 오랑캐의 구분)에 대한 논의가 나옵니다. 먼저 허자가 다음과 같이 문제를 제기합니다.

공자께서는 『춘추』를 쓰실 때 중국을 안으로 삼고 사이四夷 (사방의 오랑캐)를 밖으로 삼으셨습니다. 중국과 오랑캐의 구별을 이처럼 엄격히 하셨는데, 지금 선생님은 "인사人事(인간 세상의 일)에 의해 초래된 일이요 천시天時(하늘의 운세)가 필시 그런 것이다"라고 하시니, 이는 옳지 못한 말씀이 아닐는지요?

"인사에 의해 초래된 일이요 천시가 필시 그런 것이다"라는 말에 대해서는 약간 설명이 필요할 듯합니다. 실옹은 인용문의 바로 앞부분에서 상고시대로부터 명나라에 이르기까지의 중국사를 개괄한 다음 "중국 천자의 덕이 떨치지 못하고 오랑캐의 운수가 날로 자라남은 인사에 의해 초래된 일이요 천시가 필시 그런 것이다"라고 말하고 있습니다. 중국의 쇠퇴와 오랑캐의 번성이 역사적 필연임을 긍정한 것입니다. 허자는 실옹의 이런 관점에 이의를 제기한 것입니다.

공자가 『춘추』를 쓴 목적은 난신적자亂臣賊子를 벌하고 존주양이尊周攘夷를 밝히기 위한 것으로 알려져 있습니다. '난신적자'는 나라를 어지럽히는 신하와 어버이를 해치는 자식을 말하고, '존주양이'는 주周나라 왕실을 높이고 오랑캐를 물리치는 것을 말합니다. 여기서 '춘추대의'라는 말이 유래합니다. 이처럼 『춘추』는 중국 중심주의의 이념이 강한 경전입니다. 『춘추』에서 중국은 '안'에 해당하고 문명을 뜻하는 반면, 오랑캐는 '밖'에 해당하고 야만을 뜻합니다. 안과 밖, 중심과 주변을 엄격히 구분한 거죠. 인용문에서 허자는 바로 이 점을 상기시키고 있습니다. 허자의 이러한 생각은 『춘추』를 이념적 근거로 삼아 존주대의尊周大義를 외치며 청나라를 오랑캐의 나라로 깔보았던 당대 조선 선비들의 일반적인 사고방식을 반영하고 있다 할 것입니다.

17세기 이래 조선 학계에서는 『춘추』라는 책에 기대어 소중화주의小中華主義를 강화하였고 급기야 '조선중화주의'라는 이데올로기를 만들어 내는 데까지 이르렀습니다. '조선중화주의'는 중국이 오랑캐 나라가 됐으니 이제 조선이 중화라는 주장이죠. '늘 중화만 추종하다가 이제 우리 자신을 중화라고 하니 잘된 것 아니냐, 주체적 인식의 발로로 좋게 봐 줘야 하는 것 아니냐'고 생각하는 사람이 있을지도 모르겠습니다. 하지만 그것은 피상적인 관찰입니다. 조선중화주의는 조선은 문명국이고 청나라는 야만국임을 전제로 하고 있습니다. 조선이 문명국이라는 건 조선 사람은 상투를 틀고 옛 중국의 복식을 따르기 때문이고, 청나라가 야만국인 건 그 나라 사람들이 변발을 하고 오랑캐의 복식을 하고 있기 때문이라는 거죠. 간단히 말하면 조선은 예의가 있고 청나라는 예의가 없다는 것입니다. 예의의 기준은 옛 중국의 문화입니다. 이렇게 보면 조선중화주의는 주체적인 관념이 아니라, 중국을 중화로 받드는 중화주의의 변형된 형태임을 알 수 있습니다. 게다가 더욱 큰 문제는 그것이 일종의 자기기만과 허세에 바탕하고 있으며, 이 때문에 제대로 된 현실 감각을 결여해 자고자대自高自大의 유아적인 허위의식을 낳는다는 점입니다.

아까 홍대용이 중국에서 돌아온 후 김종후와 논전을 벌였다고 하지 않았습니까? 당시 김종후는 춘추대의에 입각해 홍대용을 사문난적으로 몰면서 그 입에 재갈을 물리려 했습니다. 이에 홍대용은 자신은 직접 본 사실과 현실을 말했을 뿐이건만 의리를 끌고 와서 자기를 윽박지르려 한다면서 강하게 반발했습니다. 당시 홍대용과 김종후의 논쟁을 지켜보던 김이안金履安(1722~1791)은 「화이변」
華夷辨이라는 글을 지었는데요, '화이변'은 중화와 오랑캐의 분변分
辨이라는 뜻입니다. 김이안은 이 글을 지어 홍대용의 청나라에 대
한 관점을 비판하고 '청=오랑캐, 조선=중화'라는 기존의 조선중화
주의의 정당성을 재확인합니다. 김이안은 홍대용의 이종형입니다.
인척 관계지만 생각은 서로 엄청 달랐던 거죠.

「화이변」에서 김이안은 이렇게 말합니다.

> 내 듣건대 성인께서 『춘추』를 지으신 의의는 오랑캐를 배척
> 한 것보다 큰 것이 없다.

춘추 의리는 오랑캐를 배척하는 것이 가장 중요하다는 말입니
다. 이렇게 전제한 뒤 김이안은 인간에 부속된 게 두 가지가 있는데
하나는 이적이고 하나는 금수라고 하면서, 이적과 금수가 설치면
인류가 어지럽혀진다고 했습니다. 그리고 이런 결론을 내렸습니다.

> 옛날에는 지리를 기준으로 화이를 분변해서 중국의 동쪽은
> '동이'東夷, 서쪽은 '서이'西夷, 남쪽은 '남이'南夷, 북쪽은 '북
> 이'北夷라고 하고, 그 가운데 있는 지역을 '중국'이라고 했다.
> (…) 지금은 오랑캐인 청이 중국을 점거했으니 (…) 지리를
> 기준으로 삼을 수 없고 문화를 기준으로 삼아야 한다. 그럴
> 경우 중국의 예악 문물禮樂文物을 보존하는 예의의 나라라
> 고 할 수 있는 우리나라가 중화일 수밖에 없다.

이게 바로 조선중화주의입니다. 중원을 점거한 청나라는 오랑

캐니까 중화로 인정할 수 없고, 중국 문명을 보존하고 있는 조선이 이제 중화라고 생각하고 있습니다. 앞에 인용된 허자의 말은 김이 안의 말을 염두에 두면서 음미될 필요가 있습니다.

허자의 이 말에 실옹은 이렇게 대답합니다.

하늘이 내고 땅이 길러 주어 무릇 혈기가 있는 자는 똑같이 사람이며, 무리 가운데 뛰어나 한 곳을 맡아 다스리는 자는 똑같이 임금이며, 문을 겹겹이 만들고 해자를 깊이 파서 영토를 지키면 똑같이 국가다. 장보章甫(은나라의 모자)건 위모委貌(주나라의 모자)건 문신文身(동방 오랑캐가 몸에 무늬를 새기는 것)이건 조제雕題(남방 오랑캐가 이마에 무늬를 새기는 것)건 간에 똑같이 습속이다. 하늘의 관점에서 본다면 어찌 안과 밖의 구분이 있겠는가? 그런 까닭에 각각 제 나라 사람과 친하고 제 임금을 높이며 각각 제 나라를 지키고 각각 제 풍속을 편안히 여기는 것이니, 중국과 오랑캐는 하나다.

'중국과 오랑캐는 하나다'라는 말은 중국과 오랑캐는 우열이 없으며 평등하다는 뜻입니다. 중국식의 복식을 하든 하지 않든 그런 건 중요하지 않고, 문화적 차이에 따른 우열 같은 것도 인정할 수 없다는 주장입니다. 중화주의와 화이론의 근본적 부정이라고 할 수 있습니다. 중화주의든 조선중화주의든 모두 부정되고 있습니다. 즉 자기중심주의의 부정이죠. 모든 민족, 모든 종족에 우열은 없으며 모두 똑같다고 보고 있으니까요.

실옹의 말에는 '똑같이'라는 단어가 네 번 나오는데 그 원문은 '균'均입니다. 『의산문답』의 앞부분에 언술言述된 '인물균'人物均의

'균'과 같은 의미입니다. '인물균'은 사람과 여타의 생물이 근원적으로 똑같다는 주장입니다. 생태주의적 함의를 갖는 주장이죠. 인용문에서 실옹이 말한 '균'이 '인물균'의 '균'과 같은 의미라는 점에서 '화이일'華夷一은 '화이균'華夷均으로 바꿔 읽어도 무방할 것입니다. 그런데 '화이일'을 '화이균'으로 바꿔 읽으면 이 테제가 '인물균'이라는 테제의 논리적·범주적 확대라는 사실이 금방 드러납니다.

이처럼 『의산문답』에서 '인물균'은 '지성균'地星均을 거쳐 '화이균'에까지 논리적으로 관철되고 있습니다. '지성균'에서 '지'地는 지구를 말하고 '성'星은 뭇별을 말합니다. 홍대용은 지구인들은 지구가 우주의 중심이라고 생각하지만 다른 별에서 보면 그 별이 우주의 중심이 되니 우주에 중심은 없다고 봤습니다. 홍대용의 이런 생각은 '지성균'으로 요약될 수 있을 것입니다. 비록 홍대용 자신이 그런 표현을 쓰지는 않았지만 말입니다.

『의산문답』은 이렇게 범주가 확장되면서도 하나의 논리가 관철되는 양상을 보이고 있습니다. 그리하여 『의산문답』의 일관된 기저를 이루는 것은 '평등의 존재론'이라고 말할 수 있습니다. 『의산문답』에서 '상대주의'는 이 존재론을 철두철미하게 관철해 내기 위한 인식론적 방법론입니다. 그러므로 『의산문답』을 읽을 때 '화이균'만 딱 떼서 보려는 태도는 정당하지 않습니다. 그런 태도는 홍대용 사유의 긴 호흡과 맥락을 끊어 버려 그 의미를 온전하게 파악하지 못하게 할 뿐만 아니라, '화이균' 자체의 의미조차도 제대로 파악하지 못하게 할 우려가 있습니다. '인물균'이 변주되어 '화이균'이 되고, 따라서 '화이균'을 뒷받침하는 것이 '인물균'이라는 사실을 아는 것은 『의산문답』의 논리 구성과 체계를 이해하는 데 대단히 중요하다고 할 수 있습니다. 또한 '화이균'을 통해 '인물균'은 그 존재론의 외연을 더욱 확장하면서 세계관적인 규모와 두께를 갖추게 됩니다. 요컨대 『의산문답』의 종결부에 제시된 이 '화이균'이라는 테제는 인간과 사물의 관계에서 출발한 홍대용의 존재론이 마침내 사회사상과 연관을 맺는 쪽으로 확장되었음을 의미합니다.

다시 앞의 실옹의 말로 돌아가 봅시다. "하늘의 관점에서 본다면 어찌 안과 밖의 구분이 있겠는가?"라고 했는데요, 이 말은 인물균이 논해지는 대목에서 "하늘의 관점에서 본다면 사람과 물物이 똑같다"라고 한 것과 어법상 동일합니다. 특히 '하늘'이 다시 거론되고 있음에 유의할 필요가 있습니다. 홍대용의 사유에서 '하늘'이란 공평무사한 인식을 담보하는 궁극적인 근거가 됩니다. 다른 각도에서 보면 그것은 인식의 국한성을 넘어서서 공평무사한 인식을 가능하게 하는 높은 정신적 경지를 의미합니다. 그러므로 하늘의 관점에서 보는 것은 도道, 즉 총체적 진리에 이르는 길입니다. 중요한 것은 하늘의 관점에서 보면 '이것'과 '저것'의 일면성이 지양止揚된다는 사실입니다. 홍대용은 『의산문답』에서 하늘의 관점을 통해 모든 자기중심성을 해체해 버렸습니다. 자기중심성의 해체는 새로운 진리 인식, 새로운 존재 인식, 새로운 세계 인식을 가능하게 합니다.

'화이균'도 마찬가지입니다. 홍대용은 이 테제를 하늘의 관점에서 도출해 냄으로써 몇 천 년간이나 동아시아를 규율해 온 저 화이론을 탈주술화脫呪術化(Entzauberung)해 버리고 있습니다. 이제 안과 밖은 없으며 모든 국가와 군주는 물론이려니와 습속조차도 평등함이 선언됩니다. 중화의 의관과 복식은 문명적이고 우등하며 오랑캐의 문신하는 습속은 열등하고 야만적이라는 주장은 진리로 받아들여지지 않습니다. 그것은 단지 '습속', 즉 관습과 풍속의 차이일 뿐이니까요. 따라서 예악 문물의 존재 여부로 화이를 차등적으로 구분하며 오랑캐를 인간과 금수의 중간쯤에 있는 존재로 치부하는 관점은 원천적으로 성립될 수 없습니다. 하늘의 관점에서 공평무사하게 본다면 모든 인간은 다 똑같기 때문입니다. 그러므로 타민족이나 종족에 대한 멸시의 관점은 정당성을 상실합니다.

안과 밖의 부정은 춘추 의리에 따라서 내외와 화이를 엄격히 구분한 기존의 조선 사대부들이 취한 관점에 대한 전면적 부정이라고 할 것입니다. 더욱 놀라운 것은 『의산문답』에서 중국이 오랑캐를 공격하는 행위의 부당성이 지적되고 있다는 점입니다. 물론 홍대용은 오랑캐가 중국 땅을 침략하는 행위도 부당한 것임을 지적하고 있습니다. 그건 도둑질이라는 거죠. 홍대용에 의하면 중국이 무력을 남발해 오랑캐를 치는 행위는 무도하게 살인을 일삼는 행위에 다름 아닙니다. 이처럼 홍대용은 중국이 오랑캐를 공격하는 행위나 오랑캐가 중국을 침략하는 행위를 근본적으로 똑같은 범죄 행위로 보고 있습니다.

『의산문답』은 실옹의 다음과 같은 말로 끝납니다.

> 공자는 주나라 사람이다. 왕실이 날로 낮아지고 제후들이 쇠약해지자, 오나라와 초나라가 중국을 어지럽혀 도둑질하고 해치기를 싫어하지 않았다. 『춘추』는 주나라 역사책이니 안과 밖에 대해 엄격히 한 것이 또한 마땅하지 않은가. 그렇기는 하나 만일 공자가 바다에 떠서 구이九夷(동방의 오랑캐 땅)에 들어와 살았다면 중국의 예악 문물로 오랑캐를 변화시킴으로써 주나라의 도를 역외域外에 일으켰을 것이니 안과 밖의 구분과 존양尊攘의 의리상 본래 마땅히 '역외『춘

추』가 있었을 터이다. 이것이 공자가 성인인 까닭이다.

이 대목은 이른바 '역외춘추론'域外春秋論으로 잘 알려져 있습니다. 우선 이 대목이 '홍대용의 춘추론'에 해당한다는 점에 주목할 필요가 있습니다. 조선 후기에 제기된 춘추론은 예외 없이 주나라와 공자를 절대화하는 관점이어서, 화와 이의 구분, 안과 밖의 엄격한 구별을 정당화했습니다. 하지만 홍대용은 완전히 새로운 관점을 제시하고 있습니다. 즉 『춘추』에 대해서까지도 그 특유의 상대주의적 관법을 적용함으로써 주나라 『춘추』만이 아니라 '역외『춘추』', 즉 '오랑캐의『춘추』도 있을 수 있음을 말하고 있습니다. 주나라의『춘추』에서는 주나라가 안이고 오랑캐는 밖이 될 수밖에 없지만, 오랑캐의『춘추』에서는 거꾸로 오랑캐가 안이고 주나라는 밖이 됩니다. 그러므로 오랑캐의『춘추』에서는 안인 오랑캐를 높이고 밖인 주나라를 배척하겠죠. 실옹의 말 가운데 "안과 밖의 구분과 존양의 의리상 본래 마땅히 '역외『춘추』가 있었을 터이다"라는 말은 바로 그런 뜻입니다.

이처럼 홍대용은 『춘추』의 진리를 상대화시키고 있습니다. 말하자면 『춘추』는 '하늘'의 관점은 아니며, 비록 공자의 관점이기는 하나 사람의 관점에 해당하는 거죠. 사람의 관점에서는 사람이 귀하고 물物이 천하지만, 물의 관점에서는 그 반대입니다. 일찍이 홍대용은 물의 관점이든 사람의 관점이든 모두 자기중심적이라는 점에서 인식의 국한성을 드러낸다는 점을 지적한 바 있습니다. 하늘의 관점에서 볼 때에만 인식의 국한성이 극복되고 진리의 전체성이 획득되는 거죠. 『춘추』에 대해서도 똑같은 논법이 관철되고 있습니다. 그러니까 홍대용은 역외『춘추』를 상정함으로써 지금까지 절대시되어 온『춘추』의 지위를 상대화시키는 쪽으로 인식의 전환을 꾀하고 있다 할 것입니다.

　　그러면 홍대용 춘추론의 궁극적인 도달점은 역외『춘추』가 정당하다는 것을 말하는 걸까요? 그렇게는 생각되지 않습니다.『춘추』가 일면적이듯 역외『춘추』역시 일면적이고 특수한 것이라는 주장입니다. 그러므로 홍대용이 역외『춘추』를 상정한 것은 역외『춘추』를 옹호하기 위해서가 아니라『춘추』를 절대화하는 고정관념을 깨뜨리기 위한 '방법적 사유'에 해당하지 않나 합니다.『의산문답』의 끝부분에 개진되어 있는 이 '역외『춘추』'를 근대 민족주의의 이론적 정초定礎로 해석하는 연구자도 있습니다만, 이러한 관점은『의산문답』이라는 텍스트를 '구조적'으로, 즉 전체적 연관 속에서 독해하고 있는 것이 아니라 단장취의斷章取義하고 있다고 여겨집니다. 근대 민족주의는 자기중심주의를 근간으로 삼고 있는 데 반해 홍대용의 역외춘추론은 자기중심주의를 주장한 것이 아니라 자기중심주의를 부정하고 있거든요. 그렇다고 해서 역외춘추론에 주체에 대한 존중이 없는 것은 아닙니다. 주체를 존중하되 타자도 존중해 상생과 공존을 염두에 두고 있습니다. 그러니 근대 민족주의와는 다르며, 오히려 근대 민족주의를 넘어서는 면모가 있다고 여겨집니다.

　　홍대용이 말하고자 한 것은『춘추』는 중국인의 특정한 시간과 공간을 정당화하는 역사일 뿐이므로 절대화해서는 안 된다는 사실입니다. 그러므로『의산문답』의 이 끝부분은 화이론의 부정을 통해 화와 이를 무화無化시키고 있다 할 것입니다. 홍대용은 화와 이를 무화시키면서 동시에 화와 이의 주체성을 긍정하고 있습니다. 이것은 홍대용이 이전부터 갖고 있던 생각은 아니었으며, 오랜 숙고를 통해 그 생애 마지막에 도달한 생각이었습니다. 이 점에서 그것은 홍대용의 자기 사유의 부정이자 갱신이기도 합니다. 홍대용은 젊은 시절에는 화이론을 철저히 견지하고 있었거든요. 중국을 여행할 때만 하더라도 조선중화주의를 견지하고 있었다고 보입니다. 앞서 말했듯 '조선중화주의'라는 것은 기본적으로 변형된 화이론에 불과합니다. 거기에서는 조선이 화華이고 청나라가 이夷라는 식으로 주객이 바뀌어 있습니다만 어쨌든 그 기본적인 사유 구조는 화이론의 틀 안에 있습니다. 이렇게 홍대용은 중국을 여행할 때에도 기본적으로 화이론을 견지하고 있었는데, 중국에서 돌아온 이후 차츰 이런 방향으로 생각이 바뀌어 간 것입니다.

그런데 학계에는 소수 의견이기는 합니다만 역외춘추론을 문화적 기준에 따른 화이론의 표명으로 보기도 합니다. 이런 견해는 『의산문답』의 전체 구조와 논리 전개의 삼엄한 연관 관계를 외면하거나 간과하고 있다는 점이 문제입니다. 뿐만 아니라 『의산문답』의 문장 작법과 관련해서 볼 때 이 마지막 구절이 『춘추』를 '상대화'하기 위해서 서술된 것이라는 점을 제대로 파악하지 못한 것 같습니다. 그러므로 『의산문답』이라는 텍스트의 전체 구조와 논리 전개라는 각도에서 볼 때, 그리고 『의산문답』이라는 텍스트의 문장 작법과 관련해서 볼 때 이런 해석은 난점이 있다고 여겨집니다.

공자는 주나라 사람이니까 그가 역외, 즉 오랑캐 땅에 오더라도 주나라 도를 설파할 것은 당연합니다. 홍대용은 '공자는 주나라 사람'이라는 사실을 전제로 그리 말하고 있습니다. 주나라 사람이기에 주나라를 안으로 하고 오랑캐를 밖으로 하여 존양의 의리를 천명했는데, 공자가 만일 오랑캐 땅에 옮겨 와 살면 그는 '용하변이'用夏變夷(중화문명으로 오랑캐를 변화시킴)하여 주나라 도를 실현하는 한편 이제는 거꾸로 오랑캐를 안, 중국을 밖으로 간주해 존양의 의리를 천명하리리라는 것입니다. 그런데 여기서 홍대용이 말하고자 하는 것은 '용하변이'에 무게가 실려 있지 않습니다. 공자를 끌고 들어왔으니 '용하변이'가 따라 들어왔을 뿐입니다. 그러면 글쓰기의 전략상 홍대용이 말하고자 하는 바는 어디에 있을까요? 『춘추』를 지은 공자라도 오랑캐 땅에 옮겨 와 산다면 오랑캐를 안으로 하여 춘추 의리를 전개할 것이다'라는 데 포인트가 있다고 해야 하지 않을까요. 이렇게 본다면 『의산문답』에서는 비단 『춘추』만 상대화되는 것이 아니라 공자까지도 일정하게 상대화된다고 말할 수 있습니다. 공자는 그가 어디에 있든지 간에 안과 밖의 의리를 절대적으로 고수하는 것이 아니라 그가 속한 공간에 따라 안과 밖을 바꾸기 때문입니다. 그러므로 『의산문답』이 그 맨 끝에 "이것이 공자가 성인인 까닭이다"라는 말을 굳이 덧붙인 것은 혹 있을지도 모르는 반발을 의식해서일 것입니다.

흥미로운 것은 공자를 상대화하는 홍대용의 이런 어법이 동시대의 일본 지식인인 카메이 난메이龜井南冥(1743~1814)에게서도 발견된다는 점입니다. 통신사의 서기로 일본에 다녀온 원중거元重擧(1719~1790)의 저술 『화국지』和國志에 이 사실이 소개되어 있죠. 원중거는 1763년에 일본에 갔다가 1764년에 돌아왔는데, 일본에서 카메이 난메이를 만나 필담을 나눴습니다. 카메이 난메이는 원중거에게 "공자가 송宋나라에 계시면 송나라 사람이 되는 것이고 월越나라에 계시면 월나라 사람이 되는 겁니다"라고 말합니다. 원중거는 이 말을 듣자 좀 언짢아하면서 "큰 성인(공자)을 인용한 것은 잘못이다"라고 말합니다. 송나라의 공자도 있을 수 있고 월나라의 공자도 있을 수 있다는 카메이 난메이의 말이 성인에 대한 불경不敬

이라는 거죠. 카메이 난메이가 이런 말을 한 것은 일본을 자꾸 오랑 캐라고 하는데 공자 같은 성인도 만일 일본에 계신다면 일본의 풍속을 따르고 그것을 옳다고 하리라는 것을 말하기 위해서입니다. 중국 중심주의에 대한 항의인데, 이 역시 일종의 역외춘추론이라 할 만합니다.

　　일본의 한 연구자는 『의산문답』에 '용하변이'라는 말이 사용된 것에 주목해 홍대용이 우암尤庵 송시열宋時烈 이래의 소중화 의식을 견지하고 있다는 결론을 내리고 있습니다. 왜냐하면 송시열도 '용하변이'라는 말을 쓰고 있거든요. 하지만 이는 텍스트의 오독에서 기인합니다. 일본인 연구자는 자신의 주장을 정당화하기 위해 『의산문답』에 개진된 '화이일'이라는 테제는 레토릭에 불과한 것이라며 무시해 버리고 있습니다. '레토릭에 불과하다'는 것은 별 의미를 둘 필요가 없는 한갓 수사修辭에 불과한 말이라는 뜻이겠죠. 만일 일본인 연구자의 말처럼 '화이일'이라는 이 테제가 레토릭에 지나지 않는다면 『의산문답』은 그 전체가 레토릭에 불과한 책이 되고 맙니다. 『의산문답』은 앞에서도 말했지만 서두에서 결말에 이르기까지 논리적으로 일관되게 그리고 문장 작법상으로 용의주도하게 결구結構되어 있음에 유의할 필요가 있습니다.

## 홍대용에 있어 진리 인식의 문제

마지막으로 진리 인식의 문제와 화이론, 또 진리 인식과 사회사상의 관계에 대해서 한두 마디 덧붙이기로 합니다. 결론부터 말하면 홍대용의 경우 진리 인식과 화이론, 진리 인식과 사회사상은 대체로 나란히 가는 양상을 보여 줍니다. '진리 인식'이라는 것은 '진리란 무엇인가' 하는 문제의식을 말하는데요, 홍대용의 진리 인식이 주자학의 테두리 안에 있을 때에는 춘추대의, 대명의리론, 엄격한 정학이단론正學異端論(정학과 이단을 엄격하게 구분하는 담론)이 특징적으로 나타납니다.

그런데 그 진리 인식이 탈주자학적 지향을 높여 가는 단계에서는 비록 아직 중국 중심적 세계관을 벗어난 것은 아니지만 소중화론 내지 조선중화론이 신랄하게 비판됩니다. 홍대용의 사상 발전 단계에서 두 번째 단계에 해당합니다. 김종후와 논쟁할 때 기본적으로 이런 입장이 견지되고 있죠. 이와 함께 정학과 이단의 엄격한 경계 허물기가 나타나기도 합니다. 다시 말해 정학, 즉 주자학을 옹호하고 이단을 배척하는 편협한 태도에 대한 반대가 표명되고 있습니다. 이에 따라 주자학에 대한 회의와 이단에 대한 부분적 긍정이 서서히 이루어집니다. 이게 두 번째 단계입니다. 김종후와 논쟁하던 시기 전후에 이런 면모를 보여 줍니다.

세 번째 단계는 진리 인식이 마침내 탈유교적 지향을 드러내는 단계입니다. 이 단계에서는 상대주의적 인식론과 평등의 존재론이 구축되고 있습니다. 이 단계에서는 존재를 차등하는 데 대한 반대의 태도가 두드러집니다. 인간과 물物, 주체와 타자, 한 민족과 다른 민족, 한 국가와 다른 국가, 정학과 이단은 수평적으로 파악됩니다. 모든 개별적 존재는 그 자체로 긍정되며 우등과 열등, 중심과 주변의 관계로 파악되지 않습니다. 상대주의적 인식론에 의거하면 존재들은 저마다 주체에 해당되기에 존재들 간에는 상호 인정이 요청됩니다. 따라서 어떤 주체도 다른 주체를 배척하거나 멸시하는 일이 정당화될 수 없습니다. 그러므로 여기서의 주체는 개념적으로 오만하거나 지배적이거나 폭력적이거나 남을 이기려고 하는 성향을 갖지 않으며, 자주적이되 상호적이고, 자존적自尊的이되 타존적他尊的입니다. '자존'은 스스로를 존중하는 것이고, '타존'은 타자를 존중하는 것을 가리킵니다. 홍대용이 사유한 주체는 그러므로 겸손하고 열려 있는 주체에 가깝습니다. 이 때문에 홍대용의 사상은 반反침략주의와 평화주의의 면모를 띠는 것입니다.

### 『의산문답』의 의의

홍대용은 자신의 사유 행위를 생애의 최만년까지 밀고 나감으로써 원래 자신의 사상적 기반이었던 유교(주자학)를 넘어 평등의 존재론에 기반한 전혀 새로운 세계관을 수립해 낼 수 있었습니다. 그리하여 허위적 자고자대와 왜곡된 자기 비하, 이 두 가지 대립되는 태도를 동시 지양함으로써 진정한 본연의 자기의식에 도달할 수 있었습니다. 이 자기의식은 지적으로 아주 높고 대단히 반성적인 정신 위에 정초된 것이며, 아주 견고한 논리와 삼엄한 체계에 의해 지지되고 있습니다. 이 점에서 그것은 전근대 조선 사상사 내지 정신사에서 공전절후의 최고의 의식 형태를 보여 주는 것이라고 생각됩니다. 홍대용이 『의산문답』에서 거둔 이러한 사유의 성취는 비단 한국 사상사에서만이 아니라 동아시아 사상사에서도 의미가 있으며, 오늘날의 세계에도 의미가 있지 않나 합니다. 특히 주체와 타자의 관계에 대한 홍대용의 사고는 오늘날 국가와 국가의 관계라든가 인人과 비인非人의 관계라든가 젠더적 관계로까지 확장해 사유될 수 있는 게 아닌가 합니다. 한편 우리는 『의산문답』의 빈틈을 메워 나가는 사유 행위를 통해 홍대용이 미처 사유하지 못한 지점을 사유함으로써 홍대용의 사유를 21세기에 더 확장시켜 갈 수도 있지 않을까요?

중화주의나 화이사상은 몇 천 년간 동아시아를 규율해 온 세계관입니다. 조선에서는 이따금 이를 회의하는 사람이 없지 않았지만 그것이 왜 잘못된 것인지를 이론적으로 따진 사람은 없었는데, 18세기에 홍대용이 등장해 이 작업을 근사하게 해 냈습니다.

『의산문답』은 사상을 논한 텍스트이지만 문학 작품으로서도 문제적이고 훌륭하다 할 것입니다. 가령 실옹과 허자의 성격 창조가 뚜렷하다는 점, 작품의 구조가 견고하고 잘 짜여 있다는 점을 거론할 수 있습니다. 뿐만 아니라 본래 문학은 사상과 밀접한 연관을 맺고 있습니다. 인간의 자잘한 사적私的 감정에 충실한 문학도 의의가 있지만 인간의 심원한 사유 행위와 밀접히 결부된 문학 역시 의의가 있습니다. 『의산문답』은 이런 종류의 문학의 가능성을 한껏 확장해 보여 주고 있다고 할 만합니다.

당시 일본 지식인들도 중국을 상대화하면서 '일본도 하나의 주체다, 중국만이 주체가 아니라 우리도 대등한 하나의 주체다'라는 담론을 만들어 갔으며, 심지어 18세기 후반의 모토오리 노리나가本居宣長(1732~1801) 같은 인물은 '중국보다 일본이 오히려 더 훌륭하다'는 주장을 펼치기까지 했습니다. 하지만 홍대용처럼 인人과 물物의 관계에 대한 이론적 사유를 통해 주체들의 평등성을 정초함으로써 중화주의를 해체하는 식의 작업을 하지는 않았습니다. 이런 방식은 일본에서는 찾아볼 수 없습니다. 그렇다면 홍대용의 이 이론적인 방식은 어디서 유래할까요?

『의산문답』에서 실옹은 유자儒者가 아닙니다. 그는 유자인 허자를 비웃습니다. 실옹은 『장자』의 상대주의를 신봉하고 있고 묵자의 사상과 서학도 받아들이고 있죠. 이처럼 실옹은 유교(주자학)

를 넘어서는 사상적 개방성을 보여 주고 있습니다. 홍대용 만년의 학문적 모토인 공관병수가 관철되고 있는 거죠. 만일 『의산문답』이 유교(주자학) 내부에 머물렀다면 중화주의와 화이론의 근본적 해체는 이뤄질 수 없었을 것입니다. 다시 말해 『의산문답』에서 중화주의의 해체가 가능했던 것은 그 사상적 기초를 유교(주자학) 바깥에 두었기 때문입니다. 유교(주자학)를 전면적으로 부정하고 있다는 말이 아닙니다. 그것에 갇히지 않고 자유롭게 그것을 벗어나 사유하고 있다는 거죠.

그러므로 홍대용이 『의산문답』에서 수행한 작업이 이론적인 면모를 강하게 띠는 것은 그것이 공관병수의 방법을 취하고 있음과 깊은 관련이 있다고 여겨집니다. 공관병수는 결국 사상의 재구성 작업을 의미하니까요.

이와 함께 홍대용이 학문의 본령이 참된 의리의 추구에 있다는 관점을 초년 이래 만년까지 견지한 것 역시 『의산문답』이 이론적인 성향을 띠게 하는 데 작용했다고 보입니다. 홍대용은 주자학을 벗어나서도 주자학적 맥락과는 좀 다른 맥락에서 의리지학을 추구해 나갔다고 보입니다. 이렇게 본다면 홍대용이 거대 담론적인 이론을 제시할 수 있었던 데에는 그가 젊은 시절 공부한 주자학이 도움이 됐다고 할 것입니다. 주자학에는 고증학과 달리 거대 담론적인 지향이 있어, 인간과 세계에 대한 강한 책임 의식 같은 것이 내재되어 있거든요. 홍대용은 주자학의 이런 지향과 정신은 살려 나갔다고 할 만합니다.

그럼, 이만 오늘 강의를 마칩니다.

## 질문과 답변


* 　　　『의산문답』에 제시된 사상의 근본적 바탕은 '인물균'인 듯합니다.
그렇다면 '인물균'과 '지성균'地星均, 이 두 축이 '화이균'을 논리적
으로 뒷받침하고 있다고 이해해도 될지요?


예, 그렇게 이해하면 되겠습니다. 『의산문답』은 크게 세 부분의 담론
으로 구성되어 있습니다. 첫째 부분은 '인물균'으로, 철학적 심성론
에 기초한 존재론에 해당합니다. 둘째 부분은 '지성균'이 논의되는
우주론입니다. 셋째 부분은 고금의 변화와 '화이균'이 논의되는 역
사철학적·사회사상적 담론입니다. 이 셋은 긴밀히 맞물려 있습니
다. 이 점에서 『의산문답』은 체계와 논리가 삼엄합니다. 그래서 『의
산문답』을 제대로 해석하려면 특정 부분만을 고립적으로 해석해서
는 안 되며 그 체계와 논리적 일관성에 유의할 필요가 있습니다.


** 　　　홍대용의 사상은 특히 '평등의 존재론'이 중요한 바탕이라고 이해
가 됐습니다. 저는 이게 또 세계 사상사에서도 충분히 주목된다고
생각하는데, 이런 맥락에서 홍대용의 존재론이 서양의 근대주의
적 평등과 어떻게 비교될 수 있는지 궁금합니다. 제가 봤을 때는
홍대용의 평등에 대한 사유가 근대 서양의 평등 개념이 중시한 인
간 중심적 시각을 탈피했다는 점에서 좀 더 진일보한 면이 있다고
생각됩니다.

서양의 '평등' 관념은 기독교를 배경으로 하고 있습니다. 기독교에서는 신神 앞에서 모든 인간이 평등합니다. 서양 근대의 평등사상은 본원적으로 바로 이 기독교에서 유래합니다. 그런데 기독교에서는 신이 자신이 창조한 인간에게 자연을 지배할 권한을 주었다고 봅니다. 여기서 인간 중심주의가 나옵니다. 서양의 휴머니즘은 근본적으로 인간 중심주의입니다. 기독교적 배경이 작용하고 있는 거죠. 19세기에 와서 마르크스가 자본주의를 비판하며 인간의 경제적 평등을 주장했습니다만 마르크스 역시 인간 중심주의에 기반한 서양의 지적 전통 속에 있다 할 것입니다. 이처럼 서양의 평등 관념은 정치적 평등이든 경제적 평등이든 간에 기독교를 배경으로 한 휴머니즘에 기초해 있다고 말할 수 있죠.

하지만 홍대용이 『의산문답』에서 말한 '균'均, 즉 평등성은 휴머니즘을 넘어섭니다. 홍대용의 사유에서 평등의 문제는 인간에 국한된 것이 아니라 사물, 즉 자연으로까지 확장됩니다. 그리하여 인간과 사물, 인간과 자연의 관계가 서양의 휴머니즘에서와 다르게 설정됩니다. 휴머니즘에서 인간과 사물(자연)은 평등하지 않으며 지배-피지배의 관계 속에 있습니다. 이와 달리 홍대용의 '인물균' 사상에서는 인간과 사물이 근본적으로 평등합니다. 이 말은 존재론적으로 인간과 사물이 대등하다는 의미입니다. 이처럼 홍대용이 보여 주는 존재론적 평등의 사유는 휴머니즘적 전통 속에 있는 서양의 평등 관념과 그 시좌가 완전히 다르죠.

주목해야 할 점은 홍대용의 평등론에서는 주체가 일방적일 수 없으며 객체가 복원된다는 사실입니다. 홍대용의 사유 속에서 객체는 주체와 대등한 지위를 점하기에 주체는 겸손해져야 하며 객체를 지배하려고 하거나 멸시해서는 안 됩니다. 이는 사회사상적 측면에서는 자존적 공생주의라든가 평화주의(반전주의)로 나아가며, 자연철학적 측면에서는 근본적 생태주의(radical ecology)의 지향을 갖습니다.

서구에서는 계몽주의 이래 주체가 일방적으로 강조되고 타자는 억압되었습니다. 그리하여 서구는 식민주의와 제국주의로 나아갔습니다. 서구의 산업문명에 기초해 있는 21세기 현재의 세계는 생태적으로 큰 위기에 봉착해 있습니다. 그래서 인류의 존망이 거론되기도 합니다. 홍대용의 평등론은 비록 근대 이전에 모색되었지만 서양 계몽주의의 평등론과 완전히 다릅니다. 주체와 타자의 평등한 관계에 대한 홍대용의 사유는 근본적일 뿐 아니라 우주적 스케일을 보여 줍니다. 이 점에서 홍대용의 사유는 완전히 새로운 세계관, 새로운 문명의 모색이 필요한 오늘날의 인류에게 도움이 될 수 있지 않을까 합니다.


** 이번 강의에서, 사상의 정립에 주체의 내적 요구가 중요하다는 점이 매우 인상적이었습니다. 홍대용이 『장자』라든지 『묵자』라든지 여러 사상을 수용해 자신의 사상을 만들어 갔다고 했는데, 연구자들 중에는 여전히 홍대용이 주자학의 자장 내에 있다고 말하는 연구자도 있습니다.

그렇게 주장하는 연구자들은 혹시 주자학을 너무 고평가해서 그런 게 아닌지 모르겠습니다. 조선에서 내세울 학문은 주자학밖에 없다, 이런 생각을 갖고 있는 연구자들이 의외로 있거든요. 중요한 것은 홍대용 자신의 발언을 중시할 필요가 있다는 사실입니다. 홍대용 스스로가 '공관병수'라는 말을 하지 않았습니까? 공관병수라는 게 주자학으로 간다, 주자학으로 다 된다, 이런 말이 아니지 않습니까? 주자학만으로는, 즉 주자학을 절대화해서는 인간과 세계를 제대로 해명할 수 없다고 생각해 '공관병수'라는 테제를 도출한 것입니다. '공관병수'는 '공정하게 보고 두루 다 받아들인다'는 말입니다. 두루 받아들인다는 게 뭐겠습니까? 주자학을 두루 받아들인다는 건 아니지 않겠습니까? 주자학 외의 다른 사상들의 장점도 두루 받아들인다는 거죠. 물론 주자학을 폐기한다는 말은 아닙니다. 하지만 '공관병수'라는 말 속에는 이미 주자학을 탈피하는 지향이 내포되어 있다고 봐야죠. 주목해야 할 것은 두루 받아들이는 대상에 주자학에서 이단으로 간주해 배척한 양명학, 노자, 장자, 양주, 묵자가 포함되어 있다는 점입니다. 양명학은 그래도 유학에 해당되지만 나머지 넷은 유학이 아니니 문제가 심각해지죠.

　노론계 학인學人들이 떠받든, 17세기 후반에서 18세기 초에 활동한 농암農巖 김창협金昌協(1651~1708)이라는 학자가 있습니다. 이 인물은 『농암잡지』農巖雜識에서 '노자, 장자, 양주, 묵적 이런 데 빠지면 안 된다'고 했습니다. 하지만 홍대용은 이 네 사람의 사상에 진리성이 담지되어 있음을 적극적으로 인정했습니다. 너무나 다르죠. 홍대용이 주자학의 테두리 속에 있다면 김창협처럼 말해야 할 것입니다.

　『의산문답』에 『장자』가 원용되고 있음은 누구나 인정하는 사실입니다. 하지만 홍대용은 『묵자』도 수용하고 있습니다. 『노자』나 『장자』는 이단이라고는 하나 조선 시대 선비들이 많이 읽었으므로 홍대용이 이를 수용한 게 꼭 그리 큰 문제라고는 할 수 없을지도 모릅니다. 하지만 『묵자』는 다릅니다. 묵자는 애비도 무시하는 아주 고약한 사상을 주장한 인물로 간주되어 조선 시대 선비들에게 터부시되었

습니다. 이 때문에 홍대용은 『장자』와 달리 『묵자』는 은밀하고 조심
스럽게 수용할 수밖에 없었다고 보입니다. 그래서 『묵자』 수용의 표
가 잘 나지 않습니다. 하지만 잘 살펴보면 홍대용이 『묵자』에 공감해
그 사상을 수용했다는 사실이 확인됩니다.

강의에서는 말하지 않았습니다만 홍대용의 『묵자』 수용을 뒷받
침하는 몇몇 중요한 자료가 있죠. 홍대용이 마흔세 살 때인 1773년
중국인 손유의에게 준 시에 이런 말이 보입니다: "노씨老氏(노자)와
묵씨墨氏(묵자)는 가르침은 다르지만/순박함과 검소함은 또한 취할
만하네/천지를 부모로 삼고/사해四海를 한 집으로 여기노라/동물
도 모두 영묘한 덕을 지녔으며/새 또한 춤을 추네."(老墨雖異敎, 淳素亦
可取. 乾坤爲父母, 四海同廊廡. 蠢動皆含靈, 肯翅亦掀舞.) 노자와 묵자를 회통
해서 받아들이고 있음을 볼 수 있습니다. 공관병수입니다. 이 시 중
의 "사해를 한 집으로 여기노라"는 유교에서도 쓰는 말이기는 합니
다만 여기서는 묵자의 '겸애'兼愛를 가리키는 것으로 봄이 옳을 것입
니다.

한편 1776년 손유의에게 보낸 편지에는 이런 말이 나옵니다:
"양씨楊氏(양주)의 위아爲我('나'를 위함)는 소부巢父·허유許由·장저長
沮·걸닉桀溺의 유이니, 그의 맑고 고상해 세속을 끊은 것은 넉넉히
완악한 것을 변화시켜 염치 있게 할 만하였고, 또 묵씨의 겸애와 근
검과 절용節用은 세상의 급박한 사정에 대비하여 위로는 시속時俗을
구제하고 아래로는 사사로움을 잊게 하였으니, 또한 보통 사람들보
다 월등히 현명합니다. (…) 그러니 이단의 학문이 행해진다고 해서
세상에 해가 될 게 무엇이겠습니까?" 양주와 묵적에서 취할 만한 점
이 있다고 말하고 있습니다. 대단히 위험한 발언입니다. 특히 '겸애',
'근검', '절약' 등 묵자 사상의 장점을 적극적으로 인정하고 있음이 주

목됩니다.

뿐만 아니라 『의산문답』 안에 이런 말이 나옵니다: "맹씨孟氏(맹자)는 묵씨墨氏를 비판하면서 힘써 박장薄葬을 배척했는데, (…) 이는 폐단이 없지 않다." '맹씨'는 맹자를 말합니다. '박장'은 검소한 장례를 말합니다. 묵자는 검소함을 대단히 중시해, 부모의 장례라 할지라도 좋은 나무로 만든 두꺼운 고급 관을 쓸 것 없고 얇은 관이면 된다고 했습니다. 이게 박장입니다. 아주 소박한 장례를 말합니다. 하지만 맹자는 이것이 금수와 같은 짓이라며 맹비난을 했습니다. 맹자가 묵자를 공격하는 주요한 근거는 바로 이 박장입니다. 그래서 묵자를 '무부'無父, 즉 애비도 무시하는 무도하고 파렴치한 사상가로 몰아세웠습니다.

맹자는 전국시대의 전투적 이데올로그입니다. 유교를 옹호하기 위해 다른 사상을 다 비난하고 배척했죠. 양주를 공격할 때는 '임금이 없는 사상이다'라고 하고, 묵자를 공격할 때는 '애비가 없는 사상이다'라고 했습니다. 급기야 유교가 지배 사상이 되자 『묵자』는 사상계에서 퇴출되기에 이르렀습니다. 이리 본다면 '박장'은 그냥 단순한 하나의 의례儀禮의 문제에 그치지 않으며, 사상사적으로 유儒·묵墨의 대치선을 형성하는 아주 핵심적 쟁점임을 알 수 있습니다. 그런데 홍대용은 『의산문답』의 한 부분에서 슬그머니 바로 이 '박장' 문제를 꺼내어 맹자의 묵자 비판을 반비판反批判하고 있습니다. 이는 조선 사상사에서 볼 때 굉장히 파격적이며 의미심장한 대목입니다. 묵자를 옹호하면서 맹자를 비판하고 있으니까요. 정통 유자라면 이런 발언이 불가능하죠.

그런데 혹자는 '홍대용이 『묵자』를 읽은 근거가 어디 있나' 이런 의심을 하기도 합니다만, 홍대용이 그냥 귀동냥으로 들은 걸 갖고서 묵자의 겸애설을 논하고 박장을 옹호하고 있다고는 생각되지 않습니다. 그런 의심은 사상가로서 홍대용의 지적 성실성과 실력을 너무 얕잡아 보는 게 아닌가 싶어요.

**　　　홍대용 이전에 조선에서 『묵자』를 수용하고 읽은 사례로 누가 있
습니까?

앞서 말했듯 『묵자』는 아주 고약한 이단의 책으로 간주되어 조선 학인들에게 별로 읽히지 않았습니다. 조선 학문의 편협함을 보여 준다 하겠죠. 하지만 일부 조선 학인들은 유가의 서적만이 아니라 제자백가서까지 두루 읽었는데 그때 더러 『묵자』를 읽기도 한 것 같습니다. 가령 17세기 초에 허균은 『열자』, 『관자』, 『안자』, 『상자』, 『한비자』, 『양자』, 『손자』, 『회남자』와 함께 『묵자』를 읽었습니다. 허균은 『묵자』에 대한 독후감에서 "묵가가 유가와 더불어 일컬어지는 것은 인의를 근본으로 삼는 점과 어진 이를 높이고 덕을 숭상하는 점이 유가와 비슷하기 때문인데, 이는 옳은 듯하지만 그릇된 것이어서 사람들을 미혹시키기 쉽다"라고 했습니다. 『묵자』에 대한 통념에서 벗어나지 못하고 있음을 볼 수 있습니다.

　　17세기 말 18세기 전반 사이에 활동한 소론계 문인으로 서당西堂 이덕수李德壽(1673~1744)라는 인물이 있는데요, 이 사람도 제자백가서를 읽을 때 『묵자』를 읽었습니다. 이덕수는 『「제가문수」인諸家文髓引이라는 글에서, '노자와 장자와 양자와 묵자를 어찌 다 버릴 것인가. 삼가면 된다'라고 했습니다. 다 배척할 게 아니라 그중에 좋은 점을 삼가 취하면 된다는 입장입니다. 홍대용보다 좀 소극적입니다만

홍대용과 통하는 점이 있습니다. 흥미로운 점은 이덕수 역시 주자학을 절대화하는 데 반대해서 진리의 복수성을 긍정하는 입장을 취했다는 사실입니다. 그래서 양명학을 받아들였고, 불교로 들어가기도 했으며, 노자·장자·양자·묵자에도 진리가 일부 담지되어 있다는 관점을 취했습니다.

## 의산문답

(…)

허자盧子가 말했다.

"천지간 생물 중에 오직 인간이 귀합니다. 금수에는 지혜가 없고 초목에는 감각이 없으니까요. 또한 이들에게는 예의가 없습니다. 그러니 인간은 금수보다 귀한 존재이고, 초목은 금수보다 천한 존재지요."

실옹實翁이 고개를 들어 껄껄 웃더니 이리 말했다.

"너는 참으로 사람이로구나! 오륜五倫과 오사五事(얼굴을 공손하게 하고, 말을 바르게 하는 등 수신修身과 관련된 다섯 가지 일)가 인간의 예의라면, 무리를 지어 다니면서 함께 먹이를 먹는 것은 금수의 예의이고, 군락을 지어 가지를 벋는 건 초목의 예다. 인간의 입장에서 물物을 보면 인간이 귀하고 물이 천하지만, 물의 입장에서 인간을 보면 물이 귀하고 인간이 천하다. 그러나 하늘의 입장에서 보면 인간과 물은 균등하다. (…) 무릇 대도大道를 해치는 것으론 뽐내는 마음보다 더 심한 게 없다. 인간이 자기를 귀하게 여기고 물을 천하게 여김은 뽐내는 마음의 근본이다. (…) 너는 왜 하늘의 입장에서 물을 보지 않고 인간의 입장에서 물을 보느냐?"

(…)

― 홍대용, 『담헌서』

제24강

# 조선의 문호 박지원

## 조선 최고의 산문가, 박지원

박지원朴趾源(1737~1805)은 전근대 시기 최고의 문장가입니다. 이때 '문장가'라는 말은 산문가를 뜻하는데요, 산문 작가로서 최고의 경지를 보여 줬습니다. 그를 능가하는 산문 작가는 없습니다. 대단히 개성적이고 창의적이며 미적 성취가 빼어납니다. 게다가 글의 내용이 심오하고 문제적입니다. 이 점에서 전근대 최고의 산문가이자 최후의 문호라 할 것입니다.

한국고전문학사에서 문호로 꼽을 만한 작가로는 최치원, 이규보, 김시습, 박지원이 있습니다. 산문에 국한하지 않고 문학 일반이나 작가적 지성의 차원에서 논한다면 박지원이 꼭 최고의 작가가 아닐 수도 있습니다. 지성 혹은 학식의 측면에서는 김시습이 박지원보다 더 윗길일 수 있고, 작가의 내적 성찰력이나 작가적 진정성에 있어서는 최치원이 박지원보다 나을 수도 있습니다. 또 민족적 주체성에 대한 자각이라든가 애민 의식이라든가 글쓰기에 대한 열의 같은 것은 이규보가 훨씬 더 나을지도 모릅니다. 그렇기는 하지만 이들 누구도 박지원처럼 기발하고 자유분방한 산문을 쓰지는 못했습니다. 이 점에서 박지원이 조선 최고의 산문가라는 평가가 가능한 것입니다.

## 박지원의 생애

### —— 수학기: 이양천과 단호그룹의 영향

박지원의 본관은 반남潘南이고, 호는 연암燕巖입니다. '반남'은 지금의 전라도 나주의 옛 지명입니다. 할아버지 박필균朴弼均(1685~1760)은 문과에 급제해서 한성부 우윤, 경기도 관찰사, 예조 참판 등을 지냈습니다. 아버지는 박사유朴師愈(1703~1767)인데, 평생 벼슬을 못했습니다. 할아버지는 탕평에 아주 비판적이었으며, 노론으로서 당파성이 강한 인물이었습니다. 박지원의 집안은 할아버지가 죽은 뒤 곤궁해졌습니다.

박지원은 서울 출생이며, 비록 조부 사망 후 집안 형편이 어려워졌다고는 해도 노론 명문가 출신입니다. 열여섯 살 때인 영조 28년(1752)에 처사인 이보천李輔天(1714~1777)의 딸과 혼인했습니다. 이보천은 노론 청류淸流에 속하는 인물로서 탕평 정국에 대단히 비판적이었습니다. 이보천의 동생 이양천李亮天(1716~1755)도 그 형과 정치적 입장이 같았습니다. 청년기의 박지원이 노론 청류의 입장을 갖게 된 것은 자신의 집안과 처가의 영향이 컸다고 여겨집니다. 박지원은 장인인 이보천에게 『맹자』를 배웠고 처숙인 이양천에게 『사기』史記를 배웠습니다. 박지원에게는 따로 스승이 없었습니다. 이점은 훗날 그가 자유롭게 글쓰기나 사상을 모색해 나가는 데 도움이 되지 않았나 합니다. 좋은 스승을 만나면 좋지만 그렇지 못할 경우 힘들더라도 스승 없이 혼자 길을 가는 게 나을 수 있거든요.

　박지원은 특히 처숙에게 큰 영향을 받았습니다. 박지원의 평생 글쓰기는 사마천司馬遷의 『사기』에서 득력得力(힘을 얻음)한 바가 큰데, 여기에는 이양천의 영향이 있습니다. 이양천은 사마천의 문장을 최고로 쳤습니다. 한편 박지원은 비평가로서의 면모가 출중합니다. 보통 그렇게는 말을 잘 안 합니다만 저는 박지원이 비평가로서 아주 뛰어난 안목을 지녔다고 보고 있습니다. 박지원이 비평가로서의 능력을 계발할 수 있었던 것은 이양천의 덕이 아닌가 합니다. 이양천은 '혜안'慧眼(지혜로운 눈)과 '고식'高識(높은 식견), 즉 높은 비평적 안목이 있었습니다. 이양천의 친한 벗 중에 홍낙순洪樂純이라는 인물이 있는데, 홍낙순은 이양천에게 '천 년의 척안'隻眼(뛰어난 안목)이 있다고 했습니다. 천 년에 한 사람 있을까 말까 한 빼어난 안목을 갖고 있다는 뜻입니다. 이 평을 통해 이양천이 얼마나 탁월한 비평안을 가졌는지 짐작할 수 있습니다. 이양천은 뜻이 강개하고 절개가 굳었으며, 세상을 바로잡고 교정하려는 뜻이 있었습니다. 세상을 바로잡고 교정하려는 이양천의 열의는 박지원에게로 흘러든 것으로 보입니다. 박지원에게도 이런 면모가 있거든요.

　『사기』를 중시한 이양천은 진한고문秦漢古文을 문학의 전범으로 삼았습니다. 고문古文에는 당송고문唐宋古文이 있고 진한고문이 있는데, '당송고문'은 당나라와 송나라 때 문학가의 고문을 존숭하는 입장을 말하고, '진한고문'은 진나라나 한나라 때의 문장을 존숭하는 입장을 말하죠. 진한고문에 속하는 것이 바로 사마천의 『사기』입니다. 사마천은 한대漢代 사람이니까요. 이처럼 이양천은 진한고문을 문학의 전범으로 삼았습니다. 그런데 이양천의 이런 문학적 입장은 박지원의 초년 문학에 큰 영향을 끼칩니다. 10대 후반과 20대에 주로 쓴 박지원의 9전九傳은 진한고문에 속합니다.

한편, 홍낙순이 이양천에게 보낸 편지 중에 이런 말이 보입니다.

오륜五倫에서 붕우는 오행五行의 토土와 같소. 오행은 토가
없으면 한 해의 순서를 이루지 못하고, 오륜은 붕우가 없으
면 인도人道를 다하지 못한다오.

박지원의 붕우론朋友論과 일맥상통합니다. 박지원도 오륜의
붕우는 오행의 토와 같다는 논리를 펴거든요.

박지원이 혼인한 지 3년 후에 이양천이 세상을 하직합니다. 이
양천이 죽고 나서 박지원은 그의 글을 수습해 문집을 엮습니다. 아
마 이 과정에서 홍낙순의 편지를 보지 않았을까 합니다. 그렇다고
한다면 박지원 초년의 우정론은 이양천과 친했던 홍낙순의 붕우론
에서 영향을 받은 바가 없지 않다고 할 것입니다. 뿐만 아니라 이양
천은 단호그룹의 멤버입니다. 그래서 박지원은 이양천을 통해 전
해 들은 단호그룹의 우도友道로부터도 상당한 영향을 받았으리라
여겨집니다.

연구자 중에는 박지원의 우정론이 마테오 리치가 쓴 『교우론』
의 영향을 받았다고 주장하는 이도 있습니다. 『교우론』에서는 벗을
'제2의 나'라고 하면서 벗의 중요성을 강조합니다. 조선 학자들은
이 책을 많이들 봤습니다. 17세기 초 이수광의 『지봉유설』에 이미
"벗은 제2의 나다"라는 마테오 리치의 말이 소개되어 있음을 예전
강의(제19강)에서 말한 바 있습니다. 그런데 박지원이 중국인의 문
집에 쓴 발문인 「『회성원집』발」繪聲園集跋에 "옛날에 벗에 대해 말한
사람은 벗을 '제2의 나'라고 일컫기도 했다"라는 말이 나옵니다. 박

지원의 우정론이 마테오 리치의 영향이라는 주장은 이 말을 근거로 삼고 있습니다. 하지만 이런 주장은 외적 계기에 과대한 의미 부여를 하고 있다는 점에서 문제가 있지 않나 합니다. 박지원은 자국 내 선배들, 특히 노론계 선배들의 우도에 대한 성찰에 힘입어 우정론을 전개할 수 있었으며, 그가 마테오 리치의 말을 언급한 것은 이러한 자신의 우정론에 대한 부연과 윤색으로서의 의미를 갖는 게 아닌가 합니다. 그래서 '외적 계기'라고 말한 거죠.

## —— 범불안장애를 앓다

박지원은 열일곱 살 때인 1753년 이후 수년간 마음의 병을 앓아 고생했습니다. 동아시아에서는 예로부터 마음의 병을 '유우지질'幽憂之疾이라고 했습니다. '유우'幽憂는 '깊은 근심'이라는 뜻입니다. 이는 지나친 근심 걱정 때문에 발생하는 정신 질환을 가리키는 말입니다. 유우지질은 증상이 다양합니다. 이를테면 잠을 이루지 못한다든가, 가슴이 답답하다든가, 힘이나 의욕이 없다든가, 불안감에 사로잡힌다든가 하는 등등의 징후가 나타납니다. 정신적 질환에는 여러 가지가 있습니다. 흔히 박지원이 10대 후반에 앓은 이 질환을 우울증이라고 하는데요, 우울증은 대개 무력감을 동반해 꼼짝하기가 싫습니다. 밝은 빛도 부담스럽고, 소리에도 예민해져서 피하게 됩니다. 박지원의 경우 꼭 그렇지는 않았던 것 같습니다. 박지원은 "아기가 엄마 젖을 빨다가 숨이 막히면 어떡하나"라면서 일어나지 않은 어떤 일을 가정해 굉장히 불안해하고 있습니다. 과도한 불안감이죠. 이는 우울증이라기보다는 불안장애(Anxiety Disorder)에 해당합니다. 불안장애에는 공황장애라든가 범불안장애汎不安障礙(Generalized Anxiety Disorder) 등 성격을 달리하는 여러 정신 질환이 포함되는데, 박지원이 보여 준 증세는 이 중 범불안장애에 가깝습니다. 범불안장애는 사소하고 일상적인 일에 대한 통제할 수 없는 과도한 불안이 오랫동안 지속되며, 불면증·식욕 감퇴·피로가 나타납니다. 우울증이 동반되기도 하지만 우울증과는 좀 다른 질환입니다.

그러면 박지원의 불안장애는 어디서 유래할까요? 처숙 이양천이 귀양 간 일과 모종의 관련이 있지 않나 합니다. 이양천은 영조 28년(1752) 10월 홍문관 교리로 있을 때 상소를 올려 임금의 덕에 대해서 간합니다. '임금은 신하의 말을 경청하지 않으면 안 된다, 임금은 귀가 열려 있어야 한다'는 등등 임금이 갖춰야 할 덕성에 대해 간합니다. 영조의 군주로서의 면모를 비판한 거죠. 이양천은 이 일로 영조의 분노를 사서 그해 11월 전라도 흑산도에 위리안치됩니다. 박지원이 혼인한 것은 바로 이해, 이양천이 유배 가기 전입니다. 이양천은 이듬해 6월 유배에서 풀려납니다만 유배 중에 얻은 병으로 고생하다가 1755년 박지원이 열아홉 살 때 세상을 하직합니다. 그러니까 박지원은 10대 후반에 이런 일을 쭉 지켜본 거죠.

박지원은 이양천을 몹시 따랐으며 이양천 역시 박지원의 문학적 재능을 인정했습니다. 그런데 박지원은 어릴 때 몹시 소심하고 겁이 많았습니다. 이런 성격인 데다 이양천의 유배와 그로 인한 죽음으로 말미암아 현실에 대한 환멸과 번민이 더해져 불안장애가 생긴 게 아닌가 합니다.

## —— 백탑청연 시절

박지원은 서른두 살 때인 1768년 백탑白塔 부근으로 이사하는데요, '백탑'은 지금의 서울시 종로2가에 있는 탑골공원의 원각사圓覺寺

탑을 말합니다. 이 탑이 대리석으로 만들어져 흰빛을 띠기에 당시 '백탑'으로 불렸습니다. 박지원이 이사한 집 부근에는 이덕무, 유득공柳得恭, 유득공의 숙부인 유금柳琴, 이서구李書九, 서상수徐常修 등이 거주했습니다. 박지원은, 자신의 집 부근에 거주한 이들은 아니지만 박제가, 이희경李喜經과도 교유했습니다. 지금 거론한 사람들중 이서구를 빼고는 전부 서얼입니다. 이 무렵 이들의 교유를 '백탑시사'白塔詩社라고 하죠. 나중에 이희경이 그 동인同人들의 시문詩文과 편지들을 모아 『백탑청연집』白塔淸緣集이라는 책을 엮었습니다. '백탑청연집'은 '백탑의 맑은 인연을 담은 책'이라는 뜻입니다. 백탑시사는 1768년부터 몇 년간 지속됐죠. 박지원은 서른 살 전후의이 무렵 '법고창신론'法古創新論을 정립합니다. 초년의 진한고문 추숭追崇에서 탈피해 자신의 고유한 문학론을 확립한 거죠.

박지원은 이 무렵 홍대용과도 교유했습니다. 지난 강의(제23강)에서 말했듯, 박지원은 이전까지는 노론 청류의 정치적 입장을 좇아 대명의리론과 북벌론에 투철했지만 홍대용과 교유하면서 북학론 쪽으로 나아가게 되고 실학에도 관심을 갖게 됩니다. 사상의 전환이 이루어진 거죠.

## —— 연암협으로의 이주와 연행

41세 때인 정조 원년(1777), 장인 이보천이 64세를 일기로 세상을하직합니다. 박지원은 이듬해인 1778년 황해도 금천金川의 연암협燕巖峽으로 이주합니다. '연암'이라는 호는 이 지명에서 유래합니다. 1780년 44세 때 부연사赴燕使 정사正使에 임명된 삼종형 박명원朴明源의 자제군관으로 연행을 합니다. 그리고 그다음 해인 1781년「『북학의』서」北學議序를 짓고, 1783년 『열하일기』熱河日記의 초고를 탈고합니다. 『열하일기』는 이후에도 계속 수정·보완 작업을 했습니다. 『열하일기』 초고를 탈고한 해에 홍대용이 세상을 하직했습니다. 홍대용은 박지원의 『열하일기』를 보지 못했습니다.

## ── 벼슬살이

박지원은 1786년 50세 때 음직蔭職으로 선공감 감역繕工監役이라는 말단 벼슬에 제수됩니다. 첫 벼슬이죠. 그리고 6년 후인 1792년 56세 때 안의 현감安義縣監으로 나갑니다.

안의 현감에 부임한 지 1년 뒤 박지원은 조정의 남공철南公轍이 보내온 편지를 받는데 이 편지에는 정조의 분부가 언급되어 있었습니다. 남공철은 박지원을 따르던 사람이죠. 정조는 요즘 문풍文風이 이와 같이 된 것이 모두 박지원의 죄라고 했습니다. 『열하일기』가 세상에 유행한 뒤에 문체가 이와 같이 되었다고 주의를 주면서 박지원의 『열하일기』를 패사소품체稗史小品體로 지목했습니다. 그래서 이런 불순하고 잡된 글을 쓰지 말고 순수하고 바른 고문으로 글을 지어서 바치면 용서하고 문임文任의 벼슬을 줄 수도 있다고 했습니다. '문임'은 임금의 교령敎令이나 외교문서의 작성을 담당하는 종2품 관직인 홍문관이나 예문관의 제학提學을 가리킵니다. 문과 급제자만이 할 수 있는 벼슬인데 박지원은 문과 급제자가 아니건만 이 벼슬을 줄 수도 있다고 한 것은 대단히 이례적인 발언이라 할 것입니다.

정조는 이 무렵 문체반정文體反正을 표방했습니다. '문체반정'이란 문체를 도로 바로잡는다는 뜻이죠. 정조는 주자학으로 조선의 질서와 사대부의 정신을 바로잡으려고 했습니다. 문체반정은 이를 위한 기획이었습니다. 정조는 조선 사대부들이 명말청초 패사소품의 영향을 받아 경박하고 방정方正하지 못한 글을 쓰는데, 이를 순수하고 바른 글, 즉 고문古文으로 돌려놓아야 한다고 믿었습니다. 정조가 생각한 고문은 주자학의 이념에 충실한 글이었습니다. 이 점에서 정조의 문체반정은 일종의 사상 통제의 성격을 갖습니다.

그런데 정조가 박지원에게 이런 말을 한 것은 꼭 박지원을 벌주기 위해서라기보다 당시의 정치적인 상황과 관련이 있다는 점에 유의할 필요가 있습니다. 당시 천주교가 정치적 문제로 대두되는데, 남인 가운데 천주교를 믿는 사람이 많았습니다. 노론은 천주교를 이슈화해 남인을 공격했습니다. 정조는 노론의 힘이 너무 커지면 통치하기 곤란하니까 노론, 남인, 소론 사이의 힘의 균형을 맞춰 가면서 통치를 했습니다. 그래서 수세에 처한 남인을 보호하기 위해서 문체반정을 활용한 면이 있습니다. 정조는 문체반정을 통해 주로 노론 인사를 견책했거든요. 박지원을 견책한 데에는 이런 배경이 있다고 할 수 있습니다. 정조는 직접 『열하일기』를 읽었습니다. 정조가 박지원의 문장에 대해 한 지적은 사실 정확한 것이라고 할 수 있습니다. 『열하일기』에는 그런 면이 있으니까요. 하지만 정조는 박지원을 못마땅하게 생각한 것이 아니라 속으로는 그의 문재文才를 좋게 생각하고 있었던 것으로 보입니다. 박지원 본인은 물론이고 그의 문객門客들인 이덕무, 박제가, 유득공 등도 이를 알아차렸습니다. 그래서 정조의 이런 분부에 굉장히 기뻐했습니다. 군주로부터 인정을 받은 거니까요. 실제로 정조와 박지원의 관계는 정조가 죽을 때까지 아주 좋았습니다.

박지원은 61세 때인 1797년 충청도 면천 군수沔川郡守에 제수됩니다. 그리고 1800년 정조 승하 후 두 달 뒤인 8월에 강원도 양양

부사襄陽府使에 제수되나 이듬해 봄에 노병老病을 칭탁해 사직합니다. 그 후 순조 5년(1805) 10월에 69세를 일기로 세상을 하직합니다.

## 박지원의 언어 의식과 글쓰기의 혁신

박지원 글쓰기의 기저에는 그 특유의 언어 의식이 자리하고 있습니다. 박지원은 18세기 조선 지식인 가운데 언어 문제에 대해 가장 깊이 사유한 인물입니다. 박지원에게 언어는 사물, 현실, 자연, 세계와의 관계이자 그 표현입니다. 따라서 언어는 인식의 문제와 직결됩니다. 이 세계는 끊임없이 변화합니다. 만일 세계의 현재 모습, 세계의 실체를 우리가 '실'實이라고 한다면 그것을 표현하는 언어는 '명'名이라고 할 수 있을 것입니다. 명은 실을 여실히 담지 않으면 안 됩니다. 즉, 명실의 일치가 필요한 거죠. 실을 포착하기 위해서는 부단한 노력을 기울이지 않으면 안 됩니다. 그런데 실이라는 것은 천지天地에 의해 끊임없이 생성하고 변화합니다. 그래서 명이 쇄신되거나 갱신되지 않으면 명실 간의 불일치가 발생합니다. 즉, 명의 진부화와 상투화가 발생하게 되죠. 이렇게 되면 명은 진실하지 못한 것이 됩니다. 이른바 사문자死文字(죽은 문자)가 되는 거죠. 그래서 글쓰기에서 상투성·진부성과의 싸움이 요청됩니다. 그리고 이는 궁극적으로 사상의 혁신이나 갱신과도 연결됩니다. 그렇다면 언어는 어떻게 혁신될 수 있을까요? 대체로 박지원은 이렇게 생각했습니다.

첫째, 사물에 대한 사실적 관찰과 직시를 통해서입니다. 『열하일기』에서 구사된 것이 바로 이건데요, 사물에 대한 사실적 관찰과 직시는 사물 본연의 자태에 다가가게 만듭니다. 그리고 이것이 언어에 반영되어 언어의 의미와 표정이 갱신되기에 이릅니다. 박지원에게 가장 생동하는 언어, 가장 풍부하고 진실한 언어는 다름 아닌 사물 그 자체입니다. 그러므로 창조적 글쓰기는 창조적 글 읽기에서 가능합니다. 창조적 글 읽기가 안 되면 창조적 글쓰기가 될 수 없다고 봤습니다. 그런데 창조적 글 읽기는 궁극적으로 창조적 '사물 읽기'를 통해 가능합니다. 박지원에 의하면 창조적인 사물 읽기가 전제되지 않으면 아무리 글을 읽어도 소용이 없습니다. 이처럼 박지원은 사물에 대한 사실적 관찰과 직시를 통해 창조적 사물 읽기를 함으로써 언어를 쇄신해야만 창조적 글쓰기가 가능해진다고 보고 있습니다.

둘째, 언어의 다층적 표상에 대한 환기를 통해서입니다. 사물은 빛이라든가 소리라든가 냄새라든가 맛이라든가 모습이라든가 동작이라든가 성질이라든가 하는 다층적 표상을 가집니다. 언어는 사물이 가진 이 다층성을 재현하지 않으면 안 됩니다. 언어와 사물이 맺는 다면적이면서 구체적인 관계는 바로 이 다층적 표상에 의해 매개됩니다. 언어는 사물의 다층성을 제대로 환기할 때 진실성을 갖습니다. 박지원은 언어와 사물의 이런 관계에 주목했습니다.

셋째, 사물이 '시공간' 속에 존재한다는 사실에 유의함으로써 언어는 혁신됩니다. 이른바 시공간에 대한 감수성이죠. 사물은 시공간 속에 존재하기 때문에 언어에서도 시공간의 고려가 핵심적인 중요성을 갖습니다. 이는 조선적 개별성과 조선적 정조의 강조로 연결됩니다. 그래서 박지원은 조선의 구어라든가 속담이라든가 관직 이름이라든가 지명 등을 문장에 적극적으로 사용했습니다. 법고창신의 존재론적·언어철학적 근거가 여기서 마련되죠. 사물과 언어의 진실성은 시공간이라는 범주를 고려할 때 비로소 획득됩니다.

박지원은 문자 언어의 진실성과 관련해 구두 언어인 우리말에
주목했습니다. 구두 언어는 지금 여기서 사용하는 언어입니다. 박
지원은 이런 구두 언어를 글에 수용함으로써 문자 언어, 즉, 한문을
쇄신할 수 있다고 본 거죠. 박지원은 동시대의 다른 문장가들과 달
리 사상事象의 생동하는 모습을 표현할 수만 있다면 비속한 상말을
문장에 써도 상관없다고 봤습니다. 새로운 미학의 창조로 볼 수 있
죠. 비속함이라든가 비근卑近함이라든가 추함을 미의 영역에 끌어
들임으로써 기존의 미학을 쇄신하거나 확장할 수 있었습니다. 요
컨대 박지원은 미의 궁극적 기준을 언어의 아속雅俗(고상함과 속됨)이
라든가 미추美醜(아름다움과 추함)에 두는 것을 거부하고 언어의 진실
성 여부에서 찾았습니다.

넷째, 글쓰기의 방식을 통해서입니다. '글쓰기의 방식'은 '형식'
에 대한 고려라고 할 수 있습니다. 연암은 글쓰기의 방식에 대한 다
각적인 고려를 통해서 언어의 혁신이 가능하다고 봤습니다. 직유,
은유, 환유 같은 비유라든가 풍자라든가 해학이라든가 반어라든
가 알레고리 같은 것이 그 유력한 방법입니다. 이런 글쓰기 방법은
『열하일기』에서 아주 풍부하게 구사되고 있습니다. 박지원에게 비
유는 상투성과 관습적 사유를 넘어서는 인식론적·미학적 도구입
니다. 그래서 비유는 언어의 쇄신임과 동시에 상상력의 쇄신이기
도 합니다. 언어는 상상력과 연결되니까요. 풍자라든가 해학이라
든가 반어라든가 알레고리는 권위라든가 엄숙성이라든가 허위의
식, 편견, 통념, 경직된 사고를 깨뜨리는 데 유용한 무기가 됩니다.
이 때문에 박지원은 패관소설체를 구사한다는 비난을 받아야 했습
니다. 하지만 박지원은 이런 방식을 통해서 산문의 글쓰기 규범, 즉

산문의 장르 규범을 파괴해 나감으로써 새로운 산문 미학을 창조할 수 있었습니다. 가령 기記와 서序는 원래 전연 다른 문체인데 박지원에게 이런 문체 구분은 별로 의미가 없습니다. 문체를, 즉 장르를 해체하고 있으니까요. 해체하면서 새로운 혼용과 창조를 꾀하고 있습니다. 박지원의 거의 대부분의 산문에는 의론議論과 서사, 우언寓言과 직서直敍가 뒤섞여 있습니다. 특히 『열하일기』에 이런 면모가 아주 두드러집니다. 산문 장르의 파괴와 혼성混成은 『열하일기』 같은 거대한 글쓰기를 가능케 하는 장르론적 기초가 되고 있습니다. 박지원은 『열하일기』를 쓰기 10여 년 전부터 이미 그 장르론적 근거를 마련하는 작업을 해 왔다고 말할 수 있습니다. 이런 기초 위에서 『열하일기』라는 전대미문의 희한한 글쓰기가 탄생할 수 있었습니다. 갑자기 나온 게 아니라는 말입니다.

사물과 언어의 관계에 대한 박지원의 이해는 현실과 사상의 관계에 대한 이해와 서로 대응 관계에 있습니다. 사물과 유리된 진부한 언어나 상투적인 언어가 쇄신되어야 마땅하듯, 경직된 사상이나 공허한 이념은 현실에 맞게 쇄신되지 않으면 안 되는 것이죠. 그래서 박지원은 현실을 무시한 채 관념적으로 대의명분만을 내세우거나 공리공담만을 일삼는 공소空疎한 현실 주자학의 행태를 비판했습니다.

사상은 언어로 표현될 수밖에 없으므로 둘은 긴밀한 관련을 갖습니다. 박지원은 언어에 대한 고도의 인식을 바탕으로 사상의 새로운 모색을 꾀했습니다. 바로 이 점이 그를 다른 사상가들과 구별 짓습니다. 박지원에게 있어 사상의 혁신, 새로운 사상의 추구는 언어의 혁신과 분리되지 않기 때문이죠. 다른 사상가들의 경우 언어의 혁신과 사상의 혁신이 이처럼 깊은 내적 관련을 맺는 일은 드묶니다. 언어의 혁신과는 별도로 사유를 통해서 사상의 혁신을 꾀하고 있을 뿐이죠. 홍대용도 마찬가지입니다. 하지만 박지원의 경우 언어의 혁신이 사상의 혁신과 직결되고 있으며, 사상의 혁신은 언어의 혁신, 나아가 글쓰기 방식의 혁신을 통해 이루어지고 있다는 특징을 보입니다.

그러므로 박지원에게 언어와 사상은 상호 규정적입니다. 이 점에서 박지원은 홍대용이나 정약용丁若鏞과 달리 철저히 문학적 글쓰기를 통해 사상을 모색해 나간 작가라고 할 것입니다. 즉, 박지원은 사상가나 학자로서가 아니라 '문인'으로서 사상을 모색해 나갔다는 특수성을 갖는다는 점에 특별히 유의해야 할 것입니다. 이러한 점에 유의하지 않고 박지원을 '위대한 학자'나 '위대한 사상가'로 먼저 상정한 다음 여기서 그의 사상이나 사유가 나오는 것처럼 설명하는 것은 통 맞지 않는 말일 뿐 아니라 박지원에 대한 제대로 된 이해가 아니라고 할 것입니다. 요컨대 박지원을 위대한 학자나 사상가로 분식粉飾할 것이 아니라 언어에 대한 특별한 감수성 위에서 글쓰기와 사유 행위를 한 문인이라는 사실을 직시할 필요가 있지 않나 합니다.


### 박지원 산문의 세 국면

박지원의 산문은 생애에 따라 크게 세 국면으로 나누어 볼 수 있는데요, 첫 번째는 10대 후반과 20대의 산문입니다. 이 시기의 산문은 이른바 '9전'九傳으로 대표됩니다. 두 번째는 30대에서부터 열하에 가기 전인 44세 이전까지의 산문입니다. 법고창신론에 따른 문학 창작이 이루어진 시기죠. 「큰누님 박씨 묘지명」(伯姊孺人朴氏墓誌

銘)이라든가 「취답운종교기」醉踏雲從橋記라든가 「수소완정하야방우기」酬素玩亭夏夜訪友記라든가 「발승암기」髮僧菴記, 「관재기」觀齋記, 『초정집』서楚亭集序, 『『양환집』서』蜋丸集序 같은 주옥같은 글들이 모두 이 시기에 창작되었습니다. 정말 명편들이라고 할 만하죠. 세 번째는 『열하일기』로 대표되는 연행 이후의 산문입니다.

박지원 스스로는 세 번째 시기에 쓴 『열하일기』에 자부심을 느껴 그에 제일 큰 의미를 부여했습니다. 그래서 앞 시기의 글들을 평가절하고 『열하일기』만 후세에 전해지면 족하다고 여겼습니다. 하지만 꼭 그렇지는 않습니다. 첫 번째와 두 번째 시기의 글들은 박지원의 젊은 시절의 진취성과 패기, 또 그의 고도의 정제된 언어 의식과 미의식을 보여 준다는 점에서 『열하일기』에 못지않게 중요하며 특별한 의미가 있다고 할 것입니다. 그럼 이제 이 세 국면 하나하나에 대해 자세히 살펴보겠습니다.

## —— 첫 번째 국면

박지원의 9전 중 「역학대도전」易學大盜傳과 「봉산학자전」鳳山學者傳 둘은 현재 전하지 않습니다. '역학대도전'은 '학문을 팔아먹는 큰 도둑놈 이야기'라는 뜻이죠. 당시 선비인 체하면서 권세와 이익을 구하는 자가 있었는데 이를 풍자하기 위해 지은 작품입니다. 『열하일기』에 실린 「호질」虎叱의 북곽선생과 통하는 인물이라 하겠습니다. '봉산학자전'은 '봉산의 학자 이야기'라는 뜻인데, 황해도 봉산에 사는 농민이 비록 글은 모르지만 행실이 훌륭하므로 '학자'라고 높인 것입니다. 역학대도 같은 위선자를 경계하기 위해 지은 작품이죠.

학계에서는 예로부터 대체로 현재 전하는 박지원의 일곱 전

傳을 모두 소설로 보아 왔으며, 지금 고등학교에서도 대개 그렇게 가르치고 있는 것으로 알고 있는데, 그렇지는 않습니다. 일곱 작품 중 「마장전」馬駔傳·「예덕선생전」穢德先生傳·「양반전」兩班傳 세 작품은 허구적 요소가 많아 소설이라고 할 수 있지만, 나머지 작품들은 '전'傳이라는 장르에 가깝든가 전형적인 '전'에 해당합니다. '전'은 사실에 기초한 인물 전기를 말합니다.

즉 「민옹전」閔翁傳이라든가 「김신선전」金神仙傳이라든가 「광문자전」廣文者傳에는 소설적 요소가 약간 있기는 하지만 '전'적 요소가 훨씬 강합니다. 이 점에서 이 세 작품은 소설이라기보다는 창의적 성격의 전으로 보아야 할 것입니다. 조선 후기에 오면 전에 허구적 요소가 가미되는 경향이 대두합니다. 문제는 허구적인 요소가 좀 있음에도 불구하고 전이라는 장르의 틀을 벗어나지 않는 작품이 있는가 하면, 전의 틀을 벗어나 완전히 허구적인 쪽으로 가 버린 작품도 있다는 사실입니다. 이 세 작품은 전의 테두리 속에 있다고 여겨집니다. 한편 「우상전」虞裳傳은 소설적 요소가 일절 없는, 전형적인 전에 해당하는 작품이죠.

이처럼 박지원의 9전 중에는 소설이라고 인정할 만한 것도 있지만 전에 해당하는 것도 있습니다. 그러므로 박지원이 젊은 시절 아홉 편의 소설을 창작했다, 이렇게 말하는 것은 진실과는 거리가 있습니다.

이들 작품 중 「마장전」은 당대 양반 사대부의 위선적인 벗 사귐을 풍자하고 있습니다. 「예덕선생전」은 똥을 져 날라 생활하는 엄항수嚴行首라는 비천한 인물을 그리고 있는데요, 그 하는 일은 더럽지만 사람됨이 고결함을 찬미하고 있습니다. 이를 통해 고상한 체하지만 실은 비루한 양반 사대부의 삶을 풍자하고 있죠. 일종의 성동격서聲東擊西라고나 할까요. 그런데 하층민인 엄항수에 대한 도덕적 미화가 과대합니다. 작가는 엄항수를 민중의 입장에서 그리기보다는 사대부의 관점에서 그렸기에 이런 과장과 미화가 초래된 게 아닌가 합니다. 즉 하층민의 관점에서 하층민을 그린 것이 아니라, 사대부의 관점에서 하층민을 그린 거죠. 그 결과 엄항수라는 인물이 실제 하층민으로서 겪는 삶의 모습, 즉 삶의 신산함이라든가 곤고함 같은 것이 전연 그려지지 못했습니다. 이 점은 「민옹전」, 「김신선전」, 「광문자전」, 「우상전」도 대체로 비슷합니다. 비렁뱅이 광문이 겪은 삶의 곤고함이라든가 지체가 미천한 민옹이나 김신선이나 우상이 겪은 신분 차별로 인한 불우감이나 소외감은 제대로 그려지지 못했습니다. 박지원의 초기 전들은 사대부가 아닌 여항의 인물들에 적극적 관심을 표했다는 점에서 아주 큰 의의가 있습니다. 그러나 하층민의 현실을 냉철하고 객관적으로 보았는가 하면 그렇지는 않습니다.

「양반전」은 양반 신분을 풍자한 것이라는, 좀 더 세게 말하면 양반 계급을 부정한 것이라는 견해도 있습니다만, 꼭 그렇지는 않습니다. 「양반전」에는 서민 부자가 돈으로 양반 신분을 사려고 합니다. 하지만 작자가 꼭 이 서민 부자를 긍정하고 있는 것은 아닙니다. 박지원이 이 작품에서 말하고자 한 바는 사고팔 대상이 아닌 양반 신분을 파는 주인공 양반에 대한 풍자입니다. 양반은 상민과 달리 가난해도 그 처지를 견뎌야 옳은데, 정선에 사는 이 양반은 그렇지 못하다는 거죠. 물론 작품 내에서 양반의 수탈적이고 무단적武斷的인 횡포가 풍자되고 있고, 그런 점은 그것대로 의의가 있다고 하겠지만, 그렇다고 해서 이 작품이 양반 신분 자체를 부정하거나 풍자하고 있는 것은 아닙니다. 본래 양반이란 자신의 체모를 지키기 위해 고단한 삶을 감내해야 하고, 그 점에서 양반이라는 신분은 아무 득 될 것도 없는데, 그걸 넘보며 사고자 했던 부자 서민의 안분자족安分自足하지 못하는 태도 역시 잘못된 것으로 풍자하고 있다고 할 것입니다. 양반 신분을 팔고자 하는 정선 양반과 양반 신분을 사고자 하는 서민 부자를 동시에 풍자하고 있는 거죠. 그래서 박지원은 「양반전」의 서문에서 이렇게 말합니다.

> 명분과 절개를 힘써 닦지 않고, 문벌과 지체를 밑천 삼아 조상의 덕을 판다면 장사치와 뭐가 다를까?

'양반은 장사치처럼 되면 안 된다, 양반과 장사치는 분한分限이 다른 존재다'라고 말하고 있음을 볼 수 있습니다.

박지원의 초기 전들은 그가 벗 사귐의 대상을 하층 신분의 인물로까지 확대하고자 했음을 보여 줍니다. 학계에는 이를 박지원의 우정론이 갖는 진보적 면모로 해석하는 관점이 있습니다. 그런데 앞서 말했듯 박지원이 여항 세계에 친근감과 관심을 보인 것은 분명하고 이 점은 의의가 크다고 하겠습니다만 그렇다고 박지원이 이들 여항 세계의 인물들을 진정 벗으로 생각했느냐 하면 꼭 그런 것은 아니라고 여겨집니다. 박지원은 아쉽지만 평생 신분제의 문제를 심중히 인식하면서 그것을 넘어서고자 하는 사유를 보여 주지 못했습니다. 즉, 신분제에 관한 한 기본적으로 주어진 질서를 긍정하는 입장을 취했습니다.

그렇다면 초기 9전에서 박지원이 주로 말하고자 한 바는 무엇일까요? 무엇보다도 양반의 위선과 허위에 대한 비판과 풍자가 주목됩니다. 왜 비판하고 풍자한 걸까요? 양반 사대부 계급의 맹성猛

省을 촉구하기 위해서라고 보입니다. 이 점에서 박지원이 한 작업은 비록 몹시 신랄하긴 하지만 양반 사대부로서의 자기비판, 양반 사대부로서의 자기 성찰로의 성격을 갖는다고 할 것입니다. 이 과정에서 여항의 인물들에 대한 긍정이 이루어질 수 있었음은 큰 소득입니다. 하지만 박지원은 민民을 하나의 주체로 인식하지는 못했다고 여겨집니다. 박지원이 여항인이나 하층민을 보는 시선은 수평적인 것이라고 하기 어렵습니다. 이 때문에 여항인이나 하층민에 대한 우호의 눈길에도 불구하고 그들을 대상화하는 데서 탈피하고 있지는 못하다고 보입니다. 바로 이 점에서 초기 9전에 담긴 박지원의 비판적·개혁적 사고는 한계를 보여 준다고 할 것입니다.

박지원이 초기 9전에서 한 작업은 기존 질서의 해체나 파괴로 향하고 있다기보다는 기존 질서의 문제점을 지적하면서 그것을 개선하려는 데 있다고 할 것입니다. 박지원은 신분 질서의 개편이나 수정이 필요하다고 생각한 것 같지는 않으며 오히려 제대로 작동하는 신분 질서의 재구축을 꿈꾸지 않았나 합니다.

실제 박지원이 사귄 벗들은 양반 아니면 서얼이었지 중인이나 서민은 없었습니다. 평생 그랬죠. 이리 본다면 박지원의 우정론은, 그의 처남 이재성李在誠이 쓴 박지원 제문의 표현을 빌리자면 '소인배나 썩은 선비'들이 만연한 현실에 환멸과 염증을 느껴 제기된 것이라 할 만합니다. 노론 청류 집단은 영조 당시 선비들의 허위와 부패가 탕평책과 관련이 있다고 봤습니다. 탕평책 때문에 선비들이 올곧은 마음, 올곧은 지조를 다 잃어버리고 권력에 아첨하여 벼슬자리나 얻으려고 하면서 소인배나 썩은 선비의 행태를 보인다는 것입니다. 박지원의 초기 전들에 보이는 우도에 대한 강조는 이런 노론 청류적 문제의식과 무관하지 않다고 여겨집니다.

## —— 두 번째 국면

박지원은 30대에 접어들면서 주옥같은 산문을 많이 창작했습니다. 하지만 이 시기에 박지원은 가난과 불우함에 시달렸습니다. 이 시기 그의 작품들에는 이런 존재 여건이 깊이 투사되어 있습니다. 이 시기에 박지원은 진한고문에 대한 추숭을 탈피해 당송고문은 물론이고 명말청초의 소품문小品文, 이를테면 원굉도袁宏道라든가 김성탄金聖嘆과 같은 새로운 감각으로 무장한 작가들의 글까지 섭렵했으며, 이 셋을 '지양'해 자기대로의 문학 노선을 정립했습니다. 그것이 '법고창신론'입니다. 제가 '지양'이라는 말을 썼다는 사실에 유의하기 바랍니다. '지양'이라는 것은 이 셋을 한편으로는 받아들이면서도 다른 한편으로는 넘어서는 의식의 과정입니다. 셋을 완전히 부정하는 것도 아니고 셋을 완전히 긍정하는 것도 아니며, 한편으로는 긍정하고 한편으로는 부정하면서 그것을 넘어서는 정신의 과정이라고 할 수 있습니다.

법고창신론은 「『초정집』서」에 테제화되어 있는데요, 아주 논리 정연합니다. 이로 보아 오랜 숙고 끝에 도달한 논리적 귀결임을 알 수 있습니다. 아마 20대 중·후반부터 이런 쪽으로 고민하고 사유한 결과가 아닌가 합니다. 박지원은 20대 중·후반 무렵부터 진한고문을 넘어 당송고문과 명말청초의 소품문들로 독서를 확장해 갔다고 여겨집니다. 법고창신론은 이런 과정을 거치며 고안된 문학론이라고 할 수 있겠는데요, 「『초정집』서」는 36세 때인 1772년에 쓴 것으로 알려져 있습니다. 그런데 그 4년 전인 1768년에 박지원이 쓴 「『정유문집』서」貞蕤文集序라는 글이 따로 전하고 있습니다. '정유문집'은 박제가의 문집 이름인데요, 두 글은 내용이 거의 같습니다. 이를 통해 법고창신론이 30대 초에 확립되었음을 알 수 있습니다.

법고창신론에는 법고法古(고古를 본받음)와 창신創新(새로운 것을 창조함)이 변증법적으로 통일되어 있습니다. 하지만 적어도 이론상으로는 박지원은 법고에 더 비중을 두고 있습니다. 박지원은 『초정집』서에서 박제가가 혹 법고의 구심력에서 벗어나 제멋대로 창신으로 나아갈까 봐 주의를 주고 있습니다. 박제가는 박지원보다 좀 더 예리한 면이 있고, 현실의 주어진 질서를 벗어나고자 하는 지향이 강한 인물이었습니다. 서얼이었기 때문이죠. 박지원은 박제가의 이런 점을 알고 있었으리라 여겨집니다. 그래서 법고와 창신의 관계에서 법고를 좀 더 강조한 것으로 보입니다. 만일 법고보다 창신을 더 강조하는 입장에서 본다면 박지원의 법고창신론은 좀 답답하게 여겨질지도 모릅니다. 왜냐하면 법고창신론에서 창신은 어디까지나 법고에 견인을 받아야 하고 법고의 기초 위에서 성립될 수 있기 때문이죠. 따라서 법고를 벗어나 마음껏 새로운 상상력을 발휘하고 마음껏 새로운 것을 추구하는 행위는 긍정되지 않습니다. 그러므로 법고창신론에는 그 '바깥'이 존재하며, 우리에게는 이 바깥을 사유하려는 노력이 필요합니다. 이 점은 다음에 이언진에 대한 강의에서 자세히 살피도록 하겠습니다.

박지원은 마흔네 살 때인 1780년 중국에 갈 때 9년 전에 창작한 「큰누님 박씨 묘지명」을 필사해 갖고 가 중국 문인들에게 보여 준 바 있습니다. 이걸 왜 갖고 갔겠습니까? 잘 쓴 글이라고 생각해서 중국 문인들에게 보여 주고 싶었던 거겠죠. 이를 통해 박지원이 이 글에 아주 큰 자부심을 가졌던 것을 알 수 있습니다. 그리고 이런 면모를 통해 박지원이 이전의 문인들에게서는 좀처럼 보기 어려운, 글쟁이다운 강한 자의식을 갖고 있었음을 알 수 있습니다.

이 글은 아주 짧은 묘지명이지만 기존의 묘지명과 달리 박지원과 누나 둘만 아는 내밀한 어린 시절의 에피소드를 말함으로써, 그리고 현재와 과거를 오가며 망자亡者와 서술자의 신산한 삶을 오버랩시킴으로써 인간의 삶과 죽음에 대해 큰 울림을 낳고 있습니다. 누이는 생전에 가난하고 고생스런 삶을 살았고, 박지원 역시 지금 가난하고 힘든 삶을 살고 있습니다. 이 글에서는 이 두 삶이 오버랩됩니다. 이 점에서 이 작품은 정을 표현하는 방식에서 기존의 산문과 크게 다른 면모를 보여 줍니다. 예교禮敎에서 벗어나 인간의 감정을 자유롭고 솔직하게 말하고 있음이 그러합니다. 그래서 이덕무는 『종북소선』鍾北小選의 평어評語에서 이 글을 이리 평하고 있습니다.

이 글은 채 3백 글자도 안 되지만, 진정眞情을 토로해 문득 수천 글자나 되는 문장의 기세를 보이니, 마치 지극히 작은 겨자씨 안에 수미산須彌山을 품고 있는 형국이라 하겠다.

「취답운종교기」는 '술에 취해 운종교雲從橋를 밟았던 일을 적은 글'이라는 뜻입니다. '운종교'는 종로 네거리에서 남대문으로 가는 큰길을 잇는 청계천 위에 있던, 당시 서울에서 가장 길고 아름다운 다리였습니다. 이 글은 박지원이 서른일곱 살 때인 1773년경 창작된 것으로 추정되는데, 서울의 밤거리를 주인 없는 떠돌이 개처럼 술에 취해 낄낄거리면서 밤새 배회하다 새벽을 맞는 박지원과 그의 무리인 이덕무, 이희경, 이희명李喜明(이희경의 동생), 원유진元有鎭 등의 모습을 그리고 있습니다. 거론된 이들은 전부 서얼로, 불우하고 낙척落拓한 인물들입니다. 이들에 대해서는 다음 강의에서 따로 살피도록 하겠습니다. 당시 박지원도 백수건달이라 이들과 다름없는 처지였습니다. 그러므로 이 글은 '하릴없는 자'들의 초상이라고 할 만하죠. 이 시기의 박지원은 점잖은 사대부 눈에는 파락호破落戶로 보였던 듯합니다. 동시대를 살았던 유만주兪萬柱가 쓴 일기『흠영』欽英에 이런 말이 보입니다.

> 대체로 공(박지원)은 '유희'라는 것 하나를 평생의 공부로 삼았다. 맑은지 혼탁한지, 고상한지 비속한지, 순수한지 잡된지를 논하지 않고 유희와 관련된 것이라면 하나같이 몸소 간여했다. 이에 어린이들의 술래잡기 놀이도 괜찮고, 창녀가 음란함을 가르치는 자리라도 괜찮고, 글을 짓는 고상한 유희의 자리도 괜찮고, 길에서 잡극雜劇을 펼치는 자리라도 괜찮다 했으니, 유희라면 안 될 것이 없었다. 그리하여 비로소 파락호가 된 것이다. 파락호라는 세 글자를 세상 사람들은 몹시 혐오함에도, 이분은 파락호가 되는 것을 달가이 여겨 사양하지 않았다.(김하라 편역, 『일기를 쓰다 1 — 흠영 선집』의 번역)

'파락호'는 행세하는 집의 자손으로서 난봉을 피워서 결딴난 사람을 이릅니다. 박지원은 예법에 구애되지 않는 자유분방한 행실로 인해 당시 파락호로 지목된 듯합니다. 박지원은 이런 존재 여건으로 인해 「취답운종교기」 같은 특별하고 창의적인 글을 쓸 수 있었습니다.

「수소완정하야방우기」는 '소완정素玩亭이 쓴 「여름날 벗을 방문하고 와」에 답한 글'이라는 뜻인데요, '소완정'은 이서구의 호입니다. 이서구가 어느 여름밤에 박지원의 집을 방문했습니다. 그는 이때 목도한 박지원의 모습을 「여름날 벗을 방문하고 와」(夏夜訪友記)라는 글에 담았습니다. 그 글을 보고서 박지원이 화답한 것이 바로 이 글이죠. 이서구는 어릴 때 박지원에게 글을 배웠습니다. 그러니 이서구는 연암의 문생門生입니다. 이덕무나 박제가 같은 이는 박지원의 '종유자'從遊者(좇아 노닌 자) 혹은 '문객'門客이라고 해야 옳지 '문생'이나 '제자'라고 하기는 어렵습니다. 흔히들 잘 모르고 문생 혹은 제자라고 하는데 당시에 문생이나 제자라는 말은 굉장히 엄격하게 가려 쓰던 말입니다. 그래서 함부로 문생이나 제자라고 하지 않습니다. 수학하고 글을 배워야지 문생이라고 할 수 있습니다. 이덕무나 박제가는 그렇지는 않으며, 뜻과 취향이 맞고 불우한 여건이 비슷해 박지원을 추종했던 것입니다. 박지원이 워낙 거목이니까 그 밑의 그늘에 모여들었던 거죠.

이서구에게 답한 이 글은 서른여섯 살 무렵 썼는데, 박지원의 자화상이라 이를 만합니다. 앞서 「취답운종교기」가 박지원과 그 일파의 자화상이라고 한다면 이 글은 박지원의 자화상이라고 할 수 있죠. 이 글은 현실에 절망하면서도 힘겹게 버티고, 힘겹게 버티면서도 자신이 지치고 낙담에 빠져 있음을 응시하는 한 인간의 내면 풍경을 잘 그려 놓고 있습니다. 좀 복잡하죠. 반성의 반성을 하고 있으니까요. 박지원의 산문 중 이 작품만큼 페이소스가 그득한 것도 아마 없을 것입니다.

마지막으로 「발승암기」 한 작품만 더 언급하겠습니다. 이 작품은 그 많던 재산을 다 탕진하고 비참한 처지에 빠진 협객俠客 김홍연金弘淵을 그리고 있습니다. 박지원은 소싯적부터 협객이나 왈짜 같은 여항인에 큰 관심을 보였습니다. 박지원은 『사기』 열전列傳을 특히 애독했는데 그 영향이 있지 않나 합니다.

만년의 김홍연은 신체장애를 가진 벼랑 끝에 서 있는 인간이었습니다. 재산을 다 날려 버리고 빈털터리가 되어 절집에 부쳐지내고 있었습니다. 이런 존재는 어떻게 자신을 지탱할 수 있을까요? 이 글은 이런 물음에 대한 인간학적 탐구의 기록이라고 할 수 있습니다. 인간의 운명에 대한 박지원의 통찰력과 깊은 눈을 아주 잘 보여 줍니다. 이 점에서 박지원 문학의 한 본령을 유감없이 보여 준다고 할 것입니다.

## —— 세 번째 국면

『열하일기』는 크게 보아 연행 문학에 속합니다. 연행록燕行錄의 범주에 속하는 거죠. 『열하일기』 이전에도 연행록은 많이 쓰였습니다. 그중에도 특히 노가재老稼齋 김창업金昌業(1658~1721)의 『노가재연행일기』老稼齋燕行日記라든가 홍대용이 쓴 『연기』燕記가 주목됩니다. 박지원은 중국에 가기 전 홍대용의 『연기』는 읽은 것 같지 않지만, 『노가재연행일기』는 읽었습니다. 『열하일기』에서 『노가재연행일기』는 몇 차례나 언급됩니다.

박지원은 『열하일기』에 큰 자부심을 느꼈습니다. 남공철이 쓴 「박산여묘지명」朴山如墓誌銘에 이런 말이 나옵니다.

> 나는 언젠가 연암과 함께 산여山如의 벽오동관에 모인 적이
> 있었다. 이덕무와 박제가도 함께 있었다. 달빛이 밝았는데
> 연암이 긴 목소리로 자기가 지은 『열하일기』를 읽었다. 이덕
> 무와 박제가는 둘러앉아 들을 뿐이었으나, 산여는 연암에게
> "선생의 문장이 뛰어나긴 하지만 패관기서稗官奇書입니다.

이제부터 고문古文이 진흥되지 않을까 두렵습니다"라고 말했다. 연암이 취해서 "네가 무얼 안단 말이냐" 하고는, 다시 계속 읽었다. 산여 역시 취해서 자리 곁의 촛불을 잡아 그 원고를 불태우려 하였다. 나는 급히 만류하였다.

'산여'는 박남수朴南壽(1758~1787)의 자입니다. 박지원은 박남수의 삼종조이니 둘은 팔촌 간입니다. 이 글을 보면 박지원이 자신의 추종자들인 이덕무, 박제가, 남공철 등의 앞에서 『열하일기』를 읽었던 것을 알 수 있습니다. 본인이 본인의 글을 읽고 있는 거죠. 당시 문인이 자신의 글을 벗이나 동인들 앞에서 자랑스레 읽는 일은 유례를 찾기 어렵습니다. 대단히 이례적인 일이라 할 수 있죠. 박지원이 『열하일기』에 얼마나 자부심을 가졌는지 알 수 있습니다.

한편 이덕무가 성대중에게 보낸 편지 중에 이런 말이 보입니다.

『열하일기』의 (…) 전체 평점評點은 모두 본인이 한 것이고 제가 한 것은 이따금 있을 뿐입니다.

인용문 중 '본인'은 박지원을 가리킵니다. 이 편지를 통해 박지원 스스로 『열하일기』에 평점을 붙였음을 알 수 있습니다. '평점'이란 전근대 시기 비평 방식의 하나로서, 잘 썼다고 생각되는 글귀 옆에 점이나 동그라미를 치거나 평어評語를 붙이는 것을 말합니다. 흔히 청색이나 홍색의 먹으로 표기를 하죠. '평어'란 이를테면 "이 대목 참 좋다. 귀신같이 썼다" 이런 식으로 평한 말을 가리킵니다.

보통 평점은 남이 붙이는 것이 일반적입니다. 작가 자신이 자기 글에 평점을 붙이는 일은 잘 없습니다. 하지만 박지원은 스스로 자기 글을 읽으면서 평점을 붙였습니다. 아주 특이한 일이죠. 이를 통해 박지원이 얼마나 자의식이 강한 문인인지 알 수 있습니다. 한국고전문학사에는 최치원을 비롯해 자의식이 강한 문인들이 없지 않습니다만 박지원만큼 강한 자의식을 보여 주는 이는 없습니다.

이런 예들을 통해 박지원이 이전에 자신이 쓴 작품들을 평가절하하며 『열하일기』 하나만 세상에 전해지면 족하다'고 한 말이 결코 허언이 아님을 알 수 있습니다. 이처럼 『열하일기』는 박지원이 불후의 문학 작품을 남긴다는 마음으로 창작한 것으로 보이며, 이 점에서 여타의 연행록과 차이가 있습니다.

박지원은 『열하일기』가 불후의 저술이 되게 하기 위해 책의 서술 방식과 체제 등에 있어서 많은 숙고와 노력을 한 것으로 보입니다. 박지원의 이런 의도는 성공했고 당대는 물론 오늘날까지도 찬사를 받고 있습니다.


## 『열하일기』의 서술 전략

그렇다면 박지원의 『열하일기』 서술 전략, 즉, 글쓰기의 책략은 무엇일까요? 몇 가지만 지적해 보기로 하겠습니다.

첫째, 완급의 적절한 조절과 안배입니다. 구체적으로 말해 우스갯소리와 진지한 말을 적절히 교차해 배치하고 있습니다. 『열하일기』에는 우스갯소리가 아주 많습니다. 하지만 우스갯소리만 많은 것이 아니라 진지한 담론도 아주 많습니다. 이 둘은 무시로 갈마들고 있습니다. 그래서 독자는 지루함을 느끼지 못하고 책에 계속 빨려 들어갑니다. 진지한 말만 있으면 재미가 없고, 우스갯소리만 있으면 허랑한 것이 되고 맙니다. 『열하일기』에는 이 둘이 교묘하게 결합되어 있어서 재미도 있고 진지하기도 합니다. 우스갯소리와 진지한 말은 꼭 교대로 나오기만 하는 게 아니고 우스갯소리 안에 진지함이 내재해 있기도 하고, 진지함 안에 우스갯소리가 내재해 있기도 합니다. 긴장과 이완이 적절히 배합되는 이런 글쓰기 방식은 본디 박지원의 화법에서 유래합니다. 이 점에서 『열하일기』는 박지원의 평소 화법을 잘 살리고 있는 글쓰기라고 할 것입니다.

둘째, 의론, 서사, 묘사(특히 풍경 묘사)의 교차입니다. 어떤 문제에 대한 의론을 하다가 갑자기 그것을 뚝 그치고 서사로 들어간다든지, 반대로 서사를 한참 하다가 돌연 의론으로 들어갑니다. 또 의론을 하다가 갑자기 풍경의 묘사로 전환한다거나, 풍경을 묘사하다가 갑자기 서사나 의론을 전개하기도 합니다.

역사에 대한 회고와 현재 상황의 결합도 주목됩니다. 역사를 회고하다가 갑자기 거기서 빠져나와 현재 눈앞에 벌어지는 장면을 서술하곤 하죠.

『열하일기』에는 이런 돌연성이 빈번히 나타납니다. 독자의 예상을 뛰어넘는 이런 돌연한 문체의 변화나 그에 수반하는 어조나 시선의 변화는 독자를 지루하지 않게 만들고 독자를 매료시킵니다.

셋째, 「도강록」渡江錄, 「막북행정록」漠北行程錄, 「일신수필」馹汛隨筆, 「성경잡지」盛京雜識, 「혹정필담」鵠汀筆談 등에서 보듯 각 편이 독립적으로 서술되고 있으며, 각 편의 내부는 일기체로 서술되기도 합니다. 즉, 각 편의 독립 서술과 일기체 서술이 결합되어 있습니다. 이것은 박지원의 새로운 창안이자 편집 기획이라 할 것입니다. 다른 연행록에서는 이런 체재가 보이지 않습니다. 이로 인해 『열하일기』는 부분은 부분대로 의미를 가지면서 전체적 의미망을 획득합니다. 판소리의 '부분의 독자성'를 연상케 합니다.

넷째, 『열하일기』는 그 전체로서 하나의 문학 작품이지만, 그 내부에 작은 완결된 독자적인 작품들을 곳곳에 박아 놓았습니다. 작품 안에 다시 작품이 있다고나 할까요. 가령 코끼리에 대해 쓴 「상기」象記라든지, 소설 「호질」과 「허생전」許生傳이라든지, 「일야구도하기」一夜九渡河記라든지, 「야출고북구기」夜出古北口記 같은 글들이 그러합니다. 이런 글들은 문예성이 아주 높으며 고도의 미적 응축을 보여 줍니다.

## 『열하일기』에서 대청 인식, 대명의리론, 북벌론, 북학론의 문제

『열하일기』에는 박지원의 대명 인식과 대청 인식이 드러나 있습니다. 박지원은 청에 대한 정확한 정보, 정확한 사태 파악 없이 대명의리만 내세우거나 청을 오랑캐로서 멸시하고 부정하는 태도에 반대했습니다. 『열하일기』에서 이런 태도는 조롱되거나 풍자되고 있죠. 박지원은 청이 중원의 지배자, 주인이라는 현실을 일단 인정하고 들어갑니다. 하지만 그렇다고 해서 청을 '중화'로 승인하는 것은 아닙니다. 청이 지금 중국의 주인이라는 점은 승인하지만 그렇다고 청이 중화는 아니라는 것입니다. 그렇다면 박지원에게 '중화'는 뭘까요? 박지원은 '중국'과 '중화'를 구분하고 있습니다. 박지원에게 '중국'은 현실적으로 중원을 지배하는 국가를 의미합니다. 이 점에서 가치중립적인 개념입니다. 그래서 오랑캐의 국가인 원元이나 청淸도 중국으로 호명됩니다. 이와 달리 '중화'는 고대 이래 한족의 문화를 계승한 한족에 의해 수립된 왕조를 의미합니다. 그래서 청나라는 중화가 아니지만 명나라는 중화에 해당합니다. 박지원에게 있어 '중화'는 가치적 개념이고 이념성을 갖는 말입니다. 박지원은 중국은 존재하지만 중화는 이제 사라졌다고 보고 있습니다. 그러나 지금 중화는 사라졌어도 하나의 이념태로서는 존재하며, 이 점에서 장차 언젠가는 다시 중화 국가가 도래할 수 있다고 생각하고 있죠. 박지원의 생각은 종종 오해되고 있는 듯한데, 박지원이 이처럼 중국과 중화를 구분하고 있다는 점을 정확히 파악하는 것이 대단히 중요합니다.

박지원은, 청은 언젠가는 중원에서 나갈 것이고, 또 나가야 마땅한 존재로 간주합니다. 청은 오랑캐이기 때문이죠. 적어도 이 점에서 박지원은 중화주의와 대명 의리를 견지하고 있다고 말할 수 있습니다.

하지만 박지원은 조선 사대부들의 대명의리론을 곧잘 풍자하고 있기도 합니다. 이는 어떻게 설명해야 할까요? 박지원은 조선 사대부들이 주장하는 대명의리론의 물정 없음과 공허함을 풍자하고 있다고 여겨집니다. 세상이 어떻게 돌아가는지도 모르면서 무조건 청나라를 멸시하고 명나라를 받들며 조선이 중화 문명의 후계자라고 우쭐대는 태도를 풍자하는 거죠. 하지만 박지원이 대명 의리 자체를 부정하고 있다고는 보이지 않습니다. 그가 풍자하고자 한 것은 오도된 대명 의리, 순진하기 때문에 공소한 대명 의리가 아니었나 합니다. 이런 대명 의리는 자기기만이나 허위의식으로 귀결될 수 있으니까요.

박지원에게서 청에 대한 정확한 파악, 청의 실력에 대한 긍정과 대명 의리는 공존 불가능한 것이 아닙니다. 청을 괄호 속에 넣고 대명 의리만 내세워서는 죽도 밥도 안 되거든요. 그래서 박지원은 『열하일기』에서 청을 면밀히 관찰하고 청의 선진 기술문명에 지대한 관심을 쏟으면서 그것을 배워야 한다고 주장합니다. 이른바 '북학론'이죠. 박지원이 북학을 주장한 것은 낙후한 조선을 부국강병의 나라로 만들어야 한다는 생각에서입니다. 하지만 통념처럼 북학의 주장이 곧 북벌의 부정은 아닙니다. 박지원의 사고는 그리 단순하지 않으며, 심지어 모순적인 면도 없지 않습니다.

그런데 박지원은 「허생전」에서 보듯 북벌을 풍자하거나 조롱하는 면도 있지 않습니까? 이건 그럼 어떻게 설명해야 할까요? 박지원이 비판하거나 풍자하고 있는 북벌은 말하자면 '사이비 북벌'입니다. 즉, 북벌을 할 진정성도 없고, 북벌할 실력도 없으면서 말로만 '북벌, 북벌' 외치는 자들에 대한 풍자와 조롱이라고 할 것입니다. 박지원은 이를 자기기만으로 보고 있는 듯합니다. 거짓된 짓이며, 한심한 공리공론에 불과하다는 거죠. 박지원은 북학을 통해 자강自强을 이룩하면 언젠가는 중원 회복의 기회가 오리라고 생각했던 듯합니다. '언젠가는 청의 힘이 약해지고 중원에서 쫓아낼 수 있는 기회가 온다. 그때를 위해서 조선은 실력을 쌓지 않으면 안 된다.' 박지원이 「허생전」에서 은유적으로 말하고자 한 건 바로 이 점이 아닐까 합니다. 허생이 이완李浣을 칼로 찌르려고 하지 않았습니까? 북벌을 위한 실력 양성의 세 가지 방책을 다 말했는데 하나도 받아들일 수 없다고 하니까, 그러면 네가 말하는 북벌은 뭐냐고하면서 칼로 찌르려고 한 거죠. 그러므로 박지원에게 있어 북학론은 북벌론과의 단절이나 북벌론의 부정이 아니고 '진정한 북벌'로 나아가는 현실적 방법으로서의 의미를 갖는 게 아닌가 합니다.

그래서 『열하일기』에는 곳곳에 청에 대한 관찰이 보입니다. 『열하일기』에는 두 종류의 관찰이 있습니다. 하나는 북학의 대상으로서 청을 관찰하는 것이고, 다른 하나는 '염탐'으로서의 관찰입니다. 염탐으로서의 관찰에서는 청이 적으로 전제됩니다. 청은 북학의 대상이라는 점에서는 배워야 할 나라이지만, 북벌의 대상이라는 점에서는 끊임없이 적정敵情이 관찰되지 않으면 안 되는 나라입니다. 박지원의 말을 빌리면 '심세'審勢(형세를 살핌)가 필요한 나라죠. 바로 여기서 주체성의 문제가 제기되며, 주체성의 문제와 관련한 긴장감이 생겨 나오게 됩니다.

박지원은 『열하일기』 곳곳에서 조선인으로서 주체성의 문제를 제기하고 있습니다. 특히 「심세편」審勢編이라든가 「황교문답서」黃敎問答序라든가 「행재잡록서」行在雜錄序와 같은 글에는 천하대세와 관련하여, 그리고 지피지기의 입장에서, 적국 청나라를 어떻게 관찰해야 할 것인가에 대한 박지원의 숙고와 고민이 표출되어 있습니다. 청에 대한 이런 긴장된 관찰의 태도와, 이와 표리 관계에 있다고 할 북학의 눈길에서, 사상가라고까지 말하기는 좀 어려울지 모르지만 비평가 혹은 경세가로서의 박지원의 면모가 잘 드러난다고 여겨집니다.

### 『열하일기』에 나타난 박지원의 자아

『열하일기』에는 흥미롭게도 여러 개의 자아, 여러 양상의 자아가 보이는데요, 첫 번째는 '문예적 자아'입니다. 이것은 훌륭한 글, 훌륭한 문학 작품을 남기고자 하는 자아입니다. 그래서 가끔 현시적顯示的 자아의 면모를 보이기도 합니다. '현시적 자아'라는 것은 자신의 훌륭한 면모를 세상에 드러내 보이고자 하는 자아죠. 좀 우쭐대는 면모도 결부될 수 있습니다. 이를테면 「야출고북구기」에서 연암은 스스로 여행길 몇 천 리를 다니면서 계속 이 글을 고치고자 했으나 고치지 못했다고 토로하고 있습니다. 글쓰기의 어려움에 대한 토로인데요, 훌륭한 글을 세상에 내놓아 사람들을 깜짝 놀라게 하겠다는 자아의 면모가 아주 강하죠. 천생 글쟁이입니다. 이런 자아는 『열하일기』 전체에 관철됩니다. 문인으로서의 남다른 자각입니다. 이런 면모는 일정하게 근대성과 연결되는 게 아닌가 합니다. 물론 전근대의 문인이라고 해서 퇴고推敲 같은 걸 중시하지 않은 건 아니고 자기 글을 계속 다듬고 그랬습니다만, 그런 사실을 인정한다 하더라도 박지원이 보여 주는 자신의 글에 대한 이런 집요한 자의식은 좀 유별난 것이라고 해야 하지 않을까 합니다. 이는 비단 박지원의 성격 때문만이 아니라 그의 불우한 처지와 깊은 관련이 있다고 여겨집니다. 박지원은 불우했습니다. 『열하일기』를 집필할 당시까지도 말단 벼슬 하나 하지 못했으며, 파락호 취급을 당했으니까요. 이런 존재 여건에 있었으므로 어떻게든 불후의 작품을 남겨 후세에 이름을 전해야 한다는 의식이 남다를 수밖에 없지 않았나 합니다.

두 번째는 '유람적 자아'입니다. 이것은 새로운 세계, 새로운 풍경을 구경하는 자아입니다. 「야출고북구기」를 예로 들어 봅시다. 이 작품에서 박지원은 만리장성 밖으로 나가 북쪽 유목민의 땅을 밟습니다. 박지원은 붓을 꺼내 장성에 이렇게 씁니다.

건륭 45년 경자년 8월 7일 밤, 조선의 박지원이 여기를 지나가다.

유람적 자아의 면모를 잘 보여 줍니다. 박지원은 이렇게 생각하고 있습니다: '지금 조선 사람 중에 이곳에 온 사람은 나밖에 없다. 선배로서는 노가재(김창업)가 중국을 좀 구경했고, 친구인 홍대용도 중국에 다녀왔지만, 그들도 이곳에는 못 왔다. 여기 온 사람은 나밖에 없다.' 박지원은 다른 데서는 고려 말의 익재益齋 이제현李齊賢을 거론하고 있습니다. 이제현은 서쪽으로는 사천四川의 아미산峨眉山까지 가고, 남쪽으로는 절강성浙江省 소주蘇州와 항주杭州까지 갔습니다. 이제현만큼 중국을 여기저기 다닌 사람도 드뭅니다. 박지원은 이런 이제현을 거론하면서 자기는 이제현조차 오지 못한 곳에 왔노라며 자부심을 표합니다. 사실 조선인 중 고북구와 열하를 구경한 사람은 박지원이 처음입니다. 유득공도 열하에 갔다 왔습니다만, 그건 시간이 좀 지나서였습니다.

이처럼 『열하일기』에서는 낯선 풍경을 호기심 가득한 눈으로 바라보는 유람적 자아를 도처에서 만날 수 있습니다.

세 번째는 '관찰적 자아'입니다. 적으로서의 청나라를 정탐하고 관찰하는 자아죠. 이는 역대 연행록에 다 나타나는 자아입니다. 그렇기는 하지만 『열하일기』의 관찰적 자아는 다른 연행록에 비해 훨씬 더 집요하고 집중되어 있다는 차이를 보여 줍니다. 관찰적 자아는 청나라의 여기저기를 관찰하는 데서도 드러나지만, 청나라 지식인들에 대한 관찰에서 아주 잘 드러납니다. 이를테면 「혹정필담」 같은 것을 예로 들 수 있습니다. '혹정'鵠汀은 왕민호王民皥라는 중국인의 호입니다. 박지원이 이 사람과 필담을 나눴기 때문에 글 제목을 '혹정필담'이라고 했습니다. '혹정필담'을 '곡정필담'이라고 일컫는 사람도 있습니다만 '혹정필담'이 옳습니다. 한자 '鵠'에는 두 가지 뜻이 있는데, 하나는 '고니'이고 다른 하나는 '정곡'입니다. 뜻이 고니일 때는 독음이 '혹'이고, 정곡일 때는 독음이 '곡'입니다. '鵠汀'은 '고니가 있는 물가'라는 뜻이니, '鵠'을 '혹'으로 읽어야 합니다. 박지원은「혹정필담」에서 왕민호라는 한족 지식인이 정복 왕조인 청에 대해 어찌 생각하는지를 아주 교묘하게 요리조리 엿보며 관찰하고 있습니다.

　필담에 나타나는 관찰적 자아는 다시 둘로 나뉘는데, 하나는 '엿보는 자아'이고 다른 하나는 '떠보는 자아'입니다. 박지원은 청 지식인들의 속마음을 계속 떠봅니다. 겉으로 말하는 것과 달리 속에 갖고 있으리라고 여겨지는 점령 왕조 청에 대한 불평과 불만의 감정을 확인하려는 거죠.「혹정필담」에서는 '엿보는 자아'와 '떠보는 자아' 가운데 특히 떠보는 자아의 면모가 현저합니다. 그래서 이 필담을 읽으면 박지원과 청나라 문인의 우호만이 아니라 두 사람 사이의 긴장감이 느껴집니다. 우호와 긴장이 다 나타나는 거죠. 이 점에서 홍대용의 필담과는 좀 차이가 납니다. 홍대용의 경우 중국 인과의 필담은 결국에는 국경을 초월한 우정으로 귀결되었습니다. 물론 처음에는 엿보고 떠보는 게 없지 않았습니다만 결국에는 그런 것이 사라지고 우정으로 귀결되죠. 박지원의 경우는 우정보다 떠보기가 더 우세합니다. 홍대용과 달리 박지원이 귀국 후 중국인 과 편지를 주고받지 않은 것도 이 점과 관련이 있지 않나 합니다. 홍대용은 계속 중국인과 편지를 주고받았습니다만 박지원은 일절 편지를 주고받지 않았어요. 심지어는 박제가에게 중국인과 편지를 주고받지 말라는 주의까지 줍니다.

　네 번째는 '골계적 자아'입니다. 이것은 '유희적 자아'라고도 할 수 있습니다. 우스갯소리를 하거나 풍자하는 자아를 말합니다. 이는 박지원의 멘탈리티, 개성과 관계됩니다.『열하일기』는 이런 면모 때문에 '패사소품체'로 비난받기도 했습니다. 박지원은 일상생활에서도 말할 때 우스갯소리를 좋아했으며, 우스갯소리 안에 심각하고 진지한 내용을 담는 화법을 곧잘 구사했습니다.

다섯 번째는 '계몽적 자아'입니다. 가령 「일신수필」에 보이는 북학론의 주장에서 이런 자아가 잘 확인됩니다. 이 자아가 전면에 나타날 경우 목소리가 높아지거나 남을 가르치려는 태도가 아주 강해집니다. 연행 이전 박지원의 산문에서도 계몽적 자아가 혹은 약하게 혹은 강하게 나타나고 있는데요, 이를테면 초년작인 「마장전」이나 「예덕선생전」에서도 이런 자아의 면모가 드러납니다. 이런 경우 작자는 지적 혹은 도덕적으로 높은 위치에서 조망하며 말하는 특징을 보입니다.

마지막으로 '필기적 자아'입니다. '필기筆記는 지식이라든가 견문을 제시하는 데 치력하는 사대부적 글쓰기 방식입니다. 「구외이문」口外異聞이라든가 「앙엽기」盎葉記라든가 「동란섭필」銅蘭涉筆에서 이런 자아가 현저한데요, 학지를 전달하고자 하는 열의가 가득한 자아입니다.

『열하일기』는 이상 말한 이런 다층적 자아의 면모로 인해 아주 다채로울 뿐만 아니라, 한마디로 규정하기 어려운 특이한 저술이 되었다고 여겨집니다.


## 「호질」과 「허생전」

『열하일기』에는 「호질」과 「허생전」 두 편의 소설이 실려 있습니다. 「호질」은 원래 중국인의 작품입니다. 박지원의 필체로 보기 어려운 글귀들이 많습니다. 문제는 박지원이 중국에서 베껴 온 이 작품을 귀국 후 개작했다는 사실입니다. 이 점에서 박지원의 작품이라고 해도 좋다고 생각됩니다.

이 작품은 청 치하의 위선적인 한족 학자를 풍자하고 있습니다. 박지원은 청나라 한족 지식인의 동향에 관심이 많았습니다. 박지원은 젊은 시절부터 향원鄕愿(겉으로는 도덕적인 척하면서 속으로는 부정하고 허위적인 인간)을 아주 미워해서「역학대도전」이라는 작품을 짓기도 했죠.「호질」은 이런 문제의식과도 통합니다.

그래서「호질」은 원래 중국인의 작품이 아니며, 박지원이 일부러 중국인의 작품을 베껴 온 것처럼 말했지만 이는 거짓말이며 실은 애초부터 박지원이 창작한 작품이라고 보는 견해도 있습니다. 하지만 그 필치를 보면 박지원의 다른 글들과 썩 다릅니다. 서두의 호랑이에 대해 쭉 서술하는 부분도 그렇고요. 그러니 박지원이 개작한 작품으로 보는 게 옳다고 봅니다.

「허생전」은 구전口傳을 토대로 창작된 소설인데, 박지원의 북학론과 수정 북벌론이 그 기저에 깔려 있습니다.

### 『열하일기』의 의의와 한계

박지원의『열하일기』와 박제가의『북학의』北學議, 이 두 저술은 북학론이 담겨 있다는 점에서 공통됩니다. 하지만『북학의』에서는『열하일기』와 달리 조선적 주체성이 그다지 나타나지 않습니다. 두 저술은 이 점에서 차이가 있습니다. 이런 차이 때문이겠지만『북학의』는『열하일기』가 보여 주는 것과 같은 지적 긴장감을 보여 주지 않습니다. 북학을 해야 한다는 주장 일변도로만 되어 있기 때문에 그렇습니다.『열하일기』에서는 북학과 청에 대한 관찰이 동시에 이루어지고 있으며 이 둘이 맞물려 있는데,『북학의』는 대체로 이 둘 중 하나만 강조되고 있어 지적 긴장감이 떨어질 수밖에 없는 듯합니다. 조선적 주체성을 향한 정신의 운동과 이로 인한 지적 긴장감, 거시적으로 볼 때『열하일기』의 최대 의의는 여기서 찾아야 하지 않을까 합니다.

한편, 박지원은 사농공상에 귀천을 두지 않는 중국의 현실을 목도했으면서도 이를 조선의 신분제에 대한 성찰과 사회제도의 개혁으로 연결시키지는 못하고 있습니다. 사회제도의 개혁보다는 기술 도입을 통한 생산력 향상으로 이용후생利用厚生을 도모하자는 것이 박지원의 본의本意였습니다. 이 점이 북학론의 한계이자 동시에『열하일기』의 중대한 한계가 아닌가 합니다.

박지원은 신분제에 대한 적극적 사유를 회피했기에 비록 북학을 통한 기술 도입을 주장하기는 했어도 슬로건 이상의 것이 되기는 어려웠으며, 북학론을 실제적 사회 개혁의 방략과 연결시키지 못했다고 여겨집니다. 이와 달리 박제가는『북학의』에서 조선의 신분제가 초래하는 제약에 대해 사유하고자 했으며, 상인을 고위 관료로 중용해야 한다는 주장을 펴고 있습니다. 북학론을 신분제 개혁과 연결시키고 있는 거죠. 바로 이 지점에서 박지원과 박제가는 사상적 분기分岐를 보인다고 여겨집니다. 이 점에 대해서는 다음 강의에서 자세히 살피기로 하겠습니다.

박지원은 훗날 면천 군수를 할 때『과농소초』課農小抄를 엮어 농업에 대한 자신의 생각을 정리해 정조에게 바칩니다. 이 책은 기존 농서農書의 내용을 초록抄錄한 뒤 박지원 자신의 의견을 군데군데 첨부해 놓고 있습니다. 이 책은 농민을 위한 책이지만 신분제에 대한 고려라든가 생산 관계에 대한 고려, 국가나 지주층의 농민 착취나 수탈에 대한 문제의식은 찾아보기 어려우며, 이용후생을 통한 생산력의 향상, 즉 어떻게 하면 새로운 기술, 새로운 농법을 도입해서 생산력을 향상시킬 것인가에 주안점을 두고 있습니다. 그러니『열하일기』의 기본 관점에서 한치도 벗어나고 있지 않다고 말할 수 있습니다. 이런 점에서 보면 박지원의 사유는『열하일기』가 최종 도달점이며, 거기서 사유가 끝났다고 할 수 있습니다. 그렇지만 지난 강의(제23강)에서 공부한 것과 같이 홍대용의 경우는 연행록『연기』가 끝이 아니며, 거기서 태산준령을 하나 더 넘어『의산문답』에까지 이릅니다.

박지원, 홍대용, 박제가는 모두 '담연그룹'에 속한 인물들입니다만 자세히 들여다보면 이처럼 사상적 지향이 꼭 같지만은 않으며 차이가 있다는 점이 흥미롭고 주목됩니다.

그럼, 이것으로 오늘 강의를 마칩니다.

## 질문과 답변

*        박지원이, 처숙 이양천이 유배 가고 그 끝에 병을 얻어 죽게 되고
         하는 일련의 과정을 지켜보다 범불안장애를 앓게 된 것이라면, 이
         질병이 박지원의 문학에 어떤 영향을 미쳤는지 궁금합니다.

이 시기 박지원이 앓은 범불안장애가 직접적으로 반영되어 있는 작
품이 있는데 「민옹전」이 그것입니다. 이 작품에 이런 말이 보입니
다: "계유년(1753)과 갑술년(1754) 어름이다. 나는 당시 17, 18세로 오
랜 병에 시달려 지쳐 있었다. 노래·서화·고검古劍·거문고·골동품
같은 잡다한 것들에 마음을 붙이고, 게다가 객을 청해 우스갯소리와
옛날이야기를 듣는 등 온갖 방법으로 마음을 달래고자 했지만 울적
함을 풀 길이 없었다." 이양천이 흑산도로 귀양 간 것은 1752년 10월
이고, 유배에서 풀려 돌아온 것은 1753년 6월이며, 병을 앓다 죽은
것은 1755년 9월입니다. 「민옹전」이 창작된 것은 박지원의 병이 다
시 도진 1757년이죠.

　　박지원은 울적함을 풀기 위해 노래나 거문고 연주에 마음을 붙
이고 이야기꾼을 불러 우스갯소리를 듣기도 했다고 했습니다. 민옹
을 집으로 부른 것도 이 때문입니다. 「민옹전」에는 민옹이 들려준 재
미있는 이야기와 박지원과 민옹이 주고받은 말들이 생동감 있게 실
려 있습니다.

　　「민옹전」의 민옹은 하급 무관을 잠시 지낸 바 있지만 평생 불우
한 삶을 산 인물입니다. 박지원은 「민옹전」에서 민옹의 이야기꾼으

로서의 면모와 그 개성을 핍진하게 그리고 있습니다. 박지원은 병 때문에 민옹을 알게 됐습니다. 민옹은 이야기로 박지원을 치료한 것이죠. 요즘의 '문학 치료'를 떠올리게 합니다. 이처럼 「민옹전」에는 범불안장애를 앓던 젊은 시절 박지원의 모습이 그려져 있음이 인상적입니다. 범불안장애로 인해 「민옹전」이 성립될 수 있었다고 해도 과언이 아니죠. 이 점에서 이 전傳은 박지원의 생애에서 하나의 기념이 되는 작품이 아닐까 합니다.

그렇다면 박지원이 앓은 범불안장애가 「민옹전」 외 그의 다른 작품 세계에 미친 영향은 없을까요? 범불안장애는 잘 재발하는 질병으로 알려져 있습니다. 박지원도 「민옹전」의 말미에서 1757년 가을에 자신의 병이 재발했다고 말하고 있죠. 하지만 박지원이 평생 이 병을 앓았다는 증거는 발견되지 않습니다. 아마 20대 초반 이후 이 병에서 빠져나오지 않았나 합니다. 범불안장애는 완벽주의와 관련이 없지 않습니다. 소심하거나 완벽주의의 기질이 있는 사람이 이 병에 걸리기 쉬운 것으로 알려져 있습니다. 박지원은 다른 작가에 비해 자신의 글에 대한 집착이 강해 자신의 글을 아주 많이 고쳤습니다. 고치고 고치고 또 고쳤죠. 현재 전하는 『열하일기』 이본들을 보면 그 점을 잘 알 수 있습니다. 박지원의 글쓰기에서 확인되는 이런 면모는 비록 그가 범불안장애에서 빠져나오기는 했으나 그 잔존하는 기질적 소지의 반영은 아닐까 하는 생각이 들기도 합니다.

** 박제가는 1778년 북경에 다녀와서 이해『북학의』초고를 탈고했습니다. 박지원이 중국에 간 것은 2년 뒤인 1780년이고『열하일기』의 초고는 1783년 탈고됩니다. 그렇다면 '북학'의 제기자提起者는 박제가로 봐야 하지 않을까요?

박지원이『북학의』를 읽고 그 서문을 쓴 것은 1781년입니다.『열하일기』의 초고를 집필할 때죠. 두 책에는 모두 북학론이 개진되어 있습니다. 시기적으로『북학의』가『열하일기』보다 먼저 나왔으니 이를 갖고 판단한다면 박제가를 북학론의 최초 제기자라고 할 수 있을지도 모르겠습니다. 하지만 박지원은 박제가보다 조금 먼저 북학적 사고를 한 것으로 보입니다. 박지원이 홍대용에게 써 준『『회우록』서』會友錄序에서 그 점이 확인됩니다. 이 서문에는 북학론의 기본 전제인, 청의 통치와 중화 문명을 구별하는 시각이 제시되어 있습니다. 물론 이 시각은 홍대용에게서 유래합니다만, 중요한 것은 박지원이 이에 공감했다는 사실입니다. 박제가도 홍대용의『간정동회우록』을 읽었습니다.

　박제가는 1768년경부터 박지원을 좇아 노닙니다. 박지원은『『초정집』서』에서 박제가가 "나에게 배운 지 몇 년이 된다"라고 했지만, 이는 박지원의 입장에서 한 말일 뿐이며 실제로 박제가는 박지원의 문생이기보다는 종유자從遊者가 아니었나 합니다. 아무튼 이때부터 둘은 가까이 지내며 생각을 주고받습니다.『『북학의』서』의 다음 말이 그 점을 증언하고 있습니다: "이렇게 두 책(『북학의』와『열하일기』)의 내용이 같게 된 것이 어찌 우리 두 사람이 중국의 문물을 직접 보았기 때문만이겠는가? 우리는 예전부터 비 내리는 지붕 아래, 눈 쌓이는 처마 밑에서 함께 연구하고, 술이 거나해지고 등불의 심지가 다할 때까지 토론했거늘, 중국에 간 건 그걸 눈으로 한번 확인한 데 불과하다."

이렇게 본다면『북학의』가 조금 먼저 나왔다고 해서 북학론의 최초 제기자를 박제가라고 하는 것은 별 의미가 없지 않나 합니다. 그 이전의 경과를 고려한다면, 북학론의 '단초'는 홍대용에게서 비롯되며, 그것이 하나의 '담론'으로 처음 언명된 것은 박지원에 의해서이고, 곧이어 박제가가 그 담론 형성에 합류한 것으로 봐야 하지 않을까 합니다. 하지만『『북학의』서』에 홍대용이 언급되고 있지 않음으로 보아 홍대용은 북학론 담론 형성에는 참여한 것 같지 않습니다. 강의에서도 말했듯, 홍대용은 북학론의 단초를 제공한 것은 맞지만, 자신의 사유를 계속 발전시켜 감으로써 북학론을 넘어 '인물균', '화이균'의 세계관을 수립하는 데 이릅니다. 한편, 박지원은『북학의』서』에서『북학의』와『열하일기』의 내용이 같다고 했지만, 꼭 그렇지만은 않은 듯합니다. 두 책은 북학론에 있어서 비슷한 내용을 보여 주고 있기는 하나 간과할 수 없는 차이 역시 있으며 이 차이는 시간이 흐를수록 커진다고 보입니다.


**　　　　'북학파'라는 용어에 관한 질문입니다. 박지원 일파는 아닙니다만 소론에 속한 홍양호洪良浩(1724~1802) 같은 인물 역시 북학적 사고를 가졌습니다. 하지만 홍양호는 북학파라고 하지는 않는 것 같습니다. 북학파가 과연 적합한 용어인지요?

연암 일파라고 해서 다 북학파는 아닙니다. 박지원의 추종자들 중 북학론을 전개한 인물은 박제가, 이희경 등입니다. 이희경은『설수

외사』雪岾外史라는 책에서 북학론을 펼쳐 보였습니다. 이덕무나 유득공은 특별히 북학론을 펼치지 않아 북학파라고 하기가 그렇습니다.

소론 학맥에 속한 홍양호는 박지원의 계통과는 다른 북학론이라고 할 수 있는데, 그의 주장에 박지원·박제가와 비슷한 게 많습니다. 소론 학자 유수원柳壽垣의 『우서』迂書에서도, 비록 '북학'이라는 말이 사용되고 있지는 않습니다만 북학적 사고가 확인됩니다.

원래 '북학파'라는 명칭은 일제강점기 때 최남선崔南善(1890~1957)이 만든 말입니다. 그는 홍대용, 박지원, 이덕무, 박제가를 이 학파에 소속시켰습니다. 꼭 맞는 주장은 아니죠. 홍대용과 이덕무는 특별히 북학을 주장하지 않았으니 북학파라고 하기 어렵거든요. 그런데 최남선의 이 주장이 지금까지 답습되고 있으니 문제입니다. 논란이 있는 이 '북학파'라는 용어보다 '이용후생파'利用厚生派라는 용어를 사용하는 게 좋지 않나 합니다. 북학론의 핵심 주장은 청의 선진 기술문명을 배워 '이용후생'하자는 데 있으니까요.

* * * *

이번 강의에서는 법고창신론의 한계 쪽에 치중해 말씀하셨는데, 법고창신론은 동아시아 문학사에서 그 의의가 크다고 알고 있습니다. 동아시아 문학사에서 법고창신론이 갖는 의미가 무엇인지 알고 싶습니다.

중국의 경우 명말明末에 법고를 강조하는 문학 유파와 창신을 강조하는 문학 유파 간에 첨예한 대립과 논쟁이 있었습니다. 전자를 대표하는 문인이 이반룡李攀龍이고 후자를 대표하는 문인이 원굉도袁宏道입니다. 보통 전자를 '고문사파'古文辭派(혹은 의고문파擬古文派), 후자를 '공안파'公安派라고 부릅니다. 고문사파는 대체로 진한秦漢 시대의 고문을 본뜨는 데 힘을 쏟은 결과 개성과 독창성이 부족하다는 흠이 있었고, 공안파는 새로움을 추구하는 데 힘을 쏟은 결과 비록 개성은 있으나 깊이가 부족하다는 흠이 있었습니다. 박지원의 법고창신론은 명말청초 이래의 이 오래된 문학 논쟁을 종식시키고 두 관점을 변증법적으로 통일한 의의가 있습니다. '법고' 일변도로 나아가는 것도 경계하고 '창신' 일변도로 나아가는 것도 경계하면서 양자의 통일을 주장했으니까요. 박지원의 법고창신론은 명말청초에서 좀 떨어진 시점에서 제기된 주장이기는 합니다만, 18세기 중엽의 조선에서 두 문학 노선은 여전히 문제가 되고 있었으므로 당대적 의의가 있다고 할 만합니다. 법고창신론은 문예 비평가로서의 박지원의 예리하고 명석한 두뇌와 사유력을 보여 준다는 점에서도 주목됩니다.

그런데 법고창신론은 적어도 '예술론'에 있어서는 이미 박지원의 선배 세대인 단호그룹에 의해 제기된 바 있습니다. '학고창신론' 學古創新論, 즉 고古를 배워 신新을 창조하자는 주장이 그것입니다. 또한 소론계 문인 동계東谿 조귀명趙龜命(1693~1737) 같은 이도 박지원에 앞서서 비슷한 주장을 펼친 바 있습니다. '방고창신론'倣古創新論, 즉 고古를 본떠 신新을 창조하자는 주장이 그것이죠. '방고'와 '법고'는 실질적 의미가 같습니다. 박지원은 선배들의 이런 주장을 계승하고 있다고 할 것입니다. 다만 선배들과 달리 박지원의 주장은 보다 정밀하며, 이론적 정식화定式化의 수준이 한층 높다는 차이를 보여 줍니다.

하지만 법고창신론을 지나치게 이상화하는 태도는 곤란하지 않나 합니다. 이 문예론에는 개량적 보수주의에 가까운 박지원의 사회적, 정치적 입장이 일정하게 반영되어 있습니다. 박지원의 사회적·정치적 스탠스를 마냥 이상화해서는 안 되고 비판적으로 볼 수 있어야 하듯, 그의 문예론 역시 비판적으로 조망하는 관점이 필요하지 않을까요? 박지원이 주장한 법고창신론의 경계는 어디이며, 그 경계 밖은 어디인가? 박지원은 법고창신론의 경계 밖에 대해서는 어떤 입장을 취했는가? 이런 물음이 물어질 필요가 있지 않나 합니다. 이 점에 대해서는 뒤의 강의(제26강)에서 중인 시인 이언진李彦瑱(1740~1766)의 『호동거실』衚衕居室을 살필 때 자세히 이야기하기로 하겠습니다.


\*\*\*\*\* 박지원이 '명'과 '실'의 관계를 중시하면서 조선적 정조나 개별성에 유의한 글쓰기를 했음에도 불구하고 국문으로 작품을 쓰지는 않았던 이유는 무엇일까요?


박지원은 국문을 잘 몰랐습니다. 조선 후기 사대부들은 대개 국문을 구사할 줄 알았습니다. 국문 작품을 남기지 않은 작가들도 대부분 국문을 알아 어머니나 아내나 딸에게는 국문 편지를 보냈습니다. 추사 김정희도 아내에게는 국문 편지를 보냈죠. 하지만 박지원은 한글을 잘 몰라 국문 편지를 쓸 수 없었습니다. 좀 특이한 경우죠.

　박지원은 마음만 먹으면 금방 한글을 배울 수 있었을 텐데 왜 한글을 배우지 않았을까요? 박지원은 구두 언어의 중요성을 인정하지 않았습니까? 구두 언어를 수용해야만 경직된 글이 갱신되어 새롭게 사물과의 관계를 맺을 수 있다고 봤죠. 그래서 우리 고유어나 속담을 글에 수용했습니다. 이 경우 '글'은 한문 문장을 말합니다. 다른 사람은 대개 그렇게까지는 하지 않았는데 박지원은 그리했습니다. 박지원의 진보성을 보여 주는 것으로 해석할 수 있죠. 하지만 박지원은 거기서 그쳤습니다. 그렇다면 박지원은 왜 거기서 한 걸음 더 나아가 국문으로 글쓰기를 해도 좋다는 생각을 하지 못한 걸까요?

모화주의慕華主義 때문이 아닌가 합니다. 박지원은 개량적·개혁적 의식을 갖고 있었음에도 불구하고 중화주의적 의식이 강고했습니다. 애석하게도 이 때문에 한 걸음 더 내디딜 수 없었던 게 아닌가 합니다. 박지원은 조선적 주체성에 대한 고민이 없지 않았지만 그럼에도 중국 중심적 사고방식을 탈피하지는 못했던 거죠.

홍대용은 좀 다릅니다. 그는 『연기』를 국문으로 번역한 『을병연행록』을 남겼으며, 지금 전하지는 않습니다만 『대동풍요』大東風謠라는 국문 시가집을 편찬하기도 했습니다. 홍대용은 『의산문답』에서 '문화의 우열이나 민족의 우열은 없다, 모든 문화와 민족은 대등하다, 갓을 쓴다고 우등하고 문신을 한다고 열등한 것은 아니다, 그것은 단지 습속의 차이일 뿐이다'라는 취지의 말을 했습니다. 홍대용의 이 말을 언어와 문자 문제에 적용하면, '모든 민족의 말이나 문자는 대등하다'라는 것이 될 것입니다. 즉 홍대용의 이론에서 본다면 한문이 아닌 자국 문자를 사용하는 것이 열등한 일이 되지는 않습니다. 홍대용은 박지원과 달리 중화주의를 벗어났습니다. 박지원은 『열하일기』를 국문으로 번역할 생각을 못 했지만 홍대용은 『연기』를 국문으로 번역한 데에는 두 사람의 이런 차이가 작용하고 있는 것으로 보입니다.

# 큰누님 박씨 묘지명(伯姉孺人朴氏墓誌銘)

유인孺人 휘諱 모某는 반남潘南 박씨朴氏인데, 그 동생 지원趾源 중미仲
美가 다음과 같이 묘지명을 쓴다.

　유인은 열여섯에 덕수德水 이씨李氏 택모宅模 백규伯揆에게 시집
가 딸 하나와 아들 둘을 두었으며 신묘년辛卯年(1771) 9월 1일에 세상
을 뜨니 나이 마흔셋이었다. 남편의 선산은 아곡鴉谷인바 장차 그곳
경좌庚坐 방향의 묏자리에 장사 지낼 참이었다.

　백규는 어진 아내를 잃은 데다가 가난하여 살아갈 도리가 없자
어린 자식들과 계집종 하나를 이끌고 솥과 그릇, 상자 따위를 챙겨
서 배를 타고 산골짝으로 들어가려고 상여와 함께 출발하였다.

　나는 새벽에 두뭇개의 배에서 그를 전송하고 통곡하다 돌아왔다.

　아아! 누님이 시집가던 날 새벽에 얼굴을 단장하시던 일이 마
치 엊그제 같다. 나는 그때 막 여덟 살이었는데, 발랑 드러누워 발버
둥을 치다가 새신랑의 말을 흉내 내 더듬거리며 점잖은 어투로 말을
하니, 누님은 그 말에 부끄러워하다 그만 빗을 내 이마에 떨어뜨렸
다. 나는 골을 내 울면서 분에다 먹을 섞고 침을 발라 거울을 더럽혔
다. 그러자 누님은 옥으로 만든 자그만 오리 모양의 노리개와 금으
로 만든 벌 모양의 노리개를 꺼내 나를 주면서 울음을 그치라고 하
였다.

　지금으로부터 스물여덟 해 전의 일이다.

　강가에 말을 세우고 멀리 바라보니 붉은 명정銘旌이 펄럭이고

배 그림자는 아득히 흘러가는데, 강굽이에 이르자 그만 나무에 가려 다시는 보이지 않았다. 그때 문득 강 너머 멀리 보이는 산은 검푸른 빛이 마치 누님이 시집가는 날 쪽 찐 머리 같았고, 강물 빛은 당시의 거울 같았으며, 새벽 달은 누님의 눈썹 같았다. 울면서 그 옛날 누님이 빗을 떨어뜨리던 걸 생각하니, 유독 어릴 적 일이 생생히 떠오르는데 그때에는 또한 기쁨과 즐거움이 많았고 세월도 느릿느릿 흘렀었다. 그 뒤 나이 들어 우환과 가난을 늘 근심하다 꿈결처럼 훌쩍 시간이 지나갔거늘 형제와 함께 지낸 날은 어찌 그리도 짧은지.

> 떠나는 이 정녕코 다시 오마 기약해도
> 보내는 자 눈물로 옷깃을 적시거늘
> 이 외배 지금 가면 어느 때 돌아올꼬?
> 보내는 자 쓸쓸히 강가에서 돌아가네.

—박지원, 『연암집』

# 담연그룹의 문학과 학문

## 담연그룹의 구성원들

'담연그룹'은 이전 강의(제22강)에서 언급했듯 담헌湛軒 홍대용과 연암燕巖 박지원을 리더로 하는 문인·지식인 집단입니다. 두 사람의 호에서 한 글자씩 따와 '담연'이라고 한 것입니다. 담연그룹에 속하는 인물로는 홍대용, 박지원 외에 정철조, 이서구, 이덕무, 박제가, 유득공, 유득공의 작은아버지 유금, 이희경·이희명·이희영 형제, 서상수, 백동수, 원중거, 성대중 등을 꼽을 수 있습니다. 방금 거론한 인물들은 정철조와 이서구를 제외하고는 전부 서얼입니다. 그러므로 그 인적 구성으로 본다면 담연그룹은 서얼이 다수를 점한다고 말할 수 있죠.

홍대용, 박지원이야 워낙 빼어난 인물이지만 여타 담연그룹의 인물들도 저마다 개성이 뚜렷하고 재예才藝가 특출해 주목됩니다. 이들은 상호 교류를 통해 새로운 문예의 지평을 엶과 동시에 학지學知를 계속 넓혀 감으로써 세계에 대한 이해를 확장했습니다. 이들의 활동은 굉장히 활발하고 치열해 일종의 문예 운동 내지 지식인 운동으로서의 양상을 보여 주기까지 합니다.

　이 점에서 단호그룹과 비교가 됩니다. 이전 강의(제22강)에서 말했듯 담연그룹은 한편으로는 단호그룹을 계승했지만 다른 한편으로는 단호그룹을 지양했습니다. 단호그룹이 이념·지조·인간적 개결함을 특징으로 한다면, 담연그룹은 학지學知의 적극적 모색, 세계에 대한 확장된 이해, 혁신적 사유, 현실 개혁 의지를 특징으로 합니다. 그래서 단호그룹이 다소 정태적으로 보인다면 담연그룹은 대단히 동태적입니다. 그리하여 18세기 후반 문학·예술·사상·학술 방면에 뚜렷한 자취를 남겼습니다. 그러니 각별한 주목이 필요합니다.

　홍대용과 박지원에 대해서는 이미 따로 살폈으니 이번 강의에서는 두 사람을 제외한 나머지 인물들의 면면을 좀 들여다보기로 하겠습니다.


## 정철조

정철조鄭喆祚(1730~1781)는 호가 석치石癡이고 당색은 소북小北입니다. 영조 50년(1774) 문과에 급제해 정언을 지냈습니다.

　정철조의 큰 여동생은 정조 때 이조참의를 지낸 반남 박씨 박우원朴祐源에게 시집갔고, 작은 여동생은 이가환李家煥에게 시집갔습니다. 이가환은 이용휴李用休의 아들로 남인의 리더에 해당하는 인물인데, 다산 정약용도 존경할 정도로 학문이 굉박宏博했습니다. 요컨대 정철조는 박지원과는 인척간이고, 이가환과는 처남 매부간입니다. 박지원은 상당히 당파성이 강한 인물인데 정철조와는 당색이 달랐지만 인척간이기에 친근하게 지냈던 것 같습니다.

정철조는 홍대용과 함께 김원행의 문하에서 수학했습니다. 그는 서학을 연구해 천문학과 수학에 조예가 깊어 홍대용과 자주 토론했습니다. 기중기起重機라든가 수차水車(물을 이용해서 돌리는 물레방아) 같은 기기器機를 직접 제작하기도 했죠. 그림에도 조예가 있었고 지도 제작에도 관심이 많았던 학자입니다. 정철조가 서학에 관심을 갖게 된 데에는 처남 이가환의 영향이 있지 않나 합니다. 이가환이 서학에 밝았거든요. 정철조의 문집은 현재 전하지 않아 그의 문학적 업적을 살피기는 어렵습니다. 박지원은 정철조가 죽었을 때 매우 파격적인 제문을 써서 형언하기 어려운 비통함을 표현했습니다. 이 제문을 통해 박지원과 아주 막역했던 술친구였음을 알 수 있습니다.

### 이서구

이서구李書九(1754~1825)는 열대여섯 살 무렵부터 박지원의 집에 드나들며 글 짓는 법을 배웠습니다. 호는 척재惕齋 혹은 강산薑山입니다. 영조 50년(1774) 문과에 급제해 평안도 관찰사, 전라도 관찰사, 형조판서 등을 역임했습니다. 담연그룹의 구성원 중 문과에 급제한 사람은 정철조와 이서구 둘밖에 없습니다.

이서구는 박지원에게 글을 배웠음에도 불구하고 스스로 '일정하게 정해 두고 배운 스승이 없었다'고 말하고 있습니다. 비록 박지원에게 글을 배우기는 했으나 학문적 스승으로 여기지는 않았던 듯합니다.

이서구는 10대에 자신의 시를 모아 『녹천관집』綠天館集이라는 시집을 엮었는데, 박지원이 그 서문을 써 줍니다. 이 무렵 이서구는 백탑시사에 참여해 이덕무, 박제가 등과 교유했습니다. 특히 이덕무로부터 시 쓰는 법을 배워 개성적이고 참신한 시를 썼습니다.

영조 52년(1776) 유금(당시 이름은 유련柳璉)이 이덕무, 박제가, 유득공, 이서구 네 사람의 시를 뽑아서 선집選集을 엮어 연경에 가지고 갑니다. 한 사람당 백 수 정도의 시가 실린 선집이죠. 유금은 홍대용과 교문이 있던 중국 문인 이조원李調元과 반정균潘庭筠을 만나 이 책의 서문을 받습니다. 이조원과 반정균은 이 책에 '한객건연집'韓客巾衍集이라는 이름을 붙여 줍니다. '한객'韓客은 '조선에서 온 객'이라는 뜻이고, '건연'巾衍은 '작은 책상자'라는 뜻입니다. 그러므로 '한객건연집'은 '조선에서 온 객의 작은 책상자 속에 든 시집' 정도의 뜻이 됩니다. 이 책은 이듬해 중국에서 간행되기에 이릅니다. 중국인들이 흥미를 느껴 간행한 것이죠. 이로 인해 이덕무, 박제가, 유득공, 이서구 네 사람은 청나라에서 '사가'四家(네 사람의 작가)로 불리고, 『한객건연집』은 일명 '사가시집'四家詩集으로 불렸습니다.

이 책으로 인해 이서구는 중국과 조선에서 유명해졌습니다. 이서구는 나중에 고위직까지 올랐지만 젊은 시절에는 이처럼 박제가, 이덕무, 유득공 같은 서얼들과 어울려 지내며 문학 활동을 같이 했다는 것을 알 수 있습니다.

이서구는 백탑시사 동인 시절에 일본 에도江戶(지금의 도쿄) 시대 문인들의 시선집이라고 할 『일동시선』日東詩選이라는 책을 엮은 바 있습니다. 조선에서는 일본에서 막부幕府 장군將軍의 습직襲職(직을 계승함)이 있을 때마다 통신사를 파견했는데, 1763년 계미년에 파견된 통신사절단을 '계미사행'癸未使行이라고 합니다. 이때 서얼 출신인 원중거가 서기書記의 직임을 띠고 일본에 갔는데, 그는 일본에서 쓴 일기 속에 자신과 일본 문인들이 주고받은 시를 기록해 두었습니다. 이서구는 원중거가 귀국한 뒤 이 일기에서 일본 문인들의 시를 추려『일동시선』을 편찬했습니다. 수록된 시는 총 67수인데, 당시 일본 유명 문인들의 대표적 시를 뽑은 게 아니라 원중거가 통신사절단의 일원으로 에도까지 갈 때 혹은 에도에서 돌아올 때 수창酬唱했던 일본 문사들이 원중거에게 준 시들에 해당합니다. 그러니 이 시들이 18세기 중엽 일본의 한시를 대표한다고 말할 수는 없습니다. 그렇지만 이 시기 조선에서 일본인의 시 선집을 엮었다는 것은 상당한 의미가 있습니다. 이는 일본에 대한 담연그룹의 개방적인 태도를 잘 보여 줍니다. 이서구는『일동시선』만이 아니라『하이국기』蝦夷國記라는 책을 엮기도 했습니다. '하이'는 홋카이도오北海道와 사할린 등에 거주한 아이누족을 말합니다.

이서구는 서예에 감식안이 아주 높아『서청』書鯖이라는 서예 관련 책을 엮기도 했습니다. 하지만 이서구는 그 생애의 후반에는 관료로서의 삶에 매여 젊은 시절 백탑시사에 참여하면서 보여 준 개성적인 문학가로서의 면모에서 멀어지게 됩니다.

## 유금

유금柳琴(1741~1788)은 이덕무와 동갑으로 이덕무와 아주 가깝게 지냈습니다. 호는 착암窄菴 혹은 기하실幾何室입니다. '착암'은 아주 작은 집이라는 뜻인데, 유금이 평생 벼슬도 못 하고 워낙 가난했기 때문에 스스로 이런 호를 붙였죠. 유금은 기하학에 아주 조예가 깊어 평생 기하학 연구에 몰두했습니다. 그래서 자신의 공부방 이름을 '기하실', 즉 '기하학을 연구하는 방'이라고 붙이고 이를 자신의 또 다른 호로 삼았습니다. 당색은 소북이고, 유득공의 작은아버지입니다.

유금은 영조 52년(1776) 서른여섯 살 때 부사副使 서호수徐浩修
의 막객幕客으로 연경에 갑니다. 『한객건연집』을 중국에 소개한 것
이 이때입니다. 1783년 마흔세 살 때는 조정의 분부를 받아 용미거
龍尾車를 제작합니다. 용미거는 수력을 이용한 일종의 물레방아인
데요, 유금이 이런 기기 제작에 조예가 깊다는 것을 알고 서호수가
조정에 추천했기 때문이죠.

유금은 정조 12년(1788) 48세를 일기로 세상을 하직합니다. 그
조카인 유득공이 쓴 묘지명에 의하면, 장사 지낼 때 유금이 손수 제
작한 동척銅尺(구리로 만든 자)과 철규필鐵規筆(쇠로 만든 컴퍼스)을 함께
묻었다고 합니다. 유금이 가난 속에서도 평생 기하학을 연구했기
때문에 평생 만지작거린 손때 묻은 두 물건을 관에 넣어 준 거죠.
유금의 서재 기하실은 남산 아래에 있었습니다.

유금은 시집 『말똥구슬』을 남겼습니다. 원래 제목은 '양환집'
蜋丸集인데, '양환'은 말똥구슬을 뜻합니다. 유금은 자연과학자이기
만 한 것이 아니라 서정이 풍부한 시인이기도 했습니다. 또 전각篆
刻과 해금과 거문고에 능한 예술가이기도 했습니다. 거문고를 워낙
사랑해 초명初名인 '유련'柳璉을 '유금'柳琴으로 바꾸기까지 했습니
다. 명청대明淸代에 이르면 동아시아에서 전각, 즉 도장 새기는 일
은 하나의 독자적인 예술로 간주되었습니다. 도장의 글씨를 조직
하는 방식이라든가 글씨의 여백 따위를 미세하게 따져, 도장 새기
는 데에도 유파가 존재했습니다. 유파에 따라서 도장 새기는 방식
이 달랐죠.

박지원은 「유씨도서보서」柳氏圖書譜序라는 글에서 도장 새기는
데 열중하고 있는 유금의 모습을 자세히 묘사해 놓았습니다. '유씨'

는 유금을 말하고, '도서'는 인장을 가리킵니다. 그러니 '도서보'는 인보印譜를 뜻합니다. '인보'란 자기가 새긴 인장을 종이에 찍어 그 것들을 모아 책으로 엮은 것을 말합니다. 인장 작품집이라고 할 수 있죠. 중국만큼 많지는 않지만 우리나라에도 인보가 더러 전합니다. 박지원은 유금의 인보에 서문을 써 준 거죠.

또한 박지원은 지난 강의(제24강)에서 언급했던 「술에 취해 운종교를 밟았던 일을 적은 글」(醉踏雲從橋記)에서 "예전 대보름날 밤에 연옥蓮玉(유금의 자)이 이 다리 위에서 춤을 춘 적이 있다"라고 했습니다. 박지원의 이 글은 1773년경 쓰였는데, 유금이 운종교에서 춤을 춘 것은 1767년, 즉 유금이 스물일곱 살 때로 여겨집니다. 백수건달로 지내던 청년 유금의 하릴없는 인생이 살짝 포착되어 있습니다.

유금은 서유구徐有榘의 숙사塾師, 즉 가정교사였습니다. 서유구는 서호수의 아들이죠. 지체 있는 양반집 자제의 숙사는 대개 서얼이나 중인층 인물이 했습니다. 그러다 보니 숙사를 깔보거나 무시하는 자제들도 적지 않았습니다. 하지만 서유구는 유금을 매우 존중했습니다. 그래서 유금이 죽자 그 애사哀辭를 썼습니다. 이 애사에서 서유구는 재주가 높음에도 서얼이었기에 평생 가난하고 불행했던 유금의 삶을 아주 비통해하고 있습니다. 서유구가 이용후생적 관심과 지향을 갖게 된 것은 가학적家學的 배경 외에도 어린 시절 유금으로부터 받은 훈도도 있지 않을까 합니다.

유금의 저서로 현재 전하는 것은 앞서 말한 『말똥구슬』이라는 시집밖에 없습니다. 이 시집에는 1768년에서 1771년 사이, 즉 유금이 스물여덟 살에서 서른한 살 사이에 쓴 시들이 실려 있습니다. 엮은 시기는 서른한 살 때인 1771년이 아닐까 싶습니다. 박지원은 이 시집에 서문을 써 주었습니다. 『연암집』에 실려 있는 「『양환집』서」蜋丸集序가 그것입니다. 제목의 '양'을 '낭'으로 읽는 사람도 있습니다만, '양'으로 읽는 게 맞습니다. '蜋'이라는 한자에는 버마재비라는 뜻도 있고 말똥구리라는 뜻도 있는데, 버마재비일 때는 독음이 '랑'이고 말똥구리일 때는 독음이 '량'입니다. '말똥구슬'이라는 이 시집 제목은 참 특이하고 또 보기에 따라서는 아름답습니다. '말똥구슬'은 볼품없고 초라하고 하찮고 남루하고 비천한 것을 상징합니다. 여러분은 말똥구슬을 보지 못했을 텐데요, 말똥구리가 굴리는 말똥이 곧 말똥구슬입니다. 쇠똥구리라는 것도 있습니다. 같은 벌레인데 말똥을 굴리면 말똥구리, 소똥을 굴리면 쇠똥구리라고 합니다. 한국이 근대화되면서 말똥구리는 멸종되고 말았습니다. 나는 어릴 때 말똥구리를 늘 보고 자랐습니다. 아주 귀엽습니다. 물구나무서서 동그랗게 만든 말똥을 뒷발로 굴려 가는데, 말똥은 말똥구리 크기보다 15배, 20배쯤 큽니다. 말똥구리가 굴리는 말똥이 구슬처럼 동그랗다고 해서 '말똥구슬'이라고 하죠. 유금은 자신의 시가 말똥구슬 같다고 해서 시집 제목을 이렇게 붙였을 텐데요, 여기에는 작고 보잘것없고 비천한 것에 대한 의미 부여가 담겨 있다고 생각됩니다. 말똥구슬은 유금이 지은 시를 가리키지만, 나아가 천대받으면서 고단한 삶을 살아가는 시인 자신을 은유하는 말일 수도 있습니다.

이 시집의 시들은 전반적으로 그 톤이 나지막하고, 정조가 담박합니다. 천기론天機論에서 말하는 천기, 즉 진실한 마음이 잘 드러나는 시라고 할 만합니다. 먼저 「어찌할거나」(且奈矣)라는 시의 일부를 보기로 합시다.

나는 병신도 아닌

멀쩡한 사내건만

수공업과 장사 일 배우려 들면

선비들 모두 비루하게 여기네.

我無罷癃疾, 宛是一男子.

欲學工與商, 邦俗以爲恥.


유금은 서얼이지만 그래도 사족士族이므로 농공상農工商의 일을 하고자 해도 할 수 없는 데 절망하고 있습니다.

다음은 「밤에 범박골에서 자다」(汎博洞夜宿)의 일부입니다.


객지에 있으니 돌아가고픈데

마을의 첩첩한 산들 어둑하여라.

밤에 앉은 타향의 나그네

하늘가 익숙한 별을 보누나.

(…)

집안일들 어슴푸레히

비썩 마른 나그네 눈에 떠오르누나.

淹留歸去思, 合沓巷邱暝.

夜坐它鄕客, 天垂慣看星.

(…)

莽蒼家中事, 槁枯客裏形.


유금은 생계를 위해서 여기저기 떠돌아다녀야 했습니다. 이 시는 객지에서 근심스레 서울 남산 아래의 집을 생각하는 마음을 읊고 있습니다.

유금의 시에는 농사꾼, 어부, 장사치, 여종 등 미천한 사람들에 대한 민중적 시선이 현저합니다. 여기에는 시혜적施惠的 입장이라든가 바라보는 자와 바라보이는 자 간의 거리감이 거의 느껴지지 않습니다. 하지만 서얼 작가의 시라고 다 그런 건 아닙니다. 가령 이덕무나 박제가의 시는 꼭 그렇지는 않습니다. 이덕무나 박제가의 시는 아주 개성적이고 창의적이기는 합니다만 유금의 시처럼 민중적 지향을 보여 주는가 하면 꼭 그렇지는 않다는 거죠. 다음은 유금의 「벼베기 노래」(제禾行)라는 시의 전문입니다.

> 발아래 물은 찰랑거리고
> 손에 잡은 낫은 민첩하여라.
> 조금씩 조금씩 허리 펴고 허리 굽히며
> 누에 뽕잎 먹듯 저마다 베어 나가네.
> 발 옮기면 물이 첨벙첨벙하고
> 밑동은 칼로 자른 듯 뾰족하여라.
> 거머리가 장딴지에 달라붙어서
> 손으로 떼니 검붉은 피가 흐르네.
> 活活脚底水, 秩秩把中鎌.
> 寸寸仰復俯, 各各食如蠶.
> 擧趾水盈盈, 拔刀柢尖尖.
> 水蛭吮人脛, 手摘流血黔.

가을날 벼 베는 장면을 노래한 시입니다. 요새는 벼를 다 기계로 베지만 옛날에는 사람이 직접 낫을 들고 논에 들어가서 하나하나 베었습니다. 제 어릴 적만 해도 그랬습니다. 바로 이 벼 베는 장면을 읊은 건데요, 주목되는 점은 시인의 시선이 결코 벼를 베는 사람들보다 높은 위치에 있지 않다는 사실입니다. 정확히 벼를 베는 사람의 눈높이에 맞춰져 있습니다.

유금은 종전에는 문학사에서 소외되었습니다. 이런 점을 고려해 한 작품만 더 보기로 합니다. 다음은 「비가 개자 윤삼소尹三疎 집을 방문했는데 그 도중에 짓다」(雨晴, 過尹三疎途中作)의 일부인데, 평등의 시선이 나타나 주목됩니다.

큰길 나서자 윙윙 바람이 부는데
사방의 먼 산 바라보니 구름이 환하네.
한세상 같이 살며 얼굴 마주치니
길 가득한 행인들 형제 같으네.
纔出通衢風拂拂, 四望遠岫雲明明.
共生一世經顏面, 滿道行人覺兄弟.


'윤삼소'는 윤가기尹可基를 가리킵니다. 서얼 출신으로 유금과 친했으며, 박제가·유득공과 사돈 간이었죠. 도시 서울에는 온갖 미천한 사람들이 존재합니다. 시인은 길에 가득한 사람들이 모두 형제처럼 느껴진다고 했습니다. 아주 특이한 말이지 않습니까? 한번 생각해 보세요, 우리가 거리를 지나가는 수많은 사람들을 보며 '저 사람들은 다 나와 형제'라고 생각합니까? 그러니 유금의 생각은 아주 특이하다고 해야 하지 않겠습니까? 박지원에게서는 잘 보이지 않던 '평등의 시선'인데요. 다음 시간에 공부하겠지만 18세기 중엽의 역관 시인 이언진도 『호동거실』이라는 자신의 시집에서 이 비슷하게 노래했습니다. 유금은 서얼로서 평생 가난하고 불우한 삶을 살았습니다. 그래서 곤고困苦한 삶을 사는 하층 인민들에게 이런 자별한 유대의 감정을 갖게 된 게 아닐까 합니다.

## 이덕무

이덕무李德懋(1741~1793)는 태어날 때부터 워낙 몸이 약했습니다. 평생 골골거리며 살았지만 저술을 많이 남겼으며, 쉰세 살에 감기 끝에 죽었습니다. 호는 형암炯庵 혹은 청장관靑莊館입니다. 박지원보다 네 살 밑인데, 박지원이 자신을 따르던 서얼 가운데 가장 친근하게 여겼던 인물입니다. 이덕무가 문재文才가 높고 인품이 좋아서이기도 했겠지만 박지원과 인척간이기도 해서일 것입니다. 이덕무의 어머니는 반남 박씨였거든요.

　　이덕무의 호 '청장관'에서 '청장'은 신천옹信天翁이라고도 하는데, 지금의 알바트로스라는 새를 가리킵니다. 이덕무는, 온종일 물가에 우두커니 서서 먹이를 구하지 않고 앞에 지나가는 고기만 쪼아 먹는 이 새에게서 자신의 모습을 발견하고 이리 자호했습니다. 알바트로스는 새 중에 가장 큰 새인데 날개 길이만 3, 4미터입니다. 날개가 너무 커서 이착륙을 잘 못하며, 땅 위를 걸을 때도 뒤뚱뒤뚱 걷습니다. 이덕무는 자주 자신이 바보라고 생각했습니다. 이익을 탐하지 않고 책만 보니 바보라는 거죠. 19세기의 프랑스 시인 보들레르는 「알바트로스」라는 시에서 시인의 운명을 이 새에 견주었는데, 이덕무가 이 새에서 자신의 운명을 읽은 것과 통한다 할 것입니다. 이덕무는 「계산야화」桂山夜話라는 시에서 자신을 이리 노래했습니다.

일생을 달갑게 신천옹이 되었거늘

비 오나 바람 부나 개의치 않고 살았네.

일분一分의 객기客氣는 없애지 못해

때로 술친구에게 왕래한다네.

百年甘作信天翁, 飮啄無關雨與風.

客氣一分消未得, 有時往來酒人中.


자신을 신천옹에 견주고 있음을 볼 수 있습니다.

이덕무의 시는 기력이 약한 게 좀 흠이기는 하나 참신하고 개성이 있습니다. 젊은 시절에 쓴 「고추잠자리 그림자를 희롱하다」(紅蜻蜓戱影)라는 다음 시는 잠자리를 아주 감각적으로 읊고 있어 여느 사대부 시인과는 다른 감수성을 보여 줍니다.


담장의 가느다란 무늬일까, 금이 간 도요陶窯일까

个(개) 자 모양의 성대한 푸른 댓잎일까.

우물가 가을볕에 그림자 어른어른

붉은 허리 하늘하늘 고추잠자리.

墻紋細肖哥窯坼, 篁葉紛披个字靑.

井畔秋陽生影綹, 紅腰婀娜瘦蜻蜓.


이덕무는 박제가, 유득공과 함께 정조 3년(1779) 검서관檢書官에 임용되었습니다. 검서관은 정조 때 서얼을 배려해 만든 직제職制입니다. 서얼 차별에 대한 불만이 갈수록 높아지고, 서얼에 대한 금고禁錮를 풀어야 한다는 주장도 자꾸 제기되고 있었으므로 정조는 이런 현실을 고려해 검서관 자리를 신설한 것입니다. 비록 서얼

금고가 철폐된 것은 아니지만 그 완화를 의미한다는 점에서 의의가 없지 않죠. 검서관은 네 명을 두었는데, 나머지 한 명은 서이수徐理修입니다.

검서관은 규장각에 근무하면서 책을 편찬하거나 장차 출판될 책을 교정보는 일을 주로 했습니다. 정조는 '문예 군주'로서 학문과 문학을 아주 중시했기에 검서관을 우대했습니다. 이덕무, 박제가, 유득공이 다 검서관을 했다고 해서 이들의 시풍詩風을 '검서체'檢書體라고 부르기도 했습니다.

이덕무는 문학에서 가장 중요한 것이 진정眞情(진실한 정)이며 진정은 슬픔에서 가장 잘 드러난다고 했습니다. 18세기 말 19세기 초의 서얼 문인으로 이옥李鈺이라는 인물이 있죠. 유득공의 이종동생입니다. 이옥에 대해서는 이어지는 강의에서 자세히 살필 예정입니다만, 그는 진정의 핵심을 남녀 간의 정, 즉 '애정'으로 봤습니다. 이와 달리 이덕무는 진정은 '슬픔'에 있다고 봤습니다. 같은 서얼 문인인데도 미학적 입장이 다름을 알 수 있습니다. 진정의 본질이 슬픔에 있다고 본 이덕무의 생각은 좀 독특합니다. 이덕무의 이런 미학적 입장을 존중한다면 이를 '슬픔의 미학'이라고 명명할 수 있을 듯합니다. 이덕무의 초기작인 『이목구심서』耳目口心書에 이런 말이 보입니다.

진정眞情이 발로發露됨은 연못에서 보검寶劍이 쑥 나오거나 흙을 뚫고 죽순이 쑥 나옴과 같다. 가식된 정을 꾸밈은 먹물을 매끈한 돌에 바르거나 맑은 물에 기름을 띄움과 같다. 칠정七情 중에서도 슬픔은 가장 직접적으로 발로되어 속이기 어렵다. 슬픔이 극심하여 곡哭을 할 경우 그 지극히 참된 마음을 막을 수 없다. 그러므로 진짜로 하는 곡은 뼈에 사무치고, 가짜로 하는 곡은 터럭을 건드릴 뿐이다.

미학적 견지에서 슬픔이 중요한 까닭은 슬픔이 곧잘 타인에 대한 공감과 연결되기 때문이죠. 공감의 핵심을 이루는 것이 바로 슬픔입니다. 그러니까 슬픔보다 사람과 사람을 이어 주는 감정은 없습니다. 그런 점에서 기쁨은 슬픔만 못합니다. 이 점에서 이덕무의 슬픔의 미학은 '공감의 미학'이라고도 말할 수 있습니다. 타인의 고통에 대한 공감이 슬픔을 낳습니다. 그 점에서 공감과 슬픔의 미학은 고통에 대한 감수성과 깊은 연관이 있습니다. 이렇게 본다면 이덕무는 타자의 고통에 대한 예민한 감수성을 지닌 작가라고 말할 수 있습니다. 이덕무는 조선의 문인 가운데 이런 감수성의 수치가 아주 높아 보입니다. 즉 이런 감정 이입의 능력이 당대 문인들의 평균치보다 훨씬 높았다고 말할 수 있죠.

슬픔의 미학적 중요성을 이덕무가 깨닫게 된 것은 그의 실존, 즉 서얼이라는 그의 존재 여건과 관련이 있습니다. 이덕무는 "평소 가슴속에 불평한 기운이 있어 수시로 까닭 없는 슬픔이 일어나 탄식이 극에 달한다"고 했습니다. 그리고 이런 말도 했습니다.

지극한 슬픔이 닥치면 온 사방을 둘러보아도 막막하기만 해서 그저 한 뼘 땅이라도 있으면 뚫고 들어가 더 이상 살고 싶은 생각이 없어진다. 하지만 나는 다행히도 두 눈이 있어 글자를 배울 수 있었다. 그래서 나는 지극한 슬픔을 겪더라도 한 권의 책을 들고 내 슬픈 마음을 위로하며 조용히 책을 읽는다.

『이목구심서』에 나오는 말인데, 이덕무가 슬픔을 견디기 위해 독서를 하고 글을 쓰고 학문을 했음을 알 수 있습니다. 좀 처절한 느낌이 듭니다. 이덕무는 개결하고 온건한 성품의 사람으로 알려져 있지만 그 내면에는 이런 깊은 내상內傷이 있었던 것입니다. 지금 전하지는 않지만 이덕무가 『좌해장고』左海掌故라는, 서얼들의 금고를 철폐해야 한다는 역대歷代의 주장을 모은 책을 편찬한 이유를 알 만합니다.

이덕무의 산문으로는 「간서치전」看書癡傳과 『서해여언』西海旅言이 주목됩니다. 「간서치전」은 '책만 보는 바보의 전기'라는 뜻으로, 자전自傳에 해당합니다. 이 글에는 서얼로 태어나 책 보는 것밖에는 달리 할 수 있는 일이 없는, 그래서 종일 독서로만 소일하는 스물한 살 이덕무의 자화상이 그려져 있습니다. 조선 후기 자전을 대표하는 작품이죠.

이덕무의 사촌 누이는 남편이 황해도 조니진助泥鎭 만호로 부임할 때 남편을 따라갔습니다. 얼마 후 이 누이의 시아버지가 죽어 이덕무는 숙모의 부탁을 받고 누이를 데리러 조니진에 갑니다. '조니진'은 장연현長淵縣의 장산곶 북쪽에 있었습니다. 『서해여언』은 1768년 10월 4일 서울을 출발해 10월 24일 서울로 돌아올 때까지의 일을 기록한 일기 형식의 유기遊記입니다. '서해여언'은 '서해 여행기'라는 뜻이죠. 이 글은 기존의 유기와 달리 문체가 대단히 감각적이고, 비유와 묘사가 아주 참신합니다. 이덕무는 서정과 서사를 넘나들면서 지나는 곳의 풍속·문화·역사·경관을 종횡으로 기술하고 있으며, 인정 기미를 섬세하고 곡진하게 그려 놓고 있습니다. 게다가 해학이 풍부해 경쾌함과 유쾌함이 느껴지기까지 합니다. 이 작품은 이덕무가 스물여덟 살 때 썼는데, 당시 이덕무는 바야흐로 백탑시사를 결성해 박제가·유득공·서상수 등과 한창 동인 활동을 할 때였습니다. 이 때문이겠지만 이 글은 이덕무의 새로운 세대 감각과 감수성을 유감없이 보여 줍니다. 이런 점에서 이 작품은 조선 후기의 소품小品 유기를 대표한다고 할 만합니다. 잠시 작품의 한 대목을 보기로 하겠습니다. 다음은 조니진의 바닷가에 있는 사봉沙峰에 올랐을 때의 일을 기록한 대목입니다.

> 높은 데 올라 먼 곳을 바라보니 더욱 자신이 작은 느낌이 들어 망연히 시름이 생겼으나 자신을 슬퍼하기 전에 저 섬사람들이 슬펐다. 만일 탄환같이 작은 땅에 해마다 기근이 들고 파도가 하늘로 치솟아 나라의 구휼마저 통하지 못하게 되면 어찌할 것인가? 해구海寇가 일어나서 순풍에 돛을 달고 들이닥치면 도망칠 곳이 없어 모두 도륙을 당할 것이니 어찌할 것인가? 용, 고래, 악어, 이무기 들이 뭍에다 알을 낳고 모진 이빨, 독이 있는 꼬리로 사람을 감자 먹듯 한다면 어찌할 것인가? 해신海神이 성을 내어 파도를 일으켜 마을을 다 덮어 버린다면 어찌할 것인가? 바닷물이 멀리 밀려가 하루아침에 물이 끊겨 외로운 뿌리, 높은 언덕이 앙상하게 밑을 드러낸다면 어찌할 것인가? 파도가 섬 밑둥을 갉아 패고 팬 끝에 흙과 돌이 지탱을 못 하고 물결을 따라 무너져 버리면 어찌할 것인가?

이덕무는 일어나기 어려운 일을 일어날 것으로 상상해 걱정하면서 안절부절못하고 있습니다. 불안장애의 전형적인 징후입니다. 이 무렵 이덕무에게도 불안장애가 있었음을 알 수 있습니다. 이덕무는 몸이 몹시 약한 데다 서얼로서의 번민이 깊어 이런 장애를 갖게 되지 않았나 합니다. 이리 본다면 이덕무의 글쓰기는 슬픔과 장애를 견디며 그것을 넘어서고자 하는 분투의 과정이라 할 수 있을 것입니다.

이덕무는 10대 후반에 문학 비평에 관심을 갖기 시작했는데, 그의 비평가적 안목은 당대에 이미 높은 평가를 받았습니다. 앞에서 말한 이덕무의 공감과 슬픔의 미학은 그의 실천 비평을 안팎으로 관통하는 기저 원리가 되고 있습니다. 이덕무의 실천 비평은 『종북소선』鍾北小選에서 잘 드러나는데, 이 책은 이덕무가 1771년에 박지원의 산문 10편을 뽑아 평점評點을 붙인 비평서에 해당하죠. 평점은 평어評語와 권점圈點을 말합니다. '평어'는 비평한 말을 이르고, '권점'은 중요하거나 잘된 구절에 동그라미를 치거나 점을 찍은 것을 말합니다. 평점 비평은 중국에서 처음 성립되어 한국, 일본, 베트남에서도 행해졌습니다. 그러니 동아시아의 보편적 비평 양식이라고 말할 수 있습니다. 『종북소선』은 평점 비평서로서 뛰어난 성취와 비평사적 창안을 보여 줍니다. 이 점에서 이덕무는 당대 최고이자 전근대 한국의 가장 빼어난 문학 비평가로 평가할 만합니다. 종전에는 '이덕무' 하면 개성적인 시를 잘 쓰거나 청언淸言과 같은 소품적 글쓰기를 잘한 문인으로만 생각해 왔는데, 이덕무에게는 이런 면모만이 아니라 문학 비평가로서의 출중함이 있다는 데 유의할 필요가 있습니다.

다음은 이덕무가 박지원의 글 「큰누님 박씨 묘지명」(伯姊孺人朴氏墓誌銘)에 붙인 미평眉評의 일부입니다.

나는 본디 누님이 없으며, 할머니와 외할머니도 뵌 적이 없고, 어릴 때 어머니마저 잃은 처지다. 그래서 누님을 둔 사람을 상상해 보며 서글퍼하곤 하였다. 그래서 박 선생의 이 묘지명을 읽으니 통곡하고 싶어진다.

'미평'은 '눈썹에 위치한 평'이라는 뜻인데요, '눈썹'이란 작품이 쓰인 면의 상단부를 가리킵니다. 현재 전하는 이덕무 친필본 『종북소선』에는 매 면마다 상하좌우의 테두리에 선이 쳐져 있으며, 상단의 미평란에는 따로 가로선이 그어져 공간적으로 구획되어 있습니다. 미평란은 한 페이지 면적의 4분의 1쯤 됩니다.
『종북소선』의 미평을 하나 더 보기로 합니다. 다음은 「관물헌기」觀物軒記에 붙인 미평의 일부입니다.

가고 가고 보내고 보내며, 보내고 보내고 가고 가며, 가고 보내고 가고 보내며, 보내고 가고 보내고 가나니, 복희伏羲·요순堯舜·문무文武·제환공齊桓公·진문공晉文公도 이러하고 이러하며, 경사자집經史子集도 이러하고 이러하다. 이러하고 이러함 또한 이러하고 이러하며, 이러함 역시 이러하다.

'문무'는 주周나라 문왕과 무왕를 말하고, '제환공'은 춘추시대 제齊나라의 군주를 말하며, '진문공'은 춘추시대 진晉나라의 군주를 말합니다. 제환공과 진문공은 각각 춘추 5패覇에 속합니다. '경사자집'은 경전, 역사서, 사상서, 시문집을 가리킵니다. 여기서는 이 세상에 존재하는 모든 책을 가리킨다고 보면 됩니다.
「관물헌기」는 박지원이 서상수에게 써 준 글인데, 박지원이 금강산에 놀러 가 마하연摩訶衍의 준 대사俊大師를 방문했을 때 목도

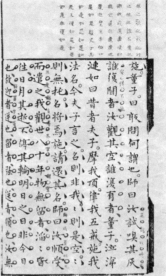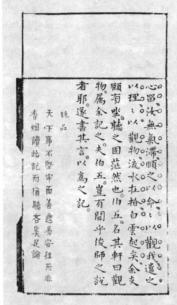

「종북소선」「관물헌기」 부분

한 일을 적고 있습니다. 그 요지는, 준 대사가 데리고 있던 동자승이 절 방에 모락모락 피어오르는 향 연기를 보고 갑자기 불법을 깨친 양 게송偈頌을 읊자 대사가 그것은 깨침이 아니라면서 진정한 깨침이란 어떤 것인지를 가르쳐 준다는 내용입니다. 이덕무의 이 미평은 불경에 나오는 부처님의 어조를 패러디하여 변하고 사라지는 존재의 속성을 환기시키고 있습니다.

　　이덕무는 이 미평만으로는 부족했던지 「관물헌기」의 말미에 이런 평을 첨부합니다.

　　　천하의 일이라는 것이 확고부동한 게 없고 곧잘 변멸變滅하

는 법이니 어디 간들 향 연기 아닌 것이 없다. 이 글을 읽고
도 여전히 교만하고 탐욕스럽다면 그런 사람이야 논할 게
뭐 있겠는가.


'변멸'은 변하고 사라진다는 뜻입니다. 여기서 보듯 이덕무는
세계와 존재의 유한성에 대한 자각으로부터 겸허하고 욕심 없는
생을 살아야 한다는 전망을 끌어내고 있습니다. 비평가 이덕무의
혜안이 우리의 눈을 싸하게 만듭니다.

이덕무는 문학 비평서인『종북소선』만 엮은 것이 아니고 시화
서詩話書라고 할 수 있는『청비록』淸脾錄이라는 책도 저술했으며, 또
비록 초보적 성격의 것이기는 하지만 일본 연구서라고 할 수 있는
『청령국지』蜻蛉國志라는 책도 저술했습니다. '청령'은 잠자리라는 뜻
인데요, 일본 국토의 모양이 잠자리 같다고 해서 일본을 옛날에 '청
령국'蜻蛉國이라고 불렀죠.

이덕무의『청령국지』는 조금 뒤에 언급할 원중거의『화국지』
和國志와 함께 18세기 후반 조선에서의 일본학日本學 성립을 알리는
중요한 두 저술이라고 할 수 있습니다.『화국지』와 달리『청령국지』
는 이념이나 관념보다 사실과 학지學知가 중시되고 있습니다. 이는
이덕무의 고증학적 취향과 무관하지 않다고 여겨집니다.

『청령국지』는 주제별로 서술되는데 그중에 '예문'藝文(예술과 문
학)이라는 항목이 있습니다. 이 항목에서 일본 소설『겐지모노가타
리』源氏物語가 조선에 처음 소개됩니다. 이외에도 180여 권의 일본
서적이 언급되고 있죠. 또한 이 책에서는 동남아시아와 서양에 대
한 관심이 두드러지게 나타납니다.『지봉유설』의 전통을 18세기에
와서 계승, 확장하고 있다고 여겨집니다. 이는 이덕무의 개방적 태

도와 지적 호기심을 보여 주는 것이라 할 만합니다. 그리고 '이국'異國이라는 항목 중 남만南蠻(남쪽 오랑캐)에 대한 서술에서 "일본이 부국강병하여 바다 한가운데에서 세력을 떨치는 까닭은 능히 외국과 통상通商하기 때문이다"라고 하면서 해외 통상의 중요성을 언급하고 있다는 점 역시 주목됩니다. 이는 나중에 말하겠지만 박제가가 해외 통상을 강조한 것과 통합니다.

이덕무는 박제가와 아주 친했지만 사상적 입장에서는 차이를 보여 주기도 합니다. 박제가는 당벽唐癖, 즉 중국에 대한 지나친 경사가 있었는데, 이덕무는 여기에 문제가 있음을 지적하고 있습니다. 이덕무는, 중국 것이라고 해서 다 훌륭한 것은 아니며 조선 것이라고 해서 다 훌륭하지 못한 것은 아니라는 입장을 취했습니다. 이를 통해 이덕무가 박제가보다 조선의 주체성을 좀 더 중시하는 관점을 갖고 있었음을 알 수 있죠.

여기서 이덕무의 손자에 대해서 잠깐 언급하기로 합니다. 이덕무의 손자 이규경李圭景(1788~1863)은 『오주연문장전산고』五洲衍文長箋散稿라는 책을 저술했습니다. '오주'는 이규경의 호입니다. 지구에 다섯 주, 즉 5대륙이 있지 않습니까? 이를 자호로 삼은 거죠. 이를 통해 이 인물이 상당히 글로벌한 관점을 가지려고 했다는 걸 알 수 있습니다. 온 세계에 대해서 관심이 많았던 거죠. 지적 관심의 범위가 이전과 달라졌다는 점이 느껴집니다. 이 책은 고증학에 기초한 방대한 백과사전에 해당합니다. 이덕무의 고증적 학풍이 손자에게 계승되어 이런 호한한 기념비적 저술이 탄생한 것으로 여겨집니다. 이덕무만이 아니라 유득공에게도 고증적 학풍이 있었습니다만 홍대용이나 박지원이나 박제가는 고증학풍을 수용하지 않았습니다. 이렇게 보면 담연그룹 내부에도 고증학풍의 수용을 둘러싸고 일종의 내적 대치선 같은 것이 존재했다고 말할 수 있을는 지도 모르겠습니다.

## 박제가

박제가朴齊家(1750~1805)는 이덕무보다 아홉 살 밑이죠. 호는 초정楚 亭 혹은 정유貞蕤입니다. 박제가는 1778년 스물아홉 살 때 이덕무와 함께 처음 연경에 갔습니다. 이해에『북학의』초고를 탈고했고, 이 듬해인 1779년 서른 살 때 이덕무·유득공과 함께 규장각 초대 검 서관에 임명되었습니다. 그리고 1790년 5월 마흔한 살 때 유득공, 이희경과 함께 두 번째로 연경에 갑니다. 이해 9월 특명으로 또다 시 연경에 갑니다. 세 번째 간 거죠. 1801년 쉰두 살 때 유득공과 함 께 네 번째로 연경에 갑니다. 이처럼 평생 네 번 연경에 갔습니다.

이덕무는 단아하고 언행을 삼갔습니다. 유득공은 기질이 온화 한 인간이었습니다. 그와 달리 박제가는 자부심과 의기意氣가 높고 성격이 몹시 강개했습니다. 박제가의 이런 개성은 그의 사상에도 반영되는데요, 그 점은 나중에 언급하기로 하겠습니다.

박제가의 문집『정유각집』貞蕤閣集이 지금 전하고 있는데, 이덕 무·유득공을 비롯한 서얼 벗들과 주고받은 시와 중국을 여행하며 지은 시가 많이 실려 있습니다. 박제가는 중국의 특정한 시대, 특정 한 시인을 배우려 하지 않았고, 자신의 개성을 드러내는 창의적인 시를 썼습니다. 즉 모방과 조탁彫琢(아름답게 꾸밈)을 일삼지 않고 시 정詩情을 진솔하게 표현하고자 했습니다. 그래서 시가 전체적으로 활달하고 거침이 없습니다. 본인의 성격을 반영하고 있다고 봐야 겠죠.

다음은 젊은 시절 박제가가 쓴 「밤에 유연옥을 방문하다」(夜訪柳連玉)라는 시의 일부입니다.

> 초경初更에 유군柳君을 만나고
> 4경에 이자李子를 찾네.
> 오늘 밤도 반이 지났으니
> 이렇게 한 해가 저물 테지.
> 初更逢柳君, 四更尋李子.
> 今宵亦云半, 如是歲暮矣.

밤에 유금의 집을 방문해서 쓴 시입니다. 이 시에서 말한 '유군'은 유금을 가리키고 '이자'는 이덕무를 가리킵니다. 하릴없는 생을 살아가는 동류들에게서 느끼는 깊은 유대감이 토로되어 있습니다. 당시 박제가, 이덕무, 유득공은 모두 백수건달 신세였습니다.

다음은 1778년 연경에서 돌아온 뒤 쓴 시입니다.

> 신라는 바닷가에 자리해
> 지금 조선 땅의 팔분의 일이었네.
> 고구려는 왼쪽에서 침략하고
> 당나라는 오른쪽에서 범했지만
> 곡식 창고 절로 넉넉해
> 예법에 맞게 군사들 잘 먹였네.
> 어째서 그럴 수 있었는지 궁구해 보니
> 배와 수레를 잘 이용해서라네.
> 배는 능히 외국과 통하게 하고

수레는 말과 나귀 편하게 하지.

이 둘을 다시 이용 안 하면

관중管仲과 안영晏嬰인들 어찌하리오.

新羅處海濱, 八分今之一.

句驪方左侵, 唐師由右出.

倉庚自有餘, 牷犢禮無失.

細究此何故, 其用在舟車.

舟能通外國, 車以便馬驢.

二者不可復, 管晏將何如.


　　‘관중’과 ‘안영’은 중국 춘추시대의 재상들로 공리功利를 중시
하는 부국강병책으로 제齊나라를 패자霸者로 만들었습니다. 박제
가는 이 시에서 부유하고 강한 나라를 만들려면 배로 외국과 통하
고 수레를 이용해 재화의 유통을 촉진하지 않으면 안 된다는 생각
을 피력하고 있습니다.『북학의』의 핵심적 주장과 통하는 생각이죠.
　　『정유각집』에 수록된 산문 중 박제가의 강개하고 비판적인 면
모를 잘 보여 주는 작품은「원현천元玄川 중거重擧를 전송하는 글」
(送元玄川重擧序)입니다. 원중거는 1775년 9월 가난 때문에 서울 생
활을 접고 경기도 양평의 지평砥平으로 떠납니다. 박제가는 이 글
에서 울분에 찬 목소리로 조선 사회의 모순을 지적합니다. 조선은
문벌을 숭상해 사람이 태어나기도 전에 귀하고 천함이 나뉜다는
것, 오늘날의 사대부는 문벌에 기대면 절로 굴러오는 지위를 취할
수 있다는 것, 문벌 때문에 어진 인재가 등용되지 못하고, 붕당朋黨
이 성해져 살육이 일어나고, 놀고먹는 자가 많아져 백성이 가난해
진다는 것입니다.

박제가의 대표 저작은 『북학의』라고 말할 수 있습니다. 『북학의』는 앞서 말했듯 1778년에 초고가 탈고되었지만, 이후 몇 차례 수정이 가해집니다. 박제가가 『북학의』에서 한 주장은 청나라의 기술 도입을 통해 생산성을 높임으로써 조선의 가난을 극복하고자 하는 데 주안을 두고 있다는 점에서 박지원의 주장과 일치합니다.

그러나 박제가는 양반 유식층遊食層을 상인으로 전환시켜야 한다고 주장함으로써 조선 신분제의 핵심적 모순을 건드리고 있습니다. 이 주장은 유수원柳壽垣의 『우서』迂書에 제시된 생각을 수용한 것으로 보입니다. 박제가는 신분제를 바꿔야 한다고 보았다는 점에서 신분제의 기본 구조에 별 이의를 제기하지 않았던 박지원과 차이가 있습니다.

박제가는 조선중화주의는 거부했지만 소중화주의나 모화주의慕華主義는 탈피하지 못했습니다. 이 점은 박지원과 같습니다. 하지만 박제가는 박지원과 달리 대명의리론에 대한 경사는 보여 주지 않습니다. 박제가는 비록 『북학의』의 「존주론」尊周論에서 명나라의 재조지은再造之恩(임진왜란 때 명나라가 조선을 구원해 준 은혜)을 말하고 있고, 청나라가 오랑캐 나라라는 것과 북학은 곧 북벌의 길이라는 것 등을 운위하고 있기는 하지만, 이는 자기가 주장하는 북학을 옹호하기 위한 일종의 수사修辭가 아닌가 합니다. 정말 그렇게 확신해서 한 말이라고는 보이지 않습니다. 이 점에서 박제가는 의리나 가치의 문제를 손에서 놓지 않고 끝까지 함께 가지고 간 박지원과는 좀 다르지 않나 합니다. 나중에 보듯 이 점은 박제가의 한계가 되기도 하지만 그럼에도 그는 적어도 이로 인해 박지원보다 훨씬 가벼운 몸으로 기민하게 조선의 사회적 개혁을 주장할 수 있었던 것으로 보입니다.

정조 10년(1786) 1월, 『북학의』를 저술한 지 8년 후에 박제가는 「병오소회」丙午所懷를 올립니다. 박제가가 서른일곱 살 때입니다. 1786년이 병오년이어서 '병오소회'라고 하죠. '병오년에 자신이 생각하는 바를 올린다'는 뜻입니다. 1786년 정월에 정조는 백관百官에게 진언進言할 기회를 줍니다. 이때 전국에서 548건의 진언이 있었습니다. 이들이 올린 소회는 『정조병오소회등록』正祖丙午所懷騰錄이라는 3책의 책으로 엮어졌는데, 현재 전하고 있습니다 '등록'은 베껴 적는다는 뜻입니다. 이 책에 박제가의 「병오소회」도 포함되어 있습니다. 이 글의 핵심은 세 가지입니다.

첫째, 중국과의 해로海路 통상을 주장하고 있습니다. 지금처럼 육로를 통해서 청나라와 역관 무역을 할 것이 아니라 바로 선박으로 중국과 교역을 해서 강남江南과 통교通交해야 한다는 주장입니다. 『북학의』에도 있는 말입니다.

둘째, 중국의 연경에 있는 서양인 선교사들 수십 명을 조선에 초빙해서 잘 대접해 그들의 힘을 빌려서 과학 기술을 진흥시키고, 이를 통해 이용후생을 꾀하자고 주장하고 있습니다. 이는 『북학의』에는 없는 말입니다. 박제가의 이 주장은 서양인의 힘을 빌리려고 한 점에서 19세기 후반 고종조 때 독일인 묄렌도르프를 불러서 외교 고문으로 삼았던 일을 떠올리게 합니다.

셋째, 놀고먹는 양반을 가만히 내버려 두지 말고 상업에 종사시키고, 상업에 종사한 이들 중에서 훌륭한 성과를 낸 것이 확인되면 이런 사람들을 조정에서 등용해서 쓰자고 주장하고 있습니다. 이는 『북학의』에 있는 말입니다. 이 주장대로 하면 실질적으로 신분제가 허물어지게 되죠. 양반이 상인의 일을 하니, 양반과 상인의 경계가 없어지게 되니까요. 그러니 박제가의 주장은 결국 신분제를 손보자는 거라고 할 수 있습니다.

　『북학의』외편外編에는 「강남 절강浙江 상선과 통상하는 문제에 대한 논의」(通江南浙江商舶議)라는 글이 실려 있는데, 박제가는 훗날 이 글 말미에 다음과 같은 부기附記를 첨부해 놓았습니다.

　　　중국의 배하고만 통상하고 해외 여러 나라와는 통상하지 않는다고 한 것은 또한 일시적·방편적 계책일 뿐 정론定論이 아니다. 국력이 조금 강해지고 백성의 생업이 안정되면 차례로 통상해야 한다. 박제가가 스스로 적다.

　이 부기는 박제가가 1799년 정조에게 올린 진소본進疏本『북학의』에는 없습니다. 1786년에 올린 「병오소회」에도 중국과의 해로 통상만 언급되어 있을 뿐입니다. 이렇게 본다면 이 부기는 박제가가 1799년 이후 계속 자신의 생각을 발전시켜 간 결과물이라고 할 수 있을 듯합니다. 박제가는 국력이 강해지면 중국하고만 통상할 것이 아니라 해외 여러 나라와 차례로 통상해야 한다고 했는데, '해외 여러 나라'란 일본이나 안남(베트남)은 말할 것도 없고 서양도 포함될 것입니다. 박제가의 이 주장은 19세기 중·후반에 제기된 '개국통상론'開國通商論과 기맥이 닿습니다.

　당상역관堂上譯官(당상관 역관) 오응현吳膺賢은 역관 오경석吳慶錫의 아버지인데, 박제가의 학문을 중시해 집안사람들에게 박제가의 학문을 공부하게 했다고 합니다. 박제가의 학문이란 『북학의』를 가리킬 것입니다. 19세기 역관층이 박제가의 학문에 특별히 주목한 것은 박제가의 학문에 담지된 새로운 국가 기획과 새로운 문명론적 전망 때문일 것입니다. 그러므로 오경석이 19세기 후반에 개국

개화開國開化 사상을 형성한 데에는 박제가의 영향이 크다고 여겨집니다. 사상사적으로 19세기 후반에 나타나는 개국개화론의 내적 연원은 박제가로 봐야 하지 않을까 합니다. 즉 그의 개국통상론, 부국강병론, 신분제 혁파론이 개화사상으로 이어지고 있다는 거죠. 그래서 박제가―오경석―김옥균金玉均으로, 개화사상이 발아되고 전개되어 간 계보를 그려 볼 수 있을 듯합니다.

그런데 박제가는 당시 '당괴'唐魁로 비난받았습니다. '당괴'는 중국을 혹애하는 무리의 우두머리, 즉 중국을 추종하는 괴수魁首라는 뜻입니다. 이덕무 역시 박제가에게 보낸 편지에서 박제가의 당벽唐癖에 유감을 표명한 바 있습니다. '당벽'은 중국에 대한 지나친 경도傾倒를 뜻합니다. 이덕무는 이 편지에서 이렇게 말합니다.

세속에서 말하는 당벽, 당학唐學, 당한唐漢(중국놈), 당괴의 명목이 모두 형의 몸에 집중되어 있소.

이덕무는 중국진선주의中國盡善主義(중국 것은 뭐든지 다 좋다는 태도)와 중국에 대한 부당한 폄훼 이 둘을 모두 경계하고 있습니다. 중국은 뭐든지 지고지선至高至善하니 배워야 한다는 입장과 중국은 야만족이니 배울 게 없다는 입장을 모두 경계하고 있는 거죠. 그래서 박제가의 지나친 중국 경도를 못마땅하게 여긴 겁니다.

박지원은 일찍이 홍대용에게 보낸 편지에서 '박제가가 지나치게 날카로워 걱정'이라는 취지의 말을 한 바 있습니다. 이는 비단 박제가의 성격만이 아니라 그 사유의 과격성과 급진성을 지적한 말이기도 하다고 여겨집니다. 당대 인물 가운데 박제가만큼 조선의 개혁에 급진적 입장을 취한 사람은 없으니까요.

북학에 대한 두 사람의 시각 차이, 또 북학과 연결된 두 사람의 사회경제적 관점의 차이는 시간이 지날수록 점점 더 뚜렷해지고 커져 갔던 게 아닌가 합니다. 사회경제적 개혁의 주장은 박지원의 입장보다 박제가의 입장이 훨씬 급진적이거든요. 그리고 박제가는 1778년 『북학의』 초고를 쓴 이래 자신의 사회경제적 개혁 방향을 계속 더 발전시켜 왔지만 박지원은 그렇지는 않습니다. 정조 22년 (1798) 『북학의』 초고가 탈고된 지 꼭 20년 되는 이해에 연달아 기근이 들어서 정조가 농사의 방책을 올리라는 윤음綸音을 내립니다. 이때 면천 군수로 있던 박지원은 『과농소초』를 올립니다. 박지원은 옛날 연암협에 거주할 때 여러 농서農書에서 글을 발췌해 놓은 적이 있는데 여기에 자신의 생각을 좀 보태어 이 책을 엮었죠. 자신의 생각을 보태 놓은 부분이 특히 중요합니다. 책 끝에는 「한민명전의」限民名田議라는 제목의, 토지 소유를 제한하는 방략을 담은 글이 첨부되어 있습니다. 박지원이 엮은 이 농서는 농업 생산력의 향상을 꾀하는 데 초점이 맞춰져 있습니다. 이 점에서 기술력의 향상, 생산력의 향상을 주안으로 삼는 『열하일기』와 통한다 할 것입니다. 박제가는 이때 영평(지금의 포천) 현령으로 있으면서 책을 올렸는데, 진소본 『북학의』가 그것입니다. 예전의 『북학의』에서 농업과 관련된 글들을 주로 추려 내는 한편 새로운 생각을 조금 보탠 책입니다.

　　이 두 책을 비교해 보면 두 사람의 차이가 잘 드러납니다. 박지원은 신분제의 유지 위에서 농업 생산의 방략을 말하고 있습니다. 그리고 농업 문제가 특별히 상업, 특히 해외 통상과의 관련 속에서 조망되고 있지는 않습니다. 이와 달리 박제가는 해외 통상을 통해 국부國富를 증대할 수 있다는 맥락 속에서 농업 문제를 보고 있습니다. 이처럼 1798년 『과농소초』와 진소본 『북학의』를 바칠 때의 두 사람의 사상에는 현저한 차이가 있어 보입니다.

그렇긴 하지만 박제가는 조선이 중국과 같은 문명국가가 되기 위해서는 우리말을 버리고 중국어를 써야 한다고 했습니다. 중국 경도의 압권이라 할 만하죠. 최근에 어떤 사람이 들고나온, 21세기에 우리나라가 선진국이 되기 위해서는 영어를 공용어로 해야 한다는 주장과 비슷합니다. 부국화富國化의 논리에 매몰되어 주체성을 방기放棄해 버린 거죠.

박제가의 사고에는 주체성의 측면에서 이런 문제가 발견되기도 합니다. 그렇기는 하나 당시의 동아시아 정세 속에서 박제가의 구상은 대단히 진보적인 것으로 높이 평가해야 하지 않을까 합니다. 박제가는 당시 동아시아가 전쟁 없이 평화가 유지된 것이 거의 2백 년인데 이때를 놓치면 상황이 아주 어려워질 수 있다며 이 절호의 기회를 놓치지 말고 조선을 부강한 나라로 만들어야 한다고 주장했습니다. 만일 박제가의 주장대로 했더라면 조선은 다른 근대를 맞이했을지도 모릅니다.

## 유득공

유득공柳得恭(1748~1807)은 호가 영재泠齋 혹은 고운당古芸堂입니다. 규장각 검서관을 지냈고, 포천 현감, 양근楊根 군수, 풍천豐川 부사 등을 역임했습니다. 유득공은 세 번 중국에 다녀왔습니다.

유득공의 저서 중 『경도잡지』京都雜志는 조선의 세시 풍속을 기록한 책입니다. 『고운당필기』古芸堂筆記는 조선의 역사·지리·금석金石·풍속·문학 등에 대해 기록해 놓은 책으로, 박물학과 고증학에 대한 유득공의 관심을 보여 줍니다. 유득공은 금석학金石學에도 관심이 있었습니다.

『이십일도회고시』二十一都懷古詩는 단군조선을 필두로 우리나라에 존재했던 21개국의 왕도王都를 읊은 작품입니다. 초편본初編本이 있고 재편본再編本이 있는데, 1777년에 나온 초편본은 시와 주석으로만 구성되어 있었지만, 15년 후인 1792년에 나온 재편본에는 나라마다 개괄적 설명을 붙인 서문이 새로 첨부되었습니다. 또 초편본은 16곳의 도읍지순으로 편집이 되었지만, 재편본은 21개의 나라순으로 편집되었습니다. 『이십일도회고시』는 유득공의 자국 역사에 대한 관심을 잘 보여 줍니다. 이 책은 중국에 전해져서 큰 찬사를 받았습니다. 중국 학자들의 고증학적 관심 때문으로 보입니다. 당시 중국 학자들은 대개 고증학을 했기 때문에 외국의 역사를 기록해 놓은 이 책에 큰 흥미를 느꼈던 것 같습니다.

유득공은 『발해고』渤海考를 통해 발해사를 우리나라 역사에 포함시켰습니다. 유득공은 이 책 서문을 정조 8년(1784) 윤3월에 썼는데, 서문 중에 이런 말이 보입니다.

> 남북국사南北國史가 있어야 했음에도 고려가 이를 편찬하지 않은 것은 잘못한 일이다.

'남북국사'라는 말을 썼는데, '남국'南國은 신라를 가리키고 '북국'北國은 발해를 가리킵니다. 남국과 북국이 모두 우리 역사에 속하고 우리의 강역疆域에 해당한다는 인식입니다. 이 책에는 이런 말도 있습니다. "발해사를 쓰지 않아서 토문강土門江 북쪽과 압록강 서쪽이 누구의 땅인지 알지 못하게 되었다." 또 이런 말도 보입니다. "고려가 마침내 약한 나라가 된 것은 발해 땅을 얻지 못했기 때문이다." 『이십일도회고시』나 『발해고』는 유득공의 주체적 역사 인식 태도를 잘 보여 줍니다.

이처럼 유득공은 담연그룹의 인물 가운데 특히 역사 지리 쪽에 두각을 보인 인물입니다. 그는 이덕무와 함께 고증학과 박물학에 조예가 있었습니다. 그런데 유득공은 일본에도 관심을 가져 이서구의 『일동시선』과 이덕무의 『청령국지』에 각각 서문을 썼습니다. 그리고 본인도 동시대 중국 문인들의 시와 함께 일본, 안남, 유구 문인의 시가 수록된 『병세집』幷世集이라는 책을 엮었습니다. '병세'幷世는 '동시대'라는 뜻이며, '병세집'은 동시대 문인들의 책이라는 뜻입니다. 이 책은 18세기 동아시아 시선집이라고 할 수 있죠. 동아시아 네 나라 총 91명의 시 277수가 수록되어 있는데, 중국이 대부분이고, 일본이 그다음으로 많고, 그다음 안남, 유구 순입니다.

유득공은 전계傳系 소설인 「유우춘전」柳遇春傳을 남기기도 했습니다. 이 소설의 주인공 유우춘은 미천한 신분으로 18세기 조선 최고의 해금 연주자였습니다. 이 작품은 일종의 예술가 소설로, 예술적 기량이 향상되면 될수록 대중에게서 소외되는 예술가의 운명을 그리고 있습니다. 이를 통해 작자는 지식인인 자신의 처지를 말하고 있다고 여겨집니다. 유득공은 지식인이 학식이 높아지고 생각이 고매해질수록 현실에서 소외된다고 생각한 듯합니다. 자기 자신이 그랬으니까요. 이렇게 본다면 이 소설에는 유득공의 자의식이 투사되어 있다고 할 만합니다.

### 이희경

이희경李喜經(1745~1805)은 다섯 차례나 중국에 다녀왔습니다. 호는 윤암綸菴 혹은 십삼재十三齋입니다. 지난 강의(제24강)에서 말했듯이 이희경은 백탑시사 동인들의 시문과 편지들을 모아서 『백탑청연집』이라는 책을 엮었습니다. 이희경은 박지원의 처남인 이재성과 함께 박지원의 임종을 지킨 인물입니다. 담연그룹의 서얼들과 두루 가까웠지만 특히 박제가와 학문적 지향을 같이했습니다.

이희경의 저술로는 『설수외사』雪岫外史가 지금 전합니다. 『윤암집』綸菴集이라는 문집도 근년에 발견되었죠. 『설수외사』는 『북학의』와 성격이 비슷한 책입니다. 청나라의 기술을 배우는 일과 이용후생의 기기器機 제작에 대한 자신의 생각을 기록해 놓았습니다. 이처럼 이희경은 박지원, 박제가와 함께 이용후생학利用厚生學에 힘쓴 인물이라고 할 수 있습니다.

이희경에게는 이희명李喜明과 이희영李喜英이라는 두 동생이 있었는데, 이희영은 그림을 아주 잘 그려서 이희경이 어떤 기기에 대해서 연구할 때 그 그림을 그려 주기도 했습니다. 이희영은 천주교 신자였습니다. 그래서 1801년 신유년에 목숨을 잃습니다. 나중에 담정澹庭 김려金鑢의 문학을 살필 때 자세히 이야기하겠습니다만, 여주에 거주한 김건순金健淳이라는 인물이 있는데 청음淸陰 김상헌金尙憲 집안의 봉사손奉祀孫입니다. 김려는 '김건순처럼 총명하고 뛰어난 사람은 처음 봤다, 산천의 기운을 물려받은 사람이다'라고 김건순을 대단히 높이 평가하고 있습니다. 이희영은 담연그룹이기도 하지만 김건순의 문객이기도 했습니다. 김건순은 노론계 인물이지만 천주교 신도로서, 18세기 후반 천주교의 전교傳敎에 기여했습니다. 그래서 이희영과 함께 신유옥사辛酉獄事 때 처형됩니다. 이희영은 담연그룹에 속한 인물이면서도 천주교 쪽으로 갔다는 점에서 주목됩니다.

천주교는 남녀노소 상하귀천을 차별하지 않습니다. 하느님 앞에 만인이 평등하니까요. 그런데 앞에서 살핀 "길 가득한 행인들 형제 같으네"라는 유금의 시구에서는 인간에 대한 평등의 시선이 느껴집니다. 인간에 대한 이런 평등의 시선은 그 사상적 원천이 대개 두 가지입니다. 하나는 양명학이고, 다른 하나는 천주교죠. 양명학은 동아시아 내부의 것이고, 천주교는 동아시아의 외부에서 온 것입니다. 유금이 읊은 이 시구의 사상적 원천이 양명학인지 천주교인지는 분명하지 않습니다. 양명학일 수도 있지만 유금이 기하학과 같은 서양 학문에 깊이 들어가 있었음을 생각한다면 천주교일 수도 있습니다. 당시 식자들은 꼭 천주교도가 아니더라도 천주교 교리를 설說한 마테오 리치의 『천주실의』天主實義를 많이들 읽었으니까요. 더구나 유금은 이희경 형제와도 교분이 있었으므로 천주교에 대한 전문傳聞이 있었을 개연성이 높습니다.

아무튼 유금이 인간 평등의 감수성을 보여 준다는 점은 주목됩니다. 이희영은 천주교도였던 만큼 당연히 평등의 감수성을 지녔을 터입니다. 이처럼 담연그룹 내부에는 평등의 감수성을 지닌 인물이 눈에 띕니다.


## 서상수

서상수徐常修(1735~1739)는 호가 관헌觀軒 혹은 기공旂公입니다. 관헌 대신 관재觀齋로 불리기도 했습니다. 전근대 동아시아의 학문에는 '감상학'鑑賞學이라는 것이 있습니다. 감상학은 서화나 골동품의 진위나 제작 연대, 작자 등에 대한 감식을 주로 하는 학문입니다. 박지원은 「필세설」筆洗說이라는 글에서 이렇게 말합니다.

근세의 감상가로는 상고당尚古堂 김씨를 일컫는다. 그러나 그는 재기才氣가 없으니 완벽하지는 않다. 김씨는 감상학을 연 공이 있으나, 여오汝五는 묘함을 알아보는 식견이 있어 눈에 보이는 온갖 사물의 진위를 판별해 내니 재기를 겸비한 훌륭한 감상가다.

'상고당 김씨'는 소론계 인물인 김광수金光遂를 가리킵니다. 이조판서를 지낸 김동필金東弼의 아들이며 이광사李匡師와 친했습니다. 서화와 골동품 수장收藏의 벽癖이 있었으며 감식을 잘한 것으로 유명하죠. '여오'는 서상수의 자입니다.

박지원은 이 글에서 서상수가 음악에도 조예가 깊었다고 말하고 있습니다. 유득공도 「유우춘전」에서 서상수가 음률에 밝았다고 말하고 있습니다. 이를 통해 서상수가 감상학은 물론 음악학에서도 일가를 이룬 인물임을 알 수 있습니다. 요컨대 서상수는 담연그룹의 구성원 중 예술학에서 두각을 드러낸 인물입니다.

## 백동수

백동수白東脩(1743~1816)는 무인입니다. 담연그룹에서 무인은 백동수가 유일합니다. 호는 야뇌野餒이며, 이덕무의 처남입니다. '야뇌'는 재야에서 굶주린다는 뜻입니다. 얼마나 가난했으면 호를 이렇게 지었겠습니까. 백동수는 1771년(영조 47) 무과에 급제했지만 벼슬을 얻지는 못했습니다. 이덕무의 처남이라 일찍부터 백탑시사에 참여하며 박지원을 추종했습니다. 가난 때문에 1773년 서울을 떠나 강원도 인제의 기린협麒麟峽으로 들어가 직접 농사를 지었는데,

박지원은 인제로 떠나는 그를 위해 「기린협으로 들어가는 백영숙白永叔에게 주는 서序」(贈白永叔入麒麟峽序)를 써 주었습니다. '영숙'은 백동수의 자입니다. 박제가 또한 「기린협으로 떠나는 백영숙을 전송하며」(送白永叔基麟峽序)라는 글을 지어 백동수의 처지를 슬퍼했습니다. 박지원의 글과 달리 박제가의 글은 동병상련의 정이 깊고 강개하기가 그지없습니다. 서얼로서의 깊은 존재관련 때문이겠죠.

백동수는 무예에 통달했으며 창검槍劍의 고수였으므로 정조가 즉위하자 정조의 친위부대인 장용영壯勇營의 초관哨官에 임명됩니다. 초관으로 있을 때 정조의 명을 받아 이덕무, 박제가와 함께 『무예도보통지』武藝圖譜通志라는 책을 편찬합니다. 무예의 각 동작을 그림과 글로 해설해 놓은, 군사들을 위한 무예 교본이죠. 이 책은 백동수의 무예에 힘입어 편찬될 수 있었다고 해도 과언이 아닙니다. 그러니 백동수는 담연그룹에서 무학武學을 대표하는 인물이라 할 만합니다.


## 원중거

원중거元重擧(1719~1790)는 무인 집안 출신의 서얼로 담연그룹에서 나이가 제일 많습니다. 홍대용보다 열두 살 많고, 박지원보다 열여덟 살 많습니다. 호는 현천玄川입니다. 이덕무·박제가 등은 원중거를 선배 문인으로 깍듯이 예우했습니다. 집이 남산에 있어 지난 시간에 공부한 능호관 이인상과도 교분이 있었습니다. 이인상보다 아홉 살 밑이죠.

1763년 계미통신사행 때 성대중과 함께 서기의 직임을 띠고 일본에 갔다가 1764년에 귀국했습니다. 일본에서 돌아온 후 원중거는 홍대용과 박지원을 위시해 이서구, 이덕무, 박제가, 유득공, 이희경 등 담연그룹의 인물들에게 일본에 대한 견문을 전하는 중요한 역할을 했습니다. 담연그룹의 일본 인식은 원중거에 빚지고 있는 면이 많습니다. 그는 성대중과 함께 담연그룹 내의 일본통이라 할 만합니다.

원중거는 일본에서 돌아온 지 8년 후인 1772년 5월에 홍대용의 『간정필담』乾淨筆談을 읽고 그 발문을 써 줍니다. 홍대용은 중국에서 귀국한 1766년 『간정동회우록』乾淨衕會友錄을 엮었는데, 뒤에 ─ 김종후와의 논쟁이 있었던 1768년 이후로 여겨집니다 ─ 이를 손봐 『간정필담』이라 명명했습니다. 『간정필담』의 발문에서 원중거는 '대개 필담이 중요하고 시문은 그다음인데, 우리가 필담을 소홀히 했던 것은 몹시 잘못한 일'이라고 말하고 있습니다. 그러니까 자신이 일본에 갔을 때는 일본인과 주고받은 시문을 중시해 그런 자료를 주로 챙겨 왔는데, 홍대용의 『간정필담』을 보고서 시문보다 필담이 더 중요하다는 사실을 비로소 깨달았다는 거죠.

원중거는 홍대용의 『간정필담』에 자극을 받아 나중에 『화국지』和國志와 『승사록』乘槎錄이라는 책을 저술했습니다. 둘 다 일본과 관련된 책인데요, 두 책 중에 『화국지』가 먼저 집필되었습니다. 『승사록』은 원중거가 일본에서 쓴 일기를 토대로 한 저술입니다. '화국'은 일본을 말합니다. 그러니까 '화국지'는 '일본에 대한 기록'이라는 뜻입니다. 『화국지』는 일본에 관해 주제별로 서술해 놓았습니다. 이와 달리 『승사록』은 일기 형식을 취하고 있습니다. '승사'는 '뗏목을 타다'라는 뜻인데, 전통적으로 외국에 사신 가는 것을 이르는 말입니다. 그러므로 '승사록'은 '사행록'使行錄, 구체적으로는 '일본 사행록'을 뜻합니다.

『화국지』의 저작 시기는 정확히 알 수 없지만 영조 연간인 1772년에서 1776년 사이에 집필되었을 것으로 추정됩니다. 『화국지』에는 실학적 사고가 적잖이 발견되는데, 비록 원중거가 본래 남다른 관찰력과 실용에 대한 관심을 갖고 있었다고 보이기는 하지만 『화국지』에 보이는 그의 실학적 지향은 홍대용과의 교유로 인해 더욱 뚜렷해지고 강화된 게 아닌가 합니다.

앞서 말한 이덕무의 『청령국지』와 원중거의 『화국지』는 18세기 후반 조선에서의 일본학日本學의 성립을 고지한다고 할 수 있습니다. 이처럼 담연그룹 내부에서 일본학이 성립되었다는 사실은 주목을 요합니다. 그런데 『화국지』는 철저히 임진왜란의 기억 위에서 이루어지고 있습니다. 그래서 와신상담과 일본에 대한 대비가 강조되고 있습니다. 일본이 언제 또 침략해 올지 모르니까요. 이에 반해 『청령국지』는 인접 국가의 이모저모를 제대로 알리는 걸 목적으로 삼고 있습니다. 즉, 『화국지』가 원수의 나라 일본 엿보기를 주안으로 삼고 있는 면이 강한 데 반해, 『청령국지』는 일본과의 우호를 그 기저에 두고 있는 듯합니다. 이 점에서 『화국지』와 달리 『청령국지』에서는 이념이나 관념보다 사실과 지식이 중시되고 있습니다. 이는 이덕무의 고증학적 지향과 무관하지 않다고 여겨집니다.

원중거는 일본에서 돌아온 뒤 『화국지』와 『승사록』 외에 『일동조아』日東藻雅라는 책을 편찬했습니다. '일동'은 일본을 말하고, '조아'는 아름다운 시문을 말합니다. 그러므로 '일동조아'라는 책 이름은 지금의 말로 풀이하면 '일본의 시문' 정도가 되겠죠. 원중거가 일본에서 만난 문인들에게서 받은 시문을 모아서 엮은 책이 아닌가 여겨지는데, 유감스럽게도 현재 전하지 않습니다. 홍대용은 이 책에 발문을 써 주었는데 여기에 이런 말이 보입니다.

> 이伊와 물物의 학술은 비록 그 주장을 자세히 알 수는 없지
> 만 그 요체는 몸을 닦고 백성을 구제하는 것이니, 이들 또한
> 성인聖人의 무리다. 그 학술대로 나라를 다스린다 하더라도
> 또한 좋지 않겠는가. 하물며 망령스럽게 성명性命을 논하고,
> 함부로 불교와 노자老子를 배척하며, 참다움을 빙자해 거짓
> 을 파는 것은 우리 학문에 이로움이 없다.

'이'伊는 일본 학자 이토오 진사이伊藤仁齋(1627~1705)를, '물'物은
오규우 소라이荻生徂徠(1667~1728)를 가리킵니다. 오규우 소라이의
본성本姓이 '모노노베'物部이기에 '물'物이라고 했습니다. 이들은 주
자학이 본래의 유학이 아니라고 비판하며 고대의 유학을 복구하고
자 했습니다. 이 때문에 당시 조선 학인들은 이들의 주장을 이단 사
설邪說로 간주했습니다. 정통 주자학이 아니었기 때문입니다.

원중거는 당시 정학正學(주자학)을 밝히고 사설을 그치게 해야
한다는 입장을 견지했습니다. 하지만 홍대용은 원중거의 이런 생
각에 반대했습니다. 그래서 이토오 진사이와 오규우 소라이의 학
문을 긍정하면서 그것을 이단으로 배척해서는 안 된다고 원중거에
게 충고한 것입니다. 홍대용의 공관병수의 입장이 일본 학문에까
지 적용되고 있음을 볼 수 있습니다.

그러므로 원중거가 본래 주자학도였음에도 불구하고 『화국
지』에서 일본의 물산物産과 기용器用에 열린 태도를 취하며 그 배울
점에 주의를 기울인 데에는 홍대용의 영향이 크다고 생각됩니다.
이렇게 본다면 원중거와 홍대용은 흥미롭게도 서로 영향을 주고받

고 있다고 하겠는데요, 홍대용은 원중거로부터 일본에 대한 학지學知, 일본에 대한 최신 정보를 얻고, 원중거는 홍대용으로부터 실학적 문제의식을 얻었던 것입니다.

『화국지』에 보이는 선박이나 수차水車 등에 대한 이용후생적 관심은『북학의』에도 영향을 미친 것으로 보입니다.


## 성대중

성대중成大中(1732~1812)은 호가 청성靑城인데, 서얼로서는 이례적으로 문과에 급제해 북청 부사, 흥해 군수 등을 지냈습니다. 서얼은 지방관을 하더라도 부사府使가 되기는 어렵습니다만, 성대중은 북청 부사까지 지냈습니다. 성대중은 패관소품체의 글쓰기를 하지 않고 고문을 추구함으로써 정조의 문체반정에 호응했습니다. 이 때문에 북청 부사가 되는 은전恩典을 입을 수 있었죠.

성대중은 1763년 계미통신사행 때 원중거와 함께 서기의 직임을 띠고 일본에 갔다가 이듬해 귀국했습니다. 귀국 후『일본록』日本錄이라는 책을 엮었습니다.

성대중이 1776년에 쓴 글 중에「동지서장관冬至書狀官 신 응교申應敎에게 준 송서」(送冬至書狀官申應敎序)와「부사副使로서 연경에 가는 서 시랑徐侍郎에게 준 송서」(送徐侍郎以副价之燕序)가 있습니다. 이 두 글은 박지원이 쓴「『회우록』서」에 보이는 홍대용의 논리를 따르고 있습니다. 그런데 주목되는 것은 성대중의 이 두 글이 중화 문명 배우기를 설파하고 있을 뿐만이 아니고 상대방에게 배울 점이 있다면 오랑캐에게라도 나아가서 배워야 한다는 쪽으로 논리가 확장되어 있다는 사실입니다. 이런 말은「『회우록』서」에는 나오지 않거든요. 「『회우록』서」에서는, '비록 청나라가 오랑캐의 나라이기는 하지만 중원의 문명만큼은 예전 중화의 문명 그대로다'라고 했을 뿐입니다. '오랑캐에게 취할 점이 있다면 오랑캐에게라도 배워야 한다', 이렇게 말하지는 않았습니다. 하지만 성대중은 「『회우록』서」의 논리를 토대로 거기서 반 보쯤 더 나아가 '청이 오랑캐지만 거기서 배울 점이 있다면 배워도 좋다'라는 쪽으로 논리를 전개하고 있습니다.

중화 문명을 배우자거나 청을 배우자는 성대중의 주장은 1778년에 쓰인 『북학의』의 주장이나 1781년에 쓰인 박지원의 「『북학의』서」의 주장보다 시기적으로 앞섭니다. 비록 '북학'이라는 말은 하고 있지 않지만 그 논리 구조는 동일합니다. 성대중은 홍대용을 몹시 존경하기는 했지만 평생 만난 적은 없는데, 박지원이나 박제가와는 교유했습니다. 이 점을 고려한다면 성대중의 이 주장은 홍대용의 직접적인 영향이라기보다는 홍대용의 영향을 받은 박지원이나 박제가의 영향을 받은 게 아닌가 합니다. 그러므로 비록 성대중의 언술이 박제가의 북학 담론보다 2년 앞선 것이라는 사실은 인정되지만, 그럼에도 박지원과 박제가가 1770년대 초부터 북학 담론을 형성해 갔다는 점을 고려한다면 그다지 큰 의미를 부여하기는 어렵지 않은가 해요. 공유된 사고방식, 공유된 담론이 앞서거니 뒤서거니 하면서 표출된 것이라고 봐야 하지 않을까 합니다.

다만 성대중은 박제가나 박지원과 달리 북학적 담론을 조선중화주의의 세계관과 결합시키고 있는 점이 특이합니다. 박제가나 박지원은 조선중화주의를 부정했거든요. 그런데 성대중과 비슷한 논리가 소론 학자인 홍양호洪良浩(1724~1802)에게서도 발견된다는 점이 흥미롭습니다. 홍양호는 소론계 학인으로 담연그룹에 속한 인물은 아닙니다.

홍양호는 젊은 시절부터 이용후생학에 관심이 많았는데, 서른 살 때인 영조 29년(1753) 호남의 향시鄕試를 주관하는 관리가 되었을 때 거제車制(수레 제도)를 과거 시험 문제로 출제했습니다. 즉 '조선의 실정에 맞게 수레 제도를 활용하는 방안이 무엇인지 답하라', 이렇게 문제를 냈죠. 박제가는 『북학의』에서 수레의 중요성을 굉장히 강조하고 있습니다. 홍양호는 이미 그 25년 전에 수레의 중요성을 인식하고 있었던 것입니다. 여기서, 비록 관료 학자이기는 하지만 홍양호의 선구적 면모가 확인됩니다. 하지만 홍양호 역시 성대중과 마찬가지로 북학적 담론을 조선중화주의와 결합시키고 있습니다. 이로 볼 때 보수적 입장을 견지하면서 북학론을 제기할 경우 조선중화주의와의 결합이 나타나는 게 아닌가 생각됩니다.

다시 성대중으로 돌아갑시다. 성대중은 만년에 『청성잡기』靑城雜記라는 책을 썼습니다. 이 책은 1790년대에서 1800년대 초 사이에 완성되었을 것으로 추정됩니다. 흥미로운 것은 이 책 중의 「성언」醒言에서 '중외균'中外均, 즉 '중국과 그 바깥의 나라는 평등하다'라는 말이 보인다는 점입니다. 또한, 하늘에서 보면 '화이무별'華夷無別, 즉 '중화와 오랑캐는 차별이 없다'라는 말도 보입니다. 홍대용은 '화이일'華夷一이라고 했죠. '화이일'과 '화이무별'은 똑같은 말입니다. 성대중의 이 말은 홍대용이 『의산문답』에서 제시한 논리 구조와 완전히 똑같다 할 것입니다. 이덕무는 성대중의 이 말에 평어를 달아 공감을 표시하고 있습니다. 앞에서 말했듯 성대중은 홍대용을 학자로서 대단히 존경했습니다. 이전 강의(제23강)에서 언급한 바 있습니다만 이덕무와 성대중은 홍대용 사후 『의산문답』을 접했던 게 아닌가 합니다.

정조는 순정한 고문을 쓰지 않는다고 박지원, 박제가, 이덕무를 견책한 바 있습니다. 하지만 성대중은 순정한 고문을 쓴다고 정조에게서 칭찬을 들었습니다. 이 점만 갖고 본다면 성대중은 보수적인 문인으로 여겨집니다. 하지만 성대중이 보여 주는 사유는 꼭 보수 일색만은 아닙니다. 그의 만년작 『청성잡기』는 지적으로 상당히 자유롭고 개방적인 면모를 보여 줍니다.

### 북학파/이용후생파

현재 '북학파'라는 용어가 널리 사용되고 있습니다. 대개 홍대용, 박지원, 박제가, 이덕무, 유득공 등의 실학자를 가리킬 때 이 말을 쓰는 듯합니다. 하지만 이 다섯 사람 중 실제 '북학'이라는 말을 쓴 사람은 박지원, 박제가 둘에 지나지 않습니다. 그럼에도 이들을 묶어 '북학파'라고 합니다. 북학파는 대개 '청나라의 선진 기술 문명을 배워 낙후된 조선을 부강하게 하고자 한 일련의 실학자들'로 정의됩니다. 방금 언급한 다섯 사람 중 이 정의에 부합하는 사람은 박지원과 박제가 둘뿐입니다. 나머지는 이 정의에 부합하지 않습니다. 그런 주장이나 담론을 펼친 적이 없으니까요. 북학파라는 용어의 난점이 여기서 제기됩니다.

설사 북학파라는 용어를 인정한다 하더라도 담연그룹의 인물이 모두 북학파는 아닙니다. 담연그룹 자체도 하나의 학파적 성격을 갖는 것은 아닙니다. 대체로 실학적 지향을 갖는 학인들이지만 그럼에도 그 학문적 성향을 하나의 학파로 묶기는 곤란합니다.

원중거는 박지원이나 박제가처럼 기술이나 기기에 대한 관심을 갖고 있었습니다. 그렇다면 원중거를 북학파라고 칭할 수 있을까요? '북학'이라고 하면 중국을 배워야 한다는 것이 전제되는데, 원중거는 중국 기술 문명을 배워야 한다는 말을 한 적이 없으니 북학파라고는 할 수 없습니다. 그렇지만 그는 일본이 비록 오랑캐이고 원수지만 일본을 배울 필요가 있다는 입장을 취했습니다. 만일 원중거가 말한 일본에 청을 대입시키면 북학파와 동일한 사유 구조가 됩니다. '오랑캐라도 배울 점이 있으면 배워야 한다', 이렇게 되니까요. 그렇다 하더라도 북학은 아닙니다. 일본은 우리나라의 북쪽에 있지 않으니까요. 그렇다고 원중거의 주장을 '남학'南學이라고 하겠습니까?

'북학'이라는 말은 원래 『맹자』에서 유래합니다. 문제는 이 말에 중화주의가 담겨 있다는 점입니다. 그래서 우리가 '북학'이라는 말을 쓸 경우 중국은 문명국, 우등한 국가이고 조선은 미개국, 열등한 국가라는 점이 전제됩니다. '북학'이라는 말을 쓰려면 반드시 이 전제의 승인이 필요합니다. 그런데 홍대용은 『의산문답』에서 문화에 우열 같은 것은 없다고 했습니다. 국가와 문명의 평등을 주장한 거죠. 그러므로 적어도 『의산문답』 단계에서 홍대용의 사유는 '북학'이라고 말하기가 좀 곤란해집니다. 즉, 중국의 장점을 배울지라도 그것은 미개국이 문명국을 배우는 것, 즉 '북학'이라기보다는 자존적 입장에서 타자를 배우는 것이 되니까요.

원중거나 홍대용만이 아니라 홍양호나 성대중 역시 북학파라고 부르는 데는 난점이 있습니다. 이 두 사람은 조선중화주의를 견지하면서 그것을 더욱 공고히 하고 보완하는 계기로서 청나라를 배울 것을 주장하고 있기 때문입니다. 즉 홍양호나 성대중에게는 우리가 열등하다는 감정이나 태도 같은 것이 없습니다.

이런 점을 고려한다면 '북학파'라는 용어 대신 '이용후생파'利

用厚生派라는 용어를 쓰는 것이 좋지 않나 합니다. '이용후생파'는 과학과 기술을 중시해 이를 통해 상공업을 진작시켜 국부의 증진과 민생의 향상을 도모하고자 한 일군의 학인들을 가리키는 것으로 정의할 수 있습니다. 그러므로 당색은 다르지만 박지원과 홍양호는 모두 이용후생파에 포함될 수 있습니다. 뿐만 아니라 홍대용, 정철조, 원중거, 성대중, 유금, 이희경이 모두 포함될 수 있을 것입니다. 이렇게 본다면 담연그룹의 인물들은 비록 그 모두가 이용후생학에 관심을 가진 것은 아니라 할지라도 대다수가 이용후생학에 관심을 가졌다는 특징을 보인다고 할 만합니다.

## 담연그룹이 남긴 것: 자연과학과 인문학의 회통

담연그룹은 지식열이 아주 높았습니다. 이 그룹에 속한 인물들은 자신이 속한 사회 공동체에 폭넓은 관심을 갖고 있었습니다. 이들이 추구한 지식은 현실에 대한 관심에서 비롯되며, 이 점에서 실제적 사고와 연결됩니다. 헛된 관념이나 공허한 사변을 추구한 것이 아니라는 거죠.

담연그룹에는 홍대용, 정철조, 유금처럼 수학·천문학·기하학과 같은 자연과학에 조예가 깊은 사람들이 있었습니다. 자연과학에 대한 이들의 관심은 인문학에 스며들어 인문학의 경계를 확장하고 인문학을 갱신하는 데 큰 도움이 되었다고 여겨집니다. 가령 홍대용의 천문학 연구는 인간과 사물을 보는 눈, 이 세계를 보는 눈의 대전환을 야기했습니다. 또한 박지원이나 박제가에게서 발견되는 높은 합리주의적 태도 역시 이 그룹이 공유한 자연과학에 대한 관심과 무관하다고 하기 어렵지 않은가 합니다. 이는 오늘날 한국의 인문학자들, 특히 젊은 학인들이 배워야 할 점이 아닌가 합니다.

담연그룹에서 확인되는 자연과학과 인문학의 회통은 다음 세기인 19세기에 혜강惠岡 최한기崔漢綺에게로 계승된다고 여겨집니다. 또한 담연그룹의 이용후생학은 서유구와 정약용에게로 계승됩니다. 특히 정약용은 강진 유배지에서 쓴 『경세유표』經世遺表에서, '이용감'利用監이라는 관서를 신설해 국가적 차원에서 이용후생을 실천할 것을 주장하고 있습니다. 이는 박제가가 『북학의』「재부론」財富論에서, 중국에서 기술을 배워 와 나라에 관청을 세워서 그것을 가르쳐야 한다고 한 말을 발전시킨 것으로 보입니다.

담연그룹의 일각에서는 고증학에 대한 관심도 보입니다. 19세기 조선 학계에서는 고증학에 대한 관심이 팽배합니다. 담연그룹의 이덕무, 유득공에게서 발견되는 고증학적 관심은 19세기로 넘어와 김정희, 이규경(이덕무의 손자)으로 이어집니다.

그럼, 이것으로 오늘 강의를 마칩니다.

## 질문과 답변

*       담연그룹은 홍대용, 박지원, 정철조, 이서구를 제외하고는 다 서
        얼입니다. 그리고 이들 서얼 가운데 이덕무, 유득공, 박제가는 박
        지원의 문생으로 알려져 있습니다. 이덕무, 유득공, 박제가 외에
        다른 서얼들도 박지원의 문생으로 볼 수 있을지요?

『열하일기』'관내정사'의「석호기」射虎記라는 글에 보면, 중국인이 박
지원에게 '이덕무와 박제가는 잘 있느냐'고 물으며 그들이 맑고 활
달하며 기예가 뛰어난 선비라고 칭찬하는 대목이 있습니다. 이에 박
지원은 "그들은 모두 나의 '문생'이니 글줄이나 아로새기는 작은 재
주를 말할 게 뭐 있겠냐"고 대답합니다. 이덕무는 『열하일기』의 이
대목을 읽고서 박지원에게 이렇게 말합니다: "『열하일기』는 거짓된
책입니다. '형암과 초정이 나의 문생'이라고 하셨는데, 이는 공자의
제자들이 서로를 보고 제자라 하는 것과 뭐가 다르겠습니까." 이덕
무의 이 말에 박지원은 손을 저으면서 "말을 자주 말게. 외인外人들
이 알까 걱정되네"라며 얼버무립니다.

　　박지원은 중국인들에게 자신의 존재감을 드러내기 위해 이덕
무와 박제가를 자신의 문생이라고 말한 듯합니다. 박지원은 내심 혹
이들을 자신의 문생으로 생각했을지도 모릅니다. 두 사람은 지체가
낮고 박지원을 늘 추종했으니까요. 박지원이 속으로 그리 생각했다
할지라도 그건 주관적 견해일 뿐이라고 해야겠죠. 이덕무가 이의를
제기하고 있음으로 보아 객관적으로는 박지원과 이들의 관계가 사

제 관계가 아니었다고 봐야 하지 않을까 합니다.

　박제가의 문집을 보면 박제가는 박지원을 종종 '연암선생'으로 호칭하고 있습니다. 하지만 이렇게 호칭한다고 해서 그것이 사제 관계를 입증하는 것은 아닙니다. 박지원은 박제가보다 열세 살이나 많고 지체도 높은 사람이니 친구처럼 자字로 부르기는 곤란했을 테고, 그래서 존장尊丈으로 높여 '연암선생'이라 칭했을 것입니다. 하지만 박제가가 박지원에 대해 언급한 글들을 보면 공경의 태도가 있음에도 불구하고 제자가 스승을 대하는 어조로 보이지는 않습니다.

　이렇게 본다면 이덕무나 박제가는 박지원의 문생이라기보다 추종자라 해야 할 듯합니다. 옛날 말로는 '종유자'從遊者죠. 나머지 서얼들도 그리 보는 것이 온당하지 않을까 합니다. 이들을 문생이 아니라 종유자로 본다고 해서 박지원의 문학적 명성이 손상된다고 여겨지지는 않습니다.


\* 박지원은 담연그룹 내에서 지도적 위치에 있었던 만큼 그를 추종한 서얼 문인들은 그의 영향을 받았으리라 생각합니다. 그렇다면, 거꾸로 박지원이 이들 서얼 문인들에게 받은 영향도 있을지요?


박지원은 이덕무의 글에서 상당히 많은 영감을 얻은 것으로 보입니다. 즉 이덕무 글의 어떤 아이디어나 상상력을 자기 글에 활용한 경우가 적지 않습니다. 가령 박지원의 글 「『공작관문고』 자서」孔雀館文稿自序에 보이는 이명耳鳴에 대한 서술은 이덕무의 『이목구심서』에 나오는 말을 윤색한 것입니다. 「예덕선생전」이나 「봉산학자전」도 이덕무의 글에서 소재를 가져왔습니다. 「우상전」의 내용 중에도 이덕무의 글에서 갖고 온 말이 보입니다. 이외에도 많은 사례가 있지만 생략하기로 합니다.

박제가가 주장한 해로海路 통상은 동아시아 해양사학계海洋史學界에서 자주 거론되고 있습니다. 그런데 박제가가 애초 중국 강남과의 통상을 주장한 것은 원중거를 통해 일본과 강남이 통상하고 있다는 사실을 접한 것과 관련이 있지 않을까 합니다. 박제가가 중국과의 통상에 그치지 말고 장차 해외 여러 나라들과의 통상까지도 해야 한다고 생각한 것 역시 일본이 네덜란드와 통상한 것과 관련이 있지 않을까요?
박제가의 해로 통상 주장이 19세기 후반 개국통상론과 연결된다고 하셨는데, 그렇다면 박지원은 해로 통상에 대해 어떤 주장을 했는지요?

질문이 두 가지군요. 우선 첫 번째 질문에 답하겠습니다. 원중거와 성대중은 1763년 일본에 가서 1764년 귀국했습니다. 둘 다 서기의 직임을 띠고 갔죠. 박제가는 원중거, 성대중 모두와 가까웠습니다. 두 사람은 공히 일본이 나가사키에서 중국 절강 및 화란(네덜란드)과 통상한다는 사실을 알고 있었다고 생각됩니다. 그러므로 박제가가 둘 중 누구에게서 일본의 해외 통상에 대한 정보를 얻어들었는지는 단정적으로 말하기 좀 어렵습니다. 게다가 1711년, 1719년, 1748년에 각각 통신사가 일본에 갔다 왔기에 일본의 해외 통상에 대해서는 좀 식견 있는 조선의 지식인이라면 대개 모르지 않았을 것으로 여겨집니다. 다만 박제가는 원중거나 성대중에게서 직접 일본 사정을 전해 들었을 테니 이것이 그의 해로 통상론의 구상에 큰 도움이 되지 않았을까 합니다.

박제가의 해외 통상론은 내재적으로는 16세기의 경세가인 토정土亭 이지함李之菡의 생각을 계승하고 있다고 할 수 있습니다. 박제가는 『북학의』 내편內編의 「배」(船)와 외편의 「강남 절강 상선과 통상하는 문제에 대한 논의」(通江南浙江商舶議) 두 글에서 이지함이 전라도 기민飢民을 구제하기 위해 외국 상선 몇 척과 통상하려고 했던 일을 언급하며 '미치기 어려운 탁견'이라고 칭송하고 있거든요.

두 번째 질문에 대한 답이 되겠습니다만, 박지원은 박제가처럼 구체적이고 직접적인 언술로 해로 통상을 말한 적은 없습니다. 다만 『열하일기』 '옥갑야화'에 실린 「허생전」에, 허생이 변산의 군도群盜를 이끌고 들어간 섬에서 생산한 곡식 중 잉여분을 일본 나가사키에 팔아 은 백만을 벌었다는 대목이 있는데, 해로 통상의 필요성을 말한 것으로 볼 수 있습니다. 하지만 이는 공상적·은유적 언술에 가까우며, 박제가의 주장처럼 현실적·구체적이지는 않습니다. 박제가는 처음에는 중국 절강과 해로로 교역하되, 차츰 국력이 강해지면 중국을 벗어나 해외 제국諸國으로 그 교역 범위를 넓혀야 한다고 사고하고 있습니다. 심지어 박제가는 1799년 정조에게 올린 진소본『북학의』에서, 절강과 통하기에 앞서 요양遼陽의 배와 먼저 통상을 하는 것도 좋은 방법이라고 말하고 있습니다. 요양은 압록강에서 가깝기 때문이라는 거죠. 선박을 통한 무역을 어떻게든 실현시켜 보고자 현실적인 여건을 고려하며 단계적으로 사고하는 박제가의 태도를 여기서 읽을 수 있습니다.

# 상인(商賈)

중국 사람은 가난하면 상인이 되니 진실로 현명하다 하겠다. 비록 상인이 되어도 그 풍류와 지체는 그대로이기에 유생儒生이 직접 서점에 드나들고, 재상도 혹 친히 융복사隆福寺(북경에 있는 절로 매달 여섯 차례 시장이 개설되었다)에 와 골동품을 구입한다. 내가 융복사에서 귀한 신분의 사람을 만난 적이 있다. 우리나라 사람들은 모두 비웃지만 전연 비웃을 일이 아니다. 이는 청나라 풍속이 아니며, 명나라·송나라 때부터 이미 그랬다.

우리나라 풍속은 헛된 예의를 숭상하는지라 꺼리는 게 많다. 사대부는 차라리 놀고먹을지언정 일을 하지 않는다. 들에서 농사를 지으면 아무도 알아주지 않는다. 베잠방이를 입고 패랭이를 쓴 채 물건 사라 외치며 시장을 돌아다니거나, 먹줄·칼·끌을 소지한 채 남의 집에 품을 팔아 살아가면, 부끄러워하고 비웃으며 혼사를 맺는 이가 드물다.

그러므로 집에 돈 한 푼 없는 사람도 모두 옷차림을 꾸며 높은 갓을 쓰고 소매가 넓은 옷을 입고서 나라 안을 돌아다니며 허튼소리나 해 대는데, 그 입는 것과 먹는 것이 어디에서 나오겠는가? 그러니 어쩔 수 없이 권세가에 의지하고 권귀權貴에 빌붙으니, 청탁하는 풍습이 만연하고 분수에 맞지 않는 이익을 추구하는 풍조가 생기게 되었다. 그래서 시정에서는 그들이 먹던 나머지를 더럽게 여겨 먹지 않는다. 그러므로 중국 사람이 상인이 되는 것보다 못함이 명백하다.

― 박제가, 『북학의』

# 생사를 건 인정투쟁
## ─ 이언진의 등장과 『호동거실』

### 괴물의 등장

이언진李彦瑱(1740~1766)은 밤하늘의 혜성처럼 잠시 이 세상에 찬연한 빛을 드러냈다가 순식간에 사라져 버린 시인입니다. 그 천재성에 동시대의 많은 문인들이 아연실색했지만 또한 그 불우함 때문에 말을 잊었습니다. 이언진이 27년간 생존했던 18세기 중엽의 조선에는 개성적인 문인들이 기라성같이 많았습니다. 지난 시간에 공부한 박지원, 이덕무, 박제가, 성대중 등이 그런 인물입니다. 이언진은 이들과 달리 양반이 아니라 중인 역관이었습니다. 그럼에도 이언진은 이들에게 기죽지 않고 자기대로의 독창적인 글쓰기를 했습니다. 이언진에게 있어 시작詩作은 미적美的 사유 행위였으며, 소여所與로서의 신분 차별에 대한 항의와 부정으로서의 의미를 갖는 것이었습니다. 이 점에서 그것은 음풍농월과는 거리가 먼, 자신의 생사를 건 행위였습니다. 자신의 정체성을 담보하기 위한 싸움이었으니까요. 이 과정에서 우리 문학사에 처음 보는 '괴물'이 등장합니다. 괴물은 그 시대가 규정할 수 없습니다. 미래에 속한 존재거든요.

이언진은 20대에 몇 년간 시를 썼을 뿐입니다. 이 점에서 이언진 문학은 청년의 문학이라고 할 수 있습니다. 하지만 이언진은 생애의 마지막 몇 년 동안 극심한 병고에 시달리면서 시를 썼습니다. 이 점에서 그의 시는 '말년의 문학'으로서의 면모를 보여 주기도 합니다. 이처럼 이언진은 청년의 문학과 말년의 문학을 함께 보여 준다는 점이 특이합니다.


### 이언진의 생애

이언진은 서울의 역관 집안에서 태어났습니다. 박지원보다 세 살 밑이고, 이덕무보다 한 살 위입니다. 자는 우상虞裳이고, 호는 송목관松穆館 혹은 호동衚衕입니다. '호동'은 '골목길'이라는 뜻입니다.

스무 살 때인 영조 35년(1759) 역과에 합격해서 사역원 한학 주부漢學主簿가 됩니다. '한학 주부'는 중국어 통역관에게 주어지는 벼슬이죠. 이언진은 일본에 가기 전 중국 연경에 두 번 다녀왔습니다.

스물네 살 때인 영조 39년(1763) 통신사를 따라 한학압물통사漢學押物通事의 직임을 띠고 일본에 갑니다. '압물'은 사신을 수행해서 일본에 선물할 물품을 맡아 관리하는 일을 이르고, '통사'는 '통역관'을 이릅니다. 이언진은 중국어 통역관이지만 이런 임무를 띠고 일본에 간 것입니다.

1763년이 계미년이기에 이해 일본에 파견된 통신사를 '계미통신사'라고 합니다. 계미통신사는 10월에 서울을 출발해 이듬해 6월 귀국했습니다. 통신사는 정사正使, 부사副使, 종사관從事官 셋으로 구성되고 그 밑에는 각각 서기書記를 두었습니다. 이를 '3서기'라

하죠. 성대중, 원중거, 김인겸金仁謙이 계미통신사의 3서기였습니다. 김인겸은 「일동장유가」日東壯遊歌라는 장편 기행가사의 작자인데, 일본에 다녀온 뒤 이 작품을 썼죠. 한편 통신사 밑에는 3서기와 별도로 제술관製述官이라는 관원을 두어 문장 짓는 일을 총괄하게 했습니다. 3서기도 문재文才가 있는 사람 중에 선발하지만 제술관은 특히나 문장이 출중한 사람을 가려 뽑았습니다. 신유한申維翰은 숙종 45년(1719) 제술관에 뽑혀 일본에 다녀온 뒤 일본 기행록의 백미로 꼽히는 『해유록』海遊錄을 저술했죠. 계미통신사절단의 제술관은 남옥南玉이었습니다. 제술관과 3서기를 합해 '4문사'四文士라고 불렀는데, 이들의 주요한 역할은 일본 문인들과 상대해 시를 능숙하게 지어 국위를 선양하는 일이었습니다. 4문사는 관례상 서얼이 맡았습니다. 양반 사대부들은 일본에 가는 일이 위험하다고 생각해 안 가려고 했기 때문이죠. 이언진은 애초 4문사와 아는 사이가 아니었습니다. 일개 역관으로서 물품 관리하는 일을 맡았을 뿐이니까요.

통신사절단이 탄 배는 1763년 10월 부산을 출발해서 11월 후쿠오카 앞바다의 이키 섬에 정박했습니다. 이언진은 이키섬에 머물 때인 11월 29일에 유명한 장편 고시 「해람편」海覽篇을 짓습니다. '해람편'은 '바다를 구경하다'라는 뜻이죠. 이언진은 다음 날(12월 1일)이 시를 4문사에게 보여 줍니다. 4문사는 이 시를 보고 다들 깜짝 놀랍니다. 그도 그럴 것이 이 시는 어려운 운韻 자를 쓰고 있으며 96구나 되는 장시거든요. 이 시는 다음과 같이 시작합니다.

지구의 일만 나라
바둑돌이 놓여 있고 별이 벌여 있는 듯.

월越나라에서는 상투를 틀고

인도에서는 머리를 깎지.

제齊나라와 노魯나라 옷은 소매가 넓고

북방의 호胡와 맥貊은 털옷을 입네.

혹은 문채와 위의威儀가 있고

혹은 오랑캐 말로 떠들어 대네.

요리 나뉘고 조리 모이어

온 땅에 죄다 인간들일세.

일본이란 나라는

집채만 한 파도 넘실대는 곳.

숲속에 부상扶桑 있고

집에서 해를 맞네.

여인들은 아름다운 수를 놓고

등자나무와 귤나무 잘 자라지.

坤輿內萬國, 碁置而星列.

于越之魋結, 竺乾之祝髮.

齊魯之縫腋, 胡貊之氈罽.

或文明魚雅, 或兜離侏休.

群分而類聚, 遍土皆是物.

日本之爲邦, 波壑所蕩潏.

其藪則搏木, 其次則賓日.

女紅則文繡, 土宜則橙橘.


끝부분은 이렇습니다.

말은 새가 짹짹대는 듯해

통역도 다 못 알아듣네.

기괴한 초목 하도 많아서

나함羅含도 자기 책을 불살라야 할 판.

흐르는 강물 줄기 백이나 되어

역생酈生조차 우물 안 개구리일세.

수족水族은 요상해서

사급思及은 도설圖說을 감춰야 할 판.

도검刀劍에 박은 관지款識 몹시 빼어나

도홍경陶弘景이 책 다시 써야 하겠네.

지구의 이모저모와

해도海島의 여차저차는

서양의 이마두利瑪竇가

베를 짠 듯, 칼로 자른 듯, 분변分辨하였지.

못난 사내 이 시를 지었으니

말은 속되어도 뜻은 몹시 참되네.

선린우호善隣友好의 큰 계책은

다독거려 평화를 안 잃는 거지.

言語之鳥嚶, 象譯亦未悉.

草木之瓌奇, 羅含焚其帙.

百泉之源滙, 酈生瓮底蟻.

水族之弗若, 思及閟圖說.

刀釖之款識, 貞白續再筆.

地毬之同異, 海島之甲乙.

西泰利瑪竇, 線織而刀割.

鄙夫陳此詩, 辭俚意甚實.

善鄰有大謨, 羈縻和勿失.

　　'나함'은 중국 동진東晉의 문학가로 『상중산수기』湘中山水記라는 지리서를 저술했고, '역생'은 중국 북위北魏 시대의 지리학자 역도원酈道元을 가리킵니다. 중국의 하천을 두루 관찰해 『수경주』水經注라는 책을 저술했죠. '사급'은 이탈리아 출신의 예수회 선교사 줄리오 알레니Julio Aleni(1582~1649)를 가리킵니다. 『직방외기』職方外紀라는 책을 써서 세계 지리에 대한 정보를 지도와 함께 자세히 소개한 바 있죠. '도홍경'은 중국 남조南朝 양梁나라의 문학가인데, 『고금도검록』古今刀劍錄이라는 책을 저술한 바 있습니다. '이마두'는 포르투갈 출신의 예수회 선교사인 마테오 리치의 중국 이름입니다. 세계지도인 『곤여만국전도』坤輿萬國全圖를 제작해 출판했습니다.

　　인용된 부분을 통해 알 수 있듯 이언진은 대단히 박식했습니다. 중국의 고전은 물론 서학서西學書까지 섭렵했음을 보여 줍니다. 남옥은 『남관록』南觀錄의 1763년 12월 1일 일기 중에 이렇게 적고 있습니다.

　　　　이언진이 「해람편」 및 고체시古體詩 몇 편을 보여 주었다. 학식이 해박하고 문체가 찬란하니 진실로 당세의 기이한 재주이다. 역관이면서도 능히 이와 같고 사람됨 또한 밝고 빛나니 가히 진흙 속의 연꽃이라 할 만하다.

　　원중거 또한 『승사록』의 1763년 12월 1일 일기에서 이 시에 대해 언급한 뒤 "이와 같은 재주를 가지고도 머리를 수그려 역관에 종사하다니 애석하다"라고 말하고 있습니다.

4문사는 이때부터 이언진을 일개 역관으로 대하지 않았습니다. 4문사는 당시 일본인들의 쇄도하는 시 요청에 일일이 부응하기가 어려웠습니다. 가는 곳마다 시를 지어 달라거나 글씨를 써 달라고 하는 일본인들이 부지기수였거든요. 그래서 4문사는 다른 일로 바쁘거나 자기들만으로 감당이 안 될 때는 이언진에게 일본인을 상대해 글을 짓도록 했습니다. 그래서 이언진은 일본인들의 요구에 응해 하루에 몇 백 수의 시를 지어 주기도 했습니다. 이 일로 이언진은 일본에서 이름을 날립니다. 조선에서는 이름도 없던 존재가 일본에서 갑자기 유명해진 거죠. 이언진은 일본의 유수한 문인 지식인들과 시를 주고받거나 필담을 나누었습니다. 이 일로 귀국 후 한양에서 이름이 회자됩니다.

이언진은 귀국 후 「해람편」을 퇴고해 스승인 이용휴에게 보여 주고 비평을 받습니다. 이용휴에 대해서는 뒤에 다시 언급하겠습니다.

이언진은 『호동거실』을 일본에 가기 전부터 쓰기 시작한 것으로 보이는데, 귀국 후 병중에도 계속 써 죽기 얼마 전에 끝냅니다. 스물여섯 살 때인 1765년 무렵에는 박지원에게 몇 차례 사람을 보내 「해람편」 등 일본에서 지은 시와 『호동거실』의 일부 시를 보여 줍니다. 박지원은 이 시들을 혹평합니다. 이 사실을 전해 듣고 이언진은 한편으로는 분노하고 한편으로는 몹시 낙담합니다.

이언진은 죽기 1, 2년 전부터 팔에 마비가 오는 등 극심한 고통을 겪습니다. 글을 쓰기 어려웠지만 그럼에도 시를 지어 읊곤 했습니다. 이 무렵 이언진은 자신이 평생 쓴 글들을 모두 불태워 버립니다. 신분 차별이 심한 조선에 글을 남겨 봤자 누가 알아주겠나라는 절망감 때문이었습니다. 이언진이 마당에서 한참 원고를 태우고 있을 때 아내 유씨가 방에서 쫓아 나와 타다 남은 원고를 수습합니다. 그 덕에 『호동거실』을 비롯한 약간의 글이 후세에 남을 수 있었습니다.

이언진의 집은 필동의 남산 자락에 있었습니다. 골목길이 구불구불한 곳입니다. 이언진의 자호 '호동'은 자신이 살던 이 남루한 공간을 의미합니다. 이언진은 죽기 얼마 전 서울에서 그리 멀지 않은 바다 근처로 이주했습니다. 그리고 1766년 3월 잠시 서울에 왔다가 삼청동 어떤 사람의 집에서 눈을 감습니다.


### 이언진 사후의 일들

이덕무는 성대중을 통해 이언진의 비상한 문학적 재능을 알게 됩니다. 이언진이 일본에서 귀국한 후의 일입니다. 이덕무는 이언진이라는 이름 석 자를 성대중을 통해 처음 접한 것입니다. 이덕무는 이언진 생전에 그를 한 번도 만난 적이 없지만 서울에 떠도는 이언진에 대한 소문이라든가 성대중에게서 얻어들은 말을 하나도 빠뜨리지 않고 『이목구심서』에 기록해 놓았습니다. 이덕무는 이 책에서 이리 말합니다.

나는 우상의 얼굴을 모른다. 그렇지만 나는 그에 대해 익히 말하고 자주 논하며, 또한 나의 잡기雜記 중에 그의 시문을 옮겨 적어 둔다. 혹자가 이를 두고 내가 일 벌이기 좋아한다고 말하더라도 나는 마땅히 조금도 그만두지 않으련다.

이언진의 뛰어난 문학적 재능을 몹시 아꼈음을 알 수 있습니다. 또한 이덕무의 인간 됨됨이를 알 수 있습니다. 이덕무는 이언진이 죽자 생전 그와 교유가 없었음에도 불구하고 물어물어 그 집에 찾아가 이언진의 동생을 만나 봅니다. 그리고 이언진 생전의 일에 대해 묻습니다.

성대중은 이언진이 신분이 낮은 역관으로 자신보다 여덟 살이나 어렸음에도 불구하고 이언진을 몹시 존중했습니다. 이언진의 뛰어난 재능을 알아봤기 때문입니다.

이처럼 이덕무나 성대중은 이언진이 비록 미천한 중인 신분이지만 자기들보다 훨씬 뛰어난 인간이라는 걸 알아봤습니다. 그리하여 이언진의 부음을 접하자 성대중은 꽃나무 아래를 한참 배회하며 어쩔 줄 몰랐다고 합니다. 이덕무에게 보낸 편지 중에 이 말이 나옵니다. 이덕무는 성대중의 이 편지를 받고 이언진의 죽음을 알게 됐죠.

이용휴는 제자 이언진의 재능을 인정하고 그를 몹시 아꼈습니다. 이언진이 죽자 만시輓詩를 열 수나 지어 그의 죽음을 슬퍼했습니다. 그중 두 수를 보이면 다음과 같습니다.

다섯 색깔 진기한 새가
어쩌다 지붕에 앉았네.
뭇사람 다투어 구경하니까
놀라서 날아가 종적이 없네.
五色非常鳥, 偶集屋之脊.
衆人爭來看, 驚飛忽無跡.

그 사람은 간담이 박처럼 크고

그 사람은 안목이 달처럼 밝았지.

그 사람 팔에는 귀신이 있고

그 사람 붓에는 혀 달렸었지.

其人膽如瓠, 其人眼如月.

其人腕有靈, 其人筆有舌.


박지원은 이언진 사후에 「우상전」을 지어 그의 요절을 애석해했습니다. 안동 김씨 벌열 집안 출신인 김조순金祖淳은 「이언진전」李彦瑱傳을 지었습니다.

이언진이 죽은 지 백 년이 다 돼 가는 철종 11년(1860)에 이상적李尚迪, 김석준金奭準과 같은 후배 역관 시인들은 이언진을 기려 중국에서 그의 유고집『송목관집』松穆館集을 간행했습니다. 이 유고집에는 이상적이 쓴 「이우상선생전」李虞裳先生傳이 실려 있습니다. 이상적은 오경석의 스승이며, 추사 김정희가 〈세한도〉를 그려 준 바로 그 인물이죠. 이상적은 이언진을 몹시 존경해 '선생'으로 칭하고 있습니다.

한편 이언진의 집안에서도 같은 해 조선에서 유고집『송목관신여고』松穆館燼餘稿를 간행했습니다. '신여고'는 '타다 남은 원고'라는 뜻입니다.


### '호동'이라는 말

이언진이 쓴 시집의 제목 '호동거실'衚衕居室은 '호동의 거실'이라는 뜻입니다. '호동'은 하층의 가난한 사람들이 사는 곳의 골목길을 뜻하고, '거실'은 거주하는 방, 즉 사는 집을 뜻합니다. '호동'은 '여항' 閭巷이라는 말과 의미가 같습니다. 이언진은 흔히 쓰인 '여항'이라는 말을 쓰지 않고 '호동'이라는 새롭고 잘 쓰지 않는 말을 사용하고 있습니다.

흥미로운 것은 '호동'이 이언진의 호이기도 하다는 사실입니다. 골목길이라는 공간을 뜻하는 '호동'이라는 말을 자신의 호로 삼은 거죠. 별로 호로 삼을 만한 말도 아닌 말을 호로 삼은 것부터가 이상합니다.

'골목길'이라는 뜻을 갖는 말을 자신의 호로 삼은 것은 아주 특이하고 문제적으로 보입니다. 아마 상당히 깊은 생각 끝에 내린 결정일 텐데요, 여기에는 자신의 신분, 자신의 정체성에 대한 뚜렷한 자의식이 깃들어 있습니다. 즉 자신이 사는 공간을 자신과 동일시한 것입니다. 그러므로 호동은 공간을 표상하는 말이면서 동시에 신분을 표상하는 말이 되죠. 오늘날도 그렇지만 도시 공간에는 계급성이 내포됩니다. 호동이라는 호에도 일종의 '계급성'이 함유되어 있다고 할 것입니다. 계급성을 띠는 이 공간의 명칭을 굳이 자기 호로 삼은 것은 그 공간과 자신을 일체화한다는 자의식의 표현으로 여겨집니다. 이 동일시는 양반 사대부에 대한 대립 의식의 자각적 표출이기도 합니다.

### 『호동거실』의 형식

『호동거실』은 그 형식이 아주 특이한데요, 크게 두 가지를 지적할 수 있습니다.

첫째, 6언절구라는 점입니다. 한시는 대개 5언과 7언을 중심으로 발전해 왔습니다. 5언절구, 5언율시, 7언절구, 7언율시, 이런 시 형식을 중심으로 발전해 왔죠. 이를 보통 근체시近體詩라고 부릅니다. 6언절구는 중국과 한국에서 오래전부터 창작되어 오긴 했습니다다만 대개 희작戲作(장난삼아 지은 작품)이 많고 그리 비중 있는 형식이 아니었습니다. 그래서 6언절구는 명시名詩라 할 만한 것이 전하지 않습니다.

그렇다면 이언진은 왜 6언시를 택했을까요? 희작을 짓는다는 가벼운 마음으로 6언시를 택했을까요? 그렇지는 않습니다. 지금 전하는 『호동거실』의 작품은 총 170수인데요, 이렇게 많은 작품을 희작으로 지을 리는 없기 때문입니다. 희작으로 짓는다면 서너 수, 네댓 수, 많아야 열 수쯤 지을 텐데, 몇 년간 공을 들여 170수나 희작을 지었다는 것은 말이 안 되는 이야기입니다. 이언진이 이 주변부 장르를 택한 것은 5언, 7언 중심으로 전개되어 온 사대부들의 한시 창작 관습에 도전하면서 자기만의 새로운 감수성과 사유를 담기 위해서였다고 보입니다. 일종의 전략적 판단이었던 거죠. 6언시는 5언시나 7언시와 달리 형식적 구속이 적어서 자유롭게 자신의 사상과 감정을 펼쳐 보일 수 있다는 이점이 있습니다. 한국문학사에서 몇 편 정도의 6언시를 쓴 시인들은 여럿 발견됩니다. 그렇지만 170수나 되는 연작을 창작한 시인은 이언진 말고는 찾아볼 수 없습니다.

둘째, 백화白話(중국의 구어)가 많이 구사되어 있다는 점입니다. 원래 한시에는 백화를 쓰면 안 됩니다. 한시는 문어文語니까요. 한시에 백화를 쓰면 시격詩格이 비천해진다고 여겨 백화를 쓰지 않는 것이 불문율입니다. 그런데 이를 비웃기라도 하듯 이언진은 『호동거실』의 여기저기에 백화를 마구 사용하고 있습니다.

특히 『수호전』水滸傳에 나오는 백화 어휘를 빈번히 사용했습니다. 물론 꼭 『수호전』에 나오는 백화만 쓴 것은 아니지만, 『수호전』에 나오는 단어를 특히 많이 쓰고 있음이 주목됩니다. 이를 통해 이언진이 『수호전』을 특별히 애호했음을 알 수 있습니다. 이언진은 『수호전』만이 아니라 『서상기』西廂記도 애호했습니다. 『수호전』은 소설이고 『서상기』는 희곡입니다. 이 작품들은 중국 문학사에서 사대부 문학이 아니라 '속문학'俗文學으로 간주됩니다. 소설이나 희곡과 같은 중국의 속문학은 민간 문학, 하층 문학으로서의 성격을 갖습니다. 이언진이 중국 속문학의 언어를 자신의 시어로 구사한 것은 사대부 문학이 아니라 호동의 문학, 시정의 문학을 자각적으로 추구했음을 보여 주는 것이라고 할 것입니다. 그냥 하다 보니까 그렇게 된 게 아니라 의도적으로 이런 글쓰기를 했다고 생각됩니다. 사대부 문학을 대척점으로 두면서 그것과는 다른 문학, 다른 미학을 추구하고 구축하겠다는 태도와 의욕의 결과로 여겨집니다.


## 『호동거실』의 세계

『호동거실』은 내용적으로 몇 가지 특징을 보여 줍니다.

첫째, 호동에 거주하는 사람들에 대한 깊은 애정을 담고 있습니다. 호동은 주로 사회적 약자들이 모여 사는 공간입니다. 시인은 이곳에서 영위되는 서민들의 삶을 냉철히 직시하면서도 아주 따뜻하게 그리고 있습니다. 이 점에서 『호동거실』은 호동에 사는 서민들의 '열전'列傳으로서의 면모를 지닙니다. 다음 시는 호동에서 마주치곤 하는 사람을 읊은 시입니다.

이상하고 못생긴 저 세 사람

하나는 털보, 하나는 곰보, 하나는 혹부리.

지나간 후 늘 눈에 삼삼하여라

평소에는 조금도 아는 체 않건만.

三人面貌奇醜, 一鬚一麻一癭.

過來後每在眼, 平常的百不省.


시인은 이 세 사람과 마주치고 나면 늘 뇌리에 이들의 모습이 남는다고 노래하고 있습니다. 깊은 여운을 남기는 시입니다.

둘째, 지배층 양반 사대부에 대한 날선 비판과 야유를 보여 줍니다. 이언진은 비주류 주변부의 인간으로서 사대부에게 아주 깊은 적대감을 품고 있었습니다. 이언진은, 사대부는 무능해도 부귀를 누리는 반면 하층 신분의 인간은 유능해도 사회적으로 그 재능을 발휘할 기회가 차단되어 있는 조선의 부조리한 현실에 깊은 불만과 분노를 느꼈습니다.

셋째, 시인 자신의 초상을 다양하게 그려 보이고 있습니다. 그것은 종종 슬프고 어두우며, 고통스럽고 일그러져 있습니다. 시인은 자기 서사自己敍事를 통해 스스로를 응시하거나 위로하고 있습니다. 다음 시에서 시인은 병든 자신의 몸을 바라보고 있습니다.


병든 근육 병든 뼈 문지르지만

마비된 팔은 오줌박도 못 드네.

시를 들으면 고개 여전히 끄덕이지만

밥을 대하면 똥 눌 일이 걱정.

摩挲病筋病骨, 臂麻難擧虎子.

聞詩未忘搖頭, 對食常患遺矢.

넷째, 조선의 지배 이데올로기 및 신분제에 대한 전면적 부정이 보입니다. 이언진은 사회적 차별과 억압이 주자학에서 기인한다고 보았습니다. 그래서 주자학을 부정하고 그 대신 이단인 양명학을 긍정했습니다. 양명학 중에서도 민중적 지향을 강하게 갖는 양명학 좌파에 속하는 이탁오李卓吾의 사상을 적극적으로 수용했습니다. 그리하여 다음 시에서 보듯 길거리의 사람들을 모두 성현聖賢이라고 했습니다.

길에 가득한 사람들 그 모두 성현
배고파 고통에 시달리고 있어도.
양지良知와 양능良能을 지니고 있음을
맹자가 말했고 나 또한 말하네.
滿衢路皆聖賢, 但驅使饑寒苦.
有良知與良能, 孟氏取吾亦取.

'양지'와 '양능'은 『맹자』에 나오는 말로서 인간이 본래 타고난 도덕적 감정을 말합니다. 인간은 누구든 양지와 양능을 지니고 있습니다. 양명학의 창시자 왕수인王守仁은 인간은 누구나 양지를 갖고 있기에 성현이 될 수 있다고 했습니다. 그래서 시인은 길거리의 비천한 사람들을 모두 성현이라고 했습니다. 지난 시간(제25강)에 공부한 유금의 시에 '길 가득한 행인들 형제 같으네'라는 구절이 있지 않았습니까? 유금은 이언진보다 한 살 아래죠. 흥미롭게도 유금의 시는 이언진의 이 시와 기맥이 통합니다. 이언진은 차별을 온존

시키고 재생산하는 주자학을 평등 지향성이 강한 양명학으로 대체함으로써 신분제가 철폐된 평등한 세계를 꿈꾼 것이라 할 것입니다.

다섯째, 유불도儒佛道 삼교三敎를 공히 인정함으로써 다원적 사고를 모색했습니다. 유교 중에서도 주자학만을 진리로 절대화하는 것에 반대하고 유불도 삼교를 모두 진리로 인정함으로써 차별적 사회가 아니라 평등하고 다원적인 사회를 모색했죠.『호동거실』에서는 유교인 양명학과 나란히 불교와 도교가 긍정되고 있습니다. 이언진은 유교만이 절대적 진리라는 생각을 배격했으며 진리의 복수성複數性(진리가 하나만이 아니라는 생각)을 승인했습니다. 그리하여 유불도의 공존과 회통을 통해 진리가 추구될 수 있다고 보았습니다. 이처럼 그는 특정 사상이 배타적인 진리라는 주장을 부정함으로써 자유로운 사고를 전개하면서 진리를 새롭게 구성해 나갈 수 있었습니다. 오늘날도 마찬가지죠. 주어진 것만이 진리가 아니며 사유와 실천을 통해서 주어진 것을 넘어서 새롭게 진리를 구성해 나갈 수 있습니다.

이언진은 시작詩作을 통한 심미적 사유 행위에 의해 그런 작업을 수행했습니다. 이는 공관병수公觀倂受를 내세워 진리의 다원성을 긍정한 홍대용과도 통하는 점이 있다고 하겠습니다. 다만 이언진의 경우 진리의 다원성에 대한 긍정이 신분제의 철폐와 연결되어 있다는 점에서 홍대용과는 차이가 있습니다. 신분제의 철폐를 위해서는 그것을 이데올로기적으로 뒷받침하는 주자학의 절대성을 허물어뜨려야 했습니다. 이언진은 그래서 진리의 다원성을 주장했던 것입니다.

이상『호동거실』의 내용적 특징을 살펴봤습니다.『호동거실』

을 읽어 보면 밝은 정조와 어두운 정조가 공존하고 있습니다. 밝은 정조는 골목길의 사람들을 읊을 때 주로 나타나고, 어두운 정조는 시인 자신의 불우한 삶과 병고病苦를 읊을 때 주로 나타납니다. 시인은 자신이 거주하는 호동의 서민들에게서 활기와 희망을 발견하고 조선의 미래를 읽었던 것 같습니다. 다음 시는 노동하는 인간을 그리고 있는데, 그 시각이 참 특이합니다.

> 기와 쌓고 토담을 쳤거늘
> 비가 와도 안 무너지겠네.
> 저물어 집에 와 옷을 터나니
> 먼지 속에 하나의 도道를 행했군.
> 疊着瓦連着墻, 雨點下不墮地.
> 暮歸來箒掃衣, 行一道滾塵裡.

기와 쌓고 토담을 치는 사람을 읊은 시입니다. 흙으로 쌓은 담을 '토담'이라고 하죠. "저물어 집에 와"라고 한 것으로 보아 종일 노동했음을 알 수 있습니다. 그런데 주목되는 것은 노동을 파는 이런 하층민을 두고 '도를 행했다'라고 말하고 있다는 사실입니다. 이언진은 『호동거실』의 다른 시에서 "도는 행상行商과 거간꾼에 있다"(道在行商市儈)라고 했습니다. '행상'은 돌아다니면서 물건을 파는 장수를, '거간꾼'은 물건을 사고파는 것을 중개하는 사람을 말합니다. '도'라는 말은 사대부가 애용하는 말로서 특히 주자학에서는 늘 '도' '도' 하지 않습니까? 이 경우 '도'는 심오한 이치나 오묘한 진리를 가리키죠.

박지원은 「예덕선생전」穢德先生傳에서 똥을 퍼 살아가는 미천한 엄항수를 고결한 인간으로 찬미하고 있습니다만, 그럼에도 그의 노동 행위를 도의 실천으로 보지는 않았습니다. 박지원이 중년에 쓴 「허생전」에는 허생이 변승업에게 "만금이 어찌 도를 살지게 하겠소?"라고 말하는 대목이 있는데요, 이 말은 돈 버는 행위, 즉 상업 행위는 도와는 무관하다는 인식을 보여 줍니다. 박지원에게 도는 어디까지나 사대부의 소관사所關事입니다. 허생은 조선 사회의 맹점을 드러내기 위해 스스로 상업 행위를 한번 해 보이기는 했지만, 그럼에도 상업 행위 자체는 도가 아니라는 거지요. 이는 박지원의 사대부로서의 스탠스를 잘 보여 준다 하겠습니다.

이와 달리 이언진은 흙담을 치는 장인인 토담장이의 노동 행위를 가리켜 '하나의 도를 행했다'라고 했으며, 도는 사대부가 아니라 행상과 같은 비천한 장사꾼에 있다고 했습니다. 전복적, 혁명적 사고라 아니할 수 없습니다. 이언진은 사대부로서가 아니라 비非사대부로서 사유하고 있습니다. 이언진의 사유에서 사대부는 대척점에 있습니다. 여기서 박지원과 이언진의 근본적인 차이가 확인됩니다. 이언진은 시작詩作 행위라는 미적 실천을 통해 온몸으로 사대부 계급과 싸우고 있다고 할 것입니다. 이 점은 조금 뒤에 다시 말하겠습니다.

또 하나 주목할 점은 『호동거실』이 고통에 대한 높은 감수성을 보여 준다는 사실입니다. 다음 시를 예로 들 수 있습니다.

관아에서 매 맞고 곤장 맞는 이
부모 형제와 같지 않은가.
자기는 제 팔에 옴이 오르면
의원醫員 불러 고약 달라 약 달라 하면서.

官裏笞人杖人, 一般父母血肉.

己則臂上生疥, 呼醫問膏問藥.

이 시는 타자의 고통과 자신의 고통을 일체로 여기는 감수성을 보여 줍니다. 이런 감수성은 시인 자신의 존재 여건과 관련될 것입니다. 고통을 겪어 본 사람만이 타자의 고통을 이해하고 가슴 아파할 수 있기 때문입니다.

박지원은 「우상전」에서 이언진의 시에 슬픔이 많다고 했습니다. 이언진의 시는 슬픔만이 아니라 실로 다양한 자태와 면모를 보여 줍니다. 제일 먼저 주목해야 할 것은 비판과 풍자입니다. 체제와 지배 질서를 신랄하게 비판하거나 풍자하고 있죠.

원수는 천 명, 지기知己는 하나

사람 아니라 모두 동물에 있지.

열전列傳 지어 물고기와 새 찬미하고

하늘에 제祭 올려 교룡蛟龍과 이〔蝨〕 저주하노라.

讐己千知己一, 不在人都在物.

作列傳贊禽魚, 設大醮詛蛟蝨.

이 시에서 '원수'는 지배층에 속한 사람들을 가리킵니다. '지기'는 자기를 알아주는 사람을 말하는데, 스승 이용휴를 가리키는 듯합니다. 제2구에서, 원수든 지기든 사람이 아니라 다 동물에 있다고 말한 건 위험을 피하기 위한 방어막으로 여겨집니다. 앞에서 『호동거실』이 호동에 사는 서민들의 '열전'列傳으로서의 면모를 갖는다고 했는데, 제3구에서 보듯 이언진은 그 점을 스스로 자각하고 있습니다.

　이용휴는 남인계 문인으로 성호星湖 이익李瀷의 조카이고 금대
錦帶 이가환李家煥의 아버지입니다. 다음 강의에서 논할 낙하생洛下
生 이학규李學逵는 이용휴의 외손이죠. 이용휴는 18세기 남인을 대
표하는 거물급 문인입니다. 이언진은 자부심이 아주 높아 남을 좀
처럼 인정하지 않았습니다. 그럼에도 스승인 이용휴에 대해서만큼
은 각별한 존모尊慕를 표했습니다. 일본에 갔을 때 이언진은 일본
인에게 이렇게 말했습니다: "제 스승은 문장이 해동천고海東千古에
으뜸입니다." 이언진은 일본인 앞에서 이용휴를 '노사'老師(스승에 대
한 존칭)라 칭하고 있습니다. 훗날 정약용은 이용휴가 포의의 신분
으로 30년 동안 조선의 문단을 좌지우지했다고 말했습니다. 이용
휴는 문학에서 독창성을 최고로 중시했습니다. 그리고 양명학 좌
파인 이탁오의 사상을 수용했습니다. 또한 이용휴는 서얼이나 불
우한 중인층 문인에게 각별한 연민을 보이면서 그들을 끌어안았습
니다. 이언진은 스승 이용휴의 영향으로 '나'의 주체성과 인간의 사
회적 평등성에 대한 자각에 이르게 된 것으로 보입니다. 청출어람
이라 할 만하죠. 앞서 언급했듯 이용휴는 이언진이 죽자 만시 열 수
를 지어 그 죽음을 비통해했습니다. 이처럼 두 사람은 사제師弟로
서 그 존재관련이 아주 깊고 각별했습니다.

　다시 시로 돌아가 봅시다. 이 시에서 '물고기와 새'는 호동의
사람들, 즉 하층민을 가리킵니다. '교룡'은 군주를, '이'는 백성을 괴
롭히는 관리를 가리킵니다. 은유로 가득한 것은 불온한 메시지를
담고 있어서입니다. 이 시는 조선의 지배 구조, 수탈 구조 자체를
저주하면서 하층민을 옹호합니다. 그 불온함 때문에 완곡한 말과
은유를 구사하고 있지만 우리는 이 시에서 억압과 착취에 맞서는

시인의 모습을 발견합니다. 시인이 취하는 저항적 자세의 한 고점高點을 보여 준다고 할 만합니다.

한편『호동거실』이 취하는 어조로 해학이 주목됩니다. 이 시집 도처에서 유쾌하거나 장난스러운 어조를 볼 수 있습니다. 해학은 하나의 미적 태도입니다. 이언진은 시를 쓰는 것을 일종의 '유희'로 간주했습니다. 예술가의 유희 충동을 강조한 니체를 떠올리게 하는데요,『호동거실』에서 발견되는 풍부한 해학성은 그러므로 이언진의 문학적 입장과 관련이 있다 할 것입니다. 이언진에게서 유희란 차별받고 소외되고 배제된 자가 세상을 욕하거나 꾸짖고, 낄낄거리며 온갖 불온한 소리를 해 대고, 금기와 성역을 깨부수면서 새로운 세계를 꿈꾸는 행위에 다름 아닙니다.

앞에서 지적했듯『호동거실』에는 고통받는 자들, 사회적 약자들을 향한 연민의 시선이 곳곳에서 느껴지는데요, 시인은 이들과 다른 위치에서 이들을 바라보고 있지 않습니다. 즉 그들 밖에서 그들을 바라보는 것이 아니라 그들 속에서 그들을 바라보고 있습니다. '나'와 그들을 일체화하고 있는 거죠. 그래서『호동거실』은 시인과 하층민의 강한 연대를 보여 줍니다. 이 집단적 연대감 위에서 당대 지배층과 주류 사회가 비판되며, 그것을 뒷받침하는 체제와 이념이 그 근저에서부터 부정되고 있는 것입니다. 이 점에서『호동거실』은 대단히 혁명적인 비전과 상상력을 담고 있는 시집이라 할 수 있습니다. 어떤 경계도 인정하지 않는 이처럼 불온하고 래디컬한 글쓰기는 조선 시대 문학 전체를 통틀어『호동거실』말고는 없습니다.

이언진은『호동거실』에서 자신을 '부처'라고 선언합니다. '골목길 부처'죠. 궁예의 혼이 이언진에게 덧씌워진 걸까요? 궁예는 자기를 감히 미륵이라고 하지 않았습니까? 이언진이 말한 '골목길 부처'란 무엇을 뜻하는 걸까요? '빈천한 사람들이 모여 사는 너저분하고 더럽고 시끄러운 골목길의 부처'라는 뜻입니다. 궁예는 남들을 위협하고 지배하기 위해 자신을 부처라고 했지만 이언진은 스스로를 해방하기 위해 자신이 부처라고 했습니다. 이언진의 '골목길의 내가 곧 부처다'라는 말은 '골목길의 그 누구도 부처일 수 있다'라는 말과 다르지 않습니다. 그러므로 이 말은 인간의 평등성과 함께 인간의 주체성을 선언한 말로 이해해도 좋을 것입니다. '남루한 골목길에 사는 비천한 인간이라고 해서 깔보거나 차별하지 마라, 우리도 똑같은 인간으로 모두가 양지를 갖고 있다, 그러니 성현이고 부처다.' 이것이 '나는 골목길 부처다'라는 이언진의 선언에 내재된 메시지일 것입니다.

### 인정투쟁

『호동거실』에는 이처럼 과도하다 싶을 정도로 시인의 주체성이 강조되어 있습니다. 이언진은 병적일 정도로 강한 자의식과 기괴하다 싶을 정도의 높은 자존감을 지녔습니다. 누구에게도 굴종하지 않으려는 태도와 아무도 좀처럼 인정하지 않으려는 거만함을 보여주죠. 하지만 자신의 스승에 대해서만큼은 존모의 감정을 잃지 않았습니다. 불교식으로 말하면 '아만'我慢, 즉 아상我相이 아주 강하다고 할 수 있겠는데요, 이를 어떻게 봐야 할까요?

　이언진에게 저항 의식과 높은 전투적 주체성은 서로 분리될 수 없습니다. 저항은 아만 때문에 가능하며 아만은 저항의 원동력입니다. 그러므로 아만을 제거하면 저항 역시 소멸해 버리게 됩니다. 어떻게 보면 이 둘은 한 몸입니다. 떼려야 뗄 수 없는 관계인 거죠. 적어도 이언진에게는 그렇습니다.

이언진에게서 발견되는 전투적 성격을 띠는 이 주체성은 본질상 인정투쟁認定鬪爭과 관련이 있습니다. '인정투쟁'이라는 말은 헤겔의 『정신현상학』에 나오는 말인데요, 헤겔은 『정신현상학』에서 '주인과 노예의 변증법'을 정식화定式化했습니다. 바로 여기서 인정투쟁이라는 개념이 제시됩니다. 주인에 대한 노예의 인정투쟁은 생사를 건 첨예한 것입니다. 그것은 죽느냐 사느냐의 절체절명의 싸움입니다. 『호동거실』의 다음 시를 봅시다.

> 콧구멍 치들고 주인 뒤를 졸졸 따르니
> 종이라 불리고 하인이라 불리지.
> 천한 이름 뒤집어쓰고도 고치려 않으니
> 정말 노예군 정말 노예야.
> 仰鼻竅隨脚跟, 呼爲輿呼爲臺.
> 蒙賤名不思改, 眞奴才眞奴才.

노예는 사회적 관계 속에 있기 때문에 자신이 노예가 아니기 위해서는 기성의 신분 질서와 사회제도를 전면적으로 부정하고 뒤엎어 버려야 합니다. 그러기 위해서는 주인과의 투쟁이 불가피합니다. 주인과의 투쟁은 사회 지배 체제와의 투쟁을 의미합니다. 이 시에는 이언진의 이런 사유가 담겨 있다고 봐야 하지 않을까 합니다.

다음 시 역시 주목됩니다.

"추한 종놈 온다! 추한 종놈 온다!"

아이들 짱돌 줍고 흙을 던지네.

내 들으니 참 괴이한 일도 있지

길에 떨어진 칼을 주인에게 돌려주다니.

醜厮來醜厮來, 小兒拾礫投土.

吾聞一事頗怪, 路上遺劍還主.

이 시에서 '칼'은 대단히 중요한 상징입니다. 칼은 주인과 노예의 관계에서 주인이 노예를 지배하는 위력이나 무력과 같은 강제적인 힘을 상징할 수도 있고, 노예가 주인에 항거하면서 스스로를 해방하는 힘을 상징할 수도 있습니다. 가령 스파르타쿠스의 칼은 후자에 해당하겠죠. 즉, 주인의 입장에서 칼은 지배의 도구이지만 노예의 입장에서 칼은 반역과 항거의 도구가 됩니다. 이처럼 칼은 대립의, 그리고 지배와 피지배 관계의 첨예한 양상을 정시呈示합니다. 이언진은 이 시에서 노예가 칼을 들고 주인에게 반역함이 옳다는 생각을 은근히 피력하고 있지 않나 합니다.

이언진은 다음의 시에서 보듯 『수호전』의 흑선풍黑旋風 이규李逵를 노래하고 있습니다.

이따거가 쌍도끼를

장난삼아 놀린 건 큰 잘못.

손에 따로 박도朴刀를 들고

강호의 쾌남들과 결교하였지.

李大哥兩板斧, 假弄來大破綻.

手裡別執朴刀, 結識江湖好漢.

'이따거'는 흑선풍 이규를 가리킵니다. '따거'는 백화白話로 동년배 이상의 남자에 대한 존칭입니다. '박도'는 몸체가 길고 자루가 짧은 무기용 칼입니다. '강호의 쾌남들'은 『수호전』에 나오는 양산박梁山泊의 108도적들을 가리킵니다. 이규는 양산박의 108도적 중 가장 잔인한 인물입니다. 그는 닥치는 대로 쌍도끼를 휘둘러 살육을 일삼았습니다. 시인은 이규가 쌍도끼를 함부로 놀린 것은 잘못이라면서도 그에게 각별한 애정을 표하고 있습니다. 이규는 『수호전』에서 가장 전투적이며 저항적인 인물입니다. 그는 마지막 순간까지 지배 권력에 항거했으며 황제를 능멸하고 황제에 도전하고자 했습니다. 108명의 도적 중에 이규 말고는 아무도 그러지 않았어요. 이규는 심지어 죽어서까지 황제의 꿈에 나타나 황제를 죽이려고 했습니다. 이런 점을 고려할 때 이 시는 시작詩作이라는 미적 실천을 통해 가열찬 인정투쟁을 벌이며 지배 체제와 맞서고자 한 이언진의 저항 의식을 드러내고 있다고 할 것입니다.

이언진이 보여 주는 과도하다 싶을 정도의 전투적 주체성은 목숨을 걸고 벌이는 인정투쟁을 위해 불가피하게 요청되는 것이었다고 판단됩니다. 이러한 주체성이 없고서는 굴종을 모르는 저항이 불가능하기 때문입니다. 바로 이 점에서 『호동거실』은 새로운 자기의식, 새로운 주체의 탄생을 보여 줍니다. 이 새로운 주체의 출현은 기존의 진리 체계의 부정 및 새로운 진리 체계의 구상과 안팎으로 맞물려 있습니다.


### 말년의 문학으로서의 면모

『호동거실』은 푸른빛 청년의 문학이기도 하지만 동시에 황혼 빛 말년의 문학이기도 합니다. 전투적이거나 비판적인 시인의 시는 내면성이 빈약하거나 존재론적 성찰이 결여된 경우가 많은데『호동거실』은 그렇지 않습니다.『호동거실』은 그 뒷부분에서 특히 말년의 문학으로서의 면모를 짙게 보여 줘, 자기 응시라든가 고통에 대한 관조라든가 죽음에 대한 깊은 통찰을 담고 있습니다. 이 점에서 심상하지 않은 내면성이 확인됩니다. 다음은 병중에 자신의 죽음을 응시하며 쓴 시입니다.

> 서산에 뉘엿뉘엿 해 넘어갈 때
> 나는 늘 이때면 울고 싶어요.
> 사람들은 대수롭지 않게 여기며
> 어서 저녁밥 먹자고 재촉하지만.
> 白日輾輾西墜, 此時吾每欲哭.
> 世人看做常事, 只管催呼夕食.

　해가 지는 것은 존재의 황혼과 같습니다. 시인은 모든 존재가 맞닥뜨릴 수밖에 없는 소멸의 운명 앞에서 깊은 슬픔에 잠깁니다. 해가 지면 어둠이 깃들고 모든 것이 적막 속에 잠길 것입니다. 시간의 끝에는 죽음이 있습니다. 그래서 이런 시를 읊었습니다.

> 창문 빛은 밝았다 어두워지나니
> 아교로도 한낮의 해 잡아 둘 수 없네.
> 종이창 아래 한가히 앉아
> 온 지금 간 옛날 가만히 보네.
> 窓光白窓光黑, 膠難粘日長午.

閒坐一紙窓下, 便觀來今往古.

시간은 잡아 둘 수 없습니다. 변전變轉과 소멸은 존재의 운명입니다. 시인은 이제 얼마 남지 않은 지상에서의 삶을 응시하며 지나간 시간을 돌아보고 있습니다. 하지만 존재의 유한성으로 인해 겪게 되는 고통의 궁극적 해결은 죽음밖에 없습니다. 그래서 시인은 이리 노래하고 있습니다.

> 이 세계는 하나의 거대한 감옥
> 빠져나올 어떤 방법도 없네.
> 팔십 되면 모두 죽여 버리니
> 백성도 임금도 똑같은 신세.
> 此世界大牢獄, 沒寸木可梯身.
> 八十年皆殺之, 無萬人無一人.

죽음 앞에서 만인은 평등합니다. 이 시는 하나의 거대한 감옥인 이 세계에서 벗어날 수 있는 유일한 방법은 죽음이라는 인식을 보여 주고 있습니다. 시인은 병고로 인한 극심한 고통 끝에 이런 통찰에 이르지 않았나 합니다.

### 이언진과 박지원

이언진과 박지원은 동시대인입니다. 이언진은 박지원보다 세 살 밑입니다. 강의 서두에서 이언진이 죽기 1년 전 자신이 쓴 시 일부를 인편으로 박지원에게 보냈다는 말을 한 바 있습니다. 이언진은 박지원이 자기를 알아주리라 기대한 듯합니다. 하지만 박지원은 이언진의 시를 혹평했습니다. 얼마 후 이언진은 세상을 하직했습니다. 이에 박지원은 이언진의 전기인 「우상전」을 썼습니다. 이언진에 대한 일말의 미안한 마음이 없지 않아서였을 것입니다. 이언진은 박지원의 이 전(傳) 덕분에 사후에 이름이 널리 알려질 수 있었습니다. 「우상전」은 이언진이 일본에 가 문장으로 나라를 빛낸 일을 자세히 말하면서 이언진의 시 작품을 여럿 소개해 놓고 있습니다. 박지원은 이를 통해 이언진의 천재성을 부각하는 한편, 그가 신분적 제약 때문에 불우했으며 그래서 그의 시에 슬픔이 많다고 했습니다.

「우상전」은 이언진을 세상에 전한 공이 있지만 아쉬운 점이 적지 않습니다. 우선 '시선'의 문제를 지적할 수 있습니다. 박지원은 아랫사람 대하듯 이언진을 보고 있습니다. 즉, 신분적 편견이 작용하고 있죠. 또 하나의 문제는 이언진의 천재성만 부각하고 있을 뿐 이언진이 어떤 인간인지, 그가 평생 고민한 것이 무엇인지에 대해서는 별 관심이 없으며 알려고도 하지 않고 있다는 점입니다. 이 점에서 「우상전」은 대단히 피상적이며 이면의 진실을 포착하지 못한 것으로 보입니다.

박지원은 왜 이언진의 본질을 꿰뚫지 못하고 이런 피상적인 글을 쓴 것일까요? '경계 안'에 있었기 때문이 아닌가 합니다. 다시 말해 사대부라는 박지원의 존재 구속성 때문이 아닌가 합니다. 박지원은 비록 비판적인 문인이기는 했지만 그럼에도 사대부 신분이었습니다. 그의 비판적, 개혁적 입장이라는 것도 어디까지나 체제 유지를 전제하는 것이었다는 점에 유의할 필요가 있을 듯합니다. 이전 강의(제24강)에서 언급했듯 박지원의 사유 속에는 신분제라든가 지배-피지배 관계에 대한 물음이 존재하지 않습니다. 박지원의 문학론인 법고창신론은 그의 사회정치적 입장과 분리된 지점에 있지 않습니다. 이것들은 그의 사유 체계 속에서 서로 연결되어 있다고 봐야겠죠. 이언진의 문학적 실천은 법고창신론의 테두리를 넘어서는 것으로 판단됩니다. 글쓰기 방식은 물론이려니와 미적·사상적 지향이 그러했습니다. 형식과 내용이 공히 그러했다는 말이죠. 바로 이 때문에 박지원은 이언진을 제대로 인식할 수도, 규정할 수도 없었던 게 아닌가 합니다. 즉 이언진은 박지원의 인식 틀, 사고 틀 '바깥'에 존재했던 것입니다. 박지원과 달리 이언진이 현존하는 레짐regime을 전면적으로 부정하며 새로운 레짐을 꿈꾸었고, 차별과 억압을 승인하지 않고 인간의 평등을 꿈꾸었으며, 이런 정치적 입장에 상응하게 기존의 글쓰기와는 전혀 다른 글쓰기를 추구했기 때문이죠.

'법고창신'이라는 것도 그것을 실천하는 작가의 태도와 입장에 따라 여러 층위가 있을 수 있고, 구체적 실천에 있어 여러 방식이 있을 수 있다고 봅니다. 박지원과 같은 방식으로 나타날 수도 있고, 다른 방식으로 나타날 수도 있죠. 이언진의 미학 노선도 사실크게 보면 '법고창신'으로 설명할 수 있을지 모릅니다. 하지만 그것은 박지원이 염두에 둔 법고창신과는 크게 다른 것으로 여겨집니다. 이언진 역시 동아시아의 문학 전통을 적극적으로 배우고 수용했다는 점에서 '법고'를 바탕으로 삼고 있다고 말할 수 있을 테지만, 그럼에도 그는 궁극적으로는 '창신'의 가능성을 한껏 열어젖히고 있기 때문입니다. 박지원은 박제가의 글에서 창신이 강조되는 기미가 보이자 법고의 중요성을 강조하면서 "새것을 만들다가 공교工巧해지기보다는 차라리 옛것을 모범으로 삼다가 고루해지

는 편이 나을 것"이라는 입장을 취했습니다. 보수적인 입장을 드러
낸 거죠. 문제는 이언진의 창신 수준은 박제가와는 아예 차원이 다
르다는 점입니다. 그러니 박지원으로서는 이언진의 글이 불편했을
뿐만 아니라 거부감이 느껴졌을 수 있습니다. 그러니 혹평한 것이
당연하다고 여겨집니다. 이 점에서 이언진은 '괴물'이라 할 만합니
다. 박지원조차도 제대로 이해하거나 인식할 수 없는 존재였으니
까요. 거듭 말하지만 괴물은 그 시대가 규정할 수 없으며 어디까지
나 미래에 속한 존재일 뿐입니다.


## 이언진, 조선 후기 문학사의 대사건

『호동거실』은 고통과 사랑과 분노와 항거의 언어로 채워져 있습니
다. 그러니 이 가운데 하나만 가지고 '『호동거실』의 정체성은 이것
이다'라고 말하는 것은 좀 부적절해 보입니다. 이 모두를 입체적이
고 종합적으로 이해하는 복안複眼이 필요하죠.

치열성과 진정성, 예술적·사상적 깊이, 인식의 해방성이라는
측면에서 『호동거실』은 조선 후기 문학의 한 우뚝한 봉우리로 간주
해도 좋다고 생각됩니다. 전근대 한국문학사 전체, 전근대 동아시
아 문학사 전체를 통틀어 보더라도 차별과 억압으로부터의 해방을
위한, 인간의 평등을 위한 미적 실천을 이만한 울림과 깊이로 성취
해 낸 시집은 달리 찾기 어렵지 않은가 합니다.

사대부 문인을 하나의 '동일자'同一者로 파악한다면, 박지원, 이
덕무, 박제가 같은 문인은 저마다의 개성을 보여 주고 있긴 합니다
만 이 동일자에 포섭된다고 할 것입니다. 홍세태나 조수삼 같은 중
인층 문인은 동일자에 버금가는 '아동일자'亞同一者로 파악할 수 있

을 것입니다. 아동일자는 동일자와의 차이를 스스로 느끼면서도 동일자에 수렴되거나 동화되는 경향이 있습니다. 이전 강의(제20강)에서 홍세태의 시에 내재된 불평과 분만憤懣을 확인하지 않았습니까? 이런 것이 있음에도 불구하고 그들은 결국 동일자로 수렴되고 동일자로 동화되는 경향이 있다고 지적할 수 있죠.

그런데 이언진은 '동일자'도 '아동일자'도 아니라는 사실이 주목됩니다. 이언진은 '동일자 바깥의 동일자'라고도 할 수 있고 동일자와는 다른, '동일자와 마주 선 또 다른 동일자'라고도 할 수 있습니다. 바로 이 점에 문학사적 문제성이 있습니다. 이러한 또 다른 동일자는 이전의 문학사에서 우리가 본 적이 없습니다. 이언진에게서 처음 맞닥뜨리는 풍경이죠. 그러므로 이 동일자는 '비동일자' 非同一者로 파악될 수 있겠는데요, 한문학의 세계에서 처음으로 비동일자가 나타난 것입니다. 물론 한문학의 세계 밖에서는 다른 이야기가 가능할 것입니다. 사설시조, 판소리 같은 것은 사대부 문학과는 다른 세계에 속해 있으니까요. 다만 한문학에 국한해서 말한다면 이언진은 처음 등장한 비동일자라고 할 수 있을 것입니다. 이 비동일자는 동일자에 정면으로 맞서고 대립합니다. 즉, 자기의식을 갖고 생사를 건 인정투쟁을 개시하고 있는 것입니다. 이 점에서 이언진은 조선 후기 문학사의 '대사건'이라고 할 만합니다. '이언진'이라는 주어를 『호동거실』로 바꿔도 좋습니다.

이언진은 조선 내부에서 배태된, 조선에 대한 최초의 '본격적인' 대립자라 할 수 있을 것입니다. 대립의 계기들이야 이전에도 여러 문인들에게서 발견되었지만 이런 본격적인 대립자로서의 면모는 이언진에게서 처음 발견되는 것입니다. 이로 인해 조선은 서로 대립적인 두 개의 자기의식에 처음으로 직면하게 되었고, 장차 이를 지양止揚해야 할 미증유의 과제를 안게 되었습니다. 유교와 신분제에 기초한 조선이라는 국가를 그 근저에서부터 허물면서 그 너머의 세계를 모색하고 있다는 점에서 『호동거실』은 문제적입니다. 『호동거실』이 보여 주는 탈脫신분주의, 탈권위주의, 탈획일주의라든가 자유와 다양성에의 지향, 평등에의 지향, 주체에 대한 강한 긍정, 사회적 약자에 대한 옹호 등은 근대적 지향을 갖는다고 하기에 충분하다고 생각됩니다. 주목해야 할 점은 이런 지향들에 내재된 '해방적' 면모일 것입니다.

이언진이 보여 주는 '아만'은 인정투쟁의 초기 단계에서 불가피한 것이 아니었나 여겨집니다. 그러므로 이언진은 광인狂人도 아니고 나르시시스트도 아니었습니다. 이언진은 차별과 병과 고통을 딛고 조선의 그 어떤 문인도 이룩하지 못한 미학을 창조해 냈으며, 그만의 언어와 감수성으로 독보적인 공간과 세계를 구현해 냈고, 대담하고 혁신적인 상상력으로 현실을 전복하며 새로운 사회와 미래를 꿈꾸었습니다. 이 점에서 그는 고작 스물일곱 살밖에 살지 못했지만 한국문학사에서 길이 기억될 위대한 '괴물'이라고 할 것입니다.

그럼, 오늘 강의는 이것으로 마칩니다.

## 질문과 답변

*     이언진의 시는 참으로 독특한 듯합니다. 이언진 이전에도 이언진 이후에도 이런 시는 보이지 않습니다. 이언진의 시는 후대에 어떤 평가를 받고 어떤 영향을 미쳤는지 궁금합니다.

이언진의 작품 중 가장 문제적인 것이 『호동거실』인데, 이 작품은 이언진 사후 정당한 평가를 받은 것 같지 않습니다. 지금 전하는 문집들에는 모두 이 작품이 '동호거실'衕衚居室로 표기되어 있습니다. 착오죠. 이 착오는 21세기에 들어와서야 비로소 바로잡혔습니다. 이것만 봐도 이언진 문학이 그간 제대로 이해되지 못했음을 알 수 있습니다.

　이언진은 역관이었으니 이언진 사후에도 역관을 위시한 중인층에서는 그의 시가 읽혔던 것으로 보입니다. 19세기의 중인층 시인 중 이기복李基復은 이언진의 삼종질입니다. 이기복이 『호동거실』의 6언시를 본떠 시를 짓자 그의 벗 유최진柳最鎭은 슬픈 정이 촉급하게 울려 나오고 시인의 모난 성격이 지나치게 노출되고 있는 『호동거실』의 시들과 반대로 성정이 돈후하고 순수한 시를 지었음을 칭찬했습니다. '슬픈 정이 촉급하게 울려 나오고 시인의 모난 성격이 지나치게 노출되고 있음'은 야만과 저항 위에 구축된 『호동거실』의 본질이랄 수 있는데 유최진은 여항시인이면서도 이를 부정적으로 보고 있음을 알 수 있습니다. 이언진의 시가 계승은커녕 경계의 대상이 되고 있는 거죠. 이기복은 이언진의 유고를 편집하는 작업을 했는데, 유최진은 이기복에게 6언시는 좀 생각해 봐야 할 거라고 당부합니다. '6언시'란 『호동거실』을 가리킵니다. 유최진은 『호동거실』의 시들이 돈후하지 못하다고 여겨 싣는 데 부정적인 뜻을 피력한 것입니다.

1860년, 후배 역관인 이상적·김석준 등이 간행한 이언진의 문집인 『송목관집』에는 『호동거실』의 시가 대거 산삭刪削되어 20수밖에 실려 있지 않습니다. 후대 중인층 문인들의 『호동거실』에 대한 평가와 이해 수준을 알 수 있죠. 이와 달리 이언진의 집안에서 간행한 『송목관신여고』에 실린 『호동거실』의 시는 총 157수입니다. 이런 차이에도 불구하고 두 문집에는 원래의 『호동거실』에 실려 있던 불온한 시 10여 수가 배제되어 있습니다. 가령 강의에서 인용한 "추한 종놈 온다! 추한 종놈 온다!"로 시작하는 시라든가 "이따거가 쌍도끼를"로 시작하는 시는 다 빠져 있습니다.

이처럼 이언진 시의 불온성은 후대에 정당하게 평가되거나 계승된 것이 아니라 은폐되거나 배척되었습니다. 그 대신 이언진이 일본에 가서 나라를 빛낸 시인이라는 점이 주로 기억되고 부각되었습니다. 불편한 것은 지워 버리고 기억하고 싶은 것만 기억한 거죠. 그러니 이언진 시의 정수精髓는 21세기에 와서 비로소 세상에 알려진 것으로 봐야 하지 않을까 해요.

\*    문학은 사회의 영향을 받기도 하지만 사회에 영향을 끼치기도 합니다. 이언진은 사회 체제의 모순에 항거해 시를 썼지만 당대에 별로 읽힌 것 같지 않고 후대에도 제대로 평가받지 못한 듯합니다. 『호동거실』은 비록 시 자체는 치열하고 감동적이라 하더라도

사회에 아무런 영향을 미치지 못한 것으로 보이는데, 이런 작품도
문학사에서 의미가 있을까요?

문학은 당대 사회에 영향을 미치기도 하고 미치지 못하기도 합니다.
문학 작품이 당대 사회에 의미 있는 좋은 영향을 미친다면 그보다
다행한 일은 없을 것입니다. 그리고 꼭 당대는 아니더라도 후대에라
도 좋은 영향을 미친다면 그 역시 다행한 일이라 할 것입니다. 하지
만 그렇다고 해서 그것이 곧 문학의 본질은 아닐 것입니다. 다시 말
해 사회에 영향을 미치는가의 여부에 문학의 본질이 있는 것은 아니
라는 말이죠. 문학의 본질은 그보다는 진실 — 내면의 진실이든 삶
의 진실이든 — 을 말하는 데 있지 않나 합니다. 물론 문학에서 진실
은 늘 미적 방식으로, 즉 미적 특수성을 매개해서 표현됩니다. 그리
고 이 '진실'이라는 것도 일률적이지 않고 다원적이어서 인종이나
신분이나 젠더나 계급이나 계층이나 존재 위치에 따라 달리 포착될
수 있습니다. 그것은 불가피한 일입니다. 그렇긴 하지만 그 어떤 것
이든 간에 진실의 추구는 의미가 있고 값지다고 생각합니다. 특히
문학에서는 그렇죠.

이언진의 시작詩作을 만일 하나의 실천으로 이해한다면 그것은
'미적 실천'이라는 특수성을 갖습니다. 미적 실천이라고 해서 정치
적·사상적 지향을 갖지 않는 것은 아닙니다. 이언진의 미적 실천은
특히나 강렬한 정치적·사상적 메시지를 담지하고 있죠. 이 점에서
미적 실천은 사회적 의미를 갖습니다. 그 또한 일종의 사회적 발화
發話니까요. 하지만 그렇다고 해서 미적 실천이 꼭 사회적 실천은 아
닙니다. 이언진은 사회적 실천으로서 미적 실천 행위를 한 것은 아
닙니다. 그는 순수하게 자신의 사유 속에서 체제에 저항하고 자유와

평등을 갈구했습니다. 이 점에서 그의 시작詩作은 '꿈꾸기'에 가깝습니다. 이언진의 꿈꾸기는 진실을 추구하는 행위이며 그 점에서 문학의 본질에 부합합니다.

그러므로 이언진의 시작을 통한 저항과 갈구가 사회적·정치적 영향으로 이어지지 못했다고 해서 의미를 부여하지 않거나 과소평가하는 것은 부당하다고 할 것입니다. 한국고전문학사에는 작품의 당대적 영향력과 상관없이 그 진실 추구의 진정성과 치열함 때문에 높이 평가되는 작품들이 허다합니다.

게다가 『호동거실』은 이언진 사후 250여 년이 되는 지금, 한국인에게 새로운 감동을 줍니다. 특히 차별과 배제와 억압을 당한 경험이 있는 사람들은 이언진의 시에 공감하고 격려를 받으리라 생각합니다. 이언진처럼 지배 체제에 항거하면서 약자의 편에 서서 자유와 평등을 추구한 작가는 전근대 동아시아 문학사에서 유례를 발견하기 어렵습니다. 이 점에서 이언진의 시는 21세기의 한국인만이 아니라 동아시아인 전체에, 나아가 오늘과 내일의 인류 전체에 의미를 가질 수 있지 않나 합니다.


** 이언진의 『호동거실』은 새로운 주체의 탄생을 통해서 자유와 평등에 대한 해방적 면모를 독특하게 보여 줍니다. 그런데 이는 결국 시집을 통해서 새로운 사상을 보여 준 것인데, 이렇게 사상적 주제 의식을 일반적인 사상서가 아닌 시라는 문학 형식을 통해 보여 줬을 때 그것이 지닌 독특한 의의도 있고 약점도 있을 듯합니다.

한 인간의 사상은 사상적 텍스트로 개진될 수도 있고 문학적 텍스트로 개진될 수도 있다고 봅니다. 흔히 전자를 '사상서'思想書로 분류하고 후자를 '문학서'文學書로 분류하죠. 하지만 사상서라고 해서 문학과 무관한 것도 아니고, 문학서라고 해서 사상과 무관한 것도 아닙니다. 홍대용의 『의산문답』 같은 것은 사상서이지만 문학서로서의 면모도 갖고 있죠.

이언진은 『호동거실』을 통해 자신의 사회정치적 입장과 학문적 입장, 즉 자신의 '사상'을 천명했습니다. 하지만 그것은 어디까지나 미적 방식으로, 즉 미적 특수성의 매개 위에서 이루어졌습니다. 이 점에서 일반 사상서와는 차이가 있죠.

일반 사상서의 언어 진술 방식은 대개 비은유적, 직서적直敍的입니다. 이와 달리 시집인 『호동거실』의 언어 진술 방식은 은유적이고 상징적입니다. 미적 특수성과 관련되죠. 그래서 그 텍스트에 담긴 메시지를 정확하게 파악하는 데 난점이 따릅니다. 시 해석의 문제죠. 시는 본질상 앰비규어티(모호성)가 문제가 됩니다. 하지만 시라는 장르는 바로 이로 인해 함축이 깊어지고 의미가 확장될 수 있습니다. 그러므로 이언진이 시를 통해 자신의 사상을 개진한 데에는 약점과 동시에 장점이 있다고 하겠죠. 약점은 메시지가 그리 쉽게 파악되지는 않는다는 점이고, 장점은 굉장한 주장을 아주 간이하게 함축적으로 말하고 있다는 점입니다. 사상서 같으면 몇 페이지에 걸쳐, 혹은 책 한 권을 통해 길게 비판하고 분석하고 논증해야 할 사안을 이언진은 고작 6언 4행으로 결판 짓고 있으니까요. 앰비규어티에도 불구하고 이게 시가 갖는 힘이죠.

조선 후기의 사상서 가운데 군주를 정점으로 하는 지배-피지배 구조를 정면으로 비판하거나, 신분제를 부정하거나, 사대부에게는 도가 없으며 노동하는 서민에게 도가 있다고 주장하거나, 체제에 항거한 양산박의 도적들을 찬양한 책은 존재하지 않습니다. 하지만 이언진은『호동거실』을 통해 그렇게 하고 있습니다. 이언진 역시 산문으로 된 사상서를 통해서는 그런 주장을 펼치기 어렵지 않았을까 생각됩니다. 시라는 형식을 택했기에 그것이 가능했다고 보입니다.『호동거실』은 사유의 경계를 사뿐히 넘어 저 너머의 세계로 우리를 이끕니다. 대단한 일이 아닐 수 없습니다.


\*\* 동아시아에 이언진 외에 인간의 사회적 평등을 추구한 주목할 인
\*\* 물이 있는지요?


문학적 글쓰기, 특히 시작詩作을 통해 인간 평등의 문제를 온몸으로 밀고 나간 사람은 전근대 동아시아에 이언진 외에는 없지 않나 합니다. 이어지는 강의에서 공부하지만 19세기 초 김려金鑢가 쓴 서사시의 한 대목에서 계급 부정의 사상이 확인되기는 해도 이언진의 경우처럼 인간 평등의 문제의식이 실존적 차원에서 끈질기게 추구되고 있지는 않습니다.

  문학가는 아니고 사상가입니다만 전근대 동아시아에 평등의 문제의식이 돋보이는 두 명의 인물이 존재합니다. 한 사람은 중국의 이탁오입니다. 이언진이 존경했던 인물입니다. 이탁오는 16세기 후반에 사상의 억압에 반대하면서 사상적 자유를 위해서 싸웠으며, 또 어느 정도는 인간을 평등한 시선으로 보는 입장을 견지했습니다. 이탁오는 특히 젠더 문제에서 진보적이었습니다. 여성을 낮은 존재로 간주하지 않고 남성과 대등한 존재로 간주해, 여성들을 교육하기도

하고 여성들과 우호적인 관계를 맺었습니다. 이 때문에 비난을 받기도 했죠. 이탁오는 이 점에서 평등 의식이 있었다고 할 수 있습니다. 하지만 이탁오가 살았던 명말明末은 조선처럼 신분적 차별이 크게 문제가 되지 않았습니다. 게다가 이탁오는 사대부 출신이었습니다. 그래서 이탁오의 사유 내에는 신분제에 대한 문제의식이 하나의 의제로 자리하고 있는 것 같지는 않습니다.

또 한 인물은 일본의 안도오 쇼오에키安藤昌益(1703~1762)입니다. 안도오 쇼오에키는 18세기의 인물로 이언진보다 서른일곱 살 많습니다. 그는 의사 출신으로 농민을 대변했으며, 세상을 농민 중심으로 바꾸고자 하는 생각을 갖고 있었습니다. 그런 점에서 지배층인 사무라이를 중심에 놓고 생각하는 지식인들과는 사유방식이 달랐습니다. 농민을 사유의 출발점으로 삼았기에 평등 지향성이 강하다고 할 수 있죠. 그럼에도 불구하고 안도오 쇼오에키에게는 폭력적인 면모가 없지 않습니다. 자신이 제시한 강령이나 사상에 맞지 않는 것에 대해서는 굉장히 가혹해 살인까지도 불사하는 폭력적인 면모가 그의 사유 내에는 자리하고 있습니다. 이 점에서 이언진과는 차이가 있습니다. 또한 이언진은 호동, 즉 시정市井의 사람들을 근거로 새로운 세계를 꿈꾼 데 반해, 안도오 쇼오에키는 농민을 근거로 새로운 세계를 설계했다는 차이가 발견됩니다.

이처럼 같은 점도 있고 다른 점도 있습니다만 이 세 사람은 전근대 동아시아에서 한국, 중국, 일본을 대표하는 이단아들이라고 할 수 있습니다.

## 호동거실

달구지 소리 뚜닥뚜닥 덜컹덜컹
여인네들 조잘조잘 재잘재잘
나는 면벽面壁한 승려처럼
평생 신神을 기르네 이 시끄런 데서.

車馬丁丁當當, 婦女叨叨絮絮.
我則如面壁僧, 一生煉神鬧處.

　　　　　　　　　　　　　　　　　　　－제8수


더러운 골목 지나 깨끗한 내 방 들어와
맑은 향 피우고 수불繡佛을 걸면
피부병 있는 자건 몹쓸병 걸린 자건
모두 다 보살 생각을 하리.

歷穢巷入淨室, 燒淸香掛繡像.
疥痔者癰膿者, 亦皆作菩薩想.

　　　　　　　　　　　　　　　　　　　－제17수


시는 투식을, 그림은 격식을 따라선 안 되니
틀을 뒤엎고 관습을 벗어나야지.
앞 성인聖人이 간 길을 가지 말아야
후대의 진정한 성인이 되리.

詩不套畵不格, 翻窠臼脫蹊徑.

不行前聖行處, 方做後來眞聖.

一제33수


성격이 발랄하면 어때

언어가 깜찍하면 어때

다들 옛사람 쥐구멍이나 찾고

지금 사람 다니는 길로 나오지 않으니 원.

性格任爾乖覺, 言語任爾靈警.

皆入古人鼠穴, 不出今人兔徑.

一제47수


재주는 관한경關漢卿 같으면 됐지

사마천, 반고, 두보, 이백이 될 건 없지.

글은『수호전』을 읽으면 됐지

『시경』,『서경』,『중용』,『대학』을 읽은 건 없지.

才則如關漢卿, 不必遷固甫白.

文則讀水滸傳, 何須詩書庸學.

* 관한경: 원나라의 잡극 작가로, 백화로 글을 썼다.

一제82수


좋은 세월 팽개쳐 버리고

좋은 세계 떠나가 안 돌아보네.

인색하거나 쪼잔한 사람 없고

모두가 호쾌하고 시원시원하네.

擲不收好着月, 行不顧好世界.

無有慳人吝人, 大家心性鬆快.

* 양산박 108인을 읊은 시

— 제86수

문자로 설법 펴니
패관소설 가운데 부처가 있다.
수염과 웃는 모습 생생도 하니
양산박 108인이 모두 시내암.

以文字來說法, 稗官中有瞿曇.
鬚眉在欻笑在, 百八人皆耐菴.

— 제119수

# 추방된 자의 글쓰기
## ─ 정약용과 이학규

### 유배문학

'유배'란 죄인을 수도에서 멀리 떨어진 곳에 격리하는 것을 말합니다. 감옥에 갇혀 생활하는 것은 아니지만 일정한 공간으로 거주가 제한되죠. 편지를 주고받거나 가족이 유배지에 왕래하는 것은 허용되지만 본인은 잠시도 유배지를 벗어날 수 없습니다. 유배에도 등급이 있어 죄의 경중에 따라 2천 리, 2천5백 리, 3천 리 형의 세 가지가 있습니다. 유배형을 받은 사람을 흔히 '유배객'流配客이라고 하는데, 유배객은 대개 정치범입니다. 이 경우 '정치범'이란 정치적 이유나 본인의 정치적 소신 때문에 죄를 받은 사람을 이릅니다. 그러므로 동아시아에서 유배는 국왕이나 쇼오군將軍과 같은 최고 권력자가 신하나 자신의 반대자를 처벌하는 통치 행위이기도 하지만 정파 간의 싸움에서 기인하는 숙청에 해당하기도 합니다. 조선 후기에는 당쟁黨爭이 성해 유배객이 더욱 많아졌습니다.

유배객 중에는 조정의 문신文臣이 많았습니다. 이들 중에는 유배 생활 중에 의미 있는 작품을 남긴 이들이 적지 않습니다. 유배객은 가족과 격리되어 낯선 곳에서 불편한 생활을 했기에 대개 이런 저런 고초가 많았습니다. 이런 존재 여건이 반영되어 유배객들이 쓴 시문은 평상시의 글과는 다를 수밖에 없었습니다. 여기서 '유배 문학'이라는 하나의 범주가 성립합니다.

우리 문학사에서 유배문학은 고려 시대 정서鄭敍의 「정과정곡」 鄭瓜亭曲에서 처음 확인됩니다. 고려 말 정도전鄭道傳의 「답전부」答田 父 같은 작품도 유배문학에 포함될 수 있습니다. 조선 시대에는 더 많은 작품들이 발견됩니다. 조선 전기의 유배문학으로는 연산군 때 조위曺偉가 지은 가사인 「만분가」萬憤歌라든가 기묘사화 때 제주 도에 유배 간 김정金淨이 지은 「제주풍토록」濟州風土錄이 주목됩니 다. 조선 후기에는 김만중金萬重이 유배지 선천에서 『구운몽』九雲夢 을 지었으며, 정조 때 안조환安肇煥은 추자도에서 유배 살 때 「만언 사」萬言辭라는 가사 작품을 지었습니다. 그런가 하면 김려는 유배지 진해에서 『사유악부』思牖樂府를 저술했죠. 이외에도 많은 작품을 거 론할 수 있지만 지금 언급한 것만으로도 충분한 예가 되지 않나 합 니다.

오늘 강의에서는 두 사람의 특별한 유배객을 살펴보려 합니 다. 1801년 신유옥사 때 천주교인이라는 혐의를 받아 고문을 받은 뒤 오랜 세월 유배살이를 한 정약용丁若鏞과 이학규李學逵가 그들입 니다. 이 두 사람은 인척간입니다. 이학규의 처는 나주 정씨인데, 정약용과 팔촌 간입니다. 두 사람 모두 남인에 속합니다. 두 사람은 유배 중에 서로 편지를 주고받기도 했습니다. 이학규는 정약용이 지은 애민시의 영향을 받아 애민시를 여러 수 창작했습니다.

조선 시대에 유배를 간 문인은 그 수를 헤아릴 수 없지만 이 두 사람의 유배는 아주 특별합니다. 단순히 정쟁으로 인해 유배를 간 것이 아니라 이단異端 사설邪說로 간주된 천주교 교인으로 몰려 유배를 갔기 때문입니다. 이 때문에 정약용은 스스로 '폐족'廢族이라는 인식을 갖고 있었습니다. 정약용이 유배지에서 목숨을 걸고 학문에 몰두한 것은 이 점을 극복하기 위한 필사의 노력으로 볼 수도 있을 것입니다.

뿐만 아니라 정약용은 17년간 귀양살이를 했고 이학규는 그보다 6년이 더 많은 23년간 귀양살이를 했습니다. 이런 장기간의 유배는 조선 시대에도 그리 흔치 않습니다. 물론 노수신 같은 인물도 19년 귀양살이를 했고, 이광사李匡師는 22년이나 귀양살이를 했습니다. 노수신은 귀양에서 풀린 뒤 다시 벼슬을 해 영의정까지 올랐습니다. 이광사는 유배지 진도에서 죽었는데, 서예에 마음을 붙여『원교서결』圓嶠書訣을 저술하기도 했습니다만 문학 방면에서 주목할 성취를 한 것 같지는 않습니다. 이들과 달리 정약용과 이학규는 유배에서 풀려난 뒤 벼슬을 하지 못했으며, 유배 생활 내내 글쓰기를 통해 자신을 지탱했기에 예사롭지 않은 문학적 성취를 보여준다는 점이 주목됩니다.

정약용은 마흔 살에 유배 가서 쉰일곱 살에 고향으로 돌아왔고, 이학규는 서른두 살에 유배 가서 쉰다섯 살에 서울로 돌아왔습니다. 둘 다 문인으로서 가장 중요한 시기인 중년을 몽땅 유배지에서 보낸 거죠. 그러므로 권력에 의해 자신의 공간에서 추방되어 오랜 기간 귀양살이를 한 이 두 사람의 유배지에서의 글쓰기를 살피는 것은 문학사에서 특별한 의미를 갖는다고 할 것입니다. 이는 극한 상황에서 문학이란 무엇인가를 묻는 일이기도 하므로 문학의 제로zero 지점을 다시 생각해 보는 일이 되지 않을까 합니다.

## 정약용의 생애

정약용은 영조 38년(1762) 경기도 광주군 초부면 마현馬峴(우리말로는 마재), 지금의 행정구역으로는 남양주시 조안면 능내리에서 태어났으며, 헌종 2년(1836) 75세를 일기로 세상을 하직했습니다. 호는 다산茶山 혹은 여유당與猶堂입니다. 부친은 음직으로 진주 목사를 했지만 조부와 증조부는 모두 벼슬을 하지 못했습니다. 그러므로 그리 혁혁한 가문은 아니었으며 정약용 당대에 와서 집안이 흥했다고 할 수 있습니다. 정약용은 스물여덟 살 때인 정조 13년(1789) 문과에 급제했습니다. 4대 만에 처음 문과 급제자가 나온 겁니다. 이후 정조의 총애를 받으면서 예문관 검열, 사헌부 지평, 홍문관 수찬, 동부승지, 곡산 부사, 형조 참의 등을 지냈습니다.

정약용은 문과에 급제하기 전인 1784년 큰형수의 동생인 이벽李蘗(1754~1785)과 자형인 이승훈李承薰(1756~1801)을 따라 천주교에 입교入敎했습니다. 이승훈은 서장관인 아버지를 따라 연경에 가 이해(1784) 초 조선인 최초로 세례를 받았죠. 1785년 봄 정약용이 스물네 살 때 이른바 '을사추조적발'乙巳秋曹摘發 사건이 발생합니다. '을사'는 1785년을 말하고, '추조'는 형조를 가리킵니다. 지금의 남대문 부근 명례방明禮坊에 있던 역관 김범우金範禹의 집에서 천주교 집회가 있었습니다. 이 집회에는 이벽, 이승훈, 정약용, 정약용의 둘째 형 정약전丁若銓, 셋째 형 정약종丁若鍾 등 10여 명이 참석했습니다. 그런데 이 집회가 형조의 금리禁吏에게 적발되어 참석자들이 다 형조에 구금됩니다. 하지만 이 사건은 당시에 크게 문제가 되지는 않아서 정약용 형제를 포함한 양반집 자제들은 다 훈방되고 중인인 김범우만 처벌을 받았습니다.

정약용이 서른 살 때인 1791년 이른바 '진산珍山 사건'이 발생합니다. 진산은 전라도의 지명인데요, 이곳에 거주하던 윤지충尹持忠, 권상연權尙然 두 선비가 부모의 제사를 거부하고 그 위패를 불태운 일이 문제가 됩니다. 두 사람은 모두 천주교도였습니다. 그래서 붙잡혀 참수형을 당합니다. 1791년이 신해년이기에 천주교에서는 이를 '신해박해'辛亥迫害라고 부릅니다. 이 사건은 조선 최초의 천주교 탄압에 해당합니다. 윤지충은 정약용의 외종형이었습니다. 제사는 유교를 떠받드는 이념인 효와 직결됩니다. 그러므로 진산 사건은 유교의 효와 천주교 신앙 간의 심각한 갈등을 보여 줍니다. 천주교 신앙을 따를 경우 제사를 포기해야 하니까요. 이 문제 앞에서 정약용은 결국 천주교를 등지는 쪽을 택합니다. 이후 정약용은 죽을 때까지 이런 입장을 취했습니다. 하지만 정약용은 이 뒤로도 쭉 노론 쪽으로부터 천주교 신도라고 공격받게 됩니다.

서른세 살 때인 1794년에는 경기도 암행어사가 되어 민정을 살폈습니다. 다음 해인 1795년 중국인 신부 주문모周文謨 밀입국 사건으로 인해 충청도 금정 찰방으로 좌천됩니다. 밀입국 사건에 둘째 형 정약전이 연루되었기 때문이죠. 당시 정조는 남인들을 보호하고자 했으므로 정약용을 잠시 외직으로 내보낸 겁니다. 이때 이가환은 충주 목사로 좌천됩니다. 이가환은 이승훈의 외삼촌이죠. 당시 노론에서는 이가환을 천주교도의 괴수로 공격했습니다. 이가환은 당시 정조의 총애를 받았으며 채제공蔡濟恭과 함께 남인을 이끌었습니다. 이가환은 이미 천주교에서 빠져나왔지만 정치적인 이유로 공격을 받은 것입니다. 이승훈 역시 진산 사건 이후 천주교를 등졌지만 예산에 유배되었습니다.

정약용은 1796년 규영부奎瀛府 교서校書가 되어 박제가 등과

『사기영선』史記英選을 교열합니다. 이듬해인 1797년 6월 좌부승지에 제수되지만 바로 사직하고 이른바 「자명소」自明疏를 올려 자신이 천주교에서 빠져나왔음을 분명히 합니다. 같은 해 윤6월, 정조는 정약용을 곡산 부사로 내보냅니다. 정약용을 보호하기 위한 조처입니다. 1799년 4월에 다시 내직으로 발령받아 동부승지, 형조 참의 등의 직책을 제수받지만 반대파의 무고로 사직합니다.

1800년 정조가 승하하고 순조가 등극했습니다. 이듬해 2월 신유옥사辛酉獄事가 일어납니다. 천주교에서는 '신유박해'라고 부르죠. 신유옥사로 이승훈과 정약종은 참수되고, 이가환은 고문 끝에 옥중에서 사망합니다. 정약용과 정약전은 배교한 것이 참작되어 경상도 포항의 장기와 전라도 신지도에 각각 유배됩니다. 정약용은 형제가 넷인데 신유옥사 때 맏형인 정약현丁若鉉만 무사했습니다. 천주교를 믿지 않아 문초를 당했지만 탈이 없었던 것입니다. 정약현의 처남인 이벽은 신유옥사가 일어나기 16년 전에 이미 죽었습니다. 이벽은 무인 집안 출신으로 아주 키가 크고 씩씩하며 총기가 있는 사람이었습니다. 정약현이 이벽의 자형인데도 무사했다는 것은 놀라운 일입니다. 정약용은 장기로 유배 가서 「수오재기」守吾齋記라는 글을 써 자신들이 큰형처럼 언행을 삼가며 세상을 살지 않아 이런 화를 당하게 됐음을 성찰하고 있습니다.

신유옥사가 일어난 지 8개월 뒤인 1801년 10월, 황사영黃嗣永 백서帛書 사건이 일어납니다. 황사영은 정약현의 사위입니다. 황사영은 신유박해의 전말과 대책을 적은 밀서를 북경의 구베아Gouvea (?~1808) 주교에게 보내고자 했습니다. 조선에서 천주교도들이 탄압받고 있으니 빨리 서양 선박 대여섯 척과 군사 5, 6만을 조선으로 파견해서 천주교도들을 살려야 한다는 내용입니다. 정약용과 정약전은 황사영 백서 사건으로 인해 서울로 압송되어 다시 국문을 받습니다. 정약용은 이번에는 전라도 강진으로 유배되고, 정약전은 흑산도로 유배됩니다.

앞에서 말했지만 정약용과 정약전은 처음에 천주교를 믿었지만 나중에 손을 뗐습니다. 정약용 자기 입으로 몇 번이나 이 사실을 밝히고 있죠. 뿐만 아니라 정약용은 유배에서 풀려 고향에 돌아온 뒤 신유옥사 때 억울하게 죽거나 귀양을 간 다섯 사람을 신원伸冤하는 묘지명을 공들여 쓰기도 했습니다. 이가환, 이기양李基讓, 권철신權哲身, 오석충吳錫忠 그리고 형 정약전이 그들입니다. 진짜 천주교도였던 셋째 형 정약종이나 황사영의 묘지명은 쓰지 않았습니다. 억울하게 천주교도로 몰려서 정치적 탄압을 받은 사람들에 한해 그 결백을 밝히기 위해 쓴 것입니다.

정약용이 쓴 「돌아가신 둘째 형님 묘지명」(先仲氏墓誌銘)이나 「자찬묘지명」自撰墓誌銘에 의하면, 정약용은 이승훈이 북경에서 귀국한 지 한 달 뒤인 1784년 4월 15일 이벽에게서 『천주실의』와 『칠극』七克 등 천주교 서적을 빌려 읽어 봤습니다. 정약용의 천주교 신앙은 이때부터 비롯되죠. 이로부터 7년 뒤인 1791년 진산 사건이 일어나는데, 이때까지 정약용은 7, 8년간 천주교에 빠져 있었습니다. 이는 사실입니다. 정약용 스스로도 그 점을 시인하고 있습니다. 그런데 정약용은 진산 사건 이후 천주교에서 완전히 손을 뗐습니다. 이는 「돌아가신 둘째 형님 묘지명」과 「자찬묘지명」에서 확인됩니다. 정약용은 그답게 오직 진실을 말하고 있습니다.

그런데 학계 일각에서는 정약용이 신앙을 버리지 않았으며 죽음이 무서워 신자가 아니라고 거짓말로 변명했다는 주장도 있습니다. 혹은 정약용은 끝까지 신앙을 버리지 않았으며 천주교도임을 감추고 학문 활동을 했다는 주장도 있습니다.

정약용은 학자로서 그리고 사상가로서 정직성과 양심이 보통 사람을 훨씬 능가하는 인간입니다. 그래서 정직성과 양심을 빼면 정약용이라는 인간을 상상하기 어렵습니다. 정약용의 학문과 사상과 글쓰기는 정직성과 양심이 그 기초가 되고 있거든요. 그러므로 정약용이 천주교도이면서 그것을 숨기고 글쓰기와 사상 행위를 했다고 한다면, 이는 심중한 자기기만이고 사상가 혹은 학자로서의 중대한 결격사유라고 해야 할 것입니다. 이러한 주장은 실제에도 맞지 않지만, 정직성과 양심을 중시한 정약용이라는 인간의 정체성에 부합하지 않습니다. 이 점에서 정약용이 죽을 때까지 천주교 신자였다는 일각의 주장은 정약용에 대한 오독을 넘어 모욕이라고 해야 하지 않을까 합니다.

정약용은 1801년 11월 전라도 강진에 도착해 동문 밖에 있는 주막집 노파의 집을 거처로 정했습니다. 다들 정약용을 기피해 이 집을 거처로 삼은 것입니다. 정약용은 이 집의 거주하는 방에 '사의재'四宜齋라는 이름을 붙였습니다. '사의재'는 '네 가지 마땅한 집'이라는 뜻인데요, '네 가지 마땅한 것'이란 생각은 담박할 것, 외모는 엄정할 것, 말은 과묵할 것, 행동은 진중할 것, 이 넷을 이릅니다. 이 네 가지를 실천하면서 살아가겠다는 각오를 방 이름에 부친 거죠. 정약용은 1802년 봄 이후 절망적인 상황에서도 다시 마음을 추슬러 공부하기 시작합니다. 「사의재기」四宜齋記에는 이런 말이 나옵니다.

생각건대 나이는 자꾸 들어가는데 학업이 황폐해진 게 슬프다.

사의재에 거주할 때인 1803년 정약용은 「소경에게 시집간 여자」(道康瞽家婦詞)라는 유명한 서사시를 지었습니다. 이 서사시는 정약용이 직접 목격한 일을 쓴 것입니다. 주정뱅이 아버지의 욕심 때문에 소경에게 시집간 어떤 여자가 소경의 온갖 학대를 견디지 못해 달아나 절의 중이 됩니다. 남편은 달아난 아내를 관에 고발합니다. 그래서 관에서는 사령을 절로 보내서 그 여성을 붙잡아 옵니다. 정약용은 바로 이 상황을 목도한 것입니다.

이 작품에서는 참혹한 처지에 있는 한 여성에 대한 정약용의 연민을 읽을 수 있습니다. 약자 혹은 피억압자에 대한 정약용의 인도주의적 관심, 혹은 유교적 가부장제하의 여성에 대한 정약용의 관심이 잘 드러나는 시라고 하겠습니다.

정약용은 사의재에서 만 4년을 지냈으며 이후 보은산방寶恩山房(고성사高聲寺)에서 2년 가까이 지냅니다. 그리고 마흔일곱 살 때인 순조 8년(1808) 3월에 강진 도암면 만덕동의 다산茶山 아래에 있는 윤단尹博의 산정山亭으로 거처를 옮깁니다. 윤단은 정약용의 외증조부인 윤두서尹斗緖의 손자입니다. 이 산정이 곧 '다산초당'입니다. '만덕동'은 '귤동'橘洞이라고도 불렸습니다. '다산'은 그곳의 산 이름입니다. 정약용은 유배가 풀려서 돌아올 때까지 이 집에서 저술에 전념했습니다. 이른바 '다산초당 시절'이 이때부터 시작되죠.

## 정약용의 학문적 글쓰기

정약용은 1802년 4월부터 이해 내내 『독례통고』讀禮通考를 읽으며 주기注記를 붙이는 일에 몰두했습니다. 이 작업은 뒤에 『독례통고전주』讀禮通考箋注라는 책으로 결실을 맺습니다. 『독례통고』는 청초

淸初의 학자 서건학徐乾學이 상례喪禮에 대한 경전과 여러 설을 모아 그 뜻을 밝힌 책입니다. 다음 편지는 이해 12월 22일 두 아들에게 보낸 것인데 정약용이 어떤 마음으로 학문을 하고 있는지를 잘 보여 줍니다.

> 또한 나는 천지간에 외롭게 서 있는지라 의지해 살아갈 방도는 글쓰기밖에 없다. (…) 너희들이 끝내 공부를 하지 않고 포기해 버린다면 내가 한 저술과 편찬은 장차 누가 수습해 편차編次를 정하고 산정刪定하겠느냐? 그렇게 할 수 없다면 내 책이 마침내 전해질 수 없을 것이다. 내 책이 전해지지 않는다면 후세 사람들은 다만 사헌부에서 탄핵한 말과 의금부에서 심문한 말만 가지고 나를 평가할 것이니 나는 장차 어떠한 사람이 되겠느냐.

이 글에서 보듯 유배객 정약용에게 학문이란 자신의 명예를 회복하고 자기 존재를 확인하는 유일한 방법이었습니다. 정약용은 오직 학문을 통해서만 당대에 그리고 후대에 자신을 신원할 수 있다고 본 듯합니다. 그는 또한 학문을 이루는 일은 폐족으로 떨어진 자신의 가문을 부지하는 길이라고 생각했습니다. 그러니 강진의 정약용에게 학문은 절체절명의 문제였던 것입니다. 그가 목숨 걸고 학문 행위를 한 이유가 여기에 있습니다.

정약용은 이 편지에서 학문의 방법과 본령에 대해서도 언급하고 있습니다.

> 반드시 먼저 경학經學으로써 토대를 세운 뒤에 역사책을 섭

렵해서 정치의 득실과 치란治亂의 근원을 알아야 하며, 또 모름지기 실용적인 학문에 유의해 옛사람의 경제에 관한 서적을 즐겨 읽고서 마음속에 늘 만백성을 윤택하게 하고 만물을 편안히 하려는 마음을 둔 뒤에라야 독서를 한 군자라 할 수 있다.

이 말은 정약용이 강진에 와서 '어떻게' 학문을 해야 할 것인가를 오랫동안 골똘히 생각한 결과가 아닌가 합니다. 왜냐하면 이후 정약용의 학문 행위는 이 말에서 단 한 치도 벗어나지 않았기 때문입니다.

정약용은 처음 사의재에 거주할 적에는 주로 상례喪禮에 대한 책을 저술하는 데 힘을 쏟았습니다. 1803년에 저술한 『예전상의광』禮箋喪儀匡 17권을 예로 들 수 있습니다. 상례에 대한 관심은 보은산방 시절까지 이어집니다. 1807년 겨울 『상례사전』喪禮四箋이 완성되니까요. 하지만 이해 봄 정약용은 『주역사전』周易四箋을 저술하기도 했습니다. 이는 그의 관심이 경학 쪽으로 전환되고 있음을 보여 줍니다. 그리하여 다산초당 시절에는 경학 연구에 매진합니다. 물론 이 시기에도 상례에 대한 연구는 계속되고 있지만 경학 연구와 실학 연구에 몰두하고 있음이 이전과는 다른 점입니다.

지금 우리가 알고 있는 정약용의 주요 저술은 대부분 이 시절에 이루어졌습니다. 가령 『논어고금주』論語古今注라든가 『맹자요의』孟子要義라든가 『경세유표』經世遺表, 『목민심서』牧民心書 같은 것이 그러합니다. 다산초당 시절 정약용의 학문적 글쓰기는 두 가지 방면으로 진행되었습니다.

하나는 경학 연구입니다. '경학'은 유교 경전에 대한 연구를 말합니다. 이는 동아시아에서 오랜 전통이 있는 학문 분야로, 당시에는 학문의 으뜸으로 간주되었습니다. 정약용은 지금 조선의 온갖 폐단이 유교 경전에 대한 잘못된 이해에서 비롯되었다고 보았습니다. 그래서 경전에 대한 새로운 해석에 착수한 거죠. 유교 경전에 대한 제대로 된 해석이 현실의 모순과 폐단을 시정하는 학문적 기초가 된다고 판단한 것입니다. 그래서 죽을힘을 다해서 연구했습니다. 이 점에서 정약용은 학자의 모범이 된다고 할 것입니다.

정약용의 경학에는 주자와 다른 해석이 적지 않으며 독자적 성취가 있습니다. 정약용의 경학은 조선의 최고 수준이라 할 만합니다. 하지만 정약용이 살았던 19세기 전반기는 근대의 여명기에 해당합니다. 몇 십 년 지나면 외세의 압박으로 개국開國을 하고, 이른바 서세동점西勢東漸으로 문명의 전환을 맞게 됩니다. 박제가 같은 인물은 18세기 말에 이미 개국통상론에 근접한 주장을 제기하며 새로운 문명으로의 전환을 기획한 바 있습니다. 박제가의 학문은 경학과는 다른 학문이죠. 즉 경학 바깥의 학문입니다. 그런가 하면 개성에 거주한 19세기의 학자인 혜강 최한기(1803~1879) 같은 학자 역시 전통 학문, 즉 성리학과 경학에서 벗어났습니다. 그는 학문 중의 학문으로 간주된 경학에서 벗어나 서학西學을 참조해 기학氣學이라는 새로운 학문을 정초定礎해 냈습니다. '기학'은 기氣에 토대를 둔 학문 체계입니다. 완전히 새로운 학문이죠. 최한기는 경전 주석 같은 것은 전혀 일삼지 않았어요.

이런 점을 고려한다면 정약용의 경학 연구는 시대를 선취先取하거나 새로운 패러다임을 제시한 의의를 갖는다고 보기는 어렵습니다. 하지만 이런 지적과는 별도로 정약용의 경학 연구는 절체절명의 상황에 있던 자신을 부지하고 자신의 실존을 떠받치는 행위였다는 점에 유의해야 하지 않을까 합니다. 정약용은 자신이 살아 있는 이유, 자신이 살아가야 할 근거를 바로 이 경학 연구에서 찾았으리라고 여겨집니다. 그래서 그리 힘든 여건에서도 목숨을 걸고 거기에 골몰했을 것입니다.

이 점에서 정약용의 경학 연구는 추방된 자의 글쓰기로서 양면을 보여 줍니다. 한 면은 자기 존재를 건 혼신의 글쓰기라는 점입니다. 이 점에서 비장미가 느껴집니다. 다른 한 면은 자신의 처지에 제약되어 경학 바깥을 사유하며 새로운 사상을 만들어 내지는 못했다는 점입니다. 그는 유배지의 제한된 공간 속에 갇혀 있었으며, 유배객으로서 정치적 제약 속에 있었습니다. 이로 인해 그의 경학은 비록 그 내부에 진보적 계기가 내포되어 있기는 하지만 넘어설수 없는 한계 역시 안고 있죠. 무릇 경학이 안고 있는 한계입니다. 정약용이 두뇌 명석한 학자였음을 생각하면 이는 몹시 안타깝고 애석한 일이 아닐 수 없습니다.

정약용 학문의 다른 한 방면은 조선의 사회제도 개혁 방안에 대한 연구입니다. 이른바 실학 연구죠. 이는 그의 경학 연구와 표리를 이룹니다. 정약용의 경학 연구는 현실의 개혁을 전제로 하고 있기 때문입니다. 그러므로 경학 연구와 마찬가지로 실학 연구도 정약용 자신의 실존과 분리되지 않는 행위였다고 말할 수 있습니다. 다시 말해 그것은 추방된 자로서 정약용 자신의 존재 이유를 확인시켜 주는 행위였습니다.


### 정약용의 애민시와 사회 개혁적 산문들

정약용은 유배 시절 애민시를 많이 창작했습니다. 그는 유배 이전

214

에도 애민시를 창작한 바 있습니다. 앞에서 정약용의 생애를 살필 때 1794년 경기도 암행어사를 했다고 했는데, 당시 경기도 연천을 순찰하고 쓴 「적성촌에서」(奉旨廉察到積城村舍作)라는 시는 애민시에 해당합니다. 그다음 해인 1795년에는 「기민시」飢民詩 세 수를 썼습니다. '기민'은 굶주리는 백성이라는 뜻이니, 곧 굶주리는 백성을 읊은 시입니다. 당시 이가환은 이 시를 읽고 "몽둥이로 때리거나 욕하며 꾸짖는 것보다 더 아프다"라고 극찬했습니다. 백성들의 참상에 너무 마음이 아프다는 거지요. 이처럼 유배 이전에도 애민시를 창작하기는 했습니다만 그리 많지는 않은데, 유배 이후에는 아주 많은 애민시를 창작했습니다.

주목되는 점은 30대 시절의 이런 애민시에서 확인되는 정약용의 애민 의식이 그가 이 무렵에 쓴 「전론」田論 7편이라든가 「원목」原牧, 「탕론」湯論 등에 제시된 급진적 개혁 사상과 연결된다는 사실입니다.

정약용은 「전론」에서 하늘 아래 굶주리는 사람이 있어서는 안 된다는 전제 아래 토지의 균등한 분배를 주장했습니다. 그리하여 과다한 토지 소유의 부도덕성과 빈부 격차를 좌시하는 무책임한 정치를 비판합니다. 또한 정약용은 선배 학자들이 제안한 균전법均田法이나 한전법限田法의 문제점을 지적하면서 여전법閭田法을 제안했습니다. 여전법은 농사짓는 사람이 토지를 소유해야 한다는 '경자유전'耕者有田의 원칙 위에서 토지의 공동 소유 및 노동에 따른 분배를 그 골자로 하고 있습니다. 뿐만 아니라 정약용은 선비들도 놀고먹어서는 안 되며, 농업이나 수공업이나 상업에 종사하든가 지식인으로서 실학을 연구해 사회에 이바지해야 한다고 봤습니다.

'원목'은 '목민관을 탐구한다'라는 뜻입니다. 정약용은 임금을 포함한 모든 목민관은 원래 백성의 추대로 그 자리에 있게 된 것이라고 주장하고 있습니다. 모든 권력은 그 원천이 백성에 있다는 거죠. 근대의 '주권재민'主權在民에 접근하는 혁신적 사고라고 할 수 있습니다.

「탕론」은 '탕임금에 대해 논하다'라는 뜻입니다. 정약용은 이 글에서 임금은 하늘에서 내려오거나 땅에서 솟아난 존재가 아니라 아랫사람들의 추대로 그 자리에 있게 된 것이라고 말하고 있습니다.「원목」의 취지와 통하죠. 이 글에서 정약용은 탕왕과 무왕의 역성혁명을 긍정합니다. 임금은 추대된 자이므로 만일 정치를 잘못한다면 끌어내려 교체하는 것이 이치에 맞다는 겁니다. 정약용의 이런 생각은 조선 초기 김시습이 「방본잠」邦本箴 같은 글에서 주장한 민본주의 사상과 연결됩니다. 다만 정약용의 정론 산문이 논리적 언어로 일관하고 있다면 김시습의 정론 산문은 육체적 상상력이 동원된 감각적 언어라는 점에서 차이가 있습니다.

30대에 쓰인 이들 정론 산문은 정약용 개혁 사상의 정점을 보여 줍니다. 하지만 유감스럽게도 유배 이후에는 이런 급진적 면모가 더 발전하지 못합니다. 정약용은 요즘 말로 하면 일종의 정치범이었습니다. 유배 중에도 조정의 반대 세력은 집요하게 정약용을 죽이려 했습니다. 이런 처지에 놓여 있었으니 사유와 글쓰기에 제한과 위축이 없을 수 있겠습니까. 여러 고려와 자기 검열이 있었을 것이 분명합니다. 게다가 유배지에 갇혀 있어 서울에 있을 때처럼 중국을 통해 세계의 사정을 알 기회가 없었다는 점도 감안해야 할 것입니다.

유배 시기 정약용의 애민시들은 모두 강진 백성의 참혹한 현실을 그리고 있습니다. 예컨대 1803년에 쓴 「애절양」哀絶陽이라는 시는 어린아이에게까지 군포軍布를 징수하는 가혹한 현실에 저항해 스스로 거세한 한 사내를 소재로 삼았습니다. 이를 통해 참혹한 지경에 이른 백성의 고통을 여실히 그려 냈습니다. 1810년에는 이른바 '삼리'三吏로 불리는 시들인 「용산촌 아전」(龍山吏), 「파지촌 아전」(波池吏), 「해남촌 아전」(海南吏)을 지었습니다. 이 시들은 모두 수탈을 일삼는 아전들과 백성들의 참상을 읊었습니다.

한편, 1802년에 지은 「탐진촌요」耽津村謠, 「탐진농가」耽津農歌, 「탐진어가」耽津漁歌 같은 악부시도 주목됩니다. '탐진'은 강진을 가리킵니다. 우화시도 주목되는데요, 가령 1810년에 「고양이」(貍奴行)라든가 「승냥이와 이리」(豺狼)라는 시를 썼습니다. 동물들에 빗대어 수탈하는 지배층과 수탈당하는 백성의 삶을 우의적으로 노래한 시입니다. 「승냥이와 이리」의 일부를 보이면 다음과 같습니다.


　　　　승냥이야 이리야!
　　　　우리 송아지 잡아갔으니
　　　　우리 양일랑 물지 마라.
　　　　옷상자에 저고리가 없고
　　　　옷걸이에 치마가 없다.
　　　　항아리에 소금도 안 남았고
　　　　시루에 곡식도 안 남았다.
　　　　큰 솥 작은 솥 앗아 가고
　　　　숟가락 젓가락 털어 갔네.
　　　　도둑도 강도도 아닌데
　　　　어찌 그리 못됐나.
　　　　豺兮狼兮!

既取我犢, 毋噬我羊.

笥既無襦, 椸既無裳.

甕無餘醢, 瓶無餘糧.

錡釜既奪, 匕筯既攘.

匪盜匪寇, 何爲不臧.

「승냥이와 이리」는 「전간기사」田間紀事 시 중의 한 수입니다. 1809년 기사년과 1810년 경오년에 대기근이 들어 수많은 사람들이 굶어 죽었습니다. 당시 들판에는 시체가 즐비했다고 합니다. 정약용은 이때의 참상을 시로 읊었는데, 「전간기사」는 그 대표적인 작품입니다. 「파리를 조문한다」(弔蠅文)라는 산문을 지어 백성들의 죽음을 애도한 것도 이때 일입니다. 그러므로 1810년은 유배기 정약용의 문학 행위에 있어서 아주 중요한 시기라고 말할 수 있습니다. 다음은 「전간기사」의 서문입니다.

> 기사년에 나는 다산초당에 머물고 있었다. 이해에 큰 가뭄이 들어 지난해 겨울부터 봄을 거쳐 금년 입추에 이르기까지 붉은 땅이 천 리에 이어졌다. 들에는 풀 한 포기 보이지 않았고 6월 초에는 유랑민들이 길을 메웠는데 너무 비참해 눈 뜨고는 차마 보기 어려웠으며 살 의욕을 잃어버린 것 같았다. 하지만 나는 죄를 지어 유배된 몸이라 사람 축에도 끼이지 못하는 처지였다. (…) 나는 때때로 목도한 것을 기록해 이를 엮어 시가를 지었다.

「전간기사」는 전부 여섯 수로 구성되어 있습니다. 「쑥을 캐네」

(采蒿), 「볏모를 뽑네」(拔苗), 「메밀」(蕎麥), 「보리죽」(熬麩), 「승냥이와 이리」, 「버려진 오누이」(有兒)가 그것입니다. 「쑥을 캐네」에는 이런 주가 달려 있습니다: "「쑥을 캐네」는 흉년을 슬퍼한 노래다. 가을도 되기 전에 백성들이 굶주리는데 들에는 풀 한 뿌리 없고 부인들은 다북쑥을 캐어 죽을 쑤어서 끼니를 대신한다." 시의 일부를 제시하면 다음과 같습니다.

다북쑥을 캐네 다북쑥을 캐네

다북쑥이 아니라 제비쑥이네.

명아주 비름나물 다 시들었고

소귀나물 떡잎은 그대로 말랐네.

풀 나무 다 타고

샘물까지 말랐네.

(…)

유랑 걸식 떠난 남편

그 누가 묻어 주리.

오호라 하늘이여

어찌 이리 무정한고.

采蒿采蒿, 匪蒿伊菣.

藜莧其萎, 慈姑不孕.

爇煤其焦, 水泉其盡.

(…)

夫壻旣流, 誰其殣兮.

嗚呼蒼天, 曷其不愁.

「파리를 조문한다」

정약용은 시만이 아니라 산문으로도 1810년에 목도한 백성의 참
상을 적고 있습니다. 1810년 여름에 쓴 「파리를 조문한다」라는 글
이 그것입니다. 당시 정약용은 49세였습니다. 이 작품에는 다음과
같은 서문이 있습니다.

경오년(1810) 여름에 엄청난 파리 떼가 생겨나 온 집안에
가득하더니 점점 번식하여 산과 골을 뒤덮었다. 으리으리한
저택에도 엉겨 붙고, 술집과 떡집에도 구름처럼 몰려들어
우레 같은 소리를 내었다. 노인들은 괴변이라 탄식하고, 소
년들은 분을 내어 파리와 한바탕 전쟁을 벌이려고 했다. 혹
은 파리통을 설치해 잡아 죽이고, 혹은 파리약을 놓아 섬멸
하려 했다.
나는 이를 보고 말했다.
"아아, 이 파리들을 죽여서는 안 된다. 굶어 죽은 사람들이
변해서 이 파리들이 되었다. 아아, 이들은 기구하게 살아난
생명들이다. 슬프게도 작년에 큰 기근을 겪었고, 겨울에는
혹독한 추위를 겪었다. 그로 인해 전염병이 유행하였고, 가
혹하게 착취까지 당하여 수많은 사람이 죽었다. 시신이 쌓
여 길에 즐비했으며, 시신을 싸서 버린 거적이 언덕을 뒤덮
었다. 수의도 관도 없는 시신 위로 따뜻한 바람이 불고, 기
온이 높아지자 살이 썩어 문드러졌다. 시신에서 물이 나오
고 또 나오고, 고이고 엉기더니 변하여 구더기가 되었다. 구
더기 떼는 강가의 모래알보다 만 배나 많았다. 구더기는 점

차 날개가 돋아 파리로 변하더니 인가로 날아들었다. 아아, 이 파리들이 어찌 우리 사람들과 마찬가지 존재가 아니랴. 너의 생명을 생각하면 눈물이 줄줄 흐른다. 이에 음식을 마련해 파리들을 널리 불러 모으나니 너희들은 서로 기별하여 함께 와서 이 음식들을 먹어라."

이에 다음과 같이 파리를 조문弔問한다.

여기서 보듯 정약용은 파리를 대기근에 굶어 죽은 백성들의 화신化身으로 보고 있습니다. 즉, 죽은 백성들과 파리를 일체로 보고 있는 거죠. 그래서 음식을 차려 파리에게 먹인다고 했습니다. 다음은 파리에게 흰쌀밥과 맛있는 음식들을 권하며 그 배고픔과 슬픔을 위로하는 대목입니다.

파리야 날아와 이 음식 소반에 앉아라. 수북한 흰쌀밥에 맛있는 국이 있단다. 술과 단술이 향기롭고 국수와 만두도 마련하였다. 그대의 마른 목을 적시고 그대의 타는 속을 축여라.

파리야 날아오너라. 훌쩍훌쩍 울지 마라. 네 부모와 처자를 함께 데려오너라. 이제 여한 없이 한번 실컷 먹어 보아라. 그대가 살던 옛집에는 잡초만 가득하다. 처마는 내려앉고 벽은 무너지고 문짝은 기울었다. 밤에는 박쥐가 날고 낮에는 여우가 운다. 그대가 일하던 밭에는 가라지만 돋아 있다. 올해는 비가 많아 흙탕물이 흐르는데, 마을 사람이 없어 황폐하게 버려졌구나.

파리야 날아와 기름진 고기 위에 앉아라. 살진 소다리가 보기 좋게 구워져 있고, 초장에 파강회·생선회·농어회도 있단

다. 그대의 굶주린 창자를 채우고 얼굴을 환히 펴라. 도마 위
엔 남은 고기 있으니 그대 무리들에게 먹여라. 그대의 시신
은 이리저리 높이 쌓였는데, 옷도 없이 거적에 둘둘 말려 있
다. 장맛비 내리고 날이 더워지자 시신은 모두 이물異物로
변한다. 구물구물 솟아나 어지러이 꿈틀대며 움직인다. 옆
구리와 등줄기에 넘쳐나더니 콧구멍까지 가득 채운다. 그러
고는 허물을 벗고 훌훌 날아가는구나.

이처럼 정약용은 파리에게 곡진히 말을 건네며 음식을 권합니
다. 굶어 죽은 백성들이 죽어서나마 실컷 배불리 먹어 보라는 거죠.
백성들이 평소 먹고 싶었던 음식, 잔칫날이나 먹어 봄 직한 음식,
평생 먹을 수도 없는 진귀한 음식들이 순차적으로 열거됩니다.

이 대목 뒤에는 지방관의 무사안일, 아전들의 횡포와 백성 수
탈, 조세의 과중함, 백성의 고통과 원망이 구체적, 사실적으로 묘사
되고 있습니다.

이 작품은 연구자에 따라서는 우언寓言으로 보기도 하지만 우
언이 아닙니다. 우언은 가탁된 동물이나 사물을 통해 어떤 메시지
를 전달하는 허구적 글쓰기에 해당합니다. 하지만 이 작품에서 파
리는 가탁된 존재가 아닙니다. 이것은 실화입니다. 가탁된 존재가
아니고, 허구도 아닙니다. 이 글에서 파리는 사실 자체인 것입니다.
우언이 아닌 데에 이 글의 심각함이 있습니다.

이 글은 정약용의 애민시들에 비해 그 비통함의 정도가 더욱
심합니다. 비참함의 극치라고 할 만한 풍경을 목도해서일 것입니
다. 이 때문에 서정시를 읊을 수 없는 상황이 되어서 격하고 비통한
감정을 그대로 드러내어 눈앞의 광경을 구체적으로 묘사했을 것입

니다. 이로 인해 대상, 즉 백성과의 거리가 매우 좁혀졌습니다. 정약용의 애민시는 비록 백성의 처참한 상황을 그린 경우라 할지라도 시적 화자와 대상 간에 일정한 거리가 존재합니다. 「파리를 조문한다」 역시 서술자와 파리가 일체적이라고 말할 수는 없지만 그럼에도 둘 사이의 거리는 아주 좁혀져 있다고 보입니다. '이 파리들은 우리 사람들과 마찬가지 존재다'라고 하면서 눈물을 줄줄 흘리는 데서 그 점이 확인됩니다.

정약용은 비록 그 높은 애민 의식에도 불구하고 백성을 연민의 대상으로 읊었지 정치적 주체나 저항하는 주체로 인식하지는 못했습니다. 이런 의식의 한계가 있음에도 불구하고 이 작품에서 정약용이 백성과의 거리를 좁히면서 백성을 조문할 수 있었던 것은 극도의 비통함 때문이었다고 생각됩니다. 죽은 자들의 시신과 파리가 일체로 파악되면서 진성측달眞誠惻怛(진실된 슬픔)의 감정이 극도로 고조되고, 여기서 일종의 존재론적 연결이 이루어진 게 아닌가 합니다. 더군다나 이 작품은 대단히 사실적이고 구체적입니다. 이런 사실적·구체적 묘사에서 정약용이 느꼈던 지극한 고통이 감지됩니다.

이리 본다면 이 작품은 고통의 공유에서 출발하고 있다고 할 것입니다. 그래서 의식의 한계를 뛰어넘는 '리얼리즘의 승리'라 할 만한 것이 성취되었다고 판단됩니다. '리얼리즘의 승리'는 작가의 의식의 한계, 세계관의 한계에도 불구하고 그것이 묘사하는 구체적이고 사실적인 묘사의 힘 때문에 이룩되는 문학적 성취를 이르는 말입니다.

이 작품의 말미에서 정약용은 파리들에게 이리 말합니다.

북으로 천 리를 날아 궁궐로 가거라. 임금님께 너희들의 충
정을 하소연하고 깊은 슬픔 펼쳐 아뢰어라. 어려운 궁궐이
라고 시비를 말 못 하진 마라.

하늘을 뒤덮은 수많은 파리 떼가 북으로 떼 지어 날아가는 것
은 왠지 민란을 떠올리게 합니다. 지배층에게는 아주 불편하고 위
협적이기까지 한 상상이라 하지 않을 수 없습니다. 물론 정약용이
이런 상상을 했을 리는 만무하지만, 텍스트 수용자의 입장에서 본
다면 이런 읽기도 가능하지 않나 합니다. 작가의 의도를 벗어난, 텍
스트 자체의 객관적인 의미망이 있을 수 있으니까요. 수십만, 수백
만의 파리가 하늘에 떼를 지어 북쪽으로 날아 궁궐로 가서 임금에
게 하소연하고 임금에게 시비를 말하려 하는 광경을 상상해 보세
요. 무섭지 않습니까? 그리고 뭔가 좀 불온해 보이지 않습니까? 그
렇지만 정약용의 입장에서 보면 이것은 군주의 시혜施惠를 갈구하
는 것이며, 그 점에서 그가 창작한 애민시의 한계와 연결됩니다. 정
약용은 체제를 부정하거나 체제에 저항적인 지식인은 아니었습니
다. 그런 점에서 「파리를 조문한다」의 말미에서 확인되는 한계가
이상한 것은 아닙니다. 정약용 스스로도 실현 가능성이 없음을 알
고 있었을 테지만 그럼에도 그는 왕화王化(왕의 교화) 내지 왕도 정치
에 대한 한 가닥 마지막 기대를 포기할 수 없었던 것입니다.

정약용은 이듬해인 1811년에 일어난 홍경래洪景來의 난에 부
정적인 입장을 취했습니다. 그리하여 양반 사대부가 이러한 변란
에 대처하려면 결국 노비밖에 없다고 하면서 노비 제도를 더 강화
해야 한다고 주장했습니다. 적이 실망스런 주장입니다. 그렇기는
하지만 백성을 정치적 주체로서 승인하지 않았던 유배기 정약용

의 정치사상적 입장을 확인하는 자료로서 이 작품을 볼 것은 아닙니다. 현실 세계의 리얼리티에 대한 묘파描破가 작가의 정치사상적 입장에 균열을 내기도 하는 것이 문학이기 때문입니다. 이 점에서, 문학 행위라는 것은 비록 종종 정치사상과 결부되기는 하나 그렇다고 꼭 정치사상에 종속되는 것은 아니며, 정치사상과는 별도의 영역에 속한다 할 것입니다.

그러므로 리얼리즘의 정신에 투철한 이 작품은 유배기 정약용의 최고의 성취를 보여 주는 산문으로 평가할 수 있을 것입니다. 비단 산문만이 아니라 유배기의 시문 모두를 통틀어 이 작품을 능가하는 것은 없다고 생각되며, 추방된 자로서 정약용이 쓴 최고의 작품이 아닌가 합니다.

정약용은 자신의 본래 공간에서 추방되어 유배지에서 17년의 긴 시간을 어떻게 버텨 낼 수 있었을까요? 자신의 전 존재를 건 학문적 글쓰기를 통해서, 그리고 백성의 고통을 대변하는 글쓰기를 통해서였다고 생각합니다. 이 두 글쓰기가 절체절명의 상황에 처한 정약용을 살아 있게 한 원동력이자 그를 구원으로 이끈 빛이었습니다.


### 이학규의 생애

이학규(1770~1835)는 서울에서 태어났습니다. 본가는 조부 때부터 서대문 밖의 반송방盤松坊에 있었습니다. 조부는 승지를 지냈습니다. 이승훈은 이학규의 삼종숙이 됩니다. 이승훈은 앞에서 말했듯 이가환 누님의 아들이고 정약용의 자형입니다. 그러니 이학규는 이가환, 정약용과 인척간이죠.

이학규는 호가 낙하생洛下生입니다. '낙하'는 서울을 뜻하니, '낙하생'은 서울에서 태어났다는 말입니다. 좀 이상한 호 같지 않습니까? 서울에서 태어난 사람이 어디 한둘입니까? 이 호는 이학규가 유배지 김해에 있을 때 사용한 호입니다. 그러니 비록 김해에 있지만 서울 사람이라는 의미가 이 호에 함축되어 있습니다. 일말의 아이러니가 느껴집니다.

이학규는 어머니 배 속에 있을 때 아버지가 돌아가셨습니다. 이 때문에 집안이 넉넉하지 못했으며, 외가의 영향을 받으며 성장했습니다. 이용휴가 외조부이고, 이가환이 외숙이었습니다. 이가환은 정조 연간 남인의 지도적 인물이었고 굉박宏博한 학식을 지닌 인물이었습니다. 정약용도 이가환의 학자로서의 면모를 아주 높이 평가했습니다. 하지만 신유옥사 때 천주교도로 몰려 억울한 죽음을 당했습니다. 이가환은 한때 천주교에 관심을 가진 적이 있지만 정약용처럼 중간에 손을 씻었습니다. 그럼에도 고문을 받다가 스스로 굶어 죽었습니다. 노론 정적들은 이가환이 천주교도임을 입증할 길이 없자 심하게 고문했죠.

이학규는 이용휴에게 글을 배웠습니다. 이용휴는 전에 말했듯 성호 이익의 조카입니다. 그러므로 이학규는 성호 학통에 속한다고 말할 수 있습니다.

이학규의 처는 나주 정씨로 정약용과 팔촌 간인데, 어린 나이에 부모를 잃어 아주 고단한 처지였습니다. 이런 처지에서 동갑내기 이학규를 남편으로 맞아 의지하게 된 것입니다.

정조 19년(1795) 스물여섯 살 때 이학규는 포의의 신분으로 규장각에서 『규장전운』奎章全韻의 교열 작업을 합니다. 『규장전운』은 정조의 명으로 편찬된 운서韻書로 정조 20년에 간행되었습니다. 이덕무가 이 책의 편찬에 주요한 역할을 했으며, 이가환, 박제가 등도 편찬에 참여했습니다. 이학규가 일개 포의로서 이 책의 교열에 참여할 수 있었던 것은 정조에게 그 실력을 인정받아서입니다.

하지만 얼마 지나지 않아 정조가 급서急逝하고 1801년 서른두 살 때 신유옥사가 일어나 그해 2월 의금부에 구금됩니다. 인척인 이가환, 이승훈에 연루된 거죠. 무혐의로 판명이 났지만 4월에 능주綾州(전라남도 화순)로 귀양 갑니다. 그리고 이해 10월 내종제인 황사영의 백서 사건이 터지자 다시 서울로 붙잡혀 와 의금부에 투옥되었다가 김해로 유배됩니다. 이때부터 1824년까지 23년간 귀양살이를 합니다.

이학규는 유배 온 지 4년 뒤인 1805년 셋째 아이가 죽었다는 편지를 받습니다. 그리고 1815년 마흔여섯 살 때 아내 정씨가 세상을 하직합니다. 유배 온 지 15년째 되는 해입니다. 2년 후인 1817년 겨울 이학규는 진양 강씨를 후실로 맞습니다. 유배지 인근에 거주하던 여인인데, 가족이 없는 외로운 사람이었습니다. 그래서 이웃 노파의 주선으로 후실로 맞았습니다. 1819년 쉰 살 때 모친이 사망합니다. 1821년 쉰두 살 때 진양 강씨가 딸아이를 분만한 후 9일 만에 숨을 거둡니다. 재혼한 지 4년째 되던 해입니다.

이학규의 운명은 참 기구해 보입니다. 15년 동안 꿈에 그리던 처를 다시 보지 못한 채 저세상으로 떠나보냈으며, 죽은 처를 잊기 위해 동네의 고단한 여성을 후처로 얻었건만 4년 만에 아이를 낳다가 사망했으니까요. 이학규는 아내 정씨丁氏의 제문을 남겼는데, 이 글에는 아내가 죽을 때 자기한테 무슨 말을 하려고 입을 우물우물하면서도 끝내 아무 말도 못 하고 숨을 거둔 사실이 적혀 있습니다.

쉰다섯 살 때인 1824년 4월, 장남이 의금부에 소청訴請해서 24년 만에 유배에서 풀려납니다. 이해 서울에 올라와 정약용과 자하紫霞 신위申緯를 방문해 서로 시를 수창합니다. 이학규는 정약용만이 아니라 신위와도 교분이 있었습니다. 정약용은 유배에서 풀린 다음 죽을 때까지 다시 강진에 가지 않았는데, 이학규는 유배가 풀린 해 가을 도로 김해로 내려갔습니다. 감옥에서 한 30년 살다가 나온 사람 중에는 세상에 적응하지 못하고 다시 감옥으로 가기를 간절히 희망하는 이가 있다고 하는데, 이학규는 유배지에 정이 들어 버린 게 아닌가 합니다. 아이러니한 일입니다.

이학규는 둘째 아들과 함께 김해에 5, 6년쯤 우거합니다. 그러다가 예순두 살 때인 1831년경 충청도 충주 근처로 이거移居합니다. 하지만 이거 후에도 김해를 왕래하죠. 그리고 예순네 살 때인 1833년 초가을에 마재로 정약용을 방문합니다. 이것이 아마 정약용과의 마지막 만남이 아닌가 여겨집니다. 이학규는 2년 후인 1835년 예순여섯 살을 일기로 충주 근처에서 생을 마감합니다.

### 이학규의 애민시

정약용과 마찬가지로 이학규도 유배지에서 애민시를 썼습니다. 1809년 정약용의 「탐진농가」, 「탐진촌요」, 「탐진어가」를 본떠 「강창농가」江滄農家, 「남호어가」南湖漁歌, 「상동초가」上東樵歌를 창작했습니다. '강창', '남호', '상동'은 다 김해의 지명입니다. 그리고 1810년에는 정약용의 「전간기사」를 본떠 「기경기사」己庚紀事를 창작했습니다. '기'는 기사년인 1809년을, '경'은 경오년인 1810년을 말합니다. 그러니 '기경기사'는 '기사년과 경오년의 일을 기록한 시'라는 뜻입니다. 이때 대기근이 들었음은 앞에서 말한 바 있습니다. 조선 전국에 대기근이 들었죠.

이학규는 서른아홉 살 때인 1808년 정약용의『탐진악부』耽津樂府 — 이 작품은 현재 전하지 않습니다 — 를 본떠서『영남악부』嶺南樂府를 창작했습니다.『영남악부』에는 총 60수의 시가 수록되어 있는데, 매 시마다 서문이 있고 그 뒤에 본시本詩가 나오는 형식입니다. 영남의 인물·민속·고사를 읊은 시가 많지만, 그중에는「소주도」燒酒徒라든가「철문어」鐵文魚처럼 부정부패한 탐관오리를 비판한 시도 실려 있어 주목됩니다.

'소주도'는 소주를 마시는 무리라는 뜻입니다. 고려 말 합포合浦(지금의 창원)의 원수인 김진金鎭은 기생과 악공들을 모아 놓고 휘하의 무리들과 밤낮 소주를 마시며 놀았습니다. 그래서 당시 이 무리들은 '소주도'로 불렸습니다. 김진은 형벌을 너무 혹독하게 내려 군사들의 원망을 많이 샀습니다. 그래서 왜구가 쳐들어오자 군사들은 소주도가 나가 싸우라면서 싸우려 하지 않아 마침내 왜구에게 패했다고 합니다.

'철문어'는 쇠로 된 문어라는 뜻인데, 고려 말 계림鷄林(경주) 부윤을 지낸 배원룡裵元龍의 별명입니다. 백성들을 지독하게 수탈해 농기구까지 걷어 갔기에 백성들은 그를 '철문어 부윤'이라고 불렀습니다.「철문어」라는 시는 다음과 같습니다.

철문어야!
왜 밭을 파지 않고
도리어 백성을 노략질하는가?
손톱 같은 세 갈래 갈고리로
백성의 살을 파고 백성의 기름을 빠는구나.

너의 전장田莊으로 싣고 가면서

우리 우마차까지 닳게 하네.

계림에 이제 쇠붙이라곤 없으니

활을 당겨 수문어水文魚라도 쏠 수밖에.

鐵文魚!

何不杷人畬, 而反爲人漁.

三叉屈折如指爪, 爬民之肉吮民䐈.

而輴爾田廬, 又敝我牛車.

鷄林自此鐵無餘, 抨弓去射水文魚.


　　이학규는 정약용과 같은 이유에서 애민시를 썼다고 할 것입니다. 즉, 추방된 공간에서 자신의 존재 의미를 찾고자 해서일 것입니다. 이런 글쓰기는 엄혹한 현실에서 사士로서 자신을 부지하는 데 도움이 되었을 것입니다. 그런데 「철문어」의 마지막 구절 "활을 당겨 수문어라도 쏠 수밖에"라는 말이 시사하듯 이학규는 정약용과 달리 백성의 저항적 주체로서의 면모를 몰각하고 있지 않습니다. 이 점이 다릅니다. 정약용은 체제의 테두리 밖을 사유하려고 하지 않았는데, 이학규는 정약용처럼 대단한 학문이나 사상이 있는 것도 아니고 문학적 글쓰기를 주로 했습니다만 백성에게 저항적 주체로서의 면모를 승인하고 있습니다. 이 차이에 좀 유의할 필요가 있습니다.

　　이학규가 1809년경에 창작한 「석신막지부행」析薪莫持斧行이라는 시에서도 이 점이 확인됩니다. '석신막지부'는 '땔나무 하러 갈 때 도끼를 못 가지고 가게 한다'라는 뜻입니다. '행'은 시체詩體의 이름으로, 흔히 가행체歌行體라고 부릅니다. 가행체 한시 중에는 악부

시가 많은데, 이 시 역시 악부시에 속합니다. 도끼가 없으면 어떻게 땔나무를 합니까? 이 시에는 배경이 있습니다. 정조 때 김해 부사 민영철閔泳喆이 백성들로 하여금 소나무를 못 베게 하려고 그 도끼를 다 빼앗았습니다. 이에 부사가 임기가 다 되어 서울로 돌아갈 때 고을 경계에서 김해의 아낙네 대여섯 명이 그 앞길을 막고 가마의 휘장을 벗기며 도끼가 간 곳을 밝히라고 대듭니다. 시골 아낙네들이 당당하게 양반 관리를 추궁하는 놀라운 사건이 발생한 거죠. 부사는 상황이 여의치 않자 구구이 변명했습니다. 이학규가 유배 오기 전에 있었던 일인데, 이학규는 고을 백성들에게 이 사실을 듣고 시를 지었습니다.

### 민요에 대한 관심

한편, 이학규는 민요에 깊은 관심을 보여 민요풍의 한시를 여럿 창작했습니다. 「앙가 오장」秧歌五章 같은 것을 예로 들 수 있습니다. '앙가'는 '모내기 노래'라는 뜻인데요, 옛날에 모내기할 때에는 허리를 굽혀 하루 종일 모를 심어야 했는데 이게 보통 고역이 아닙니다. 그 고역을 잊기 위해 함께 노래를 불렀는데, 이학규는 이 노래를 한시화한 것입니다. 「전하산가」前下山歌, 「후하산가」後下山歌 같은 시도 그렇습니다. 이학규는 어떤 사람에게 보낸 편지에서, 이웃 사람이 부르는 「하산가」를 들었다고 말하고 있습니다. '하산가'는 '산에서 내려올 때 부르는 노래'를 말하는데, 젊은 여자아이들이 산에 나물 뜯으러 갔다가 내려오면서 부르는 노래입니다. 이학규는 이 시의 서문에서 이렇게 말합니다.

「하산가」는 김해의 여자 아이들이 산나물을 캘 때 부르는 노래다. (…) 한 명의 여아가 선창하면 열 명의 여아가 좇아 화답한다.

이는 민요의 매김소리와 받는소리를 말한 것입니다. '선소리', '뒷소리'라고도 하죠. 앞에서 선창을 하면 뒤에서 받아 뒷소리를 합니다.

「걸사행」乞士行은 한시의 격식에 구애되지 않고 민요의 리듬을 구현해 놓고 있습니다. 그래서 전통적 한시의 틀을 벗어났습니다. 19세기에 와서 김삿갓(김병연金炳淵)이 한시의 격식을 파괴합니다. 이학규는 김삿갓처럼 유랑 지식인은 아니었습니다만 유배지에서 김삿갓이 했던 것처럼 한시의 격식을 파괴해 버리고 글자 수도 세 글자, 다섯 글자 이런 식으로 일정한 규칙 없이 배열하면서 도무지 한시라고 인정할 수 없는 그런 시를 썼습니다. 「걸사행」은 남사당 패의 놀이를 자세히 읊은 시인데요, 기존에는 이 시를 거지들의 장타령으로 오해한 것 같습니다. 이 시의 일부를 보이면 다음과 같습니다.

동당동당동당
호남 퇴기退妓, 해서 창녀
한 불당佛堂에 내 사당, 네 사당 어찌 다투랴.
가는 곳마다 인산인해
응큼하게 손 넣어 치마 속 더듬는데
너는 한 푼에 허락하는 색시요
나는 팔도를 떠도는 한량.

아침엔 김서방 저녁엔 박서방

물결치는 대로 바람 부는 대로.

鼕鏜鼕鏜鼕鏜, 湖南退妓海西娼.

一佛堂何事我社堂汝社堂,

箇處人海人山傍, 暗地入手探帬裳.

汝是一錢首肯之女娘, 我又八路不闋之閑良.

朝金郎暮朴郎, 逐波而僞隨風狂.

　　이 시에는 '동당동당동당'이라는 북 치는 소리가 흥겹게 여러 번 되풀이됩니다. 한자음으로도 '동당동당동당'입니다. 동동동, 동동, 동동동동동동 북소리가 들리는 것 같지 않습니까? 그리고 남사당패의 음란한 행태를 어떤 윤리적 개입이나 가치 판단 없이 그대로 제시하고 있습니다. 사당패들은 남녀 관계가 아주 음란한데, 그것을 읊은 것입니다. 윤리적 개입이나 가치 판단이 전혀 없지 않습니까? 보통 사대부들의 한시는 그렇지 않습니다. 늘 윤리적 판단이나 가치 개입이 이루어집니다. 정약용 같으면 이런 시를 쓸 수 없었을 것입니다.

### 기속시

이학규는 풍속이나 민속과 관련된 시를 아주 많이 남겼습니다. 대표적으로 「금관기속시」金官紀俗詩를 들 수 있습니다. '금관'은 김해를 가리킵니다. 이 시는 유배에서 풀리기 5년 전인 1819년에 창작되었는데, 전부 59편 77수입니다. 이학규가 이처럼 기속시를 많이 지은 것은 실학적 관심의 발로도 아니고, 정약용의 영향을 받아서

도 아니고, 꼭 백성의 현실에 관심을 가져서도 아닙니다. 이들 기속
시에서는 서정 자아는 배제되고 대상의 충실한 묘사만 보입니다.
이학규가 말한 '배민'排悶, 즉 '고민 내보내기'입니다. '고민 내보내
기'는 '자아 내보내기'에 다름 아닙니다. 이학규는 기속시의 창작을
통해 고민을, 즉 번민하는 자아를 잊고자 했습니다. 사물에 눈을 돌
리면 잠시 자기를 잊게 되거든요.

당시 김해는 문화적 변방으로서 이학규는 김해의 풍속이 낯
설고 불편했습니다. 정약용이 머물렀던 강진하고는 또 달랐습니
다. 게다가 이학규가 정약용에게 보낸 편지에서 말하고 있듯 김해
에는 『전등신화』剪燈新話라든가 『삼국지연의』三國志演義 같은 것 말
고는 달리 책이 존재하지 않았고, 학문에 대해 서로 말할 사람도 존
재하지 않았습니다. 이런 현실에서 학문을 한다거나 체계적 저술
을 할 수는 없었습니다. 그래서 이학규는 정약용과 달리 학문적 저
술을 남기지 못했습니다. 존재 여건이 달랐던 겁니다. 정약용이 강
진에서 외가인 해남 윤씨 집안에 소장된 수천 권의 책을 이용할 수
있었던 것과는 완전히 다른 상황이죠. 게다가 이학규 스스로가 말
하고 있듯 김해에는 특별히 시료詩料(시의 재료)가 될 만한 것이 별로
없었습니다. 이때 '시의 재료'라는 것은 통상적 의미에서 한 말입니
다. 김해에는 사대부들의 그윽한 술자리라든가 사대부들의 문화라
할 만한 것이 없었습니다. 그래서 '특별히 시료가 될 만한 것이 없
다'라고 말했던 것입니다. 그러니 이학규는 일상에서 늘 목도하는
김해의 풍속을 시로 읊조릴 수밖에 없었습니다.

그렇기는 하지만 이학규가 일종의 문화인류학자로서의 면모
를 보여 준다는 점이 오늘날의 관점에서 보면 주목됩니다. 물론 이
학규는 이런 의식을 가지고 시를 쓴 것은 아니었고, 앞서 말한 것

처럼 주로 하릴없이 어떻게 하면 이 무료한 시간을 견뎌 낼 것인가 하는 생각에서 시를 쓰고, 눈앞에 벌어지는 광경을 자아를 배제한 채 읊곤 했습니다. 하지만 오늘날 그것은 결과적으로 훌륭한 문화 인류학적 기록에 해당한다고 할 수 있습니다. 자기를 배제한 채 김해라는 공간의 민속지民俗誌를 낱낱이 기록했으니까요. 이런 면모는 정약용에게는 발견되지 않습니다.

이런 민속지적 성격의 시 창작의 연장선상에「저자를 구경하다」(觀市八十韻)라는 시가 있습니다. 이 시는 5언고시 160구의 장편입니다. 무슨 읊을 게 그리 많아서 시장을 소재로 160구나 되는 긴 시를 썼을까요? 이 시에는 세모의 김해 장시場市 풍경이 리얼하게 그려집니다. 또한 일본 청화靑花 도자기라든가 완판 방각본 서적이라든가 갖가지 어물魚物 등 장에 나온 온갖 물건들이 노래되고 있습니다. 심지어 장터를 떠도는 유랑 예인藝人들까지도 등장합니다. 이 시 역시 무료함을 떨치기 위해 지었습니다.

바로 여기서 추방된 자인 이학규의 글쓰기가 이루어지는 제로 지점이 확인됩니다. 역설적으로 이 때문에 이 시는 대단히 훌륭하고 빼어난 성취를 보일 수 있었습니다. 일체의 작위나 꾸밈이 없으며, 도덕적 판단이나 가치적 개입 없이 서울에서 멀리 떨어진 시골 장터라는 민중의 세계를 역동적으로 재현해 내는 데 성공하고 있기 때문입니다. 이 시 하나만으로도 이학규는 문학사에 남을 작가라고 생각합니다. 물론 그의 문학적 성취는 이 작품 하나에 국한되지 않지만 말입니다.

## 시간과 슬픔을 견디기 위한 것으로서의 시

이학규가 유배지에서 쓴 시 중에 「장난삼아 배체俳體를 지어 고민을 내쫓다」(戲作俳體排悶)라는 것이 있는데, '배체'란 해학적인 시체詩體를 말합니다. 제목 중 '고민을 내쫓다'라는 말에 주목할 필요가 있습니다. 고민을 내쫓기 위해 시를 짓고 있음을 보여 주니까요. 이런 종류의 시에서 이학규는 우리말 속담을 사용하기도 했습니다. 정약용은 왕왕 우리말을 한문으로 바꾸어 시어로 사용하곤 했습니다. 그런데 이학규는 그런 정도를 넘어 아예 '우리말 속담'을 한시에 사용하고 있습니다. 흥미롭게도 이학규의 이런 시에서는 사대부적 자아가 느껴지지 않습니다. 사대부적 자아 대신에 민중적 자아 내지 타자의 자아가 관찰됩니다. 사대부가 쓴 시인데 사대부적 자아가 느껴지지 않으니 이상하다면 이상하고 재미있다면 재미있는 현상이라 하지 않을 수 없습니다.

왜 이런 현상이 생겼을까요? 이 점에 대해 이제 조금 생각해 보겠습니다. 이학규는 유배지에서 극도의 고통과 우울, 번뇌, 견딜 수 없는 슬픔을 겪었습니다. 특히 매일 되풀이되는 그 많은 무료한 시간을 견디는 것은 너무도 힘든 일이었습니다. 그래서 번뇌와 고통, 슬픔을 견뎌 내기 위해 시를 쓰지 않을 수 없었습니다. 그래서 이학규의 시 제목에는 '고민을 내쫓는다'(排悶)라는 말이 자주 보이는데요, 이 말은 '번뇌를 떨쳐 버린다', '번뇌를 쫓아낸다'라는 뜻입니다. 그런데 번뇌는 마음속에 있는 것입니다. '쫓아낸다'는 것은 이를 바깥으로 내보낸다는 건데요, 여기서 안과 바깥의 경계가 주목됩니다. 안에 있는 것을 잊기 위해 바깥이 호출되고 있기 때문입니다.

이학규는 「어떤 사람에게 보낸 편지」(奧)에서 이런 말을 하고 있습니다.

> 시를 짓지 않는다면 이리 기나긴 나날을 어찌 버티겠는가? (…) 심회를 스스로 억제하기 어려워질 때면 이리저리 시의 재료를 찾는다네. 이는 시를 짓는 게 목적이 아니라 거기에 마음을 부쳐 어떻게든 시간을 보내려 하는 거라네. (…) 그래서 참으로 천지간의 꾸미지 않은 시, 박자에 안 맞는 노래가 나오는 것이네. (…) 이렇게 본다면 내가 유배 와서 지은 시는 참으로 시를 좋아해서가 아니요, 마음을 부치는 시를 지어 어떻게든 시간을 보내려 한 것이라네.

유배 와서 끊임없이 많은 시를 지었는데, 시가 좋아서 지은 게 아니라 시간을 견디기 위해 시를 지었다는 거죠. 이학규에게 시는 시간을 견뎌 내는 유일무이한 방법이었던 것입니다. 이외에는 시간을 보낼 다른 방도가 없었던 거죠.

이학규는 정약용에게 보낸 편지에서 이렇게 말하고 있습니다.

> 심회가 험궂어지면 더욱 스스로 견디기 어려워 문득 두어 편의 시를 지어 어떻게든 고민을 떨칩니다. 이른바 '억지로 웃는 건 즐거워서가 아니며 길게 노래하는 건 통곡하는 것보다 슬프다'는 격입니다.

이처럼 이학규는 자아를 잊기 위해 시를 썼으므로 시 속에 자아가 각인되기보다는 종종 다른 자아 혹은 바깥의 세계가 시 안으

로 밀려 들어온 것으로 보입니다. 그의 시에 민중적 자아나 타자의
자아가 들어와 앉아 있는 것은 이리 설명될 수 있을 것입니다.


### 「도망」 시와 「아내 제문」

이학규는 서울에 있을 때 빈한하게 살았습니다. 유배 와서 4년째
되는 해에 어린 자식이 죽었다는 소식을 접했고, 15년이 되는 해에
아내 정씨의 부음을 접했으며, 19년 되는 해에 어머니의 부음을 접
합니다. 이학규는 아내가 죽자 「도망」悼亡이라는 시를 짓습니다. '도
망'은 '죽은 아내를 애도하다'라는 뜻입니다. 2수 연작인 이 시의 제
1수는 이런 말로 시작됩니다.

> 흩날리는 꽃 적적하고 제비가 나는데
> 마음은 온통 처음 이별할 때 같네.
> 飛花寂寂鷰差差, 心緖渾如始別時.

15년 전 아내와 헤어지던, 꽃이 떨어지는 봄날을 회상하고 있
습니다. 제2수에는 이런 말이 보입니다.

> 이승에서 조금 이별한다고 슬퍼했는데
> 손꼽으며 서로 그리워한 지 15년이네.
> 傷心小別三千界, 屈指相思十五秋.

아마 처음 이별할 때는 조금 있다 돌아오리라 여겼던 모양입
니다. 그랬는데 15년 동안 서로 보지 못한 채 아내를 먼 곳으로 떠

나보낸 겁니다.

이학규는 아내가 죽은 지 5년째 되는 해인 1820년 추석에 죽은 아내를 그리워하며 「아내 제문」(擬祭丁孺人文)을 씁니다. 이 작품은 제문으로서는 이례적으로 아주 긴 장편입니다. 이 글에서 이학규는 가슴속에 꾹꾹 눌러놓았던 아내에 대한 그리움과 미안함, 회한悔恨을 여과 없이 절절하게 쏟아 내고 있습니다. 조선 시대에 쓰인 숱한 제문 가운데 이보다 처참한 상황에서 지어진 제문은 아마 없지 않을까 합니다. 제문은 대개 읽으면 마음이 슬퍼집니다. 죽은 자를 그리워하고 슬퍼하는 진정眞情을 담고 있으니까요. 하지만 이학규의 이 제문만큼 읽는 사람의 가슴을 미어지게 하는 것도 없습니다. 이 점에서 조선 시대 최고의 제문이라고 평가할 만합니다. 그 일부를 보이면 다음과 같습니다.

아아! 어찌 차마 말하겠소. 기억하건대, 내가 서울 집에 있을 때 여름이 끝나고 가을이 될 무렵 땔나무와 끼니도 잇지 못하였소. 당신은 한번은 쓴맛이 나는 박고지를 삶고 냄새 나는 된장으로 나물죽을 끓였는데, 나보고 먹어 보라고 권하였으나 나는 도리어 당신에게 한번 맛보도록 권하면서 서로 바라보며 웃었던 적이 있었다오. 그 뒤로 가세가 더욱 영락해 아이들은 병들어 눕고 쓴 박고지와 냄새나는 나물죽마저 맛보도록 권할 수 없게 되었는데 급기야 거듭된 굶주림에 아이가 병을 얻어 죽게 되었다오. 내가 당신과 헤어지게 되었을 때 당신은 말 한마디 하지 못하고 다만 머리를 숙인 채 내 옷자락을 어루만졌는데, 당신 눈가를 보니 눈물이 어린 것 같았다오. 그 뒤 병이 위독해져 헉헉거리며 숨이 막힐

때도 내게 말 한마디 하지 못했소.

인용문의 뒷부분에 "내가 당신과 헤어지게 되었을 때 당신은 말 한마디 하지 못하고 다만 머리를 숙인 채 내 옷자락을 어루만졌다"는 말이 나오지 않습니까? 이 부분을 주목할 만합니다. 이학규는 이 장면이 평생 트라우마가 됐던 모양입니다. 그래서 유배지에서 쓴 시들에서 '가장 슬픈 것은 말할 때가 아니라 아무 말도 하지 않을 때다'라는 취지의 말을 몇 번이나 했습니다. 또 이런 말도 했습니다: "아무 말도 없는 것이 가장 마음을 슬프게 한다."(最無言者最傷神) 아마 헤어질 때의 아내 모습이 평생 뇌리에서 떠나지 않았던 것 같습니다.

이학규의 아내는 정치적 이유로 멸문지화를 당한 남인 집안의 딸이어서 친정 식구가 없었습니다. 아주 외로운 신세였죠. 남편이 유배 간 후 홀로 병든 시어머니를 수발하며 15년간 바느질로 자식들을 키웠습니다. 너무 힘든 삶을 살아서였겠지만 이학규의 아내는 죽을 때 얼굴이 새까매졌다고 합니다. 이학규는 제문 중에 다음과 같이 아내의 말을 언급하고 있습니다.

흰 머리카락은 이미 뽑을 수도 없게 되었고, 곱던 피부는 쭈그러들어 버렸어요. 이러니 당신을 다시 보게 된다면 도리어 더욱 부끄럽지 않겠어요?

아내가 죽기 전에 보낸 장문의 국문 편지 중에 있던 말을 옮겨 놓은 것으로 여겨집니다.

## 마무리

조선 시대에는 사상의 자유, 신앙의 자유가 없었습니다. 이 때문에 신유박해가 일어났고 자신의 공간에서 강제로 추방되어 낯선 곳에서 가족과 격리된 채 고통 속에서 긴 시간을 살아간 정약용과 이학규 같은 인물이 있게 된 것입니다. 사상의 자유, 신앙의 자유가 얼마나 중요한지 새삼 깨닫습니다. 이 두 사람을 통해 극한 상황에서 글쓰기가 어떤 힘이 되는지, 그런 상황에서 글쓰기는 삶을 어떻게 지탱하게 해 주는지를 알 수 있습니다. 말하자면 글쓰기의 원점, 문학의 출발점이 어디인지를 알 수 있게 되는 것입니다.

그럼, 오늘 강의는 이것으로 마치겠습니다.

## 질문과 답변

*　　정약용의 「파리를 조문한다」의 결말에 보이는 파리 떼의 형상이 불온함을 내포하고 있으며 이것이 작자의 기존 세계관에 균열을 내는 면모가 있다고 하셨는데, 그렇다면 작자의 원래 세계관을 뛰어넘는 이런 면모가 어떻게 가능했으며 이후 정약용의 작품 세계에 이런 면모가 계승되는 지점이 혹 있는지요?

정약용의 애민시도 백성의 참혹한 현실을 절절히 노래하고 있습니다. 눈앞에 벌어지고 있는 백성의 참상을 고발하고 있는 거죠. 정약용은 왜 이런 시를 쓴 걸까요? 비록 유배 와 있지만 정약용은 사대부였습니다. 사대부는 백성에게 책임을 지는 존재입니다. 정약용은 비록 어려운 여건에 처해 있지만 자기 존재의 근저에서 발동하는 이런 사대부적 윤리 의식을 외면할 수 없었습니다. 게다가 그는 보통의 사대부들보다 애민 의식이 강한 인물이었습니다. 「파리를 조문한다」도 애민시가 지어지는 이런 심리, 이런 의식과 동일한 지점에서 쓰였다고 여겨집니다.

　　그렇기는 하지만 이 작품에는 정약용의 애민시에서는 잘 발견되지 않는 면이 발견됩니다. 크게 두 가지인데요, 하나는 백성의 화현化現인 파리에게 직접 말을 건네며 그들을 위해 음식을 차려 먹을 것을 권하는 등 '나'와 백성과의 거리가 아주 좁혀져 있다는 점이고, 다른 하나는 불온성입니다. 정약용의 애민시에서는 백성이 아무리 참혹한 상황에 있다 할지라도 '나'는 슬피 관찰하는 자리에 있을 뿐이 자리를 이탈하지 않습니다. 「파리를 조문한다」에서도 '나'와 백성 사이에는 거리가 존재합니다. 그럼에도 '나'는 백성에게 다가가 그들에게 뭔가를 하고자 합니다. 거리 좁히기가 이루어지고 있는 거죠. 이 점이 주목될 필요가 있다고 봅니다. 한편, 이 작품에서 '나'는 서울의 임금 계신 곳으로 몰려가 이 참상을 알리라고 파리=백성에게 말하고 있습니다. 정약용의 애민시도 지배층이나 임금을 독자로 상정하고 있기는 합니다. 임금이 부디 백성의 이런 어려운 처지를 알아 선정을 베풀기를 기대한 거죠. 하지만 애민시에서는, '나'가 백성에게 직접 말을 건네며 그들의 어떤 행위를 촉구하거나 하지는 않습니다. 이와 달리 「파리를 조문한다」에서는 이런 면모가 발견됩니다. 그러니 좀 차원이 다르죠.

그러면 이 작품을 쓸 때 작가의 세계관이 좀 달라진 걸까요? 그렇게 보기는 어렵습니다. 그렇다면 왜 이런 차이가 생긴 걸까요? 세 가지를 생각해 볼 수 있습니다. 첫째, 정약용 자신이 직접 목도한 눈앞의 참혹성 때문이 아닌가 합니다. 널브러져 있는 숱한 시체들에 구더기가 들끓고 그것이 파리가 되어 떼 지어 날아다니는 광경을 정약용은 직접 목도했습니다. 이보다 더 참혹한 일이 있겠습니까. 둘째, 이런 참혹성에 마주해 정약용이 극도의 고통을 느꼈기 때문이 아닌가 합니다. 물론 애민시를 쓸 때도 고통을 느끼지 않은 것은 아닐 것입니다. 하지만 「파리를 조문한다」를 쓸 때 정약용이 느낀 고통은 이전과는 비교할 수 없는 것이었으리라 생각됩니다. 인간으로서 느끼는 이 막대한 고통의 감정, 여기서 깊은 존재론적 연관이 생기게 되고 그래서 눈앞의 광경을 처절할 정도로 사실적으로 기록한 것이 아닌가 합니다. 전근대 시기 사대부들은 글을 쓸 때 '애이불상' 哀而不傷이라 하여 슬퍼도 너무 지나치게 슬퍼하는 것을 삼갔습니다.

감정의 여과 없는 직절적直截的 표출은 좋지 않다고 본 거죠. 하지만 이 작품은 그런 경계를 넘어 버렸어요. 그러므로 작품 말미의 불온성은 이런 존재론적 연관의 귀결이 아닌가 합니다. 셋째, 이 작품이 파리에게 말하는 형식을 취하고 있다는 점도 하나의 이유가 되지 않나 합니다. 정약용은 파리를 백성의 분신으로 여기고 있습니다. 백성이 죽어 파리로 화化했으니까요. 그렇기는 하지만 살아 있는 백성에게 떼를 지어 서울로 가서 임금에게 하소연하라고 하는 것과 파리에게 그리하라고 하는 것은 현실적으로 큰 차이가 있습니다. 요컨대 파리에게 하는 말이기에 경계를 넘는 이런 불온한 상상력이 가능했던 것이 아닌가 합니다.

「파리를 조문한다」는 정약용이 쓴 유배기의 시문 가운데 기념비적인 것이라 할 만하죠. 정약용이 이후 계속 이런 작품을 쓴 것 같지는 않습니다.

\*
\*  정약용과 이학규의 애민시를 비교하면서 이학규가 백성의 저항적 주체로서의 면모를 승인한 지점이 있다고 평가하셨습니다. 두 작가의 이러한 차이는 어디에서 온 것일까요?

이학규는 성호 학통 속에 있는 인물로서 머리도 좋고 해서 만일 학문을 했다면 잘했을 사람인데 당시 김해는 전연 학문할 수 있는 풍토가 못 되어서 정약용처럼 학문을 하지는 못했습니다. 그 대신에 망상을 하거나 시를 읊조리며 시간을 보냈습니다. 시도 꼭 좋아서 읊조린 게 아니라 시간을 때우기 위해 읊조렸습니다.

역설적이지만 그러다 보니까 이학규는 자아를 내려놓게 된 거죠. 정약용은 끝까지 자아를 붙들고 있었습니다. 힘들수록 더 그랬죠. 하지만 이학규는 힘들어지자 어떻게 할 수가 없어 자아를 놓아 버렸어요. 그러자 타자의 자아가 들어오고, 바깥의 풍경, 바깥의 세계가 밀려 들어온 거예요. 그러다 보니 민중적 자아가 시에 표출된 겁니다.

자아를 놓아 버렸기 때문에 자아의 윤리적 판단이나 가치 판단이 타자의 자아에 덧씌워지지 않습니다. 자아를 놓지 않을 때 덧씌워지죠. 이학규의 시에는 고양된 자아 같은 것이 발견되지 않으며, 그냥 대상의 충실한 재현만 있을 뿐입니다. 민요풍의 시도 보면 대체로 백성의 노래가 그대로 기술되어 있습니다.

이학규는 유배지의 여건 때문에 좋은 시를 쓸 엄두도 못 내고, 그냥 기나긴 시간을 버텨 낼 뿐이었습니다. 그러다 보니 시 속으로 다른 자아가 들어올 수 있었습니다. 강의에서 말했듯 이학규는 정약용의 시를 본떠 시를 짓기도 했습니다. 하지만 이학규를 정약용의 아류로 보아서는 안 됩니다. 정약용의 시와는 다른 지점이 존재하니까요. 가령 「소주도」라든가 「철문어」 같은 시는 현실을 비판하고 있음에도 불구하고 시인의 자아가 보이지 않습니다. 만일 정약용의 시라면 현실을 질타하거나 현실에 분노하는 시인의 목소리가 있었을 겁니다. 「석신막지부행」에도 시인의 자아는 보이지 않으며 김해의 서민 아낙네들만 보일 뿐입니다.

강의에서 「파리를 조문한다」를 리얼리즘의 승리로 봤는데요, 이학규의 「석신막지부행」 같은 작품도 그리 볼 수 있지 않을까 해요. 다만 정약용의 경우 그의 세계관적 한계에도 불구하고 사실적 묘사로 인해 그것이 가능했다면, 이학규의 경우 작가가 자아를 내려놓음으로써 그것이 가능했다는 차이가 있죠.

그렇다면 이학규는 백성에게 연민 같은 것은 없는데 이런 시를 쓴 걸까요? 그렇지는 않습니다. 이학규 역시 백성에 대한 연민이 있어서 「기경기사」나 「철문어」나 「석신막지부행」 같은 시를 썼다고 봐야죠. 다만 이학규는 자신이 주관적으로 개입해 연민을 표출하고 있지는 않다는 점에서 정약용과 차이가 있습니다. 정약용처럼 자아를 견지한 것이 아니라 자아를 밀쳐 둠으로써 지배층의 횡포나 민의 참혹상이나 민의 저항적 면모를 여실히 드러내게 되었으며, 이 점이 주목된다는 거죠.


** 이학규의 현실 비판적인 시들은 그가 지닌 애민 의식에서 비롯된다고 볼 수 있을 듯합니다. 그렇다면 이와는 좀 다른 계열의 시라고 할 민요 취향의 시나 기속시도 애민 의식의 발로로 볼 수 있을까요?


이학규가 쓴 민요 취향의 시나 기속시도 김해 백성의 삶과 무관하지 않습니다. 적어도 이 점에서는 백성에 대한 관심의 발로라고 할 수 있겠죠. 그렇기는 하지만 이런 시들이 꼭 애민 의식에서 기인한다고 말할 수는 없지 않을까 합니다. '애민 의식'이라고 하면 목적의식적 지향이 문제가 되는데 이학규의 경우 어떤 목적의식을 갖고 이런 시들을 쓴 것 같지는 않기 때문입니다. 이학규 스스로 말하고 있듯 무료한 시간을 견디기 위해 눈앞의 풍경을 읊조린 것들이거든요. 그래서 「걸사행」이라든가 「저자를 구경하다」와 같은 시에는 시인의 자의식이 거의 발견되지 않습니다. 어떤 목적 없이 시를 썼기 때문이죠. 하지만 역설적으로 이런 시들은 애민 의식이 개입되지 않았기에 민중적 지향이 더 현저해지지 않았나 합니다.


＊
＊　　정약용과 이학규는 삶의 가장 밑바닥에 처했을 때, 자신의 고통을
　　　대하는 태도가 어땠는지요?


정약용은 아주 성찰적인 인간입니다. 그는 유배를 가는 도중에, 그
리고 유배지에 와서, 자신이 왜 이리 됐나를 깊이 성찰합니다. 이는
학자로서 사상가로서 정약용의 정직성 내지 양심과 관련되는 면모
라고 해야겠죠. 물론 전근대 시기의 학자 중에는 그런 인물이 적지
않지만 정약용은 특히 유별나다 할 것입니다. 그래서 유배 이후 여
러 편의 성찰적인 글을 씁니다. 그러면서 마음을 다잡아 다시 학문
의 길로 나아갑니다.

　　정약용은 자신이 폐족임을 자각해, 학문을 통해 자신의 존재를
확인하고, 자신을 신원伸冤하고, 자신이 어떤 사람인지를 밝히고, 나
라와 세상에 도움이 되고자 했습니다. 자신에 대한 깊은 성찰에서
이런 방향이 잡혔다고 해야겠죠.

　　이학규는 정약용처럼 천주교를 믿은 적이 없습니다. 다만 집안
사람과 인척들에 연루되어 유배를 왔을 뿐입니다. 이학규는 자신이
특별한 죄도 없고 하니 곧 집으로 돌아가리라 생각했을 겁니다. 그
러니 유배 와서 정약용처럼 심각한 성찰을 한 것 같지는 않습니다.
하지만 1년이 지나도 2년이 지나도 돌아갈 수 없었고 급기야 10년,
20년을 넘어 23년 만에 겨우 집으로 돌아올 수 있었습니다.

　　이학규는 벼슬을 한 것도 아니고 노론 벽파에게 특별히 미움받
은 인물도 아닌데 어째서 23년이나 귀양 생활을 했을까요? 워낙 빈

한하다 보니 아무도 구원해 주는 사람이 없었기 때문입니다. 잊힌 존재였던 거죠. 그러니 이학규는 낭패감에 시달렸을 것으로 보입니다. 더구나 김해는 강진과 달리 책이 없어 학문할 여건이 못 되었습니다. 당시 김해의 4대 명산名産 중 하나가 구렁이였습니다. 뱀이 시도 때도 없이 출입해 방 안으로도 쑥 들어오곤 하는 상황이었죠. 이학규는 뱀을 특히 싫어했습니다. 그래서 겁을 먹은 나머지 밤에 자다가도 뱀에 대한 악몽을 꾸곤 했습니다. 이러했으니 이학규는 여기서 벗어나기만을 기다렸을 테지만 그럴수록 시간은 더디 가고 무료하기만 했을 것입니다.

이 때문에 이학규가 자신의 밑바닥을 바라보는 시선은 정약용보다 더 복잡하다고 여겨집니다. 정약용은 저술에 몰두해 우울함을 잊을 수 있었지만, 이학규는 늘 우울함, 견딜 수 없는 슬픔, 낭패감에 시달린 듯합니다. 이런 상황에서는 이런 마음을 어떻게든 몰아내는 게 생존을 위해서 급선무입니다. 그래서 시를 읊은 거죠. 시를 읊으면 풍경이 대상화되니까 잠시 자기를 잊게 됩니다. 감옥에서 죄수가 미칠 것 같을 때 할 수 있는 게 노래를 부르는 행위라고 하지 않습니까. 그러면 미쳐 버릴 것 같은 마음에서 잠시 벗어날 수 있다고 합니다. 이학규는 이런 존재 여건에 있지 않았나 합니다. 처절한 느낌이 들죠. 이학규는 아내의 제문을 썼던 1820년에 「칠료」七療라는 글을 쓰기도 했습니다. '칠료'는 '일곱 가지를 고친다'는 뜻인데요. 이 글은 이학규가 어떤 사람과 대화를 나누는 설정을 취하고 있는데, 이학규의 처참한 심리적 상황이 잘 피력되어 있습니다.

## 아내 제문(擬祭丁孺人文)

(…)

아아, 차마 말을 하랴! 내 나이 열다섯에 진천현鎭川縣 관아에서 당신을 아내로 맞았지요. 부모가 돌아가신 지 이미 십수 년인데, 형제자매도 없고 보살펴 주는 사람도 없다고 들었소. 궁한 우리 두 사람 서로 만나, 서로를 걱정하고 서로를 긍휼히 여겼지요. (…)

아아, 차마 말을 하랴! 내가 당신의 얼굴을 못 본 지 이미 20년이고, 당신이 내 편지를 받아 보지 못한 게 6년이구려. 생이별한 게 15년이고, 죽어 이별한 것이 또 6년이니까요. 내가 만약 학문을 하지 않고 글을 몰랐다면 이런 일이 있었겠소? 헛된 이름과 칭예稱譽가 없었다면 이런 일이 있었겠소? 예전에 이름난 선비와 고관高官이 나를 추천하고 이끌어 주지 않았다면 이런 일이 있었겠소?

내가 남쪽으로 유배 와 천신만고를 겪었지만 당신은 그 하나도 알지 못했고, 당신이 집에서 천신만고를 겪었지만 나 또한 그 하나도 알지 못했소. 다시 만나는 날 우리가 각기 겪은 천신만고를 낮과 밤을 이어 가며 기뻐도 하고 슬퍼도 하면서 이야기 나누고, 이 생이 다하도록 서로 잊지 말자고 말하고 싶었다오. 하지만 이제 그만이구려, 이제 그만이구려. (…)

아아, 차마 말을 하랴! 옛날 당신이 젊었을 때 이는 옥처럼 희고 눈썹은 기다란 게 초승달 같았더랬소. 하지만 죽을 무렵 얼굴은 불에 탄 듯 시커멓고 눈은 휑하니 돌출했다고 들었소. 나 또한 날로 쇠락해 영락없는 늙은 대머리 노인이라오. 혹 백 년 뒤에 구천九泉에서

서로 만난다면 당신이 여전히 나를 알아보고 나 또한 여전히 당신을
알아볼 수 있을지요?

아아, 슬프오!

— 이학규, 『문의당집』文漪堂集(『낙하생전집』洛下生全集)

제28강

# 야담의 성행과 『청구야담』

## 조선 후기에 출현한 서사 장르, 야담

조선 후기에 출현한 서사 장르로는 국문소설, 판소리, 한문장편소설, 전계 소설, 야담野談을 들 수 있습니다. '야담'은 주로 시정에 유포된 민간의 이야기가 작가에 의해서 한문으로 기록된 것을 가리킵니다. 민간의 이야기 자체를 야담이라고 하지는 않습니다. 서사 장르 중에는 긴 형식이 있는가 하면 짧은 형식도 있는데, 야담은 짧은 형식에 속합니다. 짧은 형식의 서사를 '단형 서사'短形敍事라고 부릅니다. 야담은 한문으로 된 단형 서사라고 할 수 있습니다.

　이 다섯 개의 서사 장르 중 국문소설과 판소리는 우리말로 된 장르이고, 한문장편소설·전계 소설·야담은 한문으로 된 장르입니다. 야담은 표기 문자는 한문이지만 구전되던 이야기를 기록한 것이라는 점에서 기록문학의 성격과 구전문학의 성격을 함께 지니고 있습니다. 야담은 구전문학의 성격을 지니고 있다는 점에서 판소리와 통하는 데가 있습니다. 조선 후기에 출현한 다섯 개의 서사 장르 중 구전문학에 기반을 둔 것은 야담과 판소리 둘이라 하겠습니다. 구전문학에 기반하고 있기에 이 두 장르는 민중적 지향을 갖는다고 말할 수 있습니다.

그렇기는 하지만 야담은 한문으로 된 장르라는 점에서는 사대부문학적 지향을 가지며 이 점에서 판소리와는 다릅니다. 이처럼 야담은 민중문학으로서의 성격과 사대부문학으로서의 성격을 함께 갖고 있다는 점에서 그 위상이 아주 독특하다고 할 수 있죠. 비유컨대 겉은 노란데 속은 하얀 참외라고나 할까요.

구전되는 이야기를 한문으로 기록하는 전통은 야담이 나타난 조선 후기 훨씬 이전부터 존재했습니다. 멀리 소급한다면 신라 말 최치원의 『수이전』에까지 가 닿죠. 『수이전』에 실린 이야기들이 대개 지괴志怪에 해당한다는 사실은 이전 강의(제4강)에서 말한 바 있습니다. 지괴는 귀신 이야기 같은 신비하고 초현실적인 내용이 주류를 이루죠. 고려 시대의 『삼국유사』에도 지괴가 많이 실려 있고, 조선 전기의 『용재총화』慵齋叢話에도 지괴가 실려 있습니다. 한편 소화笑話도 구전되는 이야기를 한문으로 기록해 놓은 것입니다. 조선 초의 『태평한화골계전』이나 『촌담해이』, 16세기에 송세림宋世琳이 저술한 『어면순』禦眠楯 등은 모두 소화를 모아 엮은 책입니다. 이렇게 본다면 지괴와 소화는 야담의 선형태先形態(Vorform)라고 말할 수 있습니다. 족보를 따져 올라가면 야담의 먼 조상뻘이죠. 그렇긴 하지만 지괴·소화와 야담은 본질상 서로 다른 장르입니다. 지괴와 소화는 비교적 짤막하고 문학적 윤색이 그리 많지 않은 데 반해 야담은 일반적으로 지괴나 소화보다 훨씬 길며 문학적 윤색이 많습니다. 지괴나 소화가 민간의 이야기를 기록하는 데 목표를 두고 있다면 야담은 단지 기록하는 것을 넘어 재미있는 서사 작품을 만드는 데 목표를 두고 있습니다. 다시 말해 지괴나 소화에 비해 야담은 창작적 목적의식이 한층 뚜렷하다고 말할 수 있죠.

지괴나 소화는 필기·패설의 일부입니다. 그러므로 야담은 사대부 글쓰기의 전통에서 본다면 필기·패설로부터 유래한다고 말할 수 있습니다.

조선 후기는 어떤 의미에서 '야담의 시대'였다고 할 만큼 야담의 창작과 향수享受가 성행했습니다. 그리고 17세기부터 19세기까지 여러 야담집이 출현했습니다. 이들 야담집 중 대표적인 것으로 『청구야담』靑邱野談을 꼽을 수 있습니다. 내용의 풍부함과 문예적 성취에 있어 이 책을 능가하는 것은 없습니다. 오늘 강의에서는 『청구야담』을 중심으로 야담의 성립 배경, 성립 경로, 역사적 전개 과정 등을 살펴보기로 하겠습니다.


## 『청구야담』은 어떤 책인가

'야담'이라는 명칭이 문학사에서 문제가 되는 것은 조선 후기의 일입니다. 서명書名에 '야담'이라는 명칭이 들어간 최초의 책은 『어우야담』於于野談입니다. '어우'於于는 유몽인柳夢寅(1559~1623)의 호인데요, 『어우야담』은 유몽인이 죽기 2년 전인 1621년에 저술되었습니다. 『어우야담』은 비록 책 이름에 '야담'이라는 명칭이 보이기는 하지만 본격적인 야담집은 아닙니다. 이 점은 나중에 다시 말하겠습니다.

『청구야담』은 여러 작가가 쓴 야담을 집성해 놓은 책인데, 편찬자가 누구인지는 알 수 없습니다. 편찬자의 작품도 혹 그중에 포함되어 있을 가능성을 배제할 수 없습니다. 19세기 후반에 저술된 『동야휘집』東野彙輯 같은 야담집을 보면 앞 시대에 지어진 여러 야담을 윤색해 수록하는 한편 편자 자신이 지은 야담도 실어 놓았는데, 이런 사례를 통해 『청구야담』의 편찬자도 자기가 지은 야담을 실어 놓았을 가능성이 있음을 알 수 있습니다.

『청구야담』의 편찬 연대는 1820년대 중반 이후로 보입니다. 수록된 작품에서 시기를 추정할 수 있는 단서가 발견되는데, 적어도 19세기 중엽 이전에 편찬되었을 것으로 생각됩니다. 수록 작품은 이본에 따라 다르지만 현재 확인되는 편 수는 약 290편쯤 됩니다. 대단히 많죠.

『청구야담』에는 매 작품마다 일곱 자 내지 여덟 자의 맛깔스런 제목이 붙어 있습니다. 몇몇 제목을 예시하고 그 뜻을 풀이해 보겠습니다.

| | |
|---|---|
| 이절도궁도우가인<br>李節度窮途遇佳人 | 이 절도사가 궁할 때 가인佳人을 만나다 |
| 청취우약상득자<br>聽驟雨藥商得子 | 소낙비 소리를 듣다가 약주릅(약재 거간꾼)이 아들과 상봉하다 |
| 송반궁도우구복<br>宋班窮途遇舊僕 | 송씨 양반이 궁할 때 옛 종을 만나다 |
| 획중보혜부택부<br>獲重寶慧婦擇夫 | 지혜로운 여인이 남편을 택해 값진 물건을 얻다 |
| 영산업부부이방<br>營産業夫婦異房 | 농업을 경영하고자 부부가 각방을 쓰다 |
| 획생금김부자동궁<br>獲生金金父子同宮 | 금을 얻자 김씨 부자父子가 도로 한집에 살다 |
| 녹림객유치심상사<br>綠林客誘致沈上舍 | 도적들이 심 진사를 초치招致하다 |

제목만 봐도 어떤 내용이 전개될지 대강 짐작할 수 있습니다.


### 구연 단계의 야담

야담은 구연되던 이야기를 기록한 것이므로, 구연 단계와 기록 단계의 둘로 나눠 살필 필요가 있습니다. 먼저 구연 단계부터 보기로 합니다.

『청구야담』에 수록된 야담들은 대체로 17세기 후반에서 19세기 초엽 사이에 구전되던 이야기들로 추정됩니다. 이 점에서, 대체로 16세기 후반에서 17세기 초엽 사이에 구전되던 이야기들을 수록해 놓은 『어우야담』과 차이가 있습니다. 대체로 『청구야담』의 야담들은 『어우야담』의 야담들보다 훨씬 깁니다. 그래서 서사에 기복起伏과 파란波瀾이 많습니다. 이는 기록 과정에서 서술이 확장되어서 그렇다고만 하기 어렵고, 구연 단계의 이야기들에서부터 차이가 있었다고 봐야 하지 않을까 합니다. 17세기 후반경 이런 변화가 나타나지 않았나 합니다. 한편 『청구야담』에는 『어우야담』과 달리 현실을 반영하는 야담들이 많습니다. 가령 열심히 노력해서 부자가 되는 이야기라든가, 도망간 노비를 추노推奴하러 갔다가 생긴 일이라든가, 녹림객綠林客의 이야기 같은 것을 예로 들 수 있습니다.

그렇다면 왜 이 시기에 와서 이야기가 길어지고 현실적인 이야기들이 많이 구연되기 시작한 것일까요? 17세기 초엽까지는 그런 양상이 확인되지 않거든요. 이는 도시 시정인의 서사적 요구와 관련이 있다 할 것입니다. '시정인'이란 상인이나 수공업자 같은 서민을 필두로 양반집의 겸인傔人(청지기)이라든가, 명색은 양반이나 생활 정형情形은 서민에 가까워진 도시의 몰락 양반이라든가 시정을 생활공간으로 삼은 여항인 등을 두루 포괄합니다. 대체로 서민과 중간계급을 망라한 개념으로 보면 되겠습니다. 이야기 구연의 주체이자 향유자로서 도시 시정인들은 이전의 짧은 구전 서사물이나 비현실적인 구전 서사물만으로는 자신의 인식적 요구 및 오락적 요구를 충족시킬 수 없었다고 여겨집니다.

그것은 17세기 후반 이후 현실이 크게 바뀌었기 때문입니다. 즉 이 시기 이후 상품화폐 경제가 확대되면서 삶의 조건이 크게 달라집니다. 만일 우리가 21세기 지금의 세계를 돌아본다면 과학기술의 유례없는 발전에 따른 디지털 문명의 전개로 인해 우리 삶의 방식과 내용이 근 10년 단위로 엄청나게 달라졌음을 알게 됩니다. 우리의 마음과 뇌에 그리고 생활에 이전에는 생각하지 못했던 큰 변화가 초래되고 있습니다. 이런 게 바로 세계의 변화, 현실의 변화인데요, 세계나 현실이 변화하면 우리의 서사적 요구, 내적 요구도 달라질 수밖에 없습니다. 이전의 낡은 서사로는 만족하기 어렵죠. 예컨대 요새 젊은 사람들은 웹툰이나 웹드라마 같은 것을 좋아하고 전통적인 서사에는 그다지 흥미를 느끼지 못하고 있습니다. 이런 걸 생각하면서 제 이야기를 들으면 좀 더 이해가 잘될 것입니다.

예나 지금이나 도시라는 공간은 변화에 가장 민감합니다. 그러니 조선 후기 서사적 요구의 변화가 도시 시정 공간을 중심으로 나타난 것은 이상한 일이 아닙니다. 17세기 후반 이후 백성의 생활 조건의 변화와 관련해 다음 세 가지 점에 특히 유의할 필요가 있습니다.

첫째, 조선 사회의 기층부를 이루는 농민층의 분해입니다. 농민층 분해는 17세기 후반 이래 도시에서 상품화폐 경제가 발달하고 그것이 농촌에 침투하면서 촉진됩니다. 농민층 분해는 구체적으로 말하면 이런 것입니다. 가장 기층부에 있는 소농小農이나 빈농貧農은 점점 더 몰락해 무토민無土民(땅이 없는 농민)으로 전락하고, 토지에서 쫓겨나 유랑민으로 떠돌기도 합니다. 반면에 소수의 농민들은 부농富農으로 성장하는 데 성공합니다. 요컨대 농민층 분해는 소수의 부농층의 성립과 빈농 및 토지로부터 축출된 무토민의 광범한 성립이라는 두 가지 방향으로 전개됩니다.

토지에서 이탈한 농민들은 도시에서 걸식하거나 상공업에 종사하기도 하고, 향촌에서 품을 파는 노동자가 되기도 했습니다. 혹은 도적 집단에 투신하기도 했는데요, 「허생전」에 등장하는 군도群盜들이 바로 그런 경우입니다. 군도는 원래 농민인데 자기의 땅에서 쫓겨난 자들이라고 봐야 합니다.

둘째, 상품화폐 경제의 발달로 인한 평민·중인층 신흥 부자의 대두입니다. 특히 중인층 역관은 중국이나 일본과의 무역을 통해서 17세기 이래 부를 축적해 갔는데요, 이들은 축적한 부를 상업자본이나 고리대 자본으로 활용함으로써 부상대고富商大賈로 성장할 수 있었습니다. 「허생전」에 나오는 변승업이 그런 인물이죠. 이들 부상대고와 함께 중소 상인과 수공업자도 성장해 가고 있었습니다.

셋째, 신분 질서의 동요입니다. 신흥 부자의 형성은 하층민의 신분 상승 욕구를 부추겼습니다. 그래서 돈으로 양반 신분을 사거나 노비 신분을 속량하고자 했습니다. 박지원의 「양반전」에서 상인이 양반 신분을 사려고 한 것은 이런 사회 현상을 반영합니다. 혹은 양반을 모칭冒稱(거짓으로 꾸며 대는 것)하기도 했습니다. 본래 양반이 아닌데 다른 곳으로 도망가서 양반 행세를 하고 자식들에게 양반을 세습하는 현상이 드물지 않게 나타났습니다. 이와 함께 주목되는 것은 몰락 양반의 대두입니다. 기층부에서만 변화가 일어난 것이 아니고 상층인 양반 내부에서도 벼슬을 하지 못한 사람들이 점점 몰락하는, 다시 말해서 '몰락 양반화'하는 현상이 드물지 않게 나타났습니다.

그래서 이제 백성에게는, 특히 도시 시정 공간의 백성에게는 이렇게 변화된 현실과 삶의 조건을 이해하는 데 도움이 되는 이야기에 대한 욕구가 생겨났습니다. 앞에서 말한 '서사적 요구'란 이를 말합니다.

『청구야담』의 야담들에는 상하층의 인물들이 두루 등장합니다. 그러나 하층의 인물이 주인공으로 등장하는 작품은 말할 나위도 없고 상층의 인물이 주인공으로 등장하는 작품조차도 도시 시정인의 생활 감각과 사유 방식이 강하게 침투되어 있습니다. 또 대부분이 도시를 배경으로 한 작품들이지만 일부 농촌을 배경으로 한 작품들조차도 대체로 도시민의 흥미와 관심에 따라 회자된 이야기가 아니었나 여겨집니다. 농촌이 배경인 작품들 가운데 도시민의 관심과 무관해 보이는 것은 좀처럼 찾기 어렵습니다. 그러므로 『청구야담』의 야담들에 동질성을 부여하고 있는 것은 도시적 감각과 관심이라고 할 수 있습니다. 역사는 도시를 낳았고, 도시는 새로운 이야기를 낳았다고 할 수 있죠. 요컨대 구연되는 이야기가 자세해지고 그 현실적 지향이 강화된 것은 17세기 후반 이래 크게 달라진 사회역사적 조건으로 인한 도시민의 인식적 요구에 기인한다고 여겨집니다.

그런데 이러한 인식적 요구는 흥미·오락적 요구와 분리되지 않습니다. 문학에서 인식소認識素와 흥미소興味素는 서로 불가분리적으로 결합되어 있으니까요. 인식소 없이 흥미소만으로는 지속적 관심을 불러일으키기 어렵고, 흥미소 없이 인식소만으로는 따분하고 지루해 주목받기 어렵습니다. 그래서 문학에서는 인식소와 흥미소의 결합이 중요합니다. 이전의 짧은 이야기들도 나름대로는 인식소를 담고 있어 세계와 현실을 설명하고 있다고 할 수 있지만 17세기 후반 이래의 달라진 세계와 현실을 설명하는 데는 한계가 있을 수밖에 없었으며 그래서 더 이상 큰 감흥을 불러일으키지는 못했던 게 아닌가 합니다.

이런 새로운 이야기의 화자話者와 청자聽者는 주로 시정인이 그 중심이지 않았나 합니다. 물론 시정 세계에 친근감을 가진 한사寒士(한미한 처지의 선비)도 이런 이야기에 관심을 갖고 그 유포에 참여했을 터입니다. 하지만 구연과 향수享受의 중심이 된 것은 역시 시정인이라고 봐야 하지 않을까 합니다. 시정인들은 이런 이야기를 통해 당대 사회에 대한 인식을 확장할 수 있었으리라 봅니다. 당시만 하더라도 책이나 지식은 주로 상층의 소유물이었습니다. 시정인들은 책과 지식에 대한 접근이 제한되어 있었습니다. 이 때문에 구전 서사口傳敍事는 이들의 삶에서, 그리고 이들의 문학 향유 방식에서 굉장히 중요한 지위를 점하고 있었다고 봐야 할 것입니다.

다음 야담은 도시 시정 공간에서 이야기가 구연되고 청취되는 상황을 잘 보여 줍니다.

장동壯洞의 약주릅 노인은 홀아비로 늙어 자식도 집도 없이 약국을 돌아다니며 숙식하였다.
4월 어느 날 영조가 육상궁毓祥宮에 거둥하는데 마침 소나기가 퍼부어 개천물이 넘쳐흘렀다. 구경 나온 사람들이 약국집으로 비를 피해 몰려들어 마루 앞 처마 밑에 사람들이 빽빽하게 서 있었다.

약주릅 노인이 방 안에 있다가 문득 말머리를 꺼냈다.

"오늘 비가 내 소싯적 새재를 넘을 때 비 같구먼."

옆에 앉은 사람이 말을 받았다.

"아니, 비도 고금古今이 있소?"

"그때 내가 좀 우스운 일이 있어서 여태 잊히질 않네그려."

"이야길 좀 들어 봅시다."

약주릅 노인이 이야기를 꺼냈다.

"어느 해 여름이었지. 그때 왜황련倭黃連이 서울의 약국에 동이 났던 고로 동래東萊에 가서 사 오려고 급한 걸음을 하지 않았겠나. 낮참에 새재를 넘는데 겨우 진점鎭店을 지나 무인지경에서 오늘 같은 소나기를 만났는데 지척도 분간할 수 없었다네. 허둥지둥 비 피할 곳을 찾다가 마침 산기슭에 초막이 있는 것을 보고 그리로 들어가지 않았겠나. 초막에 웬 과년한 처녀가 있데. 우선 후줄근한 옷을 벗어서 물을 짜는데 처녀가 곁에 있으면서 피하지 않더군. 홀연 마음이 동하여 상관을 하였는데 처녀도 별로 어려워하는 기색을 안 보이데. 이윽고 비가 멎어서 나는 그 처녀가 사는 곳도 물어보지 못하고 그만 훌쩍 나와 버렸다네. 오늘 비가 영락 그날의 비 같아서 그리 말한 것이었네."(이우성·임형택 편역, 『이조한 문단편집』의 번역)

「소낙비 소리를 듣다가 약주릅이 아들과 상봉하다」(聽驟雨藥商得子)라는 작품의 앞부분입니다. 이 작품은 당대 시정인의 체험이 구전 서사를 낳는 양상을 보여 준다는 점에서 흥미롭습니다.

조선 후기의 사회역사적 발전에 따라 백성의 인식력, 특히 시정인의 인식력은 보다 합리적이고 현실적인 방향으로 정위定位되었다고 여겨집니다. 그래서 이전의 설화 장르로는 더 이상 그 인식적 요구를 충족시키기 어려웠습니다. 이것이 조선 후기의 새로운 '서사적 상황'입니다. 따라서 새로운 서사 장르, 새로운 이야기 장르가 요청되었습니다. 이 새로운 서사 장르에 대한 요청은 인식적 요구임과 동시에 오락적 요구입니다. 제가 계속 이 두 가지를 동시에 강조하고 있다는 사실에 유의하기 바랍니다. 이 달라진 상황에서 인식적 요구가 충족될 때 오락적 요구도 충족되는 것이며, 오락적 요구의 충족은 인식적 요구가 충족될 때 공허하지 않은 것이 될 수 있기 때문이죠.

물론 조선 후기 문학이 모두 인식적 요구와 오락적 요구의 결합 내지 통일을 보여 주는 것은 아닙니다. 인식적 요구는 희박하고 오락적 요구가 지배적인 경우도 없지 않습니다. 그렇긴 하나 17세기 후반 무렵에 대두해서 조선 후기의 사회역사적 상황에 적극적으로 대응해 간 두 서사 장르에서 인식소와 흥미소는 좀처럼 분리되지 않습니다. 방금 '두 서사 장르'라고 했는데 무엇을 말할까요? 하나는 야담이고, 다른 하나는 판소리입니다.

이 맥락에서 다시 판소리가 들어옵니다. 앞에서 판소리를 공부할 때(제21강) 간단히 지적한 바 있습니다만 판소리 역시 야담과 방불하게 17세기 후반 이래의 사회역사적 변화와 관련된 삶의 조건, 삶의 방식에 대한 인식적 요구가 그 성립에 주요하게 관여하고 있다고 여겨집니다. 17세기 후반 무렵 대두하기 시작한 이 인식적 요구가 오락적 요구와 결합해 판소리를 발생시킨 것입니다. 다만 판소리는 처음부터 전문적이고 흥행적인 고려가 수반되었다는 점에서 야담과 차이가 있습니다. 그래서 미적 전개 방향이 달라지는 것이죠.

또한 야담은 도시 시정인을 중심으로 구연되고 유포된 이야기인 데 반해, 판소리는 애초 향촌에서 기층민을 상대로 성장했다는 점이 상이합니다. 판소리는 애초 장터같이 사람들이 많이 모이는 곳에서 공연되었다고 보입니다. 물론 시간이 흐르면서 지방 도시로 진출하고, 급기야 서울로까지 진출하면서 판소리에는 새로운 레퍼토리가 차츰 생겨나게 됩니다. 이를테면 「배비장타령」이라든가 「강릉매화타령」이라든가 「왈짜타령」 같은 것은 그 내용으로 보아 판소리가 도시로 들어온 이후에 생겨난 것으로 생각됩니다.

『청구야담』에 수록된 야담에는 현실의 이야기가 많습니다. 이런 작품은 철저히 현실 세계의 일을 다루고 있다는 특징을 보입니다. 그렇기는 하지만 『청구야담』에 수록된 야담에는 초현실적인 서사도 적지 않습니다. 이런 작품은 신비적이고 환상적인 면모를 보여 줍니다. 『청구야담』에는 이 두 종류의 서사가 공존합니다. 조선 후기 도시 시정인의 인식은 합리적이고 현실적인 방향으로 발전해 가고 있었지만 그럼에도 근대 시민계급의 그것처럼 철저한 데까지 이르지는 못했으며, 그 인식 내부에 비현실적이거나 신비적인 면이 여전히 존재했다고 여겨집니다. 『청구야담』의 야담들에서 초현실적인 것에 대한 관심이 발견되는 것은 이런 견지에서 설명되어야 하지 않을까 합니다.

하지만 유의해야 할 점은 『청구야담』의 작품 중에는 비록 비현실적인 내용을 담고 있다 할지라도 실제상 현실적 의미 연관을 보여 주는 것들이 적지 않다는 사실입니다. 가령 「밥상을 차려 줬다가 귀신에게 곤욕을 치르다」(饋飯卓見困鬼魅) 같은 작품을 예로 들 수 있습니다. 이 작품의 내용을 간단히 소개하면 다음과 같습니다.

남대문 밖에 심생이라는 몰락 양반이 살았습니다. 집이 찢어지게 가난했는데 어느 날 귀신이 찾아와서 밥을 좀 달라고 야료를 부립니다. 그래서 심생의 가족이 밥상을 차려 줬는데, 그 뒤로는 계속 다른 데 가지 않고 이 집에 기식하면서 심생 가족을 괴롭힙니다. 그러던 어느 날 이 귀신이 제안을 하나 합니다. 노잣돈을 좀 구해다 주면 고향 문경으로 내려가겠다는 겁니다. 심생은 어디 가서 돈을 꾸어다가 귀신한테 줍니다. 귀신은 노잣돈을 받아서 떠납니다. 귀신이 떠나자 잘되었다고 온 가족이 환호작약했는데, 한 열흘 지나서 또 귀신 소리가 나면서 밥을 좀 달라고 합니다. "너는 누구냐" 하고 묻자 전에 머물던 귀신의 아내라면서 이 집에서 귀신 대접을 잘한다고 해서 천 리를 멀다 않고 찾아왔다고 말합니다.

이처럼 이 야담은 비현실적 서사를 보여 줌에도 불구하고 그 담고 있는 메시지는 지극히 현실적입니다. 이 작품은 19세기 초엽 몰락 양반의 현실을 잘 반영하고 있습니다. 심생도 귀신도 다 몰락 양반입니다. 당시 몰락 양반은 남의 신세를 지며 살아가는 경우가 많았습니다. 이 작품은 이런 몰락 양반의 행태를 귀신으로 형상화했는데, 알레고리적 방식으로 몰락 양반의 집에 기식하는 몰락 양반을 그림으로써 아주 재미있고 독특한 방식으로 현실의 한 단면을 반영하고 있습니다. 그리하여 비현실적 서사임에도 불구하고 현실적 서사에 못지않은 아주 심중한 현실적 메시지를 담고 있습니다. 이처럼 『청구야담』에서는 현실적 서사에서만이 아니라 비현실적 서사에서도 인식소와 흥미소의 결합이 확인됩니다.

## 기록 단계의 야담

도시 시정 세계를 중심으로 구연·유포되던 이야기는 특정 문인에 의해 한문으로 기록되기에 이릅니다. 그래서 기록자, 즉 작자의 성격이 문제가 됩니다. 기록자는 누구일까요? 그 다수는 사士 계층에 속한 인물이었습니다. 사 계층의 인물들은 벼슬하지 못하고 평생 가난하게 지내거나, 설사 벼슬을 했다 하더라도 음직으로 말단 벼슬을 했을 뿐입니다. 야담 작자의 대다수는 사 계층에 속한 인물이었지만, 더러 벌열층이나 중인층에 속한 작자도 있었습니다.

계급적 특수성에서 사 계층은 벌열층 사대부보다 시정인들과의 접촉면이 좀 더 넓었을 뿐만 아니라 시정인들의 동향에 좀 더 관심을 가질 수 있었습니다. 그러다 보니 자연히 그 세계에 대한 견문도 많게 되고 시정 세계에서 떠도는 이야기들에 흥미를 느낄 수 있었습니다.

야담 작자는 우선 시정의 이야기꾼과 접촉해 이야기를 들은 뒤 이를 작품화할 수 있었습니다. 가령 『청구야담』의 「오물음이 우스갯소리를 잘해 인색한 객을 넌지시 깨우치다」(諷吝客吳物音善諧)라는 작품의 주인공 오물음吳物音은 당시 시정의 유명한 이야기꾼이었습니다. 야담 작자는 꼭 오물음처럼 전문적 이야기꾼은 아니더라도 시정의 인물에게서 들은 이야기를 작품화할 수도 있었습니다. 가령 도시의 상공인이라든가 몰락 양반이라든가 일정한 생활 근거를 갖지 못한 무변武弁(무과에 급제해서 아직 벼슬을 못 하고 있는 사람)이라든가 청지기라든가 하인들에게서도 시정에 떠도는 이야기를 전해 들을 수 있었습니다. 이처럼 작자는 이러저러한 경로를 통해 시정의 이야기를 접한 뒤 이를 기록함으로써 작품화할 수 있었습니다.

그런데 여기서 하나의 의문이 제기됩니다. 작자가 들은 것을 '기록했다'고 했는데 이 '기록'이라는 것이 자기가 들은 이야기를 충실히 그대로 옮겨 놓은 것을 말하는가 아니면 다소간 작자의 창의創意가 가미된 것을 말하는가 하는 의문입니다. 『청구야담』의 작품들 중에는 작자가 견문한 사실을 비교적 충실히 기록해 놓은 것처럼 보이는 것도 없지 않습니다. 하지만 그 대부분은 작자의 창의가 다소간 가미되어 있다고 여겨집니다. 그렇기는 하지만 작자의 창의는 '원래 이야기'의 틀이 유지되는 범위 내에서 가미되고 있다고 할 것입니다. 즉 작자가 원래 이야기를 비틀거나 원래 이야기의 구성이나 내용을 바꾸는 법은 좀처럼 없다고 여겨집니다. 작자는 이야기를 쭉 따라가면서 기록하되 약간의 문학적 수식을 가하고 있는 정도라는 거죠. 하지만 유능한 야담 작가는 원래 이야기의 내용을 부연하거나 각색할 수 있으며 세부 묘사를 훨씬 자세하게 하기도 합니다. 또한 인물의 성격을 훨씬 개성적으로 창조해 낼 수 있습니다. 가령 「열여섯 낭자와 꽃다운 인연을 맺다」(結芳緣二八娘子) 같은 작품이 그러합니다. 이 작품은 원래 이현기李玄綺(1796~1846)라는 19세기 전반에 활동한 소론 출신 문인이 저술한 『기리총화』綺里叢話라는 책에 실려 있던 것인데, 『청구야담』에 선록選錄되었습니다. '기리총화'라는 책 제목에서 '기리'는 이현기의 호이고, '총화'는 예전에 『용재총화』慵齋叢話를 공부할 때 말한 적이 있지만 '시시껄렁한 이야기'라는 뜻입니다.

「열여섯 낭자와 꽃다운 인연을 맺다」는 현재 알려져 있는 야담 가운데 최고의 문예적 수준을 보여 줍니다. 이 작품은 몰락해 가는 양반 집안의 인물인 채생蔡生과 상승하는 중인 집안의 인물을 등장시켜 그 대조적 생활 정형과 인물 성격 그리고 인물의 심리 상태를 곡진하게 묘사해 내고 있습니다. 이를 통해 18세기 조선 역사의 한 주요한 국면을 아주 솜씨 있게 그려 냈습니다. 작자 이현기의 인간에 대한 관찰은 참으로 예리한 것이라고 하지 않을 수 없습니다. 이 작품은 형식면에서도 대단히 세련된 구성과 기교를 보여 줍니다. 작자는 당시 시정에서 떠돌던 이야기를 바탕으로 이 작품을 썼지만 단순히 구전되던 이야기를 기록으로 옮겨 놓는 데 그친 것이 아니라, 전대에 이룩한 전기소설傳奇小說의 수법을 적절히 원용함으로써 아주 빼어난 소설을 만들어 놓고 있습니다.

『청구야담』의 작품들 중에는「열여섯 낭자와 꽃다운 인연을 맺다」처럼 형상화와 구성에 있어서 작자의 창의가 크게 발휘된 것도 없지 않지만, 그 대부분은 원래 이야기의 내용과 전개를 따르면서 약간의 문학적 윤색을 가해 놓은 것들입니다. 이 때문에 현란한 수식이 별로 없으며 평이하고 소박한 문체적 특징을 보여 줍니다. 또한 우리말을 한문으로 옮겨 놓은 듯한 '조선식 한문'이 수시로 구사됩니다. 이로 인해 우리말의 구기口氣가 느껴지곤 합니다. 이처럼 야담은 우리나라 사람만 알 수 있는 조선식 한문이 구사되고 있다는 점에서 철저히 문어체로 되어 있고 문장 수식에 큰 힘을 쏟는 전기소설과 대조를 이룹니다.


### 야담계 소설
#### — 전기소설, 전계 소설과의 대비를 통해 본

야담은 단일 장르가 아니며 민담, 전설, 소화, 일화逸話, 단편소설과 같은 몇 개의 단형 서사 장르로 구성되어 있습니다. 이 중 문예성이 높아 가장 주목되는 장르는 단편소설입니다.

야담 중의 단편소설을 '야담계野談系 단편소설'이라고 합니다. 약칭해서 '야담계 소설'이라고 하죠.『청구야담』에는 야담계 소설이 많이 수록되어 있습니다. 한문 단편소설로는 전기소설·전계傳系 소설·야담계 소설, 이 셋이 주목되는데, 전기소설은 나말여초에 성립되었습니다.「호원」,「최치원」,「조신전」 같은 작품이 그 당시 작품입니다. 전계 소설은 고려 시대에 성립되었습니다.『삼국사기』에 실려 있는「온달전」이나「설씨전」,『고려사』 열전에 실려 있는「김천전」 같은 것을 예로 들 수 있습니다. 이 둘과 달리 야담계 소설은 조선 후기에 성립되었습니다.

조선 후기에는 소설이 성행했습니다. 이에 따라 소설 외의 장르들이 소설의 영향을 많이 받게 됩니다. 그래서 가사의 서사화敍事化가 나타나기도 하고, 전傳에 소설화 경향이 대두하기도 합니다. 이로 인해 조선 후기에 와서 전계 소설의 창작이 부쩍 늘어나게 됩니다.

전기소설, 전계 소설, 야담계 소설, 이 세 장르는 발생론적으로 사회역사적 토대의 차이가 존재합니다. 그에 상응해 세 장르는 발생 과정, 담당층, 작품의 형식적 원리와 내용 등에서 상이함을 보여 줍니다. 전기소설 및 전계 소설은 대체로 사대부적 멘탈리티, 사대부적 관심에서 성립된 장르입니다. 따라서 소재 선택의 범위와 그 서사 공간도 사대부 세계에 주로 한정되어 있습니다. 조선 후기의 전계 소설은 종종 하층 신분의 인물을 주인공으로 삼고 있으나 그럼에도 사대부적 문제의식하에 창작된 경우가 많습니다. 이와 달리 야담계 소설은 대체로 시정인의 관심과 시정인의 멘탈리티, 시정인의 현실에 근거하고 있습니다. 이에 따라 그 소재와 서사 공간이 대폭 확대되었습니다.

세 장르는 조선 후기에 공존했고 서로 영향을 미쳤습니다. 특히 전계 소설 가운데에는 그 소재나 내용에 있어 야담계 소설의 정취를 보여 주는 것들이 적지 않습니다. 이런 작품들은 민중의 삶과 현실을 문제 삼고 있다는 점이 주목됩니다. 시정에 떠도는 이야기를 전이라는 형식에 담으면 전계 소설이 되고, 야담의 형식에 담으면 야담계 소설이 되죠. 이 경우 형식이 다르기에 당연히 문체도 달라집니다. '전'이란 인물에 관심을 갖는 장르입니다. 마찬가지로 전에서 유래하는 전계 소설도 인물에 관심을 가집니다. 야담은 인물이 등장하긴 합니다만 전이나 전계 소설처럼 인물에 초점을 맞추기보다는 사건에 초점을 맞추고 있습니다. 즉, 전계 소설은 주로 인물에 관심을 두고 있고 야담계 소설은 주로 사건에 관심을 두고 있다는 점에서 차이가 있습니다. 하지만 전계 소설과 야담계 소설의 경계가 모호해지는 현상이 관찰되기도 합니다. 이 점이 문학사적으로 흥미롭습니다. 전계 소설이라 할지라도 작자가 전해들은 이야기를 기록해 놓은 경우 인물보다는 사건에 더 관심을 보이게 됩니다. 이런 경우 이 작품은 무늬만 전계 소설이지 실제로는 야담계 소설이라 해도 무방할 것입니다. 장르의 경계가 모호해지는 거죠.

전기소설 및 전계 소설의 형식 원리(Formprinzip)가 애초 사대부적 세계관에 기반해 있음에 반해, 야담계 소설의 형식 원리는 애초 민중적 세계관에 기반해 있습니다. 또한 전기소설 및 전계 소설의 문체는 사대부적 취미와 교양을 반영하는 세련된 것임에 반해, 야담계 소설의 문체는 투박하고 비속합니다. 전자의 문체는 문어체이기 때문에 우리말 어투가 잘 느껴지지 않음에 반해, 후자의 문체는 구어체에 좀 더 가까워 우리말 어투가 다소간 느껴집니다. 그러므로 야담계 소설에는 구어적口語的 생기가 있습니다.

전계 소설은 설령 시정의 이야기가 작품화된 것이라 할지라도 야담계 소설에서처럼 이야기가 직접 기록으로 전화轉化된 건 아닙니다. 물론 앞에서 말한 것처럼 장르적 경계가 모호한 작품의 경우 이야기가 직접 기록으로 전화되었다고 여겨지는 것도 없지는 않습니다. 그러나 그보다는 작자가 들은 이야기가 그저 작품의 소재 내지 원천이 되는 경우가 더 많습니다. 작자는 '전'의 장르 관습을 의식하면서 자기가 들은 이야기를 그 형식에 맞게 재조직해야만 했습니다. 박지원의 「광문자전」을 예로 들어 봅시다. 박지원은 젊은 시절에 시정에 떠도는 이야기를 자기 집 청지기에게 들었는데, 그 이야기를 들은 대로 기록했다면 야담이 되었을 것입니다. 하지만 박지원은 그 이야기를 원천으로 하되 이를 재조직화해서 '전'이라는 장르 관습 속에 담았습니다. 그래서 「광문자전」은 『청구야담』의 야담들과 이질적인 느낌을 줍니다.

이처럼 전계 소설은 이야기를 야담계 소설처럼 직접적으로 기록화하는 것이 아니라 전이라는 장르 관습에 맞게 재조직화해야 했기 때문에 사대부적 교양과 문예 취미가 문체에 짙게 표출될 수밖에 없었습니다. 야담계 소설에서는 확립된 장르 관습이라는 건 존재하지 않습니다. 청취한 이야기를 가다듬어 서술해 놓기만 하면 그것으로 형식은 충족되었습니다. 작자는 전통을 의식할 필요도 없었고, 장르 문법의 구속을 받을 필요도 없었습니다. 그러니 미사여구를 동원하거나 글쓰기의 준칙을 따라야 할 필요가 없었습니다.

전계 소설은 18세기에 이르러 소재의 확장을 보여 줍니다. 가령 피카레스크적 인물형의 사기꾼을 그린 이옥李鈺의 「이홍전」李泓傳이나 불우한 예술가를 그린 유득공의 「유우춘전」 같은 것을 예로 들 수 있습니다. 전계 소설은 이처럼 18세기에 와서 흥미롭게도 소재의 확장을 보여 줍니다만 그럼에도 야담계 소설과 비교하면 그 범위가 아주 한정된 것임을 알 수 있습니다. 야담계 소설은 전계 소설과 비교가 되지 않을 정도로 소재가 다양합니다. 예컨대 아둔한 양반, 무능한 관리, 탐관오리, 매관매직 행위, 과거 시험의 부정, 몰락 양반의 비참한 현실, 상인의 이익 추구 행위, 양반을 우롱하는 약삭빠르고 재치 있는 하인, 도망해서 신분 상승을 꾀하는 노비, 현실적이고 진취적인 중인층 인물, 수전노守錢奴이거나 반대로 도량이 큰 신흥 평민 부자, 재치와 예지로써 자신의 운명을 개척해 나가는 서민 여성, 지배층에 항거하는 군도, 추노하러 온 옛 상전을 살해하려는 종들, 도시를 배경으로 한 각종 남녀의 정사情事 등등 이루 말할 수 없이 다채롭죠.

야담계 소설에서는 당대의 일상적 현실 속에서 살아 숨 쉬는 구체적 인간들의 구체적 관계가 그 중심을 이룹니다. 이 점에서 근대 단편소설에 상당히 근접해 있다고 보입니다. 지배층 내부의 모순이나 부패, 대립, 갈등이 그려지기도 하고 피지배층 내부의 계층적 분화나 대립 혹은 비참한 현실이 그려지기도 합니다. 하지만 무엇보다도 현저하고 주목되는 것은 양반과 평·천민 간의 대립입니다. 몰락한 양반 상전과 도망하여 요족饒足하게 살고 있는 노비의 대립, 몰락 양반과 소농의 대립, 양반과 신흥 상인층의 대립, 신흥 평민 부자와 양반의 대립, 토지에서 유리한 빈농이나 도망한 노비들로 구성된 군도와 대지주의 대립 등이 그것입니다. 이들 대립은 대개 극히 격렬하고 첨예합니다.

야담계 소설은 기본적으로 시정 세계의 관심과 취미를 반영하고 있습니다. 이 때문에 부富의 성취에 대한 관심과 신분 상승에 대한 관심을 보여 주는 작품이 많습니다. 그렇긴 하지만 야담계 소설은 꼭 세태적이지만은 않습니다. 비록 사건 위주의 서술로 인해 인간의 내면에 대한 깊은 응시라든가 인간의 삶에 대한 깊은 눈을 보여 주는 데는 한계를 드러내지만, 그럼에도 다양한 인간 주체를 긍정하고 있으며 삶의 다양한 국면으로 소설적 관심을 확대했다는 점에서 야담계 소설은 문학사에서 새로운 진전을 이루었다고 평가할 만합니다.

### 야담사와 『청구야담』

마지막으로 야담사野談史를 개괄하면서 『청구야담』의 문학사적 위치를 생각해 보기로 하겠습니다. 최초의 야담집인 『어우야담』에는 야담만이 아니라 작자의 신변사라든가 논설 같은 것도 실려 있습니다. 이 점에서 본격적인 야담집이라고는 하기 어렵습니다. 『어우야담』의 이런 면모는 야담집이 필기류筆記類로부터 분화되어 나왔음을 알게 해 줍니다. 필기란 사대부 문인이 자신의 관심사, 자기 주변의 일들, 견문한 내용이나 독후감, 단상斷想, 학문적 논변 등을 자유로운 필치로 기록해 놓은 글을 말합니다. 요컨대 사대부의 생활상의 요구와 밀착된 글쓰기죠. 18, 19세기의 야담집은 필기류의 책에 포함되어 있던 전설, 일화, 소설 등의 서사 장르를 가져와 독립시킨 것이라고 할 수 있습니다. 이렇게 본다면 『어우야담』은 아직 필기의 특징이 불식되지 않은 채 남아 있는 책이라고 할 것입니다. 이 점에서 과도기적이라고 할 만하죠. 『어우야담』에 실린 서사물의 대부분을 차지하는 것은 일화와 전설입니다. 소설은 아직 그리 많지 않습니다. 일화와 전설도 작자가 견문한 사실의 골격만 비교적 간단히 제시하는 데 가깝고, 풍부한 서사를 보여 주지는 못합니다. 그래서 작품 길이가 대체로 짧습니다. 그와 달리 『청구야담』에 실린 전설이나 일화는 비교적 풍부한 서사를 펼쳐 편폭이 보다 길어지는 변화를 보여 줍니다.

18세기 초에 임방任埅(1640~1724)이라는 문인이 『천예록』天倪錄이라는 야담집을 저술합니다. '천예'는 『장자』에 나오는 말인데, 여기서는 신비한 일을 가리킵니다. 그러므로 '천예록'은 '신비한 일에 대한 기록'이라는 뜻입니다. 『천예록』은 문학사상 최초의 본격적인 야담집에 해당합니다. 야담이라는 이름을 붙인 최초의 책인 『어우야담』에는 아직 필기의 면모가 상당히 잔존해 있지만, 『천예록』에는 필기가 하나도 들어 있지 않아 순전한 야담집의 모습이 발견됩니다. 『천예록』에는 '신비한 일에 대한 기록'이라는 뜻의 그 제목이 시사하듯 도가적 지향을 갖는 이야기들이 많이 실려 있습니다. 그래서 황당무계하고 환상적인 성격의 이야기들이 많이 보입니다.

18세기의 야담 작가로는 임방 외에 임매任邁(1711~1779), 안석경安錫儆(1718~1774), 노명흠盧命欽(1713~1775), 신돈복辛敦復(1692~1779) 등을 꼽을 수 있습니다. 이들은 벼슬을 하지 못했거나 벼슬을 했다 하더라도 미관말직을 했을 뿐입니다.

임매는 『천예록』을 저술한 임방의 손자인데, 『잡기고담』雜記古談이라는 야담집을 저술했습니다. '잡기고담'은 '옛이야기를 기록한 책'이라는 뜻입니다. '야담' 대신에 '고담'이라는 말을 쓴 것이 특이합니다. 노명흠은 과시科詩를 잘 쓰기로 유명한 노긍盧兢의 아버지인데, 『동패낙송』東稗洛誦이라는 야담집을 저술했습니다. '동패'는 '동국의 패설稗說', 즉 동국의 이야기라는 뜻이고, '낙송'은 '줄줄 왼다'는 뜻입니다. 그러므로 '동패낙송'은 '우리나라의 이야기를 줄줄 말한다'라는 뜻입니다.

노명흠은 형편이 곤궁해 사도세자의 장인인 홍봉한洪鳳漢의 집 숙사塾師(가정교사) 노릇을 했는데 그때『동패낙송』을 저술했습니다. 1775년경으로 추정됩니다. 모두 100여 편의 이야기가 실려 있는데, 제목은 붙어 있지 않습니다. 그 가운데 경기도 여주의 허씨 집 둘째 아들이 몰락 양반의 처지에서 10년 기한으로 지독하게 근검절약하며 농사를 지어 마침내 큰 부富를 이룬다는 이야기가 있는데, 동일한 이야기가『청구야담』에「치산업허중자성부」治産業許仲子成富(농사를 지어 허씨 집 둘째 아들이 부를 이루다)라는 제목으로 실려 있습니다. 문장 표현은 같지 않지만 그 내용은 같습니다.

삽교霅橋 안석경은 만년인 1770년대 초반에『삽교만록』霅橋漫錄이라는 필기서筆記書를 저술했고, 학산鶴山 신돈복 역시 만년인 18세기 후반에『학산한언』鶴山閑言이라는 필기서를 저술했습니다.『삽교만록』이나『학산한언』에는 여러 편의 야담이 실려 있는데, 제목은 붙어 있지 않습니다. 주목할 점은『청구야담』에『학산한언』의 야담 30여 편이 전재轉載되어 있다는 사실입니다. 가령 조선 후기 매관매직의 풍토를 유머러스한 필치로 고발한「이절도궁도우가인」李節度窮途遇佳人(이 절도사가 궁할 때 가인을 만나다)이나 식칼을 들고 고을 수령을 꾸짖어 강압적 혼인에 대한 거부 의사를 관철하는 하층 여성을 그린「거강포규중정렬」拒强暴閨中貞烈(강압과 횡포에 항거한 규중의 지조 있는 여성) 같은 작품을 들 수 있습니다.

또 17세기 후반에서 18세기 초반 사이에 생존했던 후재厚齋 김간金榦(1646~1732)이 저술한 필기서『후재수록』厚齋隨錄이 있는데, 여기 실린 이야기 가운데 네 편이『청구야담』에 전재되었습니다. 김간은 박세채朴世采의 수제자로서, 학행學行으로 천거되어 예산禮山

현감, 연산連山 현감을 했으며, 영조 때 대사헌, 우참찬에 제수되었으나 나아가지 않고 산림山林으로서 학문에 매진한 인물입니다. 박세채는 만년에 소론의 영수로 활동했으나 김간은 박세채 사후 노론으로 당색을 바꾸었습니다. 『후재수록』에 수록된 이야기에는 말미에 작자의 평이 첨부되어 있기도 한데, 『청구야담』에서는 이런게 다 삭제되었습니다. 『청구야담』의 편자는 이처럼 이야기를 수록할 때 군더더기로 보이는 건 소거消去하고 서사만 가져오는 방식을 취해 좀 더 완정完整한 야담이 되게 했습니다.

19세기에 들어와 경기도 광주에 살던 만오晩悟 정현동鄭顯東(1730~1815)이라는 문인이 『만오만필』晩悟謾筆이라는 필기·야담집을 저술합니다. 성립 시기는 1812년경으로 추정됩니다. 야담의 작자는 대개 노론계 인사인데, 정현동과 뒤에 말할 이현기는 노론이 아닙니다. 정현동은 남인이고, 이현기는 소론이죠. 정현동은 무인 집안 출신으로, 실학자 안정복安鼎福의 문인인데, 문과 시험을 보아 입신立身하고자 했으나 여의치 않아 평생 포의로 지냈습니다.

『만오만필』은 상권에는 야담이 실려 있고, 하권에는 주로 사대부 일화를 중심으로 한 짤막짤막한 고사古事가 실려 있는데, 제목은 부여되어 있지 않습니다. 실린 야담 중에는 암행어사 해결담이나 꿈의 계시를 통해 남녀가 결연하는 이야기가 여럿 있음이 특징적입니다. 편폭이 제법 긴 이야기도 좀 있지만 짧은 이야기가 대부분입니다. 정현동은 비록 이야기에 큰 관심을 지녔기는 하나, 야담 작가로서의 필치는 그리 빼어난 것 같지 않고, 작품을 만든다는 의식이 좀 부족해 보입니다. 가령 제46화 호랑이를 감동시킨 효부孝婦 이야기는 그 줄거리는 『청구야담』에 실려 있는 「수정절최효부감호」守貞節崔孝婦感虎(정절을 지킨 효성스런 며느리 최씨가 호랑이를 감동시키다)

와 비슷합니다만, 그 서사의 묘미와 정채는『청구야담』의 것이 훨씬 낫습니다.

정현동에 이어 계서溪西 이희평李羲平(1772~1839)이 1828년『계서잡록』溪西雜錄을 저술합니다. 이희평은 예조참판을 지낸 이태영李泰永의 아들이고, 혜경궁 홍씨의 외6촌입니다. 소과에 합격해 거창 부사, 황주 목사 등을 지냈는데, 거창 부사로 있을 때『계서잡록』을 완성했습니다. 이희평은 벌열층에 속한 인물이라고 할 수 있습니다.

『계서잡록』은 필기서에 해당하는데, 흥미로운 야담들이 여럿 실려 있습니다. 제목은 부여되어 있지 않습니다.『동패낙송』의 이야기들이 더러 발견되는 것으로 보아 이희평은『동패낙송』을 읽은 것으로 보입니다.

이현기의『기리총화』에 대해서는 앞서 언급한 바 있는데요, 이 책 역시 19세기 전반에 저술되었습니다. 이 책에 실린 이야기들에는 대개 넉 자의 제목이 부여되어 있죠. 이를테면 '포주이문'抱州異聞, '채생기우'蔡生奇遇, '심가귀괴'沈家鬼怪, '천비식인'賤婢識人 이런 식입니다. '포주이문'은 '포주(포천)의 이상한 이야기'라는 뜻이고, '채생기우'는 '채생의 기이한 만남'이라는 뜻이며, '심가귀괴'는 '심씨 집 귀신'이라는 뜻이고, '천비식인'은 '천한 여종이 사람을 알아본다'라는 뜻입니다. 이 중「채생기우」,「심가귀괴」,「천비식인」은『청구야담』에 전재되어 있는데,「결방연이팔낭자」結芳緣二八娘子(열여섯 낭자와 꽃다운 인연을 맺다),「궤반탁견곤귀매」饋飯卓見困鬼魅(밥상을 차려 줬다가 귀신에게 곤욕을 치르다),「택부서혜비식인」擇夫婿慧婢識人(지혜로운 여종이 사람을 알아봐 남편을 택하다)처럼 일곱 자 제목으로 바뀌어져 있습니다.『청구야담』쪽의 제목이 훨씬 독자의 흥미를 자아냅니다.

이현기의 부친은 소과에 합격해 보은 군수, 선산 부사 등을 지냈으나, 본인은 벼슬을 하지 못했습니다. 이현기는 야담 작가로서 대단히 뛰어난 역량을 보여 줍니다. 그의 작품들은 인물의 개성이 뚜렷하고, 정황에 대한 묘사가 퍽 정채精彩가 있습니다. 게다가 그의 작품에는 사회적 문제의식이나 정치적 의식이 함유되어 있기도 합니다. 가령 「포주이문」 같은 작품은 북벌론의 허상과 인재 등용의 문제점을 지적하고 있죠. 또한 「채생기우」 같은 작품은 조선 후기의 신분제적 모순을 인물들 간의 갈등과 내면 심리 묘사를 통해 예리하게 포착해 보여 주고 있습니다. 이 점에서 이 작품은 조선 후기 야담 문학의 최고 성취라고 평가할 수 있습니다. 이런 이현기의 작품들이 『청구야담』에 포함됨으로써 『청구야담』은 더욱 정채를 발할 수 있었습니다.

19세기에는 이른바 '3대 야담집'이라 일컬어지는 『청구야담』, 『계서야담』溪西野談, 『동야휘집』이 편찬됩니다. 18세기에는 없던 현상입니다. 이를 통해 19세기는 야담이 집대성되는 단계임을 알 수 있습니다.

『계서야담』은 책 이름에 『계서잡록』을 지은 이희평의 호(계서)가 보이기는 합니다만 이희평의 저작은 아니고, 이희평이 죽은 뒤 후대의 누군가가 『계서잡록』에 실린 야담을 토대로 엮은 책으로 여겨집니다. 『청구야담』·『동야휘집』과 달리 이야기에 제목이 부여되어 있지는 않습니다.

『동야휘집』은 1869년 이원명李源命(1807~1887)이 편찬한 야담집입니다. 이원명은 이조판서를 지냈으며, 벼슬에서 물러난 후 이 책을 편찬했습니다. '동야휘집'이라는 책 제목은 '동국東國의 야담을 모아 놓은 책'이라는 뜻입니다. 이 책은 『어우야담』이라든가 19세기 중반 이후『계서잡록』을 토대로 엮어진 편자 미상의 야담집『기문총화』奇聞叢話와 같은 전대 야담집에 실린 야담을 윤색해서 싣는한편, 편찬자가 들은 민간의 이야기도 기록해 놓았습니다.『동야휘집』의 야담들에는 편찬자의 수식修飾이 지나치게 많이 가해져 있어 야담 본래의 정취가 잘 느껴지지 않습니다. 그래서 이야기의 생동감이 사라지고, 사대부적 미의식이 강화되는 결과가 초래되었습니다.

운고雲皐 서유영徐有英(1801~1874?)은 사마시에 합격해 의령宜寧 현감을 지낸 인물인데, 벼슬에서 물러나 고향 금계錦溪(충청도 금산)에서 살 때『금계필담』錦溪筆談을 저술했습니다. 저술 시기는 고종 10년(1873)입니다. 서유영은 철종 14년(1863)『육미당기』六美堂記라는 한문장편소설을 창작하기도 했죠.『금계필담』에는 '좌해일사'左海逸史('우리나라 야사野史'라는 뜻)라는 부제가 달려 있는데요, 이 부제가 말해 주듯 야담이라기보다 야사에 가까운 작품들이 많이 실려 있습니다. 하지만 간간이 야담도 발견되는데, 그 필치가 그리 뛰어나지는 못하며, 심각한 주제 의식이 담긴 작품은 잘 보이지 않습니다.

끝으로, 19세기 말 차산此山 배전裵婰(1843~1899)은『차산필담』此山筆談이라는 야담집을 저술했습니다. 배전은 무반武班 가계의 김해 향반鄕班으로, 아전을 지낸 바 있습니다. 그러니 중인층으로 볼수 있죠.『차산필담』은 중인층의 야담집이라는 점이 주목되는데, 16편의 야담이 실려 있으며, 작품마다 제목이 있습니다. 대원군 집정기執政期를 배경으로 한 작품도 있어 시대의 변화가 느껴지지만,『청구야담』이 보여 주는 생기발랄한 면모는 찾기 어렵습니다. 이점에서,『차산필담』은『동야휘집』과 마찬가지로 야담 쇠락기의 산물로 여겨집니다.

## 마무리

조선 후기 문학사의 특기할 만한 점 가운데 하나는 '야담'이라는 글쓰기가 성행했다는 사실입니다. 17세기 전반에서 19세기 말까지 여러 야담집이 나왔습니다만, 『청구야담』은 그중 최고의 야담집으로 조선 후기 야담 문학의 금자탑이라고 말할 수 있습니다.

문학사의 긴 눈으로 보면 『청구야담』은 『수이전』이나 『삼국유사』와 연결됩니다. 『수이전』·『삼국유사』에서 연원하는, 구전에 토대를 둔 한국 단형短形 서사문학의 전통이 마침내 『청구야담』을 낳은 것입니다. 『청구야담』의 서사는 대단히 풍성할 뿐만 아니라 조선 후기를 살아간 인간들의 삶을 생생하면서도 총체적으로 보여 줍니다. 그러므로 이 시기 한국인의 삶을 속속들이 알고자 한다면 100권의 역사책을 읽느니 『청구야담』 한 책을 읽는 것이 나을지도 모릅니다. 이처럼 『청구야담』은 한국고전문학의 한 기념비적 위업이라 할 만합니다.

그럼, 오늘 강의는 여기서 마치겠습니다.

## 질문과 답변

\*  19세기 중엽 이후 야담의 행방이 궁금합니다. 19세기 중반이나 후반에 와서 조선 사회는 안팎으로 여러 문제에 직면하는데 이런 현실에 부응해 이 시기 야담이 이전의 야담과 달라진 점이 있는지요?

19세기 중엽 이후 야담의 양상은 『동야휘집』과 『차산필담』을 통해 확인됩니다. 『동야휘집』이 1869년, 『차산필담』이 19세기 말경에 편찬되었으니까요.

　『동야휘집』의 야담들에서는 19세기 전반까지의 야담이 보여 주던 생기라든가 현실적 연관성을 찾아보기 어렵습니다. 매너리즘화한 거죠. 그러므로 『동야휘집』을 통해 19세기 후반에 야담이 쇠퇴기에 접어들었다는 사실을 읽어 낼 수 있습니다. 『차산필담』에는 16편의 작품이 실려 있는데, 그중 대원군 집정기를 배경으로 한 작품들은 당대의 현실을 일정하게 반영하고 있음에도 불구하고 전 시대의 야담에서 확인되는 활기가 느껴지지는 않습니다. 이 때문에 이 역시 쇠퇴기의 야담집이라는 판단을 내리게 합니다. 이렇게 본다면 19세기 후반에 와서 야담은 예전의 활기를 잃고 쇠퇴 국면에 접어들었다고 말할 수 있을 듯합니다.

　그렇기는 하지만 야담사에서 고점高點에 해당한다고 할 19세기 전반은 동시에 야담의 쇠락이 시작되는 시기이기도 하지 않나 합니다. 이 시기에 야담의 정리 작업이 대대적으로 이루어진 게 그 징후라고 할 수 있죠.

그렇다면 야담은 왜 19세기 후반에 와서 종전의 그 활발한 현실 반영의 면모를 잃어 버리게 된 걸까요? 그리고 왜 그 다채로움과 풍부함을 잃어 버렸을까요? 두 가지 가능성을 생각해 볼 수 있을 듯합니다. 하나는 19세기 후반경 도시 시정 공간의 문화적 활기가 전만 못하지 않았나 하는 점입니다. 이는 조선 사회 전체의 문화적 활기와 관련될 것입니다. 다른 하나는 문인들이 시정의 구전 서사에 관심을 덜 갖게 되지 않았나 하는 점입니다. 이는 시정 공간의 문화적 활기가 떨어진 것과 무관하지 않을 것입니다.

그렇기는 하지만 20세기 초 애국계몽기의 작품인 『신단공안』 神斷公案 ― 작자가 이해조라는 설이 있습니다 ― 에서 야담의 근대적 변용 양상이 확인됩니다. 『신단공안』은 1906년 5월부터 12월까지 『황성신문』에 연재된 7편의 한문현토체漢文懸吐體 소설인데, 7편 가운데 이른바 「김봉 본전」金鳳本傳과 「어복손전」魚福孫傳이 야담과의 연결점을 보여 줍니다. 「김봉 본전」의 주인공 김봉은 인조 때 평양에 살던 협잡꾼인데 익살스러운 방식으로 조선 사회의 모순을 폭로하고 있음이 주목됩니다. 김봉은 봉이 김선달을 말합니다. 「어복손전」은 19세기 중엽 철종 때를 배경으로 노비 어복손과 상전 오진사의 갈등을 그리고 있습니다. 이런 유의 서사는 야담에서 드물지 않게 발견되는데, 단 「어복손전」의 경우 조선의 신분제에 대한 작자의 적개심이 투사되어 있다는 점에서 전근대 시기의 야담과 차이가 납니다. 애국계몽기적 문제의식을 보여 주고 있는 거죠.

이 두 작품은 야담의 문체나 서사 방식을 보여 준다는 점에서 야담을 계승하고 있다고 할 수 있습니다. 하지만 조선 사회를 대상화하여 그 모순을 폭로하고 있다는 점에서 그 주제 의식은 근대적이라 할 것입니다. 이런 점에서 「김봉 본전」과 「어복손전」은 문학사에 의의가 있는 작품으로 평가할 수 있습니다.

원래 야담은 시정인층과 문인층의 합작품으로서의 성격을 갖습니다. 사대부층이나 중인층 남성 독자야 야담이 한문 기록인 게 불편할 리 없지만, 시정인층이나 여성의 경우 이야기가 달라집니다. 시정인층이나 여성에게는 국문으로 된 야담이 필요하지 않았을까요? 전근대 시기에 『천예록』, 『동패낙송』, 『청구야담』 같은 야담집이 국문으로 번역된 것은 여성 독자의 요구에 부응해서일 것입니다. 그런데 번역 말고 국문으로 창작된 야담은 왜 나오지 않았을까요? 19세기 후반 야담의 정체停滯는 이런 문제와도 관련이 있지 않을까 합니다. 과거의 전통을 따르기만 했을 뿐 새로운 돌파가 이루어지지 못한 거죠. 그러니 정체와 후퇴가 불가피하지 않았나 합니다.

20세기 초에 창작된 『신단공안』은 한문현토체 소설이라는 점에서 국문을 기준으로 본다면 기존의 한문소설보다 진일보한 면이 없지 않다 하겠지만 그럼에도 국문소설보다는 한문소설에 더 가깝습니다. 이 점에서 언어적으로 한계가 있다고 할 것입니다.

이런 언어적 한계를 깨뜨린 것이 『대한매일신보』에 1905년 연재된 작자 미상의 「소경과 앉은뱅이 문답」과 1906년 연재된 작자 미상의 「거부오해」車夫誤解입니다. 이 두 작품은 풍자적 어투로 당시의 현실을 비판하며 민족의식을 고취하고 있습니다. 『신단공안』에는 민족의식 같은 건 발견되지 않습니다. 그러므로 「소경과 앉은뱅이 문답」과 「거부오해」는 소설사상小說史上 주제 의식에서 획기적인 진전을 보여 준다 할 만하죠. 그런데 문제는 이들 작품이 야담과는 별 관련이 없으며 애국계몽기의 신흥新興 단형 서사라는 점입니다. 야담은 애국계몽기 새로운 한글 단형 서사의 탄생에 별 역할을 하지 못했다고 판단됩니다.

하나 덧붙여 말할 것은, 1910년 『대한민보』에 연재된 이해조의 신소설 「박정화」薄情花에 야담이 수용되어 있다는 사실입니다. 하지만 이 경우 야담은 신소설의 창작에 활용되었을 뿐이지 야담이 능동적으로 새로운 무엇이 되거나 새로운 무엇을 만들어 낸 것은 아니라고 할 것입니다.

1910년대에는 『양은천미』揚隱闡微라는 야담집이 성립되기도 했는데, 표기 문자는 여전히 한문입니다. 이 책의 야담들에는 흥미 위주의 통속적 필치가 두드러집니다. 신분 갈등이 작위적으로 미봉되고 만다든가, 처첩 간의 문제가 실제 현실과는 달리 존재하지 않는 것으로 호도되고 있는 것도 이와 관련이 있습니다. 『양은천미』에는 저명한 사대부의 일화를 각색하거나 부연·윤색한 이야기가 많으며, 시대적 배경이 고려 시대나 조선 전기로 설정된 작품들이 적지 않은데, 이 역시 통속적 지향과 무관하지 않습니다. 전체적으로 인식소認識素가 약화되고 흥미소興味素가 강화된 특징을 보여 준다 할 것입니다. 재능이 출중한 하층 여성이 주인공으로 등장하는 작품이라고 해서 크게 다르지 않습니다. 작품의 주제 의식과 현실 반영력이 전성기의 야담과 비교할 때 현저히 빈약해졌습니다. 이렇게 된 데는 '기록 서사'가 '구전 서사'로부터 멀어진 게 하나의 큰 이유가 되지 않나 합니다. 구전 서사와의 관계가 느슨해지거나 구전 서사적 토대가 박약해져 민중성이 휘발되고 이로 인해 현실에 의해 밑받침되는 텍스트의 내적 긴장이 사라져 버림으로써 통속성과 작위성이 그 자리를 대신한 것으로 봐야 할 듯합니다. 19세기 전기의 야담 작가 이현기가 제시한 길과는 영 다른 길이라 하겠습니다. 흥미로운 점은 『양은천미』가 보여 주는 이런 경향성이 일제강점기의 대중화된 한글 야담과 연결된다는 사실입니다.

일제강점기에도 야담의 맥은 끊기지 않아 윤백남尹白南이 1934년 10월 『월간야담』이라는 잡지를 창간하고, 이듬해 11월에는 김동인金東仁이 『야담』이라는 잡지를 창간합니다. 일견 야담의 국문화가 마침내 실현된 듯도 싶지만, 이 시기 야담은 이미 본래적 의미의 야담으로부터 멀어져 버렸습니다. 전성기 때의 생동감과 현실성을 잃어버린 채 속화俗化되어 '흘러간 옛 노래'가 되고 말았기 때문이죠.


**     야담은 한국에만 존재하는지 아니면 동아시아의 다른 나라 문학사에도 나타나는지 알고 싶습니다.

'야담'을 문학사적 용어로 쓰고 있는 나라는 한국밖에 없습니다. 중국, 일본, 베트남의 문학사에는 야담이라는 용어가 없습니다. 다만 명말明末에 '삼언이박'三言二拍이라는 다섯 책의 단편소설집이 나온 바 있는데, 여기 실린 작품들은 『청구야담』에 실린 작품들과 통하는 데가 있습니다. '삼언'은 풍몽룡馮夢龍이라는 문인이, '이박'은 능몽초凌濛初라는 문인이 편찬한 책인데, 화본話本을 토대로 한 구어체 단편소설집이죠. '화본'이란 민간에서 강창講唱된 구어체로 된 이야기 대본을 말합니다.

한편 중국에서는 명청대明淸代에 '필기소설'筆記小說이라는 것이 성행했는데, 이 중에 야담과 비슷한 것이 보이기도 합니다. 하지만 필기소설로 간주되는 작품들 중에는 지괴에 해당하는 아주 짧은 편폭의 것들도 있습니다. 이 점에서 우리의 야담과는 차이가 있죠.

「허생전」은 야담계 소설과 전계 소설 중 어떤 장르로 봐야 할까
요?

「허생전」은 전계 소설로 여겨집니다. 그런데 「허생전」은 전의 일반적
장르 관습에서 벗어나는 데가 있습니다. 보통 '전'에서는 서두에 입
전立傳 인물의 가계家系라든지 신원身元에 대한 기술 — 이것을 '인정
기술'人定記述이라고 합니다 — 이 나온 뒤 서사가 전개됩니다. 「허생
전」에는 이런 인정 기술이 없습니다. "허생은 묵적동에 살았다"라는
말 뒤에 바로 서사가 시작되죠.

박지원은 당시 실존 인물인 윤영尹映에게서 '허생 이야기'를 전
해 듣고 「허생전」을 썼습니다. 즉 박지원은 구전 서사를 작품화한 것
이라고 말할 수 있습니다. 이 점에서 그 창작 경로는 야담과 같습니
다. 이 때문이겠지만 이 작품은 '야담취'野談趣, 즉 야담적 색채를 보
여 줍니다.

그렇기는 하지만 「허생전」은 텍스트의 조직화 방식이 야담하고
는 좀 다릅니다. 우선 이 작품은 야담계 소설과 달리 원래의 이야기
에 작자가 아주 깊이 개입하고 있습니다. 야담처럼 원래 이야기의
전개를 따라가면서 작자가 약간의 문식文飾을 가하고 있다기보다는
작자가 들은 이야기를 새로 조직화해 내고 있다고 여겨집니다. 그래
서 구전 서사의 기록화가 아니라 구전 서사를 '원천'으로 적극적 재
창조를 한 것이라고 해야 하지 않을까 합니다.

특히 이 작품에는 야담계 소설과 달리 작자의 이념이 강하게 투
사되어 있습니다. 물론 야담계 소설에서도 작자의 이념이 일정하게
작용할 수는 있습니다만 일반적으로 이념은 크게 문제가 되지 않습
니다. 그저 들은 이야기를 쭉 따라가면서 서술해 놓고 있고, 거기에

약간의 창의를 더하고 있을 뿐이니까요. 작자가 윤리적·가치적으로 개입해서 자신의 이념이나 사상을 원래 이야기에 막 덧씌우고 있지는 않다는 말이죠. 하지만 「허생전」은 그렇지 않습니다. 이 작품에는 우선 북학北學에 관한 작자의 입장이 개진되어 있습니다. 「허생전」 끝부분에 보면 허생이 '조선은 배로 외국과 통상하지 않고 수레가 국내에 다니지 않는다, 그래서 내가 해 보인 것처럼 매점매석 행위가 가능하다'고 말하고 있습니다. 윤영이 박지원에게 들려준 이야기에 이런 내용이 있었을 리는 없습니다. 이건 박지원의 이념 혹은 사상으로 봐야죠.

「허생전」에는 이처럼 해외통상론이나 수레 사용 같은 이용후생적 관점이 투사되어 있는 한편, 사이비 북벌론에 대한 비판이 개진되어 있습니다. 북벌을 입에 달고 살면서 실제 북벌을 할 생각은 없고 권력과 이익만 유지하려고 북벌을 내세우는 사이비 북벌론자들을 신랄히 비판하고 있죠. 이 작품에 제시된 '진짜 북벌'은 '북학적 북벌론'입니다. 북학을 해서 부국강병을 이룬 뒤 기회를 도모하다가 중국 내부에 이상한 움직임이 있다 싶으면 그때 호응해서 동아시아의 질서를 바로잡는다는 거죠. 작자는 자신의 이런 생각을 원래의 이야기 속에 박아 놓은 것으로 보입니다. 윤영의 이야기에 이런 게 있었겠습니까? 작자가 자신이 들은 이야기를 작품화하면서 이런 식으로 재조직화, 재창조한 것으로 봐야겠죠.

이런 점에서 「허생전」을 '야담계 소설이다' 이렇게 말하기는 어렵습니다만 그럼에도 「허생전」이 야담과 밀접한 관련이 있는 작품임은 분명합니다.

「광문자전」 역시 마찬가지입니다. 박지원은 자기 집의 옛날 청지기에게서 들은 이야기를 토대로 이 작품을 썼습니다. 그러니 야담처럼 구전 서사를 토대로 하고 있지만, 원래의 이야기를 줄줄 따라가면서 약간의 문학적 수식을 가해 놓은 것이라기보다는 작자가 원래의 이야기에 적극 개입해 그것을 재조직화, 재창조해 놓은 것으로 여겨집니다. 야담이 하나의 유기적 서사를 보여 주는 것과 달리 「광문자전」이 여러 개의 에피소드가 점철된 서사를 보여 주는 것도 이와 관련이 있습니다. 박지원은 작가로서 워낙 개성과 자의식이 강하다 보니 전해 들은 이야기를 기록화하는 수준에 만족하기 어려웠으리라 봅니다. 게다가 뚜렷한 입장과 이념을 지니고 있었기에 글에 그것이 투사될 수밖에 없었습니다. 그래서 박지원이 여느 야담 작자처럼 구전 서사를 토대로 하고 있음에도 불구하고 그의 작품은 야담과는 다른 정위定位를 보여 주지 않나 합니다.

# 열여섯 낭자와 꽃다운 인연을 맺다(結芳緣二八娘子)

(…)

채생이 남대문을 지나 십자가(종로 네거리)로 접어들었다. 갈의葛衣(칡
베로 만든 가난한 사람이 입는 옷)를 입고 미투리를 신은 행색이 매우 초
라했다. 그때 갑자기 사납게 생긴 건장한 하인 대여섯 명이 황금 굴
레와 수놓은 안장을 채운 한 마리 준마를 데리고 길가에 서 있다가
채생에게 절을 했다. 채생은 부끄러워 얼굴을 붉히고 어쩔 줄 몰라
하며 빠른 걸음으로 걸어갔다. 그러자 하인들이 채생을 빙 둘러싸더
니 예를 갖추어 말했다.

"쇤네 집의 영공(영감: 정3품과 종2품의 관원을 이르는 말)께서 서방님
을 모셔 오라 하십니다. 어서 말에 오르시지요."

채생은 의아하여 우물우물 말했다.

"자네들은 뉘 댁 하인인가? 나는 아무 데도 현달한 친척이 없거
늘 어찌 내게 말을 보낼 사람이 있겠는가? 어서 가게!"

하인들이 힘을 다해 다짜고짜 채생을 붙들어 안고는 강제로 말
안장 위에 태운 뒤 채찍을 치니 용이 날아가듯 준마가 달렸다. 채생
은 눈을 휘둥그레 뜨고 입을 쩍 벌린 채 마음을 진정하지 못하고 슬
피 울부짖었다.

"나는 부모님이 모두 연로하시고 형제도 없소. 제발 자비를 베
풀어 목숨을 살려 주오!"

하인들은 못 들은 척하고 오직 말을 달릴 뿐이었다.

잠시 후 어떤 대문 안으로 말을 달려 들어갔다. 작은 문을 무수

히 지나니 거대한 건물이 보였다. 집의 규모가 몹시 컸고, 문미門楣와 서까래가 화려하게 채색되어 있었다. 하인들은 채생을 양옆에서 부축해 마루로 오르게 했다.

마루 위에는 한 노인이 있었다. (…) 그 좌우에는 아리땁게 단장하고 화려한 옷을 입은 여종 대여섯 명이 늘어서 있었다. 채생이 황망히 절하고 무릎을 꿇자 노인은 채생을 부축해 일으키며 인사말을 건네고 채생의 성명과 가문과 나이를 차례대로 물었다. 채생이 즉시 하나하나 대답하자 주인인 노인은 기쁜 얼굴로 말했다.

"그렇다면 내 딸이 과연 기박한 운명은 아니로군."

(…)

—『청구야담』(원출처는 이현기, 『기리총화』)

오늘 강의는 18세기에 대두해 19세기에 성행했던 탈놀이를 검토해 보기로 하겠습니다. 이 시기의 탈놀이는 종합 예술로서의 성격을 갖습니다만, 대사가 있다는 점에서 문학으로서도 문제적입니다.

　18, 19세기의 탈놀이는 강렬한 민중 의식을 분출하고 있어 문학사적으로 대단히 주목됩니다. 민중 의식은 사설시조나 야담이나 판소리에서도 나타나지만, 탈놀이의 민중 의식은 이들 장르가 보여 주는 민중 의식과는 다른 면모를 보여 줍니다. 무엇보다도 지배 계급인 양반에 대한 태도가 다릅니다. 양반에 대한 '전면적 부정'은 오직 탈놀이에서만 나타나죠. 이는 탈놀이라는 장르를 담당한 하위 주체가 천민 예인賤民藝人이었던 데 연유합니다. 사설시조의 담당층은 여항의 가객을 중심으로 한 시정인들이었고, 야담은 시정인과 하층 양반의 합작품이었으며, 판소리의 담당층은 판소리 창자唱者였습니다. 이처럼 이들 장르의 담당층은 천민은 아니었습니다. 이와 달리 탈놀이의 담당층은 조선 후기의 민중 구성에서 최하위最下位에 해당합니다.

　탈놀이가 사설시조·야담·판소리에 구현된 민중 의식과는 상당히 다른 민중 의식을 표출하게 된 것은 이 때문입니다. 탈놀이는 아주 상스럽고 거친 언어로 반항적 파토스를 분출하고 있습니다. 이런 파토스는 사대부 문학에서는 말할 것도 없고, 사설시조나 야담에서도 찾아보기 어렵습니다. 단 판소리에서는, 가령 「춘향가」에서 보듯, 지배층에 대한 풍자나 저항이 없지 않습니다만 그럼에도 탈놀이와는 비교가 되지 않습니다. 판소리에서는 양반이 전면 부정된 적이 없으니까요.

이 점에 주목할 경우 탈놀이를 담당한 하위 주체는 한국고전문학사의 말미에 아주 새롭고 대담한 목소리를 들려주고 있다고 할 만합니다. 하지만 이 전대미문의 목소리에는 모순도 내포되어 있습니다. 오늘 강의에서는 이런 점까지 포함해 18, 19세기의 새로운 문화라 할 탈놀이의 주요한 면모를 살펴보기로 하겠습니다.


### 탈놀이란

'탈놀이'는 '탈을 쓰고 하는 놀이'를 말합니다. 탈을 쓰고 하는 놀이는 신라 시대에 이미 있었고, 고려 시대에도 있었고, 조선 전기에도 있었습니다. 최치원이 읊은 「향악잡영」 중 '대면'大面과 '속독'束毒은 탈을 쓰고 추는 춤으로 알려져 있습니다. 처용탈을 쓰고 춤을 추는 「처용무」는 고려 시대에서 조선 시대로 쭉 이어졌습니다. 고려 시대에 성립된 산대희山臺戱는 조선 후기까지 이어졌는데, 탈놀이는 산대희의 여러 연희 가운데 하나였습니다. '산대희'가 뭔지는 뒤에 말하기로 하겠습니다.

이들 탈놀이는 모두 탈을 쓴 채 음악에 맞춰 춤을 춘 것이라는 점, 왕실이나 국가 기관의 요구에 따른 것이었다는 점에서 공통됩니다. 대면과 속독은 1인무一人舞였고, 「처용무」는 고려 시대에는 1인무였으나 조선 시대에 와 5인무로 바뀌었습니다. 산대희 중의 탈춤도, 「처용무」를 제외하면 1인무 아니면 2인무였고, 4인무를 넘지는 못했던 것으로 보입니다. 뿐만 아니라 이들 탈놀이는 대개 대사가 없었던 것으로 보입니다. 단 「처용무」는 무용수가 춤을 추기만 한 것이 아니라 노래도 불렀죠.

그런데 18세기에 와서 탈놀이에 혁신적 변화가 일어났습니다. 우선 연희演戲 주관자主管者의 변화입니다. 왕실이나 국가 기관이 아니라 서울의 시정市井에서 광대패가 흥행을 위해 탈놀이를 벌였습니다. 이전의 탈놀이는 어디까지나 왕실의 연락宴樂이나 의식儀式을 위한 것이든가 국가적 필요에 의한 것이었습니다. 그러니 흥행이라고 말할 순 없습니다. '흥행'이란 이익을 얻기 위한 상업적 동기가 필수적이니까요. 이처럼 연희의 주관자가 변화함에 따라 탈놀이의 성격, 탈놀이의 내용과 형식이 싹 바뀌었습니다. 연희의 관람자가 국왕이나 공경대부나 중국 사신이 아니라 시정의 민중이기에 일어난 변화죠. 그래서 춤이 역동적이거나 선정적인 것으로 바뀌고, 대사가 새로 만들어졌습니다. 앞에서도 말했듯 이전의 탈놀이에는 대사가 거의 없었습니다. 뿐만 아니라 18세기의 탈놀이에는 새로운 인물의 탈이 여럿 생겨났습니다. 흥행을 위한 혁신이죠. 이에 따라 양반층에 대한 공격적 풍자와 조롱이 탈놀이에 등장하게 됩니다. 양반에 대한 심한 모욕은 이전의 문학사에서 발견되지 않던 것입니다. 양반은 무력하고 멍청하며 형편없는 존재로 능멸됩니다.

연구자에 따라서는 '탈놀이'라는 용어 대신 '탈춤' 혹은 '가면극'이라는 용어를 쓰는 사람도 있습니다만 본 강의에서는 '탈놀이'

라는 용어를 사용하기로 합니다. 그 이유는 다음과 같습니다. '탈춤'은 널리 알려진 말이기는 하지만 '춤'에 초점이 맞춰져 있다는 게 문제입니다. 탈놀이는 춤, 연기, 대사, 노래, 음악이 어우러진 종합예술입니다. 그러므로 비록 탈놀이에서 춤이 중요하기는 하지만 그렇다고 해서 탈놀이를 '춤'으로 규정하는 것은 좀 적절치 않아 보입니다. '가면극'은 탈놀이의 연극적 속성에 유의한 명명입니다. 하지만 '극'이라고 하면 탈놀이에서 중요한 비중을 차지하는 춤이 제대로 부각되지 못한다는 문제점이 있습니다. 게다가 '가면'이라는 말보다는 '탈'이라는 전래되는 말을 쓰는 게 문화적·역사적 맥락을 살리는 데 좋지 않나 합니다.

지금 전하는 탈놀이 가운데 「양주별산대놀이」나 「송파산대놀이」에는 '놀이'라는 말이 보입니다. 또 「동래야류」東萊野遊나 「수영야류」水營野遊에서 '류'遊는 놀이라는 뜻입니다. 이 경우, '놀이'라는 말은 춤, 연기, 대사, 노래, 음악을 모두 포괄합니다. 그러니 전승적傳承的 맥락이나 우리 고유의 문화적 맥락을 고려할 때 '탈놀이'보다 더 나은 명칭은 없을 듯합니다. 다만 종래 특정한 탈놀이의 명칭으로 써 온 '봉산탈춤', '강령탈춤', '해서탈춤'과 같은 용어는 그대로 쓰기로 합니다.


### 두 계통의 탈놀이

18세기 서울 시정에서 성립된 이 새로운 탈놀이는 '본本산대놀이'라고 부릅니다. 「양주별산대놀이」와 「송파산대놀이」, 「봉산탈춤」을 비롯한 해서탈춤, 「수영야류」 등의 야류와 「통영오광대」 등의 오광대 탈놀이는 모두 본산대놀이의 영향으로 성립되었습니다. 이들은

'본산대놀이 계통의 탈놀이'라고 말할 수 있습니다.

　그런데 본산대놀이보다 먼저 성립된, 본산대놀이와는 다른 계통의 탈놀이가 있어 주목을 요하는데요, 서낭제 탈놀이가 그것입니다. 「하회별신河回別神굿탈놀이」, 「강릉관노江陵官奴탈놀이」 등이 이에 해당합니다. 「하회별신굿탈놀이」의 연희 주체는 하층 농민이고, 「강릉관노탈놀이」의 연희 주체는 관아의 노비입니다.

　서낭제 탈놀이는 그 성립 시기는 정확히 알 수 없지만 본산대놀이보다 훨씬 앞서 성립된 것으로 여겨집니다. 본산대놀이가 상업과 연관을 맺고 있음과 달리 서낭제 탈놀이는 '마을굿'이라는 공동체적 제의祭儀와 연관을 맺고 있습니다. 이 때문에 이 두 계통의 탈놀이는 그 성격과 지향이 크게 다릅니다.

　그렇긴 하지만 본산대놀이와 마찬가지로 「하회별신굿탈놀이」에도 파계승破戒僧 과장科場과 양반 과장—'과장'은 탈놀이에서, 현대극의 '막'이나 판소리의 '마당'에 해당합니다—이 존재합니다. 그런데 「하회별신굿탈놀이」의 파계승 과장은 본산대놀이의 파계승 과장(즉 노장 과장)과는 비교가 안 될 정도로 극적 갈등이 빈약합니다. 본산대놀이에는 취발이라는 인물이 등장해 파계승과 대결을 벌이지만, 「하회별신굿탈놀이」에는 취발이가 등장하지 않습니다. 양반 과장의 경우, 「하회별신굿탈놀이」 양반 과장에서도 양반이 풍자·조롱되기는 합니다만 본산대놀이의 양반 과장에서처럼 말뚝이라는 적대적 인물에 의해 양반이 심하게 능멸되지는 않습니다. 그 대신 대립 관계에 있는 양반 두 사람—정확히 말하면 한 인물은 '양반'이고 다른 한 인물은 '선비'입니다—에 의해 양반의 허상이 폭로됩니다. 두 양반의 종인 초랭이와 이매가 양반 조롱에 조금 힘을 보태고 있기는 하지만, 대단히 미약합니다. 그러니 초랭이나 이매는 말뚝이처럼 양반에 적대적 인물이라 할 수 없습니다.

그러므로 「하회별신굿탈놀이」의 파계승 과장과 양반 과장이 본산대놀이의 영향을 받았다고 보기는 어렵습니다. 거꾸로 본산대놀이의 파계승 과장(노장 과장)과 양반 과장의 형성 과정에 「하회별신굿탈놀이」 같은 서낭굿 계통의 탈놀이가 일정한 영향을 미쳤다고 보는 것이 자연스러울 듯합니다.

하지만 그렇다고 해서 본산대놀이가 전적으로 농촌의 서낭제 탈놀이의 영향으로 성립되었다고 말할 수는 없을 것입니다. 농촌의 서낭제 탈놀이는 본산대놀이의 형성에 관여한 여러 요인 가운데 하나로 봐야 하지 않을까 합니다.

## 「남성관희자」 — 본산대놀이의 특징적 면모

본산대놀이는 서울의 애오개, 구파발(녹번리), 사직골, 노량진, 만리재 등에서 연희되었다고 하는데, 현재 전하지 않습니다. 「양주별산대놀이」를 비롯한 본산대놀이 계통의 탈놀이는 20세기 전기와 중기에 그 대사가 적잖이 채록됐습니다만, 아쉽게도 본산대놀이는 하나도 채록된 게 없습니다. 하지만 「애오개본산대놀이」 혹은 「사직골본산대놀이」를 배웠다는 「양주별산대놀이」와 「구파발본산대놀이」 혹은 「노량진본산대놀이」를 배웠다는 「송파산대놀이」— 이 역시 별산대놀이에 해당합니다 — 를 통해 본산대놀이가 어떠했을지 짐작할 수 있습니다. '본'산대놀이는 '별'산대놀이와 구별하기 위해 연구자가 부여한 명칭입니다. '원조'元祖임을 강조하기 위해 '본'이라는 말을 붙인 거죠. 조선 시대 당시에는 그냥 '산대놀이'로 불렸습니다.

다행히 강이천姜彝天(1769~1801)이라는 문인이 정조 3년(1779) 연행된 본산대놀이를 구경한 후 지은 「남성관희자」南城觀戲子라는 시를 통해 18세기 본산대놀이의 면모를 확인할 수 있습니다. '남성' 南城은 남대문을 말하고, '관희자'觀戲子는 '연희演戲를 관람하다'라 는 뜻이죠. 강이천은 문인화가로 유명한 표암豹庵 강세황姜世晃의 손자인데, 열한 살 때 남대문 밖에서 연행된 인형극과 탈놀이를 구 경하고 11년 뒤인 1789년 이 시를 지었습니다.

이 시를 통해 본산대놀이에 상좌춤 과장, 노장 과장, 샌님·말 뚝이·포도부장 과장(양반 과장), 거사·사당 과장, 할미 과장 등이 있었음을 알 수 있습니다. 다음은 노장 과장—'노장'은 늙은 승려 라는 뜻입니다—에 대한 묘사입니다.

> 노장 스님 어디서 오셨는지
> 석장錫杖을 짚고 장삼을 걸치고
> 구부정 몸을 가누지 못하고
> 수염과 눈썹이 온통 하얀데
> 사미승 그 뒤를 따르며
> 연신 합장하고 배례하네.
> 이 노장 힘이 쇠약해
> 몇 번이나 넘어지나
> 한 젊은 여인 등장하자
> 몹시 좋아하며
> 노흥老興을 스스로 금치 못해
> 파계하고 청혼을 하네.
> 그때 홀연 광풍이 일어

당황하여 어쩔 줄 모를 즈음

술에 몹시 취한 웬 중이

소리치며 주정을 부리네.

老釋自何來, 拄杖衣袂裕.

龍種不能立, 鬚眉皓如鷺.

沙彌隨其後 合掌拜跪履.

力微任從風, 顛躓凡幾度.

又出一少姝, 驚喜此相遇.

老興不自禁, 破戒要婚娶.

狂風忽大作, 張皇而失措.

有僧又大醉, 呼號亦恣酗.

(임형택 지음, 『이조시대 서사시』의 번역)


　시라서 연희 상황이 극도로 축약되어 있습니다만, 그럼에도
등장인물과 내용은 분명히 파악됩니다. 강이천이 본 본산대놀이
에 등장하는 젊은 여인은 '소무'를 가리킵니다. 「양주별산대놀이」
와 「송파산대놀이」의 노장 과장에는 소무가 두 명 등장합니다. '술
에 몹시 취한 중'은 '취발이'를 가리킵니다. 「양주별산대놀이」와 「송
파산대놀이」에서는 취발이가 노장과 대결해 소무 하나를 빼앗아
차지합니다. 그런데 「봉산탈춤」에는 소무가 한 명만 등장하고, 노
장과 취발이의 싸움에서 노장이 패배해 취발이가 소무를 차지합
니다. 이 점에서 「봉산탈춤」은 본산대놀이를 충실히 따르고 있다고
할 만합니다.

　다음은 샌님·말뚝이·포도부장 과장(양반 과장)에 대한 묘사
입니다.

추레한 늙은 유생이

이 속에 함부로 들어온 건 잘못

입술은 언청이요 눈썹은 기다랗고

길게 뽑은 목은 멀떠구니 같네.

부채 잡고 거드름을 피우며

소리 치며 꾸짖는 건 뭣 때문인지.

헌걸찬 한 무부武夫

장사로 뽑힘 직한데

짧은 창옷에 신수身手 훤하고

호기로우니 누가 감히 거스르리

유생이고 노장이고 꾸짖어 물리치길

마치 어린애 다루듯 하네.

젊은 여인을 홀로 차지해

끌어안고 사랑하는데

칼춤은 어찌도 그리 기이한지

몸이 날래기는 도망치는 토끼 같네.

潦倒老儒生, 闖入無乃誤.

缺脣狵其眉, 延頸如鳥嗉.

揮扇擧止高, 叫罵是何故.

赳赳一武夫, 可應壯士募.

短衣好身手, 豪邁誰敢忤.

叱退儒與釋, 視之如嬰孺.

獨自嬰靑娥, 抱持偏愛護.

舞劍一何奇, 身輕似脫兎.

'멀떠구니'는 새의 모이주머니를 말합니다. 여기서는 유생의 목이 밥통처럼 축 늘어져 있음을 묘사한 말입니다. 유생은 장애인으로 표상되고 있습니다. 지금 전하는 본산대놀이 계통의 탈놀이에서도 양반은 장애인으로 되어 있는데, 양반을 장애인으로 보는 이런 시선이 18세기의 본산대놀이에서 비롯된다는 사실이 이 시에서 확인됩니다. 이에 대해서는 나중에 다시 이야기하도록 하겠습니다.

'유생'은 샌님을 가리키는데, '샌님'은 생원님의 준말입니다. 원래 생원은 소과小科인 생원시生員試에 합격한 사람을 이르는 말인데, 뒤에 와 나이 많은 선비를 대접해 '샌님'이라 칭했습니다. 샌님탈은 「양주별산대놀이」, 「송파산대놀이」, 「봉산탈춤」 등에 보이는데, 수염과 눈썹이 허옇고 언청이죠. 이 시에 형상화된 본산대놀이의 샌님은 「양주별산대놀이」, 「송파산대놀이」, 「봉산탈춤」의 샌님과 일치합니다.

'무부'는 신체 강건하고 용맹스러운 사내를 뜻하는 말인데, 「양주별산대놀이」, 「송파산대놀이」에 '포도부장'으로 되어 있는 걸로 보아 포도부장을 가리킨다고 여겨집니다. 샌님·말뚝이·포도부장 과장에서 포도부장은 중간에 등장해 샌님의 첩인 소무를 빼앗은 뒤 칼춤을 춥니다. 지금 전하는 「양주별산대놀이」와 「송파산대놀이」에는 칼춤 장면이 없습니다만, 원래 본산대놀이에 칼춤이 있었음을 알 수 있습니다.

이 시를 통해 본산대놀이에서 포도부장이 샌님의 대립자로 굉장히 미화되었음이 확인됩니다. 포도부장은 풍신이 좋고 건장한 몸을 지니고 있으며 기백이 높습니다. 게다가 무예도 출중합니다. 본산대놀이는 서울 시정의 천민인 광대가 만든 것이니 양반이 풍자되고 조롱되는 건 이해가 되지만, 포도부장이 이리 미화되고 있음은 좀 뜻밖이라 하겠는데요, 포도부장은 포도청에 속한 6품 무관으로 도성을 순찰하고 도둑을 잡는 일을 맡아 보았습니다. 그 휘하에 포도군관捕盜軍官과 포교捕校가 있었는데, 탈놀이에 등장하는 포도부장은 실질상 포도군관이나 포교에 가깝습니다. 당시 서울 시정의 유흥 문화는 왈짜가 주도했는데, 포도군관이나 포교도 그 일원이었습니다. 「남성관희자」의 서두에는, 탈놀이 구경꾼의 한 사람으로 홍의紅衣를 입은 액정서掖庭署 하예下隸가 언급되고 있는데, 액정서 하예 역시 왈짜에 속합니다. 이를 통해 왈짜가 본산대놀이 향유층의 일부였음이 확인됩니다. 그러므로 포도부장의 미화는 본산대놀이의 향유자이면서 그 유력한 후원자였을 수도 있는 왈짜 집단을 고려한 것일 가능성이 높습니다. 본산대놀이의 광대패는 왈짜 집단과 친연성이 있었을 뿐만 아니라 그 일부는 스스로 왈짜이기도 하지 않았나 여겨집니다. 이 때문에 본산대놀이에는 왈짜적 인간관과 세계관, 왈짜적 감수성과 취향이 짙게 나타납니다. 이 문제는 나중에 다시 자세히 이야기하도록 하죠.

위에 인용한 시에서는 단지 샌님과 포도부장의 대결만 확인되는 게 아닙니다. 포도부장은 "헌걸찬 한 무부"라고 읊은 구절에 와서 비로소 등장하고, 그 앞 구절 즉 "부채 잡고 거드름을 피우며 / 소리 치며 꾸짖는 건 뭣 때문인지"까지는 아직 포도부장이 등장하지 않았다고 봐야 할 것입니다. 그렇다면 샌님은 대체 누구에게 소리 치고 누구를 꾸짖은 걸까요? 말뚝이로 여겨집니다.

강이천은 샌님과 말뚝이가 대결을 벌이는 과장은 제대로 서술하지 않고 간단히 처리한 것으로 보입니다. 그 대신 포도부장 부분을 부각시킨 게 아닌가 합니다. 강이천은 노장·취발이 과장의 서술에서도 취발이가 노장에게서 소무를 빼앗는 건 회피했습니다. 「양주별산대놀이」에서는 샌님과 말뚝이가 한참 말을 주고받으며 그 끝에 포도부장이 등장합니다. 「송파산대놀이」에서는 샌님·말뚝이 과장에 이어 샌님·포도부장 과장이 나오는데, 본래 '샌님 — 말뚝이 — 포도부장'으로 구성되어 있던 하나의 과장이 나뉘어 두 개의 과장이 된 게 아닌가 합니다. 종래에는 강이천의 시를 근거로 삼아 본산대놀이에서는 말뚝이의 존재가 아주 미미했는데 「양주별산대놀이」나 「송파산대놀이」에 와서 말뚝이가 부각되었다고 보기도 했습니다. 이런 주장은 강이천의 시에 대한 오해에 기인한다고 여겨집니다.

요컨대, 말뚝이는 강이천의 한시에 언급조차 되고 있지 않지만 실제로는 본산대놀이에서 가장 흥미롭고 문제적이며 유력한 인물이었을 것으로 봅니다. 본산대놀이 계통의 탈놀이는 이를 계승하고 있다고 여겨집니다. 지금 전하는 본산대놀이 계통의 탈놀이들에서는 샌님과 말뚝이의 대결을 예외없이 볼 수 있습니다. 이른바 '양반 과장'입니다. 양반 과장은 탈놀이에서 가장 정채 있고 흥미롭습니다.

마지막으로 할미 과장에 대한 묘사를 보도록 하겠습니다.

> 할미 성깔도 대단하지
> 머리 부서져라 시기 질투하여
> 티격태격 싸움질 잠깐새
> 숨이 막혀 영영 죽고 말았네.
> 무당이 방울 흔들며 굿을 하는데
> 그 소리 우는 듯 하소연하는 듯.

婆老尙盛氣, 碎首态猜妬.

鬪鬨未移時, 氣窒永不寤.

神巫擺叢鈴, 如泣復如訴.


　'시기 질투'(원문은 시투猜妬)라는 말이 나오는 것으로 보아 이 과장에 첩이 등장했음을 알 수 있습니다. 이 시를 통해 본산대놀이의 할미 과장이, 할미가 영감이 데려온 첩과 싸우다 갑자기 죽자 무당을 불러와 진혼굿을 벌이는 내용임을 알 수 있습니다. 이 과장은 다소의 변이는 있으나 본산대놀이 계통의 탈놀이에 다 있습니다. 「양주별산대놀이」와 「송파산대놀이」에는 첩이 등장하지 않으나, 「봉산탈춤」, 「동래야류」, 「통영오광대」 등에는 첩이 등장합니다. 「김해오광대」나 「가산오광대」에서처럼 할미가 아니라 영감이 죽는 경우도 있죠.

　지금까지 강이천의 시를 통해 본산대놀이의 주요한 면모를 짚어 보았습니다. 그 결과, 본산대놀이는 몇 개의 독립된 과장으로 구성되어 있으며, 그 가운데 노장 과장·양반 과장·할미 과장이 포함되어 있음을 알 수 있었습니다. 본산대놀이의 이런 면모는 별산대놀이, 해서탈춤, 야류, 오광대와 같은 본산대놀이 계통의 탈놀이에서도 똑같이 확인됩니다.


## 도시 탈놀이의 발생과 성행 배경

본산대놀이와 본산대놀이 계통의 탈놀이는 모두 도시 탈놀이라고 할 수 있습니다. 본산대놀이는 대체로 18세기 중엽 전후에 성립되었으리라 봅니다. 「양주별산대놀이」나 「송파산대놀이」 같은 별산대놀이는 19세기 초·중엽에 성립된 것으로 보고 있습니다. 「봉산탈춤」 등의 해서탈춤이나 「동래야류」 등의 야류, 「통영오광대」 등의 오광대 등은 그 발생 시기는 정확히 알 수 없지만 모두 19세기의 산물임이 분명합니다.

'본산대놀이'라는 명칭에 '산대'山臺라는 말이 들어 있지 않습니까? 본산대놀이의 성립 배경을 알기 위해서는 '산대'가 뭔지 좀 알 필요가 있습니다.

산대는 연희하기 위하여 목재로 산山 모양으로 만든 대臺를 말하는데, '오산'鰲山(鼇山)이라고도 합니다. '오산'은 바닷속 자라가 이고 있다는, 신선이 사는 산인 봉래산을 말합니다. 실제 산대는 봉래산처럼 꾸몄는데, 산대 위에는 여러 잡상雜像과 인물상이 설치되었습니다. 산대 아래에서 가무잡희歌舞雜戲를 벌였는데, 이를 '산대희'山臺戲라고 합니다. 산대희에는 땅재주, 솟대타기, 무동, 접시돌리기, 불 토해 내기, 각종 동물 춤 등 다양한 놀이가 있었으며, 인형극과 탈춤도 포함되어 있었습니다. 산대희는 나례희儺禮戲(나희儺戲)와 연결되어, 흔히 '산대나례'山臺儺禮로 불렸습니다. '나례희'는 구나驅儺 의식, 즉 잡귀를 쫓는 의식인 나례儺禮에서 비롯되는데, 연희의 성격을 지녀 「처용무」만이 아니라 방울 받기, 줄타기, 인형극, 솟대타기 등이 연행되었습니다. 조선에는 나례도감儺禮都監이라는 기구를 두어 산대나례를 관장했습니다.

중국에서 산대는 중국 한漢나라 때 처음 제작되었으며, 청나라 때까지 그 전통이 이어졌습니다. 『정조실록』正祖實錄 정조 15년(1791) 2월 17일 기사에 실린 동지정사冬至正使의 별단別單 중에 '건륭제가 조선 사신에게 빙희氷戲, 등희燈戲, 오산지희鰲山之戲 및 연말과 설날의 연희에 참석하게 했다'는 말이 보이는데, '오산지희', 즉

'오산의 놀이'는 산대희를 가리킵니다. 이 기록을 통해 청나라 때까지 산대가 제작되었음을 알 수 있습니다.

　우리나라에서 산대라는 명칭이 쓰인 것은 고려 시대부터입니다. 당시에 이미 '산대색'山臺色이라고 하는, 산대 일을 관장하는 관서가 있었습니다. 조선 시대에는 중국 사신이 올 때면 특별히 '산대도감'山臺都監이라는 기구를 임시로 둬 산대의 제작과 놀이를 준비했습니다. 다음은 『광해군일기』 광해군 12년(1620) 9월 3일의 기사입니다.

　　의금부가 아뢰기를, (…) "호조戶曹가 간직하고 있는 채붕彩棚 의식을 상고해 보고 임오년(1582) 중국 사신이 왔을 때 산대도감 하인을 찾아 물어보았더니, 채붕에 소요되는 하고많은 물품들은 그만두고라도 그 당시 도감의 하인으로 아직 남아 있는 사람이라곤 서리書吏, 서원書員, 사령使令 각 한 명씩뿐이었습니다. 그리하여 그들에게 자세히 물었더니 그들 말이, 좌우 양쪽에다 각기 춘산春山, 하산夏山, 추산秋山, 설산雪山을 만드는데, 산마다 상죽上竹 세 개, 차죽次竹 여섯 개가 필요하고, 상죽은 길이가 각기 90척尺, 차죽은 각각 80척이어야 한다고 합니다. 양쪽 산대에 필요한 것을 계산해 보았더니 꼭 써야 할 상죽이 24개, 차죽이 48개이고, 그 밖의 꼭 써야 할 주목柱木도 부지기수인데 제일 짧은 것이라도 20여 척은 되어야 한다고 합니다. 지금 궁궐을 짓느라 다 벌채해 버린 뒤여서 비록 짧은 목재라도 구하기가 어려운 판인데 더구나 90척이나 되는 긴 목재 24주柱를 구한다는 것은 찾아내기가 지극히 어려울 뿐만 아니라, 설사 목재 생산지인 영서嶺西 지방에 혹 쓸 만한 목재가 있다고 하더라도 얼음이 얼기 전에는 벌채할 수도 없으려니와 벌채를 한다 해도 그 것을 운반할 민력民力이 없습니다. (…) 그뿐 아니라 산대에 소요되는 역군役軍도 그전에는 그것을 수군水軍으로 정하여 의금부가 1천4백 명, 군기시軍器寺가 1천3백 명을 조달했다 고 합니다. 그런데 지금 있는 수군은 얼마 안 되고 그나마 온 갖 노역에 시달리다 못해 거의 다 도망가고 없는 실정이어 서 (…)"

산대도감은 의금부義禁府와 군기시軍器寺가 분담해 관장했습니 다. 그래서 의금부에서, 전란 후 나라 형편이 어려우니 이번에 중국 사신이 올 때 산대를 실행하지 말자는 계청啓請을 임금께 올린 거 죠. 광해군은 이를 윤허했습니다.

이 기사를 보면 산대희를 벌이는 데 국가의 재정 지출이 많았 고 민폐도 컸음을 알 수 있습니다. '채붕'彩棚은 채붕綵棚이라고도 표기하는데, 나무를 엮어 비단 장막으로 덮은 가설무대를 말합니 다. 산대보다 좀 약식 무대라고 할 수 있죠. 산대는 '산붕'山棚이라고 도 했습니다.

광해군 다음 임금이 인조인데, 인조는 나례도감을 혁파했습니 다. 이후 산대는 중국 사신이 올 때에만 이전보다 작은 규모로 설 치되었고, 왕실 행사나 임금의 환궁 때는 설치되지 않았습니다. 인 조 이래 국가적 행사로서의 나례희는 쇠퇴의 길을 걸었고, 급기야 영·정조 이후에는 폐지되기에 이릅니다.

조선 시대에는 왕실이나 국가의 수요에 충당하기 위해 서울에 일정한 수의 창우倡優를 거주시켰습니다. '창우'란 요새로 치면 예능인에 해당하는데, 당시엔 천민 신분이었습니다. 서울의 이 창우 집단은 '경중우인'京中優人이라 불렸습니다. '우인'은 창우와 같은 말이죠. 그런데 도성에서 산대희를 벌이려면 경중우인으로는 턱없이 부족했습니다. 그래서 지방에 거주하는 광대들을 불러들여야 했습니다. 이를 '외방재인'外方才人이라고 합니다. 재인은 무자리 출신의 광대를 말합니다. 외방재인은 산대희가 끝나면 다시 지방으로 돌아갔습니다.

'산대'의 유래를 설명하다 보니 이야기가 좀 길어졌습니다만, 산대는 원래 이처럼 왕실과 국가의 필요에 따라 설치된 공연 무대입니다.

국가적으로 운영되던 산대나례가 침체되자 경중우인들은 활로를 모색해야 했습니다. 경중우인을 구성하는 집단의 하나가 반인泮人입니다. 반인은 원래 반궁泮宮, 즉 성균관에 소속된 노비인데, 이들 중 일부가 경중우인에 속했으며, 바로 이들에 의해 종래 산대희나 나례희의 탈춤과는 질적으로 다른, 새로운 탈놀이가 창조되었습니다. '본산대놀이'가 그것입니다.

현재 학계에서는 본산대놀이가 처음 연희된 곳, 다시 말해 처음 발생한 곳을 구파발(녹번리)로 보고 있습니다. 나례도감에 예속되어 중국 사신을 영접하기 위한 산대희에 동원된 우인들이 이곳에 집단으로 거주했습니다. 이들이 18세기 영조 연간에 이르러 산대희가 폐지되자 서울의 하층 주민을 대상으로 한 새로운 놀이를 만들어 낸 것으로 여겨집니다. 대단한 창의라 하지 않을 수 없습니다. 이것이 곧 「구파발본산대놀이」입니다. 한편 산대희가 폐지된 뒤 구파발의 일부 우인들이 애오개로 옮겨 갔는데, 이들에 의해 「애오개본산대놀이」가 연행되었습니다. 이후 본산대놀이는 서울의 이곳저곳으로 확산되어, 「노량진본산대놀이」, 「사직골본산대놀이」, 「만리재본산대놀이」가 생겨났습니다. 강이천이 1779년에 구경한 탈놀이는 「만리재본산대놀이」였으리라 여겨집니다. 지금의 서울역 뒤편이 만리동이니까요.

본산대놀이가 성행하면서 서울에서 좀 떨어진 곳인 양주와 송파에 별산대놀이가 생겨났습니다. 「양주별산대놀이」는 「애오개본산대놀이」의 영향을 받았다는 설도 있고 「사직골본산대놀이」의 영향을 받았다는 설도 있습니다만, 본산대놀이의 영향하에 생겨난 것은 분명합니다. 「송파산대놀이」도 마찬가지입니다.

본산대놀이는 황해도 지역에도 영향을 미쳐 「봉산탈춤」, 「강령탈춤」을 비롯한 해서탈춤을 성립시켰습니다. 구파발은 서울에서 의주에 이르는 큰길인 서북대로西北大路의 첫 역참驛站인데, 서북대로는 황해도를 관통합니다. 「구파발본산대놀이」나 「애오개본산대놀이」 같은 본산대놀이가 이 길을 따라 그리 멀지 않은 황해도로 전파되었으리라 봅니다. 해서탈춤은 20세기 초까지 봉산, 서흥, 은율, 해주, 강령 등 각지에 전승되었습니다.

뿐만 아니라 본산대놀이는 경남 지역에도 영향을 미쳐 야류와 오광대를 성립시켰습니다. 야류와 오광대의 발원지는 낙동강 변인 초계 밤마리(지금의 합천군 덕곡면 율지리)로 알려져 있습니다. 대광대패라는 유랑 예인流浪藝人 집단이 밤마리 장터에서 여러 연희를 했는데 그중 하나가 탈놀이였다고 합니다. '야류'는 들놀이라는 뜻이고, '오광대'는 다섯 광대가 등장한다고 해서 붙여진 명칭입니다. 야류는 동래·수영·부산진 등지에 전승되었고, 오광대는 서부 경남인 통영·고성·가산·김해·진주 등지에 전승되었습니다. 야류와 오광대에는 본산대놀이에 없는 과장들이 있고, 또 본산대놀이에 있는 과장들이라 하더라도 변이가 많은 것으로 보아 좀 늦은 시기인 19세기 중·후반 이후 성립되지 않았을까 합니다.

본산대놀이는 대개 상업이 발달한 곳에서 연행되었습니다. 본산대놀이 가운데 가장 유명한 「애오개본산대놀이」가 연행된 애오개는 충정로 3가에서 마포로 넘어가는 고개를 말하는데, 인근에 당시 서울 3대 시장의 하나인 칠패七牌가 있었습니다. 노량진은 각지의 물산物産이 모이는 곳인 경강京江 지역의 나루터였습니다.

본산대놀이만이 아니라 본산대놀이 계통의 탈놀이들도 마찬가지입니다. 「양주별산대놀이」와 「송파산대놀이」가 공연된 양주와 송파는 장시場市가 번성했던 곳입니다. 해서탈춤이 공연된 봉산·황주 등의 고을도 장시가 발달한 곳이고, 경남 지역 탈놀이의 발원지인 초계 밤마리도 낙동강을 통한 물자의 교역이 활발한 곳이며, 통영·동래·수영 등도 상업이 발달한 곳이었습니다.

이를 통해 본산대놀이가 18세기 서울의 상업적 번성을 배경으로 성립될 수 있었으며, 별산대놀이나 해서탈춤, 야류, 오광대 등이 모두 상업을 배경으로 성행할 수 있었다는 사실을 알 수 있습니다. 조선 후기에 성립·발전된 탈놀이의 뒷배는 상인이라고 할 수 있습니다. 18세기 후반에 박제가가 지은 시 「성시전도. 임금의 분부에 응하여」(城市全圖. 應令)에 이런 구절이 나옵니다.

홀연 천천히 큰길을 지나면
니가 어쩌고 내가 어쩌고 하며 옥신각신하는 소리 들리는 듯.
사고팔기 끝나 연희演戲 벌이기를 청하니
창우倡優의 복장 놀랍고도 괴이하네.
忽若間行過康莊, 如聞嘖嘖相汝爾.

賣買旣訖請設戲, 伶優之服駁且詭.

　　당시 한양의 시장 풍경을 읊은 대목인데요, 장이 파하자 연희를 벌였다는 말이 주목됩니다. 이 시에서 말한 연희가 설사 꼭 탈놀이를 말한 것은 아니라 하더라도 당시 장시에서 탈놀이가 공연된 것은 분명합니다. 탈놀이 공연에는 상인의 지원이 있었습니다. 상인 측에서는 이를 통해 시장에 사람들을 더 불러들일 수 있으니 좋고, 연희자 측에서는 상인의 지원을 받으니 좋은 일이었습니다. 말하자면 누이 좋고 매부 좋은 일이 아닐 수 없습니다.

　　「송파산대놀이」의 신장수 과장에는 이런 장면이 있습니다.

> 신장수: "쉬─이!" (손을 들어 주위를 살펴보고) "아하! 장 한번 잘 섰다. 장꾼은 다섯인데 풍각쟁이는 일곱이로구나. 이왕에 나왔으니 엿이나 한번 팔아 보자. 엿 사시오, 엿! 콩엿, 깨엿, 수수엿, 울릉도 호박엿도 있소! (반응이 없자 다시 한 번 주위를 둘러보고) 허허, 사람들 백결 치듯[백차일白遮日 치듯] 했는데 엿 사 먹을 놈은 한 놈도 없구나. 이렇게 단 엿을 사 먹을 녀석이 없는데 신 살 놈은 있을라구."
> ─전경욱 역주, 『민속극』(이하 출처를 밝히지 않은 탈놀이 대본의 인용은 모두 이 책의 것)

　　탈놀이는 즉흥성이 강해 놀이마당에 모인 관객에게 말을 걸기도 하고, 관객을 고려한 임기응변적 대사를 구사하기도 합니다. "장 한번 잘 섰다"라는 말로 미루어 보아 공연 장소가 장터임을 알 수 있습니다. 연희자는 장터의 사람들에게 말을 걸고 있습니다.

이상, 살펴보았듯 본산대놀이는 국가에 의해 운영된 산대회와 나례희의 폐지로 인해 경중우인에 속한 반인들이 시정에서 활로를 모색하는 과정에서 성립될 수 있었습니다. 당시 상업의 발전이 이를 뒷받침해 주었습니다. 그리하여 탈놀이의 연희 주체로서 반인들은 도시 하층 주민들을 대상으로 한 새로운 텍스트를 창조해 낼 수 있었죠. 그리고 이 텍스트의 영향을 받아 경기도, 황해도, 경상남도의 여러 고을에서 탈놀이가 성행할 수 있었습니다.

## 도시 탈놀이가 나례희·산대희에서 물려받은 것들

18, 19세기의 도시 탈놀이는 민간에서 흥행을 위해 공연된 것이라는 점에서 왕실적·국가적 공연이었던 나례희나 산대회와는 본질적 차이가 있습니다. 나례희와 산대회는 지배층의 구미에 맞고 지배층을 즐겁게 하는 내용들로 채워져 있었지만, 도시 탈놀이는 그와 달리 피지배층인 하층민의 구미에 맞고 하층민을 즐겁게 하는 내용으로 채워져야 했습니다. 그러니 나례희나 산대회에는 양반을 '대상화'한 놀이가 없지만, 도시 탈놀이에는 양반을 대상화한 놀이가 있어, 양반을 극도로 희화화하고 조롱하고 모욕합니다. 도시 탈놀이에서 양반은 장애인과 머저리로 표상됩니다. 도시 탈놀이에서는 양반을 놀리고 능욕하기 위해 긴 대사를 창조해 냈습니다. 욕설과 비속어가 난무하는 대사죠. 나례희나 산대회에는 탈춤에 노래가 동반되기는 해도 딱히 대사라고 할 만한 것은 없었습니다. 가령 「처용무」에서 다섯 명의 탈을 쓴 창우는 춤을 추며 노래를 부르기는 해도 서로 말을 주고받지는 않습니다. 이렇게 볼 때 도시 탈놀이에서 말—이는 '민중의 말'이라는 점에 주목해야 합니다—즉 대

사는 나례희나 산대희와의 중요한 변별점이라 하지 않을 수 없습니다. 도시 탈놀이의 내용적 특질에 대해서는 조금 뒤에 따로 살피기로 하겠습니다.

이처럼 도시 탈놀이는 나례희나 산대희와 본질상 다르지만, 그렇다고 해서 나례희·산대희와 아무 관련이 없는 것은 아닙니다. 도시 탈놀이에는 나례희나 산대희의 어떤 요소들이 들어와 있기도 합니다. 산대희와 달리 본산대놀이에는 산대가 설치되지 않습니다. 그럼에도 '산대'라는 말이 들어간 것은 그 연희 주체가 동일하기 때문이기도 하지만 — 이는 당시 본산대놀이의 연희자를 '산대도감패'라고 불렀던 데서 잘 확인되죠 — 산대희에서 공연된 탈춤의 어떤 요소들이 계승되고 있기 때문이기도 합니다.

고려 말에 이색이 지은 「구나행」驅儺行이라는 시에 이런 말이 나옵니다.

> 신라의 처용은 칠보七寶를 몸에 걸치고
> 꽃가지 머리에 꽂아 향기로운 이슬이 떨어지네.
> 이리저리 오가며 긴소매로 태평무太平舞를 추는데
> 취한 뺨 발그레해 아직 술이 덜 깬 듯.
> 新羅處容帶七寶, 花枝壓頭香露零.
> 低回長袖舞太平, 醉臉爛赤猶未醒.

나례를 보고 읊은 시입니다. 「처용무」는 고려 시대에는 물론, 조선 시대에도 나례희나 산대희에서 공연되었습니다. 인용된 시구 중의 '긴소매'라는 말에서 보듯 「처용무」는 길고 넓은 소매를 너울거리거나 흩뿌리며 추는 춤입니다. 이 '긴소매'는 본산대놀이를 비롯한 도시 탈놀이에 계승되고 있습니다.

나례는 '역신疫神·잡귀雜鬼 퇴치자 ↔ 역신·잡귀'의 대립 구조로 짜여 있습니다. 퇴치자인 십이지신十二支神이나 처용은 춤을 추며 역귀나 잡귀를 쫓아냅니다. 도시 탈놀이는 나례의 이 이원적 대립 구조를 다양한 방식으로 변주해 원용하고 있습니다. 즉 나례희의 구조와 도시 탈놀이의 구조 간에는 상동성相同性이 발견됩니다. 노장 과장의 취발이와 노장, 양반 과장의 말뚝이와 양반 간의 적대적 대립은 이런 상동적 구조를 보여 줍니다.

나례의 형식이 도시 탈놀이에 미친 영향은 「양주별산대놀이」의 연잎·눈끔쩍이 과장과 「봉산탈춤」이나 「양주별산대놀이」의 팔먹중 과장에서도 발견됩니다. 연잎은 천살성天煞星이고 눈끔쩍이는 지살성地煞星인데, 이들의 눈살을 맞으면 누구든 죽기에 이들은 부채로 눈을 가리고 등장합니다. 이들은 상좌, 옴중, 먹중을 차례로 물리치는데, 이 물리침의 형식은 나례의 벽사辟邪 형식과 동일합니다.

나례에는 사자탈춤이 있습니다. 사자탈을 쓰고 춤을 추는 거지요. 도시 탈놀이에는 나례의 이 사자탈춤이 들어와 있습니다. 도시 탈놀이 가운데 「봉산탈춤」, 「강령탈춤」, 「은율탈춤」, 「수영야류」, 「통영오광대」 등에서 사자탈춤이 발견되는데, 나례에서 온 것이라고 할 수 있습니다. 단 나례의 벽사 의식이 좀 약화된 대신 오락성이 강화되었습니다.

이처럼 도시 탈놀이는 나례의 이원적 대립 구조라든가 물리침의 형식이라든가 벽사 의식을 물려받고 있는데, 주목할 점은 이런 요소를 활용해 전연 새로운 오락적 텍스트를 창조해 내고 있다는 사실입니다.

## 반인, 그 멘탈리티

18, 19세기에 탈놀이 연희자는 '광대'로 불렸습니다. 이학규가 쓴 『동사일지』東事日知라는 책의 「광대」廣大라는 항목 중 "우리말로, 가면을 쓰고 연희를 하는 자를 광대라고 한다"라는 말에서 그 점이 확인됩니다.

앞에서 말했듯 본산대놀이를 연행한 광대는 반인이었는데요, 우리말로는 '편놈'이라고 했습니다. '반'을 '편'으로 발음하고, '인'을 '놈'이라 해, 편놈이 된 거죠. '편놈'이라는 명칭에는 광대를 얕잡아 보는 양반의 시선이 개입되어 있습니다. 하지만 본산대놀이의 연희자인 반인은 한국문학사, 특히 18, 19세기 한국문학사에서 대단히 문제적인 '하나의 하위 주체'라고 할 수 있습니다. 이들은 탈놀이를 통해 금기를 넘어서는 성에 대한 상상력, 사회적 규범과 강상綱常을 벗어난 양반층에 대한 능멸, 욕설과 비속어의 거리낌 없는 구사 등을 구현함으로써 새로운 미학을 창조해 냈습니다. 우리 문학사의 아주 새로운 풍경이라 하지 않을 수 없습니다. 그러므로 우리는 반인이라는 창조 주체가 대체 어떻게 이런 새로운 텍스트를 창조할 수 있었는지를 묻지 않을 수 없습니다. 이 물음은 반인의 체질과 감수성, 다시 말해 반인의 '멘탈리티'를 묻는 것과 직결됩니다. 그래서 이에 대해 조금 말하기로 하겠습니다.

반인은 앞에서도 말했듯 원래 성균관의 노비입니다. 이들의 임무는 성균관 재실齋室에서 공부하는 유생들의 뒷바라지를 하는 일, 성균관에 있는 문묘文廟(공자 사당)의 수직守直을 하는 일, 문묘 제향祭享 때 소용되는 희생犧牲을 잡는 일 등이었습니다. 이처럼 반인은 도살屠殺에 종사했기 때문에 서울의 여기저기에 현방懸房이라는 푸줏간을 독점적으로 운영하는 것이 허용되었습니다.

반인은 유래가 있는 집단입니다. 고려 말에 안향安珦이 개성의 성균관 문묘에 자신의 노비 백여 명을 헌납했는데, 이들은 조선이 개창된 뒤 한양의 성균관으로 그대로 옮겨 왔습니다. 조선 시대에 와서 그 자손이 수천 명으로 늘어 성균관 주변에 반촌泮村이라는 마을을 이루고 살았습니다. 18세기의 문인인 서명응徐命膺이 쓴, 반인 안광수安光洙의 전기인 「안광수전」에 이런 말이 보입니다.

(반인들은) 소년이 되면 굳센 자는 노름을 일삼거나 유협이 되고, 쪼잔한 자는 말리末利를 좇는다.

'유협'은 협객을 말합니다. '말리를 좇는다' 함은 상업에 종사함을 이르는데, 가령 현방을 경영하는 것이 그런 일에 해당합니다. 여기서 주목되는 것은 반인 가운데 일부가 노름을 일삼거나 유협이 되었다는 사실입니다. 유협은 왈짜 집단의 한 중요한 구성원이거든요.

18세기 후반에서 19세기 초에 활동한 문인인 윤기尹愭는 성균관에 대해 읊은 220수 연작시 「반중잡영」泮中雜詠 제217수에서, "반인들은 본래 완악해 염치를 모르거늘 / 하물며 유생들이 먼저 모욕당할 짓을 함에랴"(泮人本自頑無恥, 況又諸生受侮先)라고 읊었습니다. '완악'은 성질이 억세고 사납다는 뜻이고, '염치를 모른다' 함은 예의나 윤리 의식이 없음을 뜻합니다. 이 시구를 통해 당시 성균관의 기강이 무너져 유생들이 반인들에게 능욕을 당하곤 했다는 사실을 알 수 있습니다.

또 「반중잡영」 제218수에서는 그 서문에서 "반인들은 기개를 숭상하고 의협심이 강하여 죽음을 두려워하지 않아서 왕왕 싸우다가 칼로 가슴을 긋거나 다리를 찌르기도 한다"라고 말한 뒤 "호협豪俠함은 연燕나라 조趙나라 사람의 기상을 띠었네"(豪俠帶來燕趙氣)라고 읊었습니다. 옛날 중국 전국시대의 연나라와 조나라에는 협객이 많았습니다. 이 시는 반인들이 좀 특별한 부류의 인간이며 그들 중에 호협한 자들이 많았음을 증언하고 있습니다. 이 시에서 읊고 있는 반인들의 기질이나 행위 양상은 왈짜패의 그것에 해당합니다. 「반중잡영」에 의하면 반인 중에는 서리胥吏로 진출하는 이들도 있었습니다.

다음은 민속학자 송석하가 일제강점기의 국악인인 하규일河圭一(1867~1937)과의 대담에서 밝힌 사실입니다.

> 가면극 역자役者(연희자)를 편놈이라고 따로 부르는 것이 있는데, 이것은 타 계급에서 호칭하는 것이며, 무동·땅재주꾼과 격은 동격이지마는 경성京城에 재주在住(거주)하는 고로 한층 고위高位(높은 위치)에 있었다 한다. 그리고 이들은 포도군사捕盗軍士에게 예속되어 있어 그 실제적 세력이 그 지위를 얼마간 보장한 경향도 있었다.

본산대놀이의 반인 출신 광대가 포도청에 예속되어 있었음을 증언하는 말입니다. 산대희나 나례희에 종사한 경중우인은 원래 의금부 소속이었는데, 영조 연간에 와서 산대희나 나례희가 유명무실해지자 포도청 소속으로 바뀌었습니다.

반인이 곧 광대는 아닙니다. 반인 중 일부가 광대 노릇을 한 거죠. 그렇긴 하지만 탈놀이를 논 광대들은 반인들의 체질과 행위 양태를 공유하고 있었다고 봐야 하지 않을까 합니다. 즉, 완악하고 염치를 모름, 호협함, 유생을 능욕함 같은 것이 그것입니다. 이로 보면 탈놀이를 논 광대는 조선 후기 시정 세계에 등장한 왈짜라는 인간형과 아주 가깝다고 여겨집니다. 왈짜 집단은 경아전층이라든가 정원사령政院使令, 대전별감이나 무예별감 같은 액예掖隸, 용호영龍虎營과 같은 군영軍營의 군교軍校, 포도청의 포교捕校, 의금부의 나장羅將, 시전 상인 등으로 구성됩니다. 풍류쟁이, 오입쟁이, 한량으로도 불린 이들은 돈을 물쓰듯 하며 유흥을 즐긴 호색한들이었습니다. 판소리 「무숙이타령」의 주인공 무숙이는 왈짜의 전형입니다. 그래서 「무숙이타령」을 '왈짜타령'이라고도 하죠. 박지원의 「광문자전」廣文者傳 후기後記에 나오는 표철주表鐵柱라든가 「발승암기」髮僧菴記에 등장하는 김홍연金弘淵도 왈짜입니다. 18, 19세기 서울 시정 세계의 유흥과 오락은 이들 왈짜에 의해 주도되었습니다.

탈놀이를 벌인 반인 출신 광대를 모두 왈짜라고 할 수는 없지만 그들이 왈짜적 정체성을 갖고 있었던 건 분명해 보이며, 그 일부는 왈짜로 행세했을 수 있습니다. 그렇다면 이들의 왈짜적 정체성이란 무엇일까요? 성애性愛에 대한 탐닉, 음주가무 등 유흥을 즐기는 태도, 돈으로 쾌락의 대상을 소유하려는 성향, 육체의 힘 뽐내기, 윤리나 규범의 무시 등을 들 수 있을 것입니다. 이런 태도나 성향은 기존의 지배적 사회 질서나 문화에 대한 반항으로 연결되기도 한다는 점에서 긍정적인 면이 있죠. 본산대놀이의 양반 과장에서 그 점이 잘 확인됩니다.

그렇기는 하지만 이런 왈짜적 정체성에는 '위력'威力에 대한 과신이 내포되어 있기도 합니다. 이는 '건장한 육체의 힘에 대한 자신自信'에서 유래합니다. 문제는 이 '건장한 육체의 힘에 대한 자신'이

어디까지나 '남성'의 전유물이라는 점입니다. 즉 이 자신감은 젠더적으로 남성의 우월감에 기반해 있습니다. 비록 계급적으로 하층 혹은 중간층 남성의 자신감에 기반하는 우월감이긴 합니다만 어쨌건 '남근중심적'男根中心的인 것은 분명합니다.

탈놀이 광대의 왈짜적 정체성에 내포된 위력에 대한 과신은 특히 두 가지 점에서 심각한 약점을 안고 있습니다. 하나는 여성을 성적 유희의 대상으로 삼는다는 점이고, 다른 하나는 장애를 가진 몸에 대한 폭력적 시선입니다. 왈짜적 정체성은 이 두 존재를 '타자화'함으로써 정립될 수 있었던 거죠. 이에 대해서는 조금 뒤 탈놀이의 민중 의식을 이야기할 때 좀 더 파고들어 가 보기로 하겠습니다.

본산대놀이나 본산대놀이 계통의 탈놀이에 등장하는 말뚝이나 취발이는 흔히 민중적 인물로 간주되어 긍정 일변도로 평가됩니다. 말뚝이와 취발이가 권위나 규범과 대결하는 민중적 인물임에는 분명하지만 그럼에도 그들 내부에는 방금 지적한 왈짜적 정체성, 왈짜적 멘탈리티와 관련된 부정적 측면이 존재한다는 사실에 유의할 필요가 있습니다. 그리하지 않는다면 우리는 민중주의의 오류에 빠질 수 있습니다. 기존의 탈놀이에 대한 연구가 다분히 낭만적 민중주의에 빠진 것은 탈놀이 연희 주체인 반인의 멘탈리티를 냉철하게 직시하지 못했기 때문이 아닌가 해요. 말하자면 보고 싶은 것만 보고, 보고 싶지 않은 것은 외면해 버린 거죠.

조선 후기의 탈놀이에서 말뚝이나 취발이는 모두 풍류와 유흥을 즐기는 오입쟁이로 표상되어 있습니다. 잠시 「봉산탈춤」을 보기로 하겠습니다.

(가) 말뚝이: "(…) 나는 본시 외입쟁이로서 때는 마침 어느

때냐 녹음방초승화시綠陰芳草勝花時(녹음과 방초가 꽃보다 나을 때)에 장부 흥을 못 이겨 장안을 당도하니 친구를 만났는데 대전별감, 금부나졸, 정원사령, 그러한 친구를 만나서 화류강녕(화류강남花柳江南)을 찾아가서 한잔 먹고 놀 적에 음률같이 좋은 것을 사람마다 알았더냐. 춘풍화류春風花柳 청풍루淸風樓에 주육酒肉이 난만한데 일등 명창들과 갖은 풍악 미색美色들은 '아' 자亞字로 벌여 놓고 (…) 아마도 성세안락盛世安樂(태평성세의 안락한 즐거움)은 이뿐이라."

— 김일출 채록본

(나) 취발이: "(…) 쉬이이, 자 이년아, 네 생각에 어떠냐? 뒷절 중놈만 좋아하고 사자獅子 어금니 같은 나는 싫으냐? 중놈에게선 노린내가 나고 취발이에게선 향내가 나느니라. (…) 쉬이이, 여봐라 말 듣거라. 날로 말하면 강산 외입장이로 술 잘 먹고 노래 잘 하고 춤 잘 추고 돈 잘 쓰는 한량이라. 금전이면 사귀신事鬼神(원래 귀신을 섬긴다는 뜻인데 여기서는 귀신도 산다는 뜻으로 썼음)이라. 돈이면 귀신도 사는 법이라 돈으로 네 마음을 사 보리라. 옜다 돈 받아라."

— 이두현 채록본


여기서 말뚝이와 취발이에는 왈짜적 멘탈리티를 지닌 광대의 실존이 짙게 반영되어 있다고 여겨집니다. 「봉산탈춤」의 연희 주체는 본산대놀이와 달리 주로 이속吏屬들로 알려져 있습니다만, 그렇다고 해서 말뚝이와 취발이에 광대의 감수성과 의식이 투사되어 있다는 사실이 달라지지는 않습니다. 연희 주체가 이속으로 바뀌었음에도 그 공연 내용은 본산대놀이에서 유래하기 때문이죠.

### 탈놀이의 과장들

우리는 앞에서 강이천의 시 「남성관희자」를 통해 본산대놀이가 상 좌춤 과장, 노장 과장, 샌님·말뚝이·포도부장 과장(양반 과장), 거 사·사당 과장, 할미 과장으로 구성되어 있었음을 알 수 있었습니 다. 이 과장들은 유기적 관계에 있지 않고 각기 독립적입니다. 본산 대놀이 계통의 탈놀이들도 똑같습니다.

별산대놀이나 해서탈춤, 야류, 오광대의 과장은 본산대놀이의 과장과 같은 것도 있고 다른 것도 있습니다. 변화가 생긴 거죠. 이 들 탈놀이는 그 상호 간에도 차이를 보여 줍니다. 가령 별산대놀이 에는 연잎·눈끔쩍이 과장이 있고, 해서탈춤에는 사자춤 과장이 있 으며, 야류와 오광대에는 영노(비비) 과장이나 문둥이 과장이 있 습니다. 이런 변화에도 불구하고 본산대놀이와 본산대놀이 계통의 탈놀이들에는 공통된 과장이 발견됩니다. 노장 과장, 양반 과장, 할 미 과장이 그것이죠. 이제 이 세 과장에 대해 간단히 살펴보기로 합 니다.

—— 노장 과장

노장 과장에서는 노장과 취발이와 소무가 핵심적 인물입니다. 소 무는 놀이에 따라 한 명이 등장하는 데도 있고 두 명이 등장하는 데도 있습니다. 노장은 불도佛道를 오래 닦았지만 어여쁜 소무를 보자 돌연 욕망이 일어 번뇌에 사로잡힙니다. 탈놀이에는 말을 하 는 인물이 있는가 하면 말을 하지 않는 인물도 있습니다. 노장이나 소무는 말을 하지 않습니다. 소무는 기녀로 여겨집니다. 노장은 춤과 연기로 자신의 욕망과 번뇌를 표현합니다. 도시 탈놀이에 등장하는 인물들은 거개 '외면'만 보여 주며 '내면'은 잘 보여 주지 않는데, 노장은 내면을 보여 준다는 점에서 주목됩니다.

종래 노장 과장의 주제는 파계승에 대한 풍자라고 보았습니다. 그런 면도 당연히 인정되지만 그렇다고 노장 과장의 메시지를 지나치게 단순화할 필요는 없지 않나 합니다. 도시 탈놀이의 연희 주체는 스스로가 욕망에 열렬히 이끌리는 존재로서, 누구보다 인간의 욕망을 잘 아는 이들이었습니다. 그래서 노장의 내면을 비교적 깊이 있게 해석해 낼 수 있지 않았나 합니다. 노장 과장은, 노장의 파계를 풍자하는 과정에서 인간 욕망에 대한 이해를 심화시킵니다. 그러므로 노장 과장이 보여 주는 노장의 욕망에 대한 심리적 표현은 탈놀이의 한 빼어난 성취라고 이를 만합니다.

취발이는, 번뇌 끝에 적극적 욕망의 추구에 나선 노장의 행위를 더욱 자세히 클로즈업시키는 역할을 하고 있습니다. 취발이는 중으로 되어 있지만 그 본질은 가무와 놀이와 여자를 좋아하는 오입쟁이입니다. 취발이는 노장과 대결을 벌여 소무를 빼앗습니다. 소무는 취발이의 아이를 낳습니다. 제의적祭儀的 측면에서 본다면 이는 겨울에 대한 여름의 승리로 해석되거나 구나驅儺 행위에 의한 악귀의 퇴치로 해석될 수 있을지 모릅니다. 하지만 도시 탈놀이가 세속적 욕망에 기반한 오락물이었음을 고려한다면 그런 해석보다는 세속에서 흔히 일어나곤 하는, 여성을 둘러싼 남성들 간의 힘의 대결을 보여 준다고 해석하는 것이 타당하지 않을까 합니다. 이 경우 노장은 연륜과 권위는 있지만 육체적 힘은 쇠락한 남성, 취발이는 연륜도 권위도 없지만 육체적으로 건장한 남성을 표상한다고 할 것입니다. 취발이는 바로 이 점에서 민중성을 획득합니다. 비록 그 민중성에 모순이 내포되어 있기는 하지만 말입니다.

## —— 양반 과장

「봉산탈춤」의 양반 과장에는 샌님·서방님·도령님 3형제 양반이 등장하고, 「동래야류」의 양반 과장에는 원양반元兩班·차양반次兩班·모毛양반 —— 개털로 만든 탈을 쓰고 있기에 이리 불립니다 ——· 넷째양반·종갓집도령이라는 다섯 양반이 등장합니다. 이런 차이에도 불구하고 하인인 말뚝이가 주인인 양반을 풍자하고 능멸하는 게 주제라는 점은 똑같습니다. 말뚝이의 양반에 대한 조롱은 대단히 적대적입니다. 이 점에서 판소리 「춘향가」에서 방자가 이몽룡을 놀리고 희화화하는 것과는 양상이 다릅니다. 하층민인 방자는 양반인 이몽룡을 일시 우스갯거리로 만들지만 그건 잠시의 일일 뿐, 둘 사이의 상하 관계는 곧 원래 상태로 돌아갑니다. 이와 달리 말뚝이와 양반은 양반 과장에서 시종 대결을 벌입니다. 이 대결은 나중에 보겠지만 생사가 걸린 문제입니다.

우리는 이전 강의(제26강)에서 역관 출신의 이언진이 시작詩作이라는 미적 실천을 통해 양반 지배층과 싸움을 벌이는 과정을 살펴본 바 있습니다. 말뚝이의 싸움은 이언진과 전연 다른 양상을 보여 줍니다. 아주 비속하고, 잡스럽고, 인륜에 어긋나고, 육체적이고, 탈규범적이죠. 이는 말뚝이가 천민이기 때문입니다. 이언진은 전복을 꾀하면서도 '자기 존중'이 뚜렷하지만, 말뚝이는 전복을 꾀하면서도 '자기 존중'은 찾아보기 어렵습니다. 상대에 대한 공격이 있을 뿐이죠. 그러므로 이언진과 달리 말뚝이에게서는 '자기의식'이라 할 만한 것이 잘 발견되지 않습니다. 이 때문에 이언진의 경우 인정투쟁을 말할 수 있지만, 말뚝이의 경우 인정투쟁을 말하기는 어렵습니다.

양반은 가진 것도 많고 지체도 높고 지식도 많지만, 말뚝이는 가진 것도 없고 양반에 예속되어 있고 지식도 없습니다. 하지만 말뚝이는 자신의 몸뚱어리와 세 치 혀와 기민한 판단력으로 양반을 능멸함으로써 양반을 멍청하고 형편없는 존재로 만들어 버립니다. 탈놀이의 관중인 하층민은 이런 말뚝이에게 환호했으리라 여겨집니다. 도시 탈놀이에서 말뚝이처럼 양반에 적대적인 인물이 창조될 수 있었던 것은 그 향유층이 하층민과 중간층이기 때문입니다. 바로 이 점에서 판소리와는 다르죠. 판소리는 애초 성립기에는 그 향유층이 하층민이었지만 시간이 지나면서 이른바 '양반 좌상객'이 생겨나, 양반 좌상객의 취향을 고려하지 않을 수 없었습니다. 하지만 탈놀이는 그럴 필요가 없었습니다. 양반은 장터에서 공연되는 탈놀이를 거의 보지 않았으니까요. 그 덕분에 도시 탈놀이 최대·최고의 성과라 할 말뚝이가 탄생해 오랫동안 생명을 유지할 수 있었습니다. 다음은 「봉산탈춤」 양반 과장의 도입부입니다.

> 말뚝이: (중앙쯤 나와서) 쉬~. (음악과 춤 그친다. 큰 소리로) "양반 나오신다아. 양반이라거니 노론 소론 이조吏曹 호조戶曹 옥당玉堂(홍문관)을 다 지내고 삼정승 육판서 다 지낸 퇴로재상退老宰相(벼슬에서 물러난 늙은 재상)으로 계신 양반인 줄 아지 마시오. 개잘양(털이 붙어 있는 개가죽)이라는 '양' 자에 개다리 소반(개다리 모양으로 구부정하게 만든 작은 밥상)이라는 '반' 자 쓰는 양반이 나오신단 말이요."
> 양반들: "야 이놈 뭐야아."

말뚝이: "아아 이 양반 어찌 듣는지 모르겠소. 노론 소론 이조 호조 옥당을 다 지내고 삼정승 육판서를 다 지내고, 퇴로재상으로 계시는 이생원네 삼형제분이 나오신다고 그리 했소."

양반들: (합창) "이생원이라네에."

이처럼 말뚝이는 과장이 시작되자마자 양반을 능욕합니다. 하지만 이 정도는 약과입니다. 다음에서 보듯 말뚝이는 이른바 '강상' 綱常을 벗어난 일까지 서슴지 않습니다.

양반(샌님): "이놈 너도 양반을 모시지 않고 어디로 그리 다니느냐."

말뚝이: "예예, 양반을 찾으려고 (…) 방방곡곡坊坊曲曲이 면면촌촌面面村村이 바위틈틈이 모래 쨈쨈이 참나무 결결이 다 찾아다녀도 샌님 비뜩한 놈도 없고 보니, 낙향사부落鄕士夫라 경성본댁을 찾아가니 샌님도 안 계시고 둘째 샌님도 안 계시고 종갓집 도령님도 안 계시고 마내님(마나님) 혼자 계시기로, 벙거지 쓴 채, 이 채찍 찬 채, 감발한 채, 두 무릎을 꿇고 하고 하고 재독으로 했습니다(성행위를 두 번 했다는 뜻)."

양반: "이놈 뭐야."

말뚝이: "하아 이 양반 어찌 듣소. 문안을 들이고 들이고 하니까 마내님이 술상을 차리는데 (…) 작년 팔월에 샌님 댁에서 등산 갔다 남아 온 좃대갱이 하나 줍디다."

양반: "이놈 뭐야."

말뚝이: "아아 이 양반 어찌 듣소. 등산 갔다 남아 온 어두일미魚頭一味라고 하면서 조기 대갱이 하나 줍디다. 그리하였소."

양반들: (합창) "조기 대갱이라네에."

양반 과장에서 양반은 처음부터 끝까지 인지력과 판단력이 떨어지는 멍청한 존재로 그려집니다. 말뚝이는 양반의 모친을 겁탈하기까지 합니다. 말뚝이의 이런 행위는 양반에 대한 적대감의 연장선상에서 해석되어야 하리라 보지만, 그럼에도 이 행위는 정당화되기 어렵습니다. 이에 대해서는 나중에 탈놀이의 민중 의식을 살피는 자리에서 다시 이야기하도록 하겠습니다.

「동래야류」의 다음 대목은 양반과 말뚝이의 대결이 생사가 걸린 격렬한 것임을 알게 해 줍니다.

원양반: "이놈 말뚝아, 이놈 말뚝아 (…) 너 같은 개똥 쌍놈 (부채로 말뚝이 가슴을 찍을 듯이 한다.) 내 같은 (자기 가슴을 가리킨다.) 소똥 양반이 너 한 놈 죽이면 죽는 줄 알며, 살면 사는 줄 알까부냥."

말뚝이: "엿다. (채찍을 원양반의 면전에 쑥 내민다.) 이 양반아 아모리 양반이라고 쌍놈 죽이면 아모 일도 없단 말이오."

원양반: (뒤로 물러섰다가 나서며 허세를 부린다.) "이놈, 죽이면 귀양밖에 더 가겠넌냥."

── 할미 과장
할미 과장에는 영감, 첩, 할미 세 사람이 핵심적 인물로 등장합니다. 탈놀이에 따라 첩이 등장하지 않는 경우도 없지 않지만, 본산대놀이에 첩이 등장하는 것으로 보아 첩이 등장하는 게 정격正格이 아닌가 합니다. 또 탈놀이에 따라 할미가 아니라 영감이 죽는 경우도 없지 않지만 대부분은 할미가 죽습니다. 오광대에서는 영감이 양반으로 설정되어 있지만 그 외의 탈놀이에서 영감과 할미는 서민 신분으로 되어 있습니다. 그 내용으로 보아 서민 신분으로 보는 게 맞을 듯합니다.

영감과 할미는 난리통에 오래 헤어져 서로 찾아다닌 끝에 탈놀이판에서 겨우 상봉합니다. 그러니 서로 전연 애정이 없다고 말할 수는 없을 것입니다. 하지만 영감이 할미를 박대하자 티격태격 싸웁니다. 그러던 중 영감의 첩이 등장해 싸움은 더 격해집니다. 다음은 그 대목입니다.

> 미얄 할미: "이놈의 영감 하는 소리 보소. (용산 삼개 덜머리집을 가리키며) 저렇게 고운 년을 얻어 뒀으니 나를 미워할 수밖에. 이별할랴면 저년하고 같이 이별하고, 미워할랴면 저년하고 같이 미워하지, 어느 년의 보지는 금테두리 했었더냐. (와다닥 덜머리집에 달려들어 때리며) 이년아 이년아 너하고 나하고 무슨 웬수가 졌길래 저놈의 영감을 환장을 시켜 놨나."
>
> 영감: (할미를 때리며) "너 이년아 용산 삼개집이 무슨 죄가 있다고 때리느냐. 야 이년, 썩 저리 가라. 구린내 난다."
>
> —「봉산탈춤」

'삼개'는 마포를 말합니다. '덜머리집'은 첩을 가리킵니다. 첩은 마포의 기생 출신으로 보입니다.

「봉산탈춤」할미 과장에서, 할미는 억울한 나머지 재산을 나눈 뒤 헤어지자고 합니다. 그래서 재산을 나누는데, 영감은 돈이 되는 것은 다 자기가 갖고 돈이 안 되는 것만 할미에게 줍니다. 그러던 중 영감은 사당祠堂 동티가 나서 쓰러집니다. 할미는 영감이 죽은 줄 알고 "동내방내 키 크고 코 큰 총각 우리 영감 내다 묻고 나하고 같이 살아 봅세"라고 외칩니다. 그때 영감이 깨어나 화를 내며 할미를 때리자 할미가 얻어맞다가 그만 넘어져 죽습니다. 그 뒤 무당이 나와 할미의 원혼을 달래기 위해 굿을 하는 것으로 이 과장이 끝납니다.

종래 할미 과장은 가부장제하의 남성의 횡포를 부각하거나 고발하고 있다고 봤습니다. 할미 과장은 부부 사이의 갈등 또는 처첩 간의 갈등을 보여 줍니다. 이 과정에서 할미가 죽습니다. 그러니 할미 과장의 내용에 가부장제의 모순이 반영되어 있는 것은 분명합니다. 그렇기는 하나 할미 과장의 주제가 과연 남성의 부당한 횡포를 부각하거나 고발하는 데 있는지는 의문입니다. 횡포가 없다는 말이 아닙니다. 횡포가 있다고 해서 꼭 주제가 그것을 부각하거나 고발하는 데 있다고 단정할 이유는 없거든요. 이 의문을 풀기 위해서는 할미가 죽고 나서 영감이 보여 주는 태도를 면밀히 살필 필요가 있습니다.

「봉산탈춤」, 「양주별산대놀이」, 「송파산대놀이」, 「동래야류」 등 대부분의 탈놀이에서 양반은 할미가 죽자 몹시 당황해하며 어떻게든 할미를 살리려고 합니다. 「봉산탈춤」의 해당 대목을 잠시 보기로 합시다.

영감: (미얄할미를 들여다본다.) "아 이 할맘 정말 죽었나. 성깔도 급하기도 급하여 가랑잎에 불 붙이기로구나. (노랫 조로) 아이고 아이고 불쌍하고 가련하다. 이렇게도 갑자기 죽단 말이 웬 말이냐. (…) 이러한 영약靈藥들이 세상에 가득 하건마는 약 한 첩 못 써 보고 갑자기 죽었으니 이런 기막힐 데가 어디 있노." (이때 용산 삼개 덜머리집이 나가려 하니 까 영감은 그리로 가서 덜머리집과 한데 어울려서 한창 희 롱한다.)

「양주별산대놀이」에서 영감은 다급하게 "마누라 마누라 마 누라 마누라"라고 부르다가 "어이쿠머니 이게 무슨 짓이여? 어이 쿠머니 코에서 찬 김이 나오네. 정말 죽었구나. 이를 어떻게 하잔 말인가?"라고 말하고는 "어이 어이 어어이 어어이" 웁니다. 「동래 야류」에서는 영감이 넘어진 할미의 거동이 수상해 만져 보고 "으 응……? 아이고 이 일을 우야노. 할맘, 할맘"이라고 말한 뒤 할미의 맥을 짚어 보고, 가슴에 귀를 대어 보고, 주무르기도 하고 부채질을 하기도 합니다. 그 뒤 의원도 부르고 봉사를 불러 독경讀經도 하지 만 아무 소용이 없자 무당을 불러 굿을 합니다.

이에서 보듯 영감이 할미를 때린 건 꼭 죽으라고 때린 건 아닙 니다. 격정을 참지 못해 때린 게 그만 할미를 죽게 한 거죠. 그렇기 는 하지만 영감에게 폭력이 습관화되어 있음은 분명합니다.

「봉산탈춤」에서 영감이 할미를 때려 죽게 한 것은, 영감이 잠 시 동티가 나 까무러쳤을 때 할미가 손뼉을 치며 좋아라 춤추면서 "동내방내 키 크고 코 큰 총각 우리 영감 내다 묻고 나하고 같이 살 아 봅세"라고 외친 것이 그 직접적 이유입니다. 영감과 할미는 모두 성적 욕망이 넘치는 인간들입니다. 이 점에서 이들 부부는 판소리 「변강쇠가」의 변강쇠·옹녀와 비슷하죠. 양쪽 모두 유랑민이라는 점도 같습니다.

할미 과장의 영감은 종래 제대로 이해된 것 같지 않습니다. 영감은 할미에게 죽으라는 악담을 하고 온갖 험한 말을 하지만 그렇다고 할미를 미워하기만 하는 건 아닙니다. 미워하기만 한다면 오히려 간단하죠. 그렇지 않으니 문제입니다. 영감과 할미가 난리 끝에 헤어져 서로를 찾기 위해 여러 해를 헤매고 다닌 것을 보면 두 사람 간에는 뭔가 정이 있는 것이 분명합니다. 이는 진실일 것입니다. 그런데 두 사람은 만나자마자 티격태격 싸웁니다. 이것도 진실일 것입니다. 급기야 첩이 나타나자 두 사람은 헤어지기로 합니다. 이것도 진실일 것입니다. 「봉산탈춤」에서, 영감이 죽은 할미 앞에서 몹시 난감해하고 슬퍼하다가 첩이 나가려고 하니까 얼른 첩에게로 가서 첩을 다독거리는 것 역시 진실일 것입니다. 요컨대 영감은 자신의 욕망에 따라 움직이는 인간이며, 할미에게 애증 병존愛憎並存의 감정을 갖고 있다 할 것입니다. 할미 과장의 영감은 하층 세계에 존재하는 이런 모순적 인물의 전형이라 할 만합니다.

할미 과장에서 영감이 할미를 때리지 않습니까? 하지만 텍스트에서 이 행위가 꼭 비판적으로 조망되고 있는 것 같지는 않습니다. 「봉산탈춤」의 다음 대목에서 보듯 할미도 영감에게 폭력을 행사하고 있거든요.

> 미얄할미: "이놈의 두상아, 어서 때려라". (달려들어 영감을 마구 때린다.)
> 영감: (빈다.) "할마이! 오마이! 아바이!"

미얄할미: "내 매 솜씨가 어떠냐."

이를 보면 「봉산탈춤」의 할미 과장에 폭력에 대한 어떤 비판적 시선이 개입되어 있는 것 같지는 않습니다. 오히려 심각한 고려 없이 폭력이 행사되고 있는 듯하고, 이는 가부장제 위에 서 있는 당시 서민 가정의 행태를 그대로 반영하는 게 아닌가 합니다.

「봉산탈춤」의 다음 대목에서 보듯 영감만 결함이 있는 인간이 아니라 할미도 결함이 있는 인간입니다.

미얄할미: "헤어질라면 헤어질세."
영감: "오냐 헤어지자고. 헤어지는 판에 더 볼 게 무어 있나. 네년의 행적이나 털어 내겠다. (관중을 보고) 여보 여러분 말씀 들으시오. 저년의 행위 말 좀 들어 보시오. 저년이 영감 공경을 어떻게 잘하는지 하루는 앞집 털풍네 며느리(며느리)가 나들이를 왔다고 떡을 가지고 왔는데 그 떡을 가지고 영감한테 와서 '이것 하나 잡수' 하면 내가 먹고파도 저를 먹일 것인데, 이년이 떡그릇을 제 손에다 쥐고 하는 말이, '영감, 앞집 털풍네 나들이 떡 가지고 온 것 먹겠읍나 안 먹겠읍나' 묻더니 대답할 새도 없이 '안 먹겠으면 그만두지' 하고 제 혼자 다 먹어 버리니 내 대답할 사이가 어데 있나. 동지섣달 설한雪寒 서북풍에 방은 찬데 이불을 발길로 툭 차고 이마로 봇장(들보)을 칵 하고 받아서 코피가 줄 흘러나 가지고 뱃대기를 버적버적 긁으면서, 우리 요강은 파리 한 놈만 들어가도 소리가 왕왕 하는 것인데 벌통 같은 보지를 벌치고 오줌을 솰솰 방구를 땅땅 뀌니 앞집에 털풍이가 복똥(보를 만들기

위해 쌓은 둑) 터진다고 광이(괭이)하고 가래하고 가지고 왔으
니 이런 망신이 어데 있나."

영감에 의해 할미의 악덕이 폭로되고 있는데 몹시 과장된 어
조가 느껴집니다. 영감이 관중을 향해 이런 말을 하고 있음으로 보
아 이런 악덕의 폭로는 관중을 즐겁게 하기 위한 것으로 보입니다.
이를 통해 할미에 대한 풍자는 영감과 관중(남성 관중)이 공유하고
있음을 알 수 있습니다.

이야기가 좀 길어졌습니다만, 지금까지 살펴본 것을 통해 할
미 과장이 꼭 영감의 가부장제적 횡포를 고발하거나 부각하려는
요량으로 연희되었다고 말하기는 어렵다는 사실을 알 수 있습니
다. 물론 할미 과장에는 가부장제적 현실이 반영되어 있기는 합니
다만 이를 고발하거나 폭로하는 것이 이 과장의 주지主旨는 아니라
는 말이죠.

그렇다면 할미 과장은 무엇을 말하려고 한 걸까요? 넘치는 욕
망을 지녔으며 정념을 억제하지 못하는 영감의 행태가 아닐까 합
니다. 영감은 선인善人은 아니지만 그렇다고 꼭 악인도 아니며, 결
함을 갖고 있는 인간입니다. 할미도 마찬가지죠. 이런 두 사람이 갈
등을 벌이다 할미가 죽게 됩니다. 비극이라고 할 수 있습니다. 할미
과장은 이처럼 하층의 서민 가정에서 일어날 수 있는 비극을 그려
보이되, 윤리적 평가나 도덕적 시선 같은 것은 개입시키지 않으며,
다만 세태를 유희적으로 보여 준다는 기분으로 임하고 있는 것으
로 여겨집니다.

주목되는 것은 할미 과장에서 영감의 시선이 주主가 되고 있
고 할미의 시선은 종從으로 보인다는 사실입니다. 연희 주체는 대

체로 영감의 시선을 따라가고 있는 게 아닌가 싶은데요, 다시 말해 연희 주체는 대체로 할미보다는 영감 쪽에 서 있으며, 영감에게 자신을 투사하고 있지 않나 합니다. 앞에서 본산대놀이 연희 주체의 멘탈리티에 대해 검토한 바 있습니다만, 본산대놀이 계통 탈놀이 광대들의 멘탈리티도 그에 준해 판단할 수 있지 않을까 합니다. 이들에게 가부장제의 횡포나 폭력성에 대한 비판적 문제의식이 있었다고 보기는 어렵습니다. 오히려 가부장제나 폭력성에 침윤되어 젠더적으로 심하게 왜곡된 의식을 갖고 있었다고 보는 게 진실에 가깝지 않을까 합니다. 할미 과장에서 '영감'의 상像은 모순적이되 핍진합니다. 광대의 실존이 이런 인간상을 창조해 냈다고 말할 수 있을 것입니다.

### 탈놀이의 언어 및 상호텍스트성

도시 탈놀이에서 구사되는 언어는 비속함이 그 제일 큰 특징입니다. 비속어는 판소리나 사설시조에서도 발견됩니다. 하지만 도시 탈놀이의 비속어는 판소리나 사설시조의 비속어와는 질이 다릅니다. 탈놀이에서는 욕설이나 육담이 무시로 구사됩니다. 판소리나 사설시조의 비속어는 탈놀이의 비속어에 비하면 점잖은 편이죠.

　도시 탈놀이에서는 난잡한 성행위 장면이나 난잡한 성행위를 뜻하는 표현이 아주 많습니다. 그래서 비속어 중에서도 성적 비속어가 특히 주목됩니다. 특이한 것은 성적 비속어 가운데 겁탈劫奪이나 근친상간, 남색男色과 관련된 것이 많다는 점입니다. 이런 비속어는 예외 없이 모두 남성이 내뱉습니다. '겁탈'은 폭력, 즉 성폭력에 해당합니다. 탈놀이에서 '남색'은 성소수자의 성적 취향으로 나타나는 것이 아니며, 역시 성폭력에 해당합니다. 탈놀이에 욕설이나 성적 비속어가 많은 것은 억압과 권위주의로부터의 탈출을 의미하며, 성의 개방을 보여 준다는 해석도 없지 않습니다.

탈놀이는 광대라는 하위 주체에 의해 연행된 하위 문화에 해당합니다. 하위 문화에도 여러 가지가 있습니다만 도시 탈놀이는 한국문학사에 출현한 여러 장르 가운데 사회의 가장 밑바닥에 있는 존재에 의해 창조된 하위 문화라 할 것입니다. 그러니 사회적·문화적·도덕적 억압에 대한 반항이 나타날 수밖에 없습니다. 심한 욕설과 성적 비속어는 그 언어적 표출입니다. 더구나 광대는 이런 문화를 체질화하고 있었으니까요. 그런데 문제는 그렇다고 해서 '성폭력'을 성의 개방이라든가 억압과 권위주의로부터의 탈출로 해석하기는 곤란하다는 점입니다. 탈놀이에 보이는 남성 혹은 여성에 대한 강간에서는 성에 대한 왜곡된 의식이 발견됩니다. 성적 비속어는 이런 왜곡된 의식의 언어적 반영으로 봐야겠죠.

도시 탈놀이는 몹시 폭력적인 남성상을 보여 주며, 여성의 성적 대상화가 아주 심합니다. 폭력적인 남성상과 여성의 성적 대상화는 서로 맞물려 있죠. 즉 폭력성과 젠더 의식은 서로 연결되어 있습니다.

도시 탈놀이의 이런 면모는 미국 대도시 뒷골목 빈민층 흑인들의 하위 문화인 힙합hip-hop 문화를 떠올리게 하는데요. 힙합 문화의 하나인 랩rap은 가사가 거의 욕설에 가까우며, 노래를 육체언어화肉體言語化하고 있습니다. 흑인들은 정치적·경제적으로 소외된 자신들의 처지와 주류 사회에 대한 분노를 랩으로 표출했죠. 백인이 지배하는 사회에 대한 힘없는 자의 항의이자 유희라 할 것입니다. 랩은 자유와 저항을 담고 있다는 점에서 대중음악으로서 의의가 있습니다. 하지만 거기에 포함된 여성 비하적·여성 혐오적 내용이라든가 지나치게 폭력적인 남성상은 긍정될 수 없습니다. 랩과 탈놀이는 꼭 비교의 대상은 아니지만 그럼에도 그 하위 문화적 양상이라든가 그 언어적 감수성에는 유사한 면이 없지 않습니다.

탈놀이의 언어가 보여 주는 또 다른 특징은 사투리의 구사입니다. 본산대놀이가 지방으로 확산됨에 따라 지방에서 공연된 탈놀이에는 사투리가 쓰이게 됩니다. 지방어의 문학어로의 편입이죠. 이는 한국문학의 언어적 지반地盤을 확대하면서 그 다양성을 보여 줬다는 점에서 의의가 있습니다.

탈놀이의 언어에 대해서는 이쯤 하고, 이제 탈놀이의 상호텍스트성에 대해 살펴보기로 하겠습니다. '상호텍스트성'(intertextuality)이란 한 텍스트 속에 다른 텍스트들이 들어와 의미를 생성하는 것을 뜻하는 말입니다. 도시 탈놀이 안에는 조선 후기에 유통된 다양한 문학 장르에 속한 작품들이 들어와 있습니다. 물론 그 대부분은 우리말이나 국문에 기반한 장르들입니다. 국문소설, 판소리, 판소리 단가短歌, 시조, 사설시조, 12가사, 잡가, 민요 등이 그것입니다.

「양주별산대놀이」의 팔목 과장에 12가사에 속하는 「양양가」와 「매화가」가 가창되고 있긴 합니다만 사실 별산대놀이에는 상호텍스트성이 그리 현저하지 않습니다. 그와 달리 해서탈춤이나 야류·오광대에서는 도처에 상호텍스트성이 발견됩니다. 특히 「봉산탈춤」에는 12가사나 판소리 단가, 판소리나 국문소설이 여기저기 들어와 있죠. 가령 12가사에 속하는 「처사가」處士歌, 「유산가」遊山歌, 「백구사」白鷗詞가 들어와 있는가 하면, 판소리 단가인 「죽장망혜」竹杖芒鞋나 「불수빈」不須嚬도 들어와 있고, 국문소설인 『구운몽』이나

『숙영낭자전』도 들어와 있습니다. 또 판소리인 「심청가」, 「수궁가」, 「춘향가」도 들어와 있습니다. 「춘향가」에서는 '천자 뒤풀이'와 '보고 지고 타령'이 들어와 있죠. '천자 뒤풀이'는 이도령이 춘향 집에 가기 전에 관아에서 해가 저물기를 기다리며 천자문을 읽는 대목을 말하고, '보고지고 타령'은 이도령이 관아에서 춘향의 집에 가려고 밤이 되기를 기다리며 춘향을 그리워해 부르는 노래를 말합니다. 「봉산탈춤」에서는 「춘향가」의 이런 대목을 패러디해 쓰고 있습니다. '보고지고 타령'의 예를 한번 볼까요.

> 미얄할미: (춤을 추며 영감 쪽으로 슬금슬금 온다. 노랫조로) "절절 절시고, 지화자자 절시고. 보고지고 보고지고, 우리 영감 보고지고. 대한칠년大旱七年 왕가물에 빗발같이 보고지고. 구년치수九年治水 대탕수(대홍수)에 햇발같이 보고지고. (…)"

미얄할미가 헤어진 영감을 찾으며 부르는 노래입니다. 「춘향가」는 「강령탈춤」, 「동래야류」, 「통영오광대」 등에도 들어와 있습니다.

탈놀이에 소환되고 있는 국문소설로는 『옥단춘전』(「양주별산대놀이」), 『숙향전』(「은율탈춤」), 『숙영낭자전』(「봉산탈춤」), 『구운몽』 등이 있는데, 이 중 『구운몽』이 가장 많이 소환되고 있습니다. 별산대놀이를 제외한 해서탈춤, 야류, 오광대 탈놀이에 모두 『구운몽』의 육관대사라든가 성진이라든가 팔선녀가 거명되고 있습니다. 특히 팔선녀가 자주 거명되고 있죠. 예를 하나 들어 보기로 합니다.

수<sup>首</sup>양반: "이놈 말뚝아, 과거 때는 임박한데 너는 너대로 가고 나는 나대로 가야 옳단 말이냐!"

말뚝이: "왜 그러하오리까. 서방님 찾으려고 아니 간 데 없사옵니다."

수양반: "이놈 어디 어디를 갔단 말이냐."

말뚝이: "서방님이 소년 시절에 호협豪俠하신지라 팔선녀 집을 찾았습니다."

수양반: "그래서?"

말뚝이: "난양공주, 영양공주, 진채봉, 백능파, 계섬월, 적경홍, 가춘운의 집을 다 찾아도 서방님은커니와 아무 개아들놈도 없습디다."

「수영야류」의 양반 과장에 나오는 대사입니다. 흥미로운 것은 「진주오광대」에는 아예 팔선녀 과장이라는 게 존재한다는 사실입니다. 이 과장에서는 중이 팔선녀와 수작을 하다가 몰래 이들을 데리고 도망갑니다. 말뚝이가 자세히 보고 그 중은 성진이라고 했습니다. 성진을 파계승이자 풍류남아로 보고 있는 거죠.

탈놀이에는 민요도 들어와 있는데요, 「강령탈춤」이 그 점을 잘 보여 줍니다. 「강령탈춤」에는 「몽금포타령」, 「대꼬타령」(개구리타령) 등이 노래되고 있습니다. "장산곶 마루서 북소리 나더니 금일도 상봉에 임 만나 보고"로 시작되는 「몽금포타령」은 양반 과장에서 말뚝이가 부르고 있고, "개골개골 청개골아, 에헤 에헤 에헤야. 개골이 집을 찾으려면 미서리(미나리) 밭으로 오너라. 예헤 에헤 에헤야. 은율 장년壯年 처녀는 목화木花 따기러(따러) 나간다"로 시작되는 「대꼬타령」은 노장 과장에서 말뚝이와 목중이 부르고 있습니다.

이들 민요는 「강령탈춤」의 향토색을 드러내는 데 기여하고 있습니다.

   한 가지 주목되는 현상은 탈놀이에 판소리 사설이 들어올 경우 한문 어투가 크게 강화된다는 사실입니다. 이는 해서탈춤, 야류, 오광대에서 두루 관찰됩니다. 별산대놀이는 그렇지 않아요. 별산대놀이에는 판소리 사설이 일절 들어와 있지 않으니까요. 예를 들어 보겠습니다.

> 다섯째 먹중: (등장) "쉬~. 오호五湖로 돌아드니 범려范蠡는 간 곳 없고, 백빈주白蘋洲 갈매기는 홍료안紅蓼岸으로 날아들고 삼호三湖에 떼기러기는 부용당芙蓉堂으로 날아들 제, 심양강潯陽江 당도하니 이적선李謫仙 간 곳 없고, 적벽강赤壁江 추야월秋夜月에 소동파蘇東坡 노든 풍월風月 의구依舊히 있다마는, 조맹덕曹孟德 일세효웅一世梟雄 이금爾今은 안재재安在哉오. (…)"

「봉산탈춤」 팔먹중 과장에 나오는 대사인데요, 「심청가」 중 심청이를 실은 배가 인당수로 떠나는 장면에 불리는 창입니다. 어려운 한자어와 중국 고사들이 가득합니다.

   「양주별산대놀이」나 「송파산대놀이」에 판소리 사설이 나타나지 않는 것으로 보아 애초 본산대놀이에는 판소리 사설이 들어오지 않았으리라 여겨집니다. 판소리 사설이 도시 탈놀이에 들어온 것은 별산대놀이보다 뒤에 성립되었으리라 여겨지는 해서탈춤, 야류, 오광대에 와서의 일이 아닐까 합니다. 이로 인해 원래 하층 민중어民衆語에 기반해 성립된 도시 탈놀이에 상층의 언어가 섞이게 되었습니다. 탈놀이의 이런 언어적 개방성은 탈놀이 광대의 '재담' 才談과 관련이 없지 않습니다. 탈놀이 광대들은 재담에 아주 능했는데, 이 때문에 상층 언어를 입에 올리는 데 어려움이 없었던 거죠. 하지만 탈놀이의 언어적 개방성으로 인해 초래된 이 언어적 혼종성混種性은 탈놀이의 정체성을 생각할 때 꼭 긍정적으로만 보기 어렵습니다.

## 탈놀이의 민중 의식과 그 한계

탈놀이에서는 양반이 극도로 조롱되고 있습니다. 권위의 해체죠. 이는 우리 문학사에서 처음 나타나는 현상입니다.

양반의 조롱과 능멸에는 신분제 부정의 의식이 내포되어 있다고 할 것입니다. 이 점에서 탈놀이는 민중 의식의 성장을 여실히 보여 줍니다. 우리는 사설시조, 판소리, 야담에서도 민중 의식의 성장을 읽을 수 있었습니다. 그렇긴 하지만 이들 장르 가운데 양반과의 적대적 대결을 통한 신분제 부정의 지향을 그 핵심 의제로 삼는 것은 없습니다. 탈놀이의 민중 의식은 이 점에서 조선 후기 문학사에서 가장 급진적인 면모를 보여 준다고 할 수 있습니다.

탈놀이는 성적 욕망의 적극적 긍정을 보여 준다는 점에서도 주목됩니다. 주자학을 받든 조선 사회에서 성적 욕망은 억압되거나 은폐되기 일쑤였습니다. 특히 지배층의 문화에서 그랬습니다. 탈놀이에서는 이와 달리 성적 욕망에 그 어떤 금기도, 그 어떤 제한도 없습니다. 즉 일체의 사회적 규범이나 도덕을 인정하지 않죠. 물론 사설시조, 판소리, 야담에도 성적 욕망에 대한 긍정이 발견됩니다만, 그렇다고 해서 사회적 규범이나 도덕이 부정되고 있는 정도는 아닙니다. 그러니 탈놀이가 보여 주는 성적 욕망의 양상은 이들 장르와는 질적으로 사뭇 다르다고 하지 않을 수 없습니다. 이는 탈놀이가 광대를 매개해 민중 의식의 특정한 층위를 적극적으로 대변했기에 가능했다고 여겨집니다. 즉 하층 천민이나 시정의 왈짜나 유랑 예인 같은 부류의 민중 집단이 지닌 의식이죠. 탈놀이를 통해 이런 부류의 의식이 문학사에 표출되었다는 것은 분명 의의가 있습니다.

탈놀이에서는 또한 건장한 육체에 대한 긍정이 두드러집니다. 탈놀이는 정신적 가치에 대한 모색보다는 육체성肉體性의 추구에 기반해 있는 것으로 보입니다. 이는 조금 전에 말한 성적 욕망의 무제한적인 긍정과도 관련됩니다. 주목해야 할 것은 건장한 육체에 대한 긍정이 기존의 권위나 규범에 대한 조소嘲笑와 파괴를 낳고 있다는 사실입니다. 양반 문화가 정신성을 강조한다면, 민중 문화는 상대적으로 육체성을 중시한다고 말할 수 있습니다. 이는 지배와 피지배 관계에서 형성되는 삶의 실존과 관련이 있다고 여겨집니다. 그러므로 탈놀이가 보여 주는 육체성에 대한 강조는 민중 문화에 내재된 민중 의식의 표출로 해석될 수 있을 것입니다.

탈놀이에서는 이런 몇 가지 민중 의식의 성취가 확인됩니다. 그런데 탈놀이에서 확인되는 민중 의식의 이런 성취는 동시에 민중 의식의 한계와 연결되어 있습니다. 성취와 한계가 동전의 양면처럼 맞붙어 있는 거죠. 종전의 연구에서는 대개 탈놀이 민중 의식의 성취에만 눈을 주었는데, 정당한 태도라 하기 어렵습니다. 탈놀이의 문학사적 위상을 제대로 이해하기 위해서는 그 민중 의식의 한계 역시 직시할 필요가 있습니다. 그래서 이 점에 대해 조금 언급하기로 합니다.

탈놀이가 보여 주는 양반의 풍자와 능멸은 신분제 부정의 지향을 갖기는 하지만 그럼에도 '인간 해방'의 메시지를 담고 있는 것은 아니라고 여겨집니다. 말뚝이는 양반의 권위를 부정하고 있지만 이는 그저 부정에 그치고 있을 뿐이며 인간의 '평등'에 대한 자각이나 호소로 나아가지는 못하고 있습니다. 종래 말뚝이의 양반 조롱이 '해방'에 대한 의식과 '근대 의식'을 보여 준다는 해석도 없지 않았습니다만, 좀 과도한 해석이 아닌가 합니다. 말뚝이에게는 양반에 대한 공격과 적대감은 보이지만 그것을 넘어 해방의 요구와 평등에 대한 자의식 같은 것은 발견되지 않습니다. 공격과 적대감이 곧 해방과 평등의 주장은 아니거든요. 전자가 후자로 넘어가기 위해서는 다른 의식이 필요하죠. 말뚝이에게는 이 의식이 결여되어 있는 듯합니다.

말뚝이에게 풍자나 능욕을 통한 '부정 의식'은 넘치지만 '비판 의식'은 찾아볼 수 없는 것도 이 점과 무관하지 않습니다. '부정'은 새로운 세계의 창조를 위해 반드시 필요하지만 그럼에도 부정 그 자체가 새로운 세계에 대한 전망이라고 말할 수는 없습니다. 그래서 의식 내부에 '비판'이 요청되죠. 비판은 이성적 인식 행위입니다. 그러므로 비판에 의해 비로소 타자의 본질이 정당하게 파악됨과 동시에 자신의 정체성에 대한 이해가 도모될 수 있으며, 다가올 미래에 대한 가치 의식 같은 것이 싹틀 수 있습니다. 우리는 이언진에게서 이런 비판 의식을 목도한 바 있습니다. 이 때문에 이언진의 정신이 보여 준 부정은 부정 그 자체에 머물지 않고 보편을 향한 고양된 의식과 미래에 대한 전망을 담보할 수 있었습니다. 하지만 말뚝이는 아직 이런 의미의 비판 의식은 보여 주고 있지 못합니다. 이 점이 말뚝이의 한계임과 동시에 말뚝이가 매개하고 있는 탈놀이 연희 주체의 한계라 할 것입니다.

탈놀이가 보여 주는 성적 욕망과 건장한 육체성의 적극적 긍정 역시 간과할 수 없는 한계를 갖습니다. 기존의 문화와 규범에 반항하며 그것을 허물고자 하는 지향을 보여 준다는 점은 주목되지만 그럼에도 거기에 내재된 폭력적 성향은 비판적으로 볼 필요가 있습니다. 이 폭력적 성향은 가부장제의 내면화와 무관하지 않습니다. 가부장제는 신분적·계층적 연관을 가지면서 신분과 계층을 넘어 관철됩니다. 말뚝이나 취발이, 영감, 신장수 같은 탈놀이의 인물들이 보여 주는 성적 폭력성은 당대의 하층이나 중간층 남성의 의식에 내재해 있는 가부장제적 폭력성의 성적 발현으로 여겨집니다. 하지만 이 폭력성은 18, 19세기 하층이나 중간층 남성 '일반'의 것이라기보다 왈짜 집단의 성 의식이 광대에게 전유專有된 것으로 봐야 하지 않을까 합니다. 이 점에서 이 성적 폭력성은 민중 의식의 한 특수한 면모를 보여 준다고 할 것입니다. 이처럼 민중 의식에는 긍정적 계기만 있는 것이 아니라 부정적 계기도 엄존하며, 또한 민중 자체가 단일한 구성은 아니기에 그 내부에 다면성이 존재한다는 사실에 유의할 필요가 있습니다.

탈놀이에 함유된 성적 폭력성을 통해 우리는 탈놀이 연희 주체에게 윤리 의식이 부재하다는 사실을 알 수 있습니다. 윤리 의식의 부재는 '인륜성'人倫性의 파괴로까지 치닫습니다. 가령 「송파산대놀이」의 할미 과장에 나오는 도끼와 그 누이의 대화 — 도끼는 영감의 아들인데요, 어머니(즉 할미)가 죽은 뒤 그 누이에게 이리 말합니다. "옳지! 누이는 과부요, 아버지는 홀애비가 됐으니 둘이 잘 해 보시오." — 라든가 「봉산탈춤」의 노장 과장에서 원숭이가 소무를 강간하는 장면에서 그 점이 단적으로 확인됩니다. 이런 에피소드는 단지 성적 일탈의 차원에 그치지 않으며, '무인륜'無人倫의 지경을 보여 줍니다. 그러므로 그냥 웃어넘길 수 없습니다.

탈놀이가 보여 주는 과도한 성적 욕망과 그 육체성의 긍정은 양반에 대한 부정이 새로운 사회에 대한 전망으로 연결되지 못함과 나란히 가는 현상이라고 여겨집니다. 탈놀이는 이처럼 젠더 의식에서 심각한 약점을 드러내고 있습니다. 여성은 단지 지배와 소유의 대상이거나 폭력의 대상일 뿐입니다. 다음 강의에서 살필, 김려金鑢가 보여 준 여성에 대한 배려나 의식과 거의 정반대의 면모를 보여 줍니다. 탈놀이에서 여성은 주체인 적이 없으며 늘 타자로 현상됩니다. 사설시조나 판소리, 야담은 꼭 그렇지는 않습니다. 이들 장르에서 여성은 꼭 타자이지만은 않으며 주체로서의 면모를 곧잘 보여 줍니다. 왜 이런 차이가 생긴 걸까요? 장르 담당층의 사회적·계급적 성격에 기인한다고 여겨집니다. 장르 담당층의 사회적·계급적 존재 여건에서 그 의식 형태의 차이가 초래된 것입니다.

탈놀이에서 '타자화'는 여성에게서만 발견되는 것이 아닙니다. 신체적 불편과 장애를 가진 존재, 요즘 말로 하면 '장애인'에 대한 타자화 역시 발견됩니다. 당대 사회에서 여성과 장애인은 모두 사회적 약자에 속합니다. 당시 신체적 장애를 가진 사람은 '병신'으로 불렸습니다. 신재효본「심청가」의 "백성 중에 불쌍한 게 나이 늙은 병신이요, 병신 중에 불쌍한 게 눈 못 보는 맹인이라"라는 말에서 그 점이 확인됩니다. '병신'이라는 말은 지금은 아주 고약한 멸칭蔑稱입니다만 당시는 그렇지 않았습니다. 이하 당시의 어법에 따라 신체적 장애를 가진 사람을 '병신'이라 칭하기로 합니다.

「봉산탈춤」의 양반 과장에 등장하는 양반 3형제(샌님, 서방님, 도령님)는 모두 병신입니다. 샌님은 쌍언청이요, 서방님은 언청이요, 도령님은 입비뚤이입니다. 「봉산탈춤」만 그런 것이 아니고 대부분의 탈놀이에서 양반은 병신으로 표상되곤 하죠. 양반들은 쌍언청이가 아니면 한 팔을 못 쓰는 반신불수이거나 얼굴이 심하게 삐뚤어져 있거나 얼굴의 한쪽이 심하게 변색되어 있거나 곰보이거나 얼굴이 시커멓거나 문둥이입니다. 탈놀이에서 양반이 각종 병신으로 설정된 것은 양반의 무능력함이나 부도덕함을 풍자·조롱하기 위해서입니다. 민중을 대변하는 말뚝이는 건장하고 힘이 넘치는 신체를 통해 병신인 양반에 대한 우위를 확보합니다.

그런데 문제는 병신이라는 메타포로 양반을 공격하고자 한 발상에는, 다시 말해 양반에다 병신을 투사하고자 한 사고방식에는, 병신 일반에 대한 탈놀이 연희 주체의 '시선'이 내포되어 있다는 사실입니다. 그러므로 병신의 메타포를 통해 양반만 조롱되는 것이 아니라 병신 역시 조롱되고 타자화되죠. 민중적 주체의 건강성과 우월함에 대한 자부는 비정상, 기형, 불편한 몸에 대한 경멸과 억압 위에 기초되고 있습니다. 이 점에서 탈놀이는 사회적 약자인 민중이 자신의 억압자인 양반에 대한 풍자를 통해 억압적인 위계 질서의 전복을 꾀하고 있으면서도 동시에 또 다른 사회적 약자라 할 병신을 억압하고 타자화하면서 양반/민중의 관계와는 또 다른 사회적 위계질서를 구축하는 역설을 낳고 있다고 판단됩니다.

문둥이 과장은 탈놀이 중 동래야류와 오광대에만 있습니다. 그런데 「통영오광대」에서는 문둥이의 신분이 양반이지만 「가산오광대」에서는 양반이 아닙니다. 「가산오광대」에서 문둥이는 사회에 기생하면서도 그 경계 밖에 있는 존재로 간주됩니다. 그 도입부를 잠시 보면 다음과 같습니다.

도都문둥이(문둥이의 우두머리)를 비롯하여 다섯 명의 문둥이가 장단에 맞춰 등장하며 병신짓으로 덧뵈기춤을 춘다. 절름발이, 입찌그랭이, 곰배팔, 언챙이, 코 빠진 놈의 겹병신 다섯 명이 처량하게 병신춤을 추며 등장하여, 모두 등장하면 춤을 멈추고 서로 지껄여 대며 이도 잡고 장타령을 하기도 한다. 이어서 도문둥이를 비롯하여 문둥이 전원은 구경꾼들에게 동냥을 시작한다.

문둥이는 패거리를 지어 장타령을 하며, 서로 떠들어 대면서 이를 잡고, 구걸한 돈으로 서로 노름을 하며, 노름을 하다가 서로 싸움질을 하기도 합니다. 노름을 하는 도중 반신불수의 어딩이 — 문둥이 탈을 쓰고 있으므로 이 역시 문둥이입니다 — 가 마마를 앓는 아들을 업고 나타나 문둥이들에게 개평을 달라고 조르자 문둥이들은 그를 내쫓아 버립니다. 앙심을 품은 어딩이는 순사에게 노름 현장을 고자질하고 문둥이들은 순사에게 애걸복걸해 용서를 빕니다. 순사가 가자 문둥이들은 그 뒤에 대고 갖은 욕을 해 대고는 다시 노름을 시작하는데 어딩이는 그 곁에서 구경하다 또 개평을 달라고 조릅니다. 그러자 문둥이들은 어딩이를 때려서 내쫓고, 어딩이는 다시 순사에게 밀고해 문둥이들을 포박해 끌고 가게 합니다. 순사가 등장하는 것으로 보아 「가산오광대」의 문둥이 과장은 상당히 후대에 성립된 것으로 여겨집니다.

그 줄거리에서 드러나듯, 문둥이는 시끄럽고 추잡하며, 완악하고 부도덕한 존재로 그려집니다. 문둥이와 어딩이는 다 같은 병신이면서 서로 갈등을 일으킵니다. 문둥이 과장에는 병신들의 이런저런 짓거리를 유쾌한 눈길로 내려다보는 시선이 감지됩니다.

342

이 유쾌한 시선은 이해와 연민에서 나오는 것이 아니라 비정상적이고 이질적인 타자의 몸짓과 행위를 안전거리를 유지한 채 대상화하는 데서 나옵니다. 그리하여 병신들이 저열성을 보이면 보일수록 희극성은 그만큼 더 고조됩니다.

이처럼 탈놀이에는 여성에 대한 타자화와 장애인에 대한 타자화, 이 두 개의 타자화가 발견되며, 이에서 탈놀이에 담긴 민중 의식의 내적 모순과 한계가 드러납니다.

탈놀이에는 남근 중심주의가 편만遍滿해 있습니다. 바로 이 남근 중심주의로 인해 여성이 타자화될 뿐 아니라 장애인 역시 타자화된다고 여겨집니다. 차별과 억압과 멸시를 낳고 있는 거죠. 이런 점에 유의한다면 탈놀이의 민중 의식은 '마초적' 민중 의식으로 규정될 수 있지 않을까 합니다. 이 경우 '마초적'이란 남자의 건장한 육체와 힘을 지나치게 과시하거나 우월하게 여기는 태도를 이릅니다.


마무리

오늘 강의에서는 18세기 중반을 전후해 성립된 본산대놀이와 그 영향을 받아 형성된 별산대놀이, 해서탈춤, 야류, 오광대에 대해 살펴보았습니다. 이들 도시 탈놀이에는 조선 후기 민중의 의식이 반영되어 있습니다.

'민중 의식'은 단일하지 않으며, 다양한 위상과 층위가 존재합니다. 그러므로 민중 의식을 단일한 것으로 상정하거나 이상화하는 태도에는 경계가 필요합니다. 탈놀이의 민중 의식은 사설시조, 판소리, 야담이 보여 주는 민중 의식과 통하는 데가 있는가 하면 크게 다른 데도 있습니다. 이는 그 장르 담당층과 관련이 있습니다.

　도시 탈놀이에는 그 고유의 활기와 흥겨움이 넘칩니다. 그래서 흔히 '신명이 난다'고들 합니다. 이 때문에 한국 탈놀이의 원리를 '신명풀이'로 보는 연구자도 있습니다. 하지만 탈놀이의 내부를 들여다보면 남근 중심주의라는 심각한 젠더적 약점이 있다는 사실을 인정하지 않을 수 없습니다. 그러므로 우리는 이제 '이 신명은 대체 누구의 신명인가'라고 묻지 않을 수 없습니다.

　그럼, 이만 오늘 강의를 마치겠습니다.

# 질문과 답변


*        탈놀이는 탈을 쓰고 하는데, 탈을 쓰는 이유가 무엇인가요?

중국 문헌에 보이는 이른 시기의 탈로는 방상시方相氏의 탈이 있습니다. 방상시는 원래 주周나라의 관원인데, 곰 가죽을 뒤집어쓰고 네 개의 황금빛 눈이 있으며 검은 상의에 붉은 바지를 입고 손에는 창과 방패를 쥐었다고 했습니다. 그는 큰 탈을 쓰고 철마다 구나驅儺를 행해 역귀를 퇴치하는 일을 했으며, 사람이 죽으면 앞에서 상여를 이끌어, 묘지에 이르면 무덤 안에 들어가 창으로 네 모퉁이를 쳐서 도깨비를 몰아냈다고 합니다.

　우리 문헌에 보이는 이른 시기의 탈은 최치원이 읊은 「향악잡영」의 1편인 '대면'大面에서 접할 수 있습니다. 이 시에는 '황금빛 가면을 쓴 사람이 구슬로 장식한 채찍을 들고 귀신을 부린다'라고 했습니다. 이로 보아 대면은 역귀나 잡귀를 쫓는 나례 때 쓴 탈로 여겨집니다. 널리 알려져 있는 처용탈도 구나 때 쓴 탈이죠.

　이런 사례로 보아 동아시아에서 탈은 본래 역신이나 귀신의 퇴치를 위한 주술적 목적으로 쓴 것으로 생각됩니다. 조선 시대에 왕실이나 국가에서 벌인 나례 의식이나 산대희 때의 탈도 마찬가지라고 할 것입니다. 사람들은 탈에 주술적인 벽사闢邪의 권능이 있다고 믿었습니다. 이 경우 탈은 의식儀式 내지 의례儀禮와 관련이 있습니다. 하지만 시간이 지나면서 탈은 유희의 측면도 갖게 됩니다. 고려 말에 이런 변화가 나타나 조선 시대에 더욱 심해졌습니다. 그래서 탈은 이제 의례와 오락의 두 가지 용도로 쓰게 됐습니다.

18세기에 형성된 본산대놀이는 종래 탈이 갖고 있던 이 두 가지 기능을 계승하고 있죠. 그래서 본산대놀이에는 벽사적 요소와 오락적 요소가 혼재해 있습니다. 그렇긴 합니다만 오락적 요소가 압도적으로 강하다고 봐야겠죠.

이전의 나례희나 산대희의 탈춤과 달리 도시 탈놀이에는 많은 등장인물이 존재합니다. 등장인물마다 탈 모양이 다르죠. 탈은 등장인물의 성격을 표상합니다. 가령 말뚝이나 취발이의 탈에는 그들의 성격과 배역이 집약되어 있습니다. 즉 탈을 통해 인물의 정형화定型化가 이루어집니다. 이처럼 하나의 탈마다 하나의 정형화된 역할이 부여되므로, 극적 갈등의 연출이 쉬워집니다. 이 점에서 보면 탈은 '역할'로서의 의미를 갖습니다. 탈은 페르소나에 해당하므로, 일단 그것을 쓰면 연희자는 자신의 배역에 십분 몰두할 수 있게 됩니다. 그래서 말뚝이에서 보듯 양반 풍자를 마음껏 할 수 있고, 욕지거리나 비속어를 거침없이 내뱉을 수 있습니다.

탈놀이에서 탈은 이런 이점利點이 있습니다만 동시에 탈은 인물의 내면 표현을 차단한다는 문제점이 있기도 합니다. 연극에서는 대사만 중요한 게 아니라 표정 연기가 아주 중요하지 않습니까? 이 때문에 탈놀이의 연극적 발전에는 일정한 한계가 있어 보입니다.


＊＊ 야류와 오광대에는 '영노 과장'이라는 독특한 과장이 있습니다. 이번 강의에서는 영노 과장에 대해 자세히 설명하지는 않았는데, 좀 더 자세히 알고 싶습니다.

도시 탈놀이에 등장하는 동물은 영노 외에 사자도 있습니다. 사자가 등장하는 탈놀이로는 「봉산탈춤」, 「강령탈춤」, 「은율탈춤」, 「수영야류」, 「통영오광대」를 꼽을 수 있죠. 이들 탈놀이에서 사자는 대개 벽사적 성격을 갖습니다. 다만 「봉산탈춤」은 그렇지 않습니다. 「봉산탈춤」의 사자 과장에서 사자는 먹중들을 징치懲治하는 역할을 합니다. 「봉산탈춤」에서 여덟 먹중은 취발이의 사주를 받아 노장을 파계시킵니다. 이때 부처님이 보낸 사자가 나타나 이들을 잡아먹으려고 합니다. 이에 먹중들이 자신들의 잘못을 빌고 회개하자 사자는 먹중들을 용서하고 함께 춤을 춥니다. 화해로 끝남이 특징적이죠.

영노는 하늘에서 내려온 상상의 동물인데요, 양반을 아흔아홉 명 잡아먹어 한 명만 더 잡아먹으면 승천하는 것으로 되어 있습니다. 호드기를 불며 '비비' 소리를 내기에 비비라고도 하죠. 영노 과장은 야류와 오광대에만 있습니다. 즉 「수영야류」, 「동래야류」, 「통영오광대」, 「고성오광대」 등에 영노가 등장합니다. 가령 「동래야류」를 보면 양반은 영노에게 잡아먹히지 않기 위해 자기는 양반이 아니라고 합니다. 영노가 '그럼 너는 뭐냐'고 묻자 '똥'이라고 합니다. 어떻게든 위기를 모면하기 위해 거짓말을 한 거죠. 영노가 '나는 똥은 더 잘 먹는다'라고 하자 양반은 자기는 '개'라고 합니다.

이처럼 영노 과장에서는 양반의 비굴함과 교활함이 여실히 풍자되고 있습니다. 양반 과장에서 양반의 멍청함이 풍자되고 있는 것과는 다른 양상입니다. 양반 과장에서는 육담과 비속어가 난무하지만, 영노 과장은 육담과 비속어를 쓰지 않으면서 양반의 권위를 실추시킵니다. 또한 양반 과장은 양반과 말뚝이의 적대적 대결을 보여주는 데 주안이 있지만, 영노 과장은 양반의 징치에 주안이 있다고 여겨집니다. 양반 과장에서는 비록 양반이 부정되고 있기는 하지만

'양반을 없애야 한다'라는 의식에까지는 이르지 못했다고 여겨지는데, 영노 과장에는 '양반을 없애야 한다'라는 의식이 나타난다는 점에서 주목을 요합니다. 이 점에서 영노 과장에는 더욱 성장된 민중 의식이 반영되어 있다 할 것입니다. 이는 영노 과장이 양반 과장과 달리 19세기 중·후반 이후 생겨난 것과 관련이 있을 듯합니다. 강의 중에 말했듯 양반 과장은 18세기 중엽경에 성립된 본산대놀이에서 비롯되거든요.

그렇기는 하지만 영노 과장에서의 양반 징치는 양반과 민중의 대결에 의한 것이 아니라 영노라는 가상적인 외부의 힘에 의한 것이라는 점에서 한계가 있다 할 것입니다.


**   본산대놀이는 서울에서 언제까지 공연되었으며, 20세기 들어와 소멸된 이유가 무엇인가요?

본산대놀이는 1900년대까지도 연희되었으며, 1910년대에도 자구책을 모색하며 변화에 적응하려 했습니다. 하지만 결국 살아남지 못하고 소멸된 것으로 보입니다.

본산대놀이가 서울에서 사라지게 된 데는 내적 요인과 외적 요인을 생각해 볼 수 있습니다. 탈놀이는 탈을 쓰고 하는 것인데, 탈은 정형화되어 있습니다. 이 정형화된 탈에 의해 탈놀이의 기본 틀이 결정됩니다. 그러니 새로운 대본을 만드는 것이 어렵습니다. 새로운 대본을 만들려면 기존의 탈과는 다른 탈을 만들어야 하는데 그것이 쉬운 일이 아닙니다. 게다가 새 탈을 만든다 한들 그게 꼭 흥행을 보장할지 기약할 수 없습니다. 뿐만 아니라 탈놀이는 언사가 거칠고

성적 비속어가 남발되는데, 이는 근대 시민계급의 환영을 받기 어려운 면입니다. 이것이 그 내적 요인입니다.

19세기 말 개화기에 이르러 새로운 문명이 형성되기 시작했습니다. 자본주의 문명이죠. 그래서 공연 문화도 바뀌어 갔습니다. 노천의 가설 연희장에서 하던 공연이 옥내屋內 극장 공연으로 바뀌었습니다. 재담이나 판소리나 민요 같은 것은 이런 변화에 기민하게 적응했지만, 탈놀이는 적응하기 쉽지 않았습니다. 재담이나 판소리나 민요는 닫힌 구조에서도 공연이 가능하지만 탈놀이는 그 성격상 열린 구조라야 공연될 수 있기 때문입니다. 그래서 탈놀이는 예전에 주로 장바닥에서 공연됐습니다. 하지만 급속히 변해 가는 문명 상황에서 탈놀이는 마냥 장바닥에서의 공연을 지속하기 어려웠다고 보입니다. 하지만 다른 공연 종목들처럼 옥내 극장으로 진입하기가 여의치 않았습니다. 이것이 외적 요인입니다.

개화기 이래 신극新劇은 극장에서 공연되었습니다. 극장은 자본주資本主에 의해 경영됩니다. 자본제 사회가 되면서 이제 공연의 물적物的 조건이 달라졌습니다. 이런 변화에 본산대놀이는 적응하지 못해 소멸된 것으로 여겨집니다. 하지만 서울만큼 근대화의 속도가 빠르지 않았던 지방에서는 다행히 탈놀이가 명맥을 유지했고, 그 결과 1930년대 이래 그 대본들이 채록될 수 있었습니다.

1970년대에 대학가를 중심으로 탈놀이의 부흥이 있었던 것으로 알고 있는데, 그 배경이 무엇인지 궁금합니다. 아울러 지금은 왜 대학가에서 그때처럼 탈놀이가 성행하지 않을까요?

한국에서는 4·19혁명 이래 민족적·민중적인 것에 대한 탐구가 깊어졌습니다. 그 결과 1970년대 대학가에서는 탈놀이에 대한 열기가 뜨거웠습니다. 여러 대학에 탈춤반이 있어 탈춤을 배우고 공연을 하는 분위기였습니다. 제가 그때 대학을 다녀 당시 분위기를 잘 알죠. 정말 민족 문화·민중 문화에 대한 열기가 대단했더랬습니다. 당시의 억압적·권위주의적 시대 상황에서 탈놀이가 보여 주는 권위에 대한 풍자라든가 현실 전복은 많은 사람들을 매료시켰습니다. 그래서 탈춤에 대한 열기는 반독재 민주화 운동의 동력이 되기도 했습니다.

1979년으로 기억됩니다만 「송파산대놀이」를 구경하러 갔는데 활기는 넘쳤지만 그 과도한 성적 폭력성에 좀 불편했습니다. 당시 탈놀이에 심취한 사람들은 대개 탈놀이의 긍정적 측면만 봤지 그 속에 내재된 부정적 계기는 제대로 인식하지 못했던 게 아닌가 해요. 냉철하지 못했던 거죠. 그러다 보니 낭만적 민중주의에 함몰된 면이 없지 않은 듯합니다. 사실 그 당시에는 젠더 의식 같은 것도 없었으니까요. 가령 '여성'에 대해 이야기하면 그런 건 부차적 모순에 불과하니 놔두고, 주요 모순인 민족 모순이나 계급 모순을 논해야 한다는 식이었어요.

하지만 이렇게 뜨겁던 탈놀이에 대한 열기는 민주화가 성취된 1990년대 이후 급속히 식은 것으로 보입니다. 이는 거대 담론이 사라져 버린 것과 궤軌를 같이합니다. 이 시기 이후 한국 사회는 사상적으로 훨씬 다양해지면서 여성과 소수자에 대한 본격적 성찰로 나아가게 됩니다. 그러니 탈놀이에 이전처럼 환호할 수 있겠습니까? 이제 대학에서 탈놀이를 구경하기는 어렵게 됐습니다. 하지만 그럴 일은 아니라고 생각합니다. 탈놀이의 역사적 의의와 그 민중 의식의 한계를 함께 냉철히 이해한다는 전제 위에서, 법고창신의 정신으로 시대적 상황에 맞게 탈놀이를 재창조해 계승하려는 노력이 우리 사회에서 이루어질 필요가 있다고 봅니다.

# 「동래야류」의 양반 과장

(…)

원元양반: "이놈 말뚝아 말뚝아 과거科擧날은 임박한데, 너는 너대로 나는 나대로 다녀야 옳단 말이냐?"

말뚝이: "엿다 (채찍을 들어 민다.) 이 양반아, 생원님을 찾으랴고 아니 간 데 없사이다."

원양반: (위세를 피우며) "어디어디 갔단 말이냐?"

양반들: (숙덕이며 주시한다.)

말뚝이: (몸짓 좋게 채찍으로 방향을 팔방으로 가리킨다.) "서울이라 칫치달아 안남산南山, 밖남산, 먹자골(먹적골), 주자골, 안동밖골, 장안골, 등고개, 만리재, 일금정, 삼청동, 사직골, 오부五部, 육조六曹 앞, 칠간안, 팔각정, 구리개, 십가十街로 두러시 다 다녀도 생원님은커녕 내 아들 놈도 없습디다."

네 양반들: "이놈 내 아들이라니?"

말뚝이: "엿다 (채찍을 양반들에게 내밀어 저으며) 이 양반아, 내일까지 찾는단 말이요."

(…)

말뚝이: (동작 좋게) "집 안을 썩 들어가니 칠패 팔패 장에 가고, 종년 서답 빨래 가고, 도령님 학당學堂 가고, 집 안이 동공洞空한데(비었는데), (단가조로) 후원별당後園別堂 들어가니 만화방창萬化方暢 다 피었다. (…) 이때 대부인大夫人 마누라가 하란에 비껴 앉아 녹의홍상綠衣紅裳에 칠보를 단장하고 보지가 재(죄) 빨개 하옵디다." (네 양반

352

잠깐 생각한다.)

　　네 양반: "이놈 재 빨개라니?"

　　원양반: "이놈 재 빨개라니?"

　　말뚝이: "엇다 이 양반아, 보기가 재 빨개하단 말이요."

　　원양반: "하면 그렇지. 내가 전에 대국사신大國使臣(청나라 사신) 들어갈 제 홍당목紅唐木 아흔아홉 자 샀더니, 홍당목 저고리, 홍당목 치마, 홍당목 단속곳, 모다 홍당목이라, 보기가 모도 재 빨개하단 말이여. 이놈 그래서?"

— 천재동 채록본(1974)

제30강

# 김려와 이옥, 근대의 선취

## 소품, 혹은 패사소품

명말청초에 소주蘇州, 항주杭州와 같은 강남의 도회를 중심으로 '소품'小品이 성행했습니다. 소품은 비교적 짧은 형식의 산문으로, 인간의 삶과 사물을 감각적으로 그리면서 작가의 감정이나 욕망을 진솔하게 드러낸다는 특징을 보여 줍니다. 서위徐渭, 원굉도袁宏道, 왕사임王思任, 김성탄金聖嘆, 진계유陳繼儒, 장대張岱 같은 문인이 널리 알려진 소품 작가죠.

우리 문학사에서 소품이 문제가 되는 것은 영·정조 때 와서입니다. 이 시기에 활동한 이용휴와 이덕무는 현저한 소품취小品趣(소품에 대한 취향)를 보여 줍니다. 박지원도 소품의 영향을 받았습니다. 비단 이들만이 아니라 정조 때 조정에 진출한 젊은 문신들은 대개 다소간 소품에 대한 취향이 없지 않았습니다. 정조가 문체반정을 표방하면서 소품을 금한 것은 이 때문입니다. 당시 조선에서는 '소품'이라는 말과 '패사'稗史라는 말을 결합해 흔히 '패사소품'이라는 말을 썼습니다. 소품은 꼭 소설과 관계되지는 않는데, 패사소품이라고 하면 소설과도 관계가 되죠. 가령 '패사소품체'라고 하면 소설체의 산문을 가리키니까요.

소품이나 패사소품은 정통 고문과는 다른 글쓰기입니다. 고문은 유교, 특히 주자학의 가치 의식과 예교禮敎를 벗어나지 않으며 주어진 질서와 규범을 충실히 따르는 데 반해 소품이나 패사소품은 꼭 그렇지는 않으며 질서나 규범의 이탈을 보여 주기도 합니다. 심지어 기성 체제에 대한 비판적 지향을 드러내기도 하며, 기존의 사대부적 윤리 의식이나 예교에서 벗어나는 면모를 보여 주기도 합니다. 정조는 즉위하면서부터 주자학의 회복을 꾀했습니다. 그래서 순정한 고문을 강조하면서 그와 대척점에 있는 소품을 금지한 것이죠.

정조 때 이덕무, 박제가 등이 검서관으로 있으면서 문체와 관련해 정조의 견책을 받았다는 사실이나, 박지원이 안의 현감으로 있을 때『열하일기』의 문체로 인해 정조의 견책을 받았다는 사실은 이전 강의(제24강, 제25강)에서 언급한 바 있습니다. 하지만 이들은 비록 견책은 받았어도 이 때문에 벼슬에서 쫓겨나거나 벼슬살이에 지장을 받거나 하지는 않았습니다. 하지만 오늘 공부할 이옥李鈺은 문체반정으로 회복하기 어려운 큰 타격을 받았습니다. 그는 신세 고단한 서얼이었습니다. 그 때문에 더 만만하게 보여 희생양이 됐을 수 있습니다. 문체반정의 최대 피해자는 이옥이라고 말할 수 있습니다.

이옥은 소품으로 문학 공부를 시작한 작가입니다. 그러니 정조의 눈총을 받은 것도 당연한 일이라 할 것입니다. 김려金鑢는 이옥과 절친한 벗입니다. 김려 역시 이옥처럼 패사소품에 심취한 문인이었습니다. '소품'은 산문에 한해서 쓸 수 있는 말입니다. 그렇기는 하지만 '소품적 취향'은 꼭 산문만이 아니라 시에서도 발견됩니다. 이런 성격의 시를 소품체小品體 한시라고 부를 수 있을 것입니다. 김려와 이옥은 소품체 한시를 구사한 시인으로 주목됩니다.

오늘 강의에서는 김려와 이옥, 이 두 사람의 문학을 들여다보면서 소품적 글쓰기에서 근대가 어떻게 선취先取되는지를 살피고자 합니다. '선취'는 '앞서 취한다'라는 뜻입니다. '근대의 선취'란 근대가 시작되기 전에 먼저 근대를 드러내는 것을 이릅니다. 문학은 종종 다가올 시대를 선취하곤 합니다. 김려와 이옥의 문학에서 그 점이 잘 확인됩니다.

## 김려의 생애

김려(1766~1821)는 서울에서 출생했으며, 호는 담정灄庭입니다. 부친인 김재칠金載七은 용담 현감과 장수 현감을 지냈습니다. 김려의 7대조는 인목대비의 생부인 김제남金悌男입니다. 이 점에서 알 수 있듯 김려의 집안은 원래 혁혁했으나 차츰 가세가 기울어 김려 당대에는 꼭 벌열층은 아니었습니다. 김려 집안은 노론 시파時派에 속했습니다. 18세기 후반이 되면 노론이 시파와 벽파僻派로 나뉘어 심하게 대립합니다.

김려는 정조 4년(1780) 열다섯 살 때 성균관에 입학합니다. 성균관에서 공부할 때 같은 성균관 학생이던 이옥과 사귑니다. 정조 16년(1792) 스물일곱 살 때 진사시에 합격합니다. 이해에 김조순金祖淳(1765~1832)과 공동으로 『우초속지』虞初續志라는 패사소품서를 저술합니다. 이 책에는 김려와 김조순이 쓴 패사소품적 전傳 50여 편이 실려 있었다고 하는데 현재 전하지 않으며, 거기 실렸던 김려

의 글 일부만이 김려의 문집『담정유고』潭庭遺藁에 '단량패사'丹良稗
史라는 이름으로 수습되어 있습니다. 김조순은 영의정을 지낸 김창
집金昌集의 4대손으로, 19세기 초에 순조의 장인이 되죠. 김조순은
문학적 역량이 뛰어나 정조 당시 초계문신抄啟文臣으로 발탁되어
규장각의 일을 많이 했습니다. 김조순 역시 젊은 시절 소품을 좋아
해 한 살 아래인 김려와 아주 친하게 지냈습니다.

　　김려는 서른두 살 때인 정조 21년(1797) 11월에 강이천姜彝天의
비어옥사飛語獄事에 연루되어 함경도 부령富寧으로 유배를 갑니다.
강이천의 비어옥사에 대해서는 조금 있다 말하기로 하겠습니다.
김려는 유배 중이던 1799년 서른네 살 때 아버지를 여읩니다. 2년
후인 1801년 4월에는 신유옥사가 일어나 다시 서울로 압송되어 국
문을 받은 후 진해로 유배됩니다. 이때 동생인 김선金鑴(1772~1833)
은 평안도 초산부楚山府로 유배됩니다. 김려는 진해에 와서『사유
악부』思牖樂府와『우해이어보』牛海異魚譜,「방주를 위한 시」(古詩爲張遠
卿妻沈氏作)를 지었습니다. '우해이어보'에서 '우해'는 '진해'를 말하
고, '이어보'는 '특이한 물고기들에 대해 기록한 책'이라는 뜻입니
다. 1801년 흑산도에 유배된 정약전丁若銓이 쓴『현산어보』玆山魚譜
와 유사한 책입니다.『현산어보』의 '현'을 '자'로 읽는 사람도 있습
니다만 '현'으로 읽는 게 맞습니다. 한자 '玆'에는 두 가지 뜻이 있으
니 하나는 '이'〔此〕이고, 다른 하나는 '검다'입니다. 뜻이 '이'일 때는
독음이 '자'이고, '검다'일 때는 독음이 '현'이며, '玄'과 통합니다.『규
장전운』奎章全韻이 편찬되고 나서 제작된『전운옥편』全韻玉篇에 이리
되어 있습니다. 정약전은 흑산도에 유배온 뒤 섬의 이름을 취해 '현
산'이라 자호했습니다. '흑산'이라는 말의 어감이 좋지 않다고 보아
이를 피해 '현산'이라 한 것이죠. 일반적으로 '흑' 자는 호에 사용하

지 않지만 '현' 자는 종종 사용합니다. 일례로 신흠은 '현옹'玄翁이라 자호했고, 박세채朴世采는 '현석'玄石이라 자호했죠.『우해이어보』가 저술된 것은『현산어보』보다 11년쯤 앞섭니다. 이 책은 진해에 서 식하는 72종의 어패류에 대한 자세한 기록이죠.

　김려는 마흔한 살 때인 순조 6년(1806) 8월에 유배에서 풀려납 니다. 9년간 귀양살이를 했습니다. 유배에서 풀려난 데에는 친구 김조순의 도움이 있었습니다. 김조순은 당시 순조의 장인이었습니 다. 유배에서 풀려난 후 김려는 부친의 묘가 있는 공주에서 3년간 복服을 입었습니다. 마흔여섯 살 때인 1811년 서울 삼청동으로 이 거移居했으며, 마흔일곱 살에서 쉰두 살 때까지 5년 동안 이런저런 말단 내직內職을 지냈습니다. 1817년 10월에 연산 현감에 제수되어 처음 지방관으로 나가게 됩니다. 연산은 지금의 논산에 해당하는 데요, 김려는 이곳에서 1819년 3월까지 재직합니다. 임기가 남았 지만 신병身病을 이유로 사직했습니다. 그후 1820년 12월 함양 군 수에 제수되어 그다음 해 임지에서 사망했습니다.

　김려의 생애에서 특히 세 국면이 문제가 됩니다. 성균관 시절, 강이천 비어 사건, 유배기가 그것입니다. 이제 김려의 생애에 대한 지금까지의 개략적 이해를 바탕으로 이 세 국면을 좀 자세히 들여 다보기로 합니다.

── 성균관 시절의 김려: 옥대체 시와 소품에의 경도

김려는 열다섯 살 때 성균관에 입학해 서른두 살 유배 가기 전까 지 성균관에 출입했습니다. 1780년에서부터 1797년까지 17년간입 니다. 이 시기에 교유한 인물들이 이안중李安中(1752~1797), 이우신李 友信(1762~1822), 이노원李魯元(1756~1811), 김조순, 이옥, 권상신權常愼

(1759~1824), 김선신金善臣(1775~1855 이후) 등입니다. 대부분 양반 자제들인데, 이옥과 김선신은 서얼이었습니다. 김려는 이옥과 각별히 친했습니다.

　김려는 방금 거론한 벗들의 주요 작품들을 말년에『담정총서』潭庭叢書라는 책으로 엮었습니다. 여러 권으로 된 방대한 책이죠. 여기 실려 있는 글들은 패사소품과 옥대체玉臺體 시가 많습니다. 김려의 친구 중 이안중, 이우신, 이옥, 이노원 등은 옥대체라고 불리는 여성적 정조가 현저한 시를 애호했습니다. 중국 남조南朝 진陳나라의 서릉徐陵이라는 사람이 편찬한『옥대신영』玉臺新詠이라는 책이 있는데, 이 책에 여성적 정조가 현저한 시들이 많이 실려 있죠. 그래서 이 책 이름을 따서 여성적 정조가 현저한 시를 '옥대체' 혹은 '향렴옥대체'香奩玉臺體라고 합니다. '향렴'은 부녀자의 화장 도구를 넣어 두는 상자를 말합니다. '향렴옥대체'를 줄여서 '향렴체'라고도 하죠. 도학자라든가 점잖은 선비는 이런 옥대체 시를 좀처럼 짓지 않았습니다. 경박하고 부화浮華하다고 여겼기 때문이죠. 이안중 등은 또한 굴원屈原의『이소』離騷처럼 낭만적 성격이 강한 시에 경도되었습니다.

　김려는 이런 친구들과 교유하면서 여성적·낭만적 취향의 문학에 경도되었습니다. 인간의 정감을 중시한 거죠. 김려의 이런 문학 취향은 남성 중심적이고 이성理性 중심적인 당대의 주자학적 이데올로기에서 벗어나게 하는 데 도움이 되었다고 여겨집니다.

　김려와 이옥은 패사소품체 문학을 애호했습니다. 앞에서 말했듯 소품체는 원래 중국의 명말청초에 성행했습니다. 소품체는 크게 두 가지 점이 주목됩니다. 하나는 인간의 개성을 적극적으로 긍정하고 있다는 점입니다. 또 다른 하나는 정욕을 적극적으로 긍정하고 있다는 점입니다. 이로 인해 '감정 해방'이라고 할 만한 문학 현상이 명말청초의 사대부 문학에 나타나게 되죠. 공안파公安派로 일컬어지는 원굉도袁宏道의 문학을 대표적인 예로 들 수 있습니다. 공안파라는 명칭은 원굉도가 중국 호북성湖北省의 공안公安 출신인 데서 생겼습니다. 공안파는 거창한 경세문자經世文字나 나라에 올리는 표表라든가 책策이라든가 상소문 같은 내용이 긴 정론문政論文에 별 의미를 부여하지 않고, 작가 주변의 소소한 일을 짧은 필치로 표현하는 데 큰 관심을 쏟았습니다. 요샛말로 하면 거대 담론에 염증을 느끼고 미시 담론에 흥미를 보인 거죠. 그래서 '대품'大品, 즉 큰 작품은 못 된다고 해서 '소품'이라고 한 것입니다.

그런데 특히 정조 연간에 '소품'이라는 말은 아주 부정적인 의미로 사용되었습니다. 소품체는 꼭 산문만이 아니라 시에도 나타날 수 있는데요, 시에 나타날 경우 여성적 정조에 관심을 갖는다고 한 옥대체와 연결됩니다. 또 섬세하거나 기려綺麗(예쁘고 고움)하거나 첨신尖新(예리하고 새로움)한 시풍을 보여 줍니다. 성리학적 문학론에서 강조되는 온유돈후溫柔敦厚(온화하고 독실함)한 시풍과는 아주 거리가 멀다고 하겠습니다. 중국의 경우 소품문의 성행에는 양명학, 특히 이탁오와 같은 좌파 양명학이 그 사상적 배경이 되고 있습니다. 이탁오가 유교적 예교禮敎의 억압에 반대해 인간의 욕망과 감정의 해방을 적극적으로 긍정했기 때문입니다.

소품문은 이른바 '고문'古文이라고 부르는 글쓰기와 종종 대척점에 놓입니다. 여기서 두 가지를 주목할 필요가 있는데요, 첫 번째는, 소재나 그 문학적 지향이 기존의 고문과 구별된다는 사실입니다. 고문이라는 것은 간단하게 말하면 지배층 내에 공인된 표준 글쓰기입니다. 고문에도 그 내부를 들여다보면 '진한고문'秦漢古文이라는 게 있고 '당송고문'唐宋古文이라는 게 있는데, 진한고문은 상고 시대 진秦나라와 한漢나라 때의 고문을 말하고, 당송고문은 좀 내려와서 당나라와 송나라 때의 고문을 말하죠. 진한고문을 숭상하는 문인을 진한고문파라 하고, 당송고문을 숭상하는 문인을 당송고문파라고 합니다. 진한고문과 당송고문은 차이가 있지만 이런 차이와 상관없이 고문은 지배층의 이데올로기, 지배층의 법도를 벗어나지 않습니다. 그래서 그 소재나 문학적 지향이 대체로 보수적 성격을 띱니다. 이와 달리 소품문은 고문에서 잘 취급하지 않던 생활 주변의 소소한 일들에 관심을 쏟음으로써 소재를 대폭 확장합니다. 또한 예교나 지배 이념에 크게 구애받지 않음으로써 문학적 지향에서 고문과 차이를 보입니다.

두 번째는, 표현 방식, 즉 수사법이 고문과 차이가 난다는 사실입니다. 고문은 균형 감각을 아주 중시하는데, 소품은 그런 건 별로 중시하지 않습니다. 그래서 과도하다 싶을 정도로 나열법과 반복법을 많이 구사한다든가, 마치 '대화를 위한 대화'처럼 보일 정도로 대화를 많이 구사하는 등 작가의 흥취와 상상력을 도저하게 밀어붙입니다. 이 때문에 소품문은 종종 기상奇想(기이한 상상력)이나 이사異思(특이한 생각 혹은 감수성)를 담고 있다는 평을 받습니다.

방금 지적한 이 두 가지 특징으로 인해 소품은 순정純正(순수하고 올바름)하지 못하다는 비판을 받았습니다. 이와 달리 고문은 순정한 문장의 대명사처럼 인식되었습니다.

성균관 시절 김려는 김조순과 친하게 지내 서로 평생의 지기가 되었습니다. 김조순은 명문가 안동 김씨 집안의 자제였음에도 소품문을 혹애酷愛했습니다. 이처럼 18세기 후반에 오면 집안이 좋은가 안 좋은가를 막론하고 젊은 세대의 문인들은 대개 소품문의 영향을 받았습니다. 그러니 당시 소품문은 젊은이들에게 하나의 유행이었다고 할 수 있습니다. 정약용은 문체반정 때 정조에게 적극적으로 호응해 소품을 배격합니다만, 정약용의 글에도 잘 찾아보면 소품의 영향이 전혀 없지는 않습니다. 정약용도 진계유를 읽고 있거든요. 진계유는 명말 소품의 대가에 해당하는 사람인데, 진계유의 영향이 정약용의 글에도 조금 나타납니다. 물론 정약용은 소품을 추구한 문인은 아니지만 좀 들춰 보면 소품의 영향이 전연 없는 것은 아니라는 말이죠. 이럴 정도로 그 당시 소품문의 영향이 컸습니다. 우리는 18세기 후반의 문학 풍조가 이러했다는 사실을 알 필요가 있습니다.

종종 오해되고 있는 듯합니다만, 소품적 글쓰기 자체가 근대적 지향을 갖는 것은 아닙니다. 소품적 글쓰기는 감수성과 상상력을 새롭게 확장한 면이 있고 이 점에서 당대의 보수적인 인물들에게 부정적으로 받아들여졌습니다. 그러나 소품적 글쓰기 자체를 체제에 대한 저항이라든가 지배 이념에 대한 저항으로 보기는 어렵습니다. 이 점에 오해가 없도록 유의해야 합니다. 그렇기는 하지만 소품적 글쓰기 중 일부는 명백히 근대적 지향을 갖습니다. 특히 김려와 이옥의 글쓰기 가운데 어떤 것은 시대의 경계를 넘어 근대적 지향을 보여 줍니다. 이는 한국고전문학사에서 대단히 중요한 현상으로 판단됩니다. 그러니 집중해서 잘 살필 필요가 있습니다.

## —— 강이천 비어 사건

강이천(1768~1801) 비어飛語 사건은 김려의 일생에서 대단히 중요합니다. '비어'는 유언비어를 말합니다. '강이천 비어 사건'은 '강이천이 퍼뜨린 유언비어 사건'을 말합니다. 우리는 지난 강의(제29강)에서 강이천이 남대문 밖에서 탈놀이를 구경하고 난 뒤 쓴「남성관희자」南城觀戲子라는 시에 대해 살펴본 바 있습니다. 강이천은 정조로부터 융숭한 대접을 받았던 표암豹菴 강세황姜世晃(1713~1791)의 손자인데요, 강세황은 글씨도 잘 썼고 그림도 잘 그렸습니다. 이 집안의 당색은 소북입니다. 이옥도 당색이 소북이죠. 강이천은 1801년 신유옥사 때 처형되었습니다. 호는 중암重菴이고, 문집인『중암고』重菴稿가 현재 전합니다.『중암고』에는 참신한 글들이 더러 보입니다. 이를 통해 강이천이 사고가 참신하고 문학적 역량이 있는 문인이었음을 알 수 있습니다.

강이천은 열아홉 살 때인 정조 10년(1786) 진사가 됩니다. 그리고 11년 후인 정조 21년(1797) 11월에 강이천 비어 사건이 터집니다. 그리하여 강이천은 김건순 및 김건순의 친척인 김이백金履白, 김려 등과 어울려 천주교에 대해 이야기를 했고 또 서해의 어떤 섬에 진인眞人이 있다는 등의 유언비어를 퍼뜨렸다는 죄목으로 형조刑曹에서 심문을 받은 후 제주도로 유배됩니다. 보통 불온한 죄인은 의금부에서 심문하는데, 이상하게도 이 사건은 형조에서 맡았습니다. 아마 정조가 이 사건을 크게 확대하고 싶지 않아서 그리 한 게 아닌가 싶습니다. 이때 김이백은 흑산도로 유배를 갔고, 김려는 애초 함경도 경원으로 유배지가 정해졌지만, 경원에 도착하기 전에 왕명으로 유배지가 부령으로 바뀌었습니다. 하지만 김건순은 정조가 보호해서 처벌받지 않았습니다. 김건순은 안동 김씨 출신으로, 춘추 의리春秋義理와 관련해서 조선에서 떠받든 김상헌의 봉사손奉祀孫이었습니다. 대단한 집안의 종손이죠. 그래서 김건순이 당시 주문모周文謨와 접촉해 천주교를 믿는 등 이 사건의 주동 인물이었음에도 죄를 묻지 않고 방면한 것입니다. 이것이 나중에 두고두고 문제가 됩니다.

　방금 말했듯 강이천은 서해의 어떤 섬에 진인이 있다는 유언비어를 퍼뜨렸다는 혐의를 받았습니다. 이것은 『정감록』鄭鑑錄과 관련이 있습니다. 이처럼 강이천 비어 사건은 천주교와 『정감록』이 결부된 묘한 사건입니다. 그런데 이렇게 경미하게 처벌이 되었기 때문에 정조가 승하하기 전까지 벽파 쪽에서는 끊임없이 이들을 다시 서울로 잡아 와 재심문해서 진상을 제대로 밝혀야 한다고 요구합니다. 정조는 이런 요구를 묵살했습니다. 정조는 이 사건을 크게 확대시키지 않고 적당히 덮으려고 했습니다. 정조는 천주교 문제가 심각하다는 것을 알면서도 그것이 정치적으로 확대되는 것을 경계한 거죠. 남인들 다수가 천주교에 연루되어 있어서 노론과의 정치적 균형을 유지하면서 통치를 하기 위해서는 남인을 건사해야 했기 때문입니다. 그래서 정조는 천주교를 탄압하는 방식으로 누르려고 하지 않고 주자학을 강조함으로써 천주교를 약화시키려고 했습니다.

　하지만 1800년 정조가 승하하자 벽파가 권력을 잡고 신유옥사를 일으킵니다. 이에 이들은 모두 다시 붙잡혀 와서 이번에는 형조가 아니라 의금부에서 국문을 받습니다. 이때 주문모와의 접촉이 밝혀져 김건순은 참수형을 당하며, 강이천과 김이백도 처형됩니다. 김건순은 촉망받던 노론 자제였으며, 머리도 아주 좋았습니다. 박지원도 후배뻘 되는 이 사람을 만나 보고는 "그의 그릇을 보건대 이러한 보배를 간직하기에는 부족하다"(『과정록』 권4)라고 했습니다. 박지원은 「우상전」에서 이언진이 재주는 있는데 그릇이 아니라는 비슷한 취지의 말을 한 바 있습니다. 보수적인 발언이라고 할 수 있죠. 하지만 박지원이 '보배' 운운한 것을 보면 김건순의 학식과 재주가 비상했음을 알 수 있습니다. 노론의 이 똑똑한 인물이 천주교를 믿은 것은 이례적인 일입니다. 김건순은 신유옥사 때 처형된 남인 출신 정약종과 함께 사대부 가운데 쌍벽을 이루는 천주교 지도자이자 이론가였습니다. 천주교에 관한 교리서도 썼죠.

이 사건에 이옥은 연루되지 않았습니다. 하지만 이옥과 강이천은 당색이 소북으로 같았기에 서로 교유가 있었습니다. 한편, 김려의 동생 김선도 붙잡혀 와 국문을 당하고 유배형에 처해집니다. 김려는 이때 남쪽 진해로 유배 갑니다.

여기서 1797년 이 사건이 논의 중일 때 정조가 했던 말을 좀 살펴보기로 하겠습니다. 다음은 『승정원일기』 1797년 11월 11일 기사에 보이는 정조의 말입니다.

> 저 이른바 김려 형제는 또한 본디 소품을 하는 사람들로 일컬어진다.

정조의 말에서 '소품'은 이처럼 굉장히 부정적인 의미를 띱니다. 이런 글쓰기를 하니까 사악한 천주교를 믿고 다닌다는 뉘앙스가 느껴집니다. 이날 기사에는 이런 말도 보입니다.

> 강가姜哥의 문체를 보면 초쇄부경噍殺浮輕하니 전적으로 소품이다.

'강가'는 강이천을 가리킵니다. '초쇄'는 느긋하지 못하고 촉급한 것을 이르고, '부경'은 부화경박浮華輕薄함을 이릅니다. '초쇄'나 '부화경박'은 소품을 비난할 때 늘 하는 말입니다. 정조의 이 말을 통해 강이천도 김려와 마찬가지로 소품에 경도되었던 것을 알 수 있습니다.

이튿날인 11월 12일 기사에서 정조는 "김려의 사람됨은 어떤가"라고 묻습니다. 그러자 한성 판윤 이병정李秉鼎(1742~1804)이 이렇게 대답합니다.

> 인물이 요사妖邪하고 문체는 기벽奇僻합니다. 종전에 제가 누차 고치라고 타일렀지만 끝내 고치지 않았습니다.

'기벽'은 기이하고 편벽되다는 뜻입니다. 남들이 잘 안 쓰는 이상한 문체를 쓴다는 거죠. "종전에 제가 누차" 운운한 말은, 이병정이 1789년 성균관의 으뜸 벼슬인 대사성에 제수된 바 있는데 그때 성균관 학생인 김려의 문체가 이상한 것을 보고 문체를 고치라고 누차 타일렀던 일을 가리킵니다. 이병정은 공교롭게도 김려가 부령에 유배 갔을 때 함경도 관찰사로 와서 김려를 감독하고 압박합니다. 두 사람 사이에는 질긴 악연이 있습니다.

── 유배기의 김려

김려는 북방의 함경도 부령에서 3년 5개월, 남쪽의 진해에서 5년 4개월, 도합 9년 가까이 유배 생활을 했습니다. 이전 강의(제27강)에서 말했듯 정약용은 유배지에서 학문에 몰두하는 한편 농민의 참상을 고발하는 애민시를 여러 수 지었습니다. 이학규는 유배지에서 자신의 생을 지탱하기 위해 자기 눈앞의 대상을 시로 읊조렸습니다. 이와 달리 김려는 부령의 한 기생과 깊은 사랑을 나누고 그곳 토착민들과 격의 없이 사귀면서 우정을 나눴습니다. 그 행태가 정약용, 이학규와는 사뭇 다릅니다.

　이런 차이는 유배지의 조건이 달랐던 데서 초래된 면이 없지 않은 것으로 보입니다. 김려가 유배 간 북방의 부령은 옛날 말갈족이 살던 곳으로, 남방과는 사람도 다르고 풍토도 달랐습니다. 김려는 거친 자연 속에서 씩씩하고 순박하게 살아가는 그곳 사람들에게서 깊은 인간미를 발견했던 듯합니다. 그렇기는 하지만 유배객 김려의 면모가 정약용·이학규와 달랐던 것은 그 인간 기질, 그 개성의 차이에 기인하는 바도 있지 않나 합니다. 김려는 정약용처럼 단정하고 근엄한 학자형의 인간이 아니었으며, 이학규처럼 가난과 고통에 찌들어 그 마음속에 깊은 근심이 돌무더기처럼 가득한 인간형도 아니었습니다. 김려는 자유분방하고 직정적直情的이며 다정다감한 기질의 인간이었습니다. 이 때문에 부령의 기생이나 이민吏民이나 병사兵士에게 인기가 좋았으며, 그들의 도움을 받으면서 그들과 가까이 지낼 수 있었죠. 이런 점 때문에 김려의 유배 생활은 좀 특이한 양상을 보여 줍니다.

　함경도 부령은 아주 거친 땅입니다. 이곳 사람들은 호랑이나 곰 같은 동물을 상대하며 살아가야 했습니다. 서울에서 나고 자란 김려는 이런 풍토를 처음 접했을 것입니다. 중요한 것은 김려가 이곳에서 처음으로 북방의 거친 자연과 만나고 지배층의 수탈과 싸우는 민중의 삶을 목도한다는 점입니다. 또한 기생이나 이민吏民과 같은 하층민에게도 고귀한 덕성과 훌륭한 인간성이 있다는 사실을 깨닫게 된다는 점입니다. 말하자면 김려는 부령에 와서 삶의 다른 접촉면을 가지게 된 것입니다. 그 결과 척박한 삶의 조건 속에서도 의연하고 진실하게 살아가는 북방 민중에게 깊은 애정을 느낍니다.

　김려의 인식과 문학은 유배 이후 확 바뀝니다. 북방의 유배지에서 김려는 특히 다음 둘에 대해 새로운 눈을 갖게 됩니다. 하나는 '여성'이고, 다른 하나는 '민중'입니다. 아이러니하지만 가혹한 유배가 김려에게 준 선물이라고 하지 않을 수 없습니다. 그런데 여기서 '여성'이란 다른 작가의 경우와는 달리 '인격을 가진 독립된 주체로서의 여성'입니다. 이게 중요합니다. 종속적인 존재로서의 여성, 수동적인 존재로서의 여성이 아니고 남성과 똑같이 인격을 가진 독립된 주체로서의 여성이었습니다. 즉 김려에게 여성은 평등한 관계 속의 주체였으며, 친교의 대상이었습니다. 적어도 북방에 있을 때 김려는 그랬습니다.


### 『사유악부』

김려의 대표작으로는 『사유악부』와 「방주를 위한 시」 둘을 꼽을 수 있습니다. 먼저 『사유악부』부터 보기로 하겠습니다. 김려는 신유옥사 때 서울로 압송되어 와 국문을 받은 뒤 다시 진해로 유배되었습니다. 북쪽에서 남쪽으로 유배지가 바뀐 거죠. 『사유악부』는 진해로 유배 온 해인 1801년 12월에 창작되었습니다. 『사유악부』는 김려의 문집인 『담정유고』藫庭遺藁에 수록된 본本은 총 290수이고, 김려가 편찬한 책인 『담정총서』에 수록된 본은 총 300수입니다. 본 강의는 『담정총서』에 의거하기로 합니다. 김려는 부령의 사랑하던 여인 연희蓮姬와 부령에서 친교를 맺었던 사람들을 그리워하면서 격정激情 속에서 300수를 단숨에 쓴 것 같습니다.

이 작품은 악부시의 전통을 계승하고 있습니다. 제목에도 '악부'라는 말이 들어 있지 않습니까? 제목 중의 '사유'思牖라는 말은 '생각의 창'이라는 뜻입니다. 김려는 진해에 오자 머무는 집의 오른쪽 창호에 '사유'라고 쓴 편액을 걸었습니다.『사유악부』서문에 의하면 "남쪽으로 옮겨 와 하루도 북쪽을 그리워하지 않은 날이 없어" 그리했다고 합니다. 이로 보면 '생각의 창'은 곧 '그리움의 창'임을 알 수 있습니다. 닫힌 방에서 창을 바라보며 북쪽을 그리워한 것이죠.

『사유악부』에서는 세 가지가 주목됩니다. 하나는 부패한 권력에 대한 비판입니다.『사유악부』의 도처에 부패한 권력에 대한 비판과 고발이 보입니다. 관리의 가렴주구를 고발하고 백성들을 옹호하는 애민시는 다른 문인들도 종종 썼습니다. 하지만 김려처럼 폭발적인 분노와 증오를 표현하고 있는 경우는 달리 찾기 어렵습니다. 김려는 부패한 권력에 대한 증오를 놀라울 정도로 강렬하게 표현하고 있습니다. 이는 한시의 일반적인 규례規例를 벗어나는 것입니다. 가령 제224수에서 "죽일 놈"(可殺), "개 같은 김가 놈"(金狗), "살쾡이 같은 이가 놈"(李猫) 등의 격렬한 표현을 사용하는가 하면, 제74수에서는 관찰사로 온 이병정을 중국 한漢나라의 가혹한 관리 상홍양桑弘羊에 빗대면서 "홍양을 쪄 죽이지 않으면 하늘이 비를 내리지 않으리라"(弘羊不烹天不雨)와 같은 극단적 표현을 서슴지 않고 있습니다. 온유돈후와 거리가 멀어도 한참 멀다 하겠습니다.

김려는 유배지에서 권력자의 탐학貪虐과 백성에 대한 수탈을 직접 보고 듣는 한편 민중과의 사귐을 통해 그들과의 일체감을 형성했기에 민중적 입장을 자신의 입장으로 전이轉移시킬 수 있었던 것으로 여겨집니다. 김려는 함경도 관찰사 이병정과 부령 도호부사 유상량柳相亮이 자신을 탄압한 일과 백성을 수탈한 일을 낱낱이 고발하고 있을 뿐만 아니라 하급 관리, 포졸, 토호 등의 부정과 부패를 남김없이 드러내 보이고 있습니다.

다른 하나는 민중적 인물에 대한 애정입니다. 『사유악부』에는 숱한 민중적 인물의 형상화와 그런 인물에 대한 김려의 애정이 보입니다. 김려는 유배지 주민들의 도움에 힘입어 유배 생활의 고통을 극복해 나갈 수 있었습니다. 그는 한미한 양반이나 아전, 하급 무관과 사귀었을 뿐 아니라 농사꾼, 상인, 수공업자, 술집 주인, 청년, 어린이와도 접촉하거나 교유했습니다. 이들은 모두 변방의 토착민들로서 민중적 성향을 갖는 자들이 많았습니다. 김려는 이들에게서 따뜻하고 소박한 인간미와 훌륭한 덕성을 발견해 그들을 진심으로 좋아하게 되었습니다. 그래서 제208수에서는, 사람들이 영남 지방을 추노지향鄒魯之鄕(성현의 고을)이라고 칭찬하고 함경도를 말갈의 땅이라고 폄하하지만 자기가 보기에는 함경도가 영남보다 낫다고 했습니다. 그리하여 호랑이를 쏘아 죽인 최 포수(제26수), 여자의 몸으로 호랑이와 맞선 윤씨 열녀(제150수), 맨손으로 호랑이를 잡은 홍생(제164수) 등 용맹과 기개가 높은 북방 백성들의 모습을 그리고 있으며, 병법에 뛰어난 지덕해(제54수), 백발백중의 활솜씨에다가 말타기도 뛰어났던 황대석(제57수), 칠순 나이에도 4척이나 되는 활과 돌화살촉이 박힌 화살을 들고 날 듯이 말달리는 이제할李提轄(제126수: '제할'은 평안도와 함경도에 둔 토관土官)과 같은 인물 등 씩씩한 변방의 남아들을 노래하고 있습니다.

이 중 최 포수를 읊은 제26수는 다음과 같습니다.

무얼 생각하나?
저 북쪽 바닷가.
작은 키의 최 포수 날래고 용감해
눈빛은 번쩍, 몸은 원숭이보다 날쌔지.

어려서부터 총쏘기 배워 그 기술 뛰어난데

남산 속 오가며 곰 사냥을 한다네.

곰이 화를 내어 팔뚝을 물었지만

총부리를 그 입에 대고 쏘아 죽였네.

지난 가을 계곡에서 맹호를 만났는데

최 포수 총 한 방에 그 배 속을 꿰뚫었지.

아아, 최 포수는 참으로 신포神砲라네

수풀 사이 노루 사슴이야 쏘려고도 하지 않네.

問汝何所思, 所思北海湄.

短小精悍崔知殼, 眼彩酋酋輕於犹.

早年學砲砲法工, 往來捕熊南山中.

熊怒而揸嚼其臂, 擧砲築口仍殺熊.

前秋溪上白領虎, 知殼一砲貫虎肚.

嗟乎知殼眞神砲, 肯射林間影與麖.

(박혜숙 역, 『사유악부 국역 및 해제』의 번역. 이하 『사유악부』의 번역은

모두 이 책의 것)


『사유악부』의 모든 시들은 여기서 보듯 "무얼 생각하나/저 북
쪽 바닷가"(問汝何所思, 所思北海湄)라는 시구로 시작합니다. 부령이
바다 근처였기에 이렇게 읊었습니다. 이 시를 통해 거친 환경 속에
서도 굳세면서도 넉넉한 마음씨로 살아가는 북방 민중의 삶의 자
태를 떠올릴 수 있습니다. 김려는 부령에 있을 때 최포수의 전傳을
짓기도 했는데 지금 전하지 않습니다.

나머지 하나는 여성에 대한 인식입니다. 『사유악부』에는 숱한
여성이 등장하는데요, 그중에서 가장 뚜렷하고 빼어나게 형상화된

인물은 연희입니다. 김려로 인해서 우리 문학사는 연희라는 여성을 기억할 수 있게 되었습니다.

연희는 부령의 기생으로 김려의 연인이었습니다. 『사유악부』 전편全篇에서 연희에 대한 회상은 거듭거듭 되풀이되고 있습니다. 김려가 도호부사나 아전들로부터 감시와 심한 모멸을 받을 때 연희는 김려의 집을 왕래하며 그의 말벗이 되어 주고 그에게 충고를 하는 등 물심양면으로 많은 도움을 주었습니다. 연희는 문장과 그림 등 문예적 재능이 빼어나고 세상에 대한 자기 나름의 뚜렷한 안목을 지닌 여인으로 그려져 있습니다. 김려는 제2수에서 연희의 모습이 선녀와 같다고 했고, 제12수에서 장백산 정기精氣가 길러 낸 연희 같은 사람이 어째서 변방에 묻혀 있는지 묻고 있습니다.

연희를 그리워하는 마음을 읊은 시를 한 수 보겠습니다. 제 299수입니다.

무얼 생각하나?
저 북쪽 바닷가.
연못에 붉은 연꽃 천만 송이 피었는데
연희가 그리워 보고 또 본다네.
마음도 같고 생각도 같고 사랑 또한 같아서
한 줄기에 난 두 송이 연꽃 부럽지 않았거늘
사랑하던 사람이 원망스런 사람 되고
좋은 인연이 나쁜 인연 되었구나.
하늘 끝 땅 끝에 산과 강 막혀 있어
허공중에 그리운 노래 죽도록 불러 보네.
전생에 무슨 죄 지어 이런 고통 겪는 건지

연희야 연희야 어쩌면 좋으냐.

問汝何所思, 所思北海湄.

隄裏蓮花紅萬礴, 蓮姬之故亦愛爾.

同情同意又同憐, 豈羡人間幷蔕蓮?

百年歡家變冤家, 好因緣成惡因緣.

地角天涯隔山河, 畢身空唱離恨歌.

前生罪過他生戹, 蓮兮蓮兮奈若何!


    그리운 마음, 그 진정眞情의 분출을 볼 수 있습니다. 김려는 제
160수에서 연희를 자신의 둘도 없는 벗 김조순 못지않은 '지기'라
고 말하기도 했습니다. 김려는 감정이 풍부한 시인이지만 연희에
대한 자신의 감정은 그것이 기쁨이든 슬픔이든 거리낌 없이 토로
하고 있습니다. 이는 이른바 '온유돈후'의 미학과는 거리가 멉니다.
여성에 대한 진정한 애정은 여성을 단지 남성의 성적 대상이나 남
성의 타자로서가 아니라 독립된 자유로운 인격으로 인정할 때만
가능한 것입니다. 남성에 대한 여성의 진정한 애정도 마찬가지입
니다. 독립된 자유로운 인격으로 인정할 때만 진정한 사랑이 성립
될 수 있죠. 연희에 대한 김려의 사랑에서 바로 이런 면모가 발견됩
니다. 이 점에서 『사유악부』 중의 연희에 대한 사랑의 노래는 한국
고전문학사에서 여태 보지 못한 광경이라고 할 수 있고, 그 정신의
높이에서 본다면 한국의 전근대 연시戀詩 가운데 최고 봉우리에 해
당하는 것으로 평가할 수 있지 않을까 합니다. 그 사랑이 기존의 남
존여비의 패러다임이 아니라 여성을 하나의 대등한 독립적 인격으
로 승인하는 다른 패러다임 속에서 이루어지고 있기 때문입니다.
    김려는 연희의 출중한 면모와 그 훌륭한 언행을 세상과 후세

에 알리고자 『연희언행록』蓮姬言行錄을 저술하기까지 했습니다. 놀라운 일이라 하지 않을 수 없습니다. 원래 언행록은 뛰어난 학자나 덕이 높은 위대한 인간을 대상으로 한 글쓰기 형식입니다. 대개 남성이 그 대상이죠. 간혹 여성을 대상으로 한 게 없지는 않지만 그 경우 사대부 집안의 부녀이기 마련입니다. 그러므로 미천한 신분의 기생을 언행록의 대상으로 삼은 것은 대단히 놀라운 발상의 전환이라고 할 만합니다. 이런 일은 종전의 문학사에서는 없었습니다. 이는 김려가 젠더적·신분적 차이를 뛰어넘어 연희라는 여성을 하나의 인격체로서 평등하게 볼 수 있었기에 가능했다고 생각됩니다. 존중과 존경의 염念으로 이 여성을 대한 거죠. 나중에 살펴보겠지만 이옥의 『이언』俚言과는 좀 차이가 있습니다. 이옥은 문학에서 여성의 감정을 대단히 중시했고 이 점에서 진취적 면모가 인정되기는 하지만 그럼에도 불구하고 여성을 하나의 주체, 하나의 독립된 인격체로 그리고 있지는 못하며 다분히 타자화된 수동적 존재로 그려 놓고 있습니다. 이 때문에 풍속적 관점에 입각한 세태 묘사를 크게 벗어나지 못했습니다. 이와 달리 김려의 애정시에서는 여성을 독립된 주체로 간주함으로써 여성에 대한 평등한 관점을 보여 주고 있습니다.

연희에 대한 김려의 사랑은 그로 하여금 전근대 시기 하층 여성의 비참한 운명을 깊이 이해하고 동정하는 데로 나아가게 하고 있습니다. 그는 제295수에서 연희의 친구인 영산옥寧山玉의 쓰라린 운명을 다음과 같이 읊고 있습니다.

무얼 생각하나?
저 북쪽 바닷가.

영산옥은 평생 한이 뼈에 사무쳐

매일 밤 울음 삼키며 눈물 흘리네.

"어찌하여 하늘은 기박한 이 몸 낼 제

총명한 남자 만들지 않고 여자 되게 하였나?

노류장화路柳墻花 이내 팔자 모질기도 모질어라

씀바귀 쓰다 하나 내 신세 비하면 오히려 다네.

절통하다 저 인간 유가柳家네 자식

삼생三生의 원수가 너 아니고 누구리?"

적막한 규방 깊은 곳에서

꽃다운 세월 수심 속에 늙어 가네.

問汝何所思, 所思北海湄.

玉嫂平生恨徹骨, 每夜呑聲淚不歇.

如何天賦薄命人, 不作聰明男子身?

墻花路柳八字惡, 誰謂茶苦甘如薺?

切痛人間柳氏子, 三生寃讐寧非爾?

寂寞芳閨深掩處, 怨綠愁紅空沒齒.


　　영산옥은 부기府妓인데, 사랑하는 남자를 위해 수절했습니다. 그러자 도호부사 유상량이 그녀를 붙잡아 와 벌하려 했습니다. 영산옥과 유상량은 『춘향전』에 나오는 춘향과 변학도를 떠올리게 합니다. 김려는 영산옥의 전인 「정안전」貞雁傳을 창작해 그녀를 기리고 유상량을 비난했습니다. 아쉽게도 이 작품 역시 전하지 않습니다.

　　방금 인용한 시의 주에서 "영산옥은 자나 깨나 자기가 남자로 태어나지 못한 것을 한스러워했다"라고 했습니다. 여성의 처지에 깊이 공감했음이 느껴집니다. 이 시에서 김려는 영산옥이 봉건적 현실의 벽에 부딪혀 자신이 주체적으로 택한 삶을 좌절당한 채 원망과 탄식 속에서 세월을 보내고 있는 데 대해 무한한 연민을 표하고 있습니다.

김려는 부령에 있을 때 주변 여성들의 뛰어난 능력과 고매한 인격, 빼어난 의기 등을 알아보고 그것을 세상에 알리기 위해서 많은 글을 썼습니다. 이를테면 「심홍소전」沈紅小傳, 「정설염전」鄭雪艶傳, 「우아전」禹娥傳, 「경선전」京仙傳, 「소혜랑소전」蘇蕙娘小傳, 「장애애시」張愛愛詩 같은 게 그러합니다. 이 글들은 모두 미천한 여성이 지닌 높은 덕성과 재능을 기리기 위해서 창작된 것입니다. 애석하게도 이 글들은 지금 하나도 전하지 않습니다.

앞에서 말했듯 김려는 귀양살이를 하기 전에 옥대체 시와 소품에 경도되었습니다. 옥대체 시는 여성의 실제 처지와 삶에 대한 진지한 관심에서 비롯된 것이 아니라 남성 본위의 관점에서 여성의 정조情調를 읊조린 것이라 할 수 있습니다. 이 점에서 뚜렷한 한계가 있습니다. 『사유악부』 중의 여성을 노래한 시들에 옥대체 시의 영향이 전연 없다고 할 수는 없겠지만 그럼에도 크게 보아 그것은 옥대체 한시와는 질적 성격이 상이하다고 할 것입니다. 옥대체 한시가 여성에 대한 전근대적 통념과 인식 속에 있음에 반해, 『사유악부』는 여성에 대한 전근대적 통념과 인식을 벗어나 있기 때문입니다. 이 차이에 주목할 필요가 있습니다.

소품체 산문이나 시는 재기 발랄하거나 개성과 독창성, 자유로운 감정의 유로流露를 보여 주곤 하지만 그렇다고 해서 반드시 다 근대적 지향을 보여 주는 것은 아닙니다. 그러기 위해서는 전근대의 틀을 벗어나는 새로운 사유나 인식이 있어야 할 것입니다. 『사유악부』는 조선 시대 문학의 푯대라고 할 온유돈후라든가 순정함과는 거리가 멉니다. 분방하거나 과격하게 감정을 토로하고 있으며, 절제된 표현을 위한 노력이 보이지 않습니다. 참신하고 새롭다는 평을 듣던 이덕무나 박제가의 시에도 이런 면모는 없습니다. 정조가 말한 대로 초쇄하다면 초쇄하고, 부화경박하다면 부화경박합니다. 이리 본다면 『사유악부』는 소품의 시적 실현이라고 할 만합니다. 말하자면 김려는 소품체 시를 통해 자기 시대의 틀 바깥으로 나옴으로써 근대를 선취하고 있다 할 것입니다. 『사유악부』의 시들 가운데서도 특히 여성을, 그것도 미천한 여성인 기생을 하나의 '주체'로서 승인하고, 독립된 영혼과 인격을 가진, 사대부 남성과 대등한 인간으로 인식한 데서 근대적 지향성이 확인된다 하겠습니다.

### 「방주를 위한 시」

「방주를 위한 시」의 원제목은 '고시위장원경처심씨작'古詩爲張遠卿妻沈氏作입니다. 직역하면 '장원경의 처 심씨를 위해 지은 고시'입니다. '고시'古詩는 근체시近體詩와 달리 형식이 좀 자유롭습니다. 그래서 자신의 생각이나 마음을 형식에 그다지 구애되지 않고 길게 노래하기에 좋습니다. 장원경의 처 심씨의 이름이 방주蚌珠입니다. 그래서 이 시를 '방주를 위한 시'라고 부르기로 하겠습니다. 방주는 백정의 딸로, 장파총張把摠(파총은 종4품 무관 벼슬)의 아들인 장원경에게 시집가는데, 장원경의 외도로 몹시 불행한 삶을 산 것으로 보입니다.

이 작품은 장편 서사시로 기획되었으나 미완입니다. 현재 남아 있는 것은 서두 부분에 불과하죠. 남아 있는 이 서두만으로도 전근대 시기 동아시아에서 가장 긴 서사시에 해당합니다. 만일 완성되었다면 엄청나게 긴, 세계적인 작품이 되지 않았을까 합니다. 중국에서 제일 긴 서사시인 「공작동남비」孔雀東南飛도 7백여 구인데, 이 작품은 남아 있는 것만 해도 「공작동남비」의 약 두 배쯤 됩니다. 분량으로만 봐도 굉장한 작품이죠.

이 시는 중세적 신분관을 타파하고 평등 의식을 보여 줍니다. 이 점에서, 여성에 대한 새로운 인식과 민중적 인물에 대한 애정을 보여 주는 『사유악부』에서 한 걸음 더 나아갔다고 할 만합니다. 그렇기는 하지만 이 작품은 『사유악부』와 밀접한 연관을 맺고 있습니다. 주인공 심방주의 형상에는 연희의 형상이 녹아들어 가 있습니다. 뿐만 아니라 『사유악부』가 도달한 인간 이해와 평등의 감수성을 더욱 심화하거나 분명히 하고 있다는 점에서도 『사유악부』와의 연관성이 발견됩니다.

이 미완의 서사시는 장파총이라는 인물이 백정의 딸인 심방주의 인간 됨됨이에 탄복해 그녀를 며느리로 삼는 내용을 주축으로 하고 있습니다.

백정의 딸을 주인공으로 삼은 것이라든지, 양반 집안과 백정 집안의 혼인을 제재로 한 데서 이 작품이 계급적 틀을 벗어나 평등의 인간관에 바탕하고 있음을 알 수 있습니다. 시인은 섬세하고도 애정 어린 필치로 심방주의 외면과 내면을 묘사하고 있는데요, 심지어 이런 표현이 나타나기도 합니다.

앞태를 보니 관세음이요
뒤태를 보니 석가세존이네.
前瞻觀世音, 後眺釋迦尊.

백정의 딸에 대한 더할 나위 없는 칭찬인데요, 당시 인간 취급
도 받지 못했던 비천한 백정의 딸을 이 세상의 가장 고귀한 언어로
찬미하고 있습니다. 또 이렇게도 노래하고 있습니다.

> 지체의 귀하고 천함으로
> 사람의 현우賢愚(어짊과 어리석음)를 단정하지 말라.
> 연꽃은 진흙탕에서 피어나고
> 용은 개천에서 태어나네.
> 莫以地貴賤, 看取人賢愚.
> 菌䓷發泥淖, 虬螭産溝渠.

　　신분이 아니라 인간 그 자체가 중요함을 말하고 있습니다. 그
러므로 장파총이 백정의 집에 들러 하룻밤을 묵으며 신분 차이 때
문에 같이 자리하기를 한사코 마다하는 백정을 설득해 방 안으로
들어오게 한 뒤 무릎을 맞대고 함께 이야기를 나누는 다음 장면은
참으로 감동적이라고 하겠습니다.

> 주인이 이 말 듣고
> 머리 숙여 절하고 꿇어앉아 말하네.
> "한솥밥이야 먹을 수도 있다지만
> 같은 자리 앉는 건 죽을죄를 짓는 거죠.
> 천지신명이 환히 내려다보는데
> 하늘이 두려워 못 할 일입죠."
> 허허 웃으며 파총이 말하네.
> "공손도 지나치면 예禮가 아니지요.

뜻 맞으면 모두 친구이고

정 깊으면 곧 형제이지요.

어찌 하늘의 뜻이

사람 사이에 계급을 나누는 것이겠소."

주인이 이 말 듣고

마지못해 주춤주춤 섬돌을 올라

무릎 맞대고 정다이 앉으니

신분의 차이가 어찌 있으리.

主人得聞之, 扣頭便拜跪.

同鼎尙自可, 幷坐罪當死.

神目電晃晃, 那不畏天爾.

把攡嘻嘻道, 過恭殊非禮.

義孚皆朋舊, 情深卽兄弟.

誰謂天公意, 以玆限級陛.

主人聞此言, 黽勉遵階右,

欸曲促膝坐, 等秩更何有?


한국고전문학사에서 처음 보는 광경입니다. 비록 문학 텍스트 안에서지만 양반과 백정이 무릎을 맞대고 앉았습니다. 장파총은 "천지가 만물을 생성하는 이치는/고르고 가지런하여 본디 치우침이 없는데/어쩌다 우리 인간 세상은/아비지옥처럼 되어 버렸나"(絪縕化醇理, 均齊元不黲. 爭奈缺陷界, 較似阿鼻獄)라고 하면서 계급에 따라 사람을 차별하고 억압하는 이 세상을 아비규환의 지옥으로 간주합니다. 김려는 장파총의 입을 통해 만민 평등 의식을 드러내 보이고 있다고 할 것입니다.

전근대 시기에 백정은 천민 중의 천민으로서 인간 대접을 받지 못했습니다. 방주의 아버지 스스로 이리 말하고 있습니다: "예로부터 천한 자로는/백정을 첫째로 꼽지요/남의 종보다 못하고/광대도 우리보단 영화롭지요."(由來下賤者, 先頭數白丁. 人奴尙不如, 倡優反爲榮.) 이런 차별은 근대에 와서도 완전히 사라지지 않아 일제강점기인 1923년부터 백정들의 신분 해방 운동인 형평사衡平社 운동이 일어났습니다. '형평'은 '평등'이라는 뜻입니다. 당시 백정의 수는 40여만 명이었습니다.

사상사적으로 본다면 1860년 동학의 창도자인 수운水雲 최제우崔濟愚가 '인내천'人乃天, 즉 '사람이 곧 하늘이다'라는 테제를 제기함으로써 인간 평등을 처음 정초해 냈습니다. 그리고 갑오경장甲午更張을 거쳐 20세기에 들어와 만민 평등이 자리 잡아 갔습니다. 이렇게 본다면 김려가 일찌감치 1800년대에 문학을 통해 계급 부정과 평등 의식을 선취한 것은 자못 놀라운 일이라 하지 않을 수 없습니다. 소품체 문학은 대개 개인적 정회情懷나 개인의 소소한 신변사를 기술하는 게 일반적입니다. 그래서 사회역사적 전망이나 민중적 연관을 보여 주지는 않습니다. 이와 달리 김려의 소품체 문학은 심중한 사회역사적·민중적 연관을 보여 줍니다. 김려는 소품체 문학의 한계를 돌파해 마침내 근대를 열어 보이고 있다고 할 만합니다.

## 이옥의 생애 ─ 문체 탄압을 중심으로

이옥(1760~1813)은 김려보다 여섯 살 위입니다. 무인계武人系의 서얼 집안 출신으로, 할아버지는 무직武職인 어모장군 행 용양위부사과

禦侮將軍行龍驤衛副司果를 지냈으며, 부친은 진사시에 합격했습니다. 본가는 지금의 경기도 화성시 남양읍에 있었습니다.

이옥은 『발해고』를 쓴 유득공의 이종사촌 동생입니다. 이옥은 유득공보다 열두 살 아래입니다. 유득공과 이옥은 모두 소북 집안입니다. 이옥에게는 『백운필』白雲筆이라는 저술이 있는데, 유득공의 저술인 『고운당필기』古芸堂筆記의 조목들을 인용해 놓고 있습니다. 이를 통해 유득공과 왕래가 있었다는 것을 알 수 있죠.

이옥은 정조 14년(1790) 서른한 살 때 생원이 되었습니다. 이를 잘 기억해 둘 필요가 있습니다. 문체반정 문제가 중요하기 때문입니다.

앞서 말했듯 이옥은 문체반정의 최대 피해자입니다. 이옥의 삶과 문학을 이해하기 위해서는 이옥이 자신의 문체로 인해 받은 탄압의 시말始末을 좀 자세히 들여다볼 필요가 있습니다. '문체반정'은 정조의 입장에서 보면 문체반정이지만 피해자인 이옥의 입장에서 보면 '문체 탄압'입니다. 그래서 이제부터 본 강의에서는 이옥의 입장에 서서 '문체반정'이라는 용어 대신 '문체 탄압 사건'이라는 용어를 사용하도록 하겠습니다. 이 사건에 대해서는 오해도 많고 잘못 알려진 점도 많습니다. 『승정원일기』와 이옥이 1800년 5월에 쓴 「추기남정시말」追記南征始末(남쪽 귀양길의 시말을 뒷날 적다)을 바탕으로 사건을 재구성하면 다음과 같습니다.

이옥이 서른세 살 때인 1792년 9월 16일, 성정각誠正閣에 정조가 행차해서 소과에 합격한 유생을 입시入侍하게 합니다. 그때 이옥이 정조에게 나아가 자신의 성명을 아룁니다. 그러자 정조가 이렇게 묻습니다: "전후 지은 표表와 책策이 각각 몇 수나 되는가?" 이옥이 이렇게 대답합니다: "표는 5백 수이고 책은 백여 수입니다."

이것이 이옥과 정조의 처음이자 마지막 대면입니다.

지금 전하는 이옥의 글 중에 「북관北關의 기생이 한밤중 통곡하다」(北關妓夜哭論)라는 글이 있는데요, 내용은 이렇습니다: 북관의 어떤 기생이 아무한테나 몸을 허락하지 않고 자기가 인정하는 사람에게만 허락하겠다고 단단히 작정하고 있었습니다. 그러던 어느 날, 밖에 보니 어떤 귀공자가 좋은 말을 타고 오는데, 빛이 반짝반짝 나는 그 모습이 자기가 평생 찾던 사람이었습니다. '내가 평생 찾던 사람을 드디어 만났구나' 싶어서 그 사람과 자리를 갖고 보니까 자기 눈이 틀림없었습니다. 기생은 술을 따라 올리면서 자진해서 이 사람을 모십니다. 마침내 잠자리를 가지려고 옷을 벗으면서 오랫동안 찾던 사람을 만났다는 감격과 앞날에 대한 희망에 가득 차 있는데, 이 남자가 돌아누워서 관계를 안 하려고 하는 겁니다. 기생이 이상하다 싶어서 살펴보니 이 남자는 고자였습니다. 그래서 기생은 갑자기 하늘을 우러르면서 통곡을 합니다. 한밤중에 세상이 떠나갈 듯이 엉엉 웁니다.

이옥은 이 일에 대해 긴 논평을 붙여 놓았는데, 그 서두에서 이렇게 말하고 있습니다: "여인이 어찌 정욕을 실현하지 못한 것이 슬퍼서 통곡했겠는가? 여인은 천고千古에 좋은 만남을 얻기 어려워서 통곡한 것이다." 이 기생이 운 것은 남자와 관계를 하지 못해서가 아니라 그렇게 희구하고 기대했던 만남이 어그러졌기 때문이라는 겁니다. 그리고 이어서 남녀, 군신君臣 등 사람 사이의 만남에 대해 길게 사설을 덧붙였습니다. 이옥은 성균관에 출입하면서 일신을 도모해 보려 했고, 또 정조에게 큰 기대를 걸기도 했지만 결국에는 문체 탄압으로 인해 불우하게 되고 말았습니다. 그래서 이옥은 「북관의 기생이 한밤중 통곡하다」라는 글에 정조와 자신의 관계를 은근히 가탁해 놓고 있다고 여겨집니다. 그러므로 이 작품은 이옥이라는 인물의 내면과 멘탈리티를 이해하는 데 큰 도움이 됩니다.

1792년 11월 20일 『승정원일기』 기사에는, '생원 이옥이 응제문應製文(임금의 명령에 따라 지어 올린 글)에 소설체를 끌어들여 일상 문자로 글을 쓰고 있어 사습士習(선비의 풍습)이 몹시 해괴해질 수 있으니 정거停擧시키고 벌로 표表를 50수 지어 바치게 하라'는 정조의 분부를 시행해 표 50수를 올린다는 말이 보입니다. '정거'는 과거 시험을 못 보게 하는 것을 말합니다. 이것이 『승정원일기』에 처음 나타나는 이옥의 문체에 대한 언급입니다. 이옥이 표 50수를 지어 바친 후, 성균관에서 계啓를 올립니다. 그 내용인즉슨 이옥이 속죄하는 의미에서 표를 50수나 바쳤는데 또 몇 년간 과거를 못 보게 하는 벌을 내린다고 하면 지나치므로 그 조치를 풀어 달라는 것입니다.

한 달쯤 후인 12월 27일에는 또 열흘 안에 백 편의 율시律詩를 지어 바치게 합니다. 문장만이 아니라 시 역시 소품체라고 본 거죠. 그리고 소품체를 얼른 고치지 않으면 경기도 수군水軍에 충정充定하겠다고 했습니다. '충정'은 '충군'充軍, 즉 지방군의 군적軍籍에 편입시켜 일정 기간 군역軍役을 살게 하는 형벌을 말합니다.

3년이 흘러 1795년 8월 7일에 이옥은 성균관 상재생上齋生으로 영란제迎鑾製에 응시합니다. 성균관에는 상재上齋가 있고 하재下齋가 있습니다. 상재는 생원·진사시에 합격한 학생들이 머무는 곳이고, 하재는 생원·진사시에 합격하지 못한 학생들이 머무는 곳인데, 이옥은 생원이었으므로 상재에 머물고 있었습니다. '영란제'는 임금이 성균관에 거둥할 때 보이는 시험입니다. 이옥은 이때 바친 답안의 문제가 괴이하다고 해서 정거를 명령받습니다. 몇 년간 과거를 못 보게 한 거죠. 하지만 이 처사가 좀 가혹하다고 해서 곧 충군으로 명령이 바뀝니다. 선비는 충군되더라도 실제 군사 훈련을 받는 것은 아니지만 그럼에도 양반으로서는 치욕스러운 일이죠. 그래서 성균관의 대사성이 이옥을 불러서 곧 갔다 돌아와서 모든 과거에 이전처럼 응시하라고 다독거립니다.

이옥은 곧바로 충청도 정산현定山縣으로 가서 편적編籍(군적에 편입됨)을 마치고 다시 서울로 와서 9월에 과거에 응시합니다. 이옥은 참담하고 수치스럽긴 하지만 어떻게든 입신을 해 보려고 시키는 대로 한 거죠. 그런데 이번에도 정조는 이옥의 글이 초쇄함이 심하다고 하면서 이번에는 좀 더 먼 읍으로 충군을 시키라고 명합니다. 그래서 저 멀리 경상도 삼가현三嘉縣(지금의 합천군 삼가면 일대)에 가서 편적하고 사흘간 머문 후 돌아옵니다. 이 모두가 1795년에 일어난 일입니다. 보통 이옥이 받은 문체 탄압에 대해 말할 때 주로 1795년의 일들을 이야기하지만, 실제로는 1792년 11월경부터 탄압이 시작되었다고 해야 옳습니다.

하지만 이것이 끝이 아닙니다. 그다음 해인 1796년 2월에 이옥은 별시別試의 초시初試에 응시해서 처음으로 수석을 합니다. 그런데 정조가 답안을 보고서 이옥이 지은 책문이 격식에 어긋난다고 방榜의 끝자리로 강등시킵니다. 다시 말해서 1등을 꼴찌로 만든 것입니다. 『승정원일기』 1796년 2월 6일 기사에 정조의 이런 질책이 보입니다.

이옥의 문체에 대해 여러 번 고치라고 명령했으나 끝내 고치지 않아 충군하게 했는데 이 사람이 장원을 하다니! 이로

써 과거 시험에서 어떤 사람을 선발하는지 알 수 있으며 합
격자를 제대로 내지 못하는 것을 미루어 알 수 있다.

이날 기사에는 정조의 이런 말도 실려 있습니다: "이옥의 문체
는 전적으로 소품을 일삼는다. 그러니 작년에 응시한 글로 충군까
지 했는데 지금 장원으로 뽑다니 고시관들이 어떤 글을 취하는지
가히 알 수 있다." 하지만 이 자리에 입시入侍했던 우승지 이조원李
肇源은 이렇게 말합니다: "이옥이 이번에 지은 글은 그리 괴악怪惡
(괴상하고 나쁨)하지 않사옵니다." 또한 시관試官이었던 임제원林濟遠
도 이렇게 아룁니다: "이옥의 답안을 보니 구습舊習을 좀 고쳤사옵
니다."

이 두 신하의 말을 통해 보건대 이옥은 최대한 노력해서 소품
체가 아닌 글을 쓰고자 했고, 그것이 다른 사람 눈에는 그럭저럭 됐
다고 여겨진 것 같습니다. 하지만 이옥은 이미 정조의 눈 밖에 났으
므로 정조는 심한 편견을 가지고 이옥의 글을 본 듯하고 이로 인해
과잉 반응을 보이게 되었다고 여겨집니다. 문체 탄압 시말은 이것
이 끝입니다. 이옥은 더 이상 과거 시험을 보지 않았습니다.

이옥은 1796년 3월에 고향 남양으로 돌아오고, 두 달 후인 5월
에 부친상을 당합니다. 그런데 그다음 해인 1797년 봄에 삼가현의
경저리京邸吏가 '왜 삼가현 군적에 편입되어 있는데 오랫동안 삼가
현으로 돌아오지 않느냐'고 묻습니다. 이에 이옥은 비로소 자신의
군적이 삼가현에 있다는 사실을 깨닫습니다. 그럼에도 이옥은 3년
상을 치르면서 안 가고 버텼습니다. 1799년이 되자 삼가현으로 돌
아오라는 독촉이 더욱 빈번해집니다. 그래서 그해 10월에 삼가현
에 다시 갑니다. 이옥은 삼가현에 가서 성문 밖의 박대성朴大成이라

는 사람의 주막에 머뭅니다. 그러다가 그다음 해인 1800년 2월 나라에 큰 경사가 있어서 과거를 베풀자 삼가 현감이 서울에 가는 것을 허락합니다. 삼가현을 출발해서 공주에 이르렀을 때 이옥은 조정의 명령이 내려 자기가 사면되었다는 것을 알게 됩니다.

이옥은 1799년 10월 18일 삼가현에 도착해서 1800년 2월 18일 삼가현을 출발할 때까지 총 118일간 그곳에 체류했습니다. 그리고 돌아온 해 6월 정조가 승하합니다. 이로써 정조와의 악연이 끝납니다.

이옥은 1796년 고향에 돌아온 이후 더 이상 과거에 응시하지 않았습니다. 문체로 인한 여러 번의 견책 때문에 과거를 통해 입신하고자 하는 뜻을 접은 것입니다. 이옥은 1792년 정조의 눈에 나는 바람에 그 이후 계속 주시의 대상이 되었습니다. 1796년 2월 장원을 한 답안은 우승지 이조원이나 시관 임제원의 말로 보아 문체가 그리 이상하지 않았다고 판단됩니다. 정조가 과잉 반응을 한 것으로 의심됩니다. 글쓰기에 대한 권력의 계속된 간섭과 탄압으로 인해 이옥은 이후 고향에서 낙척불우落拓不遇하게 살다가 1813년 54세를 일기로 세상을 하직합니다.

8년간이나 지속된 글쓰기에 대한 이런 탄압은 유례가 없는 일입니다. 흔히 '문체반정'이라는 말을 쓰고 있지만 이는 국왕 정조의 입장에서 하는 말이고, 피해자의 입장에서 말한다면 '문체 탄압'이라고 해야 옳을 것입니다. '문체 탄압'이라고 할 때 '문체'는 소품체를 가리킵니다. 그러므로 정확하게 말한다면 '소품 탄압'이라고 할 수 있죠. 정조는 소품 탄압을 통해 정학正學(올바른 학문), 즉 주자학을 부지扶持하려고 했습니다. 이로써 기존 지배 질서를 유지하고자 한 거죠. 하지만 헛된 노력으로 아까운 시간만 낭비하고 말았습니다. 표현과 사상의 자유를 승인하면서 개혁으로 나갔으면 좋았을 텐데, 그렇게 하지 않아 조선은 결국 신유옥사에 이어지는 반동기에 접어들게 됩니다.

### 성균관 시절의 작품들

현재 전하는 이옥의 작품들 중에서 특히 주목되는 것들은 대부분 성균관에 적籍을 두고 있던 시절에 창작된 것입니다. 이를테면 소설 「심생전」沈生傳·「이홍전」李泓傳·「부목한전」浮穆漢傳이라든가, 산문인 「중흥사 유기」(中興遊記)·「시간기」市奸記·『「이언」인」俚諺引이라든가, 희곡인 「동상기」東廂記 같은 것이 그러합니다.

앞에서 말했듯 이옥은 충군과 관련된 일로 1795년과 1799년 두 차례 삼가현에 갔습니다. 이 과정에서 이옥은 두 편의 글을 남깁니다. 하나는 1795년에 쓴 「남정십편」南程十篇입니다. '남쪽으로 귀양 갈 때 쓴 열 편의 글'이라는 뜻이죠. 「남정십편」 중의 한 편이 「옥변」屋辨인데, '집에 대한 변辨'이라는 뜻입니다. 「옥변」은 안의 현감으로 있던 박지원을 만난 뒤 쓴 글입니다. 당시 박지원은 벽돌을 이용해 관아 건물을 지었는데 이 때문에 중국식 건물을 지었다는 비난을 받고 있었습니다. 이옥은 이 글에서 이 세상에 중국에서 유래하지 않은 집이 어디 있느냐는 논리를 펴며 박지원을 변호하고 있습니다. 이전 강의(제24강)에서 말했듯 박지원은 1793년 정조로부터 문체와 관련해 견책을 받은 적이 있습니다. 그러므로 1795년 두 사람의 만남은 문체 탄압을 받은 두 인물의 만남이라 하겠습니다.

다른 하나는 1799년 10월 삼가현에 갔을 때 쓴 『봉성필』鳳城筆입니다. 이 책은 영남의 토속土俗, 구전되는 이야기, 방언, 세태, 인물, 역사, 유적, 경관景觀 등 잡다한 내용을 필기筆記 형식으로 기록해 놓았습니다. 64항목인데 항목마다 제목이 붙어 있습니다. 그중 「언패」諺稗(국문소설)라는 항목에서는, 어떤 사람이 인본印本『소대성전』을 가져와 읽으라고 했다고 말하고 있습니다. '인본'은 방각본을 말합니다. 이를 통해 방각본 국문소설이 18세기 말에 이미 존재했음을 알 수 있습니다.

김려는 이옥이 죽은 뒤『담정총서』에『봉성필』을『봉성문여』鳳城文餘로 제목을 바꿔 실어 놓았습니다. '봉성'은 삼가현의 다른 이름이죠.

흥미로운 점은 소품체를 쓴다고 견책을 받아 편적하러 갔을 때 쓴 글이 죄다 소품체라는 사실입니다. 일례로『봉성문여』에 실린 「시기」市記라는 글의 앞부분을 보기로 하겠습니다. '시기'는 '저자에 대한 기록'이라는 뜻으로, 저자의 풍경을 서술한 글입니다.

내가 머물고 있는 집은 저자와 가까운 곳이다. 매양 2일과 7일이면, 저자에서 들려오는 소리가 왁자지껄하였다. 저자 북쪽은 곧 내가 거처하는 남쪽 벽 아래인데, 벽은 본래 바라지도 없는 것을 내가 햇빛을 받아들이기 위해 구멍을 뚫어 종이창을 만들어 놓았다. 종이창 밖, 채 열 걸음도 되지 않는 곳에 낮은 둑이 있는데, 저자에 가기 위해 드나드는 곳이다. 종이창에는 또한 구멍을 내어놓았는데, 겨우 한쪽 눈으로 내다볼 만하였다. 12월 27일 장날에 나는 무료하기 짝이 없어 종이창의 구멍을 통해서 밖을 엿보았다. 때는 금방이라도 눈이 내릴 것 같고 구름 그늘이 짙어 분변할 수 없었으나, 대략 정오를 넘기고 있었다.

소와 송아지를 몰고 오는 사람, 소 두 마리를 몰고 오는 사람, 닭을 안고 오는 사람, 문어를 들고 오는 사람, 멧돼지 네 다리를 묶어 짊어지고 오는 사람, 청어青魚를 묶어 들고 오는 사람, 청어를 엮어 주렁주렁 드리운 채 오는 사람, 북어北魚를 안고 오는 사람, 대구大口를 가지고 오는 사람, 북어를 안고 대구나 문어를 가지고 오는 사람, 잎담배를 끼고 오는 사람, 미역을 끌고 오는 사람, 섶과 땔나무를 메고 오는 사람, 누룩을 지거나 이고 오는 사람, 쌀자루를 짊어지고 오는 사람, 곶감을 안고 오는 사람, 종이 한 권을 끼고 오는 사람, 접은 종이 한 폭을 들고 오는 사람, 대광주리에 무를 담아 오는 사람, 짚신을 들고 오는 사람, 미투리를 가지고 오는 사람, 큰 노끈을 끌고 오는 사람, 목면포로 만든 휘장을 묶어서 오는 사람, 자기磁器를 안고 오는 사람, 동이와 시루를 짊어지고 오는 사람, 돗자리를 끼고 오는 사람, 나뭇가지에 돼지고기를 꿰어 오는 사람, 강정과 떡을 들고 먹고 있는 어린아이를 업고 오는 사람, 병 주둥이를 묶어 휴대하고 오는 사람, 짚으로 물건을 묶어 끌고 오는 사람, 버드나무 상자를 지고 오는 사람, 광주리를 이고 오는 사람, 바가지에 두부를 담아 오는 사람, 사발에 술과 국을 담아 조심스럽게 오는 사람, 머리에 인 채 등에 지고 오는 여자, 어깨에 무엇을 얹은 채 어린아이를 이고 오거나 머리에 이고 다시 왼쪽에 물건을 낀 남자, 치마에 물건을 담고 옷섶을 잡고 오는 여자, 서로 만나 허리를 굽혀 절하는 사람, 서로 이야기를 나누는 사람, 서로 화를 내며 발끈하는 사람, 손을 잡아끌어 장난치는 남녀, 갔다가 다시 오는 사람, 왔다가 다시 가는 사람, 갔다가 또다

시 바삐 돌아오는 사람, 넓은 소매에 자락이 긴 옷을 입은 사람, 저고리와 치마를 입은 사람, 좁은 소매에 자락이 긴 옷을 입은 사람, 소매가 좁고 짧으며 자락이 없는 옷을 입은 사람, 방갓에 상복을 입은 사람, 승포僧袍와 승립僧笠을 한 중, 패랭이를 쓴 사람 등이 보인다.(실시학사 고전문학연구회 옮김,『완역 이옥전집』의 번역)

　당시 이옥은 삼가현 읍성의 서문 밖 주막에 기식하고 있었는데 그 인근에 장터가 있었습니다. 이 글에는 무수한 열거법이 나옵니다. 이 무수한 열거법에서 정조가 그토록 문제 삼은 초쇄함과 부화경박함이 물씬 느껴집니다. 이옥은 근심을 잊기 위해 시장 풍경을 뚫어져라 보면서 이렇게 자세한 글을 썼습니다. 이옥은『봉성문여』의 말미에 붙인「소서」小敍에서 '남들이 근심을 잊기 위해 술을 마시듯 나는 근심을 잊기 위해 글을 썼다'고 하면서 "마음을 이동하여 다른 곳으로 가면 근심이 따라올 수 없다"라고 말하고 있습니다. 이학규가 근심을 잊기 위해 시를 쓴 것과 비슷합니다.

　이옥은 정조가 문제를 고치라고 했음에도 왜 고문古文을 쓰지 않은 것일까요? 권력에 저항해 정조의 말을 안 들은 것일까요? 마치 이옥이 권력에 저항한 것처럼 말하는 연구자도 없지는 않지만 그렇게 보기는 어렵습니다. 이옥은 고문을 쓸 수도 있었는데 일부러 안 쓴 걸까요? 그렇지는 않다고 생각합니다. 이옥은 소품체 글쓰기에 익숙해 스스로도 어찌할 수 없어 소품체 글을 쓰지 않았나 합니다. 진한고문을 배운 사람은 당송고문을 쓰기 어렵고, 당송고문을 배운 사람은 진한고문을 쓰기 어렵습니다. 마찬가지로 소품체를 공부한 사람은 고문을 쓰기 어렵습니다. 요즘도 마찬가지입니다. 가볍고 튀는 글을 쓰는 사람은 심각하고 무거운 글을 쓰기 어렵습니다. 또한 진지한 글을 쓰는 사람은 가벼운 글을 쓰기 어렵습니다.

『열하일기』에는 소품체의 글만 있는 것이 아니라 고문에 해당하는 글도 있습니다. 박지원은 어째서 두 종류의 글쓰기가 가능했던 걸까요? 박지원은 원래 고문에서 출발한 사람입니다. 고문의 기초를 쌓은 후 20대 이후 소품을 배웠습니다. 그래서 고문도 잘 쓰고 소품도 잘 쓸 수 있지 않았나 합니다. 게다가 박지원은 문재文才가 워낙 출중하므로 뭐든 잘할 수 있었던 것으로 보입니다. 말하자면 박지원은 양손잡이였다고 할 수 있습니다. 하지만 박지원도 문체로 인해 견책을 받은 이후로는 대체로 고문만 쓰고 패사소품체는 쓰지 않았습니다. 보수화된 것이라고 할 만하죠. 그러니 문체 탄압이 효과가 없었다고 하기 어렵습니다.

그런데 정조가 1792년 문체반정을 제기하면서 남공철·김조순·이상황李相璜 등 규장각 초계문신抄啓文臣들과 이덕무와 박제가 같은 규장각 검서관이 정조로부터 문체가 바르지 않다는 견책을 받았습니다. 그러면 이들도 이옥처럼 문체 탄압의 희생자로 볼 수 있을까요? 희생자라고까지 말하기는 어렵지 않은가 해요. 고초를 겪거나 지위를 잃지는 않았기 때문입니다. 그리고 정조가 이들에게 견책을 했을 때 심각한 의도로 한 것 같지도 않습니다. 경고 차원에서 주의를 준 거죠. 물론 정조의 견책으로 인해 이들의 자유로운 글쓰기에 제동이 걸렸다는 점이 피해라면 피해라고 할 수 있을지 모르지만, 이옥이 받았던 피해와 견줄 수는 없다고 여겨집니다.

이옥은 과거를 포기하고 고향으로 돌아온 이후에도 계속 소품체 글을 썼습니다. 그렇기는 하지만 성균관 시절의 작품처럼 예리하거나 혁신적인 글이 더 이상 나온 것 같지는 않습니다. 탄압을 받은 이후 필봉의 예기銳氣가 꺾인 거죠. 문학에 대한 권력의 탄압이 문학의 발전을 저해한다는 사실을 여기서 확인할 수 있습니다. 이처럼 오랜 기간 집요하게 한 문인의 문체를 바꾸려고 한 권력의 시도는 그 유례를 찾기 어렵습니다. 문체 탄압은 한 젊은 작가의 정신을 극도로 황폐화시켰습니다. 이 점에서 일종의 국가 폭력이라고 볼 수 있습니다. 유감스러운 점은 정약용이 정조의 문체반정에 적극 호응했다는 사실입니다.

## 소설과 패사소품적 전

이옥은 「심생전」, 「이홍전」, 「부목한전」 같은 소설과 20편에 가까운 전傳을 남겼습니다. 「심생전」은 비극적 애정 전기소설의 전통을 계승하고 있는 작품입니다. 즉 나말여초에 창작된 「최치원」, 조선 초 김시습이 창작한 「만복사저포기」와 「이생규장전」, 17세기 초 성로가 창작한 「위생전」과 「운영전」을 잇는 작품입니다. 조선 시대의 비극적 애정 전기소설로는 이 작품이 마지막 작품에 해당합니다. 이 소설은 여성의 심리 묘사가 곡진하며, 남녀 주인공의 신분 갈등에 작자 이옥의 불우감不遇感이 짙게 투사되어 있습니다. 「이홍전」은 피카레스크 소설에 해당하는데, 사기꾼 이홍의 개성이 잘 그려져 있습니다. 「부목한전」은 이인異人에 속하는 어떤 부목한의 이야기입니다. '부목한'은 절에서 밥 짓고 물 긷는 일을 하는 사람을 일컫는 말입니다. 이 작품은 이옥의 신비주의에의 경도를 보여 줍니다. 주목되는 것은 이 작품 말미에 첨부되어 있는 작자의 논평입니다.

속담에 "같은 동네에 명창 없고, 동접同接(같이 공부하는 사람)에 문장 없다"라는 말이 있다. 우리나라 사람은 본디 스스로를 경시하므로 "중국의 월越에 신선이 있고 촉蜀에 부처가 있다"라고 말하면 믿지만, "우리나라 아무 산에 신선과 부처가 있다"라고 말하면 믿지 않는다. 그들이 우리나라의 아무 산이 촉이나 월에서 보면 우리가 생각하는 촉이나 월에 해당하는 줄 알기나 하는지.

자국에 대한 주체적 인식을 볼 수 있습니다. 이옥은 비록 중국 문명에 열려 있는 태도를 취하고 있기는 하지만 그럼에도 사대적·모화적 입장을 취하지는 않았습니다. 무조건 화풍華風을 좇아야 한다고 생각하지 않았으며 토풍土風을 중시하는 자존적 태도를 갖고 있었습니다. 「남정십편」과 『봉성문여』에는 공히 '방언'이라는 항목이 들어 있어, 지방어를 무시하지 않고 존중하는 태도를 보여 줍니다. 토풍을 중시하는 태도와 상동적相同的입니다. 즉 중심과 주변을 나눠 우열을 부여하는 것이 아니라 모든 공간의 개별성을 승인하면서 그것이 저마다 대등한 가치를 갖는다고 보는 태도죠. 『이언』의 서문인 '삼난'三難에서도 동일한 생각이 발견됩니다. 이옥의 이런 사고는 홍대용이 『의산문답』에서 '화이일'華夷一, 즉 '중화와 오랑캐는 대등하다'라고 한 것과 통합니다. 다음은 「남정십편」의 '방언'에 나오는 말입니다.

초楚나라에서는 초나라의 말을 하고, 제齊나라에서는 제나라 말을 하며, 추로鄒魯에서는 추로의 말을 하고, 진秦나라에서는 주周나라 말을 하며(진나라가 주나라의 제후국이기에 이리 말했음), 오오吳나라에서는 오나라 말을 한다. (…) 나를 따라온 한 호서인이 여관에 들어 주인과 말하면서 지금을 일컬어 '산대'라 하고 가을을 일컬어 '가슬'이라 하고 마을을 일컬어 '마슬'이라 하니 영남인인 주인이 크게 웃는다. 영남인인 주인은 호서인의 말을 듣고 웃었지만 호서인 또한 영남인의 말을 듣고 웃을 줄 어찌 알겠는가. 나는 호서인이 영남인의 말을 듣고 웃는 것이 옳은지 영남인이 호서인의 말을 듣고 웃는 것이 옳은지 모르겠다. 또한 호서인과 영남인이 나 같은 사람의 말을 듣고 웃지 않을지 어찌 알겠나.

모든 나라나 지방은 저마다 그 나라나 그 지방의 말을 할 수밖에 없으며, 이 점에서 각 나라나 각 지방의 말은 대등하다는 인식을 보여 주고 있습니다. 한국고전문학사에서 이런 인식을 보여 주는 문인은 이옥밖에 없습니다.

이옥이 창작한 전에는 패사소품적 취향을 보여 주는 것이 많습니다. 그리고 전부는 아니지만 대부분은 소설적 지향을 다소간 보여 줍니다. 이는 구전 서사를 수용한 것과 깊은 관련이 있습니다. 이옥의 패사소품적 전들은 형식은 비록 전이지만 그 서사는 야담과 동일한 게 많습니다. 가령 산골에 살던 효성스런 며느리의 이야기인 「협효부전」峽孝婦傳이라든가, 호랑이를 때려잡은 여성의 이야기인 「포호처전」捕虎妻傳이나, 근신해 화를 면한 성진사를 입전한 「성진사전」成進士傳이나, 귀신을 쫓아 버린 최생원을 주인공으로 한 「최생원전」崔生員傳이나, 귀신인 신병사를 주인공으로 한 「신병사전」申兵使傳 등이 그러합니다. 앞에서 말한 「부목한전」도 야담과 동일한 서사를 보여 주죠. 이런 것들은 비록 전이라는 형식을 취하고 있습니다만 그 서사 부분만 떼 놓고 보면 야담이라 해도 무방한 작품들입니다. 이들 작품은 구연되던 이야기를 전해 듣고서 쓴 것으로 보입니다. 야담의 성립과 같은 과정을 보여 주는 거죠. 보통 전에서는 작자의 말이 작품 뒤에만 붙는데 이옥의 전에서는 특이하게도 작품의 서두에 붙어 있기도 합니다. 작품의 앞과 뒤에 다 붙어 있는 경우도 있죠. 작품의 앞이나 뒤에 붙어 있는 작가의 의론을 무시하고 서사만 본다면 영락없는 야담입니다. 실제「협효부전」과 대동소이한 이야기가『청구야담』에「정절을 지킨 효성스런 며느리 최씨가 호랑이를 감동시키다」(守貞節崔孝婦感虎)라는 제목으로 실려 있기도 합니다. 박지원의「광문자전」이나「허생전」의 경우 야담과 다소간 구별이 됩니다만 이옥의 경우에는 전과 야담의 경계가 아주 모호합니다.

한편 과거 시험 대리 답안 작성자로 이름이 높았던 유광억을 입전한「유광억전」柳光億傳이나 평양의 협객 장복선을 입전한「장복선전」張福先傳, 여항의 가객 송귀또리를 입전한「가자송실솔전」歌者宋蟋蟀傳은 꼭 야담을 수용한 것은 아니지만 흥미로운 패사소품이라 할 만합니다. 또한 흰머리를 뽑는 족집게에 대해 서술한「각로선생전」却老先生傳은 아주 특이한 패사소품이라고 할 수 있습니다. 이 작품은 이옥이 쉰 살 때인 순조 9년(1809) 창작되었습니다. 죽기 4년 전이죠. '나'와 '혹자'의 대화로 구성된 이 전에는 낙척불우한 삶을 살다 노년을 맞이한 이옥의 모습이 그려져 있습니다. 족집게인 '각로선생'을 주인공으로 삼았지만 기실 작자 자신에 대한 이야기라고 할 수 있죠.

이옥의 소설이나 전에 등장하는 주인공에는 변변한 양반이 하나도 없습니다. 심지어 일사逸士조차 없습니다. 주변부에 속한 한

사寒士 아니면 민간이나 여항의 비천한 인물들이죠.

### 『이언』

성균관 시절 이옥은 문예적 가치가 높은 주목할 만한 참신한 글들을 많이 썼는데,『이언』의 서문인 「일난」一難, 「이난」二難, 「삼난」三難 세 편은 근대적 지향을 뚜렷하게 보여 줍니다.

　‘이언’은 ‘우리말 노래’, 혹은 ‘조선 노래’라는 뜻입니다. 『이언』에는 아조雅調(바른 곡조) 17수, 염조艶調(부염浮艶한 곡조) 18수, 탕조宕調(방탕한 곡조) 15수, 비조俳調(원망하는 곡조) 16수, 이렇게 정조情調를 달리하는 네 가지 곡조로 된 66수의 시가 실려 있습니다. 이 시들의 앞에 「일난」, 「이난」, 「삼난」이라는 세 개의 긴 서문이 붙어 있는데, 여기서 ‘난’難은 ‘힐난하다’라는 뜻입니다. 혹자의 힐난에 대해 작자가 해명하는 방식이기에 이런 제목을 붙였습니다. 그러므로 ‘일난’, ‘이난’, ‘삼난’은 ‘첫 번째 힐난’, ‘두 번째 힐난’, ‘세 번째 힐난’으로 번역할 수 있습니다. 『이언』의 시들이 세상 사람들의 반발과 의혹을 불러일으킬 수 있기 때문에 작자로서 미리 방어막을 친 것이라고 여겨집니다. 말하자면 자기 변론의 방식으로 문학에 대한 자신의 소견과 입장을 밝히고 있다 할 것입니다. 이옥은 『시경』의 국풍國風을 근거로 『이언』의 시들을 옹호합니다.

　그러면 「일난」, 「이난」, 「삼난」의 내용을 보기로 합니다. 「일난」에서 혹자는 작자란 어떤 존재인지 묻습니다. 이옥은 “작자란 천지 만물의 통역자”라고 말합니다. 즉, 작자는 세계를 표현하는 매개자라는 말이죠. 그리고 이옥은 만물의 보편성과 동일성이 아니라 개별성과 차이를 강조합니다. 여기서 개성이 나오기 때문입니다. 이 점은 이언진의 사유와도 통하는 바가 있습니다. 시공간의 개별성과 고유성에 대한 투철한 자각이라고 할 수 있죠. 「일난」에는 이런 말이 보입니다.

어찌하여 대청大淸 건륭乾隆 연간에 태어나 조선 땅 한양성에 살면서 감히 짧은 목을 늘어뜨리고 가는 눈을 부릅뜨고서 망령되이 국풍, 악부樂府, 사곡詞曲의 작자를 이야기하고자 하는가?

조선 땅 한양성에 살면 국풍, 악부, 사곡과 같은 중국 작품이 아니라 우리 작품을 써야 한다는 것입니다. 이옥은 작자는 자신이 속한 시공간의 산물임을 명확히 하고 있습니다. 이 점이 아주 중요합니다. 시공간과 작자는 본질적으로 떼려야 뗄 수 없으므로 작자는 세계의 통역자, 세계의 매개자로서 시공간을 충실히 표현해야 합니다. 그렇다면 작자는 자신이 속한 시공간의 언어를 사용할 수밖에 없는 것이죠.

「이난」에서는 『이언』에서 왜 여자만 노래했느냐'는 예교주의자禮敎主義者의 힐난에 답하고 있습니다. 이옥은 남녀의 정만큼 진실한 것은 없으며, 이야말로 거짓되지 않고 진실한 정이라고 말합니다. 그래서 『금병매』金甁梅, 『육포단』肉蒲團처럼 보기에 따라서는 음란한 문학도 남녀의 진실한 감정을 그렸다고 하여 긍정하고 있습니다.

「삼난」에서는 혹자가 『이언』이 향명鄕名, 즉 '사물의 우리말 명칭'을 사용하고 있음을 힐난합니다. 이에 대해 이리 답합니다.

나는 내 이름을 이름으로 하고, 내 자字를 자로 하고 있다.

남의 이름을 내 이름으로 하거나 남의 자를 내 자로 하지 않는다는 말입니다. '나는 나다'라는 선언입니다. 나의 주체성에 대한 자각이죠. 한편 한자어와 우리말은 다르다는 점을 부각합니다. 가령 중국인들은 종이를 '지'紙라고 하는데 우리는 '종이'라고 하는 것처럼 한자어와 우리말이 다르다는 것입니다. 그래서 이옥은 우리말을 버리고 저들 중국인의 말을 따를 필요가 없다고 선언합니다. 앞에서 이옥이 토풍과 방언을 긍정했음을 봤는데 그와 똑같은 논리 구조입니다. 놀라운 선언이라고 하지 않을 수 없습니다. 동시대에 박제가가 우리말을 버리고 중국어를 쓰자고 한 것과 정반대되는 주장입니다.

그리하여 이옥은 우리말로 시를 창작해야 옳다고 주장합니다. 이옥은 이렇게 말합니다.

우리가 어찌하여 반드시 우리의 명칭을 버리고 저들의 명칭을 따라야 하겠는가? 저들은 어찌하여 그 명칭을 버리고 우리의 명칭을 따르지 않는단 말인가?

그러니까 중국인은 중국인의 언어로 문학을 하면 되고 우리는 우리의 언어로 문학을 하는 것이 옳다는 것입니다. '언어적 주체성'에 대한 뚜렷한 자각입니다. 이 점에서 이옥의 주장은 문학사에서 문제되어 온 토풍과 화풍의 관계에서 다시 토풍을 자각하면서 그것을 강조하고 있다고 볼 수도 있을 것입니다. 토풍과 화풍은 고려와 조선 전기 문학을 공부할 때 논한 바 있습니다. 이옥은 이처럼 중국인은 중국인의 언어를 사용하고 우리는 우리의 언어를 사용함이 옳다고 했습니다. 그리하여 『이언』에서 우리말 명칭을 사용하는 게 촌스럽지 않다는 사실을 분명히 밝히고 있습니다.

「삼난」에서 확인되는 시공간의 개별성에 대한 주장과 언어적 주체성에 대한 자각은 분명히 전근대적 틀을 벗어나는 것이고, 근대적 담론이라고 말할 수 있습니다. 「삼난」은 이런 획기적 주장을 담고 있는 선언문과 같은 글인데요, 문학론에 있어서의 코페르니쿠스적 전환이라고 할 만한 충격적인 주장입니다. 시공간의 개별성에 대한 언급이나 우리말 명칭과 속담 사용에 대한 긍정적 인식은 박지원, 정약용, 이학규에게서도 발견됩니다. 하지만 이들은 그 단초만 제시했을 뿐 이옥처럼 그런 생각을 전면적으로 이론화하면서 선언하는 데까지 이르지는 못했습니다. 문학사에서 이런 작업을 한 사람은 이옥이 최초입니다. 이 점에서 「삼난」은 조선 문학의 새로운 창작 방법, 조선 사대부 문학의 미증유의 새로운 노선을 천명한 비평문으로 높이 평가받을 만합니다. 『이언』의 글쓰기는 박지원의 법고창신론의 틀 바깥에서 이루어지고 있습니다. 이전 강의(제26강)에서 이언진의 시작詩作이 박지원의 법고창신론 바깥에 있다고 말한 바 있습니다만, 이옥은 이언진과는 다른 방식, 다른 문제의식으로 법고창신론을 뛰어넘고 있습니다. 박지원이나 정약용이 생각한 '조선의 시' 혹은 '조선시'와는 아예 그 차원이 다르다고 하겠습니다.

다음은 『이언』아조 중의 한 수입니다.

어려서 익힌 궁체 글씨
이응 자가 약간 각이 져 있네.

시부모가 글씨 보고 기뻐하시며

언문 여제학諺文女提學이라 하시네.

早習宮體書, 異凝微有角.

舅姑見書喜, 諺文女提學.


　'궁체', '이응', '언문 여제학'은 다 우리말입니다. 중국인이 이 시를 보면 전혀 해독이 안 될 것입니다.

　『이언』의 시들에 정치적 의식이나 사회적 의식은 발견되지 않습니다. 다분히 세태적이고 풍속적입니다. 또한 여성이 주체로 그려져 있다기보다는 대상화되어 있습니다. 여성의 대상화는 「이난」에서도 확인됩니다. 이처럼 이옥의 여성에 대한 인식은 문제가 없지 않습니다. 즉, 여성에 대한 인식 자체는 보수적입니다. 하지만 이 점과 관계없이 「삼난」에서 강조되고 있는 '나는 나다'라는 인식에는 근대성이 뚜렷이 담지되어 있다고 하겠습니다.

　「삼난」의 주장을 밀고 나가면 언문시諺文詩, 즉 국문시의 창작이 정당화됩니다. 즉 「삼난」의 이론적 귀결은 국문시 창작이라고 여겨집니다. 하지만 이는 이론상 그럴 뿐 실제로는 실현되지 못하고 있습니다. '이언'에서 '언諺'은 우리말을 가리킵니다. 그러니 '이언'은 '우리말 노래'라는 뜻입니다. 하지만 『이언』은 한시이지 국문시는 아닙니다. 이옥은 국문시 창작의 정당성을 이론적으로 정초했지만 그럼에도 자신이 국문시를 쓰는 데까지는 나아가지 못했습니다. 『이언』의 시는 기존의 한시보다 일보 전진하기는 했지만 그럼에도 한계가 있습니다. 이런 점을 고려하면 『이언』은 한문학 내부의 혁신이지 한문학을 벗어난 것은 아니라고 해야 할 것입니다. 만일 국문시가까지 포함해 논한다면 이옥이 창작한 시는 그 의미가 다소 퇴색됩니다. 실제 『이언』에 수록된 시들은 여성을 노래한 사설시조보다 '문학적 주체성' 면에서 더 낫다고 하기 어렵습니다. 이런 점이 지적될 수 있기는 하지만 만일 『이언』에서 한 발짝만 더 나아간다면 국문시의 창작에 이르게 된다는 점을 간과해서는 안 될 줄 압니다. 『이언』은 바로 그 문턱에 와 있는 셈입니다.

이와 관련해 주목할 점은 연객烟客 허필許佖(1709~1768)이라는 문인이 이미 국문시를 창작했다는 사실입니다. 허필은 담배를 워낙 좋아해서 호를 '연객'이라고 했습니다. 허필이 국문시를 창작했음은 문학사에서 특기特記되어야 할 사실입니다. 다음에서 보듯 이덕무의 『이목구심서』에서 그 점이 확인됩니다.

> 어떤 사람이 관아재觀我齋 조영석趙榮祏이 그린 동국 풍속도를 수집해서 그대로 베낀 것이 70여 첩帖이나 되었는데 허필이 이 그림들을 국문으로 평했다.

허필은 조영석의 그림 70여 점에 국문으로 제화시題畵詩를 썼는데 아쉽게도 현재 남아 있지 않습니다. 남아 있다면 문학사에서 보물 같은 작품이 될 텐데요. 이덕무는 『이목구심서』에서 허필의 국문시를 한문으로 번역해 실어 놓았습니다. 그걸 다시 한글로 번역하면 다음과 같습니다.

> 한 여자는 가위질하고
> 한 여자는 주머니 달고
> 한 여자는 치마 깁네.
> 여자가 셋이면 '간'姦이 되니

**삼녀재봉도** 조영석 화畵(《사제첩》麝臍帖 소수所收), 종이, 22.5×27cm, 개인 소장

접시가 뒤집힐 판.

一女剪刀,

一女貼囊,

一女縫裳.

三女爲姦,

可反沙碟.

―〈삼녀재봉도〉三女裁縫圖에 붙인 평시評詩


천도天桃 같은 다리〔髢〕에 목어木魚 같은 귀밑머리

자주색 회장回裝의 초록 저고리.

벽장동壁藏洞에 새로 집을 샀다 하더만

오늘밤 누구 집서 밤놀이하고 오나.

天桃高髻木魚鬢,

紫的回裝草綠衣.

應向壁藏新買宅,

誰家今夜夜遊歸.

　　ㅡ〈의녀도〉醫女圖에 붙인 평시

　〈삼녀재봉도〉는 세 여성이 재봉 일을 하고 있는 장면을 그린 그림인데 이 그림을 이리 읊은 것입니다. 여자가 셋이면 '간'이 된다는 것은 '여'女 자가 셋이면 '간'姦 자가 된다는 뜻입니다.

　〈의녀도〉는 의녀醫女를 그린 그림인데 이 그림을 이리 읊었습니다. '의녀'는 원래 내의원內醫院과 혜민서惠民署에 소속된 의술을 익힌 관비官婢인데 뒤에는 기녀와 다를 바 없게 되어 '의기'醫妓라고 불렀습니다. '천도'는 천도복숭아를 말하고, '다리'는 머리 가발을 뜻합니다. '목어 같은 귀밑머리'는 귀밑머리를 길게 늘어뜨렸다는 뜻이고, '회장'은 여자 저고리의 깃이나 끝동을 색깔 있는 헝겊으로 꾸민 것을 이릅니다. '벽장동'은 지금의 서울시 중구 송현동에 해당하는데, 당시 이곳에 기생집이 많았습니다.

　허필은 이옥과 마찬가지로 당색이 소북이었습니다. 옛날에는 당색이 같은 사람들끼리 어울렸습니다. 어쩌면 이옥은 허필의 국문시를 접했을지도 모릅니다. 하지만 이옥이 국문시를 지은 것 같지는 않습니다. 그렇기는 하지만 이옥은 『이언』의 서문에서 근대성을 선취하고 있다고 여겨집니다.


## 마무리

오늘 강의에서는 김려와 이옥, 두 사람의 소품체 문학에 대해 살펴보았습니다. 흔히 소품체는 폄하되는 경향이 있습니다만 이 두 사람은 소품체를 밀고 나가 조선의 다른 작가들이 이르지 못한 경지를 보여 주었습니다. 그리하여 근대성을 선취해 내고 있습니다.

18세기 후기에서 19세기 초기의 조선에는 근대적 지향이라 함 직한 면모들이 여기저기 나타납니다. 홍대용이 보여 준 사상의 자유를 향한 분투와 존재의 평등성에 대한 심원한 통찰, 이언진이 보여 준 차별과 억압에 대한 견결한 반대와 자유와 평등에 대한 추구 같은 것이 그렇습니다. 근대의 특징 중 하나는 사물을 표준화한다는 점입니다. 그런 점에서 기물器物의 표준화를 중시한 박제가의 사고방식은 근대적이라 할 만합니다. 게다가 신분 차별이 지양된 물질적으로 부유한 새로운 문명을 기획하며 개국통상론에 근접한 주장을 했다는 점 역시 주목됩니다. 오늘 강의에서는 이들과는 또 다른 경로로 근대를 선취한 두 작가를 공부했습니다.

그럼, 오늘 강의는 이것으로 마칩니다.

## 질문과 답변

*　　　 김려와 이옥은 모두 중국 소품문을 직접 읽고 그 영향을 받은 작가들입니다. 그렇다면 중국 문인의 소품적 글쓰기에서도 근대적 지향이 나타나는지요?

중국의 경우 소품문은 명말청초에 성행했는데 창의적인 사고와 새로운 글쓰기를 보여 줍니다. 이 시기 중국의 소품은 자아와 개성의 중시, 욕망에 대한 긍정, 자유로운 삶의 추구, 감정 해방 등의 특징을 보여 줍니다. 그렇기는 하지만 정치적·사회적 억압에 대한 저항이라든가 신분적·민족적 차별에 대한 반대 같은 것은 찾아보기 어렵습니다. 이런 점에서 명말청초의 소품문은 삶과 세계에 대한 새로운 감수성이나 상상력을 보여 주기는 하지만 정치의식이나 사회의식은 좀 빈약하다고 말할 수 있습니다. 이와 달리 18세기에서 19세기 초 사이에 꽃핀 조선의 소품 문학은 단지 유희적이거나 실험적·일탈적인 데 그치지 않고 사회적·정치적 비판 의식을 보여 주기도 합니다.

　　명말청초 소품체 문학의 근대적 지향성은 개아個我의 적극적 긍정, 욕망과 감정의 해방에서 주로 발견됩니다. 김려와 이옥은 중국 소품체 문학의 이런 면모에 영향을 받았을 수 있습니다. 그렇기는 하지만 김려의 문학에서 발견되는 계급에 대한 부정이라든가 진보적인 젠더 의식, 이옥의 문학에서 발견되는 자국 문학의 독자성에 대한 옹호와 같은 근대 지향적 면모는 중국의 소품에서는 잘 확인되지 않습니다. 이로 볼 때 한국의 소품체 문학에는 중국과 달리 사회적·민족적 의식이 담지되어 있다고 말할 수 있습니다.

김려와 이옥의 문학이 보여 주는 인간 평등에 대한 인식이라든가 하층 여성을 하나의 주체로 인정하는 태도라든가 민족적 주체성에 대한 긍정은 중국 소품 문학의 영향을 받았다기보다는 조선의 현실과 모순을 직시한 결과가 아닌가 합니다. 이 점에서 이들의 문학을 동아시아적 차원에서 평가한다면 주로 문인의 소소한 개인적 일상에 묶여 있던 소품체 문학에 사회정치적, 공동체적 연관을 부여함으로써 소품 문학의 가능성을 확장한 공로가 있다고 할 것입니다. 요컨대 이들이 비록 애초 중국의 소품체 문학을 배운 것은 사실이지만 이들의 문학이 근대를 선취할 수 있었던 것은 중국의 영향이라기보다는 이들이 처한 존재 여건에서 현실과 맞서 고투한 결과라고 봐야 하지 않을까 합니다.


＊
＊
　　김려 문학의 가장 주목되는 면모로 '평등'을 말씀하셨습니다. 그리고 이전 강의에서 홍대용 역시 '평등'을 어젠다로 삼아 분투했음을 배운 바 있습니다. 다만 홍대용의 경우 이론적 모색을 통해 존재의 '평등'을 정초했다면 김려의 경우 삶의 구체적 과정과 체험을 통해 인간의 '평등'을 인식하게 되었다는 차이가 있지 않나 합니다. 그런 점에서 평등에 대한 깨달음에 이르는 도정에는 이론적 모색을 통한 것과 삶의 곡절을 통한 것, 이 둘이 있다고 볼 수도 있지 않을까 하는데, 각각의 특징 혹은 각각의 장단점이 있다면 어떤 것이 있을까요?

홍대용은 인간과 물物이 대등하다는 인식에서 출발해 지구와 다른 별이 대등하다는 인식을 거쳐 중화와 오랑캐가 대등하다는 인식에 이르고 있습니다. 요컨대 인간과 물의 관계에 대한 존재론적 규정에서 출발해 중화와 오랑캐의 대등한 관계성을 도출해 내고 있죠. 이는 말하자면 톱다운 방식의 논리 전개입니다. 사변적 사유의 전개죠. 우리는 여기서 홍대용의 사유의 운동과 정신을 목도할 수 있습니다. 하지만 홍대용이 현실을 벗어나 자기대로 공상을 한 것은 아닙니다. 이 사유는 홍대용이 자기 시대의 사회적, 정치적, 학문적 과제와 씨름한 결과 나올 수 있었습니다. 그 점에서 사회역사적, 민족적 관련을 갖는다고 할 수 있죠.

이와 달리 김려는 유배지에서 전연 새로운 경험을 하면서 이를 통해 신분제에 기초한 조선의 차별적 인간 인식을 뛰어넘어 인간 평등을 깨닫게 됩니다. 체험을 통해 몸으로 깨달은 인식이라고 말할 수 있습니다. 홍대용의 경우 사유와 정신을 통해 사물과 관계의 평등성이 도출되었다면 김려의 경우 접촉과 '육체'적 확인을 통해 본래 계급이란 없으며 인간은 평등한 존재라는 사실을 인식하게 되었습니다.

홍대용의 『의산문답』에는 인간의 평등에 대한 직접적 언급은 없습니다. 이는 이 저술의 목표가 중화주의와 화이론을 격파하는 데 있었기 때문입니다. 물론 '인물균'이라는 테제를 연역적으로 확장한다면 결국 인간과 인간의 관계도 평등할 수밖에 없다는 결론이 도출될 수 있겠습니다만 이는 어디까지나 보완적 해석의 결과일 뿐 홍대용 스스로 그런 주장을 펼치지는 않았습니다. 이와 달리 김려의 작품들에서는 인간의 평등성이 직접적으로 그리고 구체적으로 그려져 있습니다.

이런 차이는 홍대용은 문인이라기보다는 학자이고 김려는 학자가 아니라 문인인 데서 유래하기도 할 것입니다. 홍대용은 학자로서 그리고 이론가로서 자신의 사변을 펼쳐 보인 것이고, 김려는 문인으로서 자신의 체험과 감정을 육화肉化한 것이죠. 하나는 좀 더 정신과 논리 쪽에 기대고 있고, 다른 하나는 좀 더 육체성과 감성에 기대고 있다고 보입니다.

정신과 논리에 의거한 글쓰기는 대체로 근원적이고 심오하며 추상적인 면모를 갖습니다. 육체성과 감성에 의거한 글쓰기는 대체로 경험적이고 직절적直截的이며 구체적인 면모를 갖습니다. 이 둘에는 각각 그것대로의 장점이 있습니다. 이 둘 중 문학은 특히 후자에 친숙하지만, 그렇다고 문학에 전자의 측면이 배제되어서는 안 될 것입니다. 가령 서경덕이나 이황의 철리시哲理詩는 시의 다른 경지를 보여 주며, 김시습의 「남염부주지」 같은 소설은 대단히 사변적임에도 우리 소설에 깊이를 부여하면서 그 외연을 확장시키고 있습니다.

요는 이론적 모색을 통한 것과 삶의 곡절을 통한 것, 이 둘이 모두 의미가 있을 뿐만 아니라 서로 보완 관계에 있다는 사실을 말하고 싶습니다. 일국一國의 문학에서 하나가 약하면 결국 다른 하나에도 문제가 생길 수밖에 없습니다. 둘이 보조를 맞춰 함께 갈 필요가 있습니다. 이리 본다면 18세기 말에서 19세기 초의 조선에서 이 두 방식의 글쓰기를 통해 평등과 근대가 모색된 것은 문학사에서 각별한 의미를 부여할 수 있는 일이 아닌가 합니다.

이 시들은 아쉽게도 현재 전하지 않아 확실한 것은 말하기 어렵습니다. 하지만 이덕무가 자신의 책 『이목구심서』에 허필의 국문시 2수를 한문으로 번역해 수록해 놓아 그 내용은 알 수 있습니다. 〈삼녀재봉도〉에 붙인 시는 한문 번역에 의하면 4언 5행이고, 〈의녀도〉에 붙인 시는 7언 4행입니다. 4언 5행 시의 경우 원래의 국문시도 5행이 아니었을까 합니다. 7언 4행 시의 경우 원래의 국문시는 4행이 아니고 5행이나 6행이나 7행이었을지도 모릅니다. 그것을 7언절구絶句 형식으로 압축해 놓았을 수 있습니다. 이렇게 본다면 허필의 국문시는 시조나 가사와 달리 행수行數도 일정하지 않고 정해진 형식도 없이 읊조림의 대상인 그림에 따라 자유롭게 읊은 단형의 시가 아니었을까 합니다.

　이 시는 자유시라는 점에서만이 아니라 시조처럼 가창을 위해 지은 것이 아니라 눈으로 읽기 위해 지은 것이라는 점에서도 근대시와 연결됩니다. 허필이 지은 국문시는 이른바 언문풍월諺文風月과도 그 성격이 다르다고 보입니다. 언문풍월은 우리말로 시를 짓되 한시처럼 글자 수와 운을 맞춰 짓습니다. 그러니 정형시라고 할 수 있습니다. 게다가 언문풍월은 순전한 희작戱作이지만 허필의 국문시는 희작이 아니라 그림을 평한 제화시題畵詩입니다. 이덕무가 허필의 국문시에 대해 "그 묘함이 곡진하다"라고 말한 것을 보면 그 점을 알 수 있습니다. 허필은 원래 그림 보는 안목이 높아 화평畵評을 잘했는데 조영석의 그림만이 아니라 강세황과 정선鄭敾의 그림에도 평을 남겼습니다.

　허필은 개성이 있는 한시 작가였을 뿐만 아니라 빼어난 문인화

**묘길상도** 허필 화畫, 종이, 30×98.1cm, 국립중앙박물관 소장

가이기도 했습니다. 〈묘길상도〉妙吉祥圖 같은 그림을 보면 그가 얼마
나 창의적인 화가인지 알 수 있죠. 이 그림의 묘길상에는 낙척불우
했던 화가의 모습이 투사되어 있습니다.

　허필은 이처럼 틀에 얽매이지 않고 창의성이 대단히 높은 작가
였기에 국문으로 된 제화시를 한국고전문학사상 처음으로 지을 수
있었던 게 아닌가 합니다. 아쉽게도 우리는 지금 허필이 지은 국문
시의 전모를 알지 못합니다. 하지만 그가 처음 시도한 자유시 형의
이 국문 제화시를 한국 근대시의 요람으로 봐도 무방하지 않을까 합
니다.

이언진의 스승인 이용휴는 비단 중국의 고문에 조예가 있었을 뿐만 아니라 소품에도 아주 해박했습니다. 이용휴의 제자인 이언진은 스승의 영향을 받아 명말 고문의 대가인 왕세정王世貞을 존숭했을 뿐만 아니라 명말청초의 소품에도 통달했습니다. 『호동거실』의 뾰족뾰족하고 기발하고 일탈적인 시들에서는 소품체 한시의 면모가 확인됩니다. 다만 이언진의 시들은 비록 때때로 유희적인 면모를 보여 주기도 하지만 유희가 목적은 아닙니다. 지난 강의(제26강)에서 말했듯 그의 시들은 인정투쟁의 과정에서 나왔습니다. 그의 시는 신분적 차별에 대한 반대와 인간 평등을 향한 갈구를 보여 줍니다.

'인간 평등'을 문제 삼고 있다는 점에서 이언진은 김려와 통합니다. 하지만 주요한 차이가 있습니다. 이언진에게 '인간 평등'은 다른 누구의 문제가 아니라 바로 자신의 문제였습니다. 그래서 자신의 전 존재, 자신의 실존을 걸고 시를 썼습니다. 이와 달리 김려에게 '인간 평등'은 자신의 문제가 아니라 타자의 문제였습니다. 김려의 시에 하층 여성에 대한 미화가 다소 보이는 데 반해 이언진의 시에서는 하층민에 대한 미화가 보이지 않으며 그 대신 자신에 대한 높은 자존감이 발견되는 것은 이와 관련이 있습니다.

이언진이 시작詩作 행위를 통해 인정투쟁을 벌인 것도 문학사에서 주목되는 일이지만, 김려가 유배지에서의 체험과 성찰에 의해 존재 구속성을 뛰어넘어 모든 인간이 평등하다는 사실을 깨닫고 이를 대담하게 글로 표현한 것도 문학사에서 주목되는 일이라 할 것입니다.

이언진이든 김려든 소품체 문학의 가능성을 십분 발휘함으로

써 급기야 중국의 소품에는 없는 억압과 차별에 대한 반대와 인간 평등의 요구를 제기할 수 있었습니다. 이는 소품에서 출발했으나 구경究竟에는 소품을 넘어선 것으로 해석될 수 있지 않을까 합니다.

## 사유악부 서문

'사유'思牖('생각의 창')는 내가 세 들어 사는 집의 오른쪽 창에 붙인 편액이다. 내가 북쪽에 있을 때는 하루도 남쪽을 생각지 않은 적이 없는데, 남쪽으로 오니 또 어느 하루도 북쪽을 생각지 않은 날이 없다. 생각이란 이처럼 때를 따라 바뀌지만 그 괴로움은 더욱 심해졌으니, 창의 이름을 '사'思라고 한 것은 이에서 비롯된다. 나는 종이를 접어 가도賈島(당나라 시인)의 다음 시를 써서 창에 붙였다.

  병주幷州의 객사客舍에서 지낸 지 십 년
  돌아가고픈 마음에 밤낮 장안長安을 생각했네.
  공연히 상건수桑乾水(하천 이름)를 건너고 보니
  병주가 되레 고향처럼 그리워지네.

  내가 북쪽을 생각하는 뜻은 이 시와 같다.
  대저 생각은 즐거움이 있어서 하는가 하면, 슬픔이 있어서 하기도 한다. 나의 생각은 어떠한가?
  서서도 생각하고, 앉아서도 생각하며, 걷거나 누워 있을 때에도 생각한다. 혹 잠시 생각하기도 하고, 혹 한참 생각하기도 한다. 혹은 생각을 하면 할수록 더욱더 못 잊게 된다. 그렇다면 나의 생각은 어떠한가?
  생각으로 인해 마음에 느낌이 있으니 소리가 없을 수 없고, 소리를 좇아 운韻을 다니 곧 시가 되었다. 비록 격이 낮고 고상하지 못

해 음악으로 연주하기에는 부족하나, 저 오뜣나 채蔡의 가요처럼 생
각한 바를 스스로 노래할 만하다. 이에 시 약간 수를 옮겨 써서 이름
하기를 '사유악부'라고 하였다.

신유년(1801) 12월 정사丁巳 보름에 유배객 담원藫園(김려의 호)이
쓰다.

— 김려, 『사유악부』

제31강

# 여성 주체의 새로운 모습들

### 새로운 여성 주체들

오늘 강의에서는 18세기 후반 이후의 주목되는 여성 주체의 면모
들을 살펴보기로 하겠습니다. 임윤지당任允摯堂, 남의유당南意幽堂,
이빙허각李憑虛閣, 이사주당李師朱堂, 초옥楚玉, 덴동어미가 그 대상
입니다. 임윤지당·남의유당·이빙허각·이사주당 네 사람은 사대
부 집안의 여성이고, 초옥은 소설 「포의교집」의 여성 주인공이며,
덴동어미는 가사 「덴동어미화전가」의 주인공입니다. 초옥과 덴동
어미는 미천한 신분의 여성이죠. 임윤지당, 남의유당, 이빙허각, 이
사주당은 실존 인물이고 초옥과 덴동어미는 작중 인물이라는 차이
가 있습니다만, 여성 주체의 양상을 살피는 데 이런 차이는 문제가
되지 않는다고 생각합니다.

윤지당, 의유당, 빙허각, 사주당은 모두 당호堂號입니다. 조선
시대 사대부 집안의 여성들 중 존중할 만한 인물들은 당호 앞에 성
을 붙여 불렀습니다. '신'사임당申師任堂, '허'난설헌許蘭雪軒과 같이
말입니다.

임윤지당은 우리나라 최초의 여성 철학자로서 여성의 금기에 도전해 학문 행위를 했습니다. 놀라운 일이 아닐 수 없습니다.

조선 시대 사대부 집안의 여성들은 집 밖을 나가 유람하는 것이 허용되지 않았습니다. 하지만 남의유당은 규방을 벗어나 함경도의 명승지를 유람했으며 이를 국문 기행문으로 남겼습니다.

이빙허각은 요리하기와 살림살이를 처음으로 학문의 영역에 포섭해 국문으로 된『규합총서』閨閤叢書를 저술했습니다. 대단히 놀라운 일입니다. 동아시아에서 학문은 남성의 전유물로서 철저히 남성 본위의 관점에서 그 패러다임이 구축되었습니다. 이빙허각은 이 패러다임에 균열을 내면서 새로운 글쓰기를 시도했죠.

이사주당은 태교胎敎에 관한 저술인『태교신기』胎敎新記를 남겼습니다. 종래 임신이나 출산 같은 여성의 일은 학문의 대상이 되지 못했습니다. 이사주당은 여성으로서 자신의 경험을 토대로 태교를 하나의 학문으로 정립했습니다. 역시 놀라운 일이 아닐 수 없습니다.

이빙허각이나 이사주당은 '여성 실학'을 했다고 할 수 있습니다. 남성 본위의 실학에 여성의 신체나 여성의 생활과 관련된 분야를 추가함으로써 한국 실학의 문제의식을 심화시키고 그 범위를 확장했다 할 만합니다.

초옥은 원래 궁가宮家의 종인데 속량贖良되어 평민과 혼인한 여성입니다. 그녀는 유부녀로서 시골 출신의 한 선비를 깊이 사랑합니다. 그녀의 사랑은 자신의 온몸을 던지는 강렬하고 전투적인 것이라 아주 문제적입니다. 여기서 이전에 보지 못한 새로운 여성적 주체성의 면모가 발견됩니다.

덴동어미는 애초 서리 집안 출신이지만 운수가 기구해 하층 양민으로 전락한 여성입니다. 그녀는 몇 번이나 남편을 잃고 개가해 삶의 온갖 고초를 겪습니다. 이런 덴동어미에게서 19세기 후반에 살았던 서민 여성 주체의 한 놀라운 면모를 목도할 수 있습니다.


## 임윤지당

#### —— 생애

임윤지당(1721~1793)은 본관이 풍천입니다. 소과에 합격해서 양성陽城 현감과 함흥 판관을 지낸 임적任適(1685~1728)의 딸이죠. 임적은 송시열의 제자인 수암遂菴 권상하權尙夏의 문인이고, 단호그룹에 속한 임매의 재종형입니다. 윤지당에게는 오빠가 셋, 동생이 하나 있었습니다. 큰오빠는 임명주任命周(1705~1757)이고, 둘째 오빠는 유명한 철학자 임성주任聖周(1711~1788)이며, 셋째 오빠는 임경주任敬周(1718~1745)인데 요절했습니다. 임경주는 이전 강의(제22강)에서 언급했듯, 벗이라는 것은 덕이 중요하지 귀천은 하등 중요하지 않다는 취지의 혁신적인 우정론을 펼친 인물입니다. 동생은 임정주任靖周(1726~1796)입니다.

윤지당의 둘째 오빠 임성주는 비록 단호그룹에 속한 인물은 아니지만 이인상 등 단호그룹의 인물들과 교유가 있었습니다. 임경주는 단호그룹의 일원이었습니다. 윤지당의 인장印章은 이종 오빠인 송문흠이 새겨 줬습니다. 임매는 윤지당의 재종숙이었습니다. 그러니 윤지당은 단호그룹 부근에 존재했다고 할 만합니다.

윤지당은 다섯 살 때까지 부친의 임지인 양성에서 성장했습니다. 양성은 지금의 경기도 안성군 양성면에 해당합니다. 다섯 살 때인 영조 1년(1725) 부친이 함흥 판관으로 부임하자 함흥에 가서 생활합니다. 그리고 일곱 살 때인 영조 3년(1727) 부친이 벼슬을 그만두고 서울로 돌아오자 서울에서 생활합니다. 부친이 지방관을 역임했기에 부친을 따라 여기저기 옮겨 다니며 생활했다고 하겠습니다.

여덟 살 때인 영조 4년(1728)에 부친이 향년 44세로 세상을 하직하자 이듬해 전 가족이 서울에서 충청도 청주 근처의 옥화玉華라는 산골 마을로 이주합니다. 부친이 생전에 이곳에 집과 전답을 마련해 두었기에 이리로 옮긴 것입니다. 윤지당은 옥화에 살 때 오빠 임성주에게 『효경』孝經, 『열녀전』列女傳, 『소학』小學, 사서四書 등을 수학했습니다. 그러니 임성주는 학문적으로 윤지당의 스승이었습니다. 윤지당은 옥화 시절에 오빠들과 학문적 대화와 토론을 하곤 했습니다. 오빠들은 윤지당의 재능을 알아보고 여자라고 해서 배제하지 않고 함께 학문 행위를 했습니다. 이 때문에 윤지당은 학자가 될 수 있었습니다.

열일곱 살 때 윤지당은 선영이 있는 경기도 여주로 이사하며, 열아홉 살 때 원주의 선비인 신광유申光裕(1722~1747)에게 시집갑니다. 신광유는 평산 신씨 명문가 출신입니다. 그의 부친 신보申晢는 신소申韶와 재종간입니다. 신소는 이전에 단호그룹을 공부할 때 언급했듯 지독한 대명의리론자이면서도 실학적 지향을 지닌 문제적인 학자로, 임성주와 친했습니다. 신광유는 죽을 때까지 벼슬을 못했지만 그 동생인 신광우申光祐는 대사간을 지냈습니다.

스물일곱 살 때 결혼한 지 8년 만에 남편이 사망합니다. 남편이 죽은 이해에 큰오빠가 문과에 급제합니다. 큰오빠는 문과에 급제한 뒤 탕평책을 비판해 영조의 격노를 사 제주도로 유배됩니다. 3년 후인 1750년 유배가 풀려서 돌아오지만 이후 다시 벼슬을 하지 못하고 1757년 사망합니다. 윤지당은 큰오빠가 죽자 한문으로 오빠의 제문을 지었습니다. 이 제문을 읽어 보면 큰오빠의 불우함에 대한 안타까움과 슬픔이 절절이 배어 있습니다. 윤지당은 남편이 죽은 후 시동생들과 한집에 살았습니다.

마흔다섯 살 때인 1765년 양시어머니 문화 유씨文化柳氏가 사망했습니다. 윤지당에게는 시어머니가 두 분 있었습니다. 한 분은 양시어머니고 다른 한 분은 친시어머니입니다. 남편이 양자로 들어갔기 때문이죠. 2년 후인 마흔일곱 살 때 친시어머니 풍산 홍씨豐山洪氏가 사망했습니다.

예순두 살 때인 1782년 둘째 오빠 임성주는 일흔두 살에 누이가 사는 곳 근처에서 살려고 가족을 데리고 원주로 이사합니다. 윤지당은 나중에 둘째 오빠가 사망했을 때 그 제문에서 이렇게 말하고 있습니다.

저의 노후를 즐겁게 하시려고 이곳으로 오셔서 서로 의지하여 왕래했지요.

이 말을 통해 남매 간의 우애가 굉장히 돈독했음을 알 수 있습니다. 남매 간에 이리하는 게 쉬운 일이 아니거든요. 임성주는 원주로 이사해 4년을 윤지당과 같이 지내다가 1786년 원래 살던 곳인 충청도 녹문鹿門으로 돌아갑니다. 녹문은 충청도 공주 근처의 마을인데요, 임성주는 이 지명을 취해 자신의 호를 '녹문'이라고 했습니다. 녹문으로 돌아온 임성주는 2년 후인 1788년에 생을 마감합니다. 이해 윤지당은 둘째 오빠의 제문을 지어 오빠의 죽음에 대한 슬픔과 오빠가 큰 학문을 했음에도 불구하고 이 세상에 크게 쓰이지 못한 것을 애석해하는 마음을 표현했습니다.

윤지당은 예순다섯 살 때인 1785년 손수 정리해 둔 문집의 원고를 동생 임정주에게 보냅니다. 이때 그 문집의 서문도 써서 보냈습니다. 2년 후인 예순일곱 살 때 양자로 들였던 신재준申在竣이 스물여덟 살로 요절합니다. 윤지당에게는 아이가 하나 있었지만 유아 때 죽어서 자식이 없었습니다. 남편도 일찍 죽고 하나 있던 자식도 일찍 죽어 고단한 신세였습니다. 그래서 마흔 넘어서 시동생 신광우의 큰아들 재준을 양자로 들였습니다. 윤지당은 이 양자에게 마음을 붙여 삶을 부지했는데, 이 양자가 갑자기 죽자 절망합니다. 슬픔이 너무 커서 눈이 거의 멀 지경이 되었다고 했습니다. 윤지당은 양자가 죽은 지 1년째 되던 해 제문을 지었는데 그 첫 구절이 이렇게 시작됩니다.

너는 나를 버리고 어디로 갔기에 일 년이 다 되도록 돌아오지 않느냐?

늘 같이 지내던 아들이 갑자기 죽어 버리니까, 아직도 살아 있는 것만 같아 어디를 갔기에 1년이 되도록 돌아오지 않느냐고 묻고 있는 것입니다. 이처럼 이 제문 전체에 윤지당의 비통하고 참혹한 마음이 표현되어 있습니다.

아들이 죽은 다음 해인 예순여덟 살 때에는 자신의 스승이기도 한 둘째 오빠 임성주가 사망합니다. 연달아 이렇게 초상이 나니 이 68세의 노인이 얼마나 충격이 컸겠습니까? 윤지당은 둘째 오빠가 죽은 지 5년 후인 1793년 73세를 일기로 원주의 집에서 세상을 뜹니다.

윤지당이 죽은 지 3년 후인 1796년, 그 문집 『윤지당유고』允摯

堂遺稿가 친정 동생인 임정주와 시동생인 신광우에 의해 간행됩니다. 임정주는 이 책 끝의 「유사」遺事에서, 자신의 누이가 "규중도학"閨中道學이요 "여중군자"女中君子라고 했습니다. '규중도학'은 '규방의 도학자'라는 뜻이고, '여중군자'는 '여자 중의 군자'라는 뜻입니다. 또 이 책의 발문에서 이런 말도 했습니다.

부녀들의 저술이 예로부터 많지만, 경전의 이치를 다반사처럼 논한 이런 문집은 종전에 없었다.

임정주의 이 말은 사실입니다. 전근대 시기에 철학적 저술을 남긴 여성은 한국, 중국, 일본을 통틀어 윤지당 말고는 없는 듯합니다. 한편 시동생인 신광우는 『윤지당유고』의 발문에서 윤지당을 "숙덕순유"宿德醇儒라고 했습니다. '숙덕순유'는 '덕망이 있는 바른 유자儒者'라는 뜻입니다. 신광우는 같은 글에서 또 이렇게 말했습니다.

이윽고 시부모가 다 돌아가시고 형수 또한 늙으셨다. 간혹 집안일을 하시다가 겨를이 나면 밤이 깊을 때 보자기에 싸 두었던 경전을 펴 놓고 낮은 목소리로 읽으셨는데, 이때 창밖으로 등불이 형형히 비치는 것이 보였다. 이후 비로소 형수가 학문에 있어 남모르는 공부가 있으신 것을 알게 되었다. 우리 형제들은 매번 서로 이리 말했다. "부인으로서도 저렇게 열심히 글을 보시는데 우리들은 어찌해야 하는가?"

이 글을 통해 윤지당이 시어머니가 계실 때는 학문을 하지 못했으며, 시어머니가 돌아가신 1767년 이후, 즉 윤지당의 나이 마흔일곱 이후 다시 학문을 시작했음을 알 수 있습니다. 시집가기 전에 했던 공부를 다시 시작한 거죠. 그것도 낮에는 집안일을 하고 밤에 공부를 했다는 것입니다.

—— 공적 담론으로서의 글쓰기

윤지당의 친정은 대체로 노론 청류의 입장에 속합니다. 노론 청류가 무엇인지는 이전 강의(제22강)에서 말한 바 있습니다. 윤지당 역시 노론 청류의 입장을 따르고 있습니다. 이 때문에 정치적으로 다소 보수적이며 새로운 시각을 보여 주지는 않습니다. 그렇기는 하지만 여성으로서 자신의 일관된 논리를 제시하고 국가, 정치, 역사에 대한 자신의 사유를 진지하게 제시하고 있다는 점이 주목됩니다. 국가, 정치, 역사의 문제는 모두 공적 담론의 영역에 속합니다. 그러므로 윤지당의 글쓰기는 공적 담론의 영역에서 이루어진 여성 최초의 본격적인 글쓰기라는 점에서 주목을 요합니다. 우리는 이전에(제16강) 허난설헌이나 황진이나 이옥봉이나 호연재 김씨의 일부 시에서 공적 담론의 표출을 목도한 바 있습니다. 하지만 아쉽게도 그것은 크게 보아 단초적인 것에 지나지 않으며 본격적인 것은 아니었습니다. 이와 달리 윤지당의 글쓰기는 여성 주체에 의한 공적 담론의 본격적 전개를 보여 줍니다. 이전과는 사뭇 다른 차원이죠. 이 점에서 윤지당의 글쓰기는 여성 학자의, 혹은 여성 지식인의 역사적 등장을 보여 준다고 할 것입니다. 특히 국가, 정치, 역사에 대한 여성 주체의 적극적 개입과 관여를 보여 준다는 점을 주목할 필요가 있습니다.

『윤지당유고』에는 총 11편의 논論이 실려 있습니다. '논'은 한

문학 문체의 하나로서 어떤 사실이나 인물에 대한 논의입니다. 윤지당의 논은 모두 인물론에 해당하는데요, 예양豫讓·자로子路·가의賈誼·온교溫嶠·왕안석王安石·악비岳飛 등 중국의 저명한 인물들에 대해 논하고 있습니다. 이 중 「온교가 옷깃을 자르고 어머니를 떠난 것에 대해 논함」(論溫嶠絶裾)이라는 글에는 여성적 관점이 발견됩니다. 이 글은 온교의 다음 고사에 대해 논한 것입니다: 중국 육조六朝 시대 동진東晉의 인물인 온교가 장군 유곤劉琨의 명을 받아 사신으로 떠나고자 할 때 어머니가 못 가게 옷깃을 잡습니다. 어머니는 온교가 굉장히 위험한 길을 간다고 걱정했던 거죠. 그런데 온교는 칼로 옷깃을 잘라 버리고 떠났습니다.

윤지당은 온교의 이 행위를 잘못이라며 다음과 같이 비판하고 있습니다.

> 구차한 공명심 때문에 어버이를 저버리고 은혜를 끊는 것을 보통 일로 여기니, 효자가 과연 이러한가? (⋯) 난리 통에 죽어서 어머니를 다시 뵙지 못하게 된다면 어머니가 겪을 평생의 통한이 어떠하겠는가?

'어머니'의 관점에서 사태를 보고 있다는 점이 주목됩니다. 여성으로서 윤지당의 입장이 반영된 해석이라고 할 만합니다.

논에 해당하는 글만이 아니고 설說에 해당하는 글들 중에도 흥미로운 것들이 있습니다. '설' 역시 한문학 문체의 하나로서 어떤 사안에 대한 풀이입니다. 논과 설은 논변체論辨體 산문에 속하며, 논리 전개를 핵심으로 삼습니다. 『윤지당유고』에 수록된 설은 총 여섯 편으로 철학적인 주제를 다룬 것이 다섯 편, 정치적인 주제를 다룬 것이 한 편입니다. 이 중 맨 앞에 실려 있는 것이 「이기심성설」理氣心性說입니다. 논과 설은 『윤지당유고』에 실린 글의 절반을 점합니다. 이를 통해 윤지당이 논리와 사변 등 추상적 능력에 뛰어났음을 알 수 있습니다. 종래 논리와 사변은 남성의 소관사로 간주되어 왔는데 윤지당은 이런 오랜 통념을 깨뜨리고 있습니다.

여섯 편의 설 가운데 「난세를 다스림은 인재를 얻는 데 있다라는 말에 대한 설」(治亂在得人說)과 「나의 도는 일관된다라는 말에 대한 설」(吾道一貫說) 두 편이 주목됩니다. 「난세를 다스림은 인재를 얻는 데 있다라는 말에 대한 설」은 윤지당의 정치철학을 잘 보여 줍니다. 아무리 임금이 총명하더라도 혼자서 세상 만물을 다 살필 수는 없기에 밝은 임금과 훌륭한 선비가 만나 서로 힘을 합해야 백성을 편안히 할 수 있다고 보았습니다. 임금이 오로지 자기 견해만 믿고 자기에게 아첨하는 이만 좋아하며 "오직 내 말대로 하고 내 뜻을 어기지 마라"라고 해서는 안 된다고 했습니다.

이는 신하의 언로言路를 막아 신하가 자신에게 반대하는 상소를 올리면 어김없이 귀양을 보낸 영조의 전제적 통치 행태를 비판한 것으로 여겨집니다. 윤지당은 「큰오빠 제문」(祭伯氏正言公文)에서도 "공(큰오빠)으로 하여금 조정에 벼슬하지 않게 했다면 모르지만 벼슬하게 해 놓고서 쓰지 않은 것은 어긋난 일이다"라면서 영조를 은근히 비판했습니다. 큰오빠가 귀양 갔다 온 다음에 7년가량 벼슬길이 막혀 있다 죽었거든요.

한편, 「나의 도는 일관된다라는 말에 대한 설」에서 윤지당은 『논어』에서 공자가 증자曾子에게 "나의 도는 일이관지一以貫之한다"라고 한 말을 자기대로 풀이해, 천지자연의 도가 '일'一에 해당하는 '태극'太極에 근원을 두고 있음을 말한 것으로 해석하고 있습니다.

이 해석이 과연 공자의 본래 뜻인가 여부는 차치하더라도 윤지당의 이런 해석에서 성리학자로서 윤지당의 사유력과 추상화의 능력을 엿볼 수 있습니다.


—— 철학자로서의 면모

윤지당의 이기심성론理氣心性論이나 경학經學은 주로 『중용』과 『대학』을 대상으로 합니다. 그의 경학은 그가 주자학을 완벽하게 이해했으며 더러 자기대로의 견해를 만들어 가기도 했음을 보여 줍니다. 그렇긴 하나 주자학의 표준적 해석을 넘어서고 있지는 못하다고 보입니다. 이런 한계가 없진 않지만 윤지당의 철학에는 다음 몇 가지 점이 주목됩니다.

첫째, 이일분수리一分殊(하나인 리理가 여럿으로 나뉜다)에서 '이일'理一을 강조하고 있다는 점입니다. '하나의 리'는 모든 존재의 보편적 원리를 말합니다. 윤지당이 보편성을 강조한 것은 남녀의 차별을 염두에 둔 것으로 여겨집니다. 즉, 현실적으로 존재하는 남녀의 능력에 대한 차별적 인식과 통념을 부정하기 위해서입니다. 이 점에서 '일기'一氣(하나의 기)를 강조한 오빠 임성주의 철학과 차이를 보입니다.

둘째, 남녀가 하늘에서 받은 성性(본성)에 차이가 없음을 강조하고 있다는 점입니다. 윤지당은 「극기복례가 인仁이 된다라는 말에 대한 설」(克己復禮爲仁說)에서 이렇게 말합니다.

> 내가 비록 여자지만 하늘에서 받은 성性은 애초 남녀의 차이가 없다.

윤지당은 「둘째 오빠 녹문선생 제문」(祭仲氏鹿門先生文)에서도 이렇게 말하고 있습니다.

> 남녀가 비록 행실은 다르나 하늘로부터 부여받은 성性은 같 답니다. 그래서 경전의 의미에 의문이 생기는 바가 있으면 공(임성주)은 반드시 자상하게 잘 일러 주어 제가 깨친 뒤에 야 그만두셨습니다.

또한 「비수에 새긴 명銘」(匕劍銘)에서도 이렇게 말하고 있습니 다: "힘쓰라, 비수여/나를 여자라 여기지 말라."

이를 통해 윤지당이 여자를 넘어 남자와 동등한 인간이 되고 자 했음을 알 수 있습니다. 요즘은 그래도 젠더적 상황이 많이 나아 졌습니다만, 18세기 조선의 상황을 고려할 때 이는 참 대단한 일이 라 하지 않을 수 없습니다.

방금 예로 든 윤지당의 이런 언명들은 여성으로서 자신의 학 문 행위를 이론적으로 정당화하는 발언들입니다. 남녀의 처지가 다를 뿐이지 여성도 남성과 똑같이 학문을 할 수 있는 능력이 있다 는 점을 이론적으로 스스로 뒷받침하고 있는 거죠. 성리학은 적어 도 원리적으로는 인간은 그 타고난 본성이 모두 같다는 보편주의 의 면모를 보여 줍니다. 그렇기는 하지만 기氣의 차이로 인해 군자 와 소인, 남자와 여자의 차이가 생긴다고 보았습니다. 조선 시대에 성리학은 최고의 학문으로서 '사대부 남성'의 전유물이었습니다. 그러므로 인간 본성에 있어 남자와 여자는 다르지 않으며 여자도 남자처럼 성리학을 할 수 있다는 윤지당의 주장은 여성의 새로운 목소리로서 주목을 요한다고 하겠습니다. 남성의 성역聖域에 여성이 처음으로 발을 들여놓은 것입니다. 이런 시도는 전근대 동아시아에서 윤지당이 유일하지 않은가 합니다.

셋째, '노력'을 강조합니다. 윤지당은 인간의 삶에서 노력이라는 행위가 갖는 의의를 극히 강조하고 있습니다. 특히 학문 행위에서 노력을 대단히 강조하고 있죠. 이를테면 「권학잠」勤學箴(학문을 권하는 잠언)에서는 "게으르거나 방탕하지 말라／공부는 근면 속에서 깊어진다"라고 했고, 「심잠」心箴(마음을 다스리는 잠언)에서는 "밤이나 낮이나／태만하지 말라"라고 하면서 부지런히 공부할 것을 말했습니다.

윤지당의 중년과 만년의 글쓰기와 학문은 고통을 딛고 이루어졌습니다. 윤지당은 「인잠」忍箴(인내의 잠언)의 서문에서 이렇게 말하고 있습니다.

> 나는 타고난 운명이 기박하였다. 네 가지 궁한 인간 부류(홀아비, 과부, 고아, 자식 없는 노인) 가운데 셋에 해당된다. 앞을 봐도 뒤를 봐도 스스로 위로할 길이 없다. 고금에 나처럼 박명한 사람이 몇이나 될까? 비록 강한 심장을 가진 장부丈夫라 할지라도 견디기 어려운 일인데 하물며 여자로서 쉽게 참고 견딜 수 있겠는가?

그리고 이어지는 잠箴에서 이렇게 말하고 있습니다.

> 오직 자신을 수양하여
> 하늘을 따르겠노라.
> (…)

어찌하면 분수를 지켜 편안할꼬?

인내가 도움이 되리.

인내는 어떻게 하나?

뜻을 독실히 세워야 하네.

위대하도다 뜻이여!

만사의 영수로다.

惟有修身, 一聽于天.

(…)

何以安之? 忍之爲德.

何以忍之? 立志必篤.

大哉志兮, 萬事之領.


　　윤지당은 자신을 수양하여 하늘의 뜻을 따르겠다고 하면서, 힘든 삶을 견뎌 내는 데 인내가 도움이 될 것이라고 했습니다. 인내 하는 방법에 대해서는 뜻을 독실히 세우는 것이라고 했는데, 여기 서 '뜻'은 '의지'를 말합니다. 이처럼 「인잠」은 인간의 의지를 강조하 고 있습니다. 의지의 힘으로 힘든 삶을 견뎌 내야 한다는 거죠.

　　윤지당은 「권학잠」에서 "달관한 자는 슬퍼하지 않고/지혜로 운 자는 상심하지 않네"라고 했습니다. 자기 자신에게 한 말 같습 니다. 윤지당은 기박한 운명 속에서 하늘의 뜻을 따르며 인내하면 서 달관과 지혜를 얻게 된 듯합니다. 윤지당은 지극한 슬픔과 상실 감과 고통 속에서 글쓰기와 학문 행위를 했으며, 불굴의 의지로 참 혹한 삶을 견디면서 심성을 수양하고 사유 행위를 해 나갔다고 말 할 수 있습니다. 여성 학자 윤지당의 이런 면모에 큰 경의를 표하지 않을 수 없습니다.

윤지당은 남성의 소관사所關事였던 역사와 철학이라는 공적 담론 속에 뛰어들어 남성과 대등한 능력과 사변력을 보여 줬습니다. 비록 남성적 보편성을 부수면서 새로운 보편성을 만들어 내는 데까지는 이르지 못했지만, 부분적으로 여성의 목소리를 발하고 있다는 점이 주목됩니다. 이 점에서 의미 있는 중대한 진전을 이루었다고 평가할 만합니다.

## —— 역사 비평가로서의 면모

윤지당의 학문을 논할 때 흔히 성리학만 가지고 말하는데요. 물론 윤지당의 학문에서 성리학은 굉장히 중요합니다. 하지만 윤지당은 철학자로서의 면모만이 아니라 역사 비평가로서의 면모도 있다는 점에 유의할 필요가 있습니다. 즉, 윤지당의 학문은 철학과 사학, 이 둘을 기축基軸으로 삼고 있죠. 문학사에서는 윤지당의 역사 비평적 글쓰기에 주목할 필요가 있습니다. 윤지당은 이런 글쓰기를 통해 역사 속 인간의 행위에 대해 논하고 있습니다.

윤지당은 중국의 역사적 인물들인 예양, 보과輔果, 가의, 이릉李陵, 온교, 사마온공司馬溫公, 왕안석, 악비 등에 대해 논했습니다. 매 인물마다 한 편의 글을 썼습니다. 앞에서 말했듯 '논論에 해당하는 글들이죠. 요즘 같으면 역사 논문에 해당합니다. 윤지당은 자기가 쓴 글들을 문집으로 엮어 동생에게 보낼 때 쓴 서문에서 예양과 보과에 대한 글은 젊을 때 쓴 것이고, 이릉·온교·사마온공·왕안석·악비에 대한 글은 중년과 만년에 쓴 글이라고 했습니다. '젊을 때'는 윤지당이 시집가기 전 옥화에서 오빠들과 학문을 한 때를 말하고, '중년과 만년'이라는 것은 시어머니가 돌아가신 이후를 말합니다. 그때 비로소 묶어 놓았던 책보자기를 풀고 다시 학문 행위를 시작하거든요.

　이 글들은 전체적으로 아주 단호하고 격렬하며, 대단히 비판적인 어조를 띱니다. 문장이 아주 강개하고 기개가 있습니다. 이름을 가려 놓으면 기개 높은 남성 사대부 작가의 글로 착각할 정도입니다. 전통 시대 여성의 글은 남성의 글에 비해 부드럽고 온건하리라는 생각을 하기 쉽지만 이런 생각이 잘못된 것임을 깨닫게 합니다. 윤지당은 「인잠」이라는 글의 서문에서 "나는 본래 성질이 조급해서 어릴 때부터 마음에 불편한 게 있으면 잘 참지 못했다. 자라면서 그 병통을 자각해서 힘써 극복하고자 했으나 병의 뿌리가 아직 남아 있어 때때로 조금 발동하니 어찌할 수 없다"라고 했습니다. 윤지당의 성격을 잘 알 수 있는 말인 듯합니다. 윤지당의 사후死後 시동생이나 동생은 윤지당의 인품을 말하고 있는데, 이 역시 진실의 일면을 드러내고 있다고 하겠지만, 「인잠」에 보이는 윤지당의 이 고백이 윤지당의 성격을 가장 잘 말해 주지 않나 합니다. 윤지당의 논論이 보여 주는 단호함과 격렬함, 높은 비판성은 그의 이런 성격과 무관하지 않을 것입니다.

　이 논들에서 윤지당은 역사적 인물을 보는 기존 견해에 이의를 제기하면서 자신만의 논리를 제시합니다. 가령 「예양에 대해 논하다」(論豫讓)에서 예양이 신하의 도리를 지키지 않았다고 비판한 것을 예로 들 수 있습니다. 또 「이릉에 대해 논하다」(論李陵)에서 잘 드러나듯 윤지당은 국가와 임금에 대한 신하의 충성을 강조하고 있습니다. 윤지당은 이 글에서 이렇게 말합니다: "참으로 개나 돼지라도 이릉이 남긴 것을 먹지 않을 것이다." 또 이런 말도 했습니다: "이릉은 윤리와 강상綱常이 하나도 없으며 인간으로서 금수의 지경으로 들어갔다." 그 어조가 대단히 신랄합니다. 또, 「보과에 대해 논하다」(論輔果)에서는 국가의 위기 앞에 신하는 어찌해야 하는가에 대해 말하였고, 「왕안석에 대해 논하다」(論王安石)에서는 나라를 어떻게 다스려야 옳은가에 대한 자기대로의 사유와 입장을 보여 주고 있습니다.

윤지당은 논리가 아주 선명하고 입장이 단호합니다. 대의명분을 강조하며 대단히 원칙적입니다. 요새도 '여성은 남성에 비해 덜 논리적이다'라는 생각을 갖고 있는 사람들을 혹 봅니다만, 18세기에 윤지당이 역사적 인물들에 대해 논한 이 글들은 놀라울 정도로 논리적입니다. 그래서 마치 여성이 논리적이지 못하다는 생각이 오랜 편견일 뿐임을 입증해 보이려는 것처럼 보입니다. 윤지당 이전에는 여성 학자도 없었거니와 이렇게 역사적 인물에 대한 논문을 쓴 사람이 없었습니다. 그러므로 이는 우리 문학사 초유의 풍경이라 할 것입니다.


## 남의유당

남의유당(1727~1823)은 본관이 의령 남씨이며, 남직관南直寬의 딸입니다. 부친은 말단 벼슬인 선공감 감역을 지냈을 뿐이지만 할아버지 남도규南道揆는 승지, 대사간, 충청도 관찰사를 지냈습니다. 남편은 신대손申大孫입니다. 신대손의 누이는 홍인한洪麟漢에게 시집갔는데, 홍인한은 정조의 어머니인 혜경궁 홍씨의 숙부입니다. 그러니 의유당은 혜경궁 홍씨 숙모의 올케가 됩니다. 또 의유당의 형부인 김시묵金時默이 정조의 비妃인 효의왕후孝懿王后의 아버지이므로 의유당은 효의왕후의 이모가 됩니다. 이처럼 의유당은 상층 사대부 집안의 여성입니다.

의유당은 남편이 영조 45년(1769) 8월 함흥 판관으로 부임할 때 남편을 따라갔습니다. 그녀는 함흥의 명승인 낙민루樂民樓·북산루北山樓·서문루西門樓 등과 동해의 일출 광경을 구경했는데, 낙민루를 구경한 뒤 지은 글이 「낙민루」이고, 북산루와 서문루를 구경한 뒤 지은 글이 「북산루」입니다. 동해의 일출을 보고는 유명한 「동명일기」東溟日記를 썼습니다. 이 글들은 모두 『의유당관북유람일기』意幽堂關北遊覽日記에 실려 있죠.

조선 시대에 사대부집 부녀는 자기 마음대로 집 밖을 나가 경치를 탐방探訪할 수 없었습니다. 의유당 역시 남편의 허락을 받아 경치를 구경했습니다. 그런데 주목되는 점은 의유당의 경우 탐승探勝의 욕구가 아주 커 남편의 거절에도 불구하고 조르고 졸라 허락을 받아 내고 있다는 사실입니다. 다음은 「동명일기」에 나오는, 함흥의 바닷가에 가 일출을 보고자 남편을 조르는 장면입니다.

원님께 다시 동명東溟 보기를 청하니 허락지 아니하시거늘
내 하되, "인생이 기하幾何오? 사람이 한번 돌아가매 다
　말하되　　　　　　　　　얼마나 됩니까　　　　　　　죽으면
시 오는 일이 없고 심우心憂와 지통至痛을 쌓아 매양 울울
　　　　　　　　　　근심　　　　　지극한 아픔
하니 한번 놀아 심울心鬱을 푸는 것이 만금萬金에 닿여 바
　　　　　　　　우울한 마음　　　　　　　　　　견주어
꾸지 못하리니 덕분에 가지라" 하 비니 원님이 역시 일출을
　　　　　　　　　　　　갔으면 합니다 몹시
못 보신 고로 허락 동행하자 하시니 (…)


이 인용문에도 '놀다'라는 단어가 나오지만 의유당이 쓴 기행문에는 '놀다'라는 단어가 자주 나옵니다. 의유당이 사대부 집안 부녀임에도 불구하고 유락遊樂을 즐겼음을 알 수 있습니다. 여성 주

체의 새로운 면모를 보여 준다 할 만합니다.

뿐만 아니라 의유당은 경치를 구경하러 갈 때 기생들을 대동해 풍류를 즐기곤 했습니다. 가령 「북산루」에는 "풍류를 일시에 주奏하니(연주하니) 대무관大廡官(큰 고을) 풍류라. 소리 길고 화化하여 들음 직하더라. 모든 기생을 쌍 지어 대무對舞하여(마주 보고 춤을 추게 해) 종일 놀고 날이 어두우니 돌아올 새 풍류를 교전轎前에(가마 앞에) 길게 잡히고(…)"라고 했으며, 「동명일기」에는 "봉하峰下(봉우리 아래)에 공인工人(악공)을 숨겨 앉히고 풍류를 늘어지게 치이고(연주하게 하고) 기생을 군복軍服한 채(군복을 입은 채) 춤을 추이니 또한 보암 즉하더라"라고 했습니다.

유락과 풍류를 즐긴 데서 알 수 있듯 의유당에게는 호방한 면모가 있었습니다. 이와 관련해 다음 대목이 주목됩니다.

> 군문대장軍門大將이 비록 야행夜行에(밤 행차에) 사초롱을 켠들 어찌 이대도록(이토록) 장하리요. 군악은 귀를 이아이고(귀에 크게 들리고) 초롱 빛은 조요照耀하니(밝게 비치니) 마음에 규중閨中 소여자小女子를(규중의 하잘것없는 여자임을) 아주 잊고(잊게 하고) 허리에 다섯 인印이 달리고 몸이 문무文武를 겸전兼全한 장상將相으로(장수와 재상) 훈업勳業이(공훈) 고대高大하여(높고 커) 어디 군공軍功을 이루고 승전곡을 주奏하며 태평 궁궐을 향하는 듯 좌우 화광火光과(불빛) 군악이 내 호기豪氣를 돕는 듯 몸이 육마거六馬車(말 여섯 필이 끄는 수레) 중에 앉아 대로大路에 달리는 듯 (…)

북산루를 구경한 뒤 풍류를 잡히고 종일 놀다가 밤에 가마를 타고 돌아올 때의 심정을 묘사한 대목인데요, 호방하기 짝이 없습니다. 그런데 흥미로운 점은 이 대목이 여성 영웅소설에서 여주인공이 전쟁에 나가 큰 공훈을 세우고 돌아오는 장면과 흡사하다는 사실입니다. 의유당에게 여성 영웅소설의 독서 경험이 있어서 이런 상상력이 발동한 것인지 아니면 의유당에게서 발견되는 이런 유의 백일몽이 여성 영웅소설의 발생 기반이 된 것인지는 단언하기 어렵지만 의유당의 백일몽과 여성 영웅소설이 모종의 관련이 있는 것은 분명해 보입니다.

의유당의 기행문은 사대부 남성들이 많이 창작한 유기游記에 필적합니다. 유기는 한문학의 한 문체지만 의유당의 기행문은 국문 장르죠. 주목되는 점은 글 중에 풍경에 대한 여성 주체의 '심미 인식'이 나타난다는 사실입니다. 다음은 「동명일기」 중의 일출日出 묘사 장면입니다.

> 물 밑 홍운紅雲을 헤앗고 큰 실오리 같은 줄이 붉기 더욱 기
> 헤치고
> 이하며 기운이 진홍眞紅 같은 것이 차차 나 손바닥 너비 같
> 은 것이 그믐밤에 보는 숯불 빛 같더라. 차차 나오더니 그 위
> 로 작은 회오리밤 같은 것이 붉기 호박 구슬 같고 맑고 통랑
> 환함
> 通朗하기는 호박도곤 더 곱더라.
> 호박보다
> 그 붉은 위로 흘흘 움직여 도는데 처음 났던 붉은 기운이 백
> 지 반 장 너비만큼 반듯이 비치며 밤 같던 기운이 해 되어
> 차차 커 가며 큰 쟁반만 하여 불긋불긋 번듯번듯 뛰놀며 적
> 색赤色이 온 바다에 끼치며 먼저 붉은 기운이 차차 가시며
> 해 흔들며 뛰놀기 더욱 자로 하며 항 같고 독 같은 것이 좌
> 자주        항아리
> 우로 뛰놀며 황홀히 번득여 양목兩目이 어질하며 붉은 기운
> 두 눈

이 명랑하여 첫 홍색紅色을 헤앗고 천중天中에 쟁반 같은 것이 수레바퀴 같아서 물속으로 치밀어 받치듯이 올라붙으며 항 독 같은 기운이 스러지고 처음 붉어 겉을 비추던 것은 모여 소 혀처로 드리워 물속에 풍덩 빠지는 듯싶더라. 일색이
소의 혀처럼
조요照耀하며 물결의 붉은 기운이 차차 가시며 일광日光이 청랑清朗하니 만고천하에 그런 장관壯觀은 대두對頭할 데 없
견줄
을 듯하더라.

바다에 해가 떠오르는 모습을 시간의 변화에 따라 곡진하게 묘사하고 있습니다. 일출 장면을 이보다 실감나게 묘사한 글은 이전에 없었습니다. 그 묘사력은 사대부 문인들이 쓴 유기와 대등하거나 그것을 능가하고 있다고 보입니다. 깊고 세세한, 여성 주체의 심미적 인식이 확인됩니다. 이 심미적 인식에선 젠더적 연관이 발견됩니다. 가령 '숯불 빛'이라든가 '쟁반'이라든가 '항아리'라든가 '독'은 여성의 일상생활에 친근한 것들이라 할 수 있죠. '호박'(보석의 일종)이나 '밤'이나 '소의 혀'도 그리 볼 수 있을 것입니다. 소 혀는 당시 상층 사대부가의 특별한 식재료였습니다.

기이하거나 아름다운 풍경을 완상하고자 하는 욕구는 인간에게 본원적인 것입니다. 집 안에 갇혀 지낸 조선의 여성이라 해서 그런 욕구가 없었을 리 없습니다. 의유당은 함흥에 온 기회를 잘 살려 몇 차례 유람을 했고 그 결과 여성 주체의 새로운 면모를 보여 줄 수 있었습니다.

앞에서 말했듯 의유당은 혜경궁 홍씨와 인척 사이입니다. 여기서 잠시 혜경궁 홍씨가 쓴 『한중록』閑中錄에 대해 언급할까 합니다. 혜경궁 홍씨는 사도세자思悼世子의 비妃입니다. '한중록'은 '한가

할 때 쓴 글'이라는 뜻인데, 일종의 자전적 회고록이라고 할 수 있죠.『한중록』은 상호 연관성을 갖는 네 개의 독자적인 글로 이루어져 있으며, 이 네 개의 글은 각기 다른 시기에 집필되었습니다. 그 첫 번째 글은 작자의 환갑 때인 정조 19년(1795)에 쓰였고, 두 번째 글은 67세 때, 세 번째 글은 68세 때, 네 번째 글은 71세 때 각각 쓰였습니다. 이 중 사도세자가 아버지인 영조와의 오랜 알력 끝에 마침내 뒤주에 갇혀 죽음을 맞는 사건의 전말을 기록해 놓은 것은 네 번째 글입니다. 이 글은『한중록』의 여러 글 가운데서 그 내용이 가장 흥미로울 뿐 아니라 영조와 사도세자의 성격 묘사라든가 디테일의 자세한 재현에서 뛰어난 면모를 보여 줍니다.

『한중록』은 행문行文이 유려할 뿐 아니라 빼어난 우리말 어휘 구사를 보여 줍니다. 이로 볼 때 혜경궁 홍씨는 국문소설을 비롯한 국문으로 된 작품의 독서 경험이 많지 않았을까 합니다.『한중록』이라는 이 자전적 기록은 18세기 말, 19세기 초 무렵 글쓰기를 통한 여성 주체의 표현 욕구가 왕실 여성에게도 표출되고 있음을 확인시켜 줍니다.


## 이빙허각

### —— 생애

이빙허각(1759~1824)은 임윤지당보다 서른여덟 살 아래니 한 세대 밑의 인물이라 하겠습니다. 본관은 전주이고, 부친은 평안 감사를 지낸 이창수李昌壽입니다. 윤지당의 집안은 당색이 노론인데, 빙허각의 집안은 소론입니다. 빙허각의 모친은 문화 유씨文化柳氏로, 국문 연구서인『언문지』諺文志를 쓴 유희柳僖의 고모죠.

빙허각은 열다섯 살 때 달성 서씨 서유본徐有本(1762~1822)과 결혼합니다. 서유본은 서명응徐命膺의 손자이고 서호수徐浩修의 장남이죠. 서명응과 서호수는 둘 다 높은 벼슬을 했습니다. 달성 서씨 집안은 서명응, 서호수 이래로 가학家學이 있었으니 실학, 특히 이용후생학에 관심이 많았습니다. 서유본의 아우인 서유구徐有榘(1764~1845)는 가학을 계승해 19세기 전반기에 『임원경제지』林園經濟志라는 방대한 책을 썼습니다. 서유구는 빙허각보다 다섯 살 아래인데 초년에 빙허각한테서 글을 배웠죠.

빙허각이 스물다섯 살 때인 정조 7년(1783) 남편이 생원시에 합격합니다. 남편은 빙허각이 마흔일곱 살 때인 순조 5년(1805)이 되어서야 음직으로 처음 출사出仕해 동몽교관童蒙敎官이라는 벼슬을 했습니다. 하지만 남편은 이듬해 작은아버지 서형수徐瀅修가 귀양간 일에 연루되어 관직에서 물러납니다.

남편은 이후 마포에 은거하며 학문에 힘썼습니다. 빙허각도 아마 이 무렵 남편의 격려 속에 함께 학문 행위를 한 것으로 여겨집니다. 말하자면 둘은 학문적 동지였습니다. 조선 시대에 부부가 함께 학문을 한 것은 빙허각 부부가 처음이라 할 것입니다. 그렇기는 하나 집이 곤궁해 빙허각은 몸소 차밭을 일구며 집안 살림을 해야 했습니다. 『규합총서』에는 이런 자신의 경험이 반영되어 있습니다.

빙허각은 51세 때인 1809년 『규합총서』 다섯 책을 저술했습니다. 이 책 외에 『청규박물지』淸閨博物誌라는 책을 저술하기도 했습니다. '청규'는 '규방'이라는 뜻이고, '박물지'는 '박물학적 기록'이라는 뜻입니다. 『청규박물지』는 천문, 지리, 세시歲時, 초목, 금수, 복식, 음식에 대해 기술한 책입니다. 이외에도 『빙허각고』憑虛閣稿라는 책을 남겼습니다. 이 책에는 빙허각이 지은 한시 백수십 수가 실려 있는데, 먼저 한문으로 적은 다음 이를 국문으로 번역해 놓았습니다. 『규합총서』,『청규박물지』,『빙허각고』이 세 책을 합해서 '빙허각전서'憑虛閣全書라고 합니다.

빙허각은 예순네 살 때인 1822년 남편을 잃고 2년 후 세상을 하직합니다.

## ──『규합총서』

'규합총서'라는 책 이름에서 '규합'은 '규방'이라는 뜻입니다. '총서' 叢書는 박지원의 '삼한총서'三韓叢書처럼 여러 글을 초록抄錄해 모아 놓은 것을 뜻합니다. 이 책은 국문으로 기록된 일종의 가정 백과사전입니다. 임윤지당은 평생 한문으로 글을 썼는데, 빙허각의 이 책은 국문으로 저술되었습니다. 저자가 이 책에 쓴 서문에 다음과 같은 말이 보입니다.

> 기사년己巳年(1809) 가을에 내가 삼호三湖(마포) 행정杏亭에 집을 삼아 살림을 사는 겨를에 우연히 군자의 사랑에서 옛 글 중 인생일용人生日用에 절실한 것과 산야山野 모든 문자를 얻어 손길 닿는 대로 펼쳐 봤으니, 애오라지 문견聞見을 넓히고 심심풀이를 하고자 해서였다. 문득 생각하니 옛사람이 말하기를 "총명이 무딘 글만 못하다" 했으니, 기록해 두지 않으면 어찌 잊을 때를 대비해 사람들에게 도움이 되리오. 이에 모든 글을 보고 그 가장 요긴한 말을 초록抄錄하고 혹 따로 나의 소견을 첨부해, 모아서 다섯 편을 만드니 (…)

이 인용문에서 '군자의 사랑'은 남편이 거처하는 사랑방을 말합니다. 당시 사랑방에는 온갖 책들이 쌓여 있었을 터입니다. 빙허각은 그 공간에서 책을 들춰 보며 중요한 구절을 초록하는 작업을 한 것입니다.

"모아서 다섯 편"을 만들었다고 했는데, 『규합총서』는 총 다섯 권으로 이루어져 있습니다. 제1권은 「주사의」酒食議인데요, '술과 음식에 대한 논의'라는 뜻입니다. 「주사의」에는 장 담그는 법, 술 빚는 법, 밥하는 법, 떡이나 과자나 온갖 반찬을 만드는 법이 서술되어 있습니다. 제2권은 「봉임칙」縫紝則인데요, '봉임'은 '바느질과 길쌈'이라는 뜻입니다. 여기에는 옷 만드는 법, 옷에 물들이는 법, 길쌈하기, 옷에 수놓기, 누에 치는 법, 그릇의 구멍 때우는 법, 등잔 켜는 법이 서술되어 있습니다. 모두 실용적인 지식입니다. 제3권은 「산가락」山家樂인데요, '시골살이의 즐거움'이라는 뜻입니다. 여기에는 밭일하는 법, 꽃과 대나무 심는 법, 말이나 소 치는 법, 닭 기르는 법 등 시골 살림살이의 대강이 서술되어 있습니다. 제4권은 「청낭결」青囊訣인데요, '의료의 비결'이라는 뜻입니다. 여기에는 태교, 아기를 기르는 요령, 구급방救急方(응급처치법), 약물의 금기 등이 서술되어 있습니다. 주로 의료와 관련된 내용이죠. 제5권은 「술수략」術數略인데요, '술수의 대략'이라는 뜻입니다. 여기에는 악귀를 쫓아내고 집을 편안하게 하는 법, 부적 쓰는 법, 귀신을 쫓는 방법 등이 서술되어 있습니다. 과학이 발달하지 않은 옛날에는 이런 게 중요했습니다. 그래서 뜻밖의 우환이 생기면 무당을 부르지 말고 자립적으로 해결하라는 뜻에서 이런 비방을 서술해 놓은 것이죠.

『규합총서』는 일반 부녀자들이 보게 하려고 국문으로 쓴 책입니다만 서술 방식은 엄밀하고 학문적이어서 인용한 책 이름을 매 조항 아래에 작은 글씨로 기록해 뒀습니다. 요새 논문 쓰는 것과 비숫하죠. 빙허각은 서술된 내용의 출처를 일일이 밝히고 자신의 새로운 견해가 있을 경우 '신징'新徵(새로 밝힌 것)이라고 적어 놓았습니다.

빙허각은 "이 책의 본령이 양생養生(보건)과 치가治家(가정 경제)에 있으니, 일용日用(일상생활)에 없지 못할 것이요, 부녀의 마땅히 연구할 바"라고 했습니다. 이 말에서처럼 『규합총서』에는 가정 생활에 필요한 모든 지식이 갖추어져 있습니다. 『규합총서』가 어떻게 서술되어 있는지 예를 들어 보기로 하겠습니다. 다음은 「주사의」의 '남새붙이'(채소류) 중에 나오는 죽순나물 만드는 법입니다.

죽순을 얇게 저며 썰어 데쳐 담갔다가 쇠고기와 꿩고기 같은 것을 많이 두드려 넣고 표고버섯·석이버섯붙이, 후추를 갖추어 양념하여 기름 많이 치고 밀가루 약간 넣어 볶아 쓴다. 만일 먼 데서 절여 온 죽순이거든 날포 물 갈아가며 짠맛 우려낸 뒤에 쓰라.

'날포'는 '하루가 조금 넘는 동안'을 뜻하는 말입니다. 죽순으로 반찬 만드는 법을 간명히 서술해 놓았습니다. 친절하게도 절인 죽순은 짠 맛을 우려낸 뒤 써야 한다는 말까지 하고 있습니다. 빙허각 자신의 실제 경험이 반영되어 있는 서술로 여겨집니다.

다음은 「산가락」 중 '감저'甘藷라는 항목에 나오는 말입니다.

만력萬曆 연간 해외로부터 왔으니 지금껏 왜인倭人이 많이 심고 우리나라는 그것이 요긴한 것을 알지 못하여 심지 않되 남쪽에서는 많이들 심는다. 멀리서 구하여 오거든 그 껍

질을 다치지만 않으면 약간 마른 것은 상관없다. (…) 일본 사람이 오래 사는 것은 오곡五穀은 적게 먹고 오로지 감저만을 먹는 까닭이니 천하의 이물利物이다.

여기서 '감저'는 고구마를 가리킵니다. '만력 연간'은 16세기 후반에서 17세기 초반의 사이를 가리킵니다.

다음은 「봉임칙」 중 '화법'畫法이라는 항목에 나오는 말입니다.

서양국西洋國의 그림을 붙이고, 한 눈을 가리고 주목注目하기를 오래 한즉, 그 누대와 나무들이 다 갑자기 일어나, 어둡고 밝은 곳과 깊고 옅은 곳이 다 진짜 같으니, 이는 그 원근장단遠近長短의 분수分數가 분명한 고로 외눈이 정력精力이 희미하매 화化하여 보임이 이와 같으니, 이마두利瑪竇(마테오 리치)의 『기하원본』幾何原本 책에 또한 그 술術을 의론한 것이 있다.

서양화의 원근법과 마테오 리치가 저술한 『기하원본』에 대한 언급이 보입니다. 이를 통해 빙허각의 박식함을 엿볼 수 있습니다. 『규합총서』에는 이외에도 온도계, 습도계, 망원경, 현미경, 선풍기, 용미거龍尾車 등 서양 기물에 대한 간단한 소개도 보입니다.

빙허각은 일본에서 1713년에 출판된 백과사전인 『화한삼재도회』和漢三才圖會까지 보았습니다. 이 책은 조선에 1764년경 유입되어 실학자들을 중심으로 읽혔습니다. 빙허각은 여성 실학자, 즉 가정 경제와 보건에 관심을 둔 넓은 의미에서의 이용후생학자이며, 『규합총서』는 실학서라고 말할 수 있을 듯합니다.

주목할 점은 그 시동생 서유구도 『규합총서』가 나온 후 『임원경제지』(일명 『임원십육지』林園十六志)를 저술했다는 사실입니다. 이 책은 사대부가 향촌에서 자립적인 삶을 영위하기 위한 실용적 지식을 집성해 놓은 책입니다. 이 점에서 비록 그 규모는 다르지만 『임원경제지』는 『규합총서』와 통하는 데가 있습니다. 다만 『규합총서』는 주로 '여성'의 입장에서 가정 경제와 보건에 관심을 쏟은 반면, 『임원경제지』는 주로 '남성'의 입장에서 가정 경제와 보건을 보되 여성의 입장도 일부 포섭해 놓았다는 차이가 있죠. 이 점에서 『임원경제지』는 『규합총서』의 확장판이라고 할 만합니다. 만일 '임원경제학'林園經濟學이라는 말을 쓸 수 있다면 임원경제학은 『규합총서』에서 비롯되어 『임원경제지』에서 완성되었다고 말할 수 있을 것입니다. 『임원경제지』에는 기술과 기기器機 사용에 대한 문제의식이 담겨 있습니다. 서유구는 중국과 일본의 기물 제작법 및 그 수준에 깊은 관심을 보였습니다. 그러니 서유구의 학문 역시 이용후생학이라고 말할 수 있습니다.


## 이사주당

### —— 생애

이사주당(1739~1821)은 임윤지당보다 열여덟 살 아래이고 이빙허각보다 스무 살 위여서 임윤지당과 이빙허각의 중간 세대라고 할 수 있습니다. 빙허각처럼 전주 이씨이며, 충청도 청주에서 출생했습니다. 조부와 부친이 과거 시험에 합격한 적도 없고 벼슬을 한 적도 없으니, 집안이 빈궁하고 한미했다는 것을 알 수 있습니다.

　　남편은 유한규柳漢奎(1718~1783)인데, 사주당보다 스물한 살이 많습니다. 유한규는 빙허각의 외삼촌입니다. 그러니 사주당은 빙허각의 외숙모가 되죠. 그러므로 사주당의 집안은 당색이 소론에 해당합니다. 사주당은 1남 3녀를 낳았고, 자식들 모두 제 명대로 살았습니다. 옛날에는 의료가 낙후되어 아이들이 잘 죽었는데 사주당의 경우는 좀 특이합니다. 사주당의 아들은 앞서 언급한 유희입니다.

사주당은 스물다섯 살 때인 영조 39년(1763) 46세인 유한규의 네 번째 부인이 됩니다. 결혼 당시 시어머니가 일흔두 살의 고령이었는데, 눈이 잘 안 보이는 데다 화를 잘 냈습니다. 인지장애가 좀 있었던 듯합니다. 그럼에도 사주당은 시어머니를 아주 잘 봉양했다고 합니다. 원래 청주에서 생장했지만 시가가 용인이라 결혼 후에는 용인에서 살았습니다.

마흔한 살 때인 정조 3년(1779)에 남편이 예순두 살의 나이로 목천 현감에 제수됩니다. 남편은 5년 후 사망합니다.

예순두 살 때인 1800년 『태교신기』를 저술합니다. 『태교신기』는 빙허각의 저술과 달리 한문으로 쓰였습니다. 이듬해에 아들 유희가 『태교신기』를 장章으로 나눠 음의音義를 붙이고 우리말로 번역을 해 『태교신기음의』胎教新記音義라고 이름합니다. 어머니가 한문으로 쓴 책을 아들이 국문으로 번역한 것은 이례적인 일입니다. 사주당은 83세 때인 1821년에 세상을 뜹니다. 사주당은 윤지당과 달리 다복한 삶을 살았습니다.

—— 『태교신기』

『태교신기음의』 말미에 있는 사주당의 작은딸이 쓴 발문에 의하면 사주당은 처녀 시절에 청주에서 베 짜고 길쌈하는 틈틈이 유가 경전과 역사책을 두루 공부했으며 이기성정理氣性情의 학學까지 섭렵했다고 합니다. '이기성정의 학'은 성리학을 말합니다. 유희가 쓴 발문에 의하면 사주당의 아버지는 딸에게 "옛날에 이름 있는 선비들은 글 모르는 아내가 없었다"라고 하면서 딸의 공부를 격려했다고 합니다. 또 신작申綽의 「목천 현감 유한규의 부인 이씨 묘지명」(柳木川夫人李氏墓誌銘)에 의하면 사주당은 남편과 금슬이 좋아 심오한 이치를 토론하고 시를 같이 읊는 등 서로 지기처럼 지냈다고 합니다. 신작 역시 소론에 속한 인물입니다.

사주당은 시집와서 성현聖賢이 쓴 책에서 기거起居와 음식의 여러 법도 및 임신부의 금기 사항에 대한 것을 뽑은 뒤 끝에다 경전 중에서 어린아이에게 가르칠 만한 구절을 덧붙여 국문으로 풀이한 책자를 만들었습니다. 남편은 이 책에 『교자집요』敎子輯要라는 제목을 붙여 줬습니다. '교자집요'는 '자식 교육에 중요한 내용을 모은 책'이라는 뜻입니다. 이 책은 그 제목에서 알 수 있듯 아동 교육서에 해당합니다. 20여 년 뒤 이 책이 우연히 넷째 딸의 상자에서 나옵니다. 사주당은 이 책에서 다른 것은 다 덜어 내 버리고 오직 태교만을 취한 뒤 내용을 확장해서 『태교신기』를 저술했습니다. 아이가 태어난 후 어떻게 교육해야 하는지에 대해서는 옛날 책에 자세히 나와 있지만 태교에 대한 글은 당시 없었기에 『교자집요』의 태교 부분을 부연해서 『태교신기』라는 책을 쓴 것입니다.

『태교신기』는, 『예기』禮記를 비롯한 유교 경전과 의학서를 두루 참조하는 한편 사주당 자신의 체험을 토대로 저술되었습니다. 이 책에는 곳곳에 "『시경』에 가로되"라고 하면서 『시경』의 시구를 자유자재로 인용하고 있습니다. 이런 글쓰기 방식은 유교 경전 중 『중용』에 보이며, 유학자들의 저술에서도 흔히 볼 수 있습니다. 말하자면 사주당은 『시경』에 아주 해박해 필요할 때마다 그 말을 끌어온 것입니다. 『시경』 외에도 『대학』, 『서경』書經, 『대대례』大戴禮 같은 경전이 인용되고 있죠. 또한 명나라 공정현龔廷賢이 저술한 『수세보원』壽世保元이나 원나라 주진형朱震亨이 저술한 『격치여론』格致餘論 같은 의서醫書들도 인용되고 있습니다.

『태교신기』에서는 다음의 몇 가지 점이 주목됩니다.

첫째, 여성의 경험에서 나오는 구체성에 기초해 있다는 사실입니다. 『태교신기』는 남자가 쓰기 어려운 책입니다. 여성 자신의 경험에서 나오는 구체성에 기초하고 있거든요. 여성의 몸에 대한 직접적 인식이 기초가 되고 있다는 점에서 이전의 학문, 이전의 글쓰기와 유를 달리합니다. 전연 새로운 대상을 학문의 대상으로 삼으면서 새로운 글쓰기를 하고 있는 것이지요.

둘째, 몸과 마음이 연결되어 있다고 보아 마음의 중요성을 대단히 강조하고 있습니다. 여자가 임신하는 것은 직접적으로는 몸의 문제인데, 『태교신기』에서는 바로 이 몸의 문제가 마음의 문제와 직결되어 있다고 보아, 마음의 중요성을 아주 강조하고 있습니다. 사주당은 이렇게 말하고 있습니다.

자식은 혈기血氣로 이루어지고 혈기는 마음으로 인하여 움직이므로 그 마음이 바르지 못하면 자식의 이루어짐도 또한 바르지 못하다.

또 이런 말도 하고 있습니다: "내 마음이 곧 하늘이다." 성리학에서는 인간이 성性을 하늘로부터 부여받는다고 했습니다. 그런데 사주당은 임신부인 '나'의 마음이 바로 하늘이라고 했습니다. 임신부의 마음을 얼마나 중요시했는지 알 수 있습니다. 그래서 임신부는 모름지기 공경하는 마음을 가져야 하며, 이를 통해 말과 행동을 다스려야 한다고 했습니다. 이러한 점에서 보듯 『태교신기』에서는 태교와 인간 윤리가 대단히 밀접한 관련이 있는 것으로 보고 있습니다. 즉, 윤리적으로 올바른 마음과 올바른 언행이 태교에서 몹시 중요하다고 본 거죠.

셋째, 생명에 대한 존중입니다. 임신부는 "사람을 해치며 살아 있는 것을 죽일 마음을 먹지 말아야 한다"라고 했습니다. 또 "살아 있는 것을 칼로 베지 말아야 한다"라고 말하기도 했습니다. 이런 말은 유감적類感的 사고와 관련이 있습니다. '유감'類感은 인간 바깥의 사물이 자신의 마음에 영향을 미치며 이 세상의 모든 존재가 연결되어 있다고 보는 사고방식에서 나옵니다. 이를 원시적 사고, 신화적 사고라고 치부해 버릴 수도 있겠지만 좀 더 깊이 사유해 들어가면 꼭 그렇게만 볼 수 없는 면이 있습니다. 사주당은 잔인한 마음이 태아에게 안 좋은 영향을 끼친다고 생각했기 때문에 이렇게 말했을 것입니다. 결국 생명을 대하는 마음의 문제죠.

『태교신기』에는 이런 말이 보입니다.

> 자식이 어미에게 있는 것은 오이가 그 넝쿨에 달려 있는 것과 같다.

탯줄로 어머니와 연결되어 있는 태아를 넝쿨에 달린 오이에 비유하고 있습니다. 소박해 보이지만 자연물에 대한 통찰에 바탕한 아름다운 상상력이라 하지 않을 수 없습니다. 이런 데서 보듯 『태교신기』에서는 어머니와 아이가 일체적으로 인식되고 있습니다.

임신은 생명의 잉태이므로 『태교신기』에서는 다른 생명에 대한 예민한 감수성, 다른 생명에 대한 존중이 환기되고 있습니다. 이 점에서 『태교신기』는 생명 존중의 가르침, 생명 존중의 윤리학 위에 태교를 정초하고 있다고 할 만합니다.

　신작은 순조 21년(1821)에 쓴 『태교신기』의 서문에서 "이는 진한秦漢 이래로 없던 책이다. 더구나 부인이 책을 써서 후세에 남겼음에랴!"라고 했습니다. 임신과 출산에 관한 책이 『태교신기』 이전에 없었던 것은 아닙니다. 『동의보감』東醫寶鑑을 쓴 허준許浚은 선조 41년(1608) 왕명을 받아 『언해태산집요』諺解胎産集要라는 책을 편찬한 적이 있습니다. '언해'라고 했으니 국문으로 된 책임을 알 수 있습니다. '태산집요'胎産集要는 '임신과 출산에 관한 중요한 내용을 모아 놓은 책'이라는 뜻입니다. 제목처럼 이 책은 잉태에서부터 출산에 이르기까지의 처방과 치료 방법을 서술해 놓은 의학 서적입니다. 하지만 태교에 초점을 맞춘 책은 아닙니다. 동아시아에서 17세기 이래 전적으로 태교에 대해 논구論究한 책은 『태교신기』 외에는 없지 않은가 합니다. 사주당 스스로도 이 책이 새로운 것이라고 생각해 책 이름에 '신기', 즉 '새로운 기록'이라는 말을 썼다고 여겨집니다.

　『태교신기』는 실용서라는 점에서, 또 저자의 체험이 반영된 저술이라는 점에서 『규합총서』와 통하는 데가 있습니다. 남성의 글쓰기, 남성의 학문과는 다른 영역에서 새로운 여성적 글쓰기와 학문을 개척해 보이고 있다는 점에서 여성 주체의 새로운 면모를 읽을 수 있습니다. 임윤지당이 남성 고유의 학문 영역, 남성 고유의 글쓰기에 도전해 남성의 아성을 깨뜨림으로써 남성과 대등한 여성의 지적 능력과 사유력을 보여 주었고 이를 통해 여성 주체의 지평을 확장했다면, 이빙허각과 이사주당은 여성의 경험과 감수성에 의거해 새로운 학문과 글쓰기를 함으로써 기존 학문의 틀을 수정하고 학문의 영역을 확장했다고 하겠습니다.

### 초옥

임윤지당, 남의유당, 이빙허각, 이사주당의 저술에서 상층 여성 주체의 새로운 면모를 읽어 낼 수 있었다면, 「포의교집」의 주인공 초옥과 「덴동어미화전가」의 주인공 덴동어미에게서는 하층 여성 주체의 새로운 면모를 읽어 낼 수 있습니다.

'포의교집'은 '포의의 사귐'이라는 뜻입니다. 왜 제목을 '포의의 사귐'이라고 했는지는 나중에 보기로 하겠습니다. 이 작품은 고종 3년(1866)에서 그리 지나지 않은 시점에 창작된 중편 분량의 한문소설이고, 작자는 정공보鄭公輔입니다. 사족士族인 이생李生과 장사치의 아내인 초옥楚玉의 불륜을 그리고 있습니다. 불륜을 소설의 중심 제재로 삼은 소설은 한국고전문학사에서 딱 두 작품이 있는데, 하나는 순조 9년(1809) 석천주인石泉主人 ── 호가 '석천'이고 이름은 미상입니다 ── 이라는 인물이 창작한 「절화기담」折花奇談이고, 또 하나는 바로 이 작품입니다. 그런데 「절화기담」이 희작적戱作的인 장난스러운 필치를 보여 주는 것과 달리 이 작품이 그리고 있는 남녀의 불륜적 사랑에 담긴 메시지는 아이러니하고 아주 심각합니다.

시골에서 상경한 이생은 유부남임에도 심심파적으로 초옥과 관계를 맺습니다. 이와 달리 이생에 대한 초옥의 사랑은 자신의 목숨을 건 치열한 것이었습니다. 이 불일치에서 심각한 아이러니가 발생합니다. 초옥은 '포의의 사랑', 즉 미천하고 가난한 처지에 있는 사람끼리의 사랑을 꿈꿨습니다. 그래서 작품 제목을 '포의의 사긴'이라고 했습니다. '미천하고 가난한 처지에 있는 사람끼리의 만남'이라는 뜻이죠. 초옥은 부귀와 무관한 사랑이야말로 진정한 사랑이라고 여겼습니다. 그래서 초옥은 못생긴 데다 나이도 마흔이 넘었고 벼슬도 하지 못한 가난뱅이 이생을 사랑한 것입니다. 여기에는 원래 궁가宮家(대군이나 공주의 집)의 종이었다가 면천免賤되어 서민의 아내가 된 초옥의 존재 여건이 투사되어 있다고 보입니다.

하지만 초옥의 판단은 잘못된 것이었습니다. 사랑의 대상을 잘못 택한 것이지요. 바로 여기서 두 사람의 애정 행위에 심각한 불일치가 발생합니다. 그렇다면 초옥은 장사치의 아내이면서 왜 사족 남성을 사랑하게 된 걸까요? 초옥은 궁가의 여종으로 있을 때 한문을 익히고 시서詩書를 공부할 기회가 있었습니다. 이 때문에 자신의 신분을 벗어나 사족 남성에게 이끌리게 된 것으로 보입니다. 초옥이 갖게 된 교양과 지식은 비단 자아의 해방, 사랑에 대한 불온한 정념情念을 낳았을 뿐만 아니라 사대부적 삶, 사대부적 위세에 대한 동경이라는 일종의 허위의식을 낳기도 한 것입니다.

이 작품에는 1866년 병인양요丙寅洋擾를 전후한 대원군 집정기執政期 경성의 하층 사대부 사회의 분위기와 동향이 대단히 사실적으로 반영되어 있습니다. 이생과 그 주변 인물들의 의식과 행위에서는 지적 활기나 정신적 강건함 같은 것이 전혀 발견되지 않습니다. 이와 달리 초옥으로 대변되는 하층 여성에게서는 비록 모순이 내포되어 있기는 하지만 일찍이 본 적이 없는 강렬한 해방의 욕구와 파토스가 뿜어져 나오고 있음을 보게 됩니다. 이처럼 초옥은 진정한 사랑을 찾아 배회하고 방황하는, 미증유의 새로운 여성 주체의 면모를 보여 준다는 점에서 주목됩니다.

## 덴동어미

「덴동어미화전가」는 덴동어미라는 한 여성의 인생 유전流轉을 그리고 있는 가사입니다. 덴동어미는 원래 경상북도 순흥 임 이방吏房의 딸로 중인층 집안의 여성이었으나 남편의 죽음과 거듭되는 개가로 인해 하층의 빈민으로 전락합니다. 이 작품에는 하층 여성들 간의 연대가 인상적으로 제시돼 있습니다. 덴동어미의 세 번째 남편 황도령이 죽었을 때는 주막집 주인댁이, 네 번째 남편 조서방을 잃었을 때는 이웃집 여인이 절망에 빠진 덴동어미를 지성으로 위로합니다. 죽으려고 하는 덴동어미에게 죽지 말라고 위로하면서 절망에 빠진 덴동어미가 다시 삶을 살아갈 수 있도록 이끄는 것입니다. 이들은 한 사람의 여성으로서 다른 여성의 고통에 깊이 공감하고 그 처지에 연민을 느끼며, 자신이 할 수 있는 모든 노력을 기울여 위로하고 삶의 희망을 함께 모색하고 있습니다. 이들에게서는 온갖 고난을 버텨 내는 강인함과 고난 속에서도 결코 훼손되지 않는 인간미가 느껴집니다. 덴동어미와 다른 여성들 간에 형성된 공감과 연대는 덴동어미를 통해 또 다른 여성들과의 공감과 연대로 확대되고 있습니다.

「덴동어미화전가」에는 인간적 슬픔과 고통이 매우 사실적으로 표현되어 있습니다. 고된 인생을 살 수밖에 없는 인간의 슬픔과 막막함이 아주 생생하고 핍진하게 그려져 있는데요, 고통으로 인해 일그러지고 파멸하는 인간이 있는가 하면, 고통을 통해 더욱 너그러워지고 자유로워지는 인간도 있습니다. 덴동어미는 후자에 해당합니다. 만년의 덴동어미는 인간의 의지나 뜻을 넘어서는, 모종의 섭리에 대한 겸손한 인식 같은 것을 보여 줍니다. 덴동어미의 다음 말이 주목됩니다.

> 사람의 눈이 이상하여
> 제대로 보면 괜찮은데
> 고운 꽃도 새겨보면
> 눈이 캄캄 안 보이고
> 귀도 또한 별일이지
> 그대로 들으면 괜찮은 걸
> 새소리도 고쳐 듣고
> 슬픈 마음 절로 나네.
> 마음 심心 자가 제일이라
> 단단하게 맘 잡으면
> 꽃은 절로 피는 거요
> 새는 여사 우는 거요
> 달은 매양 밝은 거요
> 바람은 일상 부는 거라.
> 마음만 여사 태평하면
> 여사로 보고 여사로 듣지.
> 보고 듣고 여사하면
> 고생될 일 별로 없소.

'여사'는 '예사'라는 말의 방언입니다. 덴동어미가 그 엄청난 고통을 통해 사람살이의 깊은 이치와 마음 다스리는 법을 깨쳤음을 알 수 있습니다. 고통으로 단련된 한 여인이 인생의 황혼에 도달한, 삶에 대한 달관의 경지라고 하겠는데요, 덴동어미가 고통으로 인해 훼손되지 않았으며, 고통을 견뎌 냄으로써 마침내 자유로워졌음을 보게 됩니다. 덴동어미는 자신이 몇 번이나 개가했지만 팔자를 바꿀 수 없었다며 젊은 아낙에게 개가하지 말 것을 권합니다. 덴동어미의 이 말에 동의하지 않는 사람도 얼마든지 있을 수 있을 것입니다. 하지만 여기서 이 말의 시비를 따지는 것이 중요하지는 않습니다. 오히려 눈여겨봐야 할 점은 덴동어미의 이 말이 고통을 겪은 여성이 현재 고통을 겪고 있는 여성에게 건네는 따뜻한 위로의 말이라는 사실입니다.

「덴동어미화전가」는 여성들 간의 공감과 연대를, 그리고 이루 말할 수 없는 고생스런 삶을 견뎌 낸 끝에 깨달음과 자유로운 마음을 얻게 된 한 하층 여성 주체의 감동적인 면모를 보여 준다는 점에서 주목됩니다. 더없이 가혹한 운명을 견디며 정신적으로 더욱 성숙한 인간으로 성장하는 덴동어미의 모습에서 우리는 또 다른 여성 주체성을 목도할 수 있습니다.

## 질문과 답변

*   평소 임윤지당의 학문이 작은오빠인 임성주의 성리학을 답습한
    것 이상의 가치를 가지고 있지 못하다고 생각해 왔는데, 이번 강
    의를 통해 임윤지당이 자기대로의 성취를 이루었다는 것을 알게
    됐습니다. 당시 사대부 집안 여성들 대다수는 글쓰기를 통해 자아
    를 실현할 수 있는 여건에 있지 않았습니다. 임윤지당이 이런 사
    대부 집안 여성들을 대표하는 면모를 가지고 있다고 할 수 있을까
    요?

임윤지당의 학문, 특히 성리학에 별로 새로운 게 없다고 생각하는
사람도 혹 있을 수 있습니다. 남성의 글쓰기를 흉내 내고 있을 뿐 여
성으로서의 창견創見은 별로 없다는 거죠. 하지만 우리는 당시까지
성리학 연구를 한 여성이 아무도 없었다는 사실에 유의할 필요가 있
습니다. 윤지당은 그때까지 어떤 여성도 하지 않은 일을 처음 시도
했습니다. 여성에게 허용되지 않은 남성의 영역 속으로 들어가서 학
문과 글쓰기를 한다는 것은 보통 어려운 일이 아닙니다. 이런 점을
고려하면서 윤지당의 학문과 글쓰기를 평가해야 할 것입니다. 버지
니아 울프의 말을 따른다면 우리는 윤지당에게 백 년의 시간을 더
주어야 하지 않을까요.

　윤지당의 글에 창견이 없다는 평가는 좀 피상적인 듯합니다. 여
성으로서 처음 이런 작업을 한 만큼 성과와 한계가 다 있을 수밖에
없죠. 그러니 그녀의 존재 여건을 고려한 섬세한 독해가 필요합니

다. 윤지당은 남성과 대등해지고자 남성적 글쓰기를 본떴으며 그럼으로써 여성 주체를 세우고자 했습니다. 하지만 처음 시도되는 학문 행위라 부족하고 아쉬운 면이 많을 수밖에 없죠. 하지만 그럼에도 제가 강의에서 말했듯 남성적 글쓰기와 다른 점이 분명히 있습니다. 가령 역사적 글쓰기에서 여성으로서의 관점이 논리 속에 내면화되어 있음을 볼 수 있으며, 또 철학적 글쓰기에서도 여성을 옹호하는 젠더적 관점을 보여 주고 있습니다. 윤지당은 여성도 남성처럼 노력하면 성인이 될 수 있음을 분명히 했습니다. 주자학은 명목상으로는 보편주의를 주장하니까 남성 학자도 기본적으로 그런 전제 위에 있는 것 아니냐는 반론이 있을 수 있겠는데요. 물론 주자학은 원리적으로는 모든 인간은 성인이 될 수 있다는 보편주의를 취하고 있죠. 그러나 남성 학자가 윤지당처럼 '여성도 남성과 똑같이 노력하면 성인이 될 수 있다'는 사실을 언명하거나 힘주어 말한 경우는 발견하기 어렵습니다. 남성 학자가 그런 점을 말할 필요가 뭐 있겠습니까. 하지만 윤지당은 여성으로서 그 점을 꼭 말해야 했던 거죠. 자기가 여성으로서 학문하는 것을 정당화하고 이론적으로 뒷받침해야 했으니까요. 다만 그런 인식을 바탕으로 기존의 성리학을 재해석하면서 남성들의 논리와 이론을 전복시켰으면 더 좋았겠지만, 이는 당시의 여건을 고려할 때 지나친 요구가 아닐까 합니다. 윤지당의 처지를 생각한다면 아무도 들어가지 못한 영역에 처음 들어가서 이런 작업을 한 것만 해도 대단히 놀라운 일이라 할 것입니다.

윤지당은 여성으로서 그렇게 행복한 삶을 살았다고 할 수 없습니다. 본인 스스로도 자신이 너무 기박하고 힘든 삶을 살았다고 말하고 있지 않습니까? 이렇게 어려운 삶을 살면서도 윤지당은 40대 중반 이후에 책보자기를 다시 풀어 공부를 시작했습니다. 그때도 집안일이 왜 없었겠습니까. 젊을 때보다는 덜했겠지만 여전히 집안을 이끌고 살림살이를 관장해야 했을 텐데요. 낮에는 집안일을 하고 해가 지면 등촉을 밝히고서 독서하고 저술하는 작업을 한 거죠. 이렇게 쓴 글이 『윤지당유고』가 된 것입니다. 윤지당은 학문적 계보상 오늘날 한국학을 하는 여성 학자들의 '원조'元祖라고 할 만합니다.

조선 후기에 사대부 집안 여성 가운데 한시를 지은 이들은 제법 있습니다. 그런데 윤지당은 한시는 일절 쓰지 않았습니다. 윤지당이 숨을 거둘 때 이런 말을 했습니다: "내가 평소에 한시를 지은 적이 없건만, 정신이 흐릿한 가운데 홀연 세 구를 얻었단다." 둘러싸고 있던 가족들이 무슨 내용인지 여쭙자 윤지당은 "들으면 더 슬플 텐데 들어 무엇 하겠니"라고 하고는 세상을 하직했다고 합니다. 이 일화를 통해서도 윤지당이 정신이 단단하고 굉장히 절제된 인간이라는 걸 알 수 있습니다. 죽는 마당에서도 감정을 절제하는 힘을 보여 주니까요. 그렇다면 윤지당은 왜 시를 짓지 않았을까요? 시를 지을 줄 몰라서가 아니고 학문적인 글쓰기에 전념해서입니다.

윤지당의 글을 보면 역사적 글쓰기든 철학적 글쓰기든, 심지어 형제를 위해서 쓴 제문까지도 일절 수식이 없습니다. 굉장히 특이합니다. 글쓰기에서도 학자로서의 본령을 관철해 나갔던 거죠. 수식은 진리를 담보하지 않으니까 수식을 일절 일삼지 않은 것입니다. 윤지당이 주어진 시간 동안 얼마나 무섭게 학문에 집중했는지는 바로 이 '문체'에서 잘 드러난다고 봐요.

사대부 집안 여성의 글쓰기에는 국문 글쓰기와 한문 글쓰기 두 종류가 있는데, 윤지당은 한문 글쓰기만 했습니다. 그것도 주로 학문적인 글쓰기만 했습니다. 사대부 집안 여성으로서 윤지당처럼 학문에 뜻을 두거나 학문적인 글쓰기를 하고자 했던 인물은 드물지 않나 합니다. 그러므로 윤지당의 글쓰기는 꼭 사대부 집안 여성들이 갖고 있던 글쓰기 일반에 대한 지향을 대변하고 있다기보다는 여성 주체가 뚫고 들어가야 할, 글쓰기의 마지막 영역이라 할 '학문'에 도전한 것이라는 의미를 갖는다고 보아야 하지 않을까 합니다. 그것은 곧 논리와 사유의 영역이죠. 이 영역은 남성들의 아성으로서, 남성들에 의해 구축된 남성들만의 견고한 세계였습니다. 그러므로 당대 여성들이 이 성채 속으로 들어가려는 마음을 가질 수 있었겠습니까? 비상한 용기와 남다른 지적 호기심이 없다면 도무지 엄두를 낼수 없는 일이죠. 하지만 비록 당대 여성들 대다수가 학문에 뜻을 두지 않았다 할지라도 윤지당의 선구적인 학문적 작업은 결국에는 돌고 돌아서 여성들의 의식과 정신, 또 여성 주체의 지평 확장에 직간접적으로 큰 도움이 되는 일이었다 할 것입니다. '선구적'이란 이런 걸 가리켜서 하는 말 아니겠습니까? 그런 점에서 선구적인 것은 외로운 것이며 일반적인 것과 동떨어져 있는 어떤 것입니다. 하지만 그럼에도 불구하고 그 작업은 시간이 지나면 여느 사람들에게 알게 모르게 큰 덕이 되고 보탬이 되죠. 윤지당이 했던 성리학적 글쓰기는 조선 시대 남성들이 한 학문 가운데서도 최고 심급審級의 학문입니다. 성리학이라는 남성들 최고의 지적 영역에 여성으로서 도전해 얕볼 수 없는 수준을 확보했다는 것은 여성사에서 그리고 문학사와 지성사에서 큰 의미를 갖는 일이라 할 것입니다.

이번 학기 선생님의 강의가 고전문학사의 근대로의 여정을 염두에 두면서 이루어지고 있다는 생각이 들었습니다. 그렇다면 이러한 여성 주체들의 등장이 근대로 가는 문학사의 여정에서 어떤 의의를 갖는지요? 그리고 오늘 강의에서 살핀 여성 주체들은 그 내부에 다양성이 있는 것 같습니다. 그럼에도 불구하고 하나로 묶일 수 있는 특징이나 의의가 있는지 궁금합니다.

우리는 지금 근대 혹은 근대 이후를 살고 있습니다. 그러므로 고전문학사가 근대와 어떻게 연결되는지 유의해서 보는 것은 중요한 일이고 의미가 있는 일이라고 생각합니다. 하지만 고전문학사에서 단지 그것만이 중요한 것은 아닙니다. 제 강의는 건국신화와 광개토왕비에서 시작해 천 몇 백 년의 시간을 다루고 있는데요, 이 긴 시간을 근대를 염두에 두고서 살핀다는 것은 좀 우스운 일이 아닌가 해요. 다만 조선 후기는 근대와 근접해 있으므로 이 시기 문학에서 근대에 대한 지향이 어떤 측면에서 어떻게 나타나는지 눈여겨볼 필요가 있습니다만, 고전문학사 전체의 차원에서 본다면 이것보다 더 상위에 있고 더 중요한 관법觀法은 문학사의 긴 시간 속에서 이 땅에 등장한 작가들이 어떤 의미 있는 글쓰기를 했는가, 어떤 의미 있는 마음과 사유를 펼쳐 보였는가, 삶을 어떻게 영위하고 견뎌 내며 글쓰기를 하고 사유 행위를 하고 의미를 모색했는가를 살펴보는 일이라고 할 것입니다. 그러므로 제가 궁극적으로 지향하는 문학사는 자료의 문학사나 사실의 문학사나 지식의 문학사가 아니라, '인간'의 문학사입니다. 즉 인간이 빚어내는 이런저런 풍경의 양상과 의미를 조망하는 문학사죠. 제가 때때로 자료나 사실에 대해 좀 자세히 이야기하기도 했습니다만 그것도 결국에는 인간을 투철하고 깊이 있게 들여

다보기 위한 방편이었습니다. 그러지 않고서는 인간을 투철하게 들여다보기 어려우니까요.

기존의 문학사는 대체로 자료로 가득 찬 문학사였습니다. 하지만 나의 문학사는 문제적인 인간들의 행위와 글쓰기를 뒤쫓으며 그 속에 담긴 의미를 읽어 내는 데 힘을 쏟고 있습니다. 그러므로 최치원의 문학이 근대에서 얼마나 떨어져 있는가, 이런 물음은 하등 중요하지 않습니다. 이런 물음은 최치원에 대한 실례라 할 것입니다. 중요한 것은 최치원이 신라 말기 격동의 시대를 어떻게 살았는가, 그런 시대에 어떻게 자기를 끝까지 지켜 내려고 했는가, 그런 노력이 어디서 확인되는가, 그런 최치원의 삶과 문학이 오늘날 우리에게 어떤 의미가 있는가, 이런 게 아닐까요.

제가 이전 강의(제1강)에서도 이야기했지만 지금 우리가 근대문학이라고 하는 것도 결국 다 고전문학이 될 것입니다. 제가 무슨 예언가는 아닙니다만, 몇 세기가 지나면 20세기 문학은 고전문학에 편입될 것이며 지금 일삼는 시대 구분이 의미가 없어질 것입니다. 제말이 긴가민가하다면 몇 천 년 후를 한번 상상해 보세요. 그때 지금 우리가 '근대'라고 부르는 것이 여전히 근대이겠습니까? 다 '고'古로 들어가겠죠. 이처럼 상상력을 확장해 보면 시간에 대한 구획은 작위적이고 방법적이며 상대적인 것임을 알 수 있습니다. 그러니 서구에서 마련된 시대 구분의 패러다임에 너무 갇히지 말고 그것을 넘어서서 사유하는 것이 필요하다고 봅니다.

질문에 촉발되어, 근대를 기준으로 삼아 문학사를 봐서는 안 된다는 점, 전근대 문학사의 모든 과정을 근대와의 거리 여하에 따라 파악해서는 안 된다는 점, 문학사는 단순히 근대에 이르는 합목적적 과정이 아니라는 점을 다시 강조하려다 보니 말이 좀 길어졌습니다.

그럼 다시 질문으로 돌아가, 오늘 강의에서 살핀 새로운 여성 주체들이 근대와 어떻게 연결되는지에 대해 조금 생각해 보기로 하겠습니다.

오늘 살핀 인물 중에는 상층의 여성이 있는가 하면 하층의 여성도 있습니다. 그러므로 각각의 여성 주체가 보여 주는 모습이 어떤 사회적 의미를 갖는지를 제대로 파악하려면 신분적, 계급적 차이가 고려될 필요가 있습니다. 그렇기는 하지만 이런 차이에도 불구하고 이들 여성 주체들은 어떤 공통점을 보여 줍니다. 이들은 모두 여성으로서의 '자아 찾기'를 하고 있으며 그 결과 여성적 자아를 확장하고 있습니다. 가령 진리에 대한 욕구든, 미적 인식에 대한 욕구든, 앎에 대한 욕구든, 참된 사랑에 대한 욕구든, 삶에 대한 의미 부여든, 여성으로서의 주체성이 모색되고 있습니다. 서 있는 지점, 바라보는 방향만 다를 뿐 모두 여성적 자아를 정립하거나 실현하는 데로 나아가고 있죠. 여성사에서 볼 때 이는 분명 의미 있는 진전이며 근대적 지향을 갖는 것으로 평가할 수 있지 않을까 합니다.

여성의 몸, 감수성, 욕구, 삶, 이런 것들에 대한 탈타자화脫他者化는 근대에 와서 이루어집니다. 그런데 오늘 살펴본 여성 주체들에서 이런 탈타자화의 단초와 계기들이 뚜렷이 발견된다는 점이 주목됩니다. 즉 여성의 몸과 감수성, 여성의 욕구와 삶을 여성의 입장에서 주체적으로 바라보거나 대하는 의식 혹은 태도가 관찰됩니다. 이 점에서 근대적 지향이 확인된다고 말할 수 있죠. 조금 더 적극적으로 말하는 것이 허용된다면 이들 여성 주체에게는 이미 근대가 시작되고 있다고도 볼 수 있습니다. 이 점이 의의가 아닌가 합니다.

『의유당관북유람일기』 중 「동명일기」의 일출 장면 묘사가 아주 빼어나다는 사실은 이미 알았지만 거기에 젠더적 연관이 존재하며 여성적 감수성이 반영되어 있음을 이번 강의에서 알게 됐습니다. 의유당이 보여 주는 자연에 대한 심미적 인식의 수준은 아주 높다고 생각되는데, 왜 다른 것이 아닌 자연 인식에서 이런 면모를 보여 주는지 궁금합니다.

기이하거나 아름다운 자연 경관에 대한 심미적 감상 욕구는 인간의 본원적 욕구의 하나가 아닌가 합니다. 당시 사대부 남성들에게는 금강산 유람이 유행이었습니다. 다들 보고 싶어 했죠. 비단 금강산만이 아니라 팔도의 빼어난 산수에 대한 감상 욕구가 당시의 사대부들에게는 존재했습니다. 정선의 실경 산수화는 이런 문화적 상황의 회화적 반영이죠.

당시 사대부 집안 여성들은 일반적으로 규방에 갇혀 지냈습니다. 하지만 그들에게 산수 자연의 감상 욕구가 왜 없었겠습니까. 기회가 없었을 뿐이죠. 의유당은 성격이 호방해 남편에게 몇 번이나 조르고 졸라 함흥의 바다를 구경합니다. 여기서 주목해야 할 점은 의유당의 산수 자연에 대한 심미적 인식 욕구는 세계에 대한 일반적 인식 욕구의 한 부분에 불과하다는 사실입니다. 산수 자연은 규방에 유폐된 자에게는 바깥 세계를 대표하는 것일 수 있습니다. 하지만 바깥 세계는 산수 자연에 국한되지 않죠.

실제 의유당은 「동명일기」에서 산수 자연에 대한 심미적 인식에만 관심을 보이고 있지 않으며 눈앞에 현전現前하는 바깥 세계의 모든 것에 관심을 보이고 있습니다. 가령 사공이 후리질을 해 연어, 가자미 등을 잡는 광경에 대한 자세한 묘사에서 그 점이 확인됩니다. '후리질'은 '후릿그물질'이라고도 하는데, 그물을 바다에 둘러치고 여러 사람이 두 끝을 당겨 물고기를 잡는 것을 말합니다. 의유당은 이를 한참 동안 구경한 뒤 '장관'壯觀이라며 탄복합니다. 뿐만 아니라 저자에 즐비한 가게들도 자세히 관찰하며 흥미를 보이죠. 이처럼 의유당에게 바깥 세계는 꼭 자연 경관만이 아니라 그 전체가 관심의 대상입니다. 이는 의유당에게 있어 자아의 확장 과정으로 여겨집니다.

# 극기복례가 인仁이 된다라는 말에 대한 설

(克己復禮爲仁說)

(…)

아아, 하늘이 백성을 냄에 누군들 어질지 않겠는가! 하지만 마음이 육신의 부림을 받아 자포자기를 편안히 여겨 이리 말한다. "나는 기질이 좋지 못하니 어찌 감히 성현을 배우겠는가?" 그러고는 뻔뻔스럽고 우매하게 오직 사욕만을 따르고 도리에 안 맞는 짓을 하면서 하등下等 인간이 됨을 달갑게 여긴다. 그러니 초목과 함께 썩어 가는 것이 슬픈 일이며, 금수와 크게 다르지 않은 것이 부끄러운 일이라는 것을 모르고 있다. 슬프다! 이런 사람은 병통이 너무 심해 인仁에 대해 말해 줄 수 없으니, 참으로 공자가 말씀하신 '어찌할 수 없는 사람'에 해당할 것이다.

아! 내가 비록 여자지만 하늘로부터 받은 본성은 애초 남녀의 차이가 없다. 비록 안연顔淵(공자의 수제자)이 배운 것에 미칠 수는 없다고 하더라도 성인을 사모하는 내 뜻은 간절하다. 이런 까닭에 나의 소견을 대략 서술해 내 뜻을 부쳤다.

— 임윤지당, 『윤지당유고』

# 근대와 고전문학의 행방

## 문제를 보는 시각

1876년의 강화도조약, 일명 병자수호조약丙子修好條約 이후 한국은 세계 자본주의 체제 속에 편입되었고, 이후 근대화의 길을 밟습니다. 한국의 근대화는 제국주의, 특히 일본 제국주의의 침탈과 식민 지배 속에서 이루어졌습니다. 이 점에서 그것은 기형적이고 모순적일 수밖에 없었습니다.

이 때문에 한국 근대문학은 많은 애로를 겪어야 했고, 내적 모순을 많이 갖게 됩니다. 이광수李光洙(1892~1950) 같은 작가는 한국 전근대 문학 전통에서 배울 것은 아무것도 없다고 생각했습니다. 전통의 부정, 자국 문학 유산의 부정은 곧 자기의 부정이라고 하겠는데요, 이 점에서 이광수는 주체성의 몰각 위에서 근대문학을 했다고 할 것입니다.

한편 카프KAPF, 즉 조선 프롤레타리아 예술가 동맹의 맹주이자 일제강점기 최고의 비평가였던 임화林和(1908~1953)는 신문학, 즉 한국 근대문학의 모토로 이식문학론移植文學論을 제기했습니다.

'이식문학론'은 서구의 근대문학을 이식함으로써 한국의 근대문학이 성립되고 발전한다는 주장인데요, 이광수와 마찬가지로 임화에게도 자국의 문학 전통에 대한 이해와 공부가 없었습니다. 임화는 역사 인식에 있어서 식민사관인 정체성론停滯性論에서 탈피하지 못했습니다. 이 때문에 불가피하게도 자국 문학과 역사에 대해 몰주체적일 수밖에 없었습니다.

이처럼 이식문학론은 자국 문학의 오랜 전통과 축적된 성과에 대한 무지와 몰각, 그리고 이로 인한 일본과 서구에 대한 콤플렉스 위에 성립된 것으로서, 식민지 문인의 취약하고 왜곡된 멘탈리티를 보여 준다고 할 것입니다. 이식문학론은 '나', 즉 주체의 몰각 위에 구축되고 있다는 점에서 변증법의 첫 단추를 잘못 끼웠다고 여겨집니다. 즉, 이식문학론은 타자의 이식移植을 변증법의 출발점으로 설정한 뒤 전통을 소환하고 있는데, 그게 아니고 자국의 전통, 즉 주체를 출발점으로 설정한 뒤 타자를 불러들이는 게 옳다고 할 것입니다. 근대문학 창조의 출발점에는 타자가 아니라 '자각된 주체'가 있어야 하는 거죠. 이 점에서 임화의 변증법은 '뒤집힌 변증법'이라고 말할 수 있지 않을까 합니다.

그렇다면 근대에 들어와 고전문학은 싹 사라져 버린 걸까요? 근대가 되자 고전문학은 맥을 못 추고 추풍낙엽처럼 소멸해 버린 걸까요? 고전문학은 근대문학의 형성과 전개에 아무런 영향도 미치지 못한 것일까요? 고전문학은 오로지 부정과 극복의 대상이었으며 근대문학은 불모지에서 성립된 것일까요? 그렇지는 않습니다. 우리는 사태를 단순화하지 않도록 주의할 필요가 있습니다.

근대 초기의 문인들이 서구 문학을 본뜨고 배움으로써 신문학新文學을 건설한 것은 사실입니다. 문화란 외부를 향해 열려 있으니까요. 문학 역시 문화의 일부죠. 그러니 한국 근대문학이 서구 문학의 장점을 배우고 수용한 것은 꼭 부정적으로만 볼 일은 아닙니다. 한국 근대문학은 서구 문학을 배움으로써 수준을 향상시킨 면도 있기 때문이죠. 다만 문제는 자기 몰각, 자기 부정 위에서 외부의 수용이 이루어질 경우입니다. 이는 자기 소외에 다름 아니니까요.

그런데 서구 문학의 세례를 받은 한국의 근대 문인들이라고 해서 모두 주체성이 박약하거나 주체성을 결여하지는 않았습니다. 작가에 따라 민족적 주체성의 정도나 양상이 다를 수 있죠. 흥미로운 점은 자국 문학의 전통과 연결되어 있는 근대 문인들의 경우 대개 강한 주체성을 보여 준다는 사실입니다. 그러니 이들 문인에게서 고전문학이 근대문학에 접맥되는 양상을 뚜렷이 확인할 수 있습니다.

흔히 한국 근대문학은 '전통의 단절' 위에서 이루어졌다고 합니다만, 꼭 맞는 말은 아닙니다. 전통은 완전히 단절되는 법이 없습니다. 혹 그리 보일 뿐이죠. 전통의 계승은 표 나게 이루어지는 경우도 있지만 표가 나지 않게 이루어지는 경우도 많습니다. 즉 명시적 계승이 있는가 하면 묵시적 계승도 있죠. 또한 전통은 드러나는 방식으로 존재하지 않고 잠재적으로 존재하기도 합니다. 요컨대 전통은 자각적으로든 반半자각적으로든 무無자각적으로든 현재적 창작 지평에 다양한 방식으로 관여합니다. 그러니 전통이 단절되었다는 주장은 좀 피상적이고 일면적이라고 하지 않을 수 없습니다. 실제상 한국 근대문학에서 전통은 한편으로는 단절되고 한편으로는 계승되고 있다고 보입니다. 요컨대 연속과 단절의 동시성이죠. 연속의 내부에 단절이 존재하고, 단절의 곁에 연속이 존재합니다. 고전문학의 근대적 행방을 논할 때 이 점에 유의할 필요가 있습니다.

고전문학이 근대문학에 어떤 영향을 행사했는가와 관계없이 고전문학은 근대에도 한동안 지속되어 창작과 향유가 이루어졌습니다. 이를테면 1930년대에도 전근대의 국문소설들이 널리 읽혔습니다.

오늘 강의에서는 고전문학이 근대문학의 주체적 형성과 발전에 어떻게 기여했는가를 살펴보고자 합니다.

### 구활자본 소설, 신작 구소설, 신소설

'구활자본舊活字本 소설'은 1910년대 초반 이래 납활자로 인쇄된 고전소설을 말하는데, 책 표지에 그림이 그려진 게 마치 딱지처럼 울긋불긋해 '딱지본'이라고도 하고, 값이 여섯 푼밖에 안 되는 값싼 소설이라고 해서 '육전소설'六錢小說이라고도 합니다. 대개 아주 얇은 책이죠. 이전의 방각본 소설들은 대부분 구활자본으로 재간행되었습니다. 구활자본은 이전의 방각본 소설과 달리 근대적 인쇄술로 제작되어 가격이 저렴했습니다. 게다가 이 무렵 전국적인 유통망이 형성되었기에 전국에 유포되어 소설 독자의 확대에 크게 기여했습니다.

'신작新作 구소설舊小說'은 1910년대 이래 새로 창작된 고소설을 말합니다. 형식이나 내용은 구소설인데 이 시기에 새로 창작되었다고 해서 신작 구소설이라고 합니다. 신작 구소설은 대부분 딱지본으로 간행되었습니다.

신작 구소설에는 완전히 새로 창작된 것만이 아니라 구소설을 개작한 것도 있습니다. 새로 창작된 작품으로는 「채봉감별곡」彩

鳳感別曲,「부용상사곡」芙蓉想思曲,「청년회심곡」青年悔心曲 등을 들 수 있죠.「채봉감별곡」의 도입부에서 확인되듯 신작 구소설에는 간혹 근대소설의 필치가 발견되기도 합니다. 하지만 전체적으로 본다면 구태의연함을 면하지 못하고 있다고 할 것입니다.

20세기 초에는 구활자본 소설이나 신작 구소설과 유를 달리하는 '신소설'新小說이라 불리는 소설이 다수 창작되었습니다. 1906년 『만세보』萬歲報에 연재된 이인직李仁稙의 『혈血의 누淚』를 위시해 1908년 『제국신문』帝國新聞에 연재된 이해조李海朝의 『구마검』驅魔劍, 1912년에 출판된 최찬식崔瓚植의 『추월색』秋月色 같은 작품을 예로 들 수 있죠. 신소설에는 대개 근대적 계몽사상이 담겨 있습니다. 봉건 질서의 타파, 자유와 평등 의식의 고취, 신교육과 신학문의 강조, 봉건적 폐습의 부정 등이 그것입니다. 이 점에서 신소설은 근대적 계몽소설로서의 면모를 갖습니다.

'신소설'이라는 명칭에는 '구소설', 즉 고전소설과 다르다는 자각이 내포되어 있습니다. 사실 신소설은 고전소설과 다르며, 고전소설에 없는 것이 많습니다. 작품 제목을 붙이는 방식도 다르고, 문체도 다르고, 장면 묘사도 다르고, 주제 사상도 다릅니다. 하지만 차이만 있는 것은 아닙니다. 신소설에는 고전소설의 패턴이나 구조가 들어와 있기도 하고, 고전소설과의 상호텍스트성이 확인되기도 합니다. 고전소설의 영향과 자장磁場 속에 있다는 거죠.

가령 신소설 작가 가운데 고전문학의 전통과 가장 문제적으로 연결된 인물인 이해조를 예로 들어 봅시다. 그의 『빈상설』鬢上雪이라는 작품은 처첩 갈등이라는 구소설의 일반적 패턴 속에 계급 타파 의식과 신교육에 대한 문제의식을 담고 있습니다. 그런가 하면 『화花의 혈血』은 동학 봉기를 소재로 삼아 판소리계 소설인 『춘향전』을 패러디했습니다. 이해조는『화의 혈』외에 따로『춘향전』을 개작해『옥중화』獄中花를 창작하기도 했습니다. 이해조에게서 볼 수 있듯 신소설은 대부분 고전소설의 패턴과 구조 속에 근대적 사상을 담고 있습니다.

### 개화시조, 개화가사

개화기 혹은 애국계몽기에는 개화시조開化時調와 개화가사開化歌辭가 출현했습니다. '개화시조'는 새로운 문명 의식 등 새로운 시대적 요구를 담고 있는 시조를 말하고, '개화가사'는 그런 성격의 가사를 말하는데, 시조와 가사의 구舊 형식 속에 반일 의식이나 근대 의식을 담아 놓았죠. 개화시조의 예를 하나 들어 보겠습니다.

> 잘 있거라 삼각산아 다시 보자 한강수야
> 우리 강토 떠나가니 차마 어찌 앉았으리
> 도처에 무수한 저 마귀魔鬼를 다 잡고야.
> ─『대한매일신보』1909년 4월 15일

김상헌이 병자호란 후 청나라 심양瀋陽으로 압송되어 가면서 읊은 시조 '가노라 삼각산아 다시 보자 한강수야'를 패러디한 작품인데요, 일제의 압박을 피해 만주로 이주하면서 읊은 시조가 아닌가 합니다. 개화시조는 노래와 결부되지 않은, 눈으로 읽는 시라는 점에서 이전의 시조와 다릅니다. 이전의 시조는 음악과 결부되어 있어 노래와 분리되지 않는 것이었는데, 개화시조는 이제 음악으로부터 완전히 분리되었습니다. 그리고 반일 의식이나 근대 의식을 담고 있다는 점에서도 옛 시조와 구별됩니다.

개화시조 중에는 다음에서 보듯 타령조 민요와의 결합을 보여
주는 것도 있습니다.

> 날 더워 오니 흐응 회 냄새 난다 흥
> 썩어진 일진회一進會 불수산佛手散 먹여라 아
> 어리화 좋다 흐응 양민良民이 되어라 흥.
> <sub>선량한 백성</sub>
> ─「해산약」解散藥, 『대한매일신보』 1909년 2월 21일

이 작품은 친일파 단체인 일진회를 풍자한 시조입니다. '불수
산'은 해산解産을 돕는 한약입니다. 아이를 출산한다는 뜻의 '해산'
解産과 단체를 없앤다는 뜻의 '해산'解散이 한자는 달라도 우리말 발
음으로는 같기에 해산 약인 불수산을 거론한 것입니다. 펀pun, 즉
동음이의어同音異議語를 이용한 풍자라 할 것입니다. 이런 작품은
근대에 들어와 고전문학이 계속 변형됨으로써 시대가 요구하는 새
로운 문학의 원동력이 되고 있음을 보여 줍니다.

심지어 다음과 같이 사설시조를 환골탈태한 작품도 창작되었
습니다.

> 개를 여러 마리나 기르되 요 일곱 마리같이 얄밉고 쟛미우
> 랴
> 낯선 타처他處 사람 오게 되면 꼬리를 회회 치며 반겨라고
> 내달려 요리 납작 조리 개웃하되 낯익은 집안사람 보면
> 은 두 발을 벋디디고 콧살 찡그리고 이빨을 어떵거리고
> 컹컹 짖는 일곱 마리 요 박살할 개야

470

보아라 근일에 개 규칙 반포되야 개 임자의 성명을 개 목에
채우지 아니하면 박살 당한다 하니 자연自然 박살.
　　　─「살구」殺狗, 『대한매일신보』1909년 7월 13일


　제목 '살구'殺狗는 '개를 죽이다'라는 뜻입니다. 원래 조선 후기
의 사설시조에서는 님과의 사랑을 방해한다고 해서 개를 꾸짖는
데, 여기서는 나라를 팔아먹은 친일파 일곱 명을 개에 비유해 꾸짖
고 있습니다.

　『대한매일신보』는 1908년과 1909년 사이에 '사회등'社會燈 난
에 정론적政論的·풍자적 개화가사를 게재했는데, 그 수가 5백 편이
넘습니다. 이를 일명 '사회등 가사'라고도 하죠. 사회등 가사의 주
된 내용은 국권國權 회복의 주장과 친일 모리배에 대한 비판과 야
유입니다. 「일필만필」一筆漫筆이라는 작품을 예로 들어 보겠습니다.


　　이완용 군 들어 보소

　　구통감舊統監은 귀거歸去하고
　　　　　　　　돌아가고

　　신통감新統監이 출래出來하매
　　　　　　　　나오매

　　하등우구何等憂懼 탱중撑中하여
　　무슨 걱정과 두려움　　마음에 가득해

　　자기당파自己黨派 공고鞏固키로

　　분주운동奔走運動 한다 하니
　　분주히 쫓아다닌다

　　미충여욕未充餘慾 그러한가
　　남은 욕심을 채우지 못해

　　송구영신送舊迎新 그러한가
　　옛 사람을 보내고 새 사람을 맞이해

　　환득환실患得患失한다는 말
　　　　　　득실을 걱정한다

　　어군하주於君何誅 하리마는
　　군을 꾸짖어 무엇하리오만

군君의 사事도 가련하오.
일
(…)

이인직 군 들어 보소

연극 개량한다 하고

일본까지 건너가서

여섯 달을 유련留連하다
객지에서 오래 머물다
근일에야 왔다 하니

수삼數三 연극 배워 왔나

연극 개량 고만두오

동분서주 출몰하는

군의 형상 볼작시면

연극보다 재미있네

군君의 사事도 가탄可嘆이오.
탄식할 만하오

친일파 인사들을 비판하고 야유하는 데서 민족의식을 느낄 수 있습니다. 개화가사에는 이처럼 근대적 정치의식이 담겨 있습니다만, 사사조四四調의 율격에서 확인되듯 그 형식은 전통적 가사를 답습하고 있습니다.


## 신채호의 경우

고전문학이라는 토양 위에서 근대문학을 열어 나간 전범적典範的 사례로 단재丹齋 신채호申采浩(1880~1936)를 들 수 있습니다. 신채호는 적지 않은 정론政論과 잡감雜感(자신의 생각을 자유롭게 표현한 산문)을 남겼는데, 전통적 산문의 미학적 원리와 기법을 수용해 근대적 문제의식과 결합시켜 놓고 있습니다. 「일본의 삼대충노三大忠奴」라는 다음 글을 예로 들 수 있습니다.

　　　　이 나라에 일본의 충노忠奴(충성스런 종) 세 사람이 있음으로
　　　　하여 내가 부득불 울지 않을 수 없으며, 내가 부득불 크게 울
　　　　지 않을 수 없으며, 내가 부득불 소리 내어 울지 않을 수 없
　　　　으며, 내가 부득불 가슴을 치며 울지 않을 수 없으며, 내가
　　　　부득불 하늘땅을 두드리며 울게 되노라.

　반복법과 점층법 등 전통적 한문 글쓰기의 기법을 아주 잘 활용, 계승하고 있음을 볼 수 있습니다.

　신채호가 창작한 전기소설傳記小說과 역사소설에는 한문학의 전傳이나 실기實記와 같은 역사 산문의 글쓰기 방법이 창조적으로 원용되고 있습니다. 역사소설 「유화전」柳花傳은 동명왕東明王 신화를 소재로 한 소설인데, 다음에서 보듯 국문 고전소설의 서술 방법을 따르고 있습니다.

　　　　유화柳花는 장녀니 연年(나이)이 십구 세라. 월태화용月態花容
　　　　(달과 꽃처럼 아름다운 모습)이 더욱 뛰어나고 식견이 특이하여
　　　　심상한 규중처녀의 비할 바가 아니라. 그 모母 조씨趙氏가 처
　　　　음 유화를 밸 때에 하늘 선녀仙女의 일타화一朶花(한 송이 꽃)
　　　　를 받았고, 분만할 때에 꽃 주던 선녀가 학을 타고 생황을 불
　　　　며 공중으로 내려와 조부인의 산점産點(출산 시기)을 보살피
　　　　고 도로 하늘로 올라갔다 하니, 원래 유화는 범골凡骨(평범한
　　　　인물)이 아니라 장래 대귀大貴할(크게 귀해질) 징조를 뵈었으

며 천성이 혜민慧敏(지혜롭고 명민함)하고 부덕婦德이 넓어 인
리隣里(인근 고을)에서 칭찬이 자자하더라.

「유화전」은 고전소설의 형식 속에 근대 민족주의 정신을 담고
있음이 주목됩니다.

한편, 중국 망명 시절에 창작한「백세百歲 노승老僧의 미인담美
人談」은 조선 후기에 성행한 야담을 창조적으로 계승하고 있습니
다. 야담은 애국계몽기에는 이렇다 할 근대적 전환을 보여 주지 못
했습니다. 그러므로 일제강점기에 망명객 신채호가 야담을 근대문
학으로 연결시킨 것은 주목할 일이라 하겠습니다. 이 작품에 등장
하는 여성 예쁜이는 신분이 여종이면서도 한 나라를 경영할 만한
경륜을 지녔고 또 대장부를 능가하는 협기俠氣를 지녔습니다. 이
점에서 고전소설『박씨부인전』이나 야담계 소설「검녀」劍女(안석경
작)의 여주인공을 잇고 있다고 할 만합니다. 하지만 계급 차별을 부
정하고 있다는 점에서 조선 후기의 야담과는 다릅니다. 낡은 형식
속에 새로운 정신을 담는 방식으로 근대문학이 모색된 것입니다.

야담 이야기가 나왔으니, 여기서 잠시 홍명희洪命熹(1888~1968)
의『임꺽정』이라는 소설과 황석영黃晳暎의『장길산』이라는 소설에
대해 언급하기로 하겠습니다.『임꺽정』은 이른바 '조선적 정조情調'
를 구현한 소설로, 일제강점기 한국문학의 기념비적인 성과 중 하
나입니다. 일찍이 비평가 임화는「세태소설론」이라는 글에서『임꺽
정』이 전체적으로 플롯이 산만함을 지적한 바 있습니다. 이런 지적
은 서구 근대소설에 근거한 것입니다. 하지만『임꺽정』은 비단 서
구 근대소설의 영향만 받은 것이 아니라『수호전』과 같은 중국 연
의소설演義小說이나 야담적 서사 방식의 영향도 받았습니다. 그러

므로 이 소설의 결함으로 플롯의 산만함을 지적해 온 것은 재고가 필요합니다. 이는 근대소설로서의 결함이라기보다 이 작품이 기반하고 있는 소설 미학으로부터 유래하는 것이기 때문입니다. 이 점에서 『임꺽정』은 서구 근대소설의 문법으로는 설명하기 어려운, 한국과 동아시아의 전통 서사를 수용하고 활용한 새로운 미학의 근대소설이라고 해야 하지 않을까 합니다. 한국 고전의, 나아가 동아시아 고전의 개입으로 인해 서구 근대와는 다른 근대가 창조된 것이죠.

황석영은 현존 작가인데요, 그의 대하소설 『장길산』은 야담과의 풍부한 접맥을 보여 줍니다. 즉, 야담의 우량한 전통이 이 작품 속에 인입引入되어 있습니다. 그러므로 야담을 시야에 넣지 않고서는 『장길산』이라는 소설을 온전히 설명하기 어렵습니다.

다시 신채호로 돌아갑시다. 신채호가 쓴 소설 중 대표작으로는 1916년에 쓰인 「꿈하늘」을 꼽을 수 있습니다. 이 작품은 영국인 존 번연John Bunyan(1628~1688)이 쓴 소설 『천로역정』天路歷程의 영향을 받은 것으로 알려져 있습니다. 당시에 존 번연의 『천로역정』이 한국에 번역되어 소개되었거든요. 하지만 신채호의 이 작품에는 외래적 요소 못지않게 전통적 요소가 많이 발견됩니다. 건국신화, 시조, 판소리, 몽유록과의 관련이 주목되는데요, 이 중 몽유록과의 관련은 특히 주목할 만합니다. 주인공 '한놈'이 꿈나라에 이르러 동명성제東明聖帝를 비롯하여 정여립鄭汝立, 정평구鄭平九 등 수십 명이나 되는 우리 역사상의 훌륭한 여러 선왕先王·선성先聖·선민先民을 만난다는 상황 설정이나, '도령군 놀음곳'(도령군이 노는 곳)을 구경한다는 상황 설정은 몽유록의 전통에 연유함이 틀림없습니다. 이처럼 이 작품은 외래적인 것과 전통적인 것을 적절히 결합해 창작되었습니다. 전통을 활용한 새로운 형식의 창조라고 이를 만합니다.

「용과 용의 대격전」이라는 작품은 신채호가 남긴 마지막 소설입니다. 중국 망명 시절인 1928년에 창작되었죠. 이 작품은 아나키즘의 소설적 구현입니다. 계급적 압제 및 식민 지배의 타도를 주장하고 있을 뿐만 아니라 정치, 종교, 도덕 등 지배계급의 이익에 복무하는 일체의 권위와 관념을 부정하고 있습니다. 그런데 흥미롭게도 이 작품에서는 판소리의 문체나 어조가 확인됩니다.

> 모든 빈민貧民들은 일제히 땅에 엎어져 운다. 울면서 미리님
> (용)께 빈다. (…) 그러나 그 비는 소리가 미리님의 귀에는 들
> 리지도 안 하고 다만 그 가련하고 모양 없는 제물祭物만 미
> 리님의 눈에 띄었다. 그래서 미리님이 골을 잔뜩 낸다.
> "이놈들 정성을 내지 않고 행복을 찾는 놈들 죽어 보아라."
> 하고 아가리를 딱 벌린다.
> 아이구 어머니 그 아가리가 놀보의 박이던가. 그 속에서 똥
> 통 쓴 황제皇帝며 쇠가죽 두른 대원수大元帥며 이마가 반지
> 라운 재산가財産家며 대통이 뒤로 단 대지주大地主며 냄새피
> 우는 순사巡査며 기타 (…) 모든 초라니들이 쏟아져 나온다.
> 나와서는 모든 빈민들을 잡아먹는다. 피를 짜 먹고 살을 뜯
> 어 먹고 나중에는 뼈까지 바싹바싹 깨물어 먹는다.

「흥부가」의 '놀부 박타는 대목'을 패러디하고 있습니다. 이처럼 이 작품에는 풍자·야유·희화화가 많은데, 이는 판소리 특유의 예술 정신과 수법, 다시 말해 판소리의 미학을 원용한 것이라고 할만합니다. 이를 통해 신채호가 고전문학의 전통을 적절히 활용해

아나키즘이라는 근대 사상을 소설로 구현했음을 알 수 있습니다. 이 경우 전통은 근대문학의 질곡이 아니라 근대문학을 주체적이고 튼실하게 만드는 중요한 계기가 되고 있다 할 것입니다.

판소리 이야기가 나왔으니 판소리와 관련된 근대문학 작품을 한둘 더 언급하기로 합니다. 먼저 채만식蔡萬植(1902~1950)이 주목됩니다. 채만식 역시 판소리 사설의 어투나 판소리의 풍자적·해학적 미학을 소설 창작에 잘 원용하고 있습니다.『태평천하』가 좋은 예인데요, 이 작품은 1938년에『천하태평춘』天下太平春이라는 제목으로『조광』朝光이라는 잡지에 연재되었고, 해방 후인 1948년에 '태평천하'라고 제목을 바꾸어 단행본으로 출간되었죠.

또 다른 예로는 김지하金芝河(1941~2022)가 1970년에 발표한 담시譚詩「오적」五賊을 들 수 있습니다. 이 작품 역시 판소리의 풍자 정신과 미학을 창조적으로 계승·발전시키고 있습니다. 한 대목을 보기로 하겠습니다.

> 또 한 놈 나온다
> 국회의원 나온다
> 곱사같이 굽은 허리, 조조같이 가는 실눈,
> 가래 끓는 목소리로 응숭거리며 나온다
> 털투성이 몽둥이에 혁명 공약 휘휘 감고
> 혁명 공약 모자 쓰고 혁명 공약 배지 차고
> 가래를 퉤퉤, 골프채 번쩍, 깃발같이 높이 들고 대갈일성,
> 쪽 째진 배암 샛바닥에 구호가 와그르르
> 혁명이닷, 구악舊惡은 신악新惡으로!
> 개조改造닷, 부정축재는 축재부정으로!

이 인용문은 다섯 도둑놈 중 두 번째 도둑놈인 국회의원이 등장하는 부분인데요, 판소리의 어투와 리듬감을 잘 살리고 있습니다.

## 김상훈의 경우

한국고전문학사에서 악부시는 아주 중요한 지위를 점합니다. 한국의 악부시가 민중적·민족적 지향을 갖는다는 점은 이미 언급한 바 있습니다. 그런데 한국 악부시의 근대적 행방이 해방 공간의 시인인 김상훈金尙勳(1919~1987)에게서 확인됩니다.

김상훈은 해방 공간을 대표하는 전위前衛 시인의 한 사람입니다. 1919년 경상남도 거창에서 태어났으며, 1946년 공동 시집인 『전위시인집』前衛詩人集을 냈습니다. 한국전쟁 후 북한에서 활동하다가 1987년 세상을 떴습니다. 1948년에 『역대중국시선』歷代中國詩選이라는 한시 편역집을 출간했고, 1963년에는 이용악李庸岳(1914~1971)과 함께 한국 한시를 편역한 『풍요선집』風謠選集을 출간했습니다.

김상훈이 1940년대 후반에 쓴 시에는 악부시의 계승과 발전이 확인됩니다. 김상훈은 「풍요와 악부시에 대하여」라는 글에서, 한국 한시사에서 "악부시가 차지하는 비중은 대단히 크다"라고 했으며, 많은 문인들이 "사대주의적인 사상에 물젖어 중국 한漢, 당唐을 모방하던 그 시들이 내용 없는 형식주의에 흐르고 말았을 때 악부시는 끝까지 주체의 립장에 서서 조선 사람들의 생활과 풍속과 감정을 노래하였다"라고 했습니다. 또 "악부시는 한시의 형식으로 노래되어 있으나 량반 귀족들의 공허한 풍월 시들과는 엄연히 대립된다"면서 악부시는 민중의 목소리로 존재했다고 했습니다.

김상훈은 우리나라 한시를 번역하는 작업을 많이 했는데,「풍요와 악부시에 대하여」는 북한에서 출간된 한시 번역서인『풍요선집』에 붙인 글입니다. 이 글은 1940년대 후반에 쓰인 김상훈의 시를 이해하는 데 도움이 됩니다. 우선 김상훈이 한국 악부시의 주체적·민중 지향적 성격을 정확히 파악하고 있음을 알 수 있습니다. 임화의 전통 문학 이해 수준과는 큰 차이가 있습니다.

김상훈은 악부시의 정신과 예술 기법을 활용함으로써 민족적·민중적 현실의 형상화에서 다른 시인들에게서는 잘 발견되지 않는 독특한 면모를 보여 주고 있습니다. 김상훈의 시가 악부시와 어떻게 연결되는지를 보기 위해 이규보의 악부시「농부를 대신하여 읊다」(代農夫吟)를 먼저 보기로 하겠습니다.

> 비 맞으며 논바닥에 엎드려 김매니
> 흙투성이 험한 모습 어찌 사람 꼴이랴만
> 왕손 공자님네 우릴 멸시하지 마소
> 그대들 부귀와 사치 우리에게서 나오나니.
> 帶雨鋤禾伏畝中, 形容醜黑豈人容?
> 王孫公子休輕侮, 富貴豪奢出自儂.
>
> —제1수

> 햇곡식 푸릇푸릇 아직 논에 자라는데
> 아전들은 벌써부터 조세 거둔다 야단이네.
> 힘써 농사지어 나라 살찌우는 건 우리들인데
> 어째서 이리도 가혹히 침탈하나.
> 新穀靑靑猶在畝, 縣胥官吏已徵租.

力耕富國關吾輩, 何苦相侵剝及膚?

— 제2수

이 시는 2수 연작인데요, 농민이 직접 말하는 방식으로 농민에게 가해지는 수탈을 고발하고 있습니다.

김상훈은 「농군의 말」이라는 시를 썼는데, 이 시는 다음과 같습니다.

우리는 농군들이다
손톱에는 장창 거름 내음이 나고
옷도 베잠뱅이를 입고
비가 오든 둥 바람이 부든 둥
우리사 언제나 일손을 못 놓는다

그래도 세금으로 도조賭租로
너무도 빨리고 뜯기는 기 많아서
우리는 언제나 시장기가 돌고
등이 활등처럼 굽어든다
(…)

두 작품 간에는 1200~1300년의 시간적 거리가 있습니다. 그럼에도 불구하고 그 기법이나 시정신에서 놀랄 만한 유사성이 확인됩니다. 김상훈이 악부시적 예술 기법과 정신을 수용했기 때문입니다. 이 시의 후반부에서 시인은 이렇게 노래하고 있습니다: "우리한테도 힘은 있다 / (…) / 오늘은 모두 억눌려 참지만 / 때가 오면 우리는 일어설 것이다." 농민이 역사적 실천의 주체로 인식되고 있습니다. 바로 이 점에서 김상훈의 시는 전근대 악부시를 계승했지만 전근대 악부시와는 질적으로 다른 면모를 보여 준다 하겠습니다.

김상훈의 시는 전적으로 서구 근대시의 기법을 학습한 시인들의 시와 달리 전통적인 시 형식과 시정신이 느껴집니다. 또한 김소월, 조지훈 등 전통의 다른 지향을 수용하여 근대시를 창작한 시인들의 작품과 달리 현실 비판적 정신이 두드러집니다. 이는 김상훈이 악부시의 민중 지향적 시정신과 자신의 당대적 고민을 적절히 결합시킨 데 연유합니다.

현실 비판적 시정신의 측면에서 김상훈은 카프 시인이나 해방 후 전위 시인들과 동질성을 갖고 있습니다. 그렇기는 하지만 이들의 시가 곧잘 이념을 앞세움으로써 시적 형상화에는 미숙함을 드러내곤 한 데 반해 김상훈의 시는 토착적·민중적 정서를 바탕으로 삼고 있습니다. 김상훈은 시가 자칫 정치 구호의 생경한 토로로 빠지기 쉬운 시대적 상황 속에 있었음에도 불구하고 시적 형상성을 저버리지 않았다는 평가를 받고 있습니다. 김상훈은 악부시의 정신과 기법을 원용함으로써 민중을 대변하면서도 시로서의 수준을 갖출 수 있었던 거죠.

김상훈은 한시의 전통 가운데서도 악부시의 전통을 수용한 경우입니다. 한시의 전통은 얇지 않고 아주 두꺼워 그 속에 몇 개의 층위가 존재합니다. 이 층위들은 서로 연결되어 있기도 하지만 일단 구분해 보는 것이 가능합니다. 이들 층위의 어느 것을 수용하는가에 따라 근대시의 성격이나 지향이 달라지게 되죠.

## 한시의 네 층위와 근대시

한시의 전통에는 다음 4개의 층위가 존재합니다. 제1층위는 사士로서의 명분과 이념으로 세계와 맞서며 지조나 고고함을 드러낸 것입니다. 이전 강의(제22강)에서 살핀, 단호그룹에 속한 이인상의 시라든가, 구한말 매천梅泉 황현黃玹(1855~1910)이 스스로 목숨을 끊을 때 지은 「절명시」絕命詩를 예로 들 수 있죠. 이육사李陸史(1904~1944)가 1940년에 발표한 다음 시 「절정」絕頂은 제1층위의 정신과 가치 태도를 계승하고 있습니다.

> 매운 계절의 채찍에 갈겨
> 마침내 북방으로 휩쓸려 오다
>
> 하늘도 그만 지쳐 끝난 고원
> 서릿발 칼날진 그 위에 서다
>
> 어디다 무릎을 꿇어야 하나
> 한 발 재겨 디딜 곳조차 없다
>
> 이러매 눈 감아 생각해 볼밖에
> 겨울은 강철로 된 무지갠가 보다

제2층위는 현실이나 세속으로부터 한 걸음 물러나 자연을 관조하고 자연과의 조화나 합일을 추구한 것입니다. 이런 시에서는 관조의 정신이 두드러지는데요, 대다수의 한시가 아마 여기에 속할 것입니다. 서경덕이나 이황의 시를 대표적으로 들 수 있죠. 다음에서 보듯 조지훈趙芝薰(1920~1968)의「파초우」芭蕉雨는 그 기법과 정신이 제2층위의 전통을 계승하고 있습니다.

> 외로이 흘러간 한 송이 구름
> 이 밤을 어디메서 쉬리라던고
>
> 성긴 빗방울
> 파초 잎에 후두기는 저녁 어스름
>
> 창 열고 푸른 산과
> 마주 앉아라
>
> 들어도 싫지 않은 물소리기에
> 날마다 바라도 그리운 산아
>
> 온 아침 나의 꿈을 스쳐 간 구름
> 이 밤을 어디메서 쉬리라던고

제3층위는 민중에 대한 관심이나 연민을 표현한 것인데요, 이것은 주로 악부시에서 확인됩니다. 이 층위는 앞서 살펴보았듯 김상훈의 시에 잘 계승되고 있습니다.

제4층위는 여성적 정조를 표현한 것입니다. 여성 화자가 이별의 슬픔이나 외로움을 노래하는 특징을 보여 주는데, 한시의 시체詩體 중 '가체'歌體나 '요체'謠體의 악부시에 많이 보이죠. 안서岸曙 김억金億(1896~?)은 한시 작품을 많이 번역했는데, 그가 번역한 한시는 우리나라 작품이든 중국 작품이든 거의 대부분 여성 시인의 시이거나 여성적 정조의 시입니다. 여성적 정조의 한시는 여성이 자신의 심사를 노래한 것이거나, 불우한 남성 문인이 자신의 불우함을 드러낸 것입니다. 남성 문인의 경우 여성의 목소리를 빌려 자신의 불우함을 드러내고 있죠. 식민지 지식인으로서 김억이 지닌 상실감과 애상감哀傷感이 한시의 전통에서 이 제4층위를 주목하게 한 것으로 보입니다. 김소월金素月(1902~1934)은 김억의 영향을 많이 받았습니다. 김억은 김소월의 선생이었으니까요. 김소월의 시는 여성적 정조가 아주 두드러지며, 특히 이별의 정한情恨이 현저합니다. 이는 단지 민요만이 아니라 한시 전통의 제4층위와 밀접한 관련이 있습니다. 한 예로 1921년『동아일보』에 발표된「풀따기」를 들 수 있습니다. 헤어진 님을 그리는 마음을 노래한 이 시는 한시의 한 부분을 점하는 '규정'閨情 시의 전통과 닿아 있습니다. 다음은「풀따기」의 제1·2연입니다.

우리 집 뒷산에는 풀이 푸르고
숲 사이의 시냇물 모래바닥은
파아란 풀 그림자, 떠서 흘러요

그리운 우리 님은 어디 계신고
날마다 피어나는 우리 님 생각
날마다 뒷산에 홀로 앉아서
날마다 풀을 따서 물에 던져요
(…)

## 김소월 시의 자연 표상 — 전통의 계승과 극복

김소월은 일제강점기의 대표적 시인인 만큼 조금 더 언급하고 싶습니다. 김소월의 시에서는 다양한 자연 표상이 발견됩니다. 김소월의 시에서 자연은 이별의 표상이기도 하고, 무상감無常感의 표상이기도 하며, 이향離鄕(고향을 떠남)의 표상이기도 하고, 서러움의 표상이기도 합니다. 김소월의 시에 보이는 이런 다양한 자연 표상은 고전문학에 보이는 자연 표상과 단절적인 관계에 있지 않습니다. 그것은 한시, 시조, 가사, 민요 등에서 발견되는 자연 표상과 크게 다르지 않으며 일정한 연속성을 보여 줍니다. '계승'으로 파악할 수 있죠.

그렇지만 김소월의 시가 전통 시가(여기서는 시와 노래를 아우르는 말로 씁니다)의 자연 표상을 계승하고만 있는 것은 아닙니다. 김소월 시의 자연 표상은 전통 시가의 자연 표상과 이어져 있음에도 불구하고 그 틀 속에만 있지 않습니다. 김소월은 자신이 처한 사회적·개인적 처지와 관련해 자연 표상에 새로운 의미와 맥락을 부여하고 있습니다. '창신'이라고 할 수 있죠. 바로 여기서 근대성이 확인됩니다.

김소월의 시가 세계와의 불일치, 타자他者와의 거리감을 보여 준다는 점은 종종 지적되어 온 바입니다. 김소월 시의 슬픔은 대상으로부터의 격절감隔絶感, 대상과의 불일치, 타자와의 거리 등에서 연유하는 경우가 많습니다. 김소월 시의 서정 자아는, '남은 모르겠으되 적어도 나는 외롭다'는 그런 서정 자아가 아니라, '모든 인간은 외롭고 혼자다. 그래서 나도 외롭고 혼자다'라고 느끼는 그런 서정 자아입니다. 이 점에서 김소월 시는 전통 시가와 결별하며, 근대적입니다. '남은 모르겠으되 적어도 나는 외롭다'라고 느끼는 서정 자아는 전근대 시가에도 두루 보이니까요. 이런 서정 자아는 공동체가 근사하게 유지되던 시대를 배경으로 삼습니다. 하지만 공동체의 와해가 문제되는 시대, 게다가 그것이 식민지적 구조와 오버랩되어 있던 시대의 서정 자아는 달라질 수밖에 없습니다. 이것이 바로 김소월의 시가 디디고 선 정신사적 상황, 역사적 조건입니다. 김소월이, '자기만이 혼자 가는 것이 아니라 무릇 인간은 모두 혼자 가는 존재'라는 인식을 보여 주는 것은 이와 관련됩니다. 김소월의 시가 아무리 전통적 정서와의 연속성을 보여 준다고 할지라도 적어도 바로 이 점에 의해 전통 시가와 구별되며, 근대시의 영역 속으로 들어와 있다고 하지 않을 수 없습니다. 또한 이 점에서 김소월 시의 슬픔 내지 서러움도 전통 시가의 슬픔 내지 서러움과 변별됩니다. 말하자면 그 슬픔은 19세기 이전의 모든 시가들의 슬픔과 비슷하면서도 다릅니다.

다음 시는 김소월 시의 '혼자'가 '범칭적'泛稱的 성격의 것임을 알게 해 줍니다.

> 들 가에 떨어져 나가 앉은 메기슭의
> 넓은 바다의 물가 뒤에
> 나는 지으리 나의 집을
> 다시금 큰길을 앞에다 두고
> 길로 지나가는 그 사람들은
> 제가끔 떨어져서 혼자 가는 길
> (…)
> ―「나의 집」

사람들은 결국 제각각 혼자라는 것, 이것이 김소월의 존재론이자 세계 감정의 근원에 해당합니다. 이런 견지에서 저 유명한 시 「산유화」山有花를 해독할 경우,

　　　산山에
　　　산山에
　　　피는 꽃은
　　　저만치 혼자서 피어 있네

에서 '저만치'는 바로 뒤의 단어 '혼자서'와 한 묶음으로 파악하지 않으면 안 됩니다. 그것은 「나의 집」에서 '제가끔'이 '혼자'와 한 묶음으로 파악되어야 하는 것과 마찬가지죠. 여기서 누군가가 만일 '저만치'가 꽃 그 자체를 놓고서 한 말인가, 아니면 시적 자아와의 관계 속에서 성립되는 말인가 하고 묻는다면, 그리고 '저만치'라는 말이 정황을 뜻하는 말인가, 아니면 거리를 뜻하는 말인가 하고 묻는다면, 그것은 우문愚問이라 할 것입니다. '저만치 혼자서'는 꽃에 해당되는 말이면서 동시에 서정 자아의 마음의 투사이며, 이 점에서 존재와 인식의 통일을 보여 주기 때문입니다.
　물론 「산유화」에는 다층적 의미가 내포되어 있으니, 그 온전한 해석을 위해서는 '자연의 순환성'에 대한 고려도 필요하다 여겨지지만, 다만 여기서 확인하고자 하는 것은 인용된 위의 구절이 단순히 세계의 상황을 현시顯示하는 데 머물고 있는 것이 아니라, 세계와 자아의 하나 되지 못함, 혹은 세계와 자아의 어찌할 수 없는 격절감을 표현하고 있다는 사실입니다. 그것은 꽃이라는 자연물의 세계 상태(Weltstand)의 표상을 통해 이루어집니다. 이에서 이 시가

보여 주는 인간과 존재에 대한 이해가 전통과 불연속적임이 확인됩니다.

이처럼 김소월의 시에서 자연 표상은 전통과 연속적이기만 한 것이 아니라 불연속적이기도 합니다. 김소월은 전통을 계승함과 동시에 극복하고 있습니다. 요컨대 김소월은 전통을 부정하면서 혹은 전통의 몰각 위에서 근대로 나아간 시인이 아니라 전통을 받아들이면서 그것을 넘어섬으로써 근대로 나아간 시인이라고 말할 수 있습니다.

### 마무리

과거의 다양한 문학 유산, 고전문학의 풍부한 전통 가운데 무엇을 어떻게 계승할 것인가는 작가의 존재 여건과 연결된 교양 및 그 삶의 전망에 의해 결정된다고 여겨집니다.

시인 김수영金洙暎(1921~1968)은 죽기 4년 전「거대한 뿌리」라는 시에서 이리 노래했습니다.

전통은 아무리 더러운 전통이라도 좋다 나는 광화문
네거리에서 시구문의 진창을 연상하고 인환寅煥네
처갓집 옆의 지금은 매립한 개울에서 아낙네들이
양잿물 솥에 불을 지피며 빨래하던 시절을 생각하고
이 우울한 시대를 파라다이스처럼 생각한다
버드 비숍 여사를 안 뒤부터는 썩어빠진 대한민국이
괴롭지 않다 오히려 황송하다 역사는 아무리
더러운 역사라도 좋다

진창은 아무리 더러운 진창이라도 좋다
나에게 놋주발보다도 더 쨍쨍 울리는 추억이
있는 한 인간은 영원하고 사랑도 그렇다

(…)

요강, 망건, 장죽, 종묘상, 장전, 구리개 약방, 신전,
피혁점, 곰보, 애꾸, 애 못 낳는 여자, 무식쟁이,
이 모든 무수한 반동이 좋다
이 땅에 발을 붙이기 위해서는
―제3인도교의 물속에 박은 철근기둥도 내가 내 땅에
박는 거대한 뿌리에 비하면 좀벌레의 솜털
내가 내 땅에 박는 거대한 뿌리에 비하면

괴기영화의 맘모스를 연상시키는
까치도 까마귀도 응접을 못하는 시꺼먼 가지를 가진
나도 감히 상상을 못하는 거대한 거대한 뿌리에 비하면……

이 시의 표현을 빌리자면, 한국고전문학은 '나'의 '거대한 뿌리'라 할 것입니다. 즉, "내가 내 땅에 박는 거대한 뿌리"이지요.

30대에 대학 강단에 선 이래 '한국고전문학사'를 많이 강의해 왔는데, 마침 정년퇴직을 앞둔 제 마지막 학부 수업도 이 과목이어서 감회가 깊습니다. 한 학기 동안 제 강의를 경청해 준 여러분께 감사드립니다. 이 강의가 한국고전문학에 대한 새로운 인식과 그 이해의 확충에 도움이 되었기를 바랍니다.

이제 강의를 마치겠습니다.

## 질문과 답변

\*　홍명희는 한문학에 조예가 깊었고 이것이 그가 일제강점기에 다른 소설가들과 달리 조선적 정조가 가득한 『임꺽정』이라는 소설을 쓰는 데 힘이 되지 않았나 싶은데요, 강의 중에 안서 김억이 한시를 많이 번역했다고 하셨는데, 한국 초창기 근대시의 경우에도 주체적 지향을 갖는 시인들은 혹 한문학의 전통과 연결되기도 하는지 궁금합니다.

자국 문학의 전통과 관련해 주체적 지향을 갖는 시인들의 경우 한시에 조예가 있거나 한시적 교양을 가진 이들이 많은 듯합니다. 김억은 한시를 8백여 수나 번역했고, 『님의 침묵』으로 유명한 한용운도 많은 한시를 남겼습니다. 김소월도 한시를 번역하거나 번안한 것 20여 수를 남기고 있죠. 이육사, 조지훈도 한시를 썼습니다.

애국계몽기의 문인 신채호도 한문학에 조예가 깊었습니다. 신소설 작가인 이해조도 한문학에 조예가 있었습니다. 그래서 한문소설 「잠상태」岑上苔를 짓기도 했죠. 신채호나 이해조는 한문학에 의거해 전통적 교양과 깊이 연결되어 있었기에 그 글쓰기가 주체적 지향을 보여 줄 수 있지 않았나 합니다.

고전문학을 공부할 때 보통 전통과의 연속성에 대해서 많이 이야기하고 전통이 단절되지 않았다는 점에 대해서 많이 탐구하는데, 그렇다면 고전문학이라는 개념을 일종의 그라데이션처럼 생각하는 것이 맞을지, 그럼에도 불구하고 어떤 패러다임적 전환이 20세기 초에 있었던 것은 사실로 인정할 수밖에 없는 것인지 궁금합니다.

지금 질문을, 한국의 고전문학이 근대문학으로 변화해 갔다고 볼 수 있는지, 아니면 한국의 근대문학은 일단 고전문학과는 다른 패러다임 속에 있는 것으로 봐야 하는지 물은 것으로 이해하고 답하기로 하겠습니다.

이 물음에 답하기 위해서는 20세기 초 한국의 상황을 먼저 이야기할 필요가 있습니다. 1880년대 이후 1910년 국권이 침탈되기 전까지의 시기를 보통 '개화기'라고 합니다. 1900년대는 따로 '애국계몽기'라고 부르죠. 이 시기는 고전문학이 근대문학의 형성에 정상적으로 간여했다고 봐야 하지 않을까 봅니다. 하지만 국권 침탈 이후 상황이 달라지지 않았나 합니다. 식민지가 되면서 근대로의 자생적 전환은 모든 방면에서 불가능해졌다고 보입니다. 사회적, 경제적 방면만이 아니라 문화, 문학, 예술 방면도 마찬가지였습니다.

문학의 경우 식민지 종주국인 일본에 유학한 문인들이 새로운 문인층을 이루면서 식민지 조선의 문학을 주도해 갔습니다. 임화도 그런 사람의 하나죠. 이들은 일본을 통해 서구 문학을 배웠습니다. 하지만 자국 문학에 대한 교양이나 공부는 대개 부족하거나 없었습니다. 여기서 문제가 생깁니다. 개화기 혹은 애국계몽기 때와 달리 자국 문학의 근대로의 접맥이 어려워진 것이죠. 일본 유학생 출신

문인들은 지식의 원천이나 감수성이 전통적인 문인들의 그것과 완전히 달랐습니다. 그러니 전통의 주체적 원용을 통한 근대문학의 수립은 큰 난관에 봉착합니다. 형성기 한국 근대문학의 파행성이랄까 기형성은 여기서 연유합니다. 물론 홍명희 같은 예외적인 인물도 없지는 않습니다. 하지만 그는 일본 유학생 출신이면서도 자국 문학의 전통에 아주 해박했습니다. 그래서 『임꺽정』 같은 소설을 쓸 수 있었던 거죠.

여기에 초창기 한국 근대문학의 특수성이 있습니다. 애국계몽기 때와 달리 1920년대 이후의 초창기 한국 근대문학에서 전통의 단절이 운위되어 온 것은 이 때문입니다. 겉으로 드러나는 현상으로는 전통의 단절이 지배적인 것처럼 보이거든요. 그러니 이런 관점에서 본다면 근대문학은 고전문학과는 절연된 자리에서 성립된 것, 다시 말해 완전히 다른 패러다임 속에서 성립된 것으로 이해할 수 있을 것입니다.

하지만 강의에서도 말했듯 전통의 완전한 단절이란 있을 수 없습니다. 전통은 우리가 생각하는 것 이상으로 생명력이 질기고 복잡하게 작용하기 때문이죠. 그러므로 근대문학이 고전문학과 다른 패러다임을 보여 준다 할지라도 전통이 완전히 단절되었다고 말하기는 어렵습니다. 신채호, 한용운, 이육사, 김소월, 채만식, 김상훈, 황석영, 김지하 같은 문인들에게서 그 점이 확인됩니다.

그런데 여기서 이런 물음을 한번 제기해 볼 수 있습니다. 근대문학은 고전문학보다 발전된 형태인가? 뒤집어 말해 고전문학은 근대문학보다 낙후된 형태인가? 꼭 그렇다고 말할 수는 없을 것입니다. 다만 근대에 와 인간 삶의 영위 방식은 이전 시대와 비교할 수 없을 정도로 크게 달라졌습니다. 패러다임 자체가 달라졌죠. 이 점에서 우리는 근대와 전근대의 현격한 차이를 인정하지 않을 수 없습니다. 하지만 그런 차이를 인정한다 할지라도, 전근대든 근대든 인간의 삶과 관련된 글쓰기가 문학의 본질이라는 점에서는 아무 차이가 없습니다. 인간 삶의 방식이 달라지고 인간을 둘러싼 세계가 달라지긴 했으나 전근대의 문학이든 근대의 문학이든 인간의 삶을 다룬다는 점에서는 근원적으로 동질성이 있습니다. 이 점에서, 근대의 오만이나 근대의 특권화는 용인되기 어렵습니다. 이를테면 인간의 '고통'에 대해서 한번 생각해 봅시다. 근대인이 겪는 인간의 고통은 근대적 맥락 속에 존재하는 것이기 때문에 특수성이 있고, 전근대인이 겪은 고통은 또 전근대의 맥락과 상황 속에 있는 것이므로 그것대로의 특수성이 있습니다. 그러나 세계 속에서 인간이 삶을 영위하면서 고통과 맞닥뜨리게 된다는 것, 이 고통 때문에 힘들어하거나 파멸하거나 슬퍼하게 된다는 것은 근본적으로 동일합니다. 적어도 이런 점에서는 근대문학과 전근대문학 간에 우열은 없다 할 것입니다. 다만 고전문학은 고전문학대로, 근대문학은 근대문학대로 각각 시대적 특수성과 한계가 있다고 봐야겠죠. 그러므로 전근대 문학이 어떻게 근대문학으로 전환되는가를 따지는 것도 중요하지만, 전근대든 근대든 시대의 맥락 속에 있는 글쓰기나 텍스트가 얼마나 자기 시대의 최전선에 다가가 있는가, 작자는 얼마나 안간힘을 써서 자기 시대의 경계를 넘고자 했는가, 이런 걸 읽어 내고 묻는 것이 문학사의 핵심적 과업이 아닌가 합니다.

다시 한국 고전문학과 근대문학의 연속성과 불연속성(단절)의 문제로 돌아가 봅시다. 현상적으로는 불연속성이 확인되지만, 다른 견지에서는 연속성이 확인되기도 합니다. 그러니 연속성과 불연속성이 동시에 존재한다고 말할 수 있을 듯합니다. 강의에서 김소월이

한편으로는 전통과 연속적이지만 또 한편으로는 전통을 뛰어넘고 있다고 하지 않았습니까? 연속성 내부에 불연속성이 있는 거죠.

그런데 전통과 연속되어 있다는 것이 무조건 좋기만 한 것은 아닙니다. 전통이 억압이나 질곡이 될 수도 있기 때문이죠. 전통이 새로운 글쓰기와 문학을 창조하는 데 자양분이 된다면 더할 나위 없이 좋은 일이지만 만일 그렇지 않다면 전통을 넘어서거나 전통을 극복하는 것이 필요합니다.

전통의 원용이 필요한 건 주체성 문제 때문입니다. 우리가 한 인간으로서 자신의 주체성을 모두 내던져 버리고 자신의 아이덴티티를 구축하는 것은 불가능합니다. 한 개아個我가 자신의 아이덴티티를 갖고자 한다면 자신의 주체성을 확보하는 것이 필요하듯, 공동체도 마찬가지입니다. 새로운 문화, 새로운 문학을 창조해 나가는 데는 외래적인 것의 수용이 불가피하고 불가결합니다. 하지만 이 과정에도 자신의 아이덴티티를 잃어버리지 않기 위해서는 주체성을 붙들고 있지 않으면 안 됩니다. 그래서 창조의 한 계기로서 전통을 의식하고 염두에 두는 것이 필요해지는 거죠. 자기 정체성을 확보하고 새롭게 만들어 가기 위해서 그렇습니다.

문제는 임화가 주장한 이식문학론처럼 주체성이 제대로 건사되지 못한 경우입니다. 그런 점에서, 모더니즘에서 출발한 김수영이 임화와 달리 '거대한 뿌리'를 말하고 있는 것은 놀라운 역설입니다. 모더니스트들은 보통 전통에 대한 존중이 없거든요. 김수영의 「거대한 뿌리」라는 시에는, 시인이 디디고 선 이 땅의 전통에 대한 깊은 존중과 애정이 발견됩니다. 김수영이 원래 그랬던 것은 아닙니다. 아마 오랜 모색 끝에 이런 깨달음과 통찰에 이르게 된 것이 아닐까 합니다.

끝으로 하나만 더 첨언하면, 한국고전문학은 초창기 근대문학의 형성에 도움을 줌으로써 그 소임이 끝난 것은 아닙니다. 한국고전문학은 앞으로도 계속 당대 문학과 미래의 문학에 자양분과 영감을 제공하는 역할을 하리라 봅니다. '거대한 뿌리'라는 게 그런 것 아니겠습니까? 한국고전문학은 비단 그에 그치지 않고 근대문학의 극복과 탈근대문학의 모색에 있어서도 중요한 지적, 미학적 원천이 되리라 봅니다. 일례로 이규보의 만물일류적萬物一類的 세계관이라든가 홍대용이 설파한 '인물균'과 같은 호한한 우주적 스케일의 에콜로지적 세계관을 생각해 보면 좋지 않을까 합니다.


** 선생님께서 고전문학을 공부하는 학생들에게 바라는 연구 태도를 한 가지만 꼽는다면 어떤 것이 있을까요?


한국고전문학 공부뿐만 아니라 공부하는 행위 자체가 자신의 실존이 개입되는 일입니다. 그래서 저는 무엇보다 '정성스러운 마음'을 가지라고 당부하고 싶습니다. 그것은 진실한 마음이기도 하고, 살뜰한 마음이기도 하죠. 건성건성 길 가는 사람 보듯 텍스트나 작품을 대하지 말고, 이것이 '나'의 삶, '나'의 실존과 관련되는 일이라고 여기며 정성스런 마음으로 연구를 하는 것이 자기의 향상에도 도움이 되고 텍스트의 깊은 이해에도 도움이 되리라 봐요.

선생님께서 이렇게 고전문학사를 오랜 시간 공부하고 연구할 수 있었던 내면의 원동력은 무엇인가요?

저는 자유가 억압된 독재 시절에 대학을 다녔습니다. 늘 질식할 것 같은 분위기 속에서 공부를 했는데, 그 때문에 '내가 어떻게 살아야 하는가'에 대한 생각을 좀 더 하게 된 듯합니다. 그래서 대학 2학년 때 전공을 국문학으로 택했는데, 애초에 국문학을 꼭 하겠다는 생각이 있었던 건 아닙니다. 비록 대학원에 진학하기는 했지만 학문에서 별 의미를 찾지 못하면 그만둔다는 생각을 늘 갖고 있었습니다. 말하자면 사표를 늘 호주머니에 넣고 다닌 셈이죠. 이건 스스로에 대한 경고이기도 하지만 최소한의 정직성을 지키려는 마음이었던 것 같습니다. 그래서 남들보다 좀 더 분투하지 않았나 싶어요. 학문 행위의 정당성을 찾아내야 하니까요. '학문을 통해 세상에 기여해야 한다'는 절박한 의식이 바로 이 무렵 형성되었던 것 같습니다.

다른 것과 마찬가지로 학문 행위도 재미가 있어야 지속될 수 있습니다만, 단순한 재미를 넘어서는 자세와 태도를 저는 극히 어두웠던 대학 시절에 가지게 된 것 같습니다. 나의 국문학 연구, 나의 글쓰기와 사유 행위, 나의 학문 행위는 한갓 도락적道樂的인 것을 넘어서는 것이 되어야 한다, 그것을 통해 나의 정신을 향상시키는 한편 이 세상에 뭔가 조금이나마 보탬이 되어야 한다는 생각을 가지게 된 거죠. 이런 생각이 지금까지 제 공부의 원동력이 되어 오지 않았나 합니다.

만일 여러분도 공부를 한다고 하면 자기만의 내면의 원동력이 있어서 공부를 하리라 봅니다. 출발점의 그 초심을 잘 간직하는 것이 중요하지 않은가 해요. 사람들은 살다 보면 대개 중간에 많이 바뀌거든요.

저는 '나'의 실존을 텍스트에 개입시켜서 나대로는 새로운 진실이라고 생각되는 것을 드러내려는 작업을 일관되게 해 오고 있습니다. 그러니까 국문학 연구라는 것은 결국에는 나와 작가 간의 대화이기도 하고, 나와 텍스트의 대화이기도 한데, 거기서 새로운 것이 창조되죠. 그래서 '나'를 어떻게 만들어 나가는지가 우선 중요하고, 또 하나는 텍스트를 깊이 있게 들여다보는 것이 중요합니다. 이 둘은 연결되어 있습니다. 삶에서 나를 어떻게 만들어 나가고 나의 실존을 얼마나 깊이 있게 만들어 나가는지가 텍스트 속으로 깊이 들어가는 데 관건이 되며, 거꾸로 텍스트의 깊은 이해는 나를 그런 인간으로 만들어 나가는 데 도움이 되기 때문이죠.

# 산유화


산에는 꽃 피네
꽃이 피네
갈 봄 여름 없이
꽃이 피네

산에
산에
피는 꽃은
저만치 혼자서 피어 있네

산에서 우는 작은 새여
꽃이 좋아
산에서
사노라네

산에는 꽃 지네
꽃이 지네
갈 봄 여름 없이
꽃이 지네


—김소월, 『진달래꽃』

## 2021학년도 1학기 한국고전문학사 수강생 및 청강생

### 수강생(출석부순, 총 61명)

| | | | |
|---|---|---|---|
| 권수훈 | 정현우 | 강휘결 | 조윤진 |
| 최동익 | 김필호 | 이금진 | 한준희 |
| 최혜지 | 이채연 | 권지윤 | 설재민 |
| 김민선 | 윤찬솔 | 문나영 | 백나경 |
| 송예은 | 배성윤 | 박지수 | 허승훈 |
| 김현진 | 장인애 | 이연후 | 이승지 |
| 여지원 | 김건희 | 정지인 | 홍인표 |
| 이현지 | 노진우 | 노영진 | 심세연 |
| 이다빈 | 정연우 | 김유민 | 연세인 |
| 정유진 | 안은선 | 위효선 | 정인선(이상 국어국문학과) |

김소윤(언어학과)　　김수진(언어학과)　　양수현(국사학과)　　양유진(국사학과)
장의순(서양사학과)　　이경민(철학과)　　박수민(미학과)　　하지연(미학과)
유소연(아시아언어문명학부)　　고동현(경제학부)　　박종명(인류학과)　　김동관(언론정보학과)
최하연(간호학과)　　박정원(경영학과)　　차영은(경영학과)　　최종경(경영학과)
천수완(기계공학부)　　한승빈(재료공학부)　　최혜성(화학생물공학부)　　최민아(디자인과)
이태수(자유전공학부)

### 청강생

강혜규(서울대학교 기초교육원 강의 조교수)　　곽보미(서울대학교 국어국문학과 박사과정 수료)

김민영(서울대학교 국어국문학과 박사과정 수료)　　김수영(서울시립대학교 국어국문학과 교수)

김지윤(서울대학교 인문학연구원 선임연구원)　　김하라(연세대학교 국어국문학과 부교수)

안준석(서울대학교 국어국문학과 박사과정 수료)　　유정열(서울대학교 규장각한국학연구원 선임연구원)

이경근(서울대학교 규장각한국학연구원 선임연구원)　　이효원(인하대학교 한국어문학과 조교수)

정보라미(덕성여자대학교 국어국문학과 강사)　　정솔미(서울대학교 국어국문학과 강사)

조하늘(서울대학교 국어국문학과 박사과정)　　황정수(서울대학교 국어국문학과 박사과정 수료)

야마다 쿄오코山田恭子(킨키 대학近畿大学 법학부法学部 교양·기초교육부문 준교수准教授)

쉬이링許怡齡(중국문화대학中國文化大學 한국어문학계韓國語文學系 부교수)